Reader's Digest
Auswahlbücher

Reader's Digest Auswahlbücher

Verlag DAS BESTE

Stuttgart · Zürich · Wien

Inhalt

HARLEKIN

Deutsche
Buchausgabe:
„Harlekin" (Harlequin)
Droemersche
Verlagsanstalt
Th. Knaur Nachf.
München/Zürich
© 1974 by Compania
Financiera
Perlina S. A.

Eine Kurzfassung
des Buches von
MORRIS WEST

HARLEKIN

Nach der
Übersetzung von
Karl-Otto
von Czernicki

Illustrationen von
Ted Coconis

*Eine international angesehene Bank ist das Opfer eines
Betrugsskandals, in dessen Strudel ihr Präsident und
Hauptaktionär George Harlekin unterzugehen droht. Mit
Geld und seinem guten Namen als Schutzschild hatte
Harlekin bisher allen Machenschaften von Wirtschafts-
haien und Finanzgaunern entgehen können.*

*Plötzlich aber sieht er sich einer ganz neuen Art von
Finanzgenie gegenüber, einem raffinierten, eiskalten
Gegner, der ein tödliches Spiel von Computersabotage
treibt – Basil Yanko, allmächtiger Boß einer Computer-
firma, der die Bank Harlekin & Cie. zu seinen Kunden
zählt. Er erleichtert das Unternehmen auf gerissene Weise
systematisch um Millionen Dollar. Sein Ziel: die völlige
Einverleibung der Firma Harlekins in sein Imperium. Bis
zu diesem Zeitpunkt hat kein früher Betroffener diese
Praktiken aufgedeckt, hat kein Handlanger Yankos, der
aussteigen wollte, überlebt. Harlekin wagt als erster die
Verteidigung seiner moralischen wie materiellen Existenz.
Im rasenden Wechsel der Schauplätze – von Genf über
Hamburg nach New York und Washington, von Mexico
City nach Los Angeles – hinterlassen die beiden Gegner
eine Spur von Blut und Intrigen. Wie der Harlekin der
Commedia dell'arte spielt Harlekin seinen Part mit
höchster Präzision. Aber sein Widersacher scheint unver-
wundbar ...*

*West versteht es, seine Leser bis zum explosiven Ende in
Atem zu halten.*

Erstes Kapitel

GEORGE HARLEKIN und ich sind seit zwanzig Jahren miteinander befreundet; dennoch muß ich gestehen, daß er der einzige Mann ist, den ich jemals beneidet habe. Es gab eine Zeit, da ich glaubte, ihn zu hassen; und nur dank seines Großmutes und seines klaren Geistes bin ich wieder zur Vernunft gekommen.

Er ist all das, was ich nicht bin. Ich bin groß, stämmig, etwas ungeschlacht. Er ist schlank, elegant, ein klassischer Reiter, ein Tennisspieler, dem man mit Vergnügen zusieht. Ich kann mich gerade in einer Sprache ausdrücken. Harlekin beherrscht ein halbes Dutzend. Er trägt eine geradezu erstaunliche Bildung mit dem entwaffnenden Charme eines Höflings der Renaissance zur Schau. Ich bin Australier, impulsiv, zu voreiligen oder allzu simplen Schlußfolgerungen neigend. Harlekin ist Schweizer, kühl, verbindlich, geduldig.

Sein Großvater gründete in Genf die Handelsbank Harlekin et Cie. Sein Vater knüpfte internationale Verbindungen an und eröffnete Filialen in Paris, London und New York. Harlekin baute dieses Reich weiter aus, erbte dann den Vorsitz im Aufsichtsrat und das größte Aktienpaket. Die Tradition des Hauses war ihm heilig: Der Charakter eines Klienten war ihm wichtiger als jede Bürgschaft; ein Händedruck war ebenso bindend wie ein schriftlicher Vertrag; wenn der Klient oder seine Familie in Schwierigkeiten geriet, bewährte sich das Motto der Bank: *„Amicus certus in re incerta* – Den wahren Freund erkennt man in der Not."

Ich dagegen habe als Vertreter angefangen. Ich habe mich im Metallgeschäft nach oben gearbeitet, Geld gemacht und wieder verloren. In den darauffolgenden mageren Jahren fühlte ich mich durch die Anteilnahme, die mir Harlekin in überreichem Maße entgegenbrachte, zutiefst beschämt. Als es mir finanziell wieder besserging, gab ich ihm das Geld, damit er es für mich anlegte, während ich eine lange Kur gegen Magengeschwüre antrat und mich mit der Kunst der Genügsamkeit befreundete.

Ich heiratete früh und erlebte einen Reinfall. Harlekin tobte sich aus, bis er fünfunddreißig war, und heiratete dann, Hals über Kopf, Juliette Gerard, die er auf meinem Boot kennenlernte, während ich sie noch zu überreden versuchte, mich zu heiraten. Danach kamen wir drei Jahre hindurch nicht mehr privat zusammen. Er blieb mein Bankier und ich sein Klient, aber es bestand eine gewisse Reserviertheit zwischen uns, bis ihr Sohn geboren wurde und sie ihn nach mir, Paul Desmond, nannten und ich bei seiner Taufe Pate stand. Am selben Tag bot mir Harlekin einen Sitz in seinem Aufsichtsrat an. In einer plötzlichen Gefühlsaufwallung nahm ich an und wurde damit bei Harlekin et Cie. ein Direktor ohne Geschäftsbereich und der ganz vernarrte Pate eines kleinen, blonden Wurms, das seiner Mutter ähnlicher sah, als mir lieb war.

Wir waren die besten Freunde, aber noch immer war ich neidisch und eifersüchtig auf Harlekin. Er hatte zuviel Glück, er war zu vielseitig, er war allzu offensichtlich glücklich. Er ritt, er segelte, er ließ Vollblüter laufen, er sammelte Bilder und Porzellan. Ich fragte mich in trüben Stunden oft, warum er sich mit einem so ungehobelten Kerl wie mir überhaupt abgab. Ich kam mir wie ein Hofnarr vor, der den Fürsten liebte und — wider alle Vernunft — noch immer in die Fürstin verliebt war. Harlekin war verletzlich, erkannte die Gefahr nicht, nur er selbst zu sein. Nicht einmal Juliette konnte es erahnen und gab den Dingen einen anderen Namen.

„... ich fühle mich so überflüssig, Paul. Ich kann ihm nichts geben, außer mich selbst im Bett und noch ein Kind, wenn er es will. Es gibt zwanzig Frauen, die morgen meinen Platz einnehmen könnten. George sieht nicht, daß er mich nicht braucht, aber eines Tages wird er es wissen..."

Ich sagte ihr die einzige Wahrheit, die ich kannte. „Julie, du bist mit einem Glückspilz verheiratet. Sei glücklich bei ihm. Alles ist für ihn eine Freude, und du bist die größte Freude von allem. Finde dich damit ab."

Bald darauf, im April, fuhren Harlekin und ich nach Peking, weil die Chinesen mit Europa ins Geschäft gekommen waren und Harlekin für seine Klienten Nutzen daraus ziehen wollte. Er fühlte sich sofort wie zu Hause und benahm sich ganz ungezwungen in der Volksrepublik. Seine Höflichkeit war ohne Makel, seine Geduld grenzenlos. Innerhalb eines Monats verstand er sich ausgezeichnet mit der höheren Beamtenschaft, geachtet von Politikern, Technokraten, Gelehrten und Antiquaren. Er tätigte Einkäufe in Jade und Teppichen. Er besprach Projekte zur Herstellung von Antibiotika, Präzisionsinstrumenten. Die Art, wie er auftrat, war makellos und brachte ihm die offene Anerkennung unserer Gastgeber ein.

Von Peking flogen wir nach Tokio und von dort nach Los Angeles, wo Harlekin plötzlich erkrankte. Der Arzt wies ihn sofort ins Krankenhaus ein, wo Röntgenaufnahmen eine schwere Infektion beider Lungen erkennen ließen. Juliette flog von Genf herüber, und ich kehrte nach Europa zurück. Harlekin ging es ein paar Tage besser, doch dann trat ein Rückfall ein. Man untersuchte ihn auf Tuberkulose, Q-Fieber und Papageienkrankheit und andere exotische Erkrankungen. Dann rief mich eines Tages Juliette an. Sie hatte beunruhigende Nachrichten. Die Ärzte vermuteten Lymphgefäßkrebs. Sie hatten eine Biopsie empfohlen. Harlekin hatte sich geweigert.

„Aber warum, Julie ..., warum?"

„Er sagt, der bloße Gedanke sei ihm zuwider. Er wolle lieber auf das warten, was er den Urteilsspruch der Natur nennt."

„Ist er deprimiert?"

„Merkwürdigerweise nicht. Er ist vollkommen ruhig, doch ich mache mir schreckliche Sorgen. Aber er braucht mich, Paul. Darüber bin ich wenigstens glücklich."

„Klammer dich daran, Mädchen. Grüß ihn von mir. Sag ihm, die Geschäfte werden in vollem Schwunge sein, wenn er heimkehrt ..."

Aber die Geier kreisten bereits über seinem Haupte. Jeden Tag erkundigte sich irgendein besorgter Kollege telefonisch oder fernschriftlich, wie es denn nun um Harlekins Gesundheitszustand stehe. Man machte Andeutungen über Fusionsangebote, falls Harlekin sterben sollte. Ich wurde plötzlich von allen möglichen Leuten eingeladen – in verschiedene Hauptstädte der Erde.

Am bedeutsamsten war ein Fernschreiben von Basil Yanko, Präsident der Creative Systems Incorporated, New York: „BIN MORGEN IN GENF. ERSUCHE VERTRAULICHE BESPRECHUNG MIT IHNEN ZEHN UHR. ERBITTE BESTÄTIGUNG. YANKO."

Natürlich bestätigte ich. Harlekin et Cie. hatten alle Emissionen der Creative Systems Incorporated und ihrer Tochtergesellschaften garantiert. Unser Anteil an ihren Aktien war beträchtlich. Basil Yanko konnte mich bitten, auf dem Drahtseil einen Tango zu tanzen, und ich würde ihm den Gefallen tun.

Nicht daß er mir sympathisch gewesen wäre. Er war arrogant,

kurz angebunden und wirkte wie ein hohes, schlaksiges Skelett mit
mausgrauer Gesichtsfarbe, einem schmalen Mund und schwarzen
Knopfaugen ohne eine Spur von Humor. Auf der anderen Seite galt
er als der originellste Kopf auf dem Gebiet der Computertechnik.
Er hatte als Hardware-Ingenieur – Computer oder Computerteile –
bei Honeywell angefangen; dann hatte er Creative Systems Incorporated aufgebaut und damit begonnen, Programme für wichtige Regie-
rungsbehörden wie für Privatunternehmen zu entwerfen. Seine Gesellschaften waren in der ganzen Welt tätig, und sein Reichtum war
bereits legendär. Seine Systeme waren die Schnüre, an denen Millionen lebendiger Marionetten hingen. Auch wir setzten sie ein.

Wir hatten uns kaum am Konferenztisch niedergelassen, als er mir
auch schon einen Umschlag unter die Nase hielt. „Lesen Sie das hier.
Es ist das Gutachten von George Harlekins Arzt.“

Ich ärgerte mich. „Das ist verdammt unmoralisch. Das ist ein persönliches Dokument. Woher, zum Teufel, haben Sie es bekommen?“

„Ganz einfach. Das Krankenhaus hat Computerzeit bei uns gemietet. Der Bericht deutet zwei Möglichkeiten an: Harlekin hat entweder
Krebs oder eine seltene Virusinfektion. Falls er sich wieder erholt,
wird er eine längere Rekonvaleszenz nötig haben. Falls er stirbt, sind
die natürlichen Erben seine Frau und ein unmündiger Sohn. Die
Geschäftsleitung Harlekin et Cie. wird vorläufig auf die Direktoren
übergehen. Die logische Folge: ein Fallen der Aktienkurse und eine
Schwächung des Profitpotentials.“

„Das ist Ihre Logik, Mr. Yanko.“

„Ich bin bereit, darauf eine Wette einzugehen. Sie sind Harlekins
Testamentsvollstrecker. Wenn Harlekin stirbt, möchte ich seinen
Aktienbesitz aufkaufen. Ich werde jedes Angebot überbieten. Und
wenn Harlekin am Leben bleibt, dann bleibt dasselbe Angebot be-
stehen. Ich ersuche Sie, es ihm zu übermitteln, sobald er sich in der
Lage fühlt, die Frage zu prüfen.“

„Ich bin sicher, daß er ablehnen wird.“

„In diesem Fall bin ich bereit, die Anteile seiner Gesellschafter zu
übernehmen, von denen mehrere zum Verkauf entschlossen sind.“

„George Harlekin hat das Vorkaufsrecht.“

„Vielleicht ist er aber geneigt, darauf zu verzichten oder die Option
zu veräußern. Ich muß Ihnen sagen, daß sich das Verhalten bei nichtpsychotischen Individuen neuerdings mit fünfundsiebzig Prozent
Genauigkeit im Computer vorausberechnen läßt.“

„Und Harlekin gehört bei Ihnen zu diesen Individuen?"

„Er ist eines der bedeutendsten, Mr. Desmond. Und unterschätzen Sie mich nicht. Ich erreiche gewöhnlich, was ich will."

„Warum wollen Sie Harlekin et Cie.?"

Seine dünnen Lippen verzogen sich zu einem Lächeln. „Wissen Sie, wie Harlekin zu seinem Namen gekommen ist? Sein Urgroßvater war ein Komödiant, der den Arlecchino – Harlekin – in der italienischen Commedia dell'arte spielte. Seitdem hat sich eine gewisse Wandlung vollzogen, aber das ist die uralte Rolle: Harlekin verwandelt die Welt mit einer Berührung seiner Narrenpritsche ... und lacht sich dann über ihre Verwirrung ins Fäustchen.

Übrigens..." Er suchte in seiner Aktentasche und zog einen Ordner heraus. „Sie haben uns beauftragt, eine Sicherheitsüberprüfung Ihres Abrechnungssystems vorzunehmen. Das hier ist der Bericht für die letzten sechs Monate. Der Computer hat einige höchst merkwürdige Unregelmäßigkeiten zutage gefördert. Sie werden feststellen, daß in einigen Fällen sofortiges Handeln geboten erscheint." Er erhob sich. Die Hand, die er mir bot, war kalt wie ein toter Fisch. „Guten Tag, Mr. Desmond."

Als ich ihn zum Lift begleitete, überkam mich ein Frösteln.

Theoretisch sollte uns der Computer natürlich gegen solche primitiven Unglücksfälle wie Unregelmäßigkeiten in den Konten sichern. Der Computer ist ein mächtiges Gehirn, das das Wissen von Jahrhunderten speichern und innerhalb des Bruchteils einer Sekunde auf die abstrusesten Gleichungen unfehlbare Antworten liefern kann. In Wirklichkeit verleitet es den Menschen zu blindem Glauben, nur um ihm sogleich seine Geistesschwäche vor Augen zu führen.

Wir kauften das Computergehirn nicht von Yanko. Wir mieteten seine Arbeitszeit und beschäftigten erfahrene Programmierer, um Fakten und Zahlen einzuspeichern. Wir gründeten wichtigste Entscheidungen auf die Antworten, die es uns lieferte. Da wir aber die Angst nicht loswurden, daß sich die Programmierer irren könnten, setzten wir Prüfgeräte ein, um das Gehirn gegen jeden Irrtum oder Mißbrauch unter Kontrolle zu halten. Es gab nur ein einziges Problem: Das Gehirn sowie die Programmierer und Kontrolleure gehörten alle zu Creative Systems Incorporated; und Creative Systems war Basil Yanko, der es darauf angelegt hatte, uns unter seine Kontrolle zu bringen.

Ich mußte meinen ganzen Mut zusammennehmen, um den Um-

schlag mit dem Bericht zu öffnen. Ich wies Suzanne, Harlekins Sekretärin, an, keine Anrufe durchzustellen, schloß meine Tür ab und
machte mich an die Lektüre. Zwei Stunden später stand ich vor der
brutalen Tatsache: Harlekin et Cie. waren um fünfzehn Millionen
Dollar erleichtert worden – von niemand anderem als George Harlekin selbst.

Wem konnte man es sagen? Der Missetäter – oder das Opfer – lag
zehntausend Kilometer von hier entfernt im Krankenhaus. Ich mußte
fünfzehn Millionen aufbringen, bevor die Buchprüfer auf den Plan
traten. Wenn ich alle meine persönlichen Vermögenswerte mobili-
sierte, war ich nur für fünf Millionen gut. Wem konnte ich diese
Notlage erklären? Ich mußte Gewißheit haben, ob der Bericht falsch
oder richtig war. Aber wem war zu trauen?

Ich wurde im Club Commercial de Genève zum Mittagessen und
zu Geschäftsbesprechungen erwartet. Ich steckte den Bericht in meine
Aktentasche und rief Suzanne.

Suzanne ist vierzig Jahre alt, wobei es auf ein paar Monate mehr
oder weniger nicht ankommt, und sie liebt Harlekin seit dem Tag,
da sie vor fünfzehn Jahren zum erstenmal sein Büro betrat. Sie ist
noch immer eine ansehnliche Frau mit klarem Verstand. Eine Zeitlang unterhielten wir ein Liebesverhältnis. Jetzt sind wir gute
Freunde.

„Suzy, wir stecken in einer Klemme – in einer großen", sagte ich.
„Jemand hat unsere Computer manipuliert. Wir stehen mit fünfzehn
Millionen in der Kreide. Ich muß schnell handeln. Niemand außer
dir darf wissen, wo ich bin und mit wem ich mich treffe. Laß heute
ab drei Uhr nachmittags eine Maschine für mich bereithalten. Ver-
binde mich mit Karl Krüger in Hamburg. Ruf den Club an, und sag
den Leuten, ich würde mich für die Drinks verspäten, aber zur Rede
pünktlich dasein. Dann geh in meine Wohnung, pack einen Koffer,
hol mich nach dem Lunch ab, und fahr mit mir zum Flugplatz."

„Großer Gott! Weiß George davon?"

„Nein. Und ich werde es ihm nicht sagen, bevor wir das ärztliche
Gutachten kennen."

„Steckt er mit drin?"

„Bis zum Hals. Jetzt will ich ein Telegramm diktieren, das an alle
Filialleiter geht. Und dann setz dich ans Telefon."

Karl Krüger, Vorsitzender von Krüger & Co. AG, saß noch bei
Bier und Knackwurst am Schreibtisch, während seine jüngeren Part-

ner beim Essen im Hotel Vier Jahreszeiten irgendwelche Bankkunden betreuten. Ich konnte mir vorstellen, wie der fünfundsechzig Jahre alte grauhaarige Bär über diese Störung brummte.

„Was, zum Teufel, willst du von mir?"

„Essen, Bett und heute abend ein Gespräch."

„Hilde ist da. Du weißt, was das heißt."

„Schön, also reden wir zuerst, und dann führen wir sie gemeinsam zum Abendessen aus. Bitte, Karl! Ich brauche dich, alter Freund."

„Das hört sich nicht gerade beruhigend an, Paul. Also dann um sechs bei mir zu Hause."

„Wiedersehen, Karl. Und vielen Dank."

Im Club redete ich zwanzig Minuten, gab einige optimistische, aber nichtssagende Sätze von mir, die in der Morgenpresse eine halbe Spalte ausmachen würden, und um fünf Minuten vor sechs klopfte ich am Alsterpark an Krügers Tür.

Die meisten Menschen finden ihn nicht sympathisch. Die Engländer werden Ihnen erzählen, er sei ein Erzjunker, der mit Hitler gemeinsame Sache gemacht habe. Aber eine jüdische Bekannte von mir schwört, er habe Millionen ausgegeben, um ihren Mann vor den Henkern zu schützen, und ein Flieger der Alliierten versteckte sich drei Wochen in Karls Haus, nachdem er über Lübeck abgeschossen worden war. Das gehört jetzt alles der Vergangenheit an. Ich kann Ihnen Karl Krüger nur so präsentieren, wie ich ihn jetzt kenne.

Er ist hochgewachsen und breitschultrig, mit dichtem eisgrauem Haar und Riesenfäusten. Er sieht wie ein alter Boxer nach vielen Kämpfen aus; aber sein Verstand ist klarer und rascher als der der meisten Menschen. Er begrüßte mich wie einen verlorenen Bruder, legte mir den Arm um die Schultern und schob mich mit wiegenden Schritten an den Kamin. „Ach, du liebe Güte! Du bist ja bleich wie ein Tischtuch! Wir werden dir erst einmal innerlich etwas einheizen. Scotch, nicht wahr? ... Also, wo drückt denn der Schuh?"

„Wir haben ein Minus von fünfzehn Millionen Dollar in den Bilanzen. Wir sind geschröpft worden, und aus den Unterlagen geht hervor, daß es Harlekin gewesen sein soll. Ich sage, er war es nicht. Aber es war jemand, der Zugang zu unserem Computersystem hat. Ich sage, es war Basil Yanko."

„Warum? Der hat doch Geld wie Heu."

„Er will uns schlucken. Er hat mir das heute gesagt."

„Und was willst du von mir, Paul?"

„Bürgschaft für zehn Millionen, auf Abruf, bis ich mir Vollmachten von Harlekin beschaffen, die Bücher in Ordnung bringen und die erforderlichen Überweisungen vornehmen kann. Die anderen fünf Millionen kommen von mir."

„Du bist ein sentimentaler Narr. Du paukst Harlekin heraus, aber Yanko besitzt noch immer Beweise für die Veruntreuung."

„Wenn wir gedeckt sind, ist es schwer für ihn, sie zu verwenden. Vielleicht werde ich die Geldmittel nie abrufen müssen, Karl, aber ich muß mir die nötige Zeit erkaufen."

„Warum ich? Warum nicht eure eigenen Aktionäre?"

„Yanko sagt, er habe sie alle in der Tasche. Du bist der einzige, dem ich zutraue, daß er den Mund hält. Da ist noch ein anderes Problem. Ich brauche einen Experten, der eine unabhängige Untersuchung durchführt. Der Markt ist begrenzt, und wenn ich da auftauche, weiß es Yanko sofort."

„Und er wird euch den Mann unter der Nase wegkaufen. Du sitzt ganz schön in der Tinte, Paul, mein Junge. Schenk dir noch einen Whisky ein. Ich muß nachdenken."

Karl Krügers Nachdenken klang wie das Zermahlen von Steinen in einem Kieswerk. Vor sich hin murmelnd schritt er in dem Zimmer auf und ab. Er pflanzte seinen massiven Körper vor das Fenster und schaute lange auf das Lichtermeer der alten Hansestadt hinaus, die so tief im Wohlstand ihrer Bürgerschaft verwurzelt war. Schließlich wandte er sich mir zu. In seinen Zügen lag ernste Entschlossenheit.

„Geld ist Männersache, Paul. Dein George Harlekin, was ist das für ein Mensch? Ein Playboy, ein Amateur? Er schlendert durch die Welt der Finanzen, als wäre sie ein Kinderspiel. Er braucht also Deckung von fünfzehn Millionen, weil er den Überblick über seine eigenen Konten verloren hat!"

„Karl! Du weißt doch nur zu gut, daß jedes System korrumpiert werden kann, und man braucht nicht in Sack und Asche herumzulaufen, um zu beweisen, daß man ein guter Bankier ist."

„Warum hat Yanko sich gerade ihn ausgesucht? Warum nicht ein halbes Dutzend anderer, die wir beide namentlich aufzählen könnten? Er hat sich Harlekin ausgesucht, weil in dem Mann eine gewisse Schwäche liegt. Ich möchte wissen, worin sie besteht."

„Diese Frage darfst du mir nicht stellen, George ist ein guter Freund von mir. Ich bin der Pate seines Kindes und liebe seine Frau."

„Anstatt sie ihm wegzunehmen, machst du dich also zum Märtyrer

eurer Bruderschaft! Du bist ein Narr! Aber du hast die Deckung –
unter einer Bedingung. Ich verlange das Vorkaufsrecht auf seine
Anteile."

„Das ist hart, aber ich werde Harlekin den Vorschlag unterbreiten."

„Tu das. So, und jetzt zur Frage der Überprüfung... Du kannst
auf ihrem Markt nicht hausieren gehen, Computerleute sind eine
verschworene Gemeinschaft. Du könntest zur Polizei gehen, aber ihr
arbeitet in zu vielen Ländern mit unterschiedlichen Rechtsordnungen
und würdet überall einen Skandal hervorrufen. Yanko steht alles zur
Verfügung... Geld, Informationen, weltweiter Einfluß. Er kann ein
ganzes Lügengebäude errichten und es der halben Welt im Handum-
drehen verkaufen. Wenn ihr euch einmal mit ihm angelegt habt, müßt
ihr ihn zur Strecke bringen, bevor er euch vernichten kann. Das ist
der Grund, warum ich wissen will, ob George Harlekin den Mut
dazu in den Knochen hat. Falls er zum Kampf bereit ist, gibt es in
New York einen Mann, der ihm helfen könnte. Er hat mehrere Namen. In Wirklichkeit heißt er Aaron Bogdanovich."

„Was macht er?"

„Er organisiert den Terror."

Einen kurzen Augenblick waren wir zweitausend Jahre von dem
alten Patrizierhaus am Alsterpark entfernt, zurückversetzt in den
Wald der Urzeit, wo die Krieger trunken an den Feuerstellen lagen
und auf neue Mord- und Raubzüge sannen. In jenem Augenblick
sah ich das wahre Gesicht unseres Berufs, den blutigen Kampf um
Geld und Macht – während die Wölfe darauf warteten, das aufzu-
fressen, was die Männer des Schwertes übriggelassen hatten.

Karl Krüger ließ sich in einen Sessel fallen und schüttete Schnaps
in ein Glas. Dann betrachtete er mich mit sardonischem Lächeln:
„Willst du mir irgendwelche Fragen stellen?"

„Ja. Woher kennst du Aaron Bogdanovich?"

„Ich handle für seinen Auftraggeber – den Staat Israel."

„Warum würde er einen privaten Auftrag übernehmen?"

„Er ist mir persönlich zu Dank verpflichtet. Ich habe seine
Geschwister aus Lettland herausgebracht."

„Und was könnte er für uns tun?"

„So gut wie alles, glaube ich. Terror ist ein vielschichtiges
Geschäft."

„Wie kann ich mich mit deinem Aaron Bogdanovich in Verbindung
setzen?"

„Er betreibt ein Blumengeschäft in New York, auf der Third Avenue zwischen der 49th und der 50th Street. Du gehst hinein und überreichst meinen Brief. Ich schreibe ihn besser gleich. Hilde wird bald hier sein."

Wir aßen zu Hause, weil Karl den besten Koch in Hamburg und Umgebung hat. Hilde spielte die Gastgeberin. Dann tummelten wir uns auf der Reeperbahn: exklusive Bars, Seemannskneipen, wo Karl Akkordeon spielte und Holzschuhtänze auf dem mit Sägemehl bestreuten Tanzboden aufführte. Am Ende des Abends meinte er: „Siehst du, Paulchen, mein Junge, wenn du sie nicht schlagen kannst, machst du es eben anders. Wenn beides nicht geht, legst du dich hin und krepierst."

Es war ein schöner, eindrucksvoller Gefühlsausbruch am Ende einer durchzechten Nacht. Ich zweifle, ob ich den Sinn seiner Worte auch George Harlekin würde schmackhaft machen können – dem am wenigsten kämpferischen, dem kultiviertesten Menschen, den ich kannte.

SECHSUNDDREISSIG Stunden später war ich in Los Angeles. Ich ging im Garten des Bel-Air-Hotels mit Juliette spazieren. George hatte von den Ärzten kein Todesurteil empfangen. Er würde in einer Woche aus dem Krankenhaus entlassen werden und sich nach weiteren vier Wochen wieder leichtere Arbeiten zumuten können.

Die freudig erregte Juliette steckte voller Pläne. „Wir haben beschlossen, nach Acapulco zu fahren. Lola Frank stellt uns ihre Villa zur Verfügung. Ach, Paul, es wird wie eine zweite Hochzeitsreise sein! Ich kann es kaum erwarten. Die letzten Wochen waren schrecklich. George war wie ein Fremder, er schien so weit von mir fort zu sein. Auch als man ihm die gute Nachricht überbrachte, lächelte er nur und dankte dem Arzt. Als wir allein waren, zog er mich an sich und weinte ein wenig; dann sagte er etwas Seltsames: „Jetzt kenne ich den Namen des Engels." Als ich ihn fragte, was er damit meinte, sagte er, es sei etwas, was er nicht näher erklären wolle."

„Wann kann ich ihn besuchen?"

„Heute nachmittag. Ach, Paul! Ist es nicht ein herrlicher Tag?"

Ich fand, daß es ein ganz ekelhafter Tag war. Auf der Fahrt in die Stadt spielte ich mit dem Gedanken, die Hiobsbotschaft zurückzuhalten, aber ohne Harlekins Einwilligung waren mir die Hände gebunden.

Als ich ihn sah, sank mir das Herz. Er saß in einem Lehnstuhl und war so bleich, daß er fast durchsichtig wirkte. Nur sein Lächeln war noch das alte: strahlend, fast ernst, aber immer noch mit einem Anflug von Mutwillen. Er schob meine Fragen beiseite.

„Es ist vorbei, Paul. Ich habe Glück gehabt. Man sagt mir, es werde eine lange Rekonvaleszenz geben. Kannst du die Festung noch eine Zeitlang halten?"

„Selbstverständlich. Ich muß dich aber mit schlechten Nachrichten belasten."

Er zuckte mit den Achseln. „Sag mir gleich das Schlimmste, und ich bin immer noch ein Glückspilz."

Ich berichtete, und er hörte mir schweigend zu.

Als ich fertig war, stellte er mir ruhig die Frage: „Wie ist das möglich gewesen?"

„Die Methode ist denkbar einfach: Man besticht einen Programmierer, falsche Daten in den Computer einzugeben. Falls diese nicht wieder gelöscht werden, arbeitet der Computer mit ihnen bis zum Jüngsten Tag... Wir kaufen und verkaufen en bloc für Gruppen von Kunden und rechnen Gewinne und Spesen hinterher ab. Unser Computer wurde so programmiert, daß er auf Transaktionen falsche Spesen berechnete und die Gewinne auf dein Konto bei der Unionsbank in Zürich einzahlte."

„Ich habe noch nie ein Konto bei der Unionsbank gehabt."

„Der Bericht behauptet, die für die Kontoeröffnung erforderlichen Dokumente und die Schecks trügen deine Unterschrift. Es wurde alles abgehoben."

„Durch Urkundenfälschung!"

„Das müssen wir beweisen, und wir müssen den Fälscher ausfindig machen. Ferner müssen wir feststellen, wer die Computer für alle unsere Filialen manipuliert und wer dafür bezahlt hat."

„Warum ist uns die Diskrepanz nicht selbst aufgefallen?"

„Weil wir alle dem Computer blindes Vertrauen schenken. Solange die täglichen Kontenbewegungen stimmen, stellen wir keine Fragen."

„Das ist doch Irrsinn, Paul! Ich soll meine eigene Gesellschaft beraubt haben... Ich verstehe das nicht."

„Jemand wollte dich zum Sündenbock machen. Ich glaube, es ist Basil Yanko, und ich glaube, dies ist bloß eine Warnung – der erste Erpresserbrief."

„Das ist kriminell."

„Falls wir es beweisen können. Inzwischen brauchen wir in der
Bank eine Deckung für die fehlenden Millionen. Karl Krüger und
ich bürgen, aber Karl verlangt das Vorkaufsrecht auf deine Anteile
an Harlekin et Cie."

„Dann gib es ihm, Paul."

„In diesem Falle brauche ich Vollmacht und Verfügungsgewalt
über dein Vermögen, so lange, bis du wieder selbst in Aktion treten
kannst. Das ist natürlich ein Risiko."

„Irgend jemandem muß ich doch vertrauen, Paul. Wenn nicht dir,
wem denn sonst?"

„Wir werden also den Kampf mit Basil Yanko aufnehmen."

„Das habe ich nicht gesagt."

Ich starrte ihn ungläubig an. Er lächelte matt, wehmütig. „Schau
mich nicht so entsetzt an, Paul. Ich bin eben noch bis ans Ende der
Welt gegangen und zurückgekommen. Ich weiß, wie wenig Gepäck
der Mensch braucht. Ich will zwar nicht, daß Basil Yanko Harlekin
et Cie. schluckt; aber ich würde mich nicht dagegen sperren, sie Karl
Krüger zu verkaufen. Für Julie und den Jungen wäre gesorgt. Und
ich wäre den ganzen Trödel los."

„Wenn du jetzt nachgibst, gewinnen die Schurken die Oberhand.
Und dann werden sie es wieder versuchen, und nicht jedes Opfer
kommt dann mit einem blauen Auge davon – wie George Harlekin."

Er war plötzlich grau geworden. Schweißperlen standen ihm auf
der Stirn. Ich kam mir wie ein Verbrecher vor. Ich half ihm wieder
ins Bett, und das Leben kehrte in seine bleichen Wangen zurück.

„Verzeihung, George", sagte ich. „Wie du dich auch entscheidest –
wir bleiben Freunde."

Er umklammerte mein Handgelenk mit seiner ausgemergelten
Hand: „Ich will dir ein Geheimnis verraten, Paul. Es ist schwer, mit
dem Todesengel zu ringen, denn er will nur eins von dir: daß du
dich zur Ruhe begibst und schläfst. Es ist eine große Versuchung,
einfach die Augen zu schließen und sich um nichts mehr zu kümmern.
Verurteile mich noch nicht. Laß mir ein bißchen Zeit . . ."

„Wir haben nicht mehr viel Zeit, George."

„Komm morgen mit Julie wieder", sagte er.

Es war noch früh. Ich hatte keine Lust, ins Hotel zurückzukehren.
Ich wollte anonym bleiben, um mich nach Herzenslust über die Dinge
des täglichen Lebens unterhalten zu können: über den Preis des Beef-
steaks und darüber, daß die Mädchen nicht mehr so waren wie früher.

Ich ging auf dem Strip in eine Bar. Ich bestellte einen Bourbon und ließ mich zu einem halbstündigen, einsilbigen Gespräch mit dem Barmixer nieder. Wir hatten gerade den Nahen Osten erledigt, als das Telefon klingelte. Der Barmixer nahm den Hörer ab und wandte sich dann zu mir um. „Heißen Sie Paul Desmond?"

„Ja."

„New York ist am Apparat."

Er schob mir den Hörer hin, und ich sagte: „Hallo."

„Mr. Desmond? Hier spricht Basil Yanko. Ich rufe an, um Sie in den Vereinigten Staaten willkommen zu heißen."

„Wie haben Sie herausbekommen, wo Sie mich erreichen können?"

„Wir sind eine leistungsfähige Organisation, Mr. Desmond. Haben Sie Neuigkeiten für mich?"

„Nur einen Rat, Mr. Yanko. Dringen Sie nicht in mein Privatleben ein."

Er lachte, aber es klang nicht heiter. „Schön, lassen Sie es sich gutgehen. Wir werden in Verbindung bleiben. *Au revoir,* Mr. Desmond."

Ich legte auf und beschloß, meinen Freund und Klienten Francis Xavier Mendoza, der in Brentwood lebt, anzurufen. Er ist ein kleines Wunder: ein kastilischer Gentleman, der sich vor dem vulgären Treiben an der Westküste bewahrt hat. Im politischen Leben Kaliforniens ist er allgegenwärtig, er geht an Sonn- und Feiertagen zur Messe, keltert den besten Wein im Napa-Valley und müht sich in seiner Freizeit damit ab, spanische Gedichte zu übersetzen.

Als ich ihm sagte, ich müsse ihn unbedingt sehen, hieß er mich auf seine altertümliche Art willkommen. „Mein Haus ist Ihr Haus."

Einige Stunden später stellte ich ihm, als wir gemütlich in seinem Garten saßen, die entscheidende Frage: „Was können Sie mir über Basil Yanko und Creative Systems Incorporated erzählen?"

Er verzog sein Gesicht mit der Adlernase voller Abscheu. „Der? Die Hälfte der Großunternehmen an der Westküste nehmen seine Dienstleistungen in Anspruch und gehen vor ihm auf die Knie. Ich – ich würde nicht einmal in demselben Meer mit ihm baden gehen."

„Was ist denn an ihm auszusetzen?"

„Rechtlich gar nichts. Er liefert den besten Computerservice im ganzen Land – Systeme, Programme, Sicherheit. Sobald er aber einmal drin ist, kann man ihn nicht mehr loswerden. Er kontrolliert die Systeme, so daß er von jedem Schritt erfährt, den der betreffende Unternehmer macht. Ein einziges Zeichen von Schwäche, und er sitzt im Büro des Präsidenten. So ist er bei drei Freunden von mir vorgegangen. Warum fragen Sie?"

„Auch wir arbeiten mit ihm. Wir glauben, daß er unsere Unterlagen manipuliert hat."

„Ay de mí! Das ist böse."

„Ist er hier auch bei anderen so vorgegangen?"

„Es gibt Gerüchte, aber keine Beweise."

„Ließen sich Beweise beibringen, wenn wir Nachforschungen anstellten?"

„Ausgeschlossen. Yanko hat Macht, weil er jedermanns Geheimnisse kennt. Und was er nicht weiß, kann er erfinden und in den Computer einspeichern."

„Wie kann man ihn schlagen?"

„Es gibt nur eine Möglichkeit: Leben Sie in seiner Welt. Spielen Sie ihm im Schatten etwas vor, bis Sie ihn dann eines Tages ans Licht zerren und zur Strecke bringen. Für dieses Spiel brauchen Sie jedoch starke Nerven. Wenn Sie zum Essen ausgehen, setzen Sie sich stets mit dem Gesicht zur Tür und mit dem Rücken gegen eine feste Ziegelwand ... Ich werde mich umhören. Wenn ich irgend etwas Nützliches erfahre, werde ich Ihnen Bescheid sagen."

„Sie sind ein guter Christ, Francis."

„Das ist nicht mein Verdienst. Ich hatte eine Mutter – Gott hab sie selig –, die mir Ohrfeigen gegeben und gute Manieren beigebracht hat. So, und jetzt darf ich Ihnen einen Sherry anbieten. Es ist meine beste Flasche, und ich bin sehr stolz darauf."

Er schenkte mir ein und brachte den Toast aus: auf Gesundheit, viel Geld und Liebe – und auf die Zeit, diese drei genießen zu können. Während ich trank, hatte ich das unheimliche Gefühl, als blicke mir Basil Yanko über die Schulter – grinsend wie ein Totenschädel über soviel Ironie.

Vor Jahren, als ich noch in Tokio war und Eisenerz verhökerte, schloß ich Freundschaft mit Kiyoshi Kawai, dem Nestor des japanischen Kunstdrucks. Er war damals schon ein alter Mann, aber noch voller Saft und Phantasie. Jedesmal, wenn ich mich elend fühlte – was häufig vorkam –, ging ich in sein Atelier und sah ihm stundenlang zu, wie er Druckstöcke schnitzte und Farben mischte. Manchmal nahm Kiyoshi mich in einen Club in Shinjuku mit, wo die Geishas den Meister umflatterten und ihm endlose Tassen Sake einschenkten, während er Skizzen von ihnen entwarf und Haikus improvisierte. Manchmal, nach dem vielen Sake und dem Kirin-Bier, mußte ich den Alten nach Hause bringen, bevor er anfing, Banknoten zu signieren und als Souvenirs zu verteilen.

Und auf einer dieser Exkursionen verriet er mir sein Rezept für ein gutes Leben. Als er nüchtern war, bat ich ihn, mir den Text in Kanji-Zeichen aufzuschreiben; und wo immer ich die Schriftrolle aufhänge, fühle ich mich zu Hause. Der Text lautet: *„Mische niemals Farben, wenn der Westwind weht, und gehe niemals mit einer fuchsgesichtigen Frau ins Bett."* Es ist zu schwierig, diesen Ausdruck um Mitternacht zu erklären; deshalb habe ich ihn als Prolog der Schilderung eines sehr schlechten Tages vorangestellt.

Er begann mit einer Reihe kleinerer Unglücksfälle. Ich erwachte früh, ging zum Pool, um etwas zu schwimmen, rutschte auf den nassen Fliesen aus und verstauchte mir den Knöchel. Dann brach der Smog über uns herein, und in fünf Minuten tränten mir die Augen, und ich mußte dauernd niesen. Um acht rief Suzanne aus Genf an. Ich gab ihr die gute Nachricht von Harlekins Genesung, und sie berichtete, unsere Filialleiter seien durch mein Telegramm nervös geworden. Ob ich die Instruktionen wohl näher erläutern könne? Ich diktierte eine beruhigende Mitteilung, daß der Direktor am Leben sei, es gehe ihm gut und er werde sich bald wieder persönlich um sie kümmern. Dann rief Juliette an und bat mich, mit ihr zu frühstücken. Sie war sehr aufgeregt, weil der kleine Paul mit Windpocken im Bett liege und das Kindermädchen das Ereignis mit einem in Schwyzerdütsch abgefaßten hundert Worte langen Telegramm gefeiert habe, das überdies verstümmelt angekommen war. Beim Frühstück merkte ich, daß Juliette auch noch andere Dinge auf dem Herzen hatte.

„Ich mache mir Sorgen um George", sagte sie. „Er sagte mir gestern abend, daß er daran denke, Harlekin et Cie. zu verkaufen. Weißt du, warum oder an wen?"

„Hör mal zu, Julie, ich habe euch beide sehr gern. Aber ich mache mit deinem Mann Geschäfte und erzähle außerhalb des Direktionszimmers keine Märchen."

„Aber was wäre er ohne die Firma?"

„Ein glücklicher Mensch?"

„Oder ein Nichtstuer mehr. Ein Amateur, der keinerlei Verpflichtungen hat."

„Er ist dir gegenüber verpflichtet. Du bist eine erwachsene, verheiratete Dame. Du kennst den Text und die Melodie. Sing sie George vor."

„Ich würde nicht den richtigen Ton treffen."

„Das nehme ich dir nicht ab. Du willst dich einfach nur nicht entscheiden, ob du aus George Harlekin wieder den kleinen Jungen machen sollst – oder dich selbst wie ein erwachsenes Frauenzimmer benehmen willst. Es ist deine Sache, nicht meine ... Ich werde dich um drei zum Krankenhaus abholen."

Ich ließ sie bei ihrem Kaffee sitzen und ging im Garten spazieren. Ich ärgerte mich über sie, über mich selbst, über Harlekin. Eine Ehekrise konnte ich ebensowenig gebrauchen wie ein drittes Bein. Dann, weil ich, wenn ich mich ärgere, mit dem Kopf durch die Wand gehe, beschloß ich, meinen eigenen Privatkrieg zu führen. Ich ging in mein Zimmer zurück, rief das New Yorker Büro der Creative Systems Incorporated an und verlangte, mit Basil Yanko zu sprechen. Ich mußte nacheinander vier Leuten meinen Namen nennen, bevor er an den Apparat kam. Er klang butterweich.

„Mr. Desmond, welch ein Vergnügen! Was kann ich für Sie tun?"

„Ich bin übermorgen in New York. Ich möchte mich mit dem Mann unterhalten, der unseren Bericht zusammengestellt hat."

„Es ist kein Mann, sondern eine Frau. Valerie Hallstrom."

„Ich möchte sie trotzdem kennenlernen. Anschließend möchte ich mit Ihnen sprechen. Kann ich Sie anrufen, wenn ich da bin?"

„Tun Sie das, unbedingt. Haben Sie mein Angebot an Mr. Harlekin weitergeleitet?"

„Ja. Er überlegt es sich. Ich erwarte seine Entscheidung im Laufe des heutigen Tages."

„Gut! Wie geht es ihm?"

„Er erholt sich langsam."

„Ich bin sehr froh darüber. Übermitteln Sie ihm meine besten Wünsche."

Dann rief ich die Hotelsekretärin an. Wir setzten uns neben den Swimmingpool, um die von George Harlekin auszufertigenden Vollmachten und Aufträge zu entwerfen. Das vertrieb mir die Zeit bis zum Mittag, als ich mich in die Bar zu einem kurzen Drink vor dem Lunch begab.

Der Barmixer begrüßte mich mit Namen und wies auf einen Mann. „Der Herr dort, Sir. Er ist gerade hereingekommen und hat nach Ihnen gefragt." Er war jung, kaum dreißig, und trug einen Jerseyanzug in italienischem Schnitt. Er erhob sich, als ich auf ihn zuging, und stellte sich wohlerzogen vor. „Mr. Desmond? Ich bin Alex Duggan von Creative Systems Incorporated. Unser New Yorker Büro hat mich beauftragt, eine dringende Nachricht zu übermitteln. Sie waren nicht in Ihrem Appartement. Da dachte ich, ich könnte es in der Bar versuchen. Wollen Sie sich nicht setzen?"

Ich setzte mich. Der Barmixer stellte mir den Drink auf den Tisch. Ich fragte: „Sagten Sie nicht, Sie hätten eine Nachricht für mich?" „Ja, Sir. Es ist ein Fernschreiben aus dem Büro unseres Präsidenten. Falls Sie antworten wollen, würden wir uns freuen, Ihren Text nach New York weiterleiten zu dürfen."

Die Nachricht war formell und präzise:

AUF DER BASIS ÜBERPRÜFTER BERECHNUNGEN UND EINER DREI-JAHRES-PROJEKTION BEWERTEN WIR HARLEKIN ET CIE. MIT 85 DOLLAR JE AKTIE. DIESE MITTEILUNG BILDET FESTES BAR-ANGEBOT FÜR GESAMTAKTIEN ZU 100 DOLLAR JE AKTIE. SIE WERDEN ERSUCHT, ANGEBOT UNMITTELBAR AN MR. GEORGE HARLEKIN ZU ÜBERMITTELN UND IHN ZU INFORMIEREN, DASS WIR BEREIT SIND, ÜBER GROSSZÜGIGE VERKAUFSBEDINGUNGEN ODER VERZICHT AUF BESTEHENDE OPTIONEN ZU VERHANDELN. ANDERE AKTIONÄRE SIND UNTERRICHTET. BASIL YANKO, PRÄSIDENT, CREATIVE SYSTEMS INCORPORATED.

Ich schob die Nachricht in meine Brusttasche und kritzelte auf den Umschlag eine Antwort: „Empfang der Mitteilung bestätigt... Paul Desmond."

Der junge Mann legte den gefalteten Umschlag andachtsvoll in seine Brieftasche.

„Darf ich Ihnen einen Drink anbieten, Mr. Duggan?"

„Nein, vielen Dank, Sir. Ich trinke nie im Dienst."

„Wie lange arbeiten Sie schon für Creative Systems?"

„Drei Jahre. Beim Kundendienst."

„Und was beinhaltet das?"

„Ich besuche alle unsere Kunden in meinem Arbeitsgebiet einmal

im Monat, untersuche Beschwerden, schlage Verbesserungen vor und
entwickle Pläne."

„Sehen Sie Mr. Basil Yanko ab und zu?"

„Nicht oft. Aber wir wissen, daß er da ist – o ja, Sir! Er weiß,
was jeder einzelne tut. Wenn man nichts leistet, bleibt man nicht
lange bei Creative Systems."

„Sie haben also einen erheblichen Wechsel im Personal?"

„Der laufende Wechsel ist gerade so groß, daß wir in Schwung
bleiben. Man behauptet, daß sogar Bewerber, die von uns abgelehnt
werden, besser als die meisten sind. Sie finden deshalb leicht andere
Jobs."

„Das ist interessant. Wo bewerben sie sich?"

„Die meisten älteren Computer-Leute lassen sich bei drei großen
Agenturen in New York und zwei weiteren hier an der Westküste
eintragen."

„Schön, ich danke Ihnen, Mr. Duggan. Ich möchte Sie jetzt nicht
länger aufhalten."

„Es war mir ein großes Vergnügen, Sir. Und Ihre Nachricht wird
in einer halben Stunde in New York sein."

Er war ein angenehmer, junger Mann – gerade noch so naiv, daß
er echt wirkte. Ich begleitete ihn zur Tür und ging dann nachdenklich
zu meinem Drink zurück. Yanko wußte genau über das Verhalten
von nichtpsychotischen Personen Bescheid – ja, Freunde, der wußte
Bescheid! Ein Profit von beinahe achtzehn Prozent drückt einem
Mann die Feder zur Unterschrift in die Hand, bevor der Weihnachts-
mann wieder verschwindet. Harlekin lehnte den Verkauf vielleicht ab,
aber er konnte nicht alle Anteile zum Preis von hundert Dollar pro
Aktie übernehmen und außerdem noch fünfzehn Millionen zur Dek-
kung des Defizits aufbringen. Karl Krüger würde vielleicht zu neunzig
kaufen, aber er würde keinen Cent darüber hinausgehen. Harlekin
könnte den Versuch unternehmen, einen hinhaltenden Kampf zu führen – und dann würde Yanko seine Trumpfkarte ausspielen: Er
besitze dokumentarische Beweise darüber, daß Unterschlagung von
seiten Harlekins vorläge. Worauf alle unsere Kunden wie die Ratten
das sinkende Schiff verlassen würden.

Das war eine feine Glücksbotschaft, die ich einem Kranken übermitteln sollte. Harlekin faßte die Lage zusammen, als Juliette und ich
ihn besuchten. „Wir sind zwischen die Mühlsteine geraten. Es gibt
nur einen Trost: Der Preis ist richtig."

Juliette trat ihm entgegen. „Harlekin et Cie. wurde dir auf einem goldenen Tablett übergeben – und du willst, ohne dabei auch nur zu erröten, die Firma verkaufen, nur weil der Preis richtig ist? Ich schäme mich für dich, George."

Man merkte ihm die innere Erregung an. „Was würdest du tun, Paul?"

„Die Vernunft sagt: verkaufen. Der Instinkt sagt: kämpfen. Wir könnten gewinnen."

„Aber wir könnten auch in Stücke gerissen werden."

„Verdammt noch mal, George!" sagte Juliette kalt. „Du hast in deinem ganzen Leben noch nie für etwas kämpfen müssen. Alles ist dir geschenkt worden – sogar deine eigene Begabung! Jetzt wird dir wieder ein Geschenk angeboten. Eine Prämie von fünfzehn Dollar je Aktie, um der Gesellschaft den Rücken zu kehren, die dein Großvater gegründet hat und die rechtmäßigerweise an deinen Sohn übergehen sollte."

Harlekin stand ihr wie versteinert gegenüber. Schließlich sagte er kurz: „Setz dich, Julie. Du auch, Paul."

Wir setzten uns. Harlekin blieb stehen, mit dem Rücken zum Fenster; sein Gesicht lag im Schatten. Dann begann er zu sprechen, verhalten, als ob jeder Satz aus den geheimsten Tiefen seines Innern käme.

„Ich glaube, ich bin dir nicht gerecht geworden, Julie. Ich war mir dessen nicht bewußt. Es tut mir leid. Aber es gab Gründe. Ich will versuchen, sie zu erklären. Schon seit längerer Zeit bin ich von diesem unserem Beruf ernüchtert, wo wir Geld wie Kohlköpfe züchten und auf dem internationalen Markt verhökern. Ich sehe mir die Geldmittel an, die uns durch die Hände rinnen, und ich frage mich mehr als einmal, woher sie stammen: das Ölgeld aus den Scheichtümern, wo man Menschen, die einen Korb Datteln gestohlen haben, die Hand abhackt; Fluchtkapital aus wirtschaftlich schwachen Ländern; die Beute von Diktatoren. Wenn dieses Geld zu uns gelangt, ist es ganz sauber, desinfiziert und riecht nach Rosenwasser – und wir leben wie die Könige von dem Profit. Ich bin jeden Tag weniger stolz darauf.

Als ich hier lag und darauf wartete, daß mir die Ärzte das Todesurteil aushändigen würden, fragte ich mich, wie ich mich wohl im Jenseits für dieses Leben würde verantworten können ... Dann, als dies hier geschah, schien es mir ein Ausweg zu sein: Kassier die

Chips ein, kauf dir Zeit, um das Rätsel dieser Welt und deinen Platz darin zu erraten. Auf der anderen Seite weiß ich, daß ich ein guter Finanzmann bin und daß anständige Menschen Harlekin et Cie. Vertrauen entgegenbringen.

Aber hier liegt das Dilemma: Wenn ich gegen Yanko kämpfe, muß ich in seiner Welt, mit seinen Waffen kämpfen. Davor habe ich Angst; aber nicht aus den Gründen, die du meinst, Julie. Ich kämpfe gern. Ich glaube, ich könnte der größte Pirat von allen sein und noch lächeln, wenn ich das Blut vom Entermesser abwische. Aber die Kernfrage lautet: Könnte ich danach noch vor mir selbst bestehen? Würde ich für dich, Julie, ein besserer Mann sein? Könnten wir beide, Paul, du und ich, dann noch zusammen segeln und lachen und Wein auf dem Achterdeck trinken?" Er lächelte und zuckte wie vor Selbstironie die Achseln. „Schön, das ist die Verteidigungsrede. Sie ist meine letzte."

Julie starrte ihn verständnislos an. „Aber du verkaufst trotzdem?"

„Nein, meine Liebe. Ich werde kämpfen. Es ist die einzige Möglichkeit, um jemals zu erfahren, ob das Spiel den Einsatz wert ist."

Seine Worte klangen nicht gerade zündend wie ein Aufruf zu den Waffen. Als Auftakt zu einer zweiten Hochzeitsreise klangen sie sogar alles andere als glückverheißend. Auch als wir das weitere Vorgehen besprachen, wirkte es mehr wie eine Verschwörung und nicht wie der Kampf der Rechtgläubigen gegen die Gottlosen.

Als wir ins Hotel zurückfuhren, saß Juliette schweigend und geistesabwesend neben mir. Ich hätte sie am liebsten in die Arme genommen und ihr ein Lächeln entlockt, aber sie war weit entrückt. Ich brauchte vier Stunden und ein kleines Vermögen für Telefongespräche und nahm dann die Mitternachtsmaschine nach New York.

Zweites Kapitel

In New York fühlte ich mich wohler als in jeder anderen Großstadt der Welt. Ich habe ein Appartement in den East Sixties, einen japanischen Diener, einen guten Club und eine Blütenlese von Freunden. Trotz all ihrer verrückten Auswüchse liebe ich die Stadt. Hier genieße ich auch die Segnungen des Privatlebens, denn ich habe einen Fernsprechanschluß, der nicht im Telephonbuch steht, habe den Namen eines anderen an der Tür und bediene mich eines Appartements der Bank im Salvador, wo ich langweilige Gäste bewirten kann.

Um acht Uhr morgens ließ ich mich, übernächtigt und verschlafen, im Salvador kurz sehen. Um neun war ich in meinem eigenen Appartement. Um zehn Uhr dreißig sah ich, dank Takeshi, wieder wie ein Mensch aus. Und schlenderte die Third Avenue entlang, um Verbindung mit Aaron Bogdanovich aufzunehmen.

Das Blumengeschäft blühte. Mädchen fertigten Tischdekorationen an; ein exotisch aussehender junger Mann packte einen Strauß in eine Schachtel. Eine würdevolle Dame mit einem zitronengelben Kleid und breitem Lächeln fragte nach meinem Begehr. Als ich sagte, ich möchte mit dem Besitzer sprechen, schwand ihr Lächeln.

Sie trug Karl Krügers Brief in ein Hinterzimmer. Kurz darauf war sie wieder da und sagte, ich solle die Third Avenue zu Ginty's Tavern hinuntergehen und auf einen Anruf in der Telefonzelle warten.

Bei Ginty trank ich Tomatensaft, bis das Telefon klingelte. Eine Stimme befahl mir, zu Fuß in die Saint Patrick's Cathedral zu gehen und im ersten Beichtstuhl rechts niederzuknien. Ich hielt die ganze Geheimniskrämerei für reinen Unsinn und sagte das auch. Die Stimme unterbrach mich kurz angebunden: „In Bankangelegenheiten kommen wir zu Ihnen. In unserem Geschäft sind wir die Spezialisten ... Okay?"

Man konnte es natürlich auch so ausdrücken – meinetwegen. Es war nicht weit zur Saint Patrick's Cathedral, und ein bißchen Beten konnte nicht schaden. Der Beichtstuhl war dunkel und roch säuerlich nach alten Sünden. Das Gitterwerk war mit undurchsichtiger Gaze bespannt. Die Stimme, die von der anderen Seite zu hören war, klang wie ein eintöniges Flüstern.

„Ich bin Aaron Bogdanovich. Ich habe ein untrügliches Gedächtnis. Sie werden mir sagen, welchen Service Sie von mir erwarten. Ich werde Ihnen sagen, ob wir ihn erfüllen können."

Ich sagte es ihm im leiernden Tonfall des Beichtenden.

Bogdanovich stellte unbequeme Fragen: „Wie würden Sie Ihre Wünsche, in der Reihenfolge ihrer Dringlichkeit, formulieren?"

„Eine Übernahme durch andere abwenden. Die betrügerischen Machenschaften untersuchen und unser System bereinigen. Beweisen, daß sich Basil Yanko krimineller Machenschaften schuldig gemacht hat."

„Die ersten beiden Operationen sind defensiver Natur. Die dritte ist aggressiv. Warum?"

„Wenn wir nur einen Defensivkrieg führen, müssen wir verlieren."

„Sind Sie sich darüber im klaren, was Sie das kosten kann? Wenn Sie zur Polizei gehen, wenn Sie eine anerkannte Sicherheitsfirma heranziehen, heuern Sie einen Mann mit einer Kanone an, um Ihr Leben und Ihr Eigentum zu schützen. Sie müssen sich für das, was sie tun, vor dem Gesetz verantworten. Wir operieren außerhalb des Gesetzes. Wir haben jedoch gewisse moralische Grundsätze und sind keine Killer, aber es kann zu Gewalttätigkeiten kommen, und der Tod kann eine Folge davon sein. Sie müssen sich also zunächst entscheiden — und wir danach —, ob die Sache so schwerwiegend ist, daß sie ein tödliches Risiko rechtfertigt. Ich möchte, daß Sie sich über Ihre eigene Position ausreichend im klaren sind. Dann können wir uns wieder treffen."

„Von Angesicht zu Angesicht? Ich habe noch nie ein Geschäft mit einem Menschen abgeschlossen, den ich nicht kannte. Also: Entweder sehen wir uns von Angesicht zu Angesicht, oder wir lassen es lieber gleich sein."

„Einverstanden."

„Ich schlage meine Wohnung vor. Bestimmen Sie den Zeitpunkt."

„Heute abend um elf Uhr dreißig. Haben Sie Unterlagen bei sich, die ich studieren könnte?"

„Ja, hier in meiner Aktentasche."

„Lassen Sie sie im Beichtstuhl stehen mit Ihrer Adresse und Telefonnummer. Und noch etwas. Ich diene in erster Linie einem bestimmten Land. Ich kann meine Arbeit nicht gefährden. Sie müssen sich also zu strengster Geheimhaltung verpflichten."

„Einverstanden."

„Sie müssen außerdem die Strafe kennen, die auf Vertrauensbruch steht. Der Tod, Mr. Desmond — und ich werde Sie nicht ein zweites Mal warnen."

Ich war zum Mittagessen im Salvador mit unserem New Yorker Manager, Larry Oliver, verabredet; er stammt aus Boston, hat vollendete Umgangsformen und einen übertriebenen Respekt vor der Tradition. Die kleinste Ungenauigkeit war ihm ein Greuel. Eine betrügerische Manipulierung unserer Konten war ein unvorstellbarer Alptraum. Er stocherte mißvergnügt in seinem Essen herum, wäh-

rend ich ihm so viel von der Situation erzählte, wie er wissen mußte. Er ließ seinen Kaffee unberührt stehen, erhob sich und begann auf und ab zu gehen.

„... Paul, ich verstehe – glaub mir bitte –, ich verstehe den Ernst der Lage durchaus. Aber warum bin ich nicht schon früher unterrichtet worden?"

„Sei doch vernünftig, Larry! Wir haben in Genf erst vor vier Tagen davon erfahren. Ich habe dich und alle anderen Manager sofort telegrafisch unterrichtet."

„Ich versuche ja, vernünftig zu sein, Paul. Aber mein Ruf steht auf dem Spiel, der Name meiner Familie... Wenn dies erst einmal durchsickert..."

„Es darf eben nicht durchsickern. Darauf kommt es ja an. Das Defizit ist gedeckt. Ich bin hier, um eine eingehende Untersuchung in Gang zu setzen."

„Aber durch private Agenturen, sagst du. Wenn wir einem verbrecherischen Betrug zum Opfer gefallen sind, ist es ein Fall für das FBI. Warum wurde es noch nicht eingeschaltet?"

„Weil wir mit verschiedenen Rechtsordnungen neben der des FBI operieren. Und weil wir, obwohl wir betrügerische Machenschaften vermuten, noch keine Zeit gehabt haben, das gesamte Beweismaterial zusammenzutragen und zu prüfen. Ich habe heute nachmittag einen Termin bei Creative Systems, wo wir den Bericht gemeinsam durchsprechen werden."

„In der Zwischenzeit aber stehen alle unsere Mitarbeiter, ich selbst eingeschlossen, unter Verdacht. Ich bin gespannt, wieviel davon bereits durchgesickert ist. Beim Mittagessen gestern im Club bekam ich einige merkwürdige Fragen zu hören."

„Zum Beispiel?"

„Ob mir irgendein schwacher Punkt bei unseren Genfer Operationen aufgefallen sei. Ich habe den Leuten versichert, daß es keinen solchen schwachen Punkt gebe, jedenfalls soweit mir bekannt sei. Jemand fragte, ob wir ein Verkaufsangebot prüfen würden und ob ein solches Angebot bereits vorliege. Ich verneinte beides. Dann wurde ich gefragt, ob ich je für mich selbst an eine Veränderung gedacht hätte. Ich sagte, ich fühlte mich bei Harlekin et Cie. sehr wohl."

„Ich freue mich, das zu hören, Larry."

„Natürlich würde jeder Schatten, der auf den Ruf der Bank oder auf mich selbst fallen sollte, mich dazu zwingen, meine Position neu zu überdenken."

„Ich habe dafür volles Verständnis. Ich weiß, daß Harlekin mit dir sprechen will, sobald er nach New York kommt. Bis zu diesem Zeitpunkt bleibe ich in täglicher Verbindung mit dir. Und, Larry..."

„Ja, Paul?"

„Dies ist der Augenblick, da alle guten Männer... Du weißt doch?"

„Ja, ich weiß, Paul. Aber jetzt gehe ich mal lieber wieder und kümmere mich um den Laden."

Er schritt hocherhobenen Hauptes und im Vollgefühl seiner Rechtschaffenheit hinaus – ein echter Bostoner. Er hatte durchblicken lassen, daß die Zukunft nicht gerade rosig war. Die Nachricht von unseren Schwierigkeiten machte bereits die Runde. Es würden laufend neue Gerüchte hinzukommen. Nur zu bald würde uns ein Angebot von hundert Dollar je Aktie wie Manna in der Wüste vorkommen.

Valerie Hallstrom kam um halb vier. Sie war eine hochgewachsene Blondine. Sie hatte eines jener offenen, kerngesunden skandinavischen Gesichter, das die Reisebüros immer dann verwenden, wenn sie Kunden für eine Kreuzfahrt in der Ostsee mitten im Winter zu gewinnen suchen, und eine Figur, die schon einen kleinen Aufruhr verursachen konnte. Nicht daß sie sie besonders betont hätte – ihr Kostüm war ein Wunderwerk diskreter Schneiderkunst. Ihre Stimme war ein weicher Alt. Sie hatte alle ihre Gedanken beisammen und verstand es, ihnen entsprechend Ausdruck zu verleihen. Als wir uns dann aber, Zeile für Zeile, durch das Dokument hindurcharbeiteten, fand ich sie geradezu beängstigend auf Draht.

„Ihr Bericht läßt keinen Zweifel daran, daß die betrügerischen Handlungen von Angehörigen unserer eigenen Organisation vorgenommen worden sind", sagte ich schließlich. „Wie kann Ihrer Meinung nach so etwas passieren?"

„Nehmen wir einmal als Beispiel Ihr Zentralbüro in Genf. Der Zentralcomputer ist in Zürich installiert. Sie mieten ihn für eine bestimmte Zeit, vier Stunden pro Tag, fünf Tage pro Woche. Sie haben zwei direkte Leitungen zum Computer, deren Sie sich nur unter Verwendung des Ihnen zugewiesenen Codes bedienen können. Jeder, dem dieser Code bekannt ist, kann Ihre Leitungen oder die von jemand anders dazu benutzen, Informationen und Instruktionen in den Computer zu speichern oder von ihm abzurufen."

„Entweder hat unser Bedienungspersonal den Betrug begangen, oder jemand von außerhalb hat sich unter Verwendung unseres Code-Wortes eingeschaltet."

„Das er sich innerhalb Ihrer Firma beschafft haben muß, nicht wahr?"

„Möglich... Also, man kann davon ausgehen, daß eine Instruktion, sobald sie einmal in den Computer eingegeben ist, in der Datenbank gespeichert und automatisch ausgeführt wird, und niemand weiß, daß eine solche Instruktion existiert, außer der Person, die sie eingespeichert hat."

„Genau", sagte sie. „Und darauf beruhen auch die meisten klassischen Betrugsfälle. Wenn Sie zum Beispiel ein bestimmtes Konto um zweitausend Dollar überziehen dürfen, können Sie das Limit auf zweihunderttausend erhöhen, indem Sie einfach zwei Nullen dem Programm anfügen. Dann ist es festgehalten, und Sie können seelenruhig mit dem falschen Limit operieren – es sei denn, jemand gräbt die ursprüngliche Instruktion aus."

„So, jetzt wollen wir einmal sehen, was in unserem Genfer Büro tatsächlich passiert ist. Irgend jemand eröffnete per Post ein Nummernkonto bei der Unionsbank, wobei Papiere Verwendung fanden, die von George Harlekin unterzeichnet waren. Die Unterschriften sind einander gleich. Harlekin bestreitet jegliche Kenntnis. Wir nehmen deshalb an, daß die Unterschriften gefälscht waren. Dann weiter: Jemand benutzt unser Code-Wort, schaltet sich in den Computer ein und beauftragt ihn, ein Prozent bei jeder dritten Transaktion als Spesen zu berechnen und die entsprechenden Summen wöchentlich auf das Konto Harlekin bei der Unionsbank zu überweisen. Da die Bankspesen immer komplizierter werden, bleiben diese Zahlungen bis zur nächsten Buchprüfung unbemerkt. Wenn also Harlekin der Urheber wäre, könnte er sofort strafrechtlich verfolgt werden."

„Zugegeben."

„Aber Harlekin ist doch nicht dumm, und er braucht kein Geld. Was wäre also Ihre Schlußfolgerung, Miß Hallstrom?"

„Daß es mir nicht zusteht, einen Kommentar abzugeben. Unser Vertrag mit Ihnen sieht nur vor, daß wir Unregelmäßigkeiten aufdecken. Es ist Ihre Aufgabe, Rückschlüsse zu ziehen und entsprechende Maßnahmen zu ergreifen. Wenn Sie der Meinung sind, Sie sollten den Fall mit Creative Systems Incorporated besprechen, dann sollten Sie sich an Mr. Yanko wenden... So, wollen Sie jetzt mit mir

über die Vorgänge bei den anderen Zweigniederlassungen sprechen?"
„Nein. Die Methode ist weitgehend die gleiche. Überall das gleiche
Ergebnis. George Harlekin wird schwerer Betrug in die Schuhe
geschoben."
„Darf ich fragen, welche Schritte Sie unternommen haben, um
weitere Manipulationen zu verhindern?"
„Wir haben alle Computerinstruktionen gelöscht, soweit sie in
Ihrem Bericht Erwähnung finden. Und jetzt werden wir versuchen,
denjenigen ausfindig zu machen, auf den der Betrug zurückgeht. Ihr
Bericht behauptet, es müsse sich um jemanden innerhalb der Firma
Harlekin et Cie. handeln. Mitarbeiter von Creative Systems Incor-
porated werden in diesem Zusammenhang nicht von Ihnen erwähnt."
„Auf Seite 84, Mr. Desmond, stellen wir ausdrücklich fest, daß
das gesamte bei Creative Systems tätige und mit diesen Operationen
in Verbindung stehende Personal überprüft worden ist und es uns
eine Genugtuung ist, daß keiner unserer Mitarbeiter auf irgendeine
Art und Weise mit den Manipulationen zu tun hat."
„Miß Hallstrom, ich möchte Ihnen ein Kompliment machen."
„Aber bitte, Mr. Desmond."
„Sie sind eine sehr schöne Frau. Würden Sie vielleicht auch mir ein
Kompliment machen und einmal mit mir zu Abend essen – wenn
ich verspreche, nicht über geschäftliche Dinge zu sprechen?"
„Ich glaube, es könnte recht nett sein."
„Wo kann ich Sie telefonisch erreichen?"
„Ich gebe Ihnen meine Karte. Rufen Sie mich abends gegen sieben
an. Übrigens hat mich Mr. Yanko gebeten, Ihnen auszurichten, daß
er morgen zwischen zehn und zwölf Uhr mittags Ihnen zur Ver-
fügung stehen wird."
„Sagen Sie ihm, er möge mich um elf erwarten."
„Au revoir, Mr. Desmond. Es war mir ein Vergnügen, Sie kennenzulernen."
„Ganz meinerseits, Miß Hallstrom."
Verdammt noch mal, ein Vergnügen war es wirklich nicht gewesen!
Aber ich besaß wenigstens ihre Telefonnummer und eine halbe Einladung, ihr Privatleben kennenzulernen.
Wenn man mit Großunternehmen zu tun hat, braucht man Freunde
in der Nähe der Firmenleitung. Ein Abendessen mit Valerie Hallstrom könnte ein Schlag ins Wasser sein. Andererseits könnte es
aber auch den Schlüssel zu Geheimvorgängen liefern, denn je größer

das Unternehmen ist, desto schwächer sind die Loyalitäten und desto erbitterter werden die Machtkämpfe in den höheren Rängen ausgetragen.

Es war sechs Uhr. Ich fühlte mich abgespannt. Ich ging zu Fuß zu meiner Privatwohnung und schlief, bis Takeshi mich um elf weckte. Pünktlich um elf Uhr dreißig erschien Aaron Bogdanovich. Er war ein hochgewachsener Mann, braun gebrannt und muskulös. Seine Kleidung war von sportlicher Eleganz. Sein Händedruck war fest. Nach einem kurzen, abschätzenden Blick auf das Appartement sagte er: „Ich habe unten einen Mann, der den Hauseingang beobachtet. Draußen vor der Tür steht noch einer. Ich würde ihn gern hereinholen, um das Appartement nach Mikrophonen absuchen zu lassen. Sie haben doch sicher nichts dagegen?"

„Nicht im geringsten."

Sein Mann kam herein, suchte die Zimmer mit einem Prüfgerät ab, nickte und verschwand.

Bogdanovich machte es sich bequem. „So, jetzt können wir reden."

Takeshi servierte die Drinks – Saft für Bogdanovich – und ließ uns allein.

„Na, wie haben Sie sich entschieden?" sagte Bogdanovich.

„Wir müssen kämpfen, obwohl es zu drastischen Konsequenzen kommen kann."

„Dann sind meine Forderungen folgende: Sie stellen mir zweihundertfünfzigtausend Dollar in bar zur Verfügung. Sie halten außerdem denselben Betrag zur Verfügung. Insgesamt also eine halbe Million. Die Kehrseite des Geschäftes ist die, daß wir alle Risiken selbst übernehmen und diese nie, unter gar keinen Umständen, dem Klienten aufbürden. Ist Blut auf dem Teppich, beseitigen wir es selbst. Können Sie für die geforderte Summe garantieren?"

„Ja."

„*L'chaim,* Mr. Desmond!"

„Auf Ihr Wohl!"

Wir tranken uns zu und setzten uns zum Abendessen nieder. Bogdanovich sprach mit mir den Feldzug durch wie ein General, der seinem Stabsoffizier Instruktionen gibt.

„Ich habe Ihre Unterlagen gelesen. Ich pflichte Ihren Schlußfolgerungen bei. Der Betrug steht in Verbindung mit dem Kaufangebot. Yanko ist wahrscheinlich der Anstifter. Um dies zu beweisen, müssen wir innerhalb seiner Organisation und der Ihrigen tätig werden.

Wir müssen jedoch eine Tarnoperation einleiten, um die Aufmerksamkeit von unserer Tätigkeit abzulenken."

„Wie machen wir das?"

„Sie wenden sich mit der Bitte um Hilfe an eine der üblichen Sicherheitsorganisationen. Wir schlagen vor, daß Sie hierzu Lichtman Wells heranziehen, die internationale Verbindungen haben. Sie werden das Ersuchen stellen, daß die Operation von Mr. Saul Wells persönlich geleitet wird. Er wird den Auftrag annehmen und geeignete Mitarbeiter abstellen."

„Ihre Mitarbeiter, nehme ich an."

„Das habe ich nicht gesagt. Sie sollten auch nicht danach fragen ... Wissen Sie, es ist durchaus möglich, daß man eines Tages Druck auf Sie ausüben wird, damit Sie Ihre gesamten Kenntnisse über diese Operation preisgeben. Sie sollten möglichst überhaupt nichts aussagen können. Haben Sie irgendwelche Beziehungen, mit denen man Sie erpressen könnte? Eine Frau? Eine Geliebte? Ein Kind?"

„Nein. Nur eine gescheiterte Ehe. Aber Harlekin hat Frau und Kind. Er sollte auch über die Risiken Bescheid wissen."

„Ich möchte ihn gern persönlich kennenlernen."

„Er wurde heute vormittag aus dem Krankenhaus entlassen. Er beabsichtigte, mit seiner Frau zur Erholung nach Acapulco zu fliegen. In Wirklichkeit werden sie nach New York kommen ... Sie werden während seiner Rekonvaleszenz die Wohnung der Bank im Salvador benutzen."

„Sie beide werden in naher Zukunft viel auf Reisen sein. Ihre Bank befindet sich in einer Krise. Sie werden alle Ihre Zweigniederlassungen aufsuchen müssen. Bedenken Sie, Mr. Desmond, Ihre Gesellschaft ist ein lohnendes Ziel, und Unfälle lassen sich nur allzu leicht arrangieren ... Hoffentlich habe ich mich klar genug ausgedrückt."

„Zu klar für meinen Seelenfrieden. Was noch?"

„Verhalten Sie sich möglichst normal. Yanko erwartet, daß Sie mit ihm über die Aktien verhandeln. Verhandeln Sie. Er erwartet eine Untersuchung. Bieten Sie ihm eine solche. Übermitteln Sie uns jede von Ihnen beschaffte Information."

„Wie?"

„Von einer Telefonzelle aus. Ich werde Ihnen zwei Nummern nennen, die Sie sich einprägen werden. Sie werden sich als Weizman melden. Wenn Sie New York verlassen, werden Sie Ihre Reise-

arrangements durch eine Agentur treffen lassen, die ich Ihnen empfehlen werde."

„Jetzt habe ich noch eine Neuigkeit. Ich habe mit Valerie Hallstrom gesprochen. Die Frau, die für Yanko den Bericht abgefaßt hat."

„Hat sie Ihnen etwas Brauchbares erzählt?"

„Nein, aber ich habe sie zum Abendessen eingeladen, und sie gab
mir ihre Karte."

„Darf ich sie einmal sehen?" Er betrachtete sie einen Augenblick
und gab sie mir dann zurück.

„Soll ich mich mit dieser Frau verabreden?" fragte ich.

„Geben Sie mir nur rechtzeitig Ihre Pläne bekannt", sagte er.

„Und auf welchem Wege setzen Sie sich mit *mir* in Verbindung?
Ich werde viel unterwegs sein."

„Wo Sie auch sind, Mr. Desmond, ich werde es wissen ... Wie
lange ist übrigens Ihr Diener schon bei Ihnen?"

„Sechs Jahre. Er war fünf Jahre bei einem Freund von mir. Als
der aus New York wegzog, übernahm ich seine Wohnung und Takeshi dazu. Takeshi führt das Haushaltsbuch. Bis jetzt hatte ich keinen
Anlaß zur Klage."

„Das ist eine gute Auskunft. Aber wir werden den Mann trotzdem
überprüfen. Haben Sie irgendwelche Laster, Mr. Desmond?"

„Was soll ich darauf schon sagen! Ich spiele nicht. Ich liebe meine
Drinks, aber ich bin seit zwanzig Jahren nicht mehr betrunken gewe-
sen. Ich bin gegen die käufliche Liebe. Ich interessiere mich nur für
Frauen und rede nie über meine Freundinnen im Club."

„Ich danke Ihnen, Mr. Desmond. Das ist für den Augenblick alles."

„Jetzt noch eine Frage an Sie, Mr. Bogdanovich. Warum haben
Sie sich bereit erklärt, diesen Auftrag zu übernehmen?"

„Es gibt zwei Antworten, Mr. Desmond. Die erste ist einfach. Sie
wurden mir von einem guten Freund, Karl Krüger, empfohlen. Die
zweite ist etwas komplizierter. Ich habe aufgehört, an Gott zu glauben, weil ich eine Schöpfung vor mir sehe, die auf einem zerstöre-
rischen Existenzkampf gegründet ist, in dem jeder seinen Preis hat.
Ich weiß aber auch, daß eine gewisse Ordnung notwendig ist, wenn
das Leben wenigstens halbwegs erträglich sein soll. Wenn ein halbwegs anständiger Mann von einem Gangster tyrannisiert wird, sind
wir alle betroffen. Eines Gangsters wird man nur Herr, wenn man
ihm die Zähne einschlägt." Er lächelte. „Sie dürfen das natürlich
nicht zu wörtlich nehmen. Aber auch in unserem Dschungel brauchen

wir wenigstens eine Spur von Rechtfertigung für unsere Taten. So, jetzt möchte ich Ihnen die Telefonnummern und den Namen unseres Reisebüros geben."

Als er gegangen war, faßte Takeshi sein Urteil in einen einzigen Satz zusammen: „Dieser Mann, Sir, ich glaube, der schläft in einem Grab."

Die Zentrale von Creative Systems Incorporated war in sechs Stockwerken eines Wolkenkratzers an der Park Avenue untergebracht. Der sechste Stock war Basil Yankos privater Bereich, der mit exotischen Hölzern getäfelt und durch tiefe Teppiche in lautlose Stille getaucht war. Im Vorzimmer überprüfte ein Wachposten meinen Namen anhand einer maschinengeschriebenen Liste. Die Vorzimmerdame gab mein Eintreffen über die Sprechanlage weiter, und als ein rotes Licht über der Tür aufleuchtete, führte die Wache mich in das Allerheiligste, einen langen Raum, wo Basil Yanko hinter einem gewaltigen, mit Intarsien verzierten Schreibtisch saß. Er war schroff wie immer, aber er schenkte mir doch ein Lächeln und erkundigte sich kurz nach meinem Wohlbefinden, bevor er sagte: „Hat Mr. Harlekin sich schon hinsichtlich meines Angebotes entschieden?"

„Ja. Er ist zu Verhandlungen bereit, sobald er sich wieder stark genug fühlt. Er kommt heute nach New York."

„Ich nehme an, wir beide können die notwendigen Vorarbeiten für die Verhandlungen einleiten?"

„Nein. Harlekin ist nicht bereit, in irgendwelche Verhandlungen einzutreten, solange nur der Schatten eines Verdachts auf ihn fällt. Er hat mich beauftragt, unter Einsatz einer neutralen Firma eine eingehende Untersuchung der Veruntreuungen einzuleiten. Wir haben uns für Lichtman Wells entschieden."

„Es sind ordentliche Leute. Wir stehen natürlich bereit, ihnen in jeder Weise zu helfen. Nun, der Zeitfaktor ist für uns von Bedeutung, Mr. Desmond. Unser Angebot von hundert Dollar je Aktie gilt. Aber wir können uns nicht unbegrenzt an das Angebot gebunden fühlen. Wir müssen eine Frist von dreißig Tagen setzen."

„Wir können die Untersuchung unmöglich in dieser Zeit durchführen. Wir brauchen mindestens neunzig Tage."

„So, wie der Markt heute aussieht? Ausgeschlossen. Also gut, sechzig Tage, mehr nicht."

„Ich muß mich mit Harlekin ins Benehmen setzen."

„Tun Sie das, bitte. Aber falls er seine Antwort hinauszögert, muß ich freie Hand haben, mein Zeitlimit entsprechend zu verkürzen. Fair?"

„Hart. Ich werde es weitergeben."

„Sie sind selbst ein harter Mann, Mr. Desmond. Aber ich habe dafür etwas übrig. Falls Sie je das Gefühl haben sollten, sich verändern zu wollen, würde ich mich glücklich schätzen, über die Bedingungen mit Ihnen zu sprechen – über großzügige Bedingungen."

Ich wollte vor ihm ausspucken. Statt dessen dankte ich ihm und ging.

Um drei Uhr nachmittags suchte ich Saul Wells auf. Er war ein kleiner, strohblonder Mann, der an ein Frettchen erinnerte; unaufhörlich kaute er an einer kalten Zigarre.

„Wie gehen wir bei der Arbeit vor? Tja, im Innenbereich ist es reine Detektivtätigkeit. Unser Mitarbeiter geht durch die Vordertür – keine Geheimnisse, keine angeklebten Nasen –, er prüft den Arbeitsablauf, nimmt Erklärungen entgegen, sucht nach Widersprüchen. Draußen? ... Das ist etwas anderes. Wir schnüffeln herum, stellen fest, wer wo schläft, wer mehr ausgibt, als er einnimmt, wer in Wettbüros ein und aus geht. Ich erinnere mich..."

Er erinnerte sich und erinnerte sich, aber irgendwie erwärmte ich mich für ihn, und am Ende der beiden Stunden hatte er mir eine ganze Menge von Einzelheiten entlockt, die ich ihm sonst wahrscheinlich nie mitgeteilt hätte. Schließlich legte er die Zigarre weg und verkündete fröhlich: „So! Jetzt kennen Sie mich, und ich kenne Sie. Ich glaube, wir werden gut miteinander auskommen. Jetzt verständigen Sie Ihre Geschäftsleitung, daß wir sofort mit der Arbeit beginnen werden. Von jetzt ab, Mr. Desmond, wird nicht viel Federlesens gemacht. Tritt Ihnen jemand zu nahe, dann wenden Sie sich an unseren gemeinsamen Freund."

So weit, so gut. Ich schlenderte durch die Stadt in Richtung First Avenue, wo mein Freund Gully Gordon eine stille Bar für Alleinstehende besitzt und für seine Gäste Klavier spielt. Ich ging mit schnellen Schritten auf der linken Straßenseite dahin, als ich plötzlich heftig gestoßen wurde und gegen einen Mann taumelte, der in einer Toreinfahrt stand. Ich ging auf die Knie, und als ich wieder hochzukommen versuchte, erhielt ich einen schweren Schlag ins Genick. Ich mußte das Bewußtsein verloren haben, denn ich erinnere mich nur noch daran, daß ich wieder stand, an der Hauswand lehnend, und von einem schäbig aussehenden Burschen in zerrissenem Pullover vom Straßenstaub gereinigt wurde. Instinktiv griff ich nach meiner Brusttasche.

Er grinste und schüttelte den Kopf: „Nein, die haben sie nicht erwischt. Es waren Rocker! Einer rempelt, der andere langt nach Ihrer Brieftasche. Ich war Ihnen Gott sei Dank dicht auf den Fersen. Sind Sie wieder in Ordnung?"

„Ich glaube, ja. Vielen Dank! Wie wär's mit einem Drink?"

„Ein andermal. Seien Sie vorsichtig, Mr. Desmond."

Er tauchte in der Menschenmenge unter. Ich war noch nicht ganz bei mir und kam nicht einmal auf den Gedanken, ihn zu fragen, woher er meinen Namen wußte. Eine einzige Vorstellung, die mich geradezu krank machte, nahm mich gefangen: Wie einfach war doch die Gewalt, und wie wenig Aufsehen erregte sie bei den Passanten!

Und ein zweiter Gedanke nahm langsam Gestalt an, als ich, an das Klavier gelehnt, an meinem Drink nippte und Gullys Musik lauschte: Auch ich gehörte zu dieser Halbwelt einsamer Fahrensleute und Abenteurer. Es spielte keine Rolle, daß ich schon vor Jahren aus diesem Milieu aufgestiegen war und mich mit Geld dagegen abgesichert hatte. Mein Freund Harlekin gehörte zu einer anderen Welt. Er war in den alten Traditionen Europas zu Hause. Er konnte meine Rolle und ebenso zwanzig andere spielen; aber ich fragte mich, wie er wohl aussehen würde, wenn es hart auf hart ging und nur der Sieger nach dem Duell den Kampfplatz verlassen konnte.

Gully Gordon blickte von den Tasten auf. Er stammt aus Jamaika und ist der einzige Farbige, den ich kenne, der mit schottischem Akzent spricht. Er sagte leise: „Du bist heute auch nicht der Lustigste, mein Lieber. Was du brauchst, ist ein nettes Mädchen, und dort sitzt eins an der Bar."

Ich sah mich um, und da saß Valerie Hallstrom und plauderte mit dem Barmixer.

„Ich kenne sie, Gully. Erzähl mir mehr über sie."

„Sie ist allein. Zwei Drinks, für die sie eine ganze Stunde braucht. Dann geht sie nach Hause."

„Allein?"

„Das ist eine Bar für Alleinstehende. Die Leute kommen her und schauen sich um. Wer gefunden hat, was er sucht, bleibt zu Hause."

„Sucht sie schon lange?"

„Ungefähr seit sechs Monaten. Das mag sie, mein Lieber...", er spielte eine leise Kadenz. „Einen recht schönen guten Abend, Miß Hallstrom! Irgendeinen besonderen Wunsch?"

Wir waren Seite an Seite, bevor sie mich erkannte. Sie war überrascht, aber nicht unangenehm berührt. „Ach, Mr. Desmond! Die Welt ist doch klein."

Gully war ein Schatz. Wie auf ein Stichwort fiel er ein: „Er ist ein alter Freund, Miß Hallstrom. Und Sie sind auch eine Freundin von mir. Was kann ich für dich spielen, Mädchen?"

„Spiel irgendwas, Gully. Haben Sie einen guten Tag gehabt, Mr. Desmond?"

„Paul... Und es war ein langer, hundsmiserabler Tag."

„Mir ist es nicht viel besser gegangen." Wir setzten uns in eine der Nischen.

„Meiner ist noch nicht zu Ende. Sonst würde ich Sie zum Abendessen einladen. Aber wie wär's morgen?"

„Wenn Sie wollen. Holen Sie mich um halb acht in meiner Wohnung ab."

„Worauf Sie sich verlassen können."

„Wissen Sie, Sie sind eigentlich recht nett. Es tut mir leid, daß ich Ihnen gestern so hart zusetzen mußte."

„Die übliche Praxis?"

„Nein. Weisung. Und ich bekomme siebenhundertfünfzig die Woche mit Sonderzulagen dafür, daß ich tue, was man mir sagt."

Wenn es ein Köder war, so war ich nicht bereit anzubeißen. War es eine Indiskretion, so würden schon noch weitere folgen. Ich hatte das Gefühl, es sei jetzt Zeit zu gehen.

„Sehen Sie, Valerie, ich reiße mich hier nur ungern los, aber ich muß. Mein Chef ist heute nachmittag angekommen. Ich muß mich noch umziehen, weil ich um acht mit ihm zu Abend essen muß. Also dann bis morgen."

„Ich freue mich darauf. Gute Nacht, Paul!"

Es endete mit einem Lächeln und einer flüchtigen Berührung der Hand. Ich bezahlte die Rechnung und brachte Gully noch einen Drink ans Klavier. Er spielte mit der linken Hand weiter, während er mir zutrank.

„Prost, mein Lieber! Du bleibst doch noch etwas hier, oder?"

„Kümmer dich um die Dame, Gully."

„Bei meiner Ehre, Sir! Ich wünsche dir einen netten Abend."

ALS ich zum Dinner im Salvador ankam, traf ich Harlekin und
Julie in gelöster und heiterer Stimmung an. Ich erstattete Harlekin
Bericht, als Julie uns nach dem Essen allein ließ. Er hörte mir schweigend zu und stellte dann eingehende Fragen. Schließlich sagte er:
„Wir führen also zwei Untersuchungen durch: eine durch Wells, die
sich der üblichen Methoden bedient, und die andere mit Aaron Bogdanovich, die illegal ist und zu Gewalttätigkeiten führen kann?"
„Ja. Die Leute von Lichtman Wells untersuchen die Manipulation
des Computers, um dich zu rehabilitieren. Bogdanovich ermittelt
gegen Yanko, um ihn als Urheber dieser Betrügereien zu überführen
und in Mißkredit zu bringen."
„Schön, kommen wir zur nächsten Frage. Yanko will eine Bank
kaufen. Warum gerade die unsrige? Warum nicht Herman Wolff
oder Laszlo Horvath, die beide gern verkaufen würden?"
„Wir sind eben eine ältere und eher konservativ eingestellte Firma
mit mehr Zweigniederlassungen, und wir verwenden seine Systeme.
Deshalb sind wir verwundbarer. Das ist nach bestem Gewissen alles,
was ich im Augenblick dazu sagen kann."
„Dann werde ich dir zwei weitere Gründe nennen. Wir besitzen
erhebliche Aktienpakete von Creative Systems und stellen deshalb
für die geschäftlichen Angelegenheiten der Firma eine oppositionelle
Stimme dar."
„Mir ist irgendeine Opposition bis jetzt nicht aufgefallen."
„Glaub mir, sie besteht – tief und persönlich. Die größten Projekte von Creative Systems – diejenigen, an denen Yanko besonders
interessiert ist – liegen auf zwei Gebieten: in der Polizeidokumen-
tation und dem Städtewesen – der Überwachung und Manipulierung
riesiger Menschenmassen auf allen Kontinenten. Die Ausbildung des
Personals ist schon angelaufen, bestehende Systeme werden erweitert
und verbessert. Sie werden nicht nur gegen kriminelle Elemente, sondern auch gegen politisch Andersdenkende eingesetzt und sollen auch
dazu dienen, das Schicksal des einfachen Mannes zu bestimmen. Solche
Systeme führen unweigerlich zu Terror und Unterdrückung, und die
Firma, die sie entwickelt und baut, befindet sich in einer ungeheuren
Machtposition.
Wenn sich eine solche Firma jetzt Zugang zum internationalen
Geldmarkt verschaffen und das Währungs- und Kreditwesen manipu-
lieren kann, dann haben wir ein Imperium vor uns, für das es keine
Grenzen mehr gibt. Ich habe letztes Jahr in London während eines

Dinners im Kreise von Bankiers darüber gesprochen. Dabei habe ich versucht, zwischen dem legitimen Einsatz von Computern und denjenigen Fällen zu unterscheiden, wo die persönliche Freiheit bedroht wird. Ich habe meine Rede drucken lassen und an Freunde verschickt. Auch Yanko erhielt ein Exemplar. Ich glaube jetzt, daß diese Rede sein augenblickliches Vorgehen gegen mich maßgeblich beeinflußt hat."

„Das ist durchaus möglich. Aber ich sehe nicht, wie sich unsere gegenwärtige Lage dadurch ändern könnte."

„Sie ändert sich dadurch auch nicht. Aber ich weiß jetzt wenigstens, wie ich vorzugehen habe."

„Aber laß dir sagen, George, daß wir ohne Beweise nichts unternehmen können. Wir haben Bogdanovich angeheuert. Du gibst mir recht, daß wir ihn brauchen. Ich finde, du solltest dich mit ihm aussprechen, damit ihr eure Maßnahmen koordinieren könnt."

Er lächelte auf seine spitzbübische Art. „Die Maulwürfe unterhöhlen die Mauern, während Harlekin auf dem Marktplatz seine Späße treibt, um die Bevölkerung abzulenken. Verabrede einen Termin."

Beim Weggang betrat ich im Foyer die Telefonzelle und rief Bogdanovich an. Ich weiß nicht, warum ich den Satz über die Maulwürfe und die Komödianten zitierte. Bogdanovich schien einigermaßen belustigt. „Ja, ja, die Komödianten! So gehen wir alle lachend in den Tod! Wir treffen uns um zehn, beim Affenhaus im Central Park."

MERKWÜRDIGERWEISE war die Begegnung dieser beiden so grundverschiedenen Charaktere ein voller Erfolg. Einen langen Augenblick maßen sie einander, während die Affen schnatternd herumtollten; dann lächelten sie, schüttelten sich die Hand und schritten in den Sonnenschein hinaus; ich selbst ging einen Schritt hinter den beiden, und die Leibwächter, zwei unrasierte junge Männer, zehn Schritt entfernt. Harlekin und Bogdanovich sprachen zunächst tastend, dann flüssiger. Harlekin war ruhig und hielt mit seinen Vorbehalten nicht hinterm Berg; Bogdanovich fühlte sich gezwungen, nach einer Rechtfertigung für sich und seinen Beruf zu suchen.

„Sehen Sie, Mr. Harlekin, die Gewalt fängt an, wenn man mit vernünftigen Argumenten nicht mehr weiterkommt. Ich löse Probleme mit Hilfe der alten Formel: Auge um Auge, Zahn um Zahn. Leben um Leben. Keine Fragen, kein Mitleid, keine Schuld."

„Während ich für alles, was ich tue, nach einer Absolution suche.

Ich suche Zuflucht in meinem Namen: Harlekin, ein Clown. Dem Clown wird immer verziehen."

„Während der Scharfrichter ein Mann ohne Namen ist. Glauben Sie, daß Sie einen Menschen töten könnten, Harlekin?"

„Ja, ich könnte in Versuchung geraten."

„Aber die eigentliche Tat – der letzte, unwiderrufliche Akt –, der Finger, der am Abzug zieht, der Daumen auf der Klinge und die Hand, die den Schlag führt – ja oder nein?"

„Wie kann ich das vor dem entscheidenden Augenblick wissen? Mr. Bogdanovich, was sollte ich Ihrer Ansicht nach tun?"

„Mr. Harlekin, Sie haben eine Frau und ein Kind. Sie sind sich doch darüber im klaren, daß Sie beide einem Risiko aussetzen?"

„Meine Frau akzeptiert es – wünscht es, weil es etwas ist, was sie ganz mit mir teilen kann."

„Ist es Ihnen schwergefallen, das zuzugeben?"

„Ja. Fällt Ihnen eigentlich etwas schwer, Mr. Bogdanovich?"

„O ja. Im Sonnenschein spazierenzugehen und den Frauen nachzuschauen; sie besitzen zu wollen; zu wissen, daß ich, wenn ich mit ihnen schlafe, schreiend aufwache, weil ich mit den Toten geschlafen habe; die Kinder zu sehen und zu wünschen, sie wären die meinigen, und zu wissen, daß ich keine Kinder haben darf, denn die Ungeheuer dieser Welt werden sie schließlich auffressen. Mr. Harlekin, wenn Sie mit Basil Yanko verhandeln, vergessen Sie eines nicht: Er hat kein Verständnis für Clowns. Er fürchtet sich vor ihnen, weil er nie gelernt hat, über sich selbst zu lachen. Er wird jeden umbringen, der über ihn lacht."

„Das sehe ich ein."

„Ich freue mich, daß wir uns kennengelernt haben, Mr. Harlekin. Ich bedaure, daß der Preis so hoch ist."

„Es ist doch nur Geld."

„In unserer Welt wird ein Mann mit Geld gemessen. Viel Glück!"

„Ich danke Ihnen, mein Freund."

„Vielen Dank. Lassen Sie von sich hören, Mr. Desmond."

Dann ging er, entfernte sich mit seinen Wächtern über den Parkrasen.

Ich war dabei, als Harlekin mit Juliette sprach. Sie stellte nur wenige Fragen, sie protestierte nicht. Er andererseits redete heftig und erregt, als sei ihm eine persönliche Offenbarung zuteil geworden.

„Julie, mit Bogdanovich zu sprechen war, als spräche man mit einem

Mann, der aus dem Jenseits zurückgekommen ist – mit jemandem, der die schreckliche Wiederholung der menschlichen Bosheit und Tragik versteht. Bis jetzt haben wir beide uns damit nicht auseinandersetzen müssen. Jetzt müssen wir es. Und es geht um etwas Sinnloses – um eine Bank, um ein Depot aus Papier: Franken, Dollars. Etwas Vergängliches. Wir kommen ohne alles. Wir gehen ohne alles. Aber es besitzt auch eine magische Kraft. Hält Yanko es in der Hand, wird es zum Zauberstab. Das ist es, was Männer wie Yanko wollen: den Zauberstab, der Heere beschwören kann. Und ich sage: nein! Wir sind die Zauberer des Guten. Wir wollen den Leuten Weizen statt Kanonen geben. Ich kann keinen Eid darauf ablegen. Und dennoch kann ich die Zauberlampe nicht verkaufen und dann ruhig zusehen, wie ein anderer Mann die Heere sich aus dem Staub erheben läßt, auch wenn sie Leute wie uns bewachen werden. Warum sollten wir uns um die anderen kümmern, die sie nicht bewachen? Warum, Paul?"

„Warum? Weil eines Tages die Glocke läutet und die Häscher an der Tür stehen, weil ich die falsche Nase habe oder auf der falschen Liste stehe. Dann brauche ich Freunde – Brüder und Schwestern... Ich habe noch zu tun. Wir treffen uns in der Bank nach dem Lunch, George."

Als ich durch das Foyer ging, blieb ich vor dem Fernschreiber stehen. Etwa in der Mitte der Börsennotierungen war eine Nachricht eingefügt:

MR. BASIL YANKO, PRÄSIDENT VON CREATIVE SYSTEMS INCORPORATED, GAB HEUTE MORGEN BEKANNT, DASS ER EIN BARANGEBOT VON EINHUNDERT DOLLAR JE AKTIE FÜR DIE GESAMTEN ANTEILE DER HANDELSBANK HARLEKIN ET CIE. ABGEGEBEN HABE. DAS ANGEBOT IST AUF SECHZIG TAGE TERMINIERT. GEORGE HARLEKIN, PRÄSIDENT VON HARLEKIN ET CIE., DER VON EINER ERNSTEN ERKRANKUNG GENESEN IST, STAND FÜR EINE STELLUNGNAHME NICHT ZUR VERFÜGUNG.

Ich riß das Blatt ab und gab es einem Pagen mit dem Auftrag, es George Harlekin zu bringen. Ich riß mich zusammen und schritt in den Club, um unseren Kollegen entgegenzutreten.

In den ersten zehn Minuten nach meiner Ankunft wurden mir so viele Drinks angeboten, daß man damit einen Pharao hätte einbalsamieren können. In den nächsten zwanzig wurde ich mit Fragen belagert: „Ihr werdet nicht an Yanko verkaufen? Paul, bevor ihr auch nur einen einzigen Schritt unternehmt, kommt lieber erst zu uns... Ist Harlekin wieder auf den Beinen?... Es ist nicht der große Unbekannte, oder?... Wir haben gehört..."

Sie hatten lauter Gerüchtfetzen gehört. So erzählte ich ihnen die simple Wahrheit: „Ja, das Angebot ist echt, aber wir akzeptieren nicht, und wir finden, daß es ein schmutziger Trick ist, mit dem Angebot an die Öffentlichkeit zu treten, bevor es zwischen den Parteien auch nur zur Sprache gekommen ist. Nein, es ist nicht Krebs. Harlekin ist auf den Beinen und wehrt sich seiner Haut."

An dieser Stelle zog Herbert Bachmann mich aus der Menge mit sich fort und kommandierte mich zum Lunch an seinen Tisch. Er ist ein gewaltiger alter Haudegen, dessen Vorfahren noch wie wandelnde Wechselstuben die Kurszettel im Zylinder auf der Straße mit sich herumtrugen. Und obwohl er seinerzeit ein hartgesottener Geschäftsmann war, hat er meines Wissens niemanden hintergangen. Seine innere Anteilnahme war echt. Er saß in Wallstreet-Ausschüssen, war beunruhigt wegen Yanko und bot Harlekin seine Hilfe an.

Ich war ihm gegenüber so aufrichtig wie möglich. „Einige Aktionäre werden wegen des Gewinns verkaufen", sagte ich. „Andere werden allein schon wegen des Gerüchts verkaufen, daß jemand die Finger in der Ladenkasse gehabt hat. Harlekin kann die Anteile der Kleinaktionäre aufkaufen, aber dazu müßte er alles verpfänden. Er kann es sich nicht leisten, hundert Dollar je Aktie zu zahlen und gleichzeitig ein Defizit von fünfzehn Millionen abzudecken."

„Sagen Sie Harlekin, er möchte mich heute abend zu Hause anrufen. Wenn ich sehe, daß all diese Macht und all dieses Wissen in einer Maschine beschlossen liegen, fange ich an zu zittern."

Es war kurz nach drei, als ich in die Bank kam. Harlekin war schon da und übergoß Larry Olivers verletzte Gefühle mit Balsam. Es war ein meisterhafter Auftritt, voll von Appellen an die Ritterlichkeit, und zum Schluß schnurrte Larry wie ein Kater, dem man Sahne um den Bart geschmiert hat.

Draußen im Sitzungssaal steuerte Saul Wells die Arbeit zweier Jünglinge, die dabei waren, Computerformulare zu vergleichen. Er zog mich zum Fenster und sagte: „Es ist so simpel, daß es geradezu eine Schande ist, dafür auch noch Geld zu nehmen. Die Instruktionen wurden am 1. November des vergangenen Jahres in den Computer eingegeben. Mr. Oliver war auf Urlaub. Er wurde von Mr. Standish vertreten. Allerdings – Punkt eins –, Mr. Harlekin befand sich ungefähr zu diesem Zeitpunkt in New York. Punkt zwei ist, daß die Programmiererin des Computers, Ella Deane, im Januar aus Gesundheitsgründen ausgeschieden ist. Ihre letzte bekannte Anschrift ist in Queens. Sie wird überprüft werden. So, wenn wir jetzt mit Mr. Harlekin plaudern könnten ..."

Aus der „Plauderei" wurde rasch ein Feuerhagel von Fragen. Harlekin war in der fraglichen Zeit tatsächlich in New York gewesen, und er hatte in der Tat Aktenvermerke angefertigt und Briefe zu verschiedenen Themen diktiert. Die Akte wurde vorgelegt. Aus keinem dieser Papiere ließ sich eine Instruktion herauslesen, in den Computer einen Dauerauftrag einzugeben.

Dann bat Saul Wells Harlekin, seine Unterschrift und seine Initialen ein halbes dutzendmal niederzuschreiben. Die Schriftzüge waren klar und offen und zeigten am Ende des letzten Buchstabens einen kleinen, fast trotzig wirkenden Schnörkel.

Wells brummte mißvergnügt: „Ich könnte diese Unterschrift nach fünf Minuten Übung selber nachmachen. Schauen Sie zu!"

Fünf Minuten übte er die Unterschrift und produzierte schließlich ein durchaus respektables Faksimile. Er bat um Harlekins Scheckbuch und unterzeichnete einen Scheck auf eintausend Dollar. Ich brachte ihn zu Larry Oliver und ersuchte ihn, den Scheck gegenzuzeichnen. Mit seiner gewohnten Genauigkeit prüfte er das Datum, die Summe und die Unterschrift. Dann zeichnete er den Scheck gegen und klingelte nach dem Hauptkassierer.

Ich nahm ihm den Scheck aus der Hand. „Verzeihung, Larry, es war nur ein Test. Der Scheck ist gefälscht."

Oliver machte uns das Vergnügen, dumm dreinzuschauen. Harlekin machte einen sehr unglücklichen Eindruck.

„Wie viele Tausende meiner Unterschriften wohl auf Briefen oder Schecks herumgeistern? Das ist ja ein Alptraum!"

„Aber sehr lehrreich." Saul Wells steckte sich eine Zigarre in den Mundwinkel und umgab sich mit einer Rauchwolke. „Also, bis jetzt sind wir sechs Millionen auf die Spur gekommen, die allein aus New York verschwunden sind. Jeder Ihrer Klienten ist mit illegalen Spesen belastet worden. Jeder einzelne könnte Anzeige erstatten. Die Anschuldigungen könnten sich als nicht stichhaltig erweisen, aber sie wären auf jeden Fall höchst peinlich."

Drittes Kapitel

ALS ich in meine Wohnung zurückkam, lagen verschiedene Nachrichten dort: Miß Hallstrom möchte, daß ich sie um acht statt um sieben Uhr dreißig abhole; Mr. Mendoza hatte von der Westküste angerufen. Ich rief Mendoza an. Er tat geheimnisvoll, aber es klang ermutigend. „Wegen unseres gemeinsamen Bekannten: Ich habe Ihnen doch erzählt, daß drei meiner Freunde in Schwierigkeiten geraten sind. Einer davon hat zwei Jahre damit zugebracht, ein Dossier zusammenzustellen. Faszinierendes Material, obwohl nicht alles als Beweismaterial zugelassen werden dürfte. Ich habe ihn überredet, zwei Fotokopien anzufertigen, eine in einem Banksafe zu deponieren und mir die andere zu geben. Ich werde sie Ihnen mit Kurier zustellen. Wenn Sie an der Westküste Hilfe brauchen sollten, stehe ich Ihnen zu Diensten. *Vaya con Dios!*"

Ich legte auf und segnete ihn im stillen für die anständige Art, die er sich bewahrt hatte, und schrie nach Takeshi, er solle mir einen Wagen und im Côte Basque einen Tisch bestellen und einen Strauß Rosen bei Miß Hallstrom abgeben lassen. Ich war gerade beim Rasieren, als mir einfiel, daß ich noch Bogdanovich anrufen müßte. Ich wählte die Nummer, meldete mich als Weizman, und kurz darauf war Bogdanovich am Apparat.

„Von wo sprechen Sie?"

„Von meiner Wohnung."

„Es wurde Ihnen doch gesagt, eine Telefonzelle zu benutzen."

„Ich weiß. Es ist schon spät. Ich hätte beinahe vergessen, Sie anzurufen."

„Diesmal haben Sie noch Glück gehabt. Ich war gerade dabei, Sie zu kontaktieren. Draußen stehen zwei Männer und beobachten Ihre Eingangstür, einer von mir und noch ein anderer. Der andere parkt auf der linken Seite in einer grünen Corvette."

„Das ist unangenehm. Ich bin mit der Dame, über die wir gesprochen haben, zum Dinner verabredet. Ich habe einen Wagen für sieben Uhr fünfundvierzig hierher bestellt. Ich hole sie um acht ab. Wir fahren dann zum Côte Basque."

„Rufen Sie sie an, und sagen Sie ihr, Sie seien aufgehalten worden. Schicken Sie den Wagen zu ihr, er soll sie zum Côte Basque bringen, aber Sie gehen in die St. Regis Bar. Dort werden Sie eine Nachricht erhalten. Danach können Sie sich rüber zum Côte Basque begeben. Klar?"

„Soweit, ja. Wie steht es mit dem Nachhausebringen?"

„Die Wohnung der Dame ist Feindgebiet, bis wir Zeit gehabt haben, sie zu untersuchen. Übrigens, Mr. Desmond, der Mann in der grünen Corvette ist Bernie Koonig. Er hat bereits zwei Männer und eine Frau umgelegt. Viel Spaß!"

Diese Neuigkeit flößte mir zwar beträchtliche Furcht ein, überraschte mich aber eigentlich nicht. Als ich meine Wohnung verließ, sah ich, daß die grüne Corvette durch einen Funkstreifenwagen blockiert war und zwei Polizeibeamte den Fahrer an die Kühlerhaube gestellt hatten. Ich ging einfach zum St. Regis, setzte mich an die Bar und wartete, bis ein Neuankömmling mir eine Schüssel Erdnüsse unter die Nase schob und mir zuflüsterte, ich könnte jetzt gehen.

Als ich im Restaurant eintraf, saß Valerie Hallstrom bereits am Tisch und hatte einen Cocktail vor sich stehen. Sie lächelte freundlich und dankte mir für die Blumen. Wir unterhielten uns zwanglos bei den Drinks. Als das Essen serviert wurde, waren wir schon ganz vertraut miteinander.

Sie sei dankbar für diese Erholung vom Berufsleben, sagte sie. „Nach einer gewissen Zeit, Paul, fühlt man sich von dieser Stadt geradezu bedrückt. Alles ist so bedrängend, so unpersönlich. Ich bin auf dem Land aufgewachsen. Mein Vater züchtet noch immer Pferde in Virginia. Ich konnte gar nicht schnell genug fortkommen und mein Glück in der Großstadt suchen. Schön, ich habe es geschafft. Und jetzt möchte ich wieder nach Hause zurück. Aber das geht nicht mehr, finden Sie nicht auch?"

„Ich bin da zu Hause, wo ich meine japanische Schriftrolle an die Wand hänge." Dann erzählte ich ihr von den Bilddruckern in Japan und von den Menschen auf den Flußbooten in Thailand und von der überwältigenden Schönheit des Arnhem-Dschungels in Australien, wo dunkelhäutige Menschen am Lagerfeuer ihre Lieder singen.

Dann fragte sie: „Und was sind Sie jetzt?"

„Ein Händler, ein Geldmann."

„Und Ihr Freund Harlekin, was ist er für ein Mensch?"

„Oh, George ist ganz anders. Er besitzt die Art von Bildung, für die ich viel geben würde – Sprachen, Geschichte, Malerei. Darum beneide ich ihn, aber trotzdem liebe ich ihn wie einen Bruder."

„Dennoch sitzen Sie hier bei mir, und ich arbeite für Basil Yanko – zum größten Teil."

„Weiß Yanko, daß Sie mit mir ausgegangen sind?"

„Nein. Wenn er dahinterkäme, würde ich meinen Job verlieren – und ich würde in dieser Branche nie wieder eine andere Stellung finden. Wohin ich auch ginge, er hätte mich immer in der Hand."

„Sie sind im System erfaßt?"

„Das sind wir alle. Es ist Yankos Arbeitsmethode."

„Das ist Tyrannei und Versklavung."

„Ich habe mich damit abgefunden. Für meine persönliche Sicherheit ist gesorgt."

„Sind Sie sich dessen so sicher? Ein Mann hat heute abend mein Appartement beobachtet. Ich habe Grund zu der Annahme, daß er im Dienste von Yanko steht."

Die Farbe wich aus dem Gesicht. Klirrend fiel ihr die Gabel aus der Hand. Dann nahm sie sich gewaltsam zusammen.

„O Gott!"

„Beruhigen Sie sich! Man ist mir nicht hierher gefolgt, auch Ihnen nicht. Deshalb habe ich das Arrangement geändert. Trinken Sie Ihren Wein! Womit Yanko Sie auch in der Hand haben mag – es kann nicht schlimmer sein als dieser ständige Terror."

„Bitte, ich möchte nicht darüber sprechen."

„Lassen wir dieses Spielchen! Ich fahre Sie später nach Hause und setze Sie wohlbehalten und unberührt an Ihrer Haustür ab."

Ein kleines, ungewisses Lächeln trat auf ihre Züge, und wir saßen, uns bei den Händen haltend, da. Wir tranken Kaffee und Calvados, und während wir daran nippten, sagte Valerie Hallstrom: „Paul, ich muß Sie warnen. Yanko ist sehr gefährlich. Und Harlekin ist für ihn geradezu eine fixe Idee geworden."

„Warum?"

„Ich glaube, weil Harlekin unter einem Glücksstern geboren ist und die Menschen sich zu ihm hingezogen fühlen. Yanko hat sich aus den Slums von Chicago emporgearbeitet. Er ist ein Genie, er ist wie ein Frosch mit einer Goldkrone auf dem Haupt – und das weiß er auch. Eine Zeitlang habe ich sogar geglaubt, ihn zu lieben. Romantisch, nicht wahr? ... Und die Prinzessin küßte den Frosch, und siehe da – er verwandelte sich in einen wunderschönen jungen Mann. Nur, dazu kam es nicht."

„Sitzen Sie deshalb jede Nacht bei Gully Gordon? Weil der

Froschkönig Ihr Leben in seinem mechanischen Gehirn gefangen hat?"

„Das ist kein Scherz, Paul . . . Ich glaube, wir sollten jetzt gehen." Einen Häuserblock vor ihrer Wohnung bat sie den Fahrer anzuhalten. Sie wolle den Rest des Weges zu Fuß gehen. Ich bot ihr an, sie zu begleiten. Sie lehnte mit einer einzigen, geheimnisvollen Bemerkung ab: „Zuweilen möchte Gott gern wissen, wie seine Kinder ihre Abende verbringen. Vielen Dank für das Essen. Gute Nacht, Paul."

Sie küßte mich flüchtig auf die Wange und stieg aus. Ich sagte dem Fahrer, er solle ihr langsam folgen, damit sie vor herumlungerndem Gesindel sicher sei. Als sich die Tür hinter ihr schloß, drehten wir um und fuhren zu Gully Gordon, wo ich bei trauriger, einschmeichelnder Musik noch lange sitzen blieb.

ICH war gerade mit den ersten morgendlichen Ritualen beschäftigt, als Saul Wells anrief. „Ella Deane", sagte er, „die Dame am Computer in New York. Sie ist vor zwei Wochen gestorben. Autounfall. Fahrerflucht. Bequem, nicht wahr? . . . Und sie starb reich. Dreißigtausend etwa. Ich lasse wieder von mir hören. Bis später!"

Kurz darauf traf Aaron Bogdanovich, wie ein Lieferant gekleidet, mit einem Korb frischer Blumen ein. „Was ist gestern abend geschehen?" Seine Frage klang hart.

„Nichts ist geschehen. Sie sagte mir, sie würde ihren Job verlieren, wenn Yanko dahinterkäme, daß wir uns zum Essen getroffen hätten. Sie warnte mich, er sei gefährlich. Dann bat sie mich, sie nach Hause zu bringen. Sie bestand darauf, die letzten hundert Meter allein zu Fuß zurückzulegen. Wir folgten ihr im Wagen. Ich fuhr weiter zu Gully Gordon, um noch einen zu trinken."

„Und wie und wann sind Sie nach Hause gekommen?"

„Mit dem Wagen. Um ein Uhr fünfzehn."

„Können Sie das beweisen?"

„Klar. Ich habe das Fahrtenbuch unterschrieben. Takeshi war noch auf, als ich heimkam. Warum die ganze Fragerei?"

„Valerie Hallstrom wurde gleich nach ihrer Heimkehr umgebracht."

„Allmächtiger!"

„Hoffentlich können Sie ebenso entsetzt aussehen, wenn Ihnen die Polizei diese Nachricht mitteilt! Sie und ich waren die letzten, die sie

lebend gesehen haben." Er lächelte mich mit seinem kalten Friedhofs-
lächeln an. „Während Sie beide zu Abend aßen, ging ich in Valeries
Wohnung. Sie kennen sie ja von außen. Es ist ein alter Klinkerbau
mit drei Stockwerken. Er gehört ihr allein; die ganze Inneneinrich-
tung ist sehr aufwendig. Im Schlafzimmer hängt ein Matisse, und
dann gibt's eine Menge Sachen, die man, glaube ich, Bijouterie
nennt. Sie hat zwei Telefone – eins hat eine Geheimnummer. Das
andere ist angezapft. Der Geheimapparat ist hinter ihren Pelzen im
Schrank versteckt; dort befindet sich auch ein Wandsafe, den ich aufmachen konnte. Das dauerte von etwa acht Uhr dreißig bis neun Uhr
dreißig. Um neun Uhr dreißig klingelte das normale Telefon. Ich wartete, bis das Klingeln aufhörte, verließ das Haus und setzte mich in
meinen Wagen.

Etwa um zehn Uhr dreißig betrat ein Mann, der eine Aktentasche
trug, das Haus. Er benutzte einen Schlüssel. Ich habe ihn nicht erkannt, aber ich würde ihn wiedererkennen. Er machte kein Licht an.
Ich wartete, bis ich Valerie Hallstrom nach Hause kommen sah. Ich
sah, wie Sie im Auto vorbeifuhren. Das Licht im Wohnzimmer ging
an, aber ich konnte nichts erkennen, weil die Vorhänge zugezogen
waren. Zehn Minuten später kam der Mann, die Aktentasche noch
immer in der Hand, heraus. Ich folgte ihm. Er hielt ein Taxi an
und fuhr bei Rot über die nächste Kreuzung; deshalb verlor ich ihn,
aber ich notierte mir die Nummer des Taxis.

Ich blieb bei einer Telefonzelle stehen und rief Valeries Nummer
an. Niemand antwortete. Ich fuhr zum Haus zurück. Die Lichter
brannten noch. Ich verschaffte mir Einlaß und fand sie im Wohnzimmer auf dem Boden. Kopfschuß. Ich ging zur Telefonzelle zurück
und gab der Polizei einen Tip. Die Beamten waren noch bei der
Arbeit, als ich heute früh vorbeifuhr."

„Was fanden Sie in dem Safe?"

„Ungefähr fünfundzwanzigtausend Dollar. Eine Akte mit Compu-
terformularen. Ein Notizbuch mit einer Liste von Gesellschaften und
deren Computer-Codes, eingeschlossen alle Zweigniederlassungen von
Harlekin et Cie. Ich nahm das Buch mit zur Stärkung der Verhandlungsposition gegenüber Yanko. Es ist an einem absolut sicheren
Ort."

„Aber das Ganze ergibt doch keinen Sinn."

„Mr. Desmond, angenommen, Valerie Hallstrom hat ihr eigenes,
privates Spielchen getrieben: die Computer angezapft und die Ergeb-

nisse draußen verkauft. Angenommen, Yanko ist ihr auf die Schliche gekommen. Er konnte sie nicht verhaften lassen und ihr den Prozeß machen und dann die ganze schmutzige Wäsche vor Gericht waschen lassen. Manche Gesellschaften haben sogar Angestellten, die sich etwas zuschulden haben kommen lassen, hohe Abfindungssummen gezahlt und erstklassige Referenzen ausgestellt, statt sie vor Gericht zu stellen und Millionenverluste einzustecken. Also glaube ich, daß Yanko sich ihrer auf die billige Tour entledigte. Die Polizei nimmt an, daß Miß Hallstrom einen Einbrecher überraschte und dabei erschossen wurde."

„Aber wir wissen –"

„Ich weiß, Mr. Desmond." Er sagte es beinahe sanft. „Was Sie gehört haben, ist ein Märchen, das Sie wieder vergessen werden, wenn ich gegangen bin. So lautete unsere Abmachung, erinnern Sie sich? Später, wenn ich den Mann gefunden habe, der Miß Hallstrom getötet hat, werden wir weitersehen. Und ich werde ihn finden. Es ist ein sehr exklusiver Berufszweig, Mr. Desmond, und die Könner sind alle bekannt."

Er ging lächelnd hinaus; aber er hinterließ einen Hauch von Schwefel und ewiger Verdammnis. Allmählich fühlte ich mich in dasselbe Dilemma wie George Harlekin gedrängt. Wir waren Bankiers; wir wuschen das Geld so rein wie Verbandsmull; aber wir konnten uns nie ganz dem Makel entziehen, der dem Geld anhaftete. Dann rief George Harlekin an – ganz anders als sonst, forsch und geschäftsmäßig.

„Paul? Könntest du vielleicht ins Salvador kommen? Ich bin mit Herbert Bachmann zum Lunch verabredet, und dann kommt Yanko um drei hierher. Ich habe ihm gesagt, daß du dabei bist. In der Zwischenzeit sind ein paar weitere Leute da, die sich gern mit dir unterhalten möchten. Ach, und hättest du etwas dagegen, Juliette zum Lunch auszuführen? Mit mir ist es ihr zu langweilig. Vielen Dank, Paul. *A bientôt.*"

Die Leute, die mit mir zu sprechen wünschten, waren zwei sehr höfliche, junge Kriminalbeamte aus dem Polizeipräsidium. Sie erklärten, sie hätten die Bank angerufen, und die Bank habe sie an Mr. Harlekin verwiesen, der sich liebenswürdigerweise bereit erklärt habe, mich anzurufen. Ich gab ihnen einen einfachen und klaren Rechenschaftsbericht über meinen Abend mit Valerie Hallstrom.

„Kennen Sie Miß Hallstrom schon lange?"

„Seit vier Tagen. Sie hatte einen Bericht über unsere Computer-Operationen ausgearbeitet, und ich lud sie zum Essen ein."

„Sie sagen, Sie hätten sie nach Hause gefahren. Hat sie Sie aufgefordert, noch hereinzukommen?"

„Nein. Sie bat darum, einen Block vor ihrem Haus abgesetzt zu werden. Ich hielt das für ungewöhnlich, aber sie ist eine Geschäftsbekanntschaft. Ich kenne ihre – hm – häuslichen Verhältnisse nicht. Ich beauftragte den Fahrer, ihr bis zu ihrem Haus zu folgen, und dann fuhren wir weiter."

Einer der Kriminalbeamten zog einen Umschlag aus der Tasche, nahm einen Stapel Fotografien heraus und reichte jedem von uns ein Bild. Obwohl ich darauf vorbereitet war, überkam mich das Entsetzen schockartig.

Valerie Hallstrom lag wie eine Stoffpuppe auf dem Boden ihres Wohnzimmers. Ihr Gesicht war eine blutige Masse.

Der Kriminalbeamte nahm mir das Foto wieder aus der Hand.

„Sie wurde erschossen, Mr. Desmond. Aus kurzer Entfernung mit einer 38er Pistole."

„Ich – ich verstehe nicht ... Wann? Wie denn?"

„Wir sind dabei, es herauszubekommen. Hätten Sie etwas dagegen, wenn wir in Ihre Wohnung gehen, mit Ihrem Diener sprechen und uns bei Ihnen umsehen?"

„Was Sie wollen, natürlich."

„Bevor Sie gehen, meine Herren!" Harlekin hatte sich erhoben. „Ich bin Zeuge dieses Gesprächs geworden. Mr. Desmond hat alle Fragen offen beantwortet und Ihnen freien Zugang zu seiner Wohnung ohne Durchsuchungsbefehl angeboten. Aber jetzt wünsche ich, daß er hierbleibt, um dringende Geschäftsangelegenheiten mit mir zu besprechen. Ich möchte deshalb einen Vorschlag machen: Mr. Desmond ruft seinen Diener an und gibt ihm die Weisung, Ihnen Zutritt zu verschaffen."

Sie stimmten zu. Ich rief Takeshi an, übergab ihnen meine Schlüssel und versprach, ihre Rückkehr im Salvador abzuwarten.

Sobald Harlekin und ich allein waren, sagte er: „Du hast etwas ausgelassen über Valerie Hallstrom. Was war es?"

„Nichts, George."

Er war verletzt, gab sich aber alle Mühe, es sich nicht anmerken zu lassen. Gelassen sagte er: „Vergiß nicht, du brauchst dich meinetwegen nicht zu kompromittieren."

„Ich bin nicht kompromittiert, George. Reden wir nicht mehr davon, ja? Wie willst du dich heute nachmittag Yanko gegenüber verhalten?"

„Ich werde das Angebot ablehnen. Ich werde aufgrund meines Vorkaufsrechts die Minoritätsaktien aufkaufen."

„Das kannst du dir doch gar nicht leisten."

„Herbert Bachmann glaubt, er könne mir die Mittel zur Verfügung stellen. Wir wollen beim Lunch darüber sprechen. Wenn Männer wie Yanko die Kontrolle über die Maschinen übernehmen, besteht für uns alle keine Hoffnung mehr."

„Wie nimmt es Julie auf?"

„Wir sind uns nähergekommen. Obgleich ich mich manchmal frage, ob sie nicht glücklicher geworden wäre, wenn sie einen weniger komplizierten Mann geheiratet hätte ..."

Wir bewegten uns auf gefährlichem Boden. Bevor ich dazu kam, darauf zu antworten, klingelte das Telefon. Yanko war am Apparat.

„Mr. Harlekin? ... Oh, Mr. Desmond. Wie Sie wissen, hatten wir für heute nachmittag eine Besprechung angesetzt. Leider ist ein tragisches Ereignis eingetreten, das jemanden aus meinem Mitarbeiterkreis betrifft. Könnten wir sie vielleicht auf morgen verschieben?"

„Gewiß. Im Salvador zur selben Zeit, einverstanden?"

„Ja, bitte ..." Er zögerte. „Ich sollte Ihnen vielleicht sagen, daß es sich bei der fraglichen Person um Miß Hallstrom handelt. Sie wurde gestern abend ermordet."

„Ich weiß. Ich habe gestern mit Miß Hallstrom zu Abend gegessen, und die Polizei ist jetzt im Besitz der wenigen Informationen, die ich geben konnte. Ich bin tief erschüttert. Ich wünschte, es gäbe etwas, was ich sagen oder tun könnte ... Also dann bis morgen."

„Bis morgen ..." Seine Stimme verebbte. „Leben Sie wohl."

Als ich den Hörer auflegte, fragte Harlekin ruhig: „War das klug, glaubst du?"

„Es war unvermeidlich – und ich hoffe, er war beunruhigt."

„Ich finde, du solltest unseren Freund Bogdanovich anrufen."

„Ich möchte lieber noch warten, bis die Polizei mit meiner Wohnung fertig ist."

Fünfzig Minuten später waren die Beamten wieder da. Sie hatten die Wohnung durchsucht; sie hatten mit dem Fahrer des Wagens gesprochen und mit Gully Gordon. Sie dankten mir für meine Unterstützung. Das einzige, worum sie mich jetzt noch bitten müßten, sei eine kurze Erklärung. Ich schrieb sie mit der Hand und setzte meinen Namen darunter. Dann gaben sie der Hoffnung Ausdruck, daß sie mich nicht wieder belästigen müßten.

Um ein Uhr kam eine heitere Juliette von einem Vormittagsbummel in New York zurück. Sie war beim Friseur gewesen, hatte mit einer Freundin Kaffee getrunken und war entzückt, zum Lunch ins Fleur de Lys ausgeführt zu werden. Julie in fröhlicher Stimmung konnte den Männern noch immer den Kopf verdrehen – und meinen besonders leicht. Arm in Arm schlenderten wir die Fifth Avenue entlang und sahen uns die Auslagen an. Wir überlegten uns die Speisenfolge im Fleur de Lys so gründlich, als ob es unsere letzte Mahlzeit auf dieser Welt wäre.

Sie wußte nichts von den dramatischen Ereignissen des Vormittags, und es gehörte nicht zu meinen Aufgaben, sie ins Bild zu setzen. Ich hatte meine Rolle als Freund des Hauses allmählich satt. Als wir uns bis zu den Crêpes Suzette durchgegessen hatten, wollte Juliette ein Geständnis ablegen.

„Ich bin glücklich, Paul – so glücklich, wie ich es schon lange nicht mehr war. George freut sich über diesen Kampf. Wir sprechen offener miteinander. Wenn er in Erregung gerät, merkt man es ihm jetzt an. So gefällt er mir besser. Aber Paul, ich will dir ganz ehrlich sagen...“

Wenn man das von einer Frau hört, sollte man schleunigst in volle Deckung gehen, aber man tut es doch nicht. Man bleibt sitzen, ist geduldig und lächelt und versucht sie zu trösten.

„... Ich bin auf George eifersüchtig. Ich liebe ihn über alle Maßen, aber mit einem Mann wie ihm verheiratet zu sein ist eine ständige Bedrohung. Er sieht zu klar. Ich habe das Gefühl, daß er mir ständig einen bestimmten Wertmaßstab anlegt. Diese Krise hat uns zusammengeführt; aber sie könnte ihn auch noch weiter von mir entfernen, so weit, daß ich ihm nicht mehr folgen kann. Wenn er unterliegt, dann bin ich da und hebe ihn auf und bin lieb zu ihm. Aber wenn er gewinnt, ist er wieder weit, weit weg. Kannst du das verstehen?“

Eine alberne Frage. Wozu ist man denn sonst da, wenn nicht, um zu verstehen, und man spreche nie das Unaussprechliche aus: daß Julie einen gottbegnadeten Mann geheiratet hat, aber es nicht dabei belassen kann.

HARLEKINS Mittagessen mit Herbert Bachmann, so erfuhr ich, eröffnete nur sehr bescheidene Hoffnungen. Die notwendigen Geldmittel ließen sich aufbringen, um Harlekin zu ermöglichen, das Defizit zu decken und die kleinen Aktionäre aufzukaufen; aber die Zinslast wäre enorm. Es würde auch zu anderen Einbußen kommen. Leute, die ihr Geld anlegen wollen, hüten sich vor Banken, die selbst Geld borgen müssen, um sich über Wasser zu halten.

Basil Yanko hatte schlau kalkuliert. Der Mehrwert war gerade so hoch, um den geldgierigen Verkäufer anzulocken, und es war noch nicht so viel durchgesickert, daß es für einen Skandal ausgereicht hätte – nur gerade so viel, daß sich neue Kunden lieber bei anderen Banken orientierten. Harlekin konnte jetzt alles verkaufen und als reicher Mann dastehen, oder er konnte den Kampf aufnehmen, um nach einem fruchtlosen Sieg bettelarm zu sein. George erkannte dies ebenso klar wie ich; aber er sah eine Chance, wenn auch nur eine ganz geringe, seine Position zu verbessern.

„Bis jetzt, Paul", sagte er, „sind wir vom Schlimmsten ausgegangen – daß jeder Kleinaktionär verkaufen will. Immerhin, ich besitze das Vorkaufsrecht; ich habe daher vor, jedem Aktionär mein Angebot zu unterbreiten und ihm zu empfehlen, überhaupt nicht zu verkaufen. Ich brauche deine Hilfe. Ich habe Suzanne hergebeten. Wir drei sollten in der Lage sein, den Operationsplan auszuarbeiten."

„Aber wenn du Yankos Angebot rundweg ablehnst, haben wir keine Trumpfkarte in der Hand, bis unsere Ermittlungen abgeschlossen sind. Dann ist unsere Lage schlechter als jetzt. Yanko ist bösartig. Wenn du ihn in die Enge treibst, springt er dich an wie eine kämpfende Ratte."

„Paul, du mußt mir vertrauen."

„Klar, George. Ich habe ja nur gesagt, was ich mir denke. Ich treffe dich hier morgen um drei. Ich gehe in den Club, um ein Dampfbad zu nehmen."

Ich war verärgert, als ich mich verabschiedet hatte. Ich hatte das Gefühl, ausgeschlossen worden zu sein, daß es ihm auf meinen Rat nicht mehr ankam. Er war kurz angebunden und unbeugsam, und ich vermißte die alte Umgänglichkeit und Feinsinnigkeit.

Nach einer Stunde Fitness-Training war meine Laune wieder bedeutend gestiegen. Ich ging ins Billardzimmer hinunter und gewann zehn Dollar von Jack Winters, der in seinem ganzen Leben noch nie eine schwerere Arbeit geleistet hat, als Rosen zu beschneiden und der

Ehe aus dem Weg zu gehen. Er flößte mir Angst ein. Ich konnte mir vorstellen, wie ich selbst in zehn oder fünfzehn Jahren aussehen würde: als erster kommen, als letzter gehen und geradezu versessen auf einen Klatsch an der Bar.

Als ich unter den ersten Neonlichtern der Dämmerung nach Hause ging, überkam mich ein schreckliches Gefühl der Einsamkeit, eine panische Furcht vor Gewalt und Unheil. Ich war in Diebstahl, Verschwörung und Mord verwickelt. Ich hatte Verträge für Terrorakte abgeschlossen, weil ich selbst in einem System jenseits der Grenzen des Gesetzes gefangen war ... Ich erkannte flüchtig mein Spiegelbild in einem Schaufenster. Ich sah einen mürrischen, abweisenden Mann mittleren Alters, der sich vor jeglichem menschlichen Kontakt verschloß. Ich wandte mich ab und bahnte mir hastig einen Weg durch die Menschenmenge in dem vergeblichen Bemühen, den Doppelgänger abzuschütteln.

Als ich zu Hause ankam, wurde das ganze Elend dieses Tages durch die häusliche Misere noch übertroffen. Takeshi hatte einen seiner schlechten Tage. Takeshi, wenn er gut aufgelegt ist, kocht besser als Escoffier. Er kann Hemden so bügeln, daß sie sich wie eine zweite Haut anfühlen. Aber Takeshi, wenn er schlecht gelaunt ist, brummt düster wie ein Tempeldämon vor sich hin. Er schlurft herum, seufzt und jammert und klagt. Das einzige Heilmittel dagegen, das ich bis jetzt entdeckt habe, besteht darin, ihn aus dem Haus zu bugsieren, damit er sich mit Sake, Poker und einem Besuch bei der Mama-san in der 58th Street moralisch wiederaufrichtet. Ich hatte kaum die Wohnung betreten, als ich auch schon wußte, was die Uhr geschlagen hatte. In genau fünf Minuten war er draußen. Eine halbe Stunde später hatte ich es mir auf dem Sofa bequem gemacht und hörte mir, mit einem Drink in Reichweite, die „Pathétique" unter Herbert von Karajan an. Das Päckchen von Francis Xavier Mendoza war eingetroffen, aber ich ließ es ungeöffnet liegen. Ich blätterte in einer Jacht-Zeitschrift und gab mich Träumereien über eine lange Kreuzfahrt auf einer Segeljacht hin, nach Papeete und den Fidschiinseln, als der Türsummer aufdringlich ertönte. Ich stolperte verärgert hinaus, um zu öffnen.

George Harlekin stand vor der Tür und lächelte entschuldigend. „Ich bin spazierengegangen. Ich bin auf gut Glück hergekommen. Wir haben uns heute gestritten, Paul. Es tut mir leid."

„Schwamm drüber. Es war für uns beide nicht leicht. Kaffee?"

„Ja, bitte."

„Schau, im Wohnzimmer liegt ein Päckchen. Es ist ein Dossier über Basil Yanko von Mendoza. Vielleicht siehst du dir den Inhalt an, während ich den Kaffee mache?"

Ich rumorte in der Küche herum, bekümmert, weil ich ihm noch nichts von meinem Gespräch mit Bogdanovich erzählt hatte. Ich hatte einen kleinen Triumph gefühlt, im Besitz von Informationen zu sein, die ihm im Augenblick noch vorenthalten waren. Es war nicht einfach zu erklären, aber ich mußte es tun, um so mehr, als er mich mit seiner Bitte um Verzeihung beschämt hatte. Er war erschüttert, als er die Einzelheiten über Valerie Hallstroms Tod erfuhr, aber er wollte mir jede Demütigung ersparen.

„Nein, Paul! Ich habe dich zu lange die ganze Last allein tragen lassen. Von jetzt an arbeiten wir zusammen. Keine Geheimnisse, keine Auseinandersetzungen. Ich habe schlechte Nachrichten erhalten. Larry Oliver ist eine andere Stellung angeboten worden. Er hat heute abend gekündigt. Er will am Ende des Monats gehen."

„Verflucht! Das tut uns weh, George."

„Ich habe Standish gebeten, den Posten zu übernehmen. Er ist natürlich glücklich darüber."

„Er ist zwar nicht die größte Leuchte, aber er wird es schon schaffen."

„Und als ob das noch nicht genug wäre, rief Basil Yanko an. Er stehe vor einem Problem, sagte er, einem Problem des Berufsethos – das waren seine Worte. Valerie Hallstrom habe Zugang zu Geheimmaterial gehabt, das die Sicherheit der Nation berühre. Er sei daher gezwungen gewesen, das FBI einzuschalten. Das FBI könne Einblick in alle Geschäftsunterlagen, einschließlich der von Harlekin et Cie. und meiner persönlichen Konten, fordern. Er hoffe, ich würde dies nicht als einen Versuch auslegen, Druck auf uns auszuüben ... So, jetzt verstehst du vielleicht, warum ich einen Spaziergang nötig hatte."

Ich verstand noch mehr: Ich sah die Schlagzeilen und sah ganze Divisionen unserer Kunden zum Rückzug blasen. „Wenn uns das FBI einen Besuch abstattet", sagte ich, „was werden wir ihnen sagen?"

„Die Wahrheit, Paul. Wir untersuchen einen Betrugsfall auf internationaler Ebene. Ich bin in den Fall verwickelt, wenn auch ohne meine Schuld. Wir haben gewisse Vorbehalte gegenüber dem Hall-

strom-Bericht, der Creative Systems entlastet. Wir erheben jedoch
keine Anschuldigungen, obwohl eine frühere Angestellte, Ella Deane,
bei einem Autounfall ums Leben gekommen ist und verdächtig viel
Geld hinterlassen hat. Wir weisen nur auf das zeitliche Zusammentreffen mit Yankos Angebot, uns aufzukaufen, hin."

„Bogdanovich muß davon wissen, bevor wir irgend etwas sagen.
Ich darf nur von einer Telefonzelle aus mit ihm sprechen."

„Dann fahr mit mir zu Gully Gordon. Du kannst unterwegs tele-
fonieren, und wenn Bogdanovich Zeit hat, können wir uns heute
abend mit ihm treffen. In der Zwischenzeit werde ich Mendozas
Bericht mitnehmen, genau studieren und dann im Banksafe deponieren. So etwas sollte man nicht irgendwo herumliegen lassen."

Ich konnte ihm ein Grinsen nicht ersparen. „Du hast schon viel
dazugelernt, George!"

Zu meinem Erstaunen nahm er die Bemerkung ernst. „Nein, ich
habe es schon immer gewußt, Paul. In meiner Eitelkeit habe ich mir
eingebildet, ich könne den Gaunern und Ganoven ein Schnippchen
schlagen, mich gegen Gewalt durch Geld und Privilegien absichern.
Jetzt sehe ich, daß das eine Illusion war. Das Böse ist eine Realität.
Es lauert uns auf. Früher oder später muß man sich mit ihm auseinandersetzen, auch wenn es zu einem Handgemenge kommt."

Wir blieben eine halbe Stunde bei Gully Gordon. Als wir gingen,
wartete draußen ein Wagen mit Chauffeur auf uns. Aaron Bogdanovich saß hinten. Wir fuhren langsam bis zum Washington Square,
dann wieder zurück, während sich Bogdanovich unsere Neuigkeiten
anhörte.

„Ich bin auch Ihrer Meinung, Mr. Harlekin", sagte er schließlich,
„mit dem FBI spielt man nicht Katz und Maus. Geben Sie ihnen alle
Informationen, die die Leute sowieso aus Ihren Unterlagen ableiten
könnten. Ich glaube, es dürfte nicht schaden, ein gewisses Unbehagen
über Creative Systems zum Ausdruck zu bringen. Glauben Sie mir,
auch beim FBI spürt man so ein gewisses Unbehagen ... Das einzige,
was Sie nicht erwähnen, ist Ihre Verbindung mit mir. O ja, man weiß,
daß ich existiere! Aber die Regierungspolitik ist proisraelisch. Solange ich den Leuten nicht auf die Füße trete und ihnen ab und zu
einen guten Tip zukommen lasse, habe ich meine Ruhe. Aber sie lassen sich ungern hinters Licht führen.

Für Sie habe ich wenig Neues. Wir haben das Taxi ausfindig gemacht. Der Fahrer gibt zu, unseren Passagier zum TWA-Terminal

auf dem Kennedy-Airport gebracht zu haben. Weiter nichts. Er
könnte einen Flug gebucht haben. Er könnte aber auch in die Stadt
zurückgefahren sein. Wir setzen die Nachforschungen fort und durch-
leuchten Yankos unmittelbare Umgebung – seinen Chauffeur, seine
Haushälterin und seine Privatsekretärin. Ach, noch etwas, Mr. Desmond, Bernie Koonig, der Kerl in der grünen Corvette, der Ihre
Wohnung beobachtet hat – meine Leute haben ihn für ein kleines
Plauderstündchen aufgegabelt. Er sagte, er sei von einem Freund
beauftragt worden, Ihnen zu folgen. Einem Mann namens Frank
Lemmitz. Er ist Yankos Chauffeur. Lassen Sie den Namen ruhig fallen, wenn Sie mit Yanko sprechen."

SUZANNE kam gerade rechtzeitig zu einem späten Abendessen im
Salvador. Ich nahm sie in die Arme und hielt sie etwas länger als
sonst fest, weil sie sich ebenso wie ich nach etwas Liebe sehnte.
Ihr Bericht aus Genf klang nicht gerade ermutigend. Die Unions-
bank war sehr zurückhaltend und hielt sich genau an die Rechtslage.
Das Konto Harlekin sei vollkommen korrekt eröffnet worden; alle
Kontenbewegungen seien in einwandfreier Form getätigt worden.
Hier ende die Verantwortlichkeit der Bank. Die Geldbeträge seien in
bar gegen Vorlage der bestätigten Unterschrift Harlekins ausgezahlt
worden. Die Schweizer Polizei erwies sich als etwas kooperativer.
Sie hatte die mutmaßliche Fälschung geprüft und bewunderte das
Können des Fälschers. Aber die Nachrichten von der Schweizer Ban-
kiers-Vereinigung sahen düster aus. Man wiegte bedenklich die Köpfe
und raunte sich allerlei zu. Bis jetzt waren zwar noch keine Kunden
abgesprungen; aber der Zustrom von Investitionsmitteln hatte beträchtlich nachgelassen.
Suzanne gab den Bericht in ihrem nüchternen, prosaischen Stil ab,
als zähle sie Kohlköpfe, während Juliette wütend einen Namen nach
dem anderen aus ihrer Einladungsliste herausstrich. Harlekin zog ein
kurzes Fazit.
„Eines ist klar: Wir können nicht bloß gewinnen und dann schwer
angeschlagen nach Hause humpeln. Was wir brauchen, ist ein Sieg
mit Pauken und Trompeten, bei dem wir den Gegner in Grund und
Boden trampeln ... Es ist spät. Morgen früh um zehn halten wir
Kriegsrat ab. Gute Nacht, Kinder. Süße Träume!"
Es war ein frommer Wunsch; er brachte mir wenig Gutes ein. In
dem Augenblick, da ich das Taxi vor meiner Wohnung bezahlt hatte,

drangen drei Männer auf mich ein. Einer von ihnen sagte: „Wir sollen
dir etwas von Bernie ausrichten." Ein anderer schlug mit einem
Knüppel auf mich ein. Ich wachte in meinem eigenen Bett wieder
auf; um meine Rippen lag ein strammer Verband, ein Arzt stand
neben dem Bett, und hinter ihm warteten zwei Polizeibeamte auf
eine Aussage von mir.

Viertes Kapitel

DIE Worte des Arztes klangen ermutigend. Ich hätte eine angebro-
chene Rippe, zahlreiche Hautabschürfungen und eine große Beule auf
dem Kopf. Im übrigen, meinte er, sei ich in Ordnung. Er gab mir
Tabletten, seine Visitenkarte und eine Rechnung und empfahl mir
dann ein paar Tage völliger Ruhe.

Die Polizisten gaben mir eine knappe Darstellung. Takeshi habe
mich bei seiner Rückkehr vom Stadtbummel bewußtlos vor der Haustür liegen sehen. Er habe die Polizei und den Arzt herbeigerufen. Ob
ich ihnen ein paar Fragen beantworten könnte?

Ich versuchte, ihnen den Gefallen zu tun. Sie kamen sofort auf den
Namen Bernie zu sprechen. Sage mir der Name Bernie Koonig etwas?
Nein. In der vergangenen Nacht hätten sie direkt gegenüber meiner
Wohnung einen Mann dieses Namens überprüft. Vielleicht sei ich
mit jemandem verwechselt worden? Ob ich wohl den Inhalt meiner
Brieftasche einmal untersuchen würde? Ich tat es. Es fehlte nichts.
Gut, sie würden einen Bericht abfassen.

Takeshi führte sie hinaus. Ich verfiel bis sieben Uhr morgens in
einen unruhigen Schlaf und kletterte dann aus dem Bett, um mir
den Schaden zu besehen. Mein Gesicht war zerschunden und geschwollen. Jeder Muskel tat mir weh, aber ich konnte wenigstens
atmen. Ich rief Aaron Bogdanovich an und erzählte ihm von meinem
traurigen Schicksal. Er kam zwanzig Minuten später und zeigte keinerlei Mitgefühl. „Schlägerarbeit! Meine Leute haben Bernie Koonig
bearbeitet. Er hat Ihnen die Schuld gegeben und sich revanchiert."

„Ich dachte, wir zahlen dafür, daß wir rund um die Uhr beschützt
werden."

„Mein Mann fuhr hinter Ihrem Taxi her. Als Sie vor Ihrer Tür ausstiegen, fuhr er weiter. Er wird dafür zur Rechenschaft gezogen werden. Es tut mir leid."

„Wir zahlen Ihnen ein Honorar von einer halben Million. Ich werde zusammengeschlagen, und Ihnen tut es leid."

„Meines Erachtens können Sie aus der Sache Vorteile herausholen, Mr. Desmond. Sie sind das Opfer eines heimtückischen Überfalls, als dessen Urheber Yanko festgestellt werden kann – über seinen Chauffeur."

„Aber ich habe der Polizei gesagt, daß ich Bernie Koonig nicht kenne."

„Das weiß Yanko ja nicht. Er weiß nur, daß Sie Informationen zurückgehalten haben und entschlossen sind, diese auszuspielen."

„Was mich in noch größere Gefahr bringen könnte."

„Allerdings. Aber Sie werden durchblicken lassen, daß es eine notariell beglaubigte Erklärung gibt, die jederzeit der Polizei zugänglich gemacht werden kann. Ich möchte gerne dabeisein, wenn Sie es ihm sagen. Ich möchte wissen, wie das Treffen verläuft. Rufen Sie mich heute am späten Abend an."

Ich zog mich unter Schmerzen an und erschien um zehn Uhr im Salvador. Juliette war bereits gegangen, um den Tag mit Freunden zu verbringen. Harlekin und Suzanne erzählte ich die ganze Geschichte.

Harlekin dachte stirnrunzelnd eine Weile nach und sagte dann: „Wir wollen doch einmal sehen, ob Yanko hart im Nehmen ist! So, und jetzt zum Programm für heute vormittag. Suzy, es ist in Europa jetzt drei Uhr nachmittags. Wir wollen alle Personen auf Ihrer Liste anrufen. Ich will mit jedem einzelnen persönlich sprechen. Paul, wir beide werden ein Telegramm an alle Aktionäre sowie einen Brief entwerfen, der das Kabel bestätigt. Dann werden wir zwei Erklärungen formulieren, eine für Yanko und die andere für die Finanzpresse: Wir lehnen das Angebot ab, empfehlen auch den Aktionären, das Angebot nicht anzunehmen, und geben unsere Gründe bekannt. Unsere Anwälte werden um ein Uhr dreißig hiersein, um die Entwürfe zu prüfen."

Es war eine frustrierende Arbeit. Die Leitungen nach Europa waren überlastet. Von den fünfzehn Leuten auf Suzannes Liste waren nur fünf erreichbar, und von diesen waren drei zum Verkauf entschlossen, zwei wollten noch etwas abwarten, falls Harlekin gute Gründe ins Feld führen konnte. Aber gerade darin lag das Problem: Wir konnten nicht all unsere Gründe in einem Brief verwenden, ohne uns eine Verleumdungsklage zuzuziehen. Wir konnten dagegen sein, daß ein traditionsreiches europäisches Unternehmen unter amerikanische Kontrolle geriet. Wir konnten darauf hinweisen, daß es wenig sinnvoll sei, eine Bank einer Gesellschaft in die Hand zu spielen, die Überwachungssysteme für Polizeiorganisationen entwickle. Wir konnten Yankos Polypentaktik öffentlich demonstrieren, aber ohne einen einwandfreien Wahrheitsbeweis nicht wagen, seinen persönlichen Charakter in Frage zu stellen.

Wir füllten einen ganzen Papierkorb mit untauglichen Entwürfen; beim Eintreffen der Anwälte aber waren wir sicher, ein Meisterwerk der Untertreibung produziert zu haben.

Die Anwälte waren entsetzt. Sie könnten uns in gar keiner Weise gestatten, den Text herauszugeben oder ihn auch nur im Rahmen der Korrespondenz zu verwenden. Sie würden die Entwürfe mitnehmen und neu formulieren.

Sie gingen, und wir warteten auf Basil Yanko. Er traf um fünfundzwanzig Minuten nach drei ein – gerade so spät, daß es eine absichtliche Brüskierung sein mußte. Alles war darauf angelegt, uns in Harnisch zu bringen und die Konferenz in einer Atmosphäre der Gereiztheit beginnen zu lassen, aber Harlekin ließ sich nicht aus der Ruhe bringen.

Erst als wir uns am Tisch niedergelassen hatten, machte Yanko eine Bemerkung über mein Aussehen. „Was ist mit Ihrem Gesicht geschehen, Mr. Desmond?"

„Ein Unfall. Der Arzt meint, ich bliebe am Leben."

„Also dann, kommen wir zum Geschäftlichen. Ich nehme an, Sie haben sich mein Angebot überlegt, Mr. Harlekin? Akzeptieren Sie es?"

„Nein, Mr. Yanko, ich lehne es ab. Und ich hoffe, daß Sie es zurückziehen werden."

Ein Anflug von Staunen huschte über Yankos Gesicht. „Soll das eine Drohung sein, Mr. Harlekin?"

„Es ist ein Rat, Mr. Yanko. Im gegenwärtigen Augenblick ein freundschaftlicher."

Basil Yanko lehnte sich in seinem Sessel zurück und legte die Fingerspitzen zusammen. Er sagte mit sanfter Stimme: „Mr. Harlekin, ich weiß, was Sie denken. Ich bin ein ungehobelter, verschlagener und habgieriger Mann, kein geeigneter Geschäftspartner für einen europäischen Gentleman wie Sie. Sie glauben, genug Geld beschaffen zu können, um die Aktien der Minorität übernehmen zu können –

auch wenn Sie selbst dabei fast vor die Hunde gehen. Wenn Sie das tun, kann ich entweder das Gebot so weit erhöhen, daß Sie außerstande sind, ein Gegenangebot abzugeben. Oder ich bringe Sie in jedem Lande, wo Sie tätig sind, mit Prozessen – straf- und zivilrechtlichen – zur Strecke: mit Schadensersatzklagen, mit Anzeigen wegen Betrugs und Veruntreuung. Ich brauche die Prozesse gar nicht zu gewinnen. In dem Augenblick, da die Klage gerichtsnotorisch ist, sind Sie ruiniert. Die Bank steht vor einer Vertrauenskrise. Letzten Endes bekomme ich sie sowieso ... Also, wollen wir nicht vernünftig sein?"

Es war die arroganteste Zurschaustellung nackter Gewalt, die ich je erlebt hatte. Ich war so zornig, daß ich den Mann hätte umbringen können. Aber Harlekin schien völlig ungerührt.

„Ich bin überrascht, Mr. Yanko", sagte er, „Sie sind doch ein Mann von überragender Intelligenz. Ich kann es einfach nicht verstehen, wie Sie sich einer derart kruden Taktik verschreiben können – es sei denn natürlich, daß Sie sich in einer ausweglosen Situation befinden."

Yanko lachte. Es klang nicht angenehm. „Ausweglose Situation! Harlekin, Sie sind ein halbes Jahrhundert hinter dem Mond! Ich bin kein Schweizer, der im Bankiers-Club die Zeit vertrödelt. Wir sind in der Mitte der siebziger Jahre! Ich biete Ihnen ein besseres Geschäft, als Sie es je woanders abschließen können. Lehnen Sie es ruhig ab, dann greife ich nach der Bonbonschachtel."

„Bevor Sie dies tun, Mr. Yanko, darf ich Ihnen einige Fakten bekanntgeben. Erstens: Ich habe in meinem Besitz ein Dossier über Ihr bisheriges Leben und Ihre Geschäftspraktiken, das in zwei Jahren zusammengestellt worden ist. Zweitens: Ich bin, wie Sie wissen, ein namhafter Aktionär von Creative Systems Incorporated. Ich habe Stimmrecht und besitze außerdem gewisse Rechte, gerichtliche Untersuchungen über das Geschäftsgebaren durchführen zu lassen.

Creative Systems hängen ebenso wie Harlekin et Cie. vom Vertrauen der Öffentlichkeit ab, sind aber in noch höherem Maße vom Vertrauen politischer Kreise abhängig, um größere Regierungsaufträge zu erhalten. Das Vertrauen politischer Kreise würde schwer erschüttert, wenn nachgewiesen werden könnte, daß leitende Angestellte von Creative Systems – sogar Sie selbst, Mr. Yanko – in kriminelle Machenschaften verwickelt sind. Wenn ich der Auffassung wäre, daß derartige Beweise existieren, wäre es meine Pflicht als

Aktionär, eine Untersuchung von seiten der Regierung zu verlangen.
Ein derartiges Beweismaterial existiert, Mr. Yanko, und es befindet
sich in meinem Besitz."

Yanko zuckte mit den Achseln. „Dann tun Sie doch Ihre Pflicht.
Offen gestanden, ich glaube Ihnen nicht."

„Dann lassen Sie mich auf eine Kleinigkeit hinweisen. Ihr Chauffeur, Frank Lemmitz, beauftragte aufgrund Ihrer Weisung einen bekannten Verbrecher namens Bernie Koonig, die Wohnung von Mr.
Desmond zu beschatten. Er hat dies gegenüber Ermittlern, die in
meinem Dienste stehen, zugegeben. Und dieser Bernie Koonig hat
Mr. Desmond gestern abend zusammenschlagen lassen. Wir besitzen
notariell beglaubigte Erklärungen, aus denen dieser Sachverhalt hervorgeht . . . Das ist aber nur die Spitze des Eisbergs. Sie sehen also,
warum ich Ihnen geraten habe, klug zu sein, Mr. Yanko?"

Er steckte diesen Schlag besser ein, als ich erwartet hatte. Er rang
sich sogar ein frostiges, anerkennendes Lächeln ab. „Es tut mir leid,
daß Sie verletzt worden sind, Mr. Desmond", sagte er zu mir. „Ich
habe damit nichts zu tun. Ich muß mich auch bei Ihnen entschuldigen,
Mr. Harlekin. Ich habe Sie anscheinend unterschätzt. Es wird nicht
wieder geschehen, das verspreche ich. Ihr Rat lautete, mein Angebot
zurückzuziehen, nicht wahr? Angenommen, ich ziehe die Drohung
zurück und lasse das Angebot bestehen?"

„Dann bestehen wieder normale Geschäftsbeziehungen zwischen
uns. Solange Creative Systems vom FBI untersucht wird und solange
unsere Geschäftsbeziehungen in normalem Rahmen verlaufen, sind
von meiner Seite offiziell keinerlei Maßnahmen erforderlich. Die mir
zur Verfügung stehenden Informationen bilden, sagen wir, eine Art
Versicherungspolice."

„Kommen wir also zum Schluß. Ich habe ein Angebot unterbreitet,
Sie haben es abgelehnt. Sie empfehlen Ihren Aktionären, das gleiche
zu tun. Schade, daß wir an einem toten Punkt angelangt sind, aber
in sechzig Tagen kann noch viel geschehen . . . Guten Tag, meine
Herren."

Für Leichenreden war keine Zeit. Die Telegramme an die Aktionäre mußten aufgegeben werden. Schriftliche Bestätigungen mußten
geschrieben und auf die Post gebracht werden. Die Anwälte erschienen wieder, mit einer Erklärung, die so schwach war, daß Harlekin
sie von sich wies, und so blieben wir bei unserem eigenen Entwurf.

Julie kam nach Hause und wollte wissen, warum ich wie ein Kriegsversehrter aussehe; hierdurch wurde das Problem akut, wieviel man ihr sagen sollte. Harlekin vertrat die Auffassung, daß sie alles wissen müsse. Mein Gegenargument lautete: Je mehr du weißt, desto gefährdeter bist du. Julie erwiderte, daß wir eine kleine Gruppe von Freunden seien, die es mit einer feindlichen Welt zu tun habe. Wenn man sich nicht gegenseitig vertrauen könne, falle die Gruppe auseinander. Da kapitulierte ich, und Harlekin erzählte ihr die ganze Geschichte. Sie war erschüttert, als sie erkannte, wie dicht wir am Abgrund standen.

Harlekin fühlte sich glücklicher. Er konnte im Familienkreis offen über alles sprechen, statt sich hinter einer Maske höflichen Lächelns zu verbergen.

Unser Abendessen bei Bertolo bestand aus Spaghetti und Wein, und wir ließen uns von dem Akkordeonspieler alte und sentimentale Lieder vorspielen. Wir hielten uns an den Händen und sangen mit. Wir waren wie Menschen während der Pest, die sich um den häuslichen Herd zusammenhockten und sangen, um das Böse von der Türschwelle zu verjagen.

Als wir Arm in Arm zum Salvador zurückgingen, wurde ich plötzlich von den Anstrengungen des Tages überwältigt, und ich fühlte mich schwach und übel. Suzanne erklärte, sie würde mich in einem Taxi nach Hause bringen und die Nacht bei mir bleiben. Ich protestierte, aber eine halbe Stunde später lag ich im Bett und hatte ein Beruhigungsmittel eingenommen, während Suzanne und Takeshi in der Küche Tee kochten. Es würde nicht dazu kommen, das wußte ich genau, aber ich fragte mich doch in meinem Dämmerzustand, wie es wohl sein würde, für immer eine Frau um sich zu haben.

Am nächsten Morgen, viel zu früh, erschien überraschend Aaron Bogdanovich. Er setzte sich auf die Bettkante, eine Tasse Kaffee in der Hand. „Sie haben mich gestern abend nicht angerufen. Warum nicht?"

„Ich war krank. Harlekins Sekretärin hat mich nach Hause gebracht."

„Was ist gestern geschehen?"

Ich erzählte es ihm, und er äußerte sich anerkennend: „Gut! Ich war gespannt, wie Harlekin auftreten würde. Wir wissen jetzt, wer Valerie Hallstrom getötet hat, Mr. Desmond. Er heißt Tony

Tesoriero und sitzt in Miami. Wir werden uns bald mit ihm unterhalten. Saul Wells hat mich über Ella Deane informiert. Sie hat im November, Dezember und Januar dreimal große Geldsummen auf der Bank eingezahlt. Während dieser Zeit war sie mit Yankos Chauffeur, Frank Lemmitz, befreundet."

„Man sollte sich mit diesem Herrn jetzt einmal unterhalten, finde ich."

„Wir haben es gestern abend versucht. Aber er ist nicht nach Hause gekommen."

„Er ist wahrscheinlich nach Yankos Gespräch mit uns fristlos entlassen worden."

„Er ist mit der Mitternachtsmaschine nach London geflogen. Freunde von mir werden ihn dort in Empfang nehmen . . . So, und wie sind Ihre Nerven?"

„Angeschlagen. Warum?"

„Heute morgen werden Sie in Ihrem Briefkasten einen einfachen Umschlag mit Ihrer Anschrift finden. Er wird Valerie Hallstroms Notizbuch und einen Zettel mit der gedruckten Aufschrift ‚Beste Empfehlungen von Valerie Hallstrom' enthalten. Sie werden dann sofort Mr. Harlekin und Saul Wells anrufen. Wells wird in Ihrem Auftrag die Polizei verständigen. Sie werden das Buch der Polizei übergeben. Mr. Harlekin wird Mr. Yanko anrufen und ihm die Neuigkeit mitteilen."

„Dann werden die Polizei und das FBI mich in die Zange nehmen."

„Ganz richtig. Und Sie sagen ihnen die Wahrheit. Sie haben das Buch im Briefkasten gefunden. Dann werden sie natürlich Ihre kurze Verbindung mit Miß Hallstrom noch einmal durchgehen. Es wird Ihnen – aber nicht zu früh – eine kleine Einzelheit einfallen, die Sie der Polizei zu melden vergessen haben: Miß Hallstroms Angst vor Yanko."

„Und wie soll ich mein schlechtes Gedächtnis erklären?"

„Ganz einfach – Sie wollten den Verdacht nicht auf einen Unschuldigen lenken. In der Zwischenzeit werden wir uns mit unserem Freund Tony Tesoriero in Miami unterhalten. Alle Informationen, die wir von ihm erhalten, werden an das FBI weitergeschleust. Dadurch werden alle eine Zeitlang voll beschäftigt sein. Mr. Desmond, bei unserem nächsten Treff übergeben Sie mir bitte einhunderttausend."

„In Ordnung. Wann soll ich Sie anrufen?"

„Diesmal werde ich anrufen. Ich bin vielleicht für ein paar Tage auf Reisen ... Viel Glück!" Er ging.

Dann kam Suzanne herein. Sie war ruhig und um mich besorgt. Wir küßten uns, hielten uns an den Händen und gedachten vergangener Zeiten der Leidenschaft.

Als ich leichthin fragte, ob sie jene Tage noch einmal durchleben möchte, schüttelte sie lächelnd den Kopf. „Nein, Chéri. Wir würden nicht mit dem Herzen dabeisein, und wir sind nicht mehr jung genug, um uns gegenseitig etwas vorzumachen."

„Ich war froh, daß du hier warst letzte Nacht. Du bist ein prima Mädchen! Aber jetzt verschwinde, denn ich will mich anziehen. Wir sehen uns beim Frühstück."

Takeshi ging mit sklavischer Genauigkeit seiner Tagesarbeit nach. Die Post und die Morgenzeitungen brachte er immer nach den Spiegeleiern auf Speck herein. Takeshi schlitzte die Umschläge auf und riß die ausländischen Briefmarken für seinen Neffen in San Francisco ab. Der dicke Umschlag lag als letzter unter einem Stapel von Briefen. Takeshi merkte sofort, daß er keine Marke trug. Ich tat überrascht und gab ihn Takeshi wieder zum Öffnen zurück. Ich paßte genau auf, daß er den beiliegenden Zettel las und ebenso erstaunt wie ich war, eine Mitteilung von einer Toten zu erhalten. Dann rief ich Harlekin an und sagte:

„George, es ist etwas sehr Merkwürdiges geschehen. Wir müssen sofort handeln. Suzy und ich werden rüberkommen. Es ist eine Sache für die Polizei. Wir brauchen auch Saul Wells."

SAUL WELLS sprach hundert Wörter in der Minute, ging dabei ständig auf und ab und blies den Rauch in Wolken von sich. „Sie sind ausländische Gentlemen. Also wenn die Polizei kommt, lassen Sie mich lieber reden. Alles, was Sie dazu sagen können, ist, daß das Notizbuch aus heiterem Himmel in Ihren Briefkasten gefallen ist. Ich habe jede Seite viermal fotokopiert – das ist normal. Ich bin Privatdetektiv mit Lizenz. Die Polizei und das FBI wollen das Buch. Die Polizei interessiert sich nur für den Mord. Dem FBI geht es um die nationale Sicherheit. Ihnen, Mr. Desmond, wird man zwei Fragen stellen. Wer könnte Ihnen möglicherweise das Buch geschickt haben – und aus welchem Grund? Ihre Antwort bleibt immer dieselbe: Sie wissen es nicht."

„Dann lüge ich."

„Sie haben nicht gesehen, wie Ihnen das Buch zugestellt wurde, also wieso lügen Sie dann? Mr. Harlekin, Sie lassen von Ihrem Dossier über Yanko umgehend eine Fotokopie anfertigen. Das FBI fragt vielleicht nach dem Original. So, jetzt holen Sie einmal tief Atem. Ich werde die Polizei herrufen. Dann Mr. Yanko. Ich kann es kaum erwarten, sein Gesicht zu sehen."

Aber dieses Vergnügen war ihm nicht vergönnt. Yanko war nach Europa abgereist. Seine Sekretärin konnte nicht sagen, wann er wieder zurück sein werde.

Die Polizei war in ihren Äußerungen unbestimmt. Die Beamten hörten sich schweigend Saul Wells' wortreiche Erklärungen an. Sie baten mich um Bestätigung. Sie machten sich Notizen. Sie untersuchten den Umschlag, übernahmen das Notizbuch, stellten eine Quittung dafür aus, dankten uns für unsere Hilfe und gingen wieder.

Saul Wells stand vor einem Rätsel und machte einen wenig glücklichen Eindruck.

„... Wir übergeben ihnen Dynamit", sagte er, „und sie gehen damit um, als wäre es eine Büchse Erbsen. Yanko steckt bis über den Hals in Schwierigkeiten und fliegt nach Europa. Irgendwas ist hier oberfaul. Das gefällt mir gar nicht."

Aber Harlekin ließ sich nicht aus der Ruhe bringen. „Alles Theater, Mr. Wells. Schweigen wirkt beängstigender als Reden."

Dann rief Karl Krüger aus Hamburg an. „Hallo, Paulchen! Wie geht's?"

„Wir kämpfen, Karl. Und wir halten die Stellung."

„Vielleicht dort drüben. Hier verliert ihr rasch an Boden. Ich bin gebeten worden, eine Garantiegruppe für die Emission wichtiger Obligationen zusammenzustellen. Ich habe Harlekins Namen auf die Liste gesetzt. Sie haben ihn gestrichen. Morgen findet in Frankfurt eine Besprechung statt. Yanko hat sie anberaumt. Einige von euren Aktionären werden dasein."

„Kleinaktionäre – Harlekin hat das Vorkaufsrecht. Dann kommst du. Was können sie schon tun?"

„Sie können zetermordio schreien und die ganze Börse rebellisch machen, das meine ich damit. Harlekin sollte dabeisein. Sag ihm das."

„Sag's ihm doch selbst ... George, es ist Karl Krüger."

Er nahm den Hörer und begann eine lange Unterhaltung, während Saul mich ins Vorzimmer hinausführte und mir bittere Vorhaltungen machte.

„Mr. Desmond. Ich kenne diese Stadt. Ich kenne die Polizei und das FBI. Passen Sie von jetzt ab auf Ihre Telefonapparate auf, und reden Sie nicht in Anwesenheit der Angestellten. Wenn Sie persönliche Dinge zu besprechen haben, gehen Sie in den Park."

„Wir werden Ihren Rat beherzigen, Saul. Aber wir sind doch keine Verbrecher!"

„Sie haben jetzt allerwichtigste Informationen in der Hand. Mindestens fünf der Firmen, die in dem kleinen Notizbuch stehen, arbeiten an streng geheimen Projekten für das Verteidigungsministerium. Und wenn Sie der leibliche Bruder des Präsidenten wären – man würde trotzdem Ihr Telefon anzapfen. Sie beide sind Ausländer, und Ausländer sind uns irgendwie unheimlich, Mr. Desmond. Sie wissen ja gar nicht, wie leicht es ist, in den Dreck gezogen zu werden. Es brauchen nicht einmal Tatsachen zu sein, wissen Sie. Es genügen Meinungen, und was einmal raus ist, wird zum Evangelium. Mr. Harlekin wird es vielleicht nicht verstehen, und –"

„Ich verstehe das sehr gut, Mr. Wells." Harlekin stand mit gerötetem Gesicht in der Tür. Er war empört. „Man will uns in die Knie zwingen."

„Mr. Harlekin, Sie zahlen mir Geld, weil Sie die Wahrheit wissen wollen."

„Ich bin nicht wütend auf Sie, Mr. Wells. Ich rege mich über diese ganze schmutzige Affäre auf. Geben Sie mir zwei Fotokopien von Valerie Hallstroms Notizbuch. Ich werde meinem Botschafter einen Besuch abstatten. Wir werden alle nach Washington fahren, Paul. Mr. Wells, ich werde Sie wissen lassen, wo Sie mich erreichen können."

„Ich wünsche Ihnen viel Glück. Yanko hat Freunde in Washington."

Saul hatte sich kaum verabschiedet, als sich ein Mr. Philip Lyndon vom FBI vorstellte – jung, braungebrannt, mit untadeligen Manieren.

Er wolle zunächst darauf hinweisen, daß es sich um ein vertrauliches Gespräch handele. Es sei bekannt, daß Creative Systems ein Angebot zur Übernahme von Harlekin et Cie. vorgelegt habe, daß Mr. Harlekin Präsident und Hauptaktionär sei und ich sein australischer Kollege. Nachdem er mich über meine Unterhaltung mit Valerie Hallstrom befragt hatte, sagte er, das FBI habe ihren Bericht über unsere Computeroperationen gesehen und wisse, daß wir Lichtman Wells mit einer Untersuchung beauftragt hätten. Aber in allen unseren Zweigniederlassungen seien Veruntreuungen vorgekommen, und bis jetzt hätten wir nur einen einzigen Programmierer identifiziert.

„Die Untersuchungen bei den anderen Zweigniederlassungen sind noch im Gange", sagte George. „Aber ehe wir fortfahren – ich glaube, Mr. Lyndon, wir könnten Ihnen Zeit ersparen, wenn wir Sie über die Ereignisse des heutigen Vormittags unterrichten."

„Bitte, Mr. Harlekin."

„Heute morgen fand Mr. Desmond in seinem Briefkasten einen dicken Umschlag ohne Absender. Er enthielt ein Notizbuch und einen Zettel, auf dem die Worte ‚Beste Empfehlungen von Valerie Hallstrom' gedruckt standen. Das Notizbuch enthält die Namen einer Reihe von Firmen, auch der unsrigen, mit ihren Computer-Codes. Mr. Desmond rief mich an, und wir übergaben das Notizbuch der Polizei. Wir nahmen an, die Polizei würde es an das FBI weitergeben. Ist das bisher nicht geschehen?"

„Allerdings nicht, Mr. Harlekin." Lyndon war offenbar fassungslos. „Das ist mir völlig neu. Sind Sie sich über den Inhalt des Notizbuches ganz sicher? Computer-Codes sind streng vertrauliche Informationen."

„Das hatte ich auch gedacht, Mr. Lyndon. Ein Irrtum, der meine Bank fünfzehn Millionen Dollar gekostet hat ... Das ist die Quittung der Polizei. Und hier ist die Fotokopie."

„Ich werde die Fotokopie behalten müssen."

„Nein, Mr. Lyndon. Sie ist gesetzlich mein Eigentum. Sie werden mich höflicherweise fragen, ob ich Ihnen gestatten will, sie zu behalten."

„Darf ich sie behalten? Ich werde Ihnen natürlich eine Quittung ausstellen."

Als Harlekin zustimmte, blätterte Lyndon das Notizbuch durch und runzelte die Stirn. Dann wandte er sich mir zu. „Mr. Desmond, können Sie mir im einzelnen sagen, wie das Notizbuch in Ihren Besitz gelangt ist?"

Ich sagte es ihm. Dann stellte er die Preisfrage: „Mr. Desmond, Sie haben das Notizbuch nicht zufällig gekauft? Vielleicht von Miß Hallstrom, an dem Abend, als sie ermordet wurde?"

„Verkaufte sie denn geheime Unterlagen?"

„Man spricht von der Möglichkeit."

„Warum sollte ich sie kaufen?"

„Eventuell um Creative Systems zu diskreditieren. Ich habe heute morgen Ihre Presseerklärung gelesen, meine Herren. Sie sind nicht bereit, zu verkaufen, aber Yankos Preis ist für einige Aktionäre offenbar sehr attraktiv."

„Ist das eine Frage oder eine Feststellung?"

„Nur eine Hypothese, Mr. Desmond – um die Diskussion anzuregen."

„Hierüber gibt es keine weitere Diskussion." Harlekin stand auf, ging zum Telefon und meldete ein Gespräch mit dem Schweizer Botschafter in Washington an.

Lyndon ließen seine Nerven im Stich. „Bitte, Mr. Harlekin! Ich bin aus der Rolle gefallen. Ich bitte um Verzeihung."

„Es tut mir leid, Mr. Lyndon. Die Besprechung ist zu Ende... Hallo! Ah, Erich! George Harlekin. Wir reden am besten in unserer Heimatsprache." Er ratterte fünf Minuten lang sein Schwyzerdütsch herunter und legte dann wieder auf. „So, Mr. Lyndon, wir werden Ihnen mit Vergnügen jederzeit alle uns zur Verfügung stehenden Fakten mitteilen, die Ihre Untersuchungen über Creative Systems berühren. Andererseits werden wir uns keine Einschüchterungsversuche gefallen lassen und uns nötigenfalls durch diplomatische Intervention dagegen zu schützen wissen."

„Das ist Ihr gutes Recht, Mr. Harlekin." Mr. Lyndon hatte sich wieder in der Gewalt. „Guten Tag." Er ging.

Ich hatte Harlekin noch nie so zornig gesehen. „Karl Krüger will, daß ich nach Frankfurt fliege, um als Bittsteller vor Leute hinzutreten, die ich reich gemacht habe, um ihnen zu beweisen, daß ich kein Gauner bin! Jetzt sollen wir von Bürokraten in die Zange genommen werden, damit wir Angst bekommen wie Kinder in der Dunkelheit... Julie", rief er, „pack die Koffer. Wir fahren nach Washington. Suzanne, sorge für die Reservierungen."

„Einen Augenblick, George! Für die Reservierungen sorge ich. Das ist mit Bogdanovich so vereinbart."

„Dann mach du es, Paul. So!" Seine Augen waren hart wie Kiesel.

„George, bitte!" Julie legte ihm beschwörend die Hände auf die Schultern. „Du benimmst dich wie ein Stier. Es steht dir nicht, Darling!"

George hatte sich wieder in der Gewalt, aber seine Stimme klang rauh und gepreßt. „Ich bitte dich um Verzeihung. Du hast ja gewollt, daß ich kämpfe. Ich habe dich gewarnt, daß dir der Mann, der in

meiner Haut steckt, vielleicht nicht sympathisch ist. Ich muß jetzt
mit ihm leben. Du kannst noch wählen."
Juliette starrte ihn an, dann brach sie in Tränen aus und rannte
aus dem Zimmer.

Das Reisebüro Apex war ein muffiger, kleiner Laden in Green-
wich Village, mit billigen Plakaten und einer zigeunerhaften Emp-
fangsdame. Als ich ihr jedoch meinen Namen nannte, verhieß das
Lächeln der Zigeunerin mir Glück. Washington sei ein übles Loch,
aber sie würde schon etwas arrangieren. Unsere Kontaktperson dort
sei ein Mann namens Kurt Saperstein, der auch in der Blumenbranche
tätig sei; seine Firma heiße Bernard's Blooms. Sobald wir im Hotel
abgestiegen seien, solle ich ihm unsere Zimmernummern mitteilen.
Man mahnte mich zur Vorsicht: in Washington wimmele es nur so
von Agenten, wie von Löwenzahn auf einer grünen Wiese; wir müßten besonders vorsichtig sein. Ich reichte der Zigeunerin meine Kredit-
karten und fuhr in mein Appartement zurück.
    Takeshi war froh, mich wiederzusehen. Auch er war von Philip
Lyndon aufgesucht worden, der ihn über die Post verhört hatte und
über meine Besucher aus der letzten Zeit. Takeshi hatte ihn vor der
Tür stehen lassen, statt ihn zu einem Plauderstündchen hereinzu-
bitten, und Lyndon war recht unzufrieden und nicht sehr viel klüger
wieder gegangen. Da ich verreisen wollte, schien es mir angezeigt,
Takeshi in Urlaub zu seinem Neffen in San Francisco zu schicken. Er
packte unsere Koffer, und wir verließen die Wohnung.
    Die Reise nach Washington verlief in einer trübsinnigen Stim-
mung. George saß am einen Ende des Abteils und diktierte Suzanne
Briefe. Ich saß am anderen, spielte Rommé mit Juliette. Sie war
bleich und entrückt. Plötzlich neigte sie sich vor und legte mir ihre
Hand auf den Arm. „Du siehst so verbissen aus, Paul."
    „Verzeihung, das ist ja auch keine ausgesprochene Vergnügungs-
reise."
    „Paul, bitte, gib nicht George die Schuld."
    Ich blickte sie entgeistert an. Vor mir saß eine andere Julie; ernst
wie eine Nonne.
    Leise fuhr sie fort: „Wir alle haben George immer ganz ober-
flächlich gesehen. Er kann einfach alles, aber wir haben nie gefragt,
wieso eigentlich. Du hast ja gehört, was ich ihm gesagt habe: Alles
sei ein Geschenk – er habe nichts selbst verdienen müssen. Doch

das stimmt ja gar nicht. Wenn er etwas tut, dann muß es so vollkommen sein, daß es mühelos wirkt und wir vergessen, daß er sich große Mühe gegeben hat. Bevor wir nach China fuhren, saß er nächtelang auf und übte die Schriftzeichen und summte den Singsang vor sich hin, wie ein Opernsänger, der Tonleitern übt ... Er tut jetzt dasselbe, und das ist ein schrecklicher Anblick. Er sagte: ‚Ich könnte der größte Pirat von allen sein und noch lächeln, wenn ich das Blut vom Entermesser wische.' Auch das übt er jetzt. Er stößt uns von sich, weil unsere Liebe zu ihm ein Handikap ist. Er verhärtet sich, um genau das zu werden, wovor er sich am meisten gefürchtet hat ..."

Es war die traurigste Rede, die ich jemals von ihr gehört hatte. Es war ein Vorbote des Desasters, das noch viel schrecklicher sein würde als der Verlust eines Finanzimperiums.

„Du siehst also, du darfst ihn nicht einfach aufgeben. Was er auch sagt oder tut, du mußt ihm beistehen. Du liebst ihn, aber du hast ihn noch nicht verloren. Er ist jetzt schon weit von mir entfernt, und ich weiß nicht, ob ich ihn je wieder zurückholen kann."

„Er liebt dich, Julie."

„Paul, du verstehst nicht! Er weist die Liebe zurück. Er versucht, sie sich aus der Seele zu schneiden, weil er in diese neue Welt eingetreten ist, wo es keine Liebe gibt, nur Habsucht und Terror. Du bist eine andere Art von Mann, Paul, mein Lieber. Du trägst das Leben wie einen alten Anzug – mit allen Flecken, die nun einmal dazugehören. George kann das nicht. Ich bitte dich inständig. Bleib bei ihm!"

Ich suchte noch nach Worten, als der Schaffner erschien und verkündete, wir würden in Kürze in die Union Station einfahren.

Fünftes Kapitel

In unserem Hotel in Washington waren Harlekin und Juliette im vierten Stock in einer geräumigen Suite untergebracht. Suzanne und ich hatten einen Stock tiefer zwei Schlafzimmer und einen Salon. Suzanne hatte einen Platz, wo sie arbeiten konnte. Wir konnten allein bleiben oder uns zusammentun, je nachdem, wie uns zumute war. Von der Direktion waren uns Pralinen und Obst heraufgeschickt worden und speziell für mich ein exotisches Blumenarrangement von Bernard's Blooms. Auf der Karte stand: „Grüße von Aaron."

Ich hatte gerade meinen Koffer ausgepackt, als das Telefon läutete. „Mr. Desmond? Hier spricht Arnold, stellvertretender Portier. Ich rufe an, um sicher zu sein, daß Sie die Blumen und die Nachricht erhalten haben."

„Ja, vielen Dank."

„Wir stehen in regen Geschäftsbeziehungen mit Bernard, Sir. Wenn Sie etwas brauchen, rufen Sie mich bitte persönlich an. Ich wünsche Ihnen einen angenehmen Aufenthalt."

Kurz darauf kam Suzanne herein. Sie war müde, und Harlekin wollte seine ganze Korrespondenz geschrieben haben, bevor er um zehn Uhr am nächsten Morgen in die Schweizer Botschaft ging. Gegen die Arbeit hatte sie nichts, aber warum mußte er sie so von oben herab behandeln? Er war noch nie so zu ihr gewesen. Dann erzählte sie mir, ganz beiläufig, Harlekin treffe Vorbereitungen, die gesamten Anteile der Bank an Creative Systems auf den Markt zu werfen. Was ihn bis jetzt noch davon abhielte, seien allein die Interessen seiner Klienten und die Tatsache, daß auch ich im Besitz eines größeren Aktienpaketes sei.

Ich war wütend, weil er nicht mit mir darüber gesprochen hatte – und weil ein solches Vorgehen moralisch genauso zu bewerten ist wie Mord. Wenn man bestimmte Aktien plötzlich in großen Mengen verkauft, drückt man auf den Börsenkurs. Wenn man die Verkaufsaktion fortsetzt, erzeugt man eine Panik unter den anderen Aktionären, die ebenfalls schleunigst verkaufen wollen. Die Kurse sinken in den Keller. Dann kauft man wieder, und wenn man den richtigen Zeitpunkt gewählt hat, kann man mit einem beachtlichen Profit abschließen. Das mag für einen selbst sehr vorteilhaft sein, für andere, weniger glückliche Menschen jedoch den völligen Ruin bedeuten. Sie müssen hilflos zuschauen, wie die Ersparnisse ihres ganzen Lebens über Nacht dahin sind. Im Fall von Creative Systems wäre Yanko selbst um Millionen ärmer. Er müßte Creative-Systems-Aktien kaufen und immer weiter kaufen, bis sich der Markt wieder stabilisiert hätte.

Die Tatsache, daß Harlekin eine solche Taktik auch nur in Erwägung zog, erfüllte mich mit Abscheu. Ich war drauf und dran, in seine Suite hinaufzustürmen, doch Suzy hielt mich zurück.

„Bitte, Paul! Wenn er erfährt, daß ich es dir gesagt habe, wird er mir nie wieder vertrauen. Außerdem bin ich sicher, daß er so etwas nie täte, ohne sich mit dir zu beraten. Es ist eine große Operation."

„Wenn er es tut, Suzy, bin ich mit ihm fertig. Für immer! Ich weiß nicht, was in ihn gefahren ist."

Sie sah mich mit prüfenden Blicken an und sagte dann rundheraus: „Ist es denn etwas anderes, als was du jetzt tust, Paul – außer daß du es stellvertretend durch Aaron Bogdanovich erledigen läßt?"

„Ja, es ist etwas anderes. Wir führen einen privaten Krieg. Wenn George so etwas tut, kommen viele unschuldige Zuschauer dabei ums Leben."

„Wenn sie an der Börse spekulieren, müssen sie auch das Risiko tragen."

„Es ist glatte Piraterie. Und George weiß das."

Plötzlich brach der Zorn der Gerechten aus ihr heraus. „Warum willst du George auf ein Podest stellen, als wäre er der Beschützer der Rechtgläubigen? Ich werd dir sagen, warum! Er gibt dir das Gefühl, als seist du ein guter Mensch, auch wenn du es nicht bist. Du bist wie Julie. Du willst einfach nicht glauben, daß er ein menschliches Wesen ist. Aber George ist nicht aus Bronze oder Marmor. Er ist ein Mensch aus Fleisch und Blut. Wenn George kämpfen will, so laß ihn doch kämpfen! Es ist mir gleich, ob es recht ist, was er tut, oder nicht. Ich bin nichts als ein Büromöbel für ihn, aber ich liebe ihn, verstehst du denn nicht? Ich liebe ihn... So, willst du mich nun zum Abendessen einladen?"

UM ACHT am nächsten Morgen rief mich Harlekin an. Er wollte um neun Uhr fünfundvierzig seinem Botschafter einen Besuch abstatten. Suzanne schrieb schon Briefe im gleichmäßigen Rhythmus. Sie grüßte kurz zurück, als ich ihr einen guten Morgen wünschte, und schrieb weiter. Ich ging aus dem Hotel in den Sonnenschein hinaus und fuhr, gemächlich wie ein Tourist, mit dem Taxi zum Tidal Basin, um mit Thomas Jefferson in seinem Schrein inmitten der Kirschbäume Zwiesprache zu halten.

Dies ist ein Ort in Amerika, den ich wirklich liebe. Dies ist ein Mann, der mir Bewunderung abverlangt und mich zum Nachdenken anregt. Ich war dankbar dafür, daß der Schrein leer war, so daß ich in der Einsamkeit der Vergangenheit meinen Gedanken nachhängen konnte. Sie ist wie die Einsamkeit des Meeres, reinigend und heilend.

Dann ging ich zu dem Ort, wo man Blumen verkaufte und arrangierte, daß Menschen erschossen wurden. Andere Zeiten, andere Sitten! Kurt Saperstein von Bernard's Blooms hatte mit Thomas Jefferson keinerlei Ähnlichkeit. Er war klein, rundlich und schwammig und hatte eine Glatze. Er trug einen mitternachtsblauen Anzug und einen Querbinder. Er sprach stark rhythmisch akzentuiert. „My dear Sir ...! Willkommen! Ich hoffe, daß Ihnen die Blumen gefallen haben. Eine unserer besten Leistungen, wenn ich so sagen darf. Hat Arnold Sie angerufen? Ein guter Mann – ein sehr guter. So, mein Herr, wollen wir jetzt etwas spazierengehen?"

Sobald er auf die Straße trat, veränderte er sich völlig. Er sprach leise und war, trotz seines merkwürdigen Äußeren, so unauffällig wie eine Eidechse auf einem Felsbrocken.

Seine Ausführungen waren knapp. „Zunächst die Instruktionen, Mr. Desmond. Kein weiterer Kontakt mit mir. Arnold überbringt mir Ihre Mitteilungen. Ich übermittle meine mit Blumen. Die meisten Ihrer Wünsche können wir erfüllen: Mietwagen, eine Leibwache, falls Sie eine solche benötigen. Wir können Ihnen auch Papiere ausstellen ... Ich habe ein paar Neuigkeiten für Sie. Tony Tesoriero ist in Miami festgenagelt. Er kann nicht mal ausspucken, ohne einen Schatten zu treffen. Das FBI hat mit Saul Wells geredet ... Brauchen Sie im Augenblick irgend etwas?"

„Kennen Sie einen guten Journalisten, der eine Story lancieren könnte?"

„Klar. Lassen Sie mich darüber nachdenken. Arnold wird Ihnen den Namen sagen. Ich muß jetzt zu meinen schönen Blumen zurück ... Shalom, Mr. Desmond!"

Ich ging rasch zum Hotel zurück. Als ich gerade dabei war, mir meinen Schlüssel geben zu lassen, wurde ich von Philip Lyndon begrüßt, der mir seinen Vorgesetzten Milo Frohm vorstellte. Frohm sah aus wie ein Bankier und redete wie der liebe Onkel Doktor bei einem Hausbesuch. Er hoffte, ich könnte ein wenig Zeit erübrigen. Ich sagte ihm, ich sei bis zwölf Uhr dreißig frei, und bat sie in mein Appartement. Während wir im Fahrstuhl hinauffuhren, erzählte ich ihnen von meinem morgendlichen Besuch bei Thomas Jefferson, den Mr. Frohm offensichtlich ebenso verehrte wie ich selbst. Ich war entzückt, eine verwandte Seele gefunden zu haben, die alles über die moralischen Grundlagen des Staatswesens wußte. Suzy war bei der Arbeit im Salon, aber sie überließ den Vertretern des Gesetzes das Zimmer. Nachdem sie uns verlassen hatte, ging Mr. Frohm zum Angriff über.

„Zunächst, Mr. Desmond, wir bedauern, daß die Formulierung

bestimmter Fragen in einem früheren Gespräch mit Mr. Lyndon auf Sie und Harlekin unabsichtlich verletzend gewirkt hat. In unserem Beruf haben wir es mit einer solchen Vielzahl verschiedener Menschen zu tun, daß gelegentliche Taktlosigkeiten unvermeidlich sind. Ich hoffe, Sie verstehen?"

„Durchaus, Mr. Frohm. Wir tragen Mr. Lyndon nichts nach. Was kann ich jetzt für Sie tun?"

„Weitere Fragen, Mr. Desmond, so leid es mir tut. Wir haben die Antworten, die Sie uns bei Ihrem ersten Gespräch gegeben haben, überprüft, und wir haben herausgefunden, daß sie stimmten. In Ihrer Darstellung gibt es jedoch noch einige Lücken. Wir würden diese gern ausfüllen. Kehren wir noch einmal zu Ihrem Dinner mit Valerie Hallstrom zurück. Könnten Sie uns sagen, worüber Sie gesprochen haben?"

„Die üblichen Banalitäten. Ich erzählte ihr meine Lebensgeschichte. Sie hat mir die ihrige nicht erzählt – außer daß ihr Vater in Virginia Reitpferde züchtet und sie sich oft frage, ob siebenhundertfünfzig die Woche wirklich ein Äquivalent für das aufreibende Leben in New York seien."

„Hat sie sich näher über das aufreibende Leben geäußert?"

„In gewisser Weise, ja. Zunächst sagte sie, wenn Mr. Yanko wüßte, daß sie mit mir ausgegangen sei, würde sie ihre Stellung verlieren und nie wieder eine andere bekommen."

„Ist Ihnen diese Bemerkung nicht seltsam vorgekommen?"

„Sehr sogar. Ich sagte ihr, das sei Tyrannei und Versklavung. Sie erzählte, sie habe früher einmal ein Verhältnis mit Mr. Yanko gehabt, und es habe kein gutes Ende genommen. Sie nannte ihn – warten Sie – einen Frosch mit einer Goldkrone auf dem Kopf. Sie warnte mich davor, daß er sehr gefährlich werden könne."

„Noch etwas?"

„Nur noch eines. Als sie ausstieg, um bis zu ihrer Wohnung zu gehen, sagte sie: ,Zuweilen möchte Gott gern wissen, wie seine Kinder ihre Abende verbringen.'"

„Das sind ja ganz erstaunliche Sätze. Warum haben Sie sie dann nicht in Ihrer ersten Erklärung gegenüber der Polizei und Mr. Lyndon erwähnt?"

„Mr. Frohm, die Polizei untersucht einen Mord. Diese Sätze hätten, obwohl sie keine Beweiskraft besaßen, den Verdacht auf einen Unschuldigen lenken können. Mit der Bemerkung über Gott wollte sie wahrscheinlich andeuten, daß es Basil Yanko war, der in ihrer Wohnung wartete. Wenn mir auch nicht gefällt, was er geschäftlich tut, so habe ich doch kein Recht, ihn für einen Mörder zu halten ... Da ist noch etwas, Mr. Frohm. Um es möglichst höflich auszudrücken: Sie arbeiten für eine inneramerikanische Behörde, die für viele, politische wie kriminalistische, Fragen zuständig ist. Wir repräsentieren eine europäische Organisation, deren Interessen in bestimmten Punkten den Ihren zuwiderlaufen können."

Mr. Frohm schien meine Erklärung zu akzeptieren. „Sie sind ein guter Beobachter. Also, Sie wurden vor Ihrem Haus überfallen. Sie sagten der Polizei, Sie könnten die Täter nicht identifizieren. Ist das wahr?"

„Damals war es wahr. Ich habe inzwischen erfahren, daß sie von einem Mann namens Bernie Koonig angeheuert waren, mich zu beschatten, der seinerseits im Auftrag eines gewissen Frank Lemmitz, Basil Yankos Chauffeur, handelte. Unsere Ermittler stellten Koonig deshalb zur Rede – und Koonig ließ mich aus Rache überfallen."

„Haben Sie das gegenüber Mr. Yanko erwähnt?"

„Es kam bei einer Besprechung mit ihm im Salvador zur Sprache. Er sagte, es täte ihm leid, daß ich verletzt worden sei und daß er mit diesem Überfall nichts zu tun habe."

„Mr. Desmond, warum hat Basil Yanko Sie beobachten lassen?"

„Ich weiß es nicht. Rückblickend könnte es den Anschein haben, als habe er eine Verbindung zwischen mir und Valerie Hallstrom vermutet. Mr. Lyndon hat mich auf den Gedanken gebracht. Er meinte, daß Valerie Hallstrom vielleicht Unterlagen aus der Datenbank verhökert haben könnte."

Mr. Lyndon war peinlich berührt, aber er machte gute Miene zum bösen Spiel. „Sie könnten meine diesbezügliche Bemerkung in diesem Sinne gedeutet haben."

Mr. Frohm lächelte dünn. „Mr. Desmond, Basil Yanko könnte Sie also für einen möglichen Käufer gehalten haben, oder?"

„Es wurde kein Angebot gemacht, Mr. Frohm, und es wurde auch keines verlangt."

„Womit wir zu dem großen Loch kommen, Mr. Desmond. Wer hat Ihnen das Notizbuch zugeschickt und warum? Was halten Sie denn zum Beispiel davon: Valerie Hallstrom sagt Ihnen, sie fürchte sich vor Basil Yanko. Sie verhält sich so, als wisse sie, daß jemand in ihrer Wohnung auf sie warte. Sie übergibt Ihnen das Notizbuch zur Aufbewahrung. Sie wissen, daß es ein heißes Eisen ist. Sie spielen eine kleine Komödie, indem Sie es sich selbst zuschicken, damit Sie die darin enthaltenen Informationen vollkommen legal verwenden können ... Nun, Mr. Desmond?"

„Darauf gibt es nur eine Antwort: Unsinn! Und da wir von Löchern sprechen – das größte haben Sie übersehen. Wer hat Valerie Hallstrom getötet und warum?"

„Das untersuchen wir gerade. Wir wissen, daß zwei Männer an jenem Abend ihre Wohnung betreten haben. Einer davon war offensichtlich der Mörder. Der andere war der Mann, der die Polizei anrief. Vielleicht hat er Ihnen das Notizbuch geschickt. Das sind übrigens wunderschöne Blumen. Woher haben Sie sie?"

„Das, Mr. Frohm, ist etwas, wonach nicht einmal Sie fragen sollten."

„Ach, so ist das! Normalerweise ist es ja der Mann, der sie kaufen muß. Vielleicht ist an der Frauenemanzipation also doch etwas dran. Kommen Sie, Philip, wir müssen gehen, ich lade Sie zu einem Hamburger ein."

Ich machte die Tür hinter ihnen zu und blieb dann gegen den Türpfosten gelehnt stehen, schweißtriefend. Milo Frohm war listig. Ich brauchte kein Hellseher zu sein, um zu wissen, daß ich wieder von ihm hören würde.

HARLEKIN verspätete sich zum Lunch. Um zwölf Uhr fünfundvierzig schickte ich die Damen in den Grillroom. Um ein Uhr fünfzehn rief Harlekin an und befahl mir, ein Taxi zu nehmen und mich mit ihm in einer Trattoria in Foggy Bottom zu treffen. In dem Bistro, das im ganzen District of Columbia wohl das trübseligste war, setzten wir uns in eine Ecknische. Die Spaghetti waren zu lange gekocht, der Wein war der reinste Essig; aber es spielte keine Rolle. Mir war ohnehin der Appetit vergangen, nachdem Harlekin zu sprechen begonnen hatte.

„Bevor wir aus New York abfuhren, rief ich Herbert Bachmann an und bat ihn um seine Meinung darüber, was geschehen würde, falls wir unsere Anteile an Creative Systems auf den Markt werfen würden. Er rief mich heute früh wieder an. Die Wall Street hat schon eine Liste mit Kaufaufträgen, die so lang wie dein Arm ist, Großaufträge."

Ich sagte ihm ins Gesicht, was ich von solchen Dumping-Verkäufen hielt. Er ließ mich ruhig ausreden und fuhr dann unbeirrt fort: „Diese Anhäufung von Kaufaufträgen ist bezeichnend. Ich werde dir gleich sagen, warum. Heute morgen war ich drei Stunden lang beim Botschafter Erich Reimann. Du weißt, Erich ist ein alter Freund von mir. Als ich ihm die Fotokopien des Notizbuchs zeigte, wollte er alles wissen. Ich habe ihm mehr erzählt, als du für richtig gehalten hättest, Paul – ich mußte es tun. Ich habe mit ihm gehandelt, Punkt für Punkt."

„Du hast mit meinem Leben gehandelt, George. Und ich bin ein entbehrlicher Niemand aus Australien. So, und jetzt erzähl mir von den dreißig Silberlingen."

Dieser Hieb saß immerhin. Der Stiel des Weinglases zerbrach zwischen seinen Fingern, und der Wein floß wie Blut über das weiße Tischtuch. Dann hämmerte er mit harten Worten auf mich ein. „Du wirst mich erst anhören, Paul, und dir hinterher ein Urteil bilden! Ich weiß jetzt, daß wir nichts als Schachfiguren in einem globalen Spiel sind, das ich bisher noch gar nicht begriffen hatte. Erich hat es mir heute morgen erläutert, und ich glaube ihm, denn er wird dafür bezahlt, so etwas zu wissen... Kellner!" Der Kellner eilte herbei. „Bitte, machen Sie das hier sauber, und bringen Sie mir ein neues Glas."

Der Kellner legte saubere Servietten auf den Fleck, brachte ein neues Glas und eine frische Karaffe mit Wein und schenkte ihn ein. Harlekin trank das Glas mit einem Schluck aus. Er sagte: „Wir haben in diesem Jahr das Ende eines Jahrtausends erlebt. Es endete, wo es begann, im Mittelmeerraum. Die Wüstenfürsten haben erkannt, daß sie die Welt zum Stillstand bringen können, indem sie den Ölhahn zudrehen. Der Abschaum der Bevölkerung in Palästina hat erkannt, daß er die Welt mit Handgranaten und Sprengstoff terrorisieren kann. Jeder Flugplatz auf der Welt ist ein Heerlager. Diejenigen, die mit dem Terror umzugehen wissen, stehen bereit, um Panik zu verbreiten. Diejenigen, die die Macht in Händen halten, werden versuchen, sie zu ersticken. Die Privatarmeen der Sicherheitsdienste werden die Blockwarte und die *forces de frappe* von morgen stellen... Paul, mein Freund, wo stehen wir – du und ich und Harlekin et Cie.?"

Ich zuckte mit den Achseln. „Sag es mir. Ich höre."

„Was geschieht mit dem Ölgeld? Was werden die Wüstenfürsten haben wollen, wenn ihr Straßennetz ausgebaut ist und ihre Flugplätze zum Arsenal von Kampfflugzeugen geworden sind? Eigene

Industrien? Einige, ja. Die Fürsten wollen einen Rückhalt in Europa, einen Rückhalt in Amerika. Nicht nur Aktien und Obligationen, sondern Kontrolle!

Die Italiener bieten eine fünfundzwanzigprozentige Beteiligung an ihrer nationalen Ölgesellschaft gegen die Garantie laufender Belieferung mit Rohöl an. Du kannst so viele Gesetze erlassen, wie du willst, um der ausländischen Kontrolle einheimischer Wirtschaftszweige entgegenzuwirken, aber Gesetze sind Papierdrachen. Womit wir bei Basil Yanko angelangt sind. Er weiß all das, Paul! Die ganze Welt ist von seiner Datenbank erfaßt. Er wird mich gegen eine Prämie aufkaufen und dann für das Doppelte an die Araber weiterverkaufen. Einige dieser Kaufaufträge für Creative Systems kommen auf verschlungenen Pfaden aus dem Nahen Osten.

Erich hat mir alles in großen Zügen erklärt. Nimm zum Beispiel Karl Krüger. Warum steht er mit den Israelis auf so vertrautem Fuß? Hamburg lebt von der Schiffahrt. Schiffe leben von ihrer Fracht. Wirtschaftliche Depression in Europa bedeutet für Hamburg den Tod. Die Israelis sind der letzte Außenposten Europas in der Levante. Warum war Aaron Bogdanovich sofort bereit, uns zu helfen? Mit unserem Geld finanziert er israelischen Terror."

Der Anflug eines Lächelns umspielte seine Mundwinkel. „Ich kam mir wie ein Narr vor; denn das FBI hatte sich mit Erich Reimann, und zwar vor meinem Gespräch mit ihm, in Verbindung gesetzt. Sie wollten wissen, wieviel ich weiß. Er überzeugte sie davon, daß es nur sehr wenig sei, aber er war heute darüber entsetzt, wie wenig es war. Er sagte: ‚George, das ist nicht Commedia dell'arte. Hier werden ernste Dramen aufgeführt. Du hast nicht mehr viel Zeit, den Text zu lernen.'"

„Schreiben wir doch selbst einen neuen Text."

„Und wie sollten wir das deiner Meinung nach tun, Paul?"

„Wir brauchen ihn nur durch die Presse schreiben zu lassen."

Es dauerte eine halbe Stunde, bis ich ihn mit meinen Argumenten überzeugt hatte und er sich schließlich damit einverstanden erklärte. Vielleicht gruben wir uns damit unser eigenes Grab, aber wir würden wenigstens ein prächtiges Leichenbegängnis haben.

ALS ich wieder im Hotel war, hatte ich mein erstes Zusammentreffen mit Arnold, dem stellvertretenden Portier. Er war groß und hatte ein melancholisches Pferdegesicht wie ein Komiker aus der

Stummfilmzeit. Er hatte zwei Nachrichten für mich. Die erste war
eine Einladung zum Cocktail in einem Haus in Arlington. Die Unterschrift lautete Mrs. L. Klein, und die Einladung war durch Bernard's
Blooms übermittelt worden. Die zweite Nachricht war eine Telex-
Meldung. Sie stammte von UPI in London.

EIN AMERIKANISCHER TOURIST, DER ALS FRANK LEMMITZ AUS
NEW YORK IDENTIFIZIERT WERDEN KONNTE, WURDE HEUTE
MORGEN IN SEINEM APPARTEMENT IN EINEM WESTEND-HOTEL
ERSCHOSSEN AUFGEFUNDEN. DIE LONDONER POLIZEI SUCHT
EINE JUNGE FRAU, DIE LEMMITZ ZU ZWEI BEKANNTEN SPIELKLUBS
BEGLEITETE.

Ich zerriß das Blatt in kleine Stücke und spülte sie in der Toilette
hinunter. Dann kam Juliette nach Hause. Harlekin diktierte Briefe;
sie suchte Gesellschaft. Sie sah heute besser aus; sie wirkte gefaßter.
„Paul, ich glaube, ich sollte bald heimfahren in die Schweiz."
„Wie denkt George darüber?"
„Er hat es mir überlassen. Ich wünschte, er hätte es nicht getan."
„Onkel Paul rät: Bleib noch eine Weile hier. Für die nächste Zu-
kunft ist sehr schlechtes Wetter vorausgesagt."
„Paul, ich muß auch an das Baby denken und..."
„Das Baby hat noch sein ganzes Leben vor sich. Hör zu, mein
Liebes! Wenn du draußen im Regen stehst und niemand da ist, der
dich nach Hause bringt, dann bin immer noch ich da. Aber wenn
Colombine Harlekin liebt, dann geht sie jetzt besser in die Garderobe
und richtet sich für ihren Auftritt her. Wenn sie nicht..."
„Springt eine andere ein, das meinst du doch?"
„Genau das, Julie. Und es gibt viele reizende Mädchen, die nur
auf diese Chance im Showgeschäft warten. Also, dann geh doch jetzt
hinauf, und bestell Kaffee für zwei, und sag George, daß ich mir
Suzanne für eine halbe Stunde ausleihen möchte."
Sie nahm mein Gesicht in ihre Hände und küßte mich auf die
Stirn und sagte mir, wie lieb und nett und zartfühlend ich sei und
der beste aller nur möglichen Freunde... Noch drei Worte mehr,
und wir hätten Purzelbäume auf dem Teppich geschlagen. Ich bin
kein Heiliger – Gott bewahre! Aber das – nein, vielen Dank, Liebling! Höchstens, wenn es pechschwarze Nacht wäre, und dann auf
Nimmerwiedersehen. Ich begleitete sie in aller Ruhe bis zur Tür und

schickte sie nach oben. Ich versuchte mir einzureden, ich sei besonders tugendhaft gewesen; aber ich konnte es nicht.

Man muß es mir angemerkt haben, denn als Suzanne herunterkam, stand sie, die Hände in die Hüften gestützt, da und betrachtete mich von oben bis unten. Dann umspielte ihren Mund jenes verhaltene, wissende Lächeln, und sie sagte honigsüß: „Es ist schwer, nicht wahr, Chéri? Je eher wir alle heimfahren, desto besser. Sag mir etwas Liebes, Paul."

„Suzy, Liebling, warum lieben wir uns nicht?"

„Ich will es versuchen, wenn du mitmachst."

„Wie fangen wir an?"

„Du küßt mich."

Danach hielten wir uns nicht mehr so strikt an die Spielregeln; und es war ein angenehmer Zeitvertreib für einen warmen Nachmittag in Washington, D. C.

PUNKT sieben Uhr klingelte ich an der Tür eines alten Hauses in Arlington. Die Tür wurde von einer großen, blassen Frau geöffnet, die mit ihrer Hornbrille wie eine feindselige Eule wirkte. Ich nannte ihr meinen Namen, und sie sagte mir, sie sei Mrs. Leah Klein. Sie hatte dicke, nikotinfleckige Finger und eine tiefe rauhe Stimme. Sie führte mich in ein kleines Zimmer, das mit Büchern, Zeitschriften und Stapeln von Zeitungsausschnitten angefüllt war. Ihre Cocktails bestanden aus einem halben Glas Bourbon. Nach dem ersten langen Schluck kam sie sofort zur Sache.

„Wie ich von Kurt Saperstein höre, wollen Sie eine Geschichte lancieren. Tatsachen oder Gerüchte?"

„Einige Tatsachen, einige Hypothesen. Wenn möglich, sollte die Story aus London stammen."

„Können Sie den Text diktieren?"

„In groben Umrissen, ja."

Sie setzte sich an die Schreibmaschine, zündete sich eine Zigarette an, schob sie in den Mundwinkel und sagte: „Kein Kommentar, nur die Fakten."

„Okay! UPI London brachte heute eine Story über einen Amerikaner, Frank Lemmitz, der erschossen in einem Westend-Hotel aufgefunden wurde. Die Polizei sucht eine Frau. Das ist das Ende der UPI-Story. Jetzt kommt meine. Frank Lemmitz war Chauffeur bei Basil Yanko, dem Präsidenten von Creative Systems Incorporated.

Es ist bekannt, daß er Beziehungen zur Unterwelt besessen hat, insbesondere zu einem Gangster namens Bernie Koonig. Yanko ist zur Zeit in Frankfurt und nimmt an einer internationalen Bankierskonferenz teil. Können Sie mir folgen?"

„Ich bin Ihnen voraus. Reden Sie weiter."

„Eine Mitarbeiterin von Creative Systems, Valerie Hallstrom, wurde vor drei Tagen ermordet. Über diesen Vorfall wurde in der Presse berichtet. Über folgende Tatsachen nicht: Das FBI untersucht undichte Stellen in der Datenbank von Creative Systems. Mehrere amerikanische Großfirmen sind betroffen. Die Namen dieser Firmen sind wie folgt ..."

Ich buchstabierte sie ihr vor, eine nach der anderen, einschließlich unserer eigenen.

„Harlekin et Cie. ist durch Mißbrauch des Computer-Service um eine Menge Geld betrogen worden, die Datenverarbeitungsanlagen werden von Creative Systems kontrolliert. Die Urheberin der Manipulationen in New York war eine gewisse Ella Deane. Sie starb bei einem Autounfall. Sie hinterließ eine große Summe Geld, das während der letzten drei Monate ihrer Tätigkeit auf ihr Konto überwiesen wurde. Einer ihrer Freunde war Frank Lemmitz. Yanko bemüht sich, Harlekin et Cie. aufzukaufen. Das Angebot ist öffentlich bekannt. Der Hauptaktionär lehnt einen Verkauf ab. Die kleineren Aktionäre haben sich noch nicht entschieden. Sie können bis hierhin alles überprüfen. Was folgt, ist teils Tatsache, teils Hypothese."

„Was ist Tatsache?"

„New Yorker Börsenmakler sind mit Kaufaufträgen für Anteile an Creative Systems überhäuft. Einige der größten Aufträge stammen von Kunden im Nahen Osten mit Ölgeld."

„Und die Hypothesen?"

„Die Araber suchen in den USA und in Europa einen Rückhalt im Bankenwesen und in der Industrie. Sie haben genug Geld und Ellbogenfreiheit, um ihn sich zu beschaffen. Wir sind davon überzeugt, daß Basil Yanko sie dabei unterstützt. Das Vorhaben ist legal, die Methode dubios und, in unserem Fall, kriminell. Ich habe Ihnen die Kopie eines Dossiers mitgebracht, das wir über sein Vorleben zusammengestellt haben. Sie müssen ihn auch in Ihren Karteien führen ... Ende der Story."

„Jetzt sagen Sie mir, warum Sie die Sache lancieren wollen."

„Wir wollen den Druck, unter dem wir stehen, verringern und ihn gegenüber Yanko verstärken. Wir wollen ihn völlig unmöglich machen."

„Das wollen auch eine Menge andere Leute." Sie drehte sich auf ihrem Stuhl zu mir um. „Mr. Desmond, das ist eine sehr heiße Story. Es könnte noch heißer werden – für Sie."

„Ich weiß. Wann wird sie erscheinen?"

„Heute ist Freitag. Mit etwas Glück habe ich sie für die Sonntagspresse in England fertig. Dann haben wir sie fernschriftlich für die hiesigen Montagsausgaben wieder hier. Es wäre vielleicht klug, wenn Sie für ein verlängertes Wochenende verschwinden würden."

„Vielen Dank für den Tip. Ich werde darüber nachdenken."

„L'chaim!"

IM HOTELFACH lag eine Nachricht für mich: Saul Wells sei soeben eingetroffen und sitze in der Bar. Wie er da so auf dem hohen Hocker über seinen Drink gebeugt saß, sah er mehr denn je wie ein Frettchen aus: mürrisch und ruhelos.

Sein Gesicht erhellte sich, als er mich sah, und wir setzten uns in eine dunkle Ecke.

„Erste Berichte von Ihren Zweigniederlassungen. Dieselbe Methode wie in New York mit lokalen Variationen. In drei Fällen – beispielsweise in Mexico City – haben Ihre Computerleute zur fraglichen Zeit gekündigt, aber wir haben sie bis jetzt noch nicht ausfindig machen können. In zwei anderen Fällen sind sie weiter tätig. Das deutet darauf hin, daß die Systeme manipuliert worden sind. In England haben wir mehr Glück gehabt. Die fragliche Angestellte dort war eine Frau namens Beverley Manners. Sie kündigte, weil sie heiraten wollte. Sie ist im fünften Monat schwanger. Ihr Ehemann ist für Creative Systems in England tätig."

„Das ist ja reizend."

„Es wird noch reizender. Die Dame und ihr Mann sind Nachbarn und Golffreunde Ihres Londoner Direktors – und die betrügerischen Transaktionen beruhen auf einer fernschriftlichen Instruktion aus Genf, die von George Harlekin unterzeichnet ist!"

„Haben Sie unsere Fernschreibunterlagen in Genf überprüft?"

„Ja. Keine Spur. Das Fernschreiben wurde offensichtlich von einer anderen Stelle abgesandt... Und bei Ihnen, irgend etwas Neues?"

Ich erzählte ihm von meinem Gespräch mit Mrs. Leah Klein. Er starrte mich mit unverhohlener Verblüffung an. „Menschenskind! Da

haben Sie sich aber was aufgeladen! In ganz Washington nennt man
sie die Totengräberin, denn sie hat einige große Namen begraben.
Wenn sie auf Ihrer Seite steht, haben Sie Glück. Wenn nicht, dann
ist es Zeit, das Weite zu suchen."
    „Sie will sowieso, daß wir verreisen, Saul."
    „Wenn sie das gesagt hat, dann besorgen Sie sich schleunigst die
Tickets. Ein Vorschlag, Mr. Desmond: Es gibt gute Flugverbindungen
nach Mexico City. Ich habe die Unterlagen über Ihre dortige Zweig-
niederlassung. Das wäre eine gute Ausrede."
    „Ich will mit Harlekin darüber sprechen."
    Wir trennten uns, Saul wollte den Sabbatabend bei Freunden
verbringen, ich mußte Harlekin überzeugen, daß Mexico City ein
gesünderes Klima habe als Washington, D. C. Es war nicht einfach.
Er wolle unter gar keinen Umständen bei Yanko den Eindruck ent-
stehen lassen, als renne er vor ihm davon. Ich wandte ein, daß wir
unsere Zweigniederlassungen in Mexiko sowieso besuchen müßten. Wir
gäben viel Geld für fachkundigen Rat aus – warum sollten wir ihn
dann nicht auch beherzigen? Worauf Julie einwarf, sie könne ja nach
Acapulco fliegen und endlich Lola Frank besuchen. Schließlich war
Harlekin einverstanden, und ich ging hinunter, um die Buchungen über
Arnold vorzunehmen. Als ich meine Bitte vorbrachte, erwachte sein
längliches, mürrisches Gesicht zu neuem Leben. „Wie haben Sie denn
die Nachricht erhalten, Mr. Desmond?"
    „Was für eine Nachricht? Das ist eine Geschäftsreise. Wir unter-
halten in Mexico City ein Büro. Probleme, Arnold?"
    „Keine Probleme. Reiner Zufall, nehme ich an. Ich hörte gerade,
daß sich ein Freund von Ihnen auf dem Weg dorthin befindet, und
er möchte, daß Sie Kontakt mit ihm aufnehmen." Ich vermutete, daß
er Aaron Bogdanovich meinte. „Ich habe hier seine Nummer." Er
gab mir die Karte und begann, die Flugpläne durchzublättern. „Ich
nehme an, Sie wollen im Camino Real wohnen. Derselbe Stil wie bei
uns, gut? Ich werde dort anrufen, sobald der Flug bestätigt ist. Aha,
hier haben wir es! Braniff fliegt um fünfzehn Uhr ab ..."
    Als ich zum Fahrstuhl zurückging, rannte ich in Milo Frohm. Er
sagte: „Ich wollte gerade zu Mr. Harlekin hinauffahren. Hoffentlich
ist es noch nicht zu spät."
    „Aber spät genug. Und morgen reisen wir nach Mexico City."
    „Doch nicht wirklich?"
    Der Lift kam, und Frohm hob sich den Rest seiner Fragen für Har-

lekin auf, der ihn mit Kaffee und Brandy bewirtete und ihm mit entwaffnender Offenheit antwortete.

„Daran ist gar nichts Ungewöhnliches, Mr. Frohm. Mr. Wells hat uns soeben seinen Bericht über unsere Zweigniederlassungen in Mexico City übergeben. Wir müssen mit dem Direktor sprechen. Während wir bei der Arbeit sind, wird meine Frau Freunde in Acapulco besuchen. Sehen Sie darin irgendwelche Schwierigkeiten für mich?"

„Keine Schwierigkeiten, Mr. Harlekin. Ich bin besorgt."

„Ich freue mich, das zu hören... Nach meiner Unterredung mit dem Botschafter heute früh hatte ich das Gefühl, daß wir uns gewissermaßen in Feindesland befinden... Ach, Julie! Das ist Mr. Frohm vom FBI. Mr. Frohm, meine Frau. Darling, bleib bitte bei uns. Fahren Sie fort, Mr. Frohm."

„Mr. Harlekin, ich nehme an, daß Ihnen Ihr Botschafter etwas über die politischen Hintergründe gesagt hat. Er erwähnte sicher auch, daß in der gegenwärtigen Lage die Gewalt eine bestimmte Rolle spiele."

„Ja."

„Ich – das heißt, wir – haben da so gewisse Ansichten... Sie könnten sie sogar Überzeugungen nennen, über die ich mich im Augenblick allerdings nicht näher auslassen darf." Er hüstelte verlegen. „Jedenfalls befinden Sie sich nicht in Feindesland. Sie haben vielleicht mit einer gewissen Berechtigung das Gefühl, in Basil Yanko einen persönlichen Feind zu haben; solange aber nicht der Beweis für irgendwelche illegalen Machenschaften seinerseits erbracht ist, können wir nicht intervenieren. Wir haben es mit zwei Mordfällen zu tun und befinden uns in einer aufs höchste gespannten politischen Lage, hier wie im Ausland. Sie selbst könnten von Gewalt bedroht werden. Wir müssen Sie daher darauf hinweisen, daß wir Sie und Madame Harlekin nicht immer schützen können."

Harlekin betrachtete seine langen, schmalen Hände. Dann sagte er mit ernster Stimme: „Mr. Frohm, von wem werden wir bedroht?"

„Fragen Sie sich doch selbst, Mr. Harlekin, wer aus Ihrem Tod den größten Nutzen ziehen würde. Und bedenken Sie außerdem: Wenn Sie sich mit einer bestimmten politischen Gruppe identifizieren, verdoppeln Sie Ihr persönliches Risiko. Frank Lemmitz ist in London ermordet worden. Das haben Sie getan, Mr. Harlekin. Sie haben ihn mit einem Wort zur unrechten Zeit umgebracht." Er runzelte die

Stirn. „Darf ich fragen, ob Sie für den Schutz Ihres Kindes gesorgt
haben?"

„Ich habe ausreichenden Polizeischutz."

„Ich hoffe es." Er trank sein Glas aus und setzte es wieder hin.
„Mr. Harlekin, wenn Sie nach Mexico City kommen, müssen Sie alle
sehr, sehr vorsichtig sein."

BEI unserem Auszug aus Washington regnete es aus bleiernen
Wolken. Sobald wir in der Luft waren, vertiefte ich mich in Mendozas Bericht über die Karriere Basil Yankos.

Der erste Teil enthielt die übliche Geschichte: Als Sohn armer
böhmischer Einwanderer hatte er Zeitungen verkauft und Lebensmittel ausgefahren, um seine Ausbildung zu bezahlen; dann hatte er
sich in den neuen Wissenschaftszweig der Computertechnik eingear-
beitet. In den Großfirmen machte er schnell Karriere. Er nahm sich
keine Vorrechte heraus. Seinen Untergebenen erwies er nie einen Gefallen. Er wurde gut bezahlt und sparte sein Geld.

Er war zweiunddreißig, als er den Dienst bei den Großunternehmen quittierte und sich anschickte, selbst einer der Riesen zu werden.
Er besaß damals eine viertel Million Dollar; damit erwarb er ein
Drittel einer kleinen Datenverarbeitungsfirma in New York. Im selben Jahr heiratete er die Tochter seines Seniorpartners. Ein Jahr
später ging seine Frau nach Nevada und ließ sich von ihm scheiden.
Der Bericht enthielt auch von ihr eine etwas hysterisch gefärbte
Charakterschilderung: „Er war nicht grausam. Er war nicht freundlich. Er war einfach nicht da. Er war kein Mann. Er war ein mecha-
nisches Ungeheuer."

Sechs Monate vor seiner Scheidung gründete Basil Yanko einen
Firmenmantel mit dem Namen Creative Systems Incorporated. Sechs
Monate nach der Scheidung starb sein Seniorpartner in der Datenverarbeitungsfirma an einer Überdosis Schlaftabletten. Man witterte
einen Skandal: Frisierung von Konten. Yanko verteidigte den Toten
gerade so weit, daß er sich den Ruf eines treuen Freundes erwarb
und die besten Klienten des Toten übernehmen konnte. Dann kauften Creative Systems die Firma zu einem günstigen Preis. Basil Yanko
war Alleineigentümer.

Die Großunternehmen kamen mit Creative Systems ins Geschäft.
Yanko baute sein Unternehmen aus, er kaufte Talente, verkaufte
Ideen. Finanzkräftige Unternehmen unterstützten seine Forschungs-

arbeiten, und viele hochgestellte Persönlichkeiten suchten seinen Rat. Er heiratete die Tochter eines Angehörigen dieser Kreise, eine dreißigjährige, unscheinbare Person. Sie kam ums Leben, als sie den Anlasser ihres Rennbootes auf dem Lake Tahoe betätigte und das Benzin in der Bilge explodierte. Basil Yanko war in New York, als das passierte. Er flog zurück, um am Grab zu trauern und sich ein Testament bestätigen zu lassen, das ihn um acht Millionen Dollar reicher machte.

Dann begann er, sich schneller zu vergrößern, indem er kleinere Unternehmen schluckte. In der Blütezeit der sechziger Jahre trat er ins Scheinwerferlicht der Öffentlichkeit und verschaffte sich noch ein Vermögen. Er kaufte Maschinen. Er hielt seinen Einzug in Europa; er gründete Tochtergesellschaften. Es gab Gerüchte, daß er auch verkaufe: Informationen gegen Kapitalbeteiligungen an europäischen Wirtschaftsunternehmen. Mendozas Bericht führte mehrere Beispiele auf, aber es würde ein Vermögen kosten und drei Generationen dauern, wenn man es beweisen wollte.

Sechstes Kapitel

ALS wir den Rio Grande überquerten, war ich eingeschlafen. Als ich wieder aufwachte, sah ich den Popocatepetl unter mir liegen, der sich mit seinem ewigen Schnee hell gegen den sternenübersäten Himmel abhob. Weiter unten waren die winzigen Lichter der Dörfer; vor uns in weiter Ferne das goldene Leuchten von Mexico City. Ich empfand ein seltsames Gefühl der Befreiung und Erleichterung. Neben mir strahlte auch Suzanne nur so vor lauter Staunen und Aufregung und plapperte wie ein Kind vor sich hin.

George Harlekin kam herüber, um diesen Augenblick mit uns zu teilen. Er war von den kleinen Lichtern in den großen Tälern gefangengenommen: den winzigen Fundgruben eines Volkstums, das nie überliefert werden würde. Er sprach von dem seltsamen Vergessen, das die Menschheit befällt; wie das Wissen eines Zeitalters von einer einzigen Generation wieder in den Wind geschlagen wird. Zwischen Himmel und Erde hängend, erlebten wir Bruchstücke von Visionen und hielten einen kurzen Augenblick lang die Unendlichkeit in unserer Hand.

Als wir landeten, lösten sich die Visionen in beißendem Smog auf.

Wir schoben uns durch Paßkontrolle und Zollabfertigung und gerieten in ein brodelndes Meer von Männern, Frauen und Kindern. Dann teilte sich das Meer, und José Luis Miramón de Velasco, Leiter der mexikanischen Niederlassung von Harlekin et Cie., hieß uns im Land der Azteken willkommen.

In unseren Unterlagen stand über ihn: fünfunddreißig Jahre alt, unverheiratet, Absolvent der Harvard School of Business Administration, Angehöriger einer alten Gachupín-Familie – was bedeutete, daß seine Vorfahren Schuhe trugen und kastilisch sprachen, während die übrige Bevölkerung barfuß ging und spanisch radebrechte. Ferner bedeutete das, daß er von Hause aus reich, gutaussehend und stolz wie ein Spanier war.

Seine Begrüßung war geradezu höfisch. Im Hotel führte er uns mit königlichem Pomp ein, und er stellte sich uns selbst zur Verfügung. Er bat Harlekin und mich um ein persönliches Gespräch. Er könne nicht mehr ruhig schlafen, solange der Schandfleck auf dem guten Namen der Bank nicht getilgt sei. Ich befürchtete schon eine Neuauflage des Falles Larry Oliver, diesmal auf kastilisch. Aber im Gegenteil, seine erste Sorge galt George Harlekin.

„Sie sind krank gewesen. Es ist eine Schande, daß Sie so schnell in diese – diese *sofistería* verwickelt werden! Vielleicht gelingt es uns hier, uns diese Leute vom Leibe zu halten, aber wir haben Schaden gelitten, mein Freund. Es wird behauptet, daß ein guter Bankier eine krumme Sache riecht, bevor sie überhaupt passiert. Morgen sind Sie und Madame Harlekin zum Mittagessen mit Pedro Gálvez und zwei weiteren Aktionären eingeladen. Gálvez ist der starke Mann. Überzeugen Sie ihn, und Sie brauchen nichts mehr zu befürchten. Da ist noch etwas anderes – es ist mir etwas peinlich, aber ich muß es Ihnen sagen –" Er brach ab und bat einen Augenblick um Entschuldigung. Schließlich fuhr er fort: „George, mein Freund, ich bin ein Narr gewesen!"

„So etwas kommt häufig vor", sagte Harlekin lächelnd.

„George, es steht fest, daß die Angestellte, die die falschen Instruktionen in der Bank verschlüsselte, eine junge Frau namens María Guzman war, die uns im Januar verlassen hat. Ich habe Ihren Ermittlern gesagt, es würde sehr schwierig sein, sie ausfindig zu machen... Das war eine Lüge."

„Ich bin sicher, daß Sie gute Gründe hatten, so etwas zu sagen, José."

„Diese María war – ist – eine sehr attraktive Frau. Für eine Weile war ich – äh – mit ihr befreundet. Dann, als sie ernste Absichten zu haben schien, ließ ich sie fallen. Das war im letzten Herbst. Sie blieb natürlich bei uns. Sie leistete gute Arbeit. Dann sagte sie mir im Januar, sie wolle kündigen. Man habe ihr eine bessere Stellung bei Petróleos Mexicanos angeboten. Damit kam für mich die Angelegenheit zu einem glücklichen Ende. Es ist keine sehr einfache Situation, wenn Sie jeden Morgen einer alten Flamme begegnen... Sie können meinen Kopf auf einer Silberschüssel haben, wenn Sie wollen."

„Ich hätte lieber die Fakten, José", sagte George sanft.

„Bevor ich sie Ihnen mitteile, George, möchte ich Sie um einen Gefallen bitten. Das Mädchen ist schuldig, aber ich bitte Sie, sie nicht gerichtlich zu belangen. Unsere mexikanischen Gefängnisse..."

„Lieben Sie sie immer noch, José?"

„Um Himmels willen, nein! Ich halte sie für eine dumme Gans; aber ich war noch dümmer als sie."

„Also gut! Keine Anzeige. Also, zur Sache, José."

„Ein Geständnis auf spanisch, eine englische Übersetzung, ein Foto, alles notariell beglaubigt."

Harlekin las das Dokument langsam durch und reichte es dann mir. Die Erklärung des Mädchens war so klar wie eine Träne.

Ich verliebte mich in einen Mann, der meine Liebe nicht erwiderte. Als er mir sagte, daß unser Verhältnis zu Ende sei, war ich wütend und tief gekränkt. Aber ich blieb in meiner Stellung, weil ich wußte, daß es ihm unangenehm war, mich zu sehen. Eines Tages suchte ein junger Mann unsere Bank auf, um unser Computersystem zu überprüfen. Sein Name war Peter Firmin. Er sagte, er bliebe einen Monat in Mexiko, um Klienten zu besuchen. Er lud mich zum Abendessen ein.

Danach sahen wir uns ständig. Wir verliebten uns. Er sagte, er wolle mich heiraten; aber erst müsse er sich noch von seiner Frau scheiden lassen, und das würde eine Menge Geld kosten. Dann sagte er mir, falls ich bestimmte Instruktionen in den Computer eingäbe, dann würden zehntausend Dollar dafür gezahlt werden. Er sagte, das sei kein Verbrechen. Wenn es herauskäme, wäre es ein Heidenspaß, denn José Luis würde dafür geradestehen müssen. Ich gab das Geld Peter, damit er es für die Scheidung verwenden konnte. Er ging fort. Seither habe ich ihn nie wieder gesehen.

Ich habe oft an seine Firma und an die Adresse, die er mir gegeben hatte, geschrieben. Meine Briefe kamen alle zurück – Adressat unbekannt. Niemand erhob Bedenken gegen die Computer-Instruktionen; aber im Januar kam ich zu dem Schluß, daß ich kündigen müsse. Alles, was mir von Peter geblieben ist, ist ein Foto, das ich eines Sonntags von ihm im Chapultepec-Park gemacht habe.

Auf dem Foto war ein junger Mann zu sehen, der in leichter Sommerkleidung neben einem Ballonverkäufer stand. Er wirkte fröhlich und unkompliziert, genauso wie jeder andere erfolgreiche, junge Angestellte, der mit seinem Mädchen einen Ausflug macht. Ich hatte Dutzende seinesgleichen gesehen. Und doch ... und doch ...

„Ich habe auf eigene Faust einige Nachforschungen angestellt", sagte José. „Er mietete sich für einen Monat ein Appartement. Hierzu mußte er seinen Paß vorweisen und eine Referenz angeben. In Wirklichkeit heißt er Alexander Duggan und arbeitet für Creative Systems in Los Angeles."

Da erinnerte ich mich an ihn: an den naiv aussehenden jungen Mann im Bel-Air-Hotel. Ich erzählte es Harlekin, der sagte: „Das ist sehr nützlich, Paul, obwohl ihre durch nichts untermauerte Erklärung noch lange kein schlüssiger Beweis ist. José, ich danke Ihnen. Julie und ich werden morgen mit Gálvez zu Mittag essen, und wir werden uns Montag früh in der Bank treffen."

José bedankte sich mit kurzen Höflichkeitsfloskeln und verließ uns mit tiefen Verbeugungen. George seufzte müde. „Er wird diese Dummheit wie ein Büßergewand noch lange Zeit mit sich herumtragen."

„Es spielt keine Rolle, wie er mit seiner Dummheit fertig wird, George. Er hat uns das erste handfeste Beweismaterial gegen Yanko geliefert. Bring Alexander Duggan in den Zeugenstand, und laß ihn zu diesem Dokument ins Kreuzverhör nehmen – das gibt eine Sensation!"

„Und wie bringen wir ihn dorthin, Paul? Die Tat wurde in Mexico City begangen. Eine Auslieferung ist ohne Schuldbeweis nicht möglich. Diesen Beweis können wir nicht beibringen, ohne María Guzman zu belasten, und wir haben versprochen, das nicht zu tun. Unser Freund, José Luis, ist ein sehr gewiefter Bursche. Er rechtfertigt sich; er gibt die Schuld einer jungen Frau, vergewissert sich aber, daß sie nicht als Zeugin herangezogen wird; er nennt uns den Namen eines

Mannes, den wir nicht vor Gericht bringen können. Was sagt dir das alles?"

„Es sagt mir, daß ich Saul Wells auf Alexander Duggan ansetzen werde."

„Ist das alles? Dann werde ich etwas hinzufügen. Man marschiert nicht einfach wie ein Telefonmechaniker in eine Bank und sagt, man sei gekommen, um das Computersystem zu überprüfen. Man meldet sich vorher telefonisch an. Man stellt sich dem Direktor vor. Die Ausweispapiere werden geprüft. So wie ich die Sache sehe, hat José Luis fahrlässig gehandelt. Er nahm den Telefonanruf eines gewissen Peter Firmin entgegen, traf eine Verabredung und verzichtete nach bester südamerikanischer Art auf jede Rückfrage. Er nahm das, was ihm sein Besucher sagte, für bare Münze."

„Vielleicht sollten wir uns von José Luis trennen."

„Noch nicht. Er hat Lebensart, und Lebensart spielt eine Rolle in Mexiko."

Ich war zu müde, um mich mit ihm zu streiten. Ich konnte nur noch sagen, daß man eine ganze Menge Lebensart für fünfzehn Millionen Dollar kaufen könne und daß ein Manager, der seine Sekretärin nicht in Ruhe lassen könne, überhaupt nicht mein Fall sei.

Das war natürlich Heuchelei, denn als ich in mein Zimmer zurückkam, stand Suzanne da, fix und fertig angezogen, und wartete geduldig darauf, daß ich ihr Mexico City zeige.

Ich erwachte, tot und ewiger Verdammnis anheimgegeben, und mein Mund schien voll heißer Kohlen zu sein. Taub war ich aber bestimmt nicht, denn das Läuten des Telefons dröhnte mir qualvoll in den Ohren. Ich fand den Apparat und brachte ein wenig menschliches Krächzen hervor.

„Guten Morgen! Ich habe gestern abend auf Ihren Anruf gewartet."

„Wir kamen erst spät nach Hause."

„Ich möchte Sie heute sehen, um drei Uhr. Platz der Drei Kulturen. Vor der Kirchentür."

„Ich werde da sein. Kennen Sie ein gutes Mittel gegen Kater?"

„Das beste — keinen Tequila trinken. *Hasta luego, amigo!*"

Während ich versuchte, die tanzenden Kobolde in meinem Schädel zu ignorieren, ging ich schließlich in unseren Salon. Suzanne war schon dort, überraschend frisch, und nahm gerade die Deckel von den Frühstücksplatten ab. Sie wachte über mir, während ich das Frühstück aß, und verkündete, ich brauchte frische Luft und körperliche Betätigung. Vergeblich wies ich darauf hin, die einzige frische Luft gebe es im Hotel und auch diese sei bei 2240 Metern über dem Meeresspiegel für das Wohlbefinden noch zu dünn. Es gelang mir, die Strapaze hinauszuschieben, indem ich Saul anrief und ihn über Alexander Duggan ins Bild setzte. Dann wurde ich, immer noch protestierend, hinausgehetzt.

Versuchen Sie mal, Mexico City in einem Zug in sich aufzunehmen – Denkmäler, Kirchen, Geschichte, Tiere, Kinder, Farben, Lärm –, es wird Ihnen förmlich den Atem nehmen. Wandern Sie aber gemächlichen Schrittes, mit einer Frau am Arm, durch die Straßen, beginnt das bunte Mosaik einen Sinn zu bekommen. Die Azteken sind noch da; sie gehen über den Asphalt, der auf ihrer alten Hauptstadt liegt. Die spanischen Konquistadoren sind noch da; sie leben wie die Herren der Schöpfung nur einen Steinwurf von verpesteten Elendsvierteln entfernt. Die Jungfrau von Guadalupe wacht immer noch über der katholischsten aller Großstädte, und der Schlangengott rührt sich noch immer tief in der Seele des Volkes. Werfen Sie eine Kupfermünze den Mariachis zu, und sie fangen an zu spielen und lassen Sie glauben, daß es auf der Welt nirgends so viel Fröhlichkeit gibt wie in Mexico City an einem Sonntag.

Wir tranken Bier in einem Straßencafé, und plötzlich sagte Suzanne: „Paul, ich habe das Gefühl, daß man uns beobachtet. Dreh dich jetzt nicht um, aber dort drüben auf der anderen Straßenseite steht ein Mann neben einem roten Auto. Ich habe ihn heute morgen schon mindestens viermal an verschiedenen Stellen gesehen."

„Wie sieht er aus?"

„Ziemlich jung, mit einem offenen, weißen Hemd... Da kommt gerade ein Lieferwagen. Wenn er an ihm vorbeifährt, kannst du dich umdrehen... Jetzt!"

Ich drehte mich im Stuhl um, so daß mein Blick quer über die Straße fiel. Als der Lieferwagen vorbei war, sah ich den Mann, gegen einen Laternenpfahl gelehnt, stehen. Er konnte ebensogut irgendein Nichtstuer sein, der am Sonntag den Mädchen schöne Augen machte – allerdings gingen die Mädchen hinter ihm auf dem Bürgersteig vorbei.

Ich gab dem Kellner ein Zeichen, zahlte, und wir winkten ein Taxi herbei. Als wir losfuhren, konnte ich sehen, wie er sich verzweifelt nach einem anderen Taxi umsah. Suzanne schien tief beunruhigt. Ich versuchte, ihre Besorgnis zu entkräften. „Bogdanovich ist hier. Ich sehe ihn heute. Das war wahrscheinlich einer seiner Leute."

„Und wenn nicht?"

„Dann beschäftigt jemand einen sehr ungeschickten Beschatter." Als wir wieder im Hotel waren, sah ich auf die Uhr. Es war zwei Uhr dreißig: Zeit, mich etwas frisch zu machen und mich mit einem Mann zu treffen, der in einem Grab schlief.

DER Platz der Drei Kulturen trägt seinen Namen zu Recht. Er liegt im Bereich des alten Tlatelolco, wo das letzte, blutige Massaker der Azteken stattfand. Eine Marmortafel feiert das Ereignis und die Ironie seiner Folgeerscheinungen:

AM 13. AUGUST 1521 FIEL TLATELOLCO . . . IN DIE HAND VON HERNANDO CORTEZ. DAS WAR WEDER EIN TRIUMPH NOCH EINE NIEDERLAGE, SONDERN DIE SCHMERZHAFTE GEBURT EINES MISCHVOLKES, WELCHES DAS HEUTIGE MEXIKO BILDET.

Das Mexiko von heute wird in langen Reihen von Blöcken aus Stahl und Beton und Glas gefeiert. Die Erinnerung an die Azteken ist in einer großen stumpfen Pyramide aus Stein bewahrt. Zwischen ihnen steht die Kirche von Santiago.

Als ich ankam, war es auf dem Platz still. Alles döste während der Siesta vor sich hin. Aaron Bogdanovich saß auf den Kirchenstufen und kaute an einem Stück Zuckerrohr. Ich setzte mich neben ihn, und er kam gleich zur Sache.

„Wie ich höre, sind Sie sehr beschäftigt gewesen. Erzählen Sie."

Ich schilderte ihm die Ereignisse, während er auf die aztekische Pyramide starrte. Als ich geendet hatte, warf er das Zuckerrohr weg und sagte: „Leah Kleins Story machte in der heutigen Londoner Morgenpresse eine halbe Seite aus. Die Reaktion war lebhaft. New York bringt die Sache morgen."

„Wie wird Yanko darauf reagieren?"

„Er hat bereits reagiert. Er ist auf dem Rückflug nach New York."

„Das FBI hat uns gewarnt, wir könnten in Mexico City Ärger haben."

„Die hatten ganz recht, Mr. Desmond. Sie sagen, Sie seien heute morgen beschattet worden. Mein Mann hat den Mann nicht erkannt."

„Ich habe *Ihren* Mann nicht gesehen."

„Wenn er Ihnen aufgefallen wäre, würde er nicht für mich arbeiten. Also, Sie werden in dem Augenblick Schwierigkeiten bekommen, da Yanko wieder in New York ist. Von morgen an werden Sie alle eine Leibwache haben – Tag und Nacht."

„Meinetwegen. Was gibt es Neues über Tony Tesoriero?"

„Wir haben ihn, und zwar hier in Mexiko. Ich möchte, daß Sie und Harlekin ihn morgen besuchen. Dann wird er soweit sein."

Ich starrte ihn verständnislos an. Er hatte jenes kalte, welke Lächeln. „Der Vertrag über die Ermordung Valerie Hallstroms wurde in Mexico City abgeschlossen. Eine Menge derartige Geschäfte werden hier getätigt. Wir ließen Tony also durch Freunde wissen, daß über einen weiteren Auftrag gesprochen werden könne. Wir zahlten ihm die Reise und hohe Spesengelder und holten ihn auf dem Flugplatz ab. Seither ist er auf einer Hazienda untergebracht."

„Warum brauchen Sie uns dabei?"

„Das gehört zu unserer Strategie. Übrigens schulden Sie mir Geld. Ich möchte morgen eine viertel Million, in Dollar, ausgehändigt bekommen."

„Sie sprachen doch von hunderttausend."

„Die Unkosten waren hoch."

„Wir werden vierundzwanzig Stunden brauchen, um das Geld zu beschaffen."

„Gut. Sagen wir also übermorgen. Ich werde um neun Uhr morgens einen Wagen zum Hotel schicken. Die Fahrt geht über achtzig Kilometer. Alles Weitere erfahren Sie, wenn Sie dort eintreffen. Sie wollten etwas über Frank Lemmitz wissen. Ich sagte Ihnen doch, meine Leute würden ihn in London erwarten, und das taten sie. Das Mädchen, für das sich die Polizei interessiert, war eine unserer Mitarbeiterinnen, Audrey Levy. Als sie und Lemmitz nach ihrem Bummel durch die Spielklubs ins Hotel zurückkamen, wartete jemand im Schlafzimmer. Dieser Jemand erschoß Lemmitz und zwang Audrey mit vorgehaltener Pistole, mit ihm das Hotel zu verlassen."

„Warum hat er sie nicht auch getötet?"

„So sah das Ganze besser aus. Und unser Mädchen hätte man vielleicht dazu bringen können zu reden. Nichts ist so einfach, wie es klingt. Ich werde Saul anrufen und ihm sagen, was mit Alex Duggan zu geschehen hat – er soll nämlich nur dafür sorgen, daß er am Leben bleibt! Mr. Desmond, der Krieg geht weiter, auch wenn die Kanonen schweigen. Dienstag früh, neun Uhr."

Ich sah ihm nach, wie er die Betonrampe hinunter- und an der aztekischen Pyramide vorbeiging. Einer plötzlichen Eingebung folgend, betrat ich die Kirche. Drinnen war es kühl; der Raum war überladen mit barocken Ornamenten, aber es herrschte eine tiefe Ruhe, als ob die Leidenschaftlichkeit, die diese Kirche geschaffen hatte, aufgebraucht und nur das Mysterium übriggeblieben war, für immer unlösbar. Ich konnte nicht beten. Es gab auf der ganzen Welt nichts zu preisen – am wenigsten mich selbst. Es gab nichts, worum ich hätte bitten können. Ich besaß alles, was man mit Geld kaufen konnte – und es war nicht genug. Der Glaube war da: Einige Menschen starben für ihn, andere töteten für ihn. Liebe? Gewiß, ja, es gab noch Liebe: eine seltsame, selbstlose oder perverse Art von Liebe; aber sie war da, der letzte Halt vor dem Sprung in das Chaos. Ich kniete nieder und begrub das Gesicht in den Händen und schloß mich mit dem bißchen Liebe, das ich mir noch bewahrt hatte, in eine Traumwelt ein.

AM SPÄTEN Nachmittag, bei Drinks in Harlekins Suite, unterhielt uns Juliette mit ihrer Erzählung von einem Lunch mit den *hidalgos* Neu-Spaniens:

„Suzy, fall in die Hände Gottes, aber nicht in die Hände mexikanischer Matronen! Wie viele Kinder ich hätte, und ob ich keine weiteren haben wolle? Ob mein Gatte mir treu sei, und wie man sich in Genf mit einer Mätresse arrangieren müsse? Ob ich mir schon einen Geliebten genommen hätte? Bei einem Gatten, der so viel auf Reisen ist, solle man einen Liebhaber unbedingt in Erwägung ziehen. *Ay de mí!* Diese Nordamerikaner mit ihrer Frauenbewegung! Was tun diese Frauen denn anderes als sich selbst zu Arbeitssklaven machen?"

Harlekin führte jetzt seine eigene Komödie auf: die herumlungernden Domestiken, die herrischen Befehle, die geschliffenen Komplimente, die Art, wie man langsam und auf Umwegen dem eigentlichen Kern der Sache näherkam.

„Die ist komplizierter, als es aussieht, Paul. Unser Freund, José Luis, steht bei den alten Familien nicht in hohem Ansehen, denn diese versuchen schon seit zehn Jahren, ihn mit einer ihrer Töchter zu verheiraten. Sie behaupten auch, er spiele; was mir neu ist und recht unangenehm, falls es stimmt. Pedro Gálvez verachtet Yanko als Emporkömmling. Als ich ihm sagte, ich würde alles aufs Spiel setzen,

um von meinem Vorkaufsrecht Gebrauch zu machen, nannte er mich
einen Romantiker – aber er stieß trotzdem mit mir darauf an. Er
wird seine Anteile bis zum letzten Augenblick festhalten. Wenn wir
gewinnen, wird er uns seine Geschäfte tätigen lassen. Wenn wir verlieren, wird er für unsere armen Seelen eine Messe lesen lassen. Soweit meine Neuigkeiten, Paul. Was hast du zu bieten?"

Ich erzählte ihm von Bogdanovich und daß wir beschattet worden
waren.

„Halte dir den Dienstag frei", schloß ich. „Wir beide haben eine
Verabredung, um den Mann kennenzulernen, der Valerie Hallstrom
getötet hat."

„Was soll das heißen, Paul?"

„Ich weiß es nicht. Bogdanovich wollte es mir nicht sagen."

„Was sind wir denn eigentlich? Marionetten?"

„Wir sind Fremde, George", sagte Juliette, „in einer exotischen
Stadt, und bisher habe ich davon nur eine langweilige Ecke zu sehen
bekommen."

„Also gut, meine Liebe, heute abend gehen wir tanzen. Und du,
Paul? Suzanne? Paul, ruf doch José Luis an und lade ihn ein, zum
Essen im San Angel Inn mitzukommen."

José Luis bedauerte unendlich, aber heute abend sei es ihm leider
nicht möglich. Ein schon seit langem verabredetes Familienfest. Vielleicht später ...

Danach gingen die Frauen hinaus, und Harlekin hielt mich noch
zurück. Gálvez hatte ihm eine Kopie von Yankos Brief an die Kleinaktionäre gegeben. Darin hieß es unter anderem, daß das Wachstum
von Harlekin et Cie. begrenzt gewesen sei, weil es sich um Familien-
besitz handle; und der einzige Erbe sei ein unmündiges Kind. Das
Ansehen von Harlekin et Cie. sei durch jüngste, auf Mitarbeiter des
Unternehmens zurückgehende betrügerische Manipulationen geschädigt worden. Yankos Kaufpreis enthalte einen Bonus, um das Vertrauen der Börse wiederherzustellen und „einem neuen Management
die Möglichkeit zu geben, in einer Atmosphäre von Vertrauen und
Harmonie und im Hinblick auf eine vorwärtsstrebende Entwicklung
zu arbeiten".

„Glaubst du, daß Leah Kleins Artikel die richtige Antwort darauf
ist?" fragte George.

„Wir werden es morgen wissen ... Nein, warte! Gib mir das
Telefonbuch! Ich will mal nachsehen, welche Nachrichtenagenturen

hier tätig sind. Sie müßten die Story bereits im Fernschreiber haben."
„Werden sie sie dir geben?"
„Wir können es wenigstens versuchen. Wir werfen ihnen einen
kleinen Köder hin: Morddrohungen gegen George Harlekin und seine
Begleitung."
Wir warfen ihnen den Köder hin und erhielten die Story; sie
wurde uns von einem eifrigen Redakteur überreicht, der die Welt
wissen ließ, daß der gegenwärtig in Mexico City weilende George
Harlekin vom FBI gewarnt worden sei, er könne sich in Lebensgefahr befinden. Er habe eine aus Profis bestehende Leibwache bei
sich. Der Redakteur ging. Wir setzten uns hin, um Leah Kleins mit
Namen gezeichnete Story zu studieren. Für eine so ungehobelte Frau
führte sie das Skalpell sehr sicher.

Die Londoner Polizei untersucht den Mord an Frank Lemmitz, der
in der letzten Woche erschossen aufgefunden wurde. Lemmitz wurde
1960 in Chicago wegen schwerer Körperverletzung verurteilt und
verbüßte eine zweijährige Gefängnisstrafe. 1965 wurde er in Miami
wegen eines bewaffneten Raubüberfalls verurteilt. Die Vollstreckung
wurde aus verfahrenstechnischen Gründen ausgesetzt. Zum Zeitpunkt seines Todes war Lemmitz als Chauffeur und Leibwächter
für Basil Yanko tätig, den Präsidenten von Creative Systems Incorporated.

Zwei Tage vor Frank Lemmitz' Tod wurde eine Angestellte von
Basil Yanko in New York ermordet. Es handelte sich um die dreißig
Jahre alte Valerie Hallstrom, eine hochbezahlte Systemanalytikerin
und ehemalige Freundin von Mr. Yanko. Die näheren Umstände
ihres Todes werden zur Zeit von der New Yorker Polizei und dem
FBI untersucht.

Ein Notizbuch, das Miß Hallstrom gehörte und die geheimen
Computer-Codes von Creative-Systems-Klienten enthielt, wurde
nach ihrem Tod einem dieser Klienten zugestellt, der es unmittelbar
darauf der Polizei übergab. Die in dem Notizbuch namentlich auf-
geführten Firmen sind über diesen Bruch in ihrer Sicherheit tief
besorgt.

Es folgte noch einiges mehr über Yankos Angebot, Harlekin et Cie.
zu übernehmen, die delikaten Geschäftsverbindungen mit Regierungen und die Verflechtung „dieses hochintelligenten und einfallsrei-
chen Mannes" mit der Ölpolitik.

Ich sagte: „Dieser Artikel stärkt unsere Stellung bei den Aktionären. Welche Rückwirkungen er auf die Börse haben wird, ist eine offene Frage. Es ist ja noch nicht zu einem Skandal gekommen, vergiß das nicht. Es scheint sich lediglich ein solcher abzuzeichnen."

SIE kommen zum San Angel Inn durch enge, holprige Gassen und über uralte, schattige Plätze. Zunächst betreten Sie einen Garten voll plätschernder Wasserspiele. Dann werden Sie durch eine Reihe mit Weinreben bewachsener Patios geführt und nach der zeremoniellen Begrüßung in die mexikanische Vergangenheit geleitet, mit geschnitzten Deckenbalken, schmiedeeisernen Gerätschaften, schweren Tischen und prachtvollen Ledersesseln. Es ist eine Oase der Entspannung.

Harlekin kannte jeden beim Namen, vom Boy bis zum Kapellmeister der Mariachi-Musik. Er führte ein langes Zwiegespräch mit dem Küchenchef und machte mit dem Barmixer Witze. Um Mitternacht, als die Musikanten eine Pause einlegten, borgte er sich eine Gitarre und spielte zehn Minuten passable *sevillanas,* was ihm den Beifall der Gäste einbrachte.

Juliette schien im siebenten Himmel, und als wir tanzten, gestand sie: „Ich hatte schon ganz vergessen, wie einem zumute ist, wenn man einmal nach Herzenslust zusammen lachen und albern kann."

Um ein Uhr war José Luis noch immer nicht erschienen. Wir machten uns unter einem Chor von Segenswünschen wieder auf den Weg zur Hauptstraße, wo der Wagen auf uns wartete. Die kleinen Plätze waren jetzt menschenleer. Auf den Gassen herrschte Stille. Überall waren die Jalousien heruntergelassen. Unsere Schritte hallten von dem Kopfsteinpflaster wider. Suzanne und ich gingen voraus, Harlekin und Juliette folgten.

Als wir in die letzte Gasse einbogen, blieben wir unter einer Lampe stehen, um die kunstvoll mit schmiedeeisernen Gittern verzierten Balkons, von denen Blumenranken herabhingen, zu bewundern. All dies mündete auf die Hauptstraße mit ihrer Neonbeleuchtung.

Eben war die Gasse noch leer gewesen, aber plötzlich stand da, als schwarze Silhouette vor dem Licht, ein Mann mit einer Maschinenpistole an der Hüfte. Ich schrie und warf mich auf die Frauen, um sie mit mir zu Boden zu reißen. Ich hörte das Rattern von Feuerstößen, ich hörte eine Frau aufschreien, schnelle Schritte, Stille. Als ich wieder auf den Beinen war, kniete Suzanne neben Julie, die stöhnend und blutüberströmt auf dem Kopfsteinpflaster lag.

AM NÄCHSTEN Morgen um sechs verkündete im Hospital de Jesús Nazareño der Chirurg seine Diagnose:

„Sie ist von zwei Kugeln getroffen worden, Mr. Harlekin: eine im Oberschenkel und die andere im Unterleib. Innen sieht es nicht gut aus. Wir haben im Augenblick unser Bestes getan. Wir hoffen, alles übrige später in Ordnung bringen zu können. Lebensgefahr? Ja, Mr. Harlekin. Schwerer Schock, massives Trauma und Blutungen. Wir werden sie in den nächsten Tagen unter sorgfältigster Beobachtung halten. Sie können sie für ein paar Augenblicke sehen, aber sie wird Sie nicht erkennen."

Er ging allein hinein, während wir auf dem Korridor mit einem Kriminalbeamten und zwei Reportern warteten. Als er wieder herauskam, wirkte er wie versteinert, grau, hart und unerbittlich. Als die Presseleute um eine Erklärung baten, sprach er mit monotoner Stimme:

„Sie wissen, daß man ein Angebot gemacht hat, meine Gesellschaft zu übernehmen. Zwei Menschen sind ermordet worden, und beide hatten etwas mit Creative Systems zu tun. Ich erkläre jetzt, daß dieser Anschlag auf unser Leben mit jenen Ereignissen in Zusammenhang steht. Ich werde nicht eher ruhen, bis der Mann, in dessen Auftrag das geschehen ist – und ich bitte Sie, sich diesen Satz genau einzuprägen –, zur Rechenschaft gezogen ist. Weiter habe ich im Augenblick nichts zu sagen."

Als wir wieder im Hotel waren, befahl er uns, zu frühstücken und dann zu einer Besprechung zu ihm zu kommen. Suzanne bat ihn inständig, er solle sich doch ausruhen. Er weigerte sich. Er war wie ein von einem Winterdämon besessener Mann, vor Kälte erstarrt und blind. Als wir in sein Zimmer kamen, war er bereits bei der Arbeit. Was er von uns verlangte, erfüllte mich mit Entsetzen.

„Suzanne, gib folgendes Telegramm auf, dringend, in Code, an alle Zweigniederlassungen. ‚Meine Frau lebensgefährlich verletzt nach Mordanschlag Mexico City stop Dieser Anschlag in Verbindung mit jüngsten Aktivitäten Creative Systems stop Sie werden hiermit angewiesen alle unsere Anteile und alle in unseren Verfügungskonten enthaltenen Anteile an Creative Systems und Tochtergesellschaften zum besten Preis zu verkaufen stop Gezeichnet George Harlekin.'"

Ich konnte mich nicht mehr beherrschen. „George, das kannst du doch nicht tun!"

„Ich habe es bereits getan, Paul. Ich habe mündliche Aufträge an unsere Zweigniederlassungen erteilt. Ich habe auch Herbert Bachmann und Karl Krüger unterrichtet, damit sie Gelegenheit haben, sich abzusichern."

„George, du wirst dich ruinieren!"

„Das ist mir völlig egal. Es ist mir egal! Suzanne, ein weiteres Telegramm an alle übrigen Aktionäre: Die ersten beiden Sätze sind gleich. Dann weiter: ‚Ich rate Ihnen dringend Yanko-Angebot bis Ergebnis Polizeiuntersuchung abzulehnen stop Kriminelle Handlungsweise auf seiten Käufer in gegenwärtiger Phase nicht auszuschließen.'"

„George, wenn dieses Telegramm rausgeht, kann Yanko dich wegen schwerer Verleumdung verklagen."

„Ich will ja gerade, daß er mich verklagt, Paul! Du wirst jetzt Leah Klein anrufen und ihr erzählen, was geschehen ist. Dann ruf José Luis an. Er weiß noch nichts davon, sonst hätte er angerufen. Sag ihm, er solle die Dollars, die wir benötigen, beschaffen und mittags zu mir kommen. Dann verabrede einen Termin mit Aaron Bogdanovich."

Ich unternahm einen letzten, verzweifelten Versuch, ihn zur Vernunft zu bringen. „George, ich bitte dich, hör mir zu!"

„Suzanne, schreib bitte die Telegramme. Ach, du könntest uns viel Zeit sparen, wenn du bei José Luis anrufen würdest. Dann ruf Pedro Gálvez an, und bitte ihn herzukommen." Als sie das Zimmer verlassen hatte, stürzte er sich in einen raschen, hastigen Monolog. „Paul, ich werde kein Wort, absolut nichts von dem ändern, was ich mir vorgenommen habe! Wenn Julie stirbt, bin auch ich ein toter Mann. Ich habe sie auf eine Weise geliebt, die selbst sie nie ganz begriffen hat. Wenn sie am Leben bleibt, bin ich wie Lazarus, der von den Toten aufersteht. Im Augenblick kann ich für sie nichts tun. Die Ärzte werden sie behandeln; die Schwestern werden für sie sorgen. Und wenn wir Glück haben, kann ich ihre Hand halten und ihr Blumen bringen ... Und während dieser ganzen Zeit sitzt Yanko in New York und stellt daraus eine finanzielle Gleichung auf! Ich werde nicht dulden, daß er es tut. Seine stärkste Waffe ist das Geheimnisvolle und die Furcht, die alles Geheimnisvolle erweckt. Ich bringe ihn ans Tageslicht. Ich kann in der Öffentlichkeit auftreten, und er kann es nicht. Und noch eines, Paul: eine Warnung an dich. Wenn Julie stirbt, werde ich Basil Yanko umbringen. Ich will nicht, daß du dabei bist."

Danach gab es nichts, was ich noch hätte sagen können. Suzanne
kam mit den Telegrammen zurück. Ich ging in mein Zimmer, um
Leah Klein und Aaron Bogdanovich anzurufen.

Katastrophen waren ein Lebenselixier für Leah Klein. „Bleiben
Sie mit mir in Verbindung, Mr. Desmond", sagte sie, als ich alles
berichtet hatte. „Sie liegen jetzt richtig. Und vergessen Sie nicht:
Eine Exklusivstory von mir bringt Ihnen mehr Platz in der Presse
ein, als irgendeine Agentur Ihnen bieten könnte. Und wenn die
Dame stirbt, lassen Sie es mich zuerst wissen."

Bogdanovich war bereits im Bilde. Er drückte sein Beileid aus,
zeigte aber keinerlei Gefühlsbewegung. „Ich hatte einen Mann eingesetzt, der Ihnen gestern abend zum Restaurant folgte. Während Sie
aßen, ging er die Strecke zweimal ab. Er war dicht hinter Ihnen, als
es passierte. Nachher trat er nicht in Erscheinung, weil er sonst in
das Verhör mit hineingezogen worden wäre. Offen gestanden, ich
habe nicht vor morgen mit Gewaltakten gerechnet."

Er weigerte sich, den Termin für die Verabredung am nächsten
Tag abzuändern; die Einhaltung des Zeitplans sei zu wichtig. Der
Wagen würde uns um neun Uhr abholen, falls Madame Harlekin
nicht in der Zwischenzeit sterben sollte.

Als ich zu Harlekins Zimmer zurückkam, fand ich ihn in vertrau-
lichem Gespräch mit Pedro Gálvez. Gálvez war groß, stämmig wie
ein Baum, mit einer weißen Haarmähne und einem Gesicht von der
Farbe alten Holzes. Seine Kleidung wirkte altmodisch, stammte aber
von einem erstklassigen Schneider. Er trug eine Smaragdnadel in der
Krawatte und am Finger einen großen Siegelring aus aztekischer Jade.
Nachdem Harlekin uns einander vorgestellt hatte, setzten wir uns,
und Gálvez setzte seine Rede fort.

„Als wir uns gestern beim Mittagessen unterhielten, habe ich
Ihnen, das muß ich gestehen, nicht viel zugetraut. Sie waren in meinen Augen immer zu weich. Wenn Sie mir also sagen, daß Sie kämpfen wollen, bin ich einverstanden! Und jetzt sagen Sie mir, was Sie
brauchen. Ich werde Ihnen dann sagen, was Sie meines Erachtens
unbedingt brauchen werden."

„Ich will, daß ein Mann von Los Angeles über die Grenze gelockt
und nach Mexico City gebracht wird. Ich bin bereit, ihn, sobald er
mexikanischen Boden betritt, verhaften zu lassen. Mir wäre es jedoch
lieber, wenn ich mit ihm sprechen könnte, bevor ihn die Polizei hat."

„Lassen Sie mich darüber nachdenken. Was noch?"

„Unser Freund José Luis. Sie sagten mir, er sei ein Spieler."

„Hm – vielleicht habe ich mich da falsch ausgedrückt. Gewiß, er spielt, aber befindet sich nicht in Schwierigkeiten. Sein Vater hat ihm ein Vermögen hinterlassen. Aber er verkehrt in merkwürdigen Kreisen. Sie wissen schon, die Gestalten, die man in Mexico City antrifft – Promoter, Spekulanten. Er führt sie in Kreise ein, wo er es nicht tun sollte. Wir beide sind da ganz andere Menschen. Ich könnte Ihnen mindestens drei Leute empfehlen, die Ihre Interessen weit besser wahrnehmen würden."

„Ich brauche ihn", sagte Harlekin, „bis ich ihn Alex Duggan gegenüberstellen und eine notariell beglaubigte Erklärung erlangen kann."

„Ich habe den Eindruck, mein Freund", sagte Pedro Gálvez, „daß Sie im Hinblick auf José Luis ebenso viele Zweifel hegen wie ich. Gut, er darf vorläufig von unseren Zweifeln nichts erfahren. Was diesen Alex Duggan angeht" – sein altes Gesicht verzog sich zu einem boshaften Lächeln –, „da war einmal ein *Yanqui,* der mich um zwanzigtausend Dollar betrog und nach Florida zurückkehrte, um es sich gutgehen zu lassen. Wir schickten ihm mit der Post hundert Gramm Heroin. Als er den Umschlag beim Zoll öffnete – das reichte!"

Er lachte und erhob sich und strich sich das Jackett glatt. „Ich werde an die Arbeit gehen. Ich bitte Sie, lieber Freund, ruhen Sie sich etwas aus. Ich habe den Kardinal angerufen und ihn gebeten, neun Messen für die Genesung Ihrer Frau lesen zu lassen ... Sie werden bald von mir hören."

Er war kaum aus dem Zimmer, als José Luis von der Hotelhalle anrief. Harlekin ging unruhig auf und ab, und auch ich konnte nicht still sitzen. Suzy kam herein, bleich, aber gefaßt. Sie hatte mit dem Krankenhaus gesprochen. Julie lag noch auf der Intensivstation; ihr Zustand war einigermaßen zufriedenstellend. Wir beschlossen, sobald wir José Luis abgefertigt hatten, uns etwas Ruhe zu gönnen.

José Luis kam wie ein reuiger Sünder und machte sich die schwersten Vorwürfe. Wenn er gestern abend nur bei uns gewesen wäre!

Harlekin war nicht in der Stimmung für Klagelieder. „Haben Sie das Geld, José?"

„Es wird heute nachmittag von der Zentralbank bereitgestellt."

„Wir werden es um neun Uhr fünfzehn abrufen. Ich habe mein Versprechen gehalten: Die Polizei weiß nichts von María Guzman. Dieser Mann, der sich Peter Firmin nannte – haben Sie ihn persönlich kennengelernt?"

„In der Woche war ich krank. Cristóbal Enriques hat mich vertreten."

„Wie konnte er einem Mann mit gefälschten Ausweisen Zugang gewähren?"

„Die Papiere und Fotos waren in Ordnung. Cristóbal hielt Rückfrage bei Creative Systems. Dort bestätigte man den Namen und die Ausweisnummer."

„José, wer könnte meiner Frau so etwas angetan haben?"

„Ich weiß es nicht, George. Wenn ein Mann hungrig oder geldgierig ist, wird Mord zu einer einfachen Sache. Ich glaube, da müssen Sie sich außerhalb Mexikos umsehen. Wenn Sie mich brauchen, ich bin in der Bank . . ."

„José, würden Sie mir bitte notariell beglaubigte Erklärungen ausstellen, eine von Ihnen selbst, die andere von Cristóbal Enriques, in denen die Tatsachen dargestellt werden, die Sie mir erzählt haben?"

„Mit Vergnügen. Sie werden morgen früh fertig sein. Bitte, was kann ich für Sie tun, für Ihre arme Frau . . .?"

„Beten vielleicht."

„*Ay!* Wenn man noch an Gebete glauben könnte!"

Kaum hatte er das Zimmer verlassen, als Suzanne das Kommando übernahm. Vor sechs würden jetzt keine Besucher mehr vorgelassen. Falls angerufen würde, wäre sie am Apparat. Harlekin müsse ein Beruhigungsmittel nehmen und schlafen. Er stimmte müde zu und legte sich ins Bett. Ich sah auf die Uhr: halb eins. Wir waren seit dreißig Stunden auf den Beinen.

Suzanne und ich gingen in unsere Zimmer. Ich schlief unruhig bis Sonnenuntergang. Am Abend fuhr Harlekin allein ins Krankenhaus, um Julie zu besuchen. Er rief an und sagte, sie sei zwar bei Bewußtsein, aber sehr schwach und unter starken Beruhigungsmitteln. Man habe ihm ein Bett angeboten, damit er in ihrer Nähe bleiben könne. Am nächsten Morgen solle ich das Geld von der Bank abholen und ihn vom Krankenhaus zu unserer Verabredung mit Bogdanovich mitnehmen. Suzanne würde bis zu unserer Rückkehr am Krankenbett Wache halten.

Etwas später rief Saul aus Los Angeles an. Er hatte Alex Duggan ausfindig gemacht, der mit einer hübschen Frau und einem Kind ziemlich aufwendig in einem Wohnblock am Olympic wohnte. Saul würde ein nahe gelegenes Appartement mieten und dafür sorgen, daß Duggan nichts geschehe. Er hatte auch noch andere Neuigkeiten. Leah Kleins Story war groß herausgebracht worden. In Washington redete man davon, daß der Kongreß die Sicherheit von Datenbanken untersuchen wolle. Yanko habe bis jetzt jeden Kommentar abgelehnt.

Danach verbrachten Suzanne und ich den Abend allein. Wir setzten uns an die Bar und tranken Margaritas. Wir aßen im Hotel und sprachen über George und Juliette und die zweifelhafte Zukunft.

„Wenn Julie stirbt, dann wüßte ich wirklich nicht, wie ich mit George fertigwerden sollte", sagte ich. „Wüßtest du es?"

„Es gab einmal eine Zeit, da träumte ich, es könnte mir gelingen." Die Worte kamen langsam, aus einem tiefen Brunnen der Enttäuschung. „Ich habe diese dunkle Seite seines Wesens nie zuvor gesehen... Komisch, ich war immer so sicher, daß Julie die falsche Frau für George sei. Jetzt weiß ich, daß ich es bin; und trotzdem liebe ich ihn noch... Paul, bestell mir bitte einen Brandy, und dann laß uns von etwas anderem reden."

Wir blieben noch lange sitzen, und als wir hinaufgingen, sagte Suzanne schlicht: „Bleib bitte bei mir, Paul. Ich könnte heute nacht das Alleinsein nicht ertragen."

Wir lagen die ganze Nacht eng beieinander: zwei einsame Menschen, die sich wie Kinder im dunklen Wald aneinanderkuscheln.

Siebtes Kapitel

UM NEUN Uhr früh, pünktlich wie der Tod, erschien der Wagen am Hotel. Suzanne und ich fuhren zur Bank und holten eine Leinentasche mit einer viertel Million Dollar ab. Um neun Uhr dreißig trafen wir am Krankenhaus ein. Harlekin erwartete uns. Julies Zustand war unverändert. Es war zu einer postoperativen Infektion gekommen. Man hatte einen Raum bereitgestellt, wo Suzanne ruhen und lesen konnte. Wenn Juliette wach war, konnte sie einige Augenblicke zu ihr gehen.

Wir fuhren aus dem Krankenhausareal hinaus, bahnten uns den Weg nach Norden, die Avenida de los Insurgentes entlang. Bogdanovichs Fahrer war ein älterer, wortkarger Mann mit einem indianischen Gesicht. Er ließ sich jedoch herbei, uns zu sagen, daß unser Bestimmungsort sechzehn Kilometer hinter Tula liege und daß wir unterwegs interessante Altertümer sehen würden: die gefiederten Schlangen von Tenayuca und die Treppe der Jaguare.

Harlekin saß blind und stumm in einer Ecke. Erst als ich mich nach Juliette erkundigte, wurde er etwas lebhafter. „Sie sah so bleich und klein aus wie eine Wachspuppe. Sie fragte nach dir, Paul. Ich sagte ihr, du würdest kommen, wenn sie wieder bei Kräften sei. Sie macht sich auch über das Baby Sorgen. Der Arzt riet davon ab, den Kleinen herüberzufliegen. Es kam ein junger Priester. Ich sagte ihm, wir seien Calvinisten. Er meinte, nur die Menschen träfen solche Unterscheidungen. Ich sah zu, wie er ihr die Hände auflegte ... Ganz schlicht und primitiv, aber danach schien sie weniger Schmerzen zu haben. O Gott! Warum ist das Leben nur so eine Blasphemie?" Und er versank in brütendes Schweigen.

Nach Tula führte die Straße bergauf am Abhang eines gezackten Höhenrückens entlang und durch eine Schlucht, die sich in eine große kreisförmige Ebene mit einem See öffnete – den Krater eines längst erloschenen Vulkans. Vor dem hinteren Rand des Kraters lag eine Hazienda, ein niedriges Gebäude aus behauenem Stein, davor befanden sich Rasenflächen und Blumengärten und Nebengebäude.

Am Eingang des Hauses erwartete uns Aaron Bogdanovich. Er erkundigte sich nach Julie und führte uns dann in einen großen Raum, der mit Steinfliesen, einem offenen Kamin, bunten Matten und schweren spanischen Kolonialmöbeln ausgestattet war. Er machte einige vage Bemerkungen, daß die Hazienda Freunden von Freunden aus dem diplomatischen Korps gehöre. Dann erläuterte er die bevorstehende Mission.

„Wenn Sie Tesoriero sehen, werden Sie glauben, er sei vollkommen klar. In Wirklichkeit ist er durch starke Beruhigungsmittel und durch suggestive Maßnahmen desorientiert. Er kann nicht zwischen Realität und Illusion unterscheiden. Sie, Mr. Harlekin, sind gekommen, um ihn zu engagieren, einen Mann in New York zu töten. Sie sind bereit, das Doppelte des von ihm geforderten Preises zu zahlen, aber Sie müssen sich zunächst ein klares Bild über ihn machen können. Irgendwelche Fragen?"

„Sie sprachen von suggestiven Maßnahmen", sagte George.

„Ich will es Ihnen erklären. Wir holten ihn vom Flugplatz ab und brachten ihn hierher. Beim Abendessen wurde er betäubt. Als er erwachte, hing er in einem Keller zwischen Himmel und Erde, gefesselt und mit einer Kapuze über dem Kopf. Nichts regte sich, und wenn er sich bewegte, drehte er sich wie ein Kreisel im Leeren. Ergebnis: schnelle Desorientierung. Er erhielt wiederum Drogen. Als er erwachte, hing er wieder in der Dunkelheit, war aber diesmal schrillen Geräuschen mit eingestreuten Wortfetzen ausgesetzt. Ergebnis: tiefe Halluzinationen.

Heute morgen erwachte er in seinem eigenen Schlafzimmer; neben dem Bett stand eine Krankenschwester, die ihm erklärte, er sei von einer in diesem Gebiet grassierenden virulenten Fiebererkrankung befallen worden. Er glaubt, er habe Fieberträume gehabt, sei aber mit Hilfe von Medikamenten in der Lage, seinen Auftraggebern entgegenzutreten. Man kann durch entsprechendes Training dieser Folter eine begrenzte Zeit lang Widerstand entgegensetzen. Tony Tesoriero hat ein solches Training nie gehabt. Falls Sie Skrupel haben sollten, denken Sie einfach daran, wie er sich seinen Lebensunterhalt verdient. Warten Sie hier, meine Herren!"

Ich ging zur Tür und schaute hinaus. „Du brauchst wirklich nicht dazubleiben, Paul", sagte Harlekin. „Mir macht dies überhaupt nichts aus."

Mir machte es etwas aus; aber ich war zu feige, ihm das zu erläutern. Ich hatte ihn zu diesem Gang in die Hölle veranlaßt; jetzt mußte ich ihm wenigstens Gesellschaft leisten und versuchen, noch menschlich mit ihm wieder herauszukommen. Denn das war das Entsetzliche an diesem Augenblick: Wir waren nach reiflicher Überlegung gewillt, dem Fragment eines anderen menschlichen Wesens gegenüberzutreten.

Gleichgültig, wie vertiert er sein mochte, Tesoriero war ein Mensch, von einer Frau geboren, an der Brust genährt.

Als er, auf den Arm seiner Krankenschwester gestützt, mit Bogdanovich hereinkam, sah er keineswegs vertiert aus. Er war ungefähr Mitte dreißig, schlank, feingliedrig und dunkel. Er bewegte sich unbeholfen, und seine Stimme klang unnatürlich. Er sprach mit dem Akzent der italienischen Einwanderer von Brooklyn. Schwerfällig setzte er sich nieder. Die Schwester stellte sich hinter ihn. Bogdanovich stand an den steinernen Sims über dem Kamin gelehnt.

„Tony, das sind die Herren, die dir einen Auftrag geben wollen. Tony ist krank gewesen – Fieber von Zeckenbissen –, aber in ein paar Tagen wird er völlig wiederhergestellt sein. Zunächst einmal, Tony, hier ist das Geld ... Zeigen Sie es ihm, bitte."

Harlekin öffnete die Leinentasche und zeigte die Banknoten. Er sagte: „Tony, ich will einen Mann umbringen lassen. Könnten Sie das tun?"

Tony setzte eine nachsichtig-belustigte Miene auf. „Sie zahlen. Ich kille. Bis jetzt habe ich dreiundzwanzig Treffer gelandet – alles saubere Arbeit."

„Der Preis?"

„Fängt an bei zwanzig Riesen und geht hoch bis fünfzig – plus Spesen. Außerdem zahlen Sie die Versicherung: Ich werde eingelocht, Sie zahlen die Anwälte und dreihundert die Woche an mein Mädchen, solange ich sitze."

„Wie kann ich wissen, daß Sie nicht reden werden?"

„Ich rede, Sie lassen mich umlegen; also rede ich nicht. Wenn Sie das nicht gewußt hätten, wäre ich doch nicht hier, oder?" Ein Anflug von Erstaunen trat in seinen Blick. „Ja, das wollte ich wissen. Wie kommen Sie gerade auf mich?"

Aaron sagte: „Ich habe es dir doch gesagt, Tony, der Yanko-Job. Die Frau, die Hallstrom in New York."

„Ach ja ... Wie hieß doch der Kerl? Irgendwas Mexikanisches. Sagen Sie, wie kommt es, daß Sie ihn kennen und wissen nicht, wie er heißt?"

„Wir wissen es", Bogdanovich war die Güte selbst. „Wir haben es dir doch gerade gesagt. Wir möchten nur feststellen, ob du auch wirklich so helle bist, wie du behauptest."

Tony sah ihn verblüfft an. „Was meinen Sie damit – helle? Ich hab den Hallstrom-Auftrag übernommen. Ich hab dreißig Riesen gekriegt. Bin ich deswegen etwa blöde?"

„Das hast du gerade bewiesen, Tony. Das Honorar für diesen Auftrag war fünfzig. Yanko hat es mir selbst gesagt. Man hat dich um zwanzig betrogen."

„*Mamma mia!* So viele Jahre, und Tony Tesoriero läßt sich übers Ohr hauen! Sobald ich hier rauskomme, habe ich noch eine private Rechnung zu begleichen."

„Nicht, wenn du diesen Job haben willst." Bogdanovich war wie ein Schulmeister. „Meine Freunde wollen saubere Arbeit haben, und du bekommst sechzig Riesen."

„Aber mich um zwanzig betrügen zu lassen! Das ist nicht richtig!"

„Gerade deshalb wollen wir ja wissen, was schiefgelaufen ist", erklärte Bogdanovich. „Fünfzig Riesen kamen aus New York zu einem Mann in Mexico City. Wir kennen ihn. Er ist ein einwandfreier Geschäftsmann. Vielleicht hat er aber den Auftrag durch jemand anderen erledigen lassen, und dieser hat einen Teil in die eigene Tasche gesteckt."

Es war quälend, zu sehen, wie Tony versuchte, sich durch das Gewirr von Erinnerungen in seinem Schädel hindurchzufinden. „Okay. Ein Mann in Miami sagt mir, er hat einen Freund in Mexiko City, der über einen Auftrag mit mir reden will – genau wie Sie. Ich komme. Ich übernehme den Job. Aber ich treffe nicht zwei Männer, wie Sie sagen – ich treffe einen. Er ist alt. Er sieht wie ein Don aus, mit weißen Haaren und einem rötlichgrünen Ring und – ach ja! einer Smaragdnadel. Da fällt mir ein – er hieß Pedro Gálvez. Ist das der Kerl?"

„Ja, derselbe." Harlekins Stimme verriet nichts von innerer Erregung.

„Und wie bekomme ich mein Geld zurück von ihm?"

„Übernehmen Sie meinen Auftrag", sagte George Harlekin. „Und ich werde Ihnen das Geld beschaffen. Hier ist mein Geld: sechzigtausend plus Spesen und Versicherung." Er zählte die Banknoten ab. „Wenn ich morgen zurückkomme, habe ich Ihre zwanzig bei mir; aber ich brauche eine kurze Notiz von Ihnen, um sie eintreiben zu können. Nur ein paar Zeilen – ,An Pedro Gálvez. Basil Yanko gab Ihnen fünfzigtausend Dollar, die Sie mir für den Auftrag Valerie Hallstrom zahlen sollten. Sie schulden mir noch zwanzig. Übergeben Sie das Geld dem Mann, der Ihnen diese Zeilen überbringt. Anderenfalls hole ich mir das Geld selbst.' Und dann setzen Sie Ihren Namen drunter. Na, wie klingt das?"

„Großartig – einfach großartig."

Aaron Bogdanovich half ihm beim Aufstehen, führte ihn zum Schreibtisch und blieb bei ihm stehen, während Tony den Text langsam wie ein Schulkind schrieb. Bogdanovich steckte den Zettel in einen Umschlag, klebte diesen zu und reichte ihn Harlekin. Er sagte: „Tony, du mußt dich jetzt etwas ausruhen. Außerdem ist es Zeit für deine nächste Injektion."

„Heilige Kuh! Ich sehe ja schon jetzt wie ein Nadelkissen aus."

„Das wird die letzte sein, Tony", meinte die Schwester fröhlich.

„Okay! Also dann bis morgen."

Er stopfte sich die Banknotenbündel vorne ins Hemd und schlurfte am Arm der Schwester hinaus. Harlekin wandte sich Bogdanovich zu und fragte: „Was geschieht jetzt mit ihm?"

„Genau das, was Sie gehört haben, mein Freund. Er bekommt seine letzte Spritze: Luft in die Vene. Wenn sie das Herz erreicht, stirbt er."

Ich konnte mich eines Ausrufs des Entsetzens nicht enthalten. Bogdanovich fuhr herum und herrschte mich an: „Sie sind schockiert, Mr. Desmond? Sie haben doch gehört, wie er sagte, daß er dreiundzwanzig Menschen getötet hat. Außerdem ist da noch etwas, was Sie nicht wissen. Valerie Hallstrom war meine Agentin. Ich habe sie ausgebildet. Ich habe sie eingeschleust. Tony Tesoriero hat sie umgebracht. Ein Leben für ein Leben." Er drehte sich zu George Harlekin um. „Dieser Pedro Gálvez, wer ist das?"

„Ein Freund. Einer meiner Aktionäre."

„Wieviel weiß er von Ihrer Tätigkeit?"

„Zuviel. Ich habe ihm von Alex Duggan erzählt."

„Ach! Das ist nicht gut."

„Auch meine Frau ist sein Opfer."

„Wir können ihn liquidieren, aber dann verlieren wir ein Glied in der Beweiskette."

„Ich möchte ihm ein Geschenk senden", sagte Harlekin. „Tony Tesorieros Leiche. Glauben Sie, daß Sie das arrangieren könnten?"

„Ja, aber ich werde es nicht tun. Erzählen Sie mir mehr von Gálvez."

„Alte Familie, Reichtum durch Bergwerke, einflußreich und arrogant."

„Nicht verrückt oder dumm?"

„Nein. Aber er braucht Millionen für Entwicklungsvorhaben – schwer zu haben heutzutage. Ich könnte mir vorstellen, daß ihm Yanko Ölgelder in Aussicht gestellt hat ... Ist hier ein Telefon im Haus? Ich würde gern das Krankenhaus anrufen."

„Dort drüben in der Ecke."

Während George telefonierte, gingen Bogdanovich und ich draußen im Patio auf und ab. Schließlich sagte Bogdanovich: „Wir müssen uns darüber klarwerden, was mit Gálvez geschehen soll."

„Ich glaube, Harlekin ist jetzt gar nicht in der Lage, irgendeinen Entschluß zu fassen."

„Da bin ich anderer Meinung, Mr. Desmond. Seine Fähigkeit, eine bestimmte Strategie zu planen und durchzuführen, ist bedeutend größer geworden, weil sie jetzt nicht mehr durch moralische Rücksichten eingeschränkt wird ... Ah, Mr. Harlekin?"

George Harlekin stand in der Tür; sein Gesicht war blutleer. „Julie ist vor einer Viertelstunde gestorben. Herzembolie."

Aaron Bogdanovich packte meinen Arm mit eisernem Griff. „Bringen Sie ihn in die Stadt zurück. Ich werde Sie anrufen."

AN IHREM Bett schämte ich mich meiner Tränen nicht. Ich beugte mich hinab und küßte ihre kalten Lippen und sagte ihr Lebewohl. Harlekin stand steif und tränenlos da und wartete, bis ich ging.

Während wir draußen auf Harlekin warteten, saßen Suzy und ich nebeneinander und führten leere Gespräche. „Ich hoffe, er wird sie hier begraben", sagte sie. „Sonst zieht sich alles zu sehr in die Länge. Ich muß ihre Kleider einpacken – es wäre entsetzlich, wenn er es tun müßte. Ach, Paul, er tut mir ja so leid . . ."

Viel später kam George zu uns. Er dankte uns beiden – für sich und für Juliette. „Wir werden sie hier bestatten", sagte er. „Paul, willst du die Vorkehrungen treffen? Wir müssen den Schweizer Botschafter verständigen und José Luis und", fügte er hinzu, was mich überraschte, „Pedro Gálvez. Ich habe ihre Eltern bereits angerufen."

Wenn Sie die Wahl haben, dann sterben Sie bloß nicht eines gewaltsamen Todes in einer lateinamerikanischen Stadt. Die Dokumente, die gefordert werden, sind horrend. Ich war gezwungen, die Vorbereitungen für Julies Begräbnis José Luis zu überlassen, der diese Aufgabe als eine heilige Pflicht übernahm. Im übrigen würde er dafür sorgen, daß sie in der Nähe der Gräber seiner eigenen Familie zur letzten Ruhe gebettet würde.

Im Hotel häuften sich die Telegramme und Telefonanrufe. Die Börse stand unter dem Eindruck des Schocks. Die Presse verlangte Stellungnahme. Während sich Suzanne der Telegramme annahm, rackerte ich mich mit Telefonzentralen ab. Ich hatte gerade den Hörer zum zehntenmal aufgeknallt, als Suzanne mit einem Telegramm hereinkam. ICH GLAUBE, SIE BRAUCHEN MICH. MILO FROHM. Ich rief Bogdanovich an.

„Wenn Sie ihn brauchen, rufen Sie ihn ruhig an", sagte Aaron. „Die Frage ist nur, wieviel Sie ihm sagen. Ich reise morgen nach New York."

Ich rief Milo an, um zu hören, nach welchen Spielregeln er vorzugehen gedachte. „Ich würde mich gern an Ihre Spielregeln halten", sagte ich zu ihm, „aber ich fürchte, daß uns die Aasgeier auffressen, wenn wir es tun."

„Wir könnten die Regeln etwas großzügig auslegen", sagte er. „Also dann. Valerie Hallstrom wurde von einem Killer namens Tony Tesoriero umgebracht. Er ist tot. Er wurde von Pedro Gálvez bezahlt, der in Mexico City einen großen Namen hat und sowohl mit unserer Firma als auch mit Yanko verbunden ist. Wir nehmen an, daß Gálvez auch für den Anschlag auf Juliette Harlekin verantwortlich war. Weiter: Die Veruntreuungen bei unserer Bank in Mexico City wurden von einer gewissen María Guzman verübt; sie wurde von Alexander Duggan bezahlt, der für Creative Systems in Los Angeles arbeitet. Saul Wells beschattet Duggan jetzt."

Milo Frohm dankte mir und sagte: „Ich möchte über Ihre Reisepläne Bescheid wissen. Wir werden Ihre Mitreisenden schützen müssen. Politik und Geld ergeben eine explosive Mischung, Mr. Desmond. Geben Sie noch etwas Öl hinzu, und Sie haben das schönste Freudenfeuer."

Milo konnte zwar die Regeln großzügig auslegen, aber er konnte nicht die Tatsachen des Lebens verändern. In diesem zweifelhaften Jahr des Herrn war keine Festung gegen Geld gefeit; eine kleine Plastikbombe konnte ein Flugzeug in die Luft sprengen, und ein paar zu allem entschlossene Männer konnten eine ganze Nation in Atem halten. Womit wir unversehens ins dunkle Mittelalter zurückfielen, als man noch kurzen Prozeß machte und die Selbstjustiz königlich privilegiert war. Ich legte auf, nachdenklich.

Als ob sie meine Gedanken lesen könnte, kam Suzanne herüber, schlang die Arme um meinen Hals und legte ihre Wange an die meine. „Jetzt ist's genug, Paul... Auch du brauchst ein bißchen Zeit zum Trauern."

„Komisch! Ich weiß nicht, wie man trauert. Da ist einfach ein leerer Fleck... Ist George schon zurück?"

„Er ruht. Er will jetzt niemanden in seiner Nähe haben."

„Er wird bald zusammenbrechen, Suzy."

„Nein, Paul." Sie schüttelte den Kopf. „,Der größte Haß ist still.' George ist jetzt ein Hassender. Er ist für uns verloren. Er ist weit weg."

Es traf mich wie ein Hammerschlag. George Harlekin war dem mächtigen Zauberer Basil Yanko erlegen und lag mit einem Stück Eis im Herzen in einem verdunkelten Zimmer. Dann teilte die Hotelrezeption mit, Señor Pedro Gálvez wünsche Mr. George Harlekin zu sehen. Suzanne – Gott segne ihre solide Schweizer Erziehung! –

bat ihn, sich einen Augenblick zu gedulden, während ich mit Harlekin über das Haustelefon sprach. Ich erhielt die Weisung, unseren Gast mit Höflichkeit zu empfangen, ihm einen Drink anzubieten, bis sich Harlekin zu seiner Begrüßung fertiggemacht habe. Suzanne ging in die Halle hinunter. Ich stellte saubere Gläser bereit und fragte mich, worüber man, zum Teufel, mit einem Mörder spricht, dessen Opfer noch nicht einmal ganz kalt ist.

Harlekin wartete bereits, als Gálvez von Suzanne ins Zimmer geführt wurde. Seine Begrüßung war überschwenglich. „Mein lieber Pedro! Wie nett von Ihnen, zu kommen! Es war wirklich nicht nötig. Aber ich bin tief gerührt."

„George, mein Freund, was kann ich sagen? Was kann ich tun?"

„Nichts, Pedro! Ihre Anwesenheit ist schon genug! Einen Drink oder Kaffee? Suzanne! Kaffee für Señor Gálvez!"

Pedro Gálvez ließ sich in einen Sessel nieder, ein Fels der Ruhe in einem Meer von Gram. „Mein lieber George! Ich habe so fest geglaubt, so etwas könne nicht geschehen. Was ist noch zu tun? Vielleicht kann ich ..."

„Es ist bereits alles geschehen. Vielen Dank. Sie wird hier bestattet werden."

„George, das ist ein Mord. Es muß doch etwas geschehen."

„Was denn, Pedro? Ich kann doch nicht durch die Straßen laufen und Tod und Vergeltung schreien. Laßt sie in Frieden ruhen."

„Natürlich! Aber haben Sie irgendeine Vorstellung, wer dieses schreckliche Verbrechen begangen haben könnte? Dann sagen Sie es mir. Ich verspreche Ihnen bei meiner unsterblichen Seele, daß ich ihn finden werde."

„Pedro, ich weiß Ihre Worte zu schätzen; aber ich weiß bereits, wer es getan hat. Ich wollte es erst Ihnen sagen, bevor ich es der Polizei sage."

„Warum mir?"

„Sie haben Freunde bei den Behörden. Es wäre Ihnen doch nicht recht, wenn so etwas in den Polizeiakten vergraben würde."

„Niemals."

„Eines Tages werde ich meinem Sohn sagen müssen, daß seine Mutter von einem Mörder erschossen wurde. Dann wird er mich fragen, was ich mit dem Mann, der sie getötet hat, gemacht habe. Was soll ich dann sagen, Pedro?"

„Bis jetzt haben Sie noch nichts getan?"

„Bis jetzt." Harlekin schob eine Hand in seine Brusttasche, zog den Umschlag mit Tony Tesorieros Brief heraus und reichte ihn Pedro Gálvez. „Lesen Sie dies, mein Freund, und sagen Sie mir, was ich tun sollte."

Gálvez entfaltete den Brief und las ihn. Sein wetterhartes Gesicht verriet keinerlei innere Erregung. Sorgfältig reichte er George das Blatt Papier zurück und erhob sich. „Señor Desmond, Señorita, bitte entschuldigen Sie mich. George, ich weiß, was Trauer heißt. Ich habe es selbst erlebt. Ich verzeihe Ihnen diesen sehr schlechten Scherz."

„Einen Augenblick!" Harlekin stand an der Tür. „Der Scherz ist noch nicht zu Ende. Wohin Sie auch gehen, immer wird ein Mann dasein, der Sie beobachtet. Wohin Ihre Frau geht oder Ihr Sohn oder Ihre Töchter, immer werden Augen auch auf sie gerichtet sein. Eines Tages wird einer von ihnen getötet werden. Dann noch einer. Aber niemals Sie, Pedro Gálvez – niemals Sie ... Wenn Sie Basil Yanko das nächste Mal anrufen, sagen Sie ihm, was ich Ihnen erzählt habe. *Adios, amigo!*"

Gálvez sagte düster: „Ich kann Ihnen ein besseres Geschäft vorschlagen."

„Das weiß ich", sagte Harlekin. „Setzen Sie sich, und schreiben Sie. Suzanne, bitte den Portier, einen Notar herzuholen."

PEDRO Gálvez starb irgendwann zwischen Mitternacht und Sonnenaufgang in seinem Bett. Sein Arzt sagte, daß er seit längerer Zeit an Herzschwäche gelitten hatte. Er wurde auf demselben Friedhof und an demselben Tag wie Juliette, nur mit größerem Pomp, beerdigt.

Wir erlebten eine traurige, kleine Feier, die von einem nervösen, jungen Pfarrer der lutherischen Kirche abgehalten wurde. Es waren nur wenige Trauergäste anwesend. Harlekin stand bleich, aber gefaßt am Grabe. Suzanne weinte still. Als der Sarg in die Erde hinabgelassen wurde, schloß ich die Augen. Danach fuhren wir direkt zum Flugplatz, von wo ein gecharterter Jet uns nach Los Angeles fliegen sollte.

Während der Reise füllte Harlekin Seite um Seite mit handgeschriebenen Notizen. Er besprach sich nicht mehr mit uns; er erteilte Weisungen. Er sagte, daß er uns nicht länger in Aktionen hineinziehen könne, für die er, und zwar er allein, verantwortlich sei. Ich könne bereits wegen Mitwisserschaft an der Ermordung von Tony

Tesoriero belangt werden. Er wolle mich nicht weiter exponieren. Ich wandte ein, daß ich bereits der Mittelsmann zu Aaron Bogdanovich, Saul Wells und Milo Frohm sei. Er ordnete an, daß er in Zukunft persönlich mit Bogdanovich verhandeln werde. Ich könne mit Saul Wells und Milo Frohm die Verbindung entsprechend seinen Weisungen weiterführen.

Es war dunkel, als wir in Los Angeles landeten. Wir wurden von Milo Frohm begrüßt, der uns zum Bel-Air-Hotel fuhr und in nebeneinanderliegenden Bungalows unterbrachte, die – wie er behauptete – frei von elektronischen Abhöreinrichtungen waren. Wenn wir nichts dagegen hätten, würde er gern mit uns zu Abend essen. In der Zwischenzeit könnte er die von uns aus Mexiko mitgebrachten Unterlagen durchsehen. Harlekin überreichte ihm einen Stapel Fotokopien, und später, bei Kaffee und Sandwiches, hielt er uns eine kleine Ansprache:

„Bei unserer ersten Begegnung, meine Herren, sprachen wir von einem Interessenkonflikt. Ich glaube, wir sind zu der Ansicht gelangt, daß unsere Interessen konvergieren, wenn sie auch nicht identisch sein können. Politisch ist Basil Yanko für uns in Europa nützlich gewesen. Es ist ihm gelungen, arabisches Geld und Goodwill in unser Land zu ziehen. Im Hinblick auf unsere Interessen wären wir glücklich, wenn Yanko Sie schlucken könnte. Aber Sie waren zu clever. Jetzt muß Yanko entweder den Kampf mit Ihnen bis zum Ende durchfechten oder sich selbst den Hals abschneiden. Seine Aktien sind um achtundzwanzig Prozent gefallen. Er verklagt Sie auf Schadensersatz bis zu zwanzig Millionen. Sie werden vor Gericht erscheinen. Mit all dem Material, das Sie ausgegraben haben, stehen wir vor den Arabern dumm da. Das möchten wir gern vermeiden."

„Das können Sie", sagte George Harlekin. „Geben Sie mir meine Frau zurück."

„Ich wünschte bei Gott, ich könnte es, Mr. Harlekin."

„Dann, Mr. Frohm, bringen Sie Yanko wegen Anstiftung zum Mord hinter Gitter."

„Aufgrund von Gálvez' Geständnis? Ausgeschlossen. Der Mann ist tot. Er war Ihr Freund, ein Aktionär Ihres Unternehmens. Man könnte auf den Gedanken kommen, daß er sich mit Ihnen abgesprochen und dieses Geständnis als einen letzten Freundschaftsdienst abgegeben hat. Sie besitzen einen von Tony Tesoriero geschriebenen Brief: auch dieser Mann ist tot. Und übrigens, wir haben schon seit einiger Zeit gewußt, daß Valerie Hallstrom eine israelische Agentin war ... Dabei fällt mir ein, Mr. Desmond, Sie haben Ihren Diener nach San Francisco auf Urlaub geschickt. Wir haben uns dort mit ihm unterhalten. Er sagt, Sie seien ein Blumenfreund und ließen sich Ihre Blumen gewöhnlich von einem Laden in der Third Avenue schicken." Er seufzte. „Wie meine englischen Kollegen immer sagen, es ist eine richtig königliche Sauerei. Aber irgendwie müssen wir damit aufräumen – und zwar rasch."

„Es gibt einen sicheren Weg. Über alle Zweifel erhaben sind die Unterlagen, die Duggan mit den Veruntreuungen in Mexiko in Verbindung bringen. Es fehlt Ihnen nur noch ein Geständnis, daß er auf Weisung von Yanko gehandelt hat."

„Auch hier, fürchte ich, ist ein Problem aufgetreten. Duggan ist am Dienstag von zu Hause weggefahren, um einen Klienten in San Diego zu besuchen. Man hat seither nichts mehr von ihm gesehen."

„Paul!" sagte George. „Du hast mir doch gesagt, Saul Wells halte ihn unter Beobachtung. Wie zum Teufel konnte dann so etwas passieren?"

„Ganz einfach", sagte Milo. „Auf der Autobahn kam es zu einer Massenkarambolage. Saul Wells geriet hinein. Der arme Saul! Sein Stolz ist schwerer lädiert als seine Kotflügel... Mr. Harlekin, wir stehen vor einem Dilemma. Unsere Behörde hält Yanko der Anstiftung zu schwerem Betrug und der Anstiftung zum Mord für schuldig. Aber wir können ihm seine Schuld nicht nachweisen, denn wir können uns nicht über alle Bestimmungen hinwegsetzen, und wenn wir das Gesetz brechen, sägen wir selbst den Ast ab, auf dem wir sitzen. Wir brauchen Informationen. Wenn Sie sie uns liefern können, werden wir nicht fragen, woher oder wie Sie sie sich beschafft haben. Wir werden Ihnen nicht den Zugang zu Quellen verwehren, und wir werden uns nicht mit Ihrer Tätigkeit befassen, sofern sie sich außerhalb unserer Jurisdiktion abspielt. Falls Sie natürlich die Gesetze der Vereinigten Staaten übertreten, tun Sie es auf eigenes Risiko. Habe ich mich klar ausgedrückt?"

„Bis jetzt, ja."

„Es gibt auch noch andere Risiken, Mr. Harlekin. Ich habe Sie gewarnt, daß es gefährlich sein könnte, sich mit bestimmten Interessengruppen zu liieren. Sie haben diese Warnung in den Wind geschlagen und sich mit einem israelischen Agenten und einer berüchtigten Journalistin mit zionistischen Tendenzen verbündet. Wir müssen Sie sowie Mr. Desmond deshalb als Zielpersonen für terroristische Überfälle ansehen. Sie stehen auf der Liste. Öffnen Sie keine verdächtige Post. Lassen Sie keine fremden Besucher herein. Gehen Sie nachts nicht allein spazieren."

„Mr. Frohm, wie sind wir auf diese Liste gekommen?"

„Sie wurden computermäßig erfaßt. Das ist die Art von Informationen, die Mr. Yanko gegen hohes Entgelt an einen begrenzten Abonnentenkreis vermittelt. Großartig, was man mit einer Datenbank nicht alles machen kann, nicht wahr? Also, können wir zusammenarbeiten?"

„Ja. Sprechen wir über die Einzelheiten."

Eine halbe Stunde später, als er gegangen war, sagte George Harlekin: „Milo Frohm ist wie du, Paul. Er will eine Lösung. Er ist, wie jemand gesagt hat, ‚vielseitig in den Grenzen der Vernunft'. Was mich angeht, Paul – ich will, daß Yanko stirbt, und ich werde ihn selber umbringen."

Ich war wütender, als ich je in meinem Leben gewesen war. Ich schwenkte ihn herum und drückte ihn, mit meinen Fingern an seiner Kehle, gegen die Wand.

„Jetzt hör mir gut zu, du Schuft! Ich habe Julie ebensosehr wie du geliebt. Dein Sohn hätte mein Sohn sein können. Willst du, daß er einen Mörder zum Vater hat? Du bist vollkommen verdorben, George! Du bist kein Mann! Nimm die Maske ab, und darunter ist nichts! Kein Gesicht, kein Herz, nur Haß . . ."

Es wurde mir schwarz vor den Augen, und dann wachte ich im Bett wieder auf, mit einem Eisbeutel auf dem Kopf und Suzanne neben mir, die mir die Hände streichelte, und Harlekin stand am Fußende wie Mephisto. Als ich meine Stimme wiederfand, war sie nicht lauter als ein Flüstern. Ich sagte: „Scher dich zum Teufel."

„Paul, es war ein fauler Trick; aber du hättest mich umbringen können."

Ich wünschte, ich hätte es getan, und ich versuchte, ihm das auch zu sagen. Er sah mich an, als wäre ich ein Versuchsobjekt unter Glas. „Saul Wells kommt morgen früh um neun. Dann mußt du wieder auf den Beinen sein."

MADAME Harlekin war tot; Saul war tieftraurig, aber die Zeit heile alle Wunden. Alex Duggan sei verschwunden, aber er würde schon wiederauftauchen, wenn er Geld brauche. Inzwischen würde

Saul Wells, der Superdetektiv, mit seinen Nachforschungen unbeirrt fortfahren.

„Alex Duggan könnte tot sein, gewiß. Aber ich sage, er ist es nicht, denn Yanko kann sich nicht noch eine Leiche in seinem Keller leisten. Aber wo ist er? Als ich ihn verloren habe, fuhr er in Richtung Süden, nach San Diego. Er mag Mexiko nicht oder das flache Land. Er ist eine Großstadtpflanze und liebt ein Gläschen mit den Mädchen, bevor er heim zu Muttern fährt. Ich nehme an, daß er sich irgendwo an der Küste mit einer Strandbiene verkrochen hat. Alles, was wir jetzt noch brauchen, ist ein bißchen Glück."

„Ich möchte mit seiner Frau sprechen", sagte George Harlekin. „Geben Sie mir ihre Telefonnummer. Ich rufe sie gleich an."

„Warum suchen wir sie nicht einfach zu Hause auf?"

„Mr. Wells! Ich weiß, was ich tue!... Mrs. Duggan? Mein Name ist George Harlekin. Meine Firma ist ein Kunde von Creative Systems. Ihr Mann hat für uns in Mexiko einige Arbeiten erledigt. Wie ich von seinem Büro höre, wird er seit ein paar Tagen vermißt. Ich besitze einige Informationen, die Ihnen vielleicht weiterhelfen könnten ... Ausgezeichnet. Ich wohne im Bel Air. Ich lasse Sie durch einen Wagen abholen. Sagen wir, in einer halben Stunde ..."

Saul Wells hatte immer noch Zweifel. „Mr. Harlekin, ich hoffe, Sie wissen, was Sie tun. Wenn die Sache jetzt schiefgeht, haben Sie Duggan vielleicht für immer verloren. Wollen Sie mich hier haben, wenn Sie mit ihr sprechen?"

„Lieber nicht, glaube ich."

Saul kaute unglücklich an seiner Zigarre und ging hinaus. Harlekin bestellte den Wagen, blätterte in seinem Notizbuch und wählte eine Nummer. Nach ein paar Augenblicken hörte ich ihn sagen: „Hier spricht George Harlekin. Ich würde gern mit Mr. Yanko sprechen ... Vielen Dank. Ich werde ihn dort anrufen."

„George, was machst du eigentlich, verdammt noch mal?"

„Ich rufe Yanko an. Ich will ihn zu einer Besprechung einladen. Er ist hier an der Westküste. Nimm den anderen Apparat, und hör mit."

Es dauerte eine lange Zeit, bis wir zu ihm vordrangen. Es war fast ein Schock, die knappe Redeweise mit dem Anflug von Verachtung wiederzuhören.

„Ja, Mr. Harlekin! Das ist aber eine Überraschung. Bitte, nehmen Sie mein Beileid zum Tod Ihrer Frau entgegen."

„Danke. Ich bin im Bel Air. Ich halte es für zweckmäßig, wenn wir uns jetzt treffen, auf neutralem Boden. Mein Bungalow ist vom FBI auf Abhöranlagen überprüft worden."

„Mr. Harlekin, ich halte ein Treffen für höchst unzweckmäßig – es sei denn, im Beisein meiner Anwälte. Darf ich mir die Sache erst noch überlegen?"

„Selbstverständlich. Ich werde bis morgen abend hierbleiben."

„Ich rufe Sie wieder an. Vielen Dank für den Anruf."

Ich konnte dem Dialog keinen Sinn abgewinnen. Ich sah außerdem große Gefahren in einem Zusammentreffen mit Anwälten, bevor es zu einer gerichtlichen Untersuchung gekommen war. „George", sagte ich, „du hast genug Ärger. Lad dir nicht noch mehr auf den Hals."

„Ich lade mir gar keinen Ärger auf den Hals, Paul. Ich verschaffe ihn anderen ... Ruf mich, wenn Mrs. Duggan kommt. Ich gehe etwas im Garten spazieren."

Jetzt sprach ich zum erstenmal mit Suzanne über den Gedanken, gleich nach der Rückkehr nach New York von meinem Direktorenposten zurückzutreten. Es war nicht gekränkte Eitelkeit. Wenn er schon seine Toten nicht begraben konnte – ich wollte jedenfalls die meinen ruhen lassen. Suzanne meinte, sie sei beinahe zu demselben Entschluß gelangt. Sie könne nicht für den Fremden arbeiten, der jetzt in Harlekins Haut stecke. Wir kamen überein, daß ich mit ihm reden sollte, damit er wußte, wie wir über ihn dachten, und genügend Zeit hatte, die entsprechenden Vorkehrungen zu treffen.

Inzwischen war Mrs. Duggan gekommen. Sie war der Typ der Mädchen aus dem Werbefernsehen: sonnengebräunt, alert und verliebt in die wunderschöne, große Welt. Und sogar noch in ihrem Kummer lag jenes fassungslose Staunen – wie bei Aschenbrödel nach Mitternacht. Harlekin ging zartfühlend mit ihr um; aber die Dokumente und das Foto waren eine brutale Offenbarung.

„Mrs. Duggan", sagte Harlekin, „meine Frau wurde ermordet. Andere, in diese Affäre verwickelte Personen sind ebenfalls tot. Ihr Mann wird das nächste Opfer sein, wenn wir ihn nicht schnellstens finden. Dieser Besuch bei einem Klienten in San Diego – war das eine Routineangelegenheit?"

„Ja. San Diego wurde von ihm regelmäßig aufgesucht."

„Schön. Hat er, bevor er wegfuhr, Geld von der Bank abgehoben? Tat er irgend etwas nicht Normales, hat er mehr Kleidungsstücke als sonst eingepackt?"

„Er hat überhaupt nicht gepackt. Das ist eine Tagestour. Er nahm eine Badehose und ein Handtuch mit. Auf dem Rückweg ging er gern schwimmen, in La Jolla. Da ist ein Motel, es heißt ,Blauer Delphin‘, das hat einen Strand. Die Polizei hat Erkundigungen eingezogen. Er ist nicht dort gewesen."

„Haben Sie seine Papiere durchgesehen?"

„Er hat nie welche zu Hause. Er sagte, das Heim sei zum Spielen da. Wir bewahren alle Papiere in einem Banksafe auf. Ich habe einen Schlüssel, und Alex hatte den anderen an seinem Schlüsselbund."

„Mrs. Duggan, wie ging es Alex beruflich?"

„Ausgezeichnet. Im nächsten Monat sollte er Bezirksleiter werden. Die Beförderung war von Mr. Yanko persönlich angeordnet worden."

„Wie lange ist es her, daß Sie Ihr Banksafe geöffnet haben, Mrs. Duggan?"

„Oh, ein Jahr oder länger. Wenn wir etwas brauchen, geht meistens Alex hin."

„Mrs. Duggan, ich habe kein Recht, Sie darum zu bitten, aber würden Sie etwas dagegen haben, das Banksafe jetzt mit mir zu öffnen? Ich mache mir meine Gedanken, was wir finden werden, genau wie Sie wahrscheinlich. Aber wir denken beide an dasselbe: ob Ihr Mann noch lebt oder tot ist."

„Ich glaube, es ist in Ordnung..."

„Ich kann einen Beamten des FBI bitten, uns zu begleiten."

„Nein! Das ist nicht nötig. Ich werde gleich mit Ihnen hingehen."

„Ich danke Ihnen, Mrs. Duggan... Suzanne, wenn Yanko anruft, geh auf jeden Termin ein, den er vorschlägt, vorausgesetzt, daß die Besprechung hier stattfindet. Paul, setz dich mit Milo Frohm in Verbindung und bitte ihn, mich zum Lunch bei Verita's zu erwarten."

Ich rief Frohm an, der sich freute, daß er zum Mittagessen eingeladen wurde. Yanko teilte telefonisch mit, er würde mit seinen Anwälten um sechs Uhr abends im Hotel sein. Dann ließen Suzy und ich alle fünf gerade sein. Wir lungerten am Swimmingpool herum. Wir aßen Club-Sandwiches und träumten unter der Bougainvillea vor uns hin. Bevor wir wußten, wie uns geschah, war es später Nachmittag. George Harlekin kam zurück, er rief Suzy zu sich, sie solle Papier und Bleistifte herrichten und Drinks bestellen. Um fünf nach sechs präsentierte ich mich im Besprechungszimmer Basil Yanko und seinen Anwälten.

Sie waren ein merkwürdiges Trio: Basil Yanko, ein grauhaariger

Rechtsanwalt in einem Seidenanzug und ein jüngerer Jurist mit Wuschelkopf und einem schmalen Gesicht, aus dem eine koboldhafte Bosheit sprach. Suzanne saß abseits; mit gezücktem Bleistift über ihrem Block. Harlekin, in Seidenhemd und sportlicher Hose, präsidierte. Er sagte: „Mr. Yanko, ich nehme an, Sie möchten ein Protokoll dieser Besprechung haben. Suzanne wird ein Stenogramm aufnehmen und den Text, bevor Sie gehen, abschreiben. Wir können ihn dann genehmigen und unterzeichnen. Einverstanden?"

Er war einverstanden. Harlekin lehnte sich in seinem Sessel zurück, legte die Finger zu einer Pyramide zusammen und lächelte über die Fingerspitzen hinweg. „Mr. Yanko, ich erkläre vor Zeugen, daß Sie mein Unternehmen vorsätzlich um fünfzehn Millionen Dollar geschädigt haben, um dadurch mich zu diskreditieren und mein Unternehmen in die Hand zu bekommen. Sie haben ferner Frank Lemmitz, Valerie Hallstrom und meine Frau ermorden lassen. Ich beabsichtige, diese Beschuldigungen zu veröffentlichen und sie gegen Sie vor Gericht zu vertreten. Es ist mir klar, daß ich, wenn ich keinen Beweis für die Anschuldigungen liefern kann, eine besonders schwere Verleumdung begehe. Ich würde mich freuen, Ihre Stellungnahme zu hören – offiziell oder inoffiziell."

„Offiziell und fürs Protokoll", sagte Basil Yanko kühl. „Ich halte Sie für einen kriminellen Geisteskranken."

„Ebenfalls für das Protokoll", – der ältere der beiden Anwälte wog seine Worte sorgfältig ab – „würden Sie uns sagen, warum Sie für diese ungewöhnliche Erklärung ausgerechnet diesen Zeitpunkt und diese Form gewählt haben?"

„Ich bin heute vom FBI dahingehend unterrichtet worden, daß Mr. Desmond und ich als Sympathisanten des Zionismus potentielle Zielpersonen für Terroranschläge sind. Als solche sind wir in einer Liste geführt, die aus Mr. Yankos Datenbank stammt. Mein kleiner Sohn ist in Genf unter Polizeischutz gestellt worden. Mr. Yanko sollte wissen, daß ich, falls uns etwas zustoßen sollte, entsprechendes Beweismaterial für meine Beschuldigungen bereits an sicherem Ort deponiert habe."

Der jüngere Anwalt sagte in süffisantem Ton: „Die Beweise reichen offenbar nicht aus, sonst befände sich Mr. Yanko jetzt bereits in Polizeigewahrsam – wo Sie bald sein werden, Mr. Harlekin. Ich meine, daß wir hier einen ziemlich plumpen Versuch der Erpressung und Nötigung erleben."

„Nötigung würde ich gelten lassen", sagte Harlekin. „Ich versuche nämlich, den Mord an Alexander Duggan zu verhindern. Ich sprach heute früh mit seiner Frau ... Es würde nichts nützen, ihn jetzt umzubringen, Mr. Yanko."

Yanko machte eine abschließende Handbewegung. „Ich sage es noch einmal. Sie haben den Verstand verloren. Gehen wir, meine Herren."

„Mit Verlaub, Mr. Yanko", – der ältere Anwalt zögerte – „warum warten wir nicht noch so lange, bis die Erklärung abgeschrieben und unterzeichnet ist? Es kommt nicht oft vor, daß ein Mann uns selbst den Strick liefert, mit dem wir ihn aufhängen können."

„Bleiben Sie noch so lange da", sagte Basil Yanko. „Ich habe zu tun."

Er schritt hinaus und ließ zwei verlegene Anwälte zurück, die eine Pause von zehn Minuten überbrücken mußten, während Suzanne ihr Stenogramm abtippte. Sie verabschiedeten sich schließlich, jeder im Besitz eines unterzeichneten Protokolls.

Als sie gegangen waren, bat Harlekin Suzanne, für ihn zu packen. Frohm hole ihn um acht Uhr dreißig ab. Sie würden gemeinsam nach London fliegen. Das war eine aufregende Neuigkeit.

Harlekin sagte: „Paul, Yanko hat sich so sehr abgesichert, daß sich jede Untersuchung bei einem Mittelsmann totläuft. Aber Alex Duggan war klug genug, sich rückzuversichern. Er hinterließ in seinem Banksafe eine unterschriebene Erklärung, aus der hervorgeht, daß er auf Weisung von Creative Systems gehandelt hat. Das dürfte ihm vor Gericht zwar nicht viel helfen; aber es hat seine Stellung innerhalb der Gesellschaft abgesichert. Außerdem bewahrte er in dem Safe eine größere Summe Bargeld auf – vermutlich das Geld, das ihm für den Job in Mexico City ausgezahlt worden war. Aus den Bankunterlagen geht hervor, daß er kurz vor seinem Verschwinden den Safe geöffnet hat – offensichtlich, um sich mit Geld zu versehen, dessen Herkunft nicht feststellbar ist.

Wir vermuten, daß Gálvez, nachdem wir ihm gegenübergetreten waren, Yanko angerufen hat und Duggan den Auftrag erhielt unterzutauchen. Er verschwand, denn er wußte, daß das Dokument für ihn eine Sicherheitsgarantie darstellte. Inzwischen haben wir es an uns genommen. Mrs. Duggan und ihr Kind werden jetzt bewacht, und Yanko ist gewarnt worden. Saul ist noch auf der Suche nach Duggan. Frohm und ich fliegen nach London, um den Mann zu erwischen, der zwischen Duggan und Yanko steht. Wenn er redet, ist unsere Beweisführung komplett."

„Die Beweisführung in Sachen Betrug, nicht Mord. Was nichts anderes heißt, als daß du soeben deinen Namen unter die Verleumdungsklage des Jahrhunderts gesetzt hast. Ich gebe Yanko recht. Du hast den Verstand verloren. Wer ist dieser Bursche in London?"

„Derjenige, der Beverley Manners, unser früheres Computermädchen in London, geheiratet hat. Sie erwartet ein Baby, und er spielt mit unserem Londoner Direktor Golf – erinnerst du dich? Scotland Yard hat ihn festgenommen, um ihn im Mordfall Lemmitz zu verhören."

„Was erwartest du denn von uns?"

„Geht nach New York, bis ich zurückkomme. Nehmt euch zwei oder drei Tage Zeit, und laßt es euch gutgehen."

Es war für das, was für ihn auf dem Spiel stand, eine viel zu glatte Lösung.

Achtes Kapitel

ALS wir am selben Abend nach dem Essen mürrisch beim Kaffee saßen, fiel mir Francis Xavier Mendoza ein. Ich rief ihn an. Er hatte die Presseberichte gelesen. Wie immer stünden uns sein Herz und sein Haus offen. Ob wir nicht kommen und einen Tag und eine Nacht auf seinem Gut zubringen wollten? Ich sagte, wir wären entzückt.

Aber Suzanne tat so, als sei sie zu einer Leichenschau eingeladen worden. Meine Freunde wären nicht die ihren. Den Rest des Abends würde sie lieber allein verbringen. Sie gab mir einen flüchtigen Kuß auf die Stirn und ließ mich allein.

Ungefähr gegen Mitternacht kam Saul Wells in die Bar. Er hatte mich gesucht. Er erzählte mir, er habe Alex Duggan gefunden – in einer Privatklinik in San Diego.

„Was fehlt ihm denn?"

„Nichts. Er hat sich selbst dorthin begeben – sagte, er wolle sich gründlich untersuchen lassen und vierzehn Tage ausruhen. Er liegt in einem Einzelzimmer und ist von Büchern und hingebungsvollen Krankenschwestern umgeben."

„Wie, um alles in der Welt, haben Sie ihn denn gefunden?"

„Routine und ein bißchen Glück. Gewöhnlich rufen wir nur Krankenhäuser an, in denen Unfallpatienten behandelt werden. Dann erinnerte ich mich an einen Fall aus dem letzten Jahr, wo ein Mann sechs Monate untertauchte, indem er von einer Klinik zur anderen zog. Betten sind immer frei, wenn man das nötige Geld hat."

„Haben Sie mit ihm gesprochen?"

„Nein. Ich handele nur auf Anweisung. Ich lasse die Klinik rund um die Uhr beobachten ... Ich hoffe, es ist Ihnen klar, was das alles kostet?"

Als ich ihm sagte, was sich während seiner Abwesenheit zugetragen hatte, pfiff er leise vor Freude. „Es gibt jetzt nur eins: das FBI anrufen, herausfinden, wer Milo Frohm vertritt, und ihm den Fall übergeben. Bestellen Sie mir einen Wodka, und ich werde anrufen. Großer Gott! Wenn mir Duggan noch einmal durch die Lappen geht, bin ich reif fürs Irrenhaus!"

Als er zurückkam, grinste er. „Ganz prima! Das FBI hat jetzt die volle Verantwortung übernommen. Ihre Agenten lösen meine Mitarbeiter ab, sobald San Diego das nötige Personal bereitstellen kann."

Es war spät, als ich Saul verließ und ins Bett ging. Früh am Morgen kam Suzanne zu mir, um mir zu sagen, daß die Sonne aufgegangen sei und die Vögel sängen und daß sie nichts lieber täte, als einen Tag bei den Winzern zu verbringen – na ja, fast nichts.

FRANCIS XAVIER MENDOZA sah mich nur einmal an und erklärte mich zu einem Fehltritt der Natur, in dessen Gesicht alles Böse der Welt eingegraben sei. Ich brauche Sonne, klare Luft und eine sehr großzügige Generalabsolution, bevor er mich auch nur auf einen Kilometer an seine kostbaren Weinberge heranlasse. Suzanne würde er mit rotem Teppich und Hibiskusblüten willkommen heißen.

Es war gut, bei ihm zu sein. Er förderte das Gute im Menschen zutage, so wie er, mit Liebe und Geduld, dem Wein das Bukett entlockte. Die Reben standen in vollem Saft, und die ersten, winzigen Trauben nahmen Gestalt an. Er ging mit uns über die Terrassen und rezitierte ihre Namen wie eine Litanei: Cabernet und Chardonnay und Chenin Blanc, Sauvignon und Semillon und Zierfandler. Er zitierte Tom Jefferson: „Keine Nation ist trunken, wo der Wein billig ist; und keine ist nüchtern, wo der Wein so teuer ist, daß man Schnaps zum täglichen Getränk macht."

Bevor der Tag noch halb vergangen war, hatte er Suzanne mit seinem Charme schon ganz gewonnen und mich aus der Depression befreit. Nach dem Lunch ließen wir Suzanne im Patio vor sich hin dösen und gingen in einer kreuzgangartigen Allee auf und ab, an deren Ende eine fröhliche kleine Skulptur des *Poverello* – des heiligen Franz von Assisi – stand, der mit zwei auf seiner ausgestreckten Hand sitzenden Tauben Zwiesprache hielt. Ich erzählte Mendoza alles, was sich ereignet hatte. Er war keineswegs entsetzt, nur traurig.

„Paul, mein Freund, wir sind wie Bauern, die in einem Kampfgebiet leben. Überall um uns herum ist der Tod. Wir sind ihm gegenüber verhärtet. Wir halten die Römer für verroht, weil sie Todesspiele in der Arena inszenierten. Jetzt bieten wir unseren Kindern dieselben Spiele im Fernsehen und im Film. Ich glaube Ihnen jedes Wort. Ich bin nur überrascht, daß es nicht mehr Gewaltakte gegeben hat."

„Das kann noch kommen. Harlekin hat geschworen, Basil Yanko umzubringen."

„Und darüber wundern Sie sich? Das sollten Sie nicht. Mord ist, wie die Pest, eine Epidemie. Nur die moralischen Abwehrkräfte sind heute noch vorhanden – die Ehrfurcht vor dem Leben. Schwört man diesen in der Verzweiflung ab, wie es Harlekin getan hat, ist Mord die natürliche Folge... Aber Sie dürfen es nicht dazu kommen lassen."

„Ich kann ihn nicht aufhalten. Er hat sich von mir zurückgezogen. Ich will nicht mitschuldig werden, deshalb verlasse ich ihn. Auch Suzanne wird es tun."

Francis Xavier Mendoza blieb wie angewurzelt stehen. Er legte mir die Hände auf die Schultern und drehte mich herum, so daß wir uns in die Augen blickten. Er war zornig, wie Moses, als er die Gesetzestafeln zerschmetterte. „Paul, dieser Mann ist Ihr Freund, nicht der meine. Aber ich schwöre Ihnen, wenn Sie nicht bis zum letzten Augenblick zu ihm stehen und versuchen, diese furchtbare Sache zu verhindern, werden Sie mein Haus nie wieder betreten. Nie wieder! Sie haben eine Pflicht zu erfüllen! Das gebietet Ihnen die Liebe! Wenn er verhungerte, würden Sie ihm dann eine Brotrinde verweigern? Er ist jetzt verzweifelt. Wollen Sie sich abwenden und ihn in diesen tödlichen Irrsinn hineinrennen lassen? Sie können es nicht tun! Sie werden es nicht tun!"

„Was soll ich denn tun, Francis? Was soll ich nur sagen?"

„Alles und nichts! Aber seien Sie da! Lassen Sie sich von ihm nicht wegstoßen. Wenn ich jemals in diese Lage kommen sollte – und

ich weiß, daß es möglich wäre, denn ich bin ein leidenschaftlicher
Mann, und mein Großvater hat in diesen Bergen Menschen getötet –,
dann würde ich mir wünschen, daß mich ein Freund von dieser
schrecklichen äußersten Tat zurückhält." Er nahm meinen Arm und
ging mit mir wieder auf und ab. „Erzählen Sie mir von Suzanne. Ich
habe sie sehr gern."

„Da gibt es nicht viel zu erzählen. Wir haben uns früher einmal
geliebt. Wir sind stets gute Freunde gewesen. Jetzt, wegen dieser
ganzen Misere, haben wir wieder zueinander gefunden. Aber es ist
schon spät geworden, Francis, alter Freund."

„Um so mehr Grund, die guten Dinge zu pflegen. Sich zu verlieben – das ist Kinderei. Aber zu lieben, das ist wie mit dem besten
Wein . . ., man geht zart mit ihm um, kostet und genießt ihn in kleinen Schlucken. Ich sehe doch, wie sie Sie ansieht. Ich sehe, wie Sie
ihr zugetan sind. Sie könnten eine gute Ehe führen."

„Die erste endete mit einem Fiasko. Ich möchte keinen zweiten
Fehlschlag riskieren."

„Warum sollte es wieder schiefgehen? Sie haben beide Zeit zum
Lernen gehabt. Ein Sakrament besteht nicht aus Worten. Es besteht
aus Bindung und Liebe. Es ist ein Jammer, Sie in den besten Jahren
einsam zu sehen. Denken Sie darüber nach . . . Was Harlekin betrifft,
wir sind uns doch einig?"

„Wenn Sie meinen, Amigo."

„Gut! So, jetzt werden wir dem *Poverello* Lebewohl sagen, und
ich werde Ihnen einen Wein kredenzen, der ihn von seinem Sockel
herunterlocken würde, wenn ich ihn nur überreden könnte, ihn
wenigstens zu probieren."

Am Abend dinierten wir bei Kerzenlicht und blickten hinaus auf
das dunkle Tal und die schwarzen Gipfel und den Vollmond, der
hinter ihnen aufging. Wir lauschten der Musik von Segovia und
Casals, und später las uns Mendoza einige seiner Übersetzungen vor.
Es war eine Nacht voll stiller Verzauberung. Suzanne sprach aus,
was uns beide bewegte.

„Wie schade, daß George nicht hier ist. Es hätte ihm viel Freude
gemacht."

„Er ist hier", sagte Mendoza ernst. „Er ist in Ihren Herzen und
in meinem. Was wir tun, ist ein Akt der Liebe. Niemand ist von
ihm ausgeschlossen. Bevor Sie von hier fortgehen, Suzanne, werde
ich Ihnen einen Wein schenken, der mir besonders am Herzen liegt.

Es sind nur noch sechs Flaschen übriggeblieben. Sie sollen eine davon haben; aber Sie werden ihn erst trinken, wenn Sie zu dritt beisammen sind. Paul hat mir versprochen, daß er bei Harlekin bleiben wird. Ich glaube, auch Sie sollten bei ihm bleiben. Und wenn diese schreckliche Zeit vorbei ist, finde ich, sollten Sie und Paul heiraten."

„Ich weiß, daß wir Ihnen nicht gleichgültig sind", sagte Suzanne weich. „Aber wir sind doch Fremde für Sie, George und ich."

„Ich will Ihnen etwas sagen", sprach Francis Xavier Mendoza. „Ich bin einer der glücklichsten Menschen. Gott machte den Rebstock. Ich mache den Wein. Sie trinken ihn, und er wird ein Teil von Ihnen. Das ist eine wunderschöne Wahrheit. Wenn ich diesem Gedanken in seiner ganzen Bedeutung nachhänge, bin ich so glücklich, daß ich weinen könnte ... Das ist die Vereinigung, die das Menschliche in uns bewahrt. Verschütten wir den Wein des Lebens, sind wir für immer verflucht, wie Kain in der Wüste ... Ich werde redselig. Genug! Schlaft wohl, meine Freunde, genießt das Glück der Liebe ..."

AM NÄCHSTEN Tag befanden wir uns in einer anderen Welt, in der spannungsgeladenen Atmosphäre des Flugplatzes von San Francisco. Unser Flug nach New York war um eine Stunde verspätet. Als wir schließlich gestartet waren, versuchte ich, wieder Anschluß an die Wirtschaftsnachrichten zu gewinnen. Creative Systems notierten dreißig Prozent unter dem Höchststand. Unsere Angelegenheiten wurden mit keinem Wort erwähnt. Die Drohung einer Verleumdungsklage hatte die Zeitungsverleger vorsichtig gemacht.

Dann fiel mir eine kurze Notiz auf. Karl Krüger war in New York und im Regency abgestiegen. Suzanne war auch der Meinung, daß wir ihn zum Abendessen einladen sollten.

Takeshi war zu Hause und leicht niedergeschlagen, weil er in San Francisco zuviel ausgeplaudert hatte. Als ich ihm jedoch versicherte, er habe dadurch ebensowenig das Gesicht verloren wie ich meine rechtliche Stellung, wurde er beinahe lebhaft und wachte über unserem Abendessen wie ein Schutzgeist.

Suzanne streckte sich genießerisch auf dem Diwan aus, lächelte mich zärtlich an und sagte: „Du könntest diese Freiheit einfach nicht aufgeben, nicht wahr?"

„Ist das ein Heiratsantrag?"

„Nein, Chéri, nur eine akademische Frage."

„Würdest du mir eine Frage beantworten? Willst du mich heiraten, Suzy?"

Sie lag still da und schaute über mich hinweg in die Schatten. Dann sagte sie: „Paul, du weißt, seit ich ein junges Mädchen war, habe ich immer nur George Harlekin geliebt. Du würdest also kein gutes Geschäft machen."

„Habe ich denn eines verlangt?"

„Nein... Aber warum, Paul? Warum ich? Warum jetzt? Nein, bitte, bleib sitzen! Ich werde in deinen Armen vergehen und ja sagen und es morgen früh bedauern... Sag mir, warum, Paul?"

„Zwanzig Gründe, Suzy. Aber nur ein einziger guter: Es gibt niemanden auf der Welt, den ich so sehr liebe wie dich... Vielleicht ist es nicht genug. Aber wie auch immer — es ist, wie man in der Branche sagt, ein festes Angebot. Wir haben es nicht eilig. Denk darüber nach."

„Ich habe darüber nachgedacht, Paul. Ich weiß nur eins: Ich habe dich zu gern, um dir ein geteiltes Herz zu bieten. Ich will warten, bis das alles vorbei ist, um sicher zu sein, daß ich von George und meinen Jungmädchenträumen geheilt bin und einem ganzen Mann eine ganze Frau sein kann... Du bist größer, als du selbst es wahrhaben willst, Paul. Ich möchte, daß du auf die Frau, die du heiratest, sehr stolz sein kannst. Bitte, laß uns noch etwas warten."

Sie lächelte, ein wenig zu strahlend, und hielt mir die Arme entgegen.

Na ja, das war zwar nicht die Taube auf dem Dach, aber immerhin hatte ich den Spatz in der Hand. Ich lernte allmählich, auch für kleine Freuden dankbar zu sein.

Am nächsten Morgen kauften wir Blumen, aber Aaron Bogdanovich sahen wir nicht. Er hätte sich den Vormittag freigehalten. Manchmal — die Geschäftsführerin lächelte — sitze er im Garten des Museum of Modern Art. Wenn wir ihn dort nicht finden sollten, würde sie ihm Bescheid sagen.

Bogdanovich war nicht da, aber als wir die Fifth Avenue entlangwanderten, tauchte er neben uns auf und sagte: „Lunch in Suite siebenundsechzig im St. Regis. Mrs. Larkin. Rufen Sie von der Halle aus an."

Er verschwand in der Menschenmenge, und wir gingen ins St. Regis. Als ich Nummer siebenundsechzig anrief, antwortete eine Frauenstimme.

„Mr. Weizman mit Begleitung." Ich benutzte meinen Decknamen.
„Wir sind zum Lunch eingeladen."

„Kommen Sie bitte herauf."

Wir wurden an der Tür von einer älteren, grauhaarigen Dame begrüßt, die uns in einen Salon führte, wo Aaron Bogdanovich in einem Sessel saß. Als ich Suzanne vorstellte, fiel er mir ins Wort: „Ich weiß, wer sie ist. Mrs. Larkin wird sie zum Lunch mit ins Restaurant nehmen. Seien Sie nicht böse, Mademoiselle. Mr. Desmond holt Sie unten wieder ab, wenn wir fertig sind."

Unser eigener Lunch bestand aus Kaffee und Sandwiches, und das Gespräch drehte sich ausschließlich um geschäftliche Dinge.

„Mr. Desmond, wieviel haben Sie Frohm über mich erzählt?"

„Nichts. Er hat mir von Ihnen erzählt – ich hätte Blumen auf der Third Avenue gekauft; daß wir uns mit Ihnen, einem israelischen Agenten, und mit Leah Klein liiert hätten. Daß wir wüßten, Valerie Hallstrom sei eine israelische Agentin gewesen. Daß wir Zielpersonen für Terroranschläge seien. Ich habe nichts gesagt."

„Und das nahm er Ihnen ab?"

„So lautete unsere Abmachung. Das FBI will Yanko zu Fall bringen. Wenn wir Frohm unsere Fakten zur Verfügung stellen könnten, würde er keine weiteren Fragen stellen. Er ist jetzt mit Harlekin in London. Das FBI hat Duggan in San Diego geschnappt."

„Ich weiß. Mit etwas Glück können Sie Yanko wegen Anstiftung zu einem Verbrechen festnageln."

„Zur Veruntreuung, nicht zum Mord."

„Verlangen Sie nicht zuviel, Mr. Desmond."

„Tue ich nicht. George Harlekin will ihn umbringen."

„Dafür muß er erst einmal selbst am Leben bleiben. Sie sind beide markiert. Wir wissen nicht, bei wem sie zuerst zuschlagen werden. Und sie sind eine beachtliche Kombination, Mr. Desmond: die Volksfront zur Befreiung Palästinas und Rengo Sekigun – die Rote Armee von Japan. Die Rote Armee hat fünfundzwanzig Menschen auf dem Flughafen Lod in Israel getötet. Sie ist völlig dem Nihilismus und der Gewalt ergeben. Sie haben einen japanischen Diener, Takeshi. Wir haben ihn überprüft. Ebenso das FBI. Takeshi hat einen Neffen, der in Japan Kontakte mit Mitgliedern der Rengo Sekigun hat ...

Yanko steht in Verbindung mit den Ölscheichs und mit Libyen. Libyen finanziert den Terror. Sie greifen Yanko an. Plötzlich tauchen Sie auf einer Liste von Zielpersonen für Terroranschläge auf. Man wird Sie entweder ermorden, um Angst und Schrecken zu verbreiten, oder man wird Sie entführen, um Lösegeld zu erpressen. Sie sind wohlhabend und allgemein bekannt – also bestens geeignet für einen Erpressungsversuch. Wenn die Forderungen nicht erfüllt werden, werden Sie natürlich getötet."

„Natürlich."

„Also ... was tun wir dagegen? Ich kann Sie weiterhin rund um die Uhr beschatten lassen, oder ich kann Sie isolieren. Ich kann Sie in Judo oder Karate ausbilden. Das alles ist eine gewisse Hilfe; aber ich würde trotzdem keine Lebensversicherung für Sie unterschreiben. Ihr bester Schutz ist es, die Gefahr zu erkennen und gewisse Vorsichtsmaßregeln zu beachten ... Falls Sie entführt werden, leisten Sie keinen Widerstand, bewahren Sie Ruhe, und warten Sie auf Verhandlungen. Unternehmen Sie keinen Fluchtversuch. Das wäre Selbstmord ... Ich habe keine Zweifel, daß Milo Frohm auch Harlekin dieselben Anweisungen gegeben hat."

„Und Suzanne?"

„Sie würden Lösegeld für sie bezahlen, also geht sie dasselbe Risiko wie Sie ein. Erklären Sie es ihr."

„Reden wir über Takeshi."

„Über ihn ist nicht viel zu sagen. Es ist der Neffe, der uns Sorgen macht. Wir behalten die Angelegenheit weiterhin im Auge. Sie schulden uns auf Abruf noch eine viertel Million. Wir tun unser Bestes, die Gegenleistung zu erbringen ... Haben Sie sich übrigens Gedanken darüber gemacht, was Yanko tun wird, während Sie sich anschicken, ihn mit Hilfe von Duggan und seinem Londoner Komplizen vor Gericht zu bringen? Was würden Sie an seiner Stelle tun, Mr. Desmond?"

„Hm, zuerst würde ich so viel Vermögenswerte liquidieren, wie ich könnte. Ich würde sie auf einer Schweizer Bank deponieren. Dann würde ich mir einen netten Zufluchtsort aussuchen, in einem Land, mit dem kein Auslieferungsvertrag besteht, und etwas Bargeld in die Lokalbehörden investieren ... Ich kenne einige sehr berühmte Leute, die nach derselben Methode gearbeitet haben."

„Irgendwie kann ich mir Yanko nicht als Dauerflüchtling vorstellen. Es ist nicht sein Stil. Ich nehme an, er wird versuchen, sich irgendwie freizukaufen. Wenn Harlekin seine Klage fallenließe, würden die Börsen nur allzu glücklich sein, die ganze Sache zu begraben. Yanko weiß, daß Harlekin bis zum äußersten angespannt ist. Außerdem weiß er, daß Sie gefährliches Beweismaterial besitzen. Deshalb hat er Krüger gebeten, nach New York zu kommen. Um einen Vergleich auszuhandeln."

„Er spinnt!"

„Nein! Er hat sich die Chancen vom Computer ausrechnen lassen und festgestellt, daß es günstig für ihn steht. Wenn einem von Ihnen etwas geschieht, wird seine Verhandlungsposition nur noch stärker ... In diesem Sinn hat Harlekin recht. Wenn Sie nicht verhandeln wollen, bleibt als einzige Alternative, Basil Yanko umzubringen. Sprechen Sie mit Karl Krüger darüber. Sprechen Sie auch mit Harlekin, wenn er heil zurückkommt."

Karl Krüger gab eine Party, eine große Party. Sie würde um sieben beginnen und bis zehn oder elf dauern. Ja, natürlich sollte ich Suzanne mitbringen. Nein, Hilde würde nicht dasein; wir würden diesmal ein neues Gesicht bei ihm kennenlernen – eine Engländerin, sehr schick, gerade geschieden. Dann brummte er auf seine bärbeißige Art: „Es genügt nicht, im Recht zu sein, Paul. Auf der Börse muß man populär sein – was Harlekin et Cie. im Augenblick nicht ist. Zieh also deinen besten Anzug an und lächle, eh? ... Ach ja, und wenn Basil Yanko da ist, spuck ihm nicht ins Gesicht. Und triff keine voreiligen Entscheidungen, ehe wir nicht miteinander gesprochen haben."

Es klang ominös; aber wie schon mein Großvater sagte: Wenn du schon Krähen essen mußt, dann sorg wenigstens dafür, daß sie in einer guten Weinsauce angerichtet werden. Deshalb befahl ich Suzanne, sich ein neues Kleid zu kaufen, bestellte einen Wagen, der uns um sieben abholen sollte, und rief dann Harlekin in London an. Ich berichtete ihm kurz über mein Gespräch mit Bogdanovich und erzählte ihm von der Party. Zu meiner Überraschung sagte er: „Halt uns alle Türen offen, Paul. Wir können es brauchen."

„Ärger, George?"

„Ja. Unser Knabe ist ein schlauer Bursche. Wir haben ihm das Beweismaterial unter die Nase gehalten, aber er ist gut beraten und gibt nichts zu. Alex Duggan befindet sich auf eigenen Wunsch in Schutzhaft. Seine Aussage bringt ihn lediglich mit einer Geheimabsprache zur Begehung eines Betruges in Mexiko in Verbindung – und von der mexikanischen Polizei liegt keine Anzeige vor. Die Londoner Polizei ist kooperativ, aber nach Auffassung unserer Anwälte

hier dürfte es lange dauern, bis einem Auslieferungsbegehren statt-
gegeben wird. Wir scheitern eventuell an technischen Einzelheiten.
Ich spreche morgen noch einmal mit Frohm und der Polizei; übermorgen fliege ich nach Genf, um das Baby wiederzusehen. Ich werde
dich von dort anrufen. Grüß Suzanne. *Au revoir!*"

Es waren entmutigende Neuigkeiten. Fünf Menschen waren tot.
Es gab Dokumente, die Yanko mit jedem dieser Todesfälle in Verbindung brachten, aber sie reichten als Beweismaterial vor Gericht
nicht aus. So würde also Yanko zur Party ins Regency gehen. Männer
würden ihm die Hand schütteln, und er würde verächtlich seiner
Wege gehen.

Als wir auf der Krüger-Party ankamen, war sie in vollem Gange.
Karl war die beherrschende Figur, wie ein alter Häuptling. Er sah
Suzanne nur einmal kurz an, ließ seiner Bewunderung freien Lauf
und schwenkte sie wie eine neue Siegestrophäe durch die Schar seiner
Gäste.

Ich besorgte mir einen Drink und machte mich auf einen langsamen,
vorsichtigen Rundgang.

Herbert Bachmann schüttelte mir herzlich die Hand und fand ein
Wort aufrichtigen Mitgefühls. „Armer George. Ich war ganz erschüttert. Übermitteln Sie ihm unsere Anteilnahme. Für Sie selbst muß
es auch schlimm gewesen sein."

„Schlimm genug, Herbert."

„Die Dumping-Verkäufe der Aktien haben viele Leute hart getroffen, aber bis jetzt haben wir unsere Gruppe zusammengehalten.
Sagen Sie mir . . ." Er zog mich aus dem Gewühl mit sich fort. „Dieses Pressegerede über Mord . . . Was hat Yanko heute auf der Gäste-
liste zu suchen?"

„Das Beweismaterial reicht noch nicht aus. Krüger ist hier, um zu
vermitteln – auf Yankos Bitte. Das ist streng vertraulich."

„Vielen Dank, daß Sie es mir gesagt haben. Es wäre eine gute
Sache – nicht die beste, aber notwendig."

Nicht alle Begrüßungen verliefen so herzlich wie Herberts, einige
waren so kühl wie die Martinis, die dabei gereicht wurden.

„Sehen Sie, ein Privatkrieg ist ja ganz schön, aber ihr hättet uns
einen Tip geben können? Wissen Sie, wieviel wir am Mittwoch verloren haben? Offen gestanden, alter Junge, wir haben George sehr
gern, aber . . ."

Suzanne kam mir zu Hilfe. Und als das Stimmengewirr seine höchste Lautstärke erreicht hatte und der Alkohol in Strömen floß, erschien Basil Yanko. Er kam allein, schüttelte Karl die Hand, sprach ein paar Augenblicke und mischte sich dann unauffällig wie eine Katze unter die Menge. Suzanne und ich gingen durch das Gedränge auf ihn zu und stießen auf ihn, als er sich gerade mit Herbert Bachmann unterhielt. Herbert winkte uns heran. „Mr. Yanko, ich glaube, Sie kennen diese sympathischen Menschen."

„Allerdings... Mademoiselle, Mr. Desmond." Er verneigte sich.

Suzanne legte Herbert die Hand auf den Arm. „Ob Sie mir wohl einen neuen Drink besorgen könnten, Mr. Bachmann?"

„Mit Vergnügen. Entschuldigen Sie uns, meine Herren?"

Wir entschuldigten sie. Basil Yanko hob sein Glas. „Eine gutaussehende Frau, Mr. Desmond. Kompliment. Eine muntere Party."

„Karl ist ein sehr guter Gastgeber."

„Und ein gerissener Bankier dazu. Mr. Desmond, ein Wort im Vertrauen. In der Wirtschaft erzielt man bestimmte Gewinne und hofft, etwas weniger zu verlieren. Im gegenwärtigen Augenblick verlieren wir alle zu viel. Es ist höchste Zeit, daß wir aus den Verlusten wieder einen Profit machen."

„Das Wort Profit hat einen guten Klang."

„Ich wäre Ihnen dankbar, wenn Sie es an George Harlekin weitergeben würden. Ein weiteres gutes Wort heißt Kompromiß."

„Auch das werde ich ihm sagen."

„Man kann im Leben alles ersetzen – außer sich selbst. Wenn Persönlichkeiten und Ambitionen aufeinanderprallen, ist ein Vermittler von Nutzen. Ich respektiere Karl Krüger."

„Auch wir respektieren ihn."

„Dann lassen wir es dabei bewenden... Entschuldigen Sie mich bitte, Mr. Desmond."

Er entfernte sich. Suzanne kam mit Herbert Bachmann zurück, der mich prüfend ansah: „Ich hoffe, Sie haben sich anständig benommen, Paul?"

„Anständiger, als man eigentlich von mir erwarten konnte. Ich habe einen Orden verdient."

„Ich werde dir statt dessen einen Kuß geben", sagte Suzanne. „Soll ich dir jetzt mal was sagen? Ich finde, wir haben von dieser Party genug."

„Aber Karl sagte..."

„Ich habe etwas anderes vereinbart. Du triffst dich mit ihm hier morgen vormittag um elf. Komm, gehen wir, Chéri."

„Sie ist die klügste von uns allen", sagte Herbert Bachmann.

KARL KRÜGER hatte um elf Uhr vormittags noch rotumränderte Augen und war mürrisch. Er marschierte im Zimmer auf und ab und herrschte mich an.

„Realitäten, Paul! Darauf kommt es jetzt an. Im Krieg habe ich eine Frau bei den Bombenangriffen und einen Sohn an der Ostfront verloren. Jetzt mache ich mit denselben Menschen Geschäfte, die sie umgebracht haben. Realitäten! Wenn wir keine Kompromisse schließen und zusammenarbeiten, geht die ganze Welt in einer riesigen Feuersbrunst zugrunde. Du mußt Harlekin helfen, das einzusehen."

„Karl! Er hat gerade erst seine Frau begraben! Ich kann mit ihm rechten, bis mir schwarz vor Augen wird. Damit ändere ich nichts."

„Dann handle. Hör zu, Dummkopf! ... Wenn du jetzt die Zügel an dich reißen könntest, was würdest du tun? Du hast mit Yanko gesprochen. Er ist angeschlagen, und du kannst ihn noch weiter in die Enge treiben; aber du kannst ihn nicht in die Knie zwingen – und er ist zu einem Vergleich bereit. Wie lauten deine Bedingungen für einen Vergleich?"

„Wenn es nach mir ginge ... Punkt eins: Yanko zieht sein Angebot, aufzukaufen, zurück. Punkt zwei: Er ersetzt uns die fünfzehn Millionen. Punkt drei: Er übernimmt die Kosten für die Installation eines neuen Computersystems – keins von seinen. Punkt vier: Wir verzichten auf eine Anklage und begraben das in unserem Besitz befindliche Beweismaterial. Das ist das mindeste. Aber ohne Harlekins Einverständnis ist das alles in den Wind geredet."

„Keineswegs! Die Vollmacht, die du hast, ist immer noch gültig. Yanko weiß das. Halte alle Türen offen. Sonst haben wir hier ein Schlachtfeld, das für alle Beteiligten mit jedem Tag blutiger wird."

„Karl, sag mir etwas, das einen Mann überzeugt, dem man die Frau ermordet hat."

„Du hast mir einmal gesagt, daß auch du sie geliebt hast. Was willst du eigentlich? Du hast Suzanne – die beste Wahl, die du in deinem ganzen Leben getroffen hast. Ich mache mich nicht lustig. Ich freue mich. Harlekin wird Vernunft annehmen. Je eher, desto besser. Na, was meinst du?"

„Du bist ein alter Schelm, Karl, aber ich will es gerne versuchen."

„Das ist das erste vernünftige Wort. Ich rufe dich an, sobald ich mir über Yanko klargeworden bin... Du lieber Gott! Hab ich einen Brummschädel!"

Um drei Uhr nachmittags rief er mich an. Yanko war zu Verhandlungen bereit. Er hatte mich zum Abendessen in sein Haus eingeladen. Ich war gleichfalls bereit zu verhandeln, aber ich sah nicht ein, warum ich auch noch Brot mit diesem Schurken essen sollte. Krüger brummte verärgert, und Suzanne nahm den Hörer. Sie sagte ruhig: „Er wird dasein, Karl." Sie legte auf. „Paul, Chéri, wenn du nicht hingehst und wenn dann alles schlimmer wird, wirst du dir ewig Vorwürfe machen. Bitte!"

Ich vergrub also meinen Stolz in der Tasche, stellte mein Temperament auf Sparflamme und begab mich um acht zum Dinner zu Basil Yanko.

Ich weiß eigentlich nicht, was ich erwartet hatte: Überfluß gewiß, einen Abglanz des Grandiosen. Ich gestehe, daß ich die Überraschung meines Lebens erlebte. Die Wohnung war schön, auf eine karge Weise schön: von einer mathematischen Präzision, die gleichzeitig streng und gemütlich wirkte. Basil Yanko war kein Sammler. Er suchte sich die Dinge aus und plazierte sie so, daß sie für sich selber sprachen. Ich konnte nicht verstehen, wie es einem so ruhelosen und so düsteren Menschen gelungen war, solch heitere Gelassenheit zu erzeugen.

Ein Dienstmädchen ließ mich herein. Ein Butler brachte mir einen Drink. Kurz darauf trat Yanko ein. Er lächelte, ohne daß es aufgesetzt wirkte. Ich machte ihm Komplimente über sein Haus, und er nahm sie mit einem Anflug von Ironie entgegen. „Überrascht, Mr. Desmond?"

„Fasziniert, Mr. Yanko."

„Das Sammeln kann zu einer Manie werden. Die echte Kunst des Genießens liegt in der Auswahl. Interessieren Sie sich für Bilder, Mr. Desmond?"

Ich interessierte mich für alles, was mich über die Ouvertüre hinwegbringen würde, und erzählte ihm deshalb von meiner Vorliebe für alles Handwerkliche und für die Goldschmiedekunst. Er war ein guter Zuhörer und höflicher, als ich es je für möglich gehalten hätte. Bei Tisch aß er wenig und trank nur ein Glas Wein.

Dann sprach er über Politik. „Im Ausland träumt man davon,

Mr. Desmond, daß wir zurückkehren könnten zum Kramladen und zu kleinen, selbstgenügsamen Gemeinschaften. Eine wunderschöne Illusion, weil wir jetzt zu der einen Welt geworden sind, in der wir gegenseitig von komplizierten Handelsbeziehungen und von der Verteilung immer geringer werdender Rohstoffreserven abhängig sind. Wir müssen also eine Vielzahl von Veränderlichen ins Kalkül ziehen. Der Mensch, ohne Hilfen, kann das nicht. Das kann der Computer..."

Womit wir nach Abschweifungen und feinen Andeutungen zum Kaffee im Salon und zu unserem eigentlichen Problem gelangten, das er mit einfachen Worten umriß:

„Ich habe einen Fehler gemacht, Mr. Desmond. Ich habe mir das falsche Ziel ausgesucht. Ich habe die falschen Mittel eingesetzt. Die programmierten Daten beruhten auf Irrtümern, und die Irrtümer haben sich multipliziert. Deshalb sollten wir das Programm löschen und noch einmal von vorn anfangen. Karl Krüger hat einen Rahmen abgesteckt, innerhalb dessen wir verhandeln könnten. Ich will Ihnen offen sagen, daß ich mich über kleinere finanzielle Details nicht streiten möchte. Die Frage liegt für mich darin, was für eine Art von Immunität Sie mir bieten können gegen Strafverfolgung wegen Betrug und Anstiftung zum Mord."

Die Unverfrorenheit dieses Mannes machte mich sprachlos.

„Mr. Desmond, wir sind allein – keine Zeugen, keine Überwachung. Hier kann ich mich zu allem bekennen, und ich tue es. Sie sind natürlich schockiert. Wie kann ich mich als angesehener Geschäftsmann der Anstiftung zum Mord schuldig machen? Mr. Desmond, die Steuerzahler in diesem Lande haben eine riesige, unnötige Massenvernichtung in Vietnam finanziert. Einige haben protestiert. Viele haben die Aktionen gebilligt, tun es noch heute. Calley ging ins Gefängnis. Die Generale aber sind noch auf freiem Fuß. Ich habe vor Menschen keine Achtung, Mr. Desmond. Manchmal müssen sie, damit die sozialpolitische Gleichung aufgeht, beseitigt werden. Darüber könnten wir bis morgen früh debattieren. Deshalb sollten wir uns damit abfinden, daß wir verschiedener Meinung sind, und zu der Frage zurückkehren: Was können Sie bieten?"

„Wir können uns darüber einigen, daß wir Sie nicht wegen Betruges und Anstiftung zum Betrug verfolgen werden. In Sachen Mord können wir nicht verhandeln. Das FBI ist bereits im Besitz der Unterlagen."

„Die zwar unangenehm, aber nicht beweiskräftig sind, außer vielleicht das Problem Madame Harlekin. Meine Anwälte haben ein Geständnis von Pedro Gálvez gesehen, das mich belastet. Aufgrund dieses Dokuments könnten Sie mich vor Gericht bringen; aber Sie würden keine Verurteilung erreichen. Man würde mich zur Ader lassen, aber ich würde mich wieder erholen. Mr. Harlekin würde sich in keiner besseren Lage als jetzt befinden. Wenn Sie sich aber weiterer Nachforschungen und Presseveröffentlichungen enthielten, würden Sie all Ihre Forderungen erfüllt bekommen, und wir würden uns über Einzelheiten nicht streiten. Können Sie eine solche Zusage geben, Mr. Desmond?"

„Harlekin könnte es. Ich nicht. Er kann mir mit einem Federstrich die Vollmacht entziehen. Ich kann und ich werde versuchen, ihn umzustimmen. Da ist jedoch noch ein anderer Punkt unserer Forderungen."

Yankos Lächeln verschwand. „Ich glaube, wir haben bereits alle von Karl Krüger erwähnten Punkte besprochen."

„Ich dachte mir, daß wir den folgenden Punkt unter uns besprechen könnten. Auf einem aus Ihrer Datenbank stammenden Dokument sind George Harlekin und ich als mögliche Zielpersonen für Terroranschläge aufgeführt."

„Das fragliche Dokument, Mr. Desmond, ist eine vertrauliche Auswertung von Einzelinformationen, die einem begrenzten Abonnentenkreis zugänglich gemacht worden ist."

„Aber wie jede derartige Zusammenstellung enthält sie auch Spekulationen, die darauf angelegt sind, Aktionen zu provozieren. Auf einen Nenner gebracht, erklären Sie, Mr. Yanko, daß zu den Zielpersonen für Terroranschläge neuerdings auch Paul Desmond und George Harlekin gehören. Die palästinensische Gruppe und die Rengo Sekigun haben noch nie von uns gehört. Sie fragen dann bloß noch: ‚Wer ist das?' – und dann kommt der Leichenbestatter zum Zuge... Sie sehen, Mr. Yanko, auch wir brauchen eine Immunitätsklausel. Können Sie uns eine solche bieten?"

„Ich könnte ein entsprechendes Ersuchen an die Führungsspitze der Palästinenser richten – durch Freunde natürlich."

„Und Sie würden eine Antwort erhalten?"

„Normalerweise ja, in ungefähr drei Tagen."

„Dann wollen wir in drei Tagen unsere Antworten austauschen."

„Ausgezeichnet! Falls in der Zwischenzeit noch irgendwelche

Punkte geklärt werden müssen, rufen Sie mich, bitte, im Büro oder
unter dieser Nummer an."

Er ging zum Schreibtisch hinüber, kritzelte eine Nummer auf ein
Stück Papier und reichte es mir. Ich verabschiedete mich. „Mr.
Yanko, ich danke Ihnen für ein hervorragendes Dinner."

„Es war mir ein Vergnügen, Mr. Desmond. Mein Chauffeur wird
Sie nach Hause bringen."

Und da war er: der wunderschöne, frische Olivenzweig, mit rosa
Schleifchen versehen und von gurrenden Tauben überbracht. Wenn
wir nicht akzeptierten, würde er ihn uns wie einen Pfahl ins Fleisch
treiben und uns zwei Meter tief unter dem Asphalt von Wall Street
begraben. Gott erhalte Ihnen Ihr kindliches Gemüt, meine Herren –
und bewahre Sie vor den Stunden der Finsternis!

Icн ließ mich von dem Chauffeur am Regency absetzen, wo
Suzanne mit Karl Krüger ein Souper einnahm. Seine englische Rose
hatte sich als so dornig erwiesen, daß er sie mit einem Diamanten-
armband nach London zurückverfrachtet hatte; jetzt sehnte er sich
nach Hilde. Er freute sich, daß ein Vergleich im Bereich des Möglichen lag; er war zutiefst betroffen, als ich ihm erstmals sagte, daß
Harlekin und ich auf der Liste potentieller Terroropfer standen. Er
hatte in eine persönliche Diplomatie eingewilligt; aber er wollte sich
nicht die Finger verbrennen, indem er sich in eine politische Situation
hineinziehen ließ, die seiner eigenen Heimat schwer zu schaffen
machte. Auch er sah jetzt etwas Positives an Harlekins Entschluß,
Yanko zu töten. Suzanne hörte eine Weile schockiert zu. Dann fiel sie
wütend über uns beide her. „Genug! Ihr redet wie Mörder! Schließt
den Vergleich! Sonst nimmt doch der Irrsinn nie ein Ende!"

Karl Krüger murmelte eine Entschuldigung. „Ich weiß! Ich weiß!
So weit kommt es nicht, Liebchen. Aber es ist wie ein Dorn im
Fleisch, daß ein Mann wie Yanko anständigen Leuten seinen Willen
aufzwingen kann."

„Es ist ein Uhr – sechs Uhr morgens in London", sagte Suzanne.
„Paul, ruf George an, damit wir endlich klarsehen!"

„Suzy, Liebes, er wird Zeit brauchen, um darüber nachzudenken."

„Schön, je mehr Zeit er hat, desto besser."

Ein paar Augenblicke später hatte ich Harlekin am Apparat. Er
sagte sofort: „Sind sie auch mit dir in Verbindung getreten, Paul?"

„George, ich weiß nicht, wovon du sprichst."

„Der kleine Paul und das Kindermädchen ... Sie sind entführt worden."

Dann war Milo Frohm am Apparat. „Mr. Desmond, die Nachricht ist noch nicht heraus. Wir warten auf die Forderungen. Rufen Sie Philip Lyndon in unserem New Yorker Büro an. Er wird Ihnen Anweisungen geben. Sobald wir mehr wissen, rufen wir Sie an. Legen Sie jetzt auf. Wir brauchen die Leitung."

Eine Stunde später saßen wir drei mit Lyndon in meiner Wohnung. Sein Bericht von der Entführung war kurz. Um drei Uhr nachmittags hatte das Kindermädchen, von einem Kriminalbeamten begleitet, das Kind im Park am Genfer See spazierengeführt. Während des Spaziergangs hatten sich zwei Frauen und ein Mann an sie herangemacht, den Kriminalbeamten entwaffnet und das Kindermädchen mit dem Kind unter vorgehaltener Pistole zum Besteigen eines Autos gezwungen. Um Mitternacht war Harlekin von einem Anrufer unterrichtet worden, daß sich das Kind und das Kindermädchen in der Hand der „Volksfront zur Befreiung Palästinas" befänden. George solle weitere Anweisungen abwarten. Eine Einschaltung der Polizei sei für das Kind und die Frau gefährlich.

Was konnten wir tun? „Nichts, außer warten", meinte Lyndon entschieden. Ich meinte, ich müßte Yanko anrufen und ihm sagen, was geschehen sei. Lyndon riet, den Anruf auf sieben Uhr zu verschieben, denn bis dahin habe er durch einen Techniker ein Gerät installieren lassen, mit dem wir das Gespräch aufnehmen könnten. Um vier Uhr früh fuhr er Karl Krüger ins Hotel zurück. Um sechs kehrte er mit seinem Techniker zurück. Um sieben hatte ich Yanko am Apparat. Er war überrascht, von mir so früh zu hören. „Sie reagieren sehr prompt. Wie hat er meine Vorschläge aufgenommen?"

„Ich konnte sie ihm nicht übermitteln. Mr. Harlekins Kind und das Kindermädchen wurden gestern nachmittag in Genf entführt."

Kein Schauspieler auf der ganzen Welt hätte Basil Yankos Erschrecken oder die Impulsivität des folgenden Fluchs so spielen können.

„Die Kidnapper", fuhr ich fort, „bezeichnen sich als Angehörige der PFLP. Harlekin bleibt bis zur nächsten Kontaktaufnahme in London."

„Bitte, übermitteln Sie Mr. Harlekin mein Mitgefühl, und fügen Sie hinzu, daß ich bereit bin, ihm mit allen mir zu Gebote stehenden Mitteln zu helfen."

„Ich dachte, daß Sie bei Ihrer Kenntnis der arabischen Welt vielleicht vorschlagen könnten, wie man diesem Problem beikommen
könnte."

„Mr. Desmond, ich stehe nur mit rechtmäßig eingesetzten Regierungen und Organisationen in Geschäftsbeziehungen, aber ich bin
gern bereit, mich von meinen Freunden beraten zu lassen. Sie hören
später wieder von mir."

„Er hat sich nicht das geringste anmerken lassen", sagte Lyndon.
„Er ist wie rostfreier Stahl."

„Glauben Sie, daß er das organisiert hat?"

„Nein. Meines Erachtens hat er die Weichen für künftige Aktionen
gestellt, und die PFLP ist ihm zuvorgekommen. Yanko wird Ihnen
behilflich sein, wenn es ihm in den Kram paßt. Anderenfalls wird er
keinen Finger rühren. Mr. Desmond, wenn es keinen Gott und kein
Jüngstes Gericht gibt, werde ich tief enttäuscht sein. Wenn Sie etwas
aus London hören, rufen Sie mich bitte an. Ich tue das gleiche. Lassen
Sie das Bandgerät eingeschaltet. Ich lege nur noch ein neues Band
auf . . . Ruhen Sie sich beide jetzt erst ein wenig aus."

Aber bevor ich mich hinlegen konnte, mußte ich noch etwas erledigen. Ich ging hinaus zu einer Telefonzelle, rief Aaron Bogdanovich
an und erzählte ihm die Geschichte.

Er war nur wenig überrascht und zeigte keine innere Anteilnahme.
„Beruhigen Sie sich, Mr. Desmond", sagte er. „Dinge dieser Art
brauchen immer ihre Zeit."

Suzanne und ich warteten den ganzen Tag; wir schalteten das
Fernsehen ein, dösten manchmal vor uns hin, warteten auf einen
Anruf. Nichts. Um sechs kam Karl Krüger auf einen Drink vorbei
und blieb zum Abendessen. Um zehn brachte das Fernsehen die Nachricht: eine Wohnung im fünften Stockwerk in der Nähe des Genfer
Flugplatzes, das Kindermädchen am Fenster hält den kleinen Paul
auf dem Arm, neben ihr steht ein junger Araber mit einer Maschinenpistole.

„In Genf sind heute der dreijährige Paul Harlekin, Sohn des international bekannten Bankiers George Harlekin, und sein Kindermädchen von palästinensischen Freischärlern und einem japanischen
Paar, das der Rengo Sekigun, einer japanischen Terrororganisation,
angehört, entführt worden. Die Terroristen fordern die Freilassung
zweier arabischer Häftlinge, die in England beziehungsweise in Italien kürzlich wegen Flugzeugentführung verurteilt worden sind. Die

Forderungen der Terroristen enthalten außerdem die Bereitstellung eines Flugzeugs, das sie in ein befreundetes arabisches Land fliegen soll, zwei Millionen Dollar und sicheres Geleit. Sie haben eine Frist von achtundvierzig Stunden gesetzt. Falls ihre Forderungen nicht erfüllt werden, werden sie das Kindermädchen und vierundzwanzig Stunden später das Kind töten."

Karl Krüger schaltete den Apparat ab. „Also! Jetzt wissen wir es. Das Geld ist kein Problem. Die Regierungen sind schon schwerer zum Nachgeben zu bewegen. Du lieber Gott! Was für eine Welt!" Suzanne weinte vor sich hin.

Er nahm sie in seine Bärenarme. „Aber Liebchen! Sie werden kein Kind töten! Dafür sind sie zu schlau! Auch sie brauchen Sympathien. Wenn sie dem Baby etwas antun, werden sie von der Menge in Stücke gerissen."

Dann klingelte das Telefon. Yanko war am Apparat. „Mr. Desmond, ich habe meine Bankdirektoren aus dem Bett geholt. Ich habe UPI angerufen, die die Nachricht verbreiten wird. Morgen werden zwei Millionen Dollar in der Genfer Unionsbank zu Harlekins Verfügung bereitstehen. Ein Geschenk. Ich versuche mit allen Mitteln, über die diplomatischen Kanäle diese Tragödie abzuwenden."

Während ich noch dabei war, mir darüber schlüssig zu werden, ob ich ihn verfluchen oder ihm danken sollte, legte er auf.

Karl tobte. „Dieser Hurensohn! Erst zettelt er so etwas an, dann spielt er den Retter in der Not, um als Held dazustehen!"

Wieder klingelte das Telefon; es war Milo Frohm aus London, hundemüde, aber liebenswürdig wie immer. „Tut mir leid, daß ich nicht schon früher angerufen habe. Wir haben allerhand zu tun gehabt. Harlekin ist in Genf. Sein Londoner Manager und ich haben den ganzen Tag mit dem Innenminister verhandelt. Wir glauben, daß er einlenken wird; aber es ist eine harte Nuß. Die Italiener werden mitspielen – hoffen wir. Eine gute Nachricht – Duggans Freund wird allmählich weich. Seine Frau ist schwanger. Sie hat Angst um Harlekins Kind. Beten Sie zu Gott."

Ich erzählte ihm von Yankos Angebot. Sein Lachen klang wie das Röcheln eines Sterbenden. „Heiliger Moses! Was für ein Schauspieler! Halten Sie alle Türen offen – und versuchen Sie, Mr. Krüger in New York festzuhalten."

„Wie geht es George?"

„Nicht schlecht. Unter den gegebenen Umständen."

Ich gab seinen Bericht an Karl weiter, als wir aufgelegt hatten.
„Warum will er, daß ich in New York bleibe?" fragte Karl.

„Er hat es nicht gesagt, Karl."

„Dann muß ich Hilde herüberholen. Ich rufe jetzt gleich München an."

„Karl! In München ist es jetzt vier Uhr früh."

„Na und? Wenn sie allein ist, wird sie sich freuen, von mir zu hören. Wenn sie nicht allein ist, verdient sie auch keinen Schlaf."

Suzanne brach in ein hilfloses Gelächter aus. „Das kannst du doch nicht tun, Karl. Alle Gespräche werden ja auf Band aufgenommen."

„Auf deutsch wird es wunderbar klingen."

ENTFÜHRUNGSDRAMEN gehören inzwischen zum gängigen Repertoire der politischen Bühne. Was man nicht kennt – wenn man nicht gerade persönlich betroffen ist –, sind die unerträglichen Ängste des Opfers und der Familie sowie das kaum noch zu steigernde Angespanntsein sowohl bei den Kidnappern wie bei ihren Verhandlungspartnern.

Die Kidnapper sind politische Kommandoeinheiten: Sie fühlen sich nur ihrer Sache verpflichtet. Wenn sie scheitern, können sie keine Gnade erwarten. Werden ihre Forderungen nicht erfüllt, dann werden sie töten, denn das Töten hat für sie jede Bedeutung verloren. Das Problem ist, daß der eigentliche Mord kaltblütig begangen werden muß, daß sich aber die Spannung, die ihm vorausgeht, bis zur Unerträglichkeit steigern kann ... Aus diesem Grund ist das Auftauchen japanischer Terroristen heute ein unheilvolles Phänomen. Die Japaner haben eine verworrene Lebensphilosophie, aber eine sehr klare, traditionsgebundene Philosophie des Todes.

Die Unterhändler bei Entführungen sind stets im Nachteil, denn sie können nicht zielstrebig vorgehen. Die Opfer müssen gerettet werden, aber eine Regierung darf sich politischen Gangstern nicht beugen; sie darf auch das Abschlachten Unschuldiger nicht riskieren. Doch wenn man der Polizei die Hände bindet, zerstört man ihre Loyalität – und schafft man Märtyrer, werden diese zur Drachensaat unter Minderheiten mit ihren Leiden.

Wir waren fast zehntausend Kilometer davon entfernt, aber Suzanne und ich durchlebten jeden Akt des Dramas. Der Fernsehapparat blieb Tag und Nacht eingeschaltet. Einer von uns befand sich ständig in der Wohnung. Wenn Suzanne ausging, begleitete sie Takeshi. Lyndon rief viermal am Tag an und gab eine Zusammenfassung der FBI-Telexmeldungen durch. Krüger kam und ging. Hilde traf ein. Milo Frohm war nicht zu erreichen. Von Harlekin hörten wir nur die Worte, die er zu den Fernseh- und Rundfunkreportern sprach. Er sah wie ein wandelndes Gespenst aus. Er bot sich selbst für die Herausgabe von Kind und Kindermädchen als Geisel an. Das Angebot wurde abgelehnt.

Als die Stunde näherrückte, da das erste Ultimatum ablaufen sollte, wurde das Warten zur Agonie. Neue Gestalten erschienen auf dem Bildschirm: Abgesandte arabischer Botschaften, japanische Diplomaten, Emissäre aus England und Italien. Sie kämpften um Zeit. Sie zeigten das Lösegeld und schickten es durch einen Mann in die Wohnung, der nackt bis auf eine Badehose war, so daß die Entführer sehen konnten, daß er keine Waffe bei sich hatte. Während er sich auf dem Weg nach oben befand, hielten die Japaner das Kind an den Händen aus dem Fenster und drohten, es beim ersten Anzeichen irgendeines Tricks fallen zu lassen.

Im letzten Augenblick wurde das Ultimatum um vierundzwanzig Stunden verlängert. Eine Schweizer Flugzeugbesatzung erbot sich freiwillig, die Entführer an einen sicheren Ort zu fliegen. Die Italiener schafften ihren Gefangenen über die Grenze und zeigten den Mann den Kidnappern. Die Engländer verhielten sich abwartend. Harlekin und sein Schweizer Manager boten sich erneut als Geiseln an. Diesmal wurde das Angebot angenommen. Sie verschwanden in dem Gebäude. Es gab hysterische Szenen, als das Kindermädchen mit dem Kind herauskam und beide in einem Polizeiauto davonfuhren.

Dann war schließlich das Drama zu Ende. Die Entführer tauchten aus dem Gebäude auf; sie ließen die Geiseln mit vorgehaltener Pistole vor sich hergehen und wurden zum Flugplatz gefahren. Sie bestiegen die Maschine. Die zwei Häftlinge wurden zur Treppe gebracht. Sie lachten und machten das Siegeszeichen. Dann startete das Flugzeug. Die Geiseln würden mit dem Rückflug wieder nach Hause kommen.

Suzanne brach zusammen und weinte hemmungslos. Ich rief den Arzt, damit er ihr ein Beruhigungsmittel gebe. Während sie schlief, ging ich hinaus und saß eine Stunde auf der hintersten Bank in St. Patrick. Ich betete nicht. Ich wollte nur an einem reinen Ort sein inmitten einer schmutzigen Welt.

Neuntes Kapitel

ZEHN Tage später kehrte Harlekin nach New York zurück, mit Julies Eltern, Paul, einem neuen Kindermädchen und drei jungen Schweizern, die still und aufmerksam waren. Wir mieteten die benachbarten Appartements dazu und ließen durch Saul Wells ein zusätzliches Beobachtungsteam einsetzen. Suzanne bezog in der Nähe der Familie Quartier.

An Harlekins Schläfen zeigte sich das erste Grau. Die Gesichtshaut spannte sich über den Backenknochen. Er sprach wenig, und seine Bewegungen waren wohlberechnet, zielstrebig, beinahe raubtierhaft. Er lehnte alle gesellschaftlichen Verpflichtungen ab. Tags arbeitete er, abends saß er mit Julies Eltern und spielte mit dem kleinen Paul. Das war die einzige Zeit, da ich ihn lächeln sah, und dieses Lächeln war zart, aber unendlich traurig. Suzanne gegenüber war er formell. Mir gegenüber konnte er nicht formell sein, aber es war klar, daß er allein sein wollte. Drei Tage vergingen, bevor er mich zu sich bat, da er sich über „persönliche Dinge" aussprechen wolle. Als ich zu ihm kam, bat er mich, ihn in Ruhe anzuhören.

„Paul, du hast genug für mich getan – mehr, als man von einem Menschen überhaupt verlangen könnte. Ich bin froh, daß mein Junge seinen Onkel Paul hat. Ich bin froh, daß auch ich in dir einen Freund besitze. Ich will unsere Freundschaft erhalten. So, wie die Dinge jetzt liegen, muß ich fürchten, sie zu verlieren. Deshalb möchte ich, daß du als Direktor von Harlekin et Cie. zurücktrittst."

„Jederzeit, George. Heute, wenn du willst."

„Gut, also heute. Suzanne soll den Brief schreiben. Du kannst ihn unterzeichnen, bevor du gehst. Ich werde außerdem deine Vollmacht löschen. Du und Karl – ihr seid mit fünfzehn Millionen für mich eingesprungen. Ich habe dich aus dieser Bürgschaftsverpflichtung entlassen und dir die Zinsen erstattet."

„Bei mir war das nicht nötig."

„Es gehört sich so, Paul. Ich habe eine Presseerklärung bezüglich deines Rücktritts vorbereitet. Lies sie dir bitte durch, ändere daran, was du willst. Sobald wir in New York fertig sind, werde ich Suzanne mit einer Abfindung freigeben. Sie braucht die Freiheit, finde ich."

„Und wo bleibst du, George?"

„Mit einem Kind, um das ich mich kümmern muß, und einem Unternehmen, das wiederaufgebaut werden muß, werde ich mit Basil Yanko einen Vergleich schließen. Karl Krüger und du, ihr habt ja bereits über grundlegende Bedingungen gesprochen. Ich kann sie bei persönlichen Verhandlungen wahrscheinlich noch verbessern."

Er drückte sich absichtlich vage aus; aber ich hatte keine Lust, jetzt in ihn zu dringen. Ich wollte sowieso gehen. Unsere Freundschaft würde nie wieder dieselbe sein, denn er hatte sich gewandelt, und ich konnte nicht anders sein, als ich war. Ich sagte zu ihm: „Ich nehme an, du weißt, daß ich Suzanne gebeten habe, mich zu heiraten."

„Nein, das habe ich nicht gewußt. Aber ich freue mich darüber. Es ist eine gute Idee."

„Sie hat noch nicht eingewilligt. Sie liebt dich nämlich noch immer. Sie hat dich immer geliebt."

Er warf mir einen nur wenig interessierten Blick zu, als rede ich vom Preis der Tomaten. „Aber ich liebe sie nicht."

„Mehr wollte ich nicht wissen. Ich danke dir, George. Ich werde in New York warten, bis ihre Arbeit beendet ist. Dann werde ich sie mitnehmen."

IN DEN folgenden Tagen fühlte ich mich seltsam entwurzelt. Für mich war ein Lebensabschnitt zu Ende gegangen. Ich wußte nicht, wo und wie ich einen neuen beginnen sollte. Wenn ich mit Suzanne zu Gully Gordon ging, war auch sie schlecht gelaunt und nicht bei der Sache. Wir arbeiteten nicht mehr gemeinsam, seit ich ausgeschlossen war. Unsere Beziehungen wurden gespannt und gereizt. Eines Abends, nach einem turbulenten Dinner mit Karl und Hilde, brach sie in Tränen aus und sagte, sie würde mich lieber für ein paar Tage nicht sehen. Ich zog von einer Party zur anderen und war hinterher angeschlagener und einsamer denn je. Eines Tages kam ich um drei Uhr früh zurück und fand einen Zettel unter meiner Tür. „Chéri, es tut mir leid. Ich muß dich sehen. Suzy." Ich rief sie beim Frühstück an, und wir verabredeten uns zum Abendessen. Dann schlenderte ich zum Blumenladen auf der Third Avenue und fragte nach Bogdanovich. Diesmal wurde ich in ein vollgepfropftes Hinterzimmer geführt, wo der Meister des Terrors einem ganz prosaischen Geschäft nachging, nämlich Rechnungen zu ordnen. Er lud mich mit einer Handbewegung zum Sitzen ein und ging vom Schreibtisch zu einem anderen Stuhl. Eine kleine Katze sprang auf seinen Schoß, und er lehnte sich zurück und betrachtete mich. „Na, Mr. Desmond, wie fühlt man sich, wenn man keinen Job mehr hat? Leichenbestatter und Blumenhändler sind immer viel beschäftigt. Und ich stehe noch immer auf der Gehaltsliste bei Harlekin et Cie."

„Das ist mir neu."

„Das hatte ich mir gedacht. Warum sind Sie hergekommen?"

„Ich möchte Sie zum Lunch einladen."

„Besten Dank. Ich esse nie zu Mittag; aber da Sie schon einmal hier sind, will ich Ihnen einen guten Rat geben. Ich kann mir keine Freunde leisten, Mr. Desmond. Es gibt nur wenige Menschen, die ich respektiere. Zu diesen gehört Ihr Freund Harlekin. Er hat Sie um Ihren Rücktritt gebeten, damit Sie nicht der Mittäterschaft bei seinem Vorhaben bezichtigt werden können – Basil Yanko umzubringen. Hinterher wird er natürlich feststellen, daß dadurch nichts gelöst ist. Er hat mich um Hilfe gebeten. Ich werde sie ihm geben. Denn auch meine Leute wollen Yanko beseitigt haben. Ich kann mir vorstellen – was ich bisher nicht konnte –, wie das zu bewerkstelligen ist. Sie werden mir nicht in den Arm fallen. Bleiben Sie lieber hier, um hinterher die einzelnen Stücke von George Harlekin aufzulesen oder sich wenigstens um seinen Sohn zu kümmern."

„Harlekin entbindet mich meiner Pflichten; Sie verpflichten mich erneut."

„Und das ist genau das, was Sie nie gewollt haben! Sie wollen Ansehen ohne Tugend, Besitz ohne Bedrohung. Ausgeschlossen! So etwas gibt es auf der Welt nicht mehr! Märtyrer oder Mörder – so lautet die Wahl!"

Wenn er nicht so entschieden gewesen wäre, hätte ich den kleinen, nagenden Zweifel ignoriert, den ich schon zu lange aus meinem Bewußtsein verdrängt hatte. Ich mußte nach Worten suchen, um ihm Ausdruck zu verleihen. „Ich glaube . . ., ich glaube, Mr. Bogdanovich, Sie spielen ein doppeltes Spiel mit uns – mit Harlekin und mit mir, mit uns beiden."

In sein Gesicht trat nicht die geringste Bewegung. Seine Augen waren leer.

„Was wollen Sie damit sagen, Mr. Desmond?"

„Valerie Hallstrom . . ., gehen wir noch einmal diese Geschichte durch. Sie untersuchten ihre Wohnung. Sie gingen wieder. Sie sahen einen Mann hineingehen. Sie sahen sie nach Hause kommen. Sie sahen den Mann das Haus verlassen. Sie gingen zurück und fanden sie tot vor. So haben Sie es mir erzählt. Aber sie war Ihre Agentin. Während sie ermordet wurde, warteten Sie draußen ... Sie ließen es geschehen. Warum, Mr. Bogdanovich?"

„Valerie war fällig. Sie saß in Gully Gordons Bar herum – und sie erzählte zuviel, auch Ihnen. Sie war enttarnt. Yanko ließ sie umbringen. Ich ließ es geschehen, wie Sie sagen. Jetzt mache ich reinen Tisch. Yanko wird sehr bald sterben. Harlekin und ich haben uns über die Einzelheiten geeinigt. Es ist für uns alle eine saubere Lösung."

„Ich behaupte noch immer, daß Sie ein doppeltes Spiel mit uns spielen."

„Mr. Desmond, Sie haben unsere Abmachung vergessen: Wenn Blut auf dem Teppich ist, mache ich hinterher wieder sauber; und Sie sind Ihrerseits zum Schweigen verpflichtet."

„Ich werde mit Harlekin sprechen."

„Tun Sie das, unbedingt ... Ihre Frau ist ja auch nicht in Mexico City ermordet worden. Es war nicht Ihr Kind, das man an den Händen aus einem Fenster im vierten Stock gehängt hat."

Er war nicht einmal emphatisch. Als ich aufstand, um zu gehen, hielt er mich mit einer Handbewegung zurück: „Ich habe es ernst gemeint. Vielleicht müssen Sie die einzelnen Stücke Ihres Freundes vom Boden auflesen. Bleiben Sie noch."

Iᴄʜ ließ ihn bei den Abrechnungsunterlagen seines Blumenladens sitzen und wanderte eine Stunde lang durch das Mittagsgedränge von New York. Er hatte mich bis aufs Mark erschüttert, aber ich konnte ihn keinen Zentimeter von seiner Überzeugung abbringen, daß das Leben belanglos sei. Nach einer Weile ging ich nach Hause, und Takeshi machte mir Kaffee. Ich nahm auf gut Glück ein Buch vom Regal und begann zu lesen.

> Ich weiß nicht, wer – oder was – die Frage stellte ... Aber einmal antwortete ich *ja* zu jemandem – oder zu etwas. Von dieser Stunde her rührt die Gewißheit, daß das Dasein sinnvoll ist und daß darum mein Leben, in der Unterwerfung, ein Ziel hat.

Dann sah ich mir die Titelseite an. Es war „Zeichen am Weg", die Tagebuchaufzeichnungen von Dag Hammarskjöld, dem ehemaligen Generalsekretär der Vereinten Nationen. Ich las weiter:

„Seit dieser Stunde habe ich gewußt, was das heißt, ‚nicht hinter sich zu schauen‘, ‚nicht für den anderen Tag zu sorgen‘... Ich erreichte eine Zeit und einen Ort, wo ich wußte, daß der Weg zu einem Triumph führt, der Untergang, und zu einem Untergang, der Triumph ist; daß der Preis für den Lebenseinsatz Schmähung und daß tiefste Erniedrigung die Erhöhung bedeutet, die dem Menschen möglich ist..."

Ich verstand es nicht; aber die Worte rührten mich auf eine seltsame Weise an. Ich übertrug die Zeilen in mein Notizbuch, wo ich sie jeden Tag wieder lesen konnte. Dann kam Takeshi herein; er hüstelte und verneigte sich tief. „Da ist etwas, Sir, was ich Ihnen sagen muß. Es fällt mir nicht leicht."

„Setzen Sie sich also hin, und lassen Sie sich Zeit."

„Nein, Sir, vielen Dank. Die Dinge, die Ihnen und Ihren Freunden zugestoßen sind... im Fernsehen. Der Tag, an dem sie das Baby aus dem Fenster gehalten haben..."

„Reden Sie weiter..."

„Derjenige, der das Kind hinaushielt, war mein Neffe – der, dem ich immer Ihre Briefmarken geschickt habe."

„Wußten Sie schon vorher, daß er der Rengo Sekigun angehörte?"

„Als das FBI kam und mir Fragen stellte, da wußte ich es. Vorher war ich mir nicht sicher."

„Warum haben Sie es dem FBI nicht gesagt?"

„Ich habe Angehörige in Kalifornien. Es sind gute Amerikaner. Während des Krieges steckte man sie in Lager, als ob sie Feinde wären."

„Warum haben Sie es *mir* nicht gesagt? Jene Leute hätten den Anschlag auch auf mich, auf Miß Suzanne verüben können."

„Wenn mein Neffe hierher gekommen wäre, hätte ich ihn getötet."

„Er hätte Sie zuerst getötet, Takeshi."

„Man weiß, daß es so etwas gibt, Sir. Man glaubt es nicht. Jetzt, wo es zu spät ist, glaube ich es. Sir..., ich werde Sie morgen früh verlassen."

„Takeshi, warum wollen Sie gehen?"

„Mein Neffe entehrt mich; ich entehre Sie."

„Setzen Sie sich, Takeshi. Ich habe es satt, zu Ihnen aufzublicken... Erinnern Sie sich an den Mann, der in einem Grab schläft? Er hat mir heute gesagt, im Leben gebe es keinen Mittelweg. Man muß für eine Wahrheit sterben oder für sie töten."

„Dasselbe sagt mein Neffe. Aber ich sage, man schneidet keine Blume ab, um sie zum Blühen zu bringen. Und was nützt die Wahrheit schon einem Toten?"

„Takeshi, bleiben Sie, damit wir uns gegenseitig stützen können." Er wollte sich nicht dadurch erniedrigen, daß er seine Freude verriet, aber er verneigte sich dreimal und erklärte sein Einverständnis.

UM FÜNF Uhr nachmittags suchte mich Saul auf. Er hatte regelmäßig Harlekin Bericht erstattet. Er habe den Eindruck, daß seine Dienste nicht mehr so wie früher geschätzt würden. Das Ganze habe eine Wendung genommen, die er nicht mehr verstehe. Er frage sich, warum ich zurückgetreten sei.

Ich erzählte ihm die halbe Wahrheit: Harlekin brauche die alleinige Kontrolle. Ich wolle nicht, daß unsere Freundschaft durch Konflikte in Fragen der Geschäftspolitik Schaden leide. Saul akzeptierte das mit einer gewissen Reserve. Dann fragte ich ihn nach Bernie Koonig. Er war sofort hellwach.

„Koonig – das ist eine merkwürdige Geschichte. Er ist ein unbedeutender Schlägertyp, er war in Kalifornien als Chauffeur und Leibwächter für Basil Yanko tätig, als dieser mit seiner zweiten Frau verheiratet war – mit der Frau, die sich mit dem Rennboot in die Luft gejagt hat. Nach dem Unglück kam er an die Ostküste. Er hatte Geld – eine ganze Menge, aber er brachte alles durch und fing an, für die Unterwelt zu arbeiten. Seit Lemmitz tot ist, sitzt ihm die Angst im Nacken..."

„Haben Sie mit ihm gesprochen?"

„Nein. Aber Bogdanovich."

„Was können Sie mir sonst noch sagen, Saul?"

„Yanko hat sich mit mir in Verbindung gesetzt. Er will, daß Lichtman Wells sich um die Sicherheitsfragen bei Creative Systems kümmert. Es ist ein phantastischer Vertrag."

„Sie wären ein Narr, wenn Sie ihn ablehnen, Saul."

„Ja, finden Sie nicht auch? Er hat mir außerdem ein persönliches Honorar von einhunderttausend für Kopien aller meiner Berichte an Harlekin et Cie. und für alles andere Material angeboten, dessen ich habhaft werden kann. Ich habe ihm gesagt, ich würde es mir überlegen. Aaron meinte, es sei keine schlechte Idee – vorausgesetzt, er könne das Material frisieren, bevor ich es Yanko gebe."

„Warum sagen Sie mir das alles, Saul?"

„Weil ich finde, daß wir im selben Boot sitzen, Mr. Desmond – stromaufwärts ohne Paddel. Harlekin hat Sie ausgebootet. Aaron hat mich ausgebootet. Die beiden geben ein gefährliches Paar ab."

Ich war noch damit beschäftigt, diese dunklen Andeutungen zu verdauen, als Karl und Hilde eintrafen. Beide waren von einem Einkaufsbummel über die Fifth Avenue noch ganz außer Atem. Saul Wells traten angesichts von Hildes ausladenden Reizen die Augen aus dem Kopf. Als sie sich mit hochgezogenen Beinen auf dem Sofa niederließ, setzte er sich so nahe wie möglich neben sie und redete munter drauflos. Karl räkelte sich gemütlich in seinem Sessel, trank einen Liter Bier, um seine Nerven zu beruhigen. Einkaufen, erklärte er, sei ein Zeitvertreib für Idioten. Als ich ihn fragte, wie es mit Harlekin und Yanko stehe, brummte er: „Die Sache geht weiter. Ich rede mit George, ich rede mit Yanko. Und die ganze Zeit frage ich mich, wie es überhaupt möglich ist, daß weder die Polizei noch das FBI interveniert. Der Mann ist ein Verbrecher. Warum können sie es nicht beweisen?"

„Wie findest du George?"

Er war plötzlich ganz ernst. „Ich habe dir einmal gesagt, daß er eine Schwäche in sich habe. Jetzt nicht mehr! Er ist hart wie Granit." Dann rief Karl zu Saul herüber: „Ich will mit Ihnen reden, Mr. Wells!"

Hilde kam zu mir herüber, ergriff meine Hand und verlangte zu wissen: „Paul, was hast du eigentlich mit Suzanne vor? Sie hämmert den ganzen Tag auf der Schreibmaschine herum. Sie sieht Harlekin mit ihren großen Rehaugen an und sagt: ‚Yes, Sir. No, Sir.' Gott im Himmel! Was für ein Unsinn! Ich kann Frauen nicht leiden, aber sie ist eine der besten. Hör mal zu, Schatz! Vergeude nicht deine guten Jahre. Und ihre auch nicht!"

„Ich habe ihr einen Heiratsantrag gemacht. Sie sagt, sie brauche Zeit."

„Paul, keine Frau braucht Zeit. Ohne einen Mann weiß sie nicht, was sie damit anfangen sollte. Wann siehst du Suzy?"

„Heute abend – falls ich euch hier alle los werde."

„Dann sag einfach: ‚Jetzt oder nie!' Und wenn sie mit Einwänden kommt, schick sie nach Hause, und ruf mich an ... Karl! Los, steh auf! Paul erwartet Gäste. Sie auch, Mr. Wells. Raus! Raus! Und du, mein lieber Paul, wenn alles geregelt ist, ruf mich an, gib mir deine Brieftasche, und ich bring dir die hübscheste Braut zurück, die du je gesehen hast."

Sie gingen mit einem Schwall von Abschiedsworten, während Takeshi sich unter mißbilligendem Gemurmel daranmachte, das Zimmer zu lüften und aufzuräumen. Vierzig Minuten später war alles wieder frisch und friedlich wie in einem Tempelgarten. Der Tisch war gedeckt, und Igor Oistrach spielte Beethoven, aber Suzanne war immer noch nicht da.

Sie kam eine Stunde zu spät, mit einem kleinen Köfferchen, war zerzaust und den Tränen nahe. Ich machte Drinks und spürte eine geheime Schadenfreude, während sie mir ihr Herz über die Leiden eines unglaublich schrecklichen Tages ausschüttete. Der Vormittag war mit Bankgeschäften ausgefüllt gewesen – Telegramme aus Genf und von den Niederlassungen im Ausland, Börsenberichte, Kundenprobleme. Am Nachmittag war Milo Frohm frisch aus London gekommen – was bedeutete, daß sie Däumchen drehen mußte, während er hinter verschlossenen Türen zwei Stunden lang mit George sprach. Dann begann eine Konferenz zwischen Harlekin und Yanko, im Beisein ihrer Anwälte, und sie mußte wieder warten, die Texte dann im Stenogramm aufnehmen, tippen und dann das Ganze ins reine schreiben. Und zum Schluß war George ohne ein Wort des Dankes oder der Entschuldigung einfach weggegangen.

Ich schloß sie im Schlafzimmer ein, damit sie sich von den Anstrengungen des Tages wieder erholen konnte, während ich Hammarskjöld las und Takeshi über seinen Töpfen und Pfannen eintönig vor sich hin sang.

Wir sprachen beim Essen nicht viel. Es war so einfach, zu lächeln, die Hand des anderen zu berühren und das Glas zu erheben und den Wein eines vergänglichen Glückes zu trinken. Später, als Takeshi gegangen war und wir es uns im Halbdunkel wie zwei junge Katzen bequem gemacht hatten, fragte ich: „Bleibst du heute nacht?"

„Wenn du nichts dagegen hast."

„Das ist das Schöne daran, Liebling – man braucht nicht nach Hause zu gehen."

„Ich habe dir weh getan, Chéri. Es tut mir leid."

„Und ich habe den Kopf verloren. Es tut mir auch leid."

„Paul, denkst du manchmal noch an Julie?"

„Tagsüber, nein. Manchmal habe ich Alpträume, dann sehe ich sie in der engen Gasse, und mir sind die Hände gefesselt, und ich kann ihr nicht helfen."

„In der Nacht bei Francis Mendoza redetest du im Schlaf, Chéri.

Du riefst ihren Namen. Die Erinnerung daran hat mich verfolgt...
Als mich George dann bat, im Salvador zu bleiben, war ich froh.
Ich hatte eine Phantasie wie ein kleines Mädchen: Er würde nachts
in seiner Einsamkeit erwachen und zu mir kommen. Aber nichts geschah. Deshalb habe ich mich mit dir gestritten. In der Nacht darauf
träumte ich von ihm, wie du von Julie geträumt haben mußt. Er war
da, aber ich konnte ihn nicht erreichen. Dann, als ich wieder frei
war, war er verschwunden... Als ich erwachte, war alles vorbei –
aus. Ich kam am darauffolgenden Abend spät hierher und schob den
Zettel unter die Tür. Albern, nicht wahr? Wir träumen von anderen
Menschen und können es nicht ertragen, voneinander getrennt zu
sein!"

„Liebling, wir haben schon viel erlebt. Das können wir nicht einfach auslöschen. Wir sollten es auch gar nicht versuchen. Das ist es
ja gerade, was uns reicher gemacht hat, für uns selbst und für andere
Menschen. Wir alle lieben ein Trugbild, aber wir können uns nicht
mit Gespenstern vermählen. Sie haben keine Wärme... Zum Teufel!
Ich rede ja wie ein Sonntagsphilosoph."

„Hättest du mir all das doch schon früher einmal gesagt."

„Damals habe ich es noch nicht gewußt. Liebes, laß uns nicht länger
warten. Laß uns gemeinsam ein ordentliches Leben beginnen. Die
Zeit vergeht, und wir vergehen mit ihr."

„Können wir George beistehen, bis alles vorbei ist?"

„Das können wir, und wir werden es auch tun."

„Dann ja, mein Geliebter... Ja! Oh, es ist herrlich, daheim zu
sein."

Merkwürdig: Der Augenblick hat überhaupt nichts Dramatisches
an sich. Alles war, als glitten wir in einem Boot im Windschatten
dahin, geschützt vor den Wogen der offenen See. Wir konnten den
Sturm noch hören; und wir konnten die schwarzen Wolkenfetzen
über den Bergen sehen; aber wir waren endlich im sicheren Hafen.

AM NÄCHSTEN Morgen gingen wir gemeinsam ins Salvador und
teilten es Harlekin mit. Er sagte, er freue sich für uns beide. Wir
sagten, wir würden warten, bis wir alle wieder in Genf seien, um
das Ereignis gemeinsam feiern zu können. Er äußerte Zweifel, seine
Pläne seien noch ungewiß. Wenn er bei uns sein könnte, wäre er
natürlich glücklich.

Als ich ihn fragte, wann es seiner Meinung nach zum Abschluß

mit Yanko kommen würde, drückte er sich vage aus: in einer Woche,
vielleicht etwas später. Es gebe da auch noch Probleme, die mit Milo
Frohm geregelt werden müßten. Er sagte nicht, worum es sich dabei
handelte. Ich fragte ihn auch nicht. Aber ich hielt es für mein gutes
Recht, mich bei Frohm selbst zu erkundigen.

Ich rief ihn an, und er kam in meine Wohnung. Der Vergleich
mit Yanko, sagte er mir, sei in Wirklichkeit kein Vergleich, sondern
ein äußerst delikates Geschäft. Er habe nicht viel dafür übrig. Diese
Lösung erwecke die Illusion, als sei der Gerechtigkeit durch einen
außergerichtlichen Kompromiß Genüge getan worden. Das bringe das
Gesetz in Mißkredit und schwäche die öffentliche Ordnung. Er sei
jedoch gezwungen, sich anderslautenden Auffassungen zu beugen.

Ich ging wie auf rohen Eiern, als ich ihm sagte, daß Harlekin vielleicht noch einen Schritt weiterginge – daß er von Mord gesprochen
habe. „Nicht zu mir", sagte Frohm gleichmütig. „Und zu Ihnen – falls
Sie ihn richtig verstanden haben – unter vier Augen und im Affekt."
Er schloß mit dem vorsichtig formulierten Satz: „Ich werde Mr. Harlekin Ihre Besorgnisse übermitteln."

Ich suchte vergeblich nach einer Lösung. Als Frohm gegangen war,
rief ich Francis Xavier Mendoza an und teilte ihm die frohe Botschaft
über Suzanne und mich mit. Er war sprachlos vor Freude. Er würde
am Sonnabend in New York sein und ein Dinner veranstalten, um
unser Verlöbnis zu feiern. Ich lachte über das altmodische Wort. Er
meinte, es gefiele ihm auf spanisch noch besser – *esponsales*.

Und wie gehe es meinem Freund? Er habe diese ganze schreckliche
Entführung auf dem Bildschirm verfolgt. Er habe jede Nacht für eine
barmherzige Lösung gebetet. Vielleicht könne er in New York mit
George sprechen. Ich hielt dies für eine nützliche Idee..., denn ich
selbst sei mit meiner Weisheit am Ende. Mendoza schalt mich und
meinte, ich sei der Gesegnete unter den Menschen. Ich solle meinem
Freund nahebleiben und nicht aufhören, ihm Fragen zu stellen. Ich
solle Suzanne wie ein Juwel behandeln und keine Fragen stellen...
Er sei sicher, daß wir schon bald jene kostbare Flasche gemeinsam
trinken würden, die er Suzanne geschenkt habe.

Ich wünschte, ich hätte nur einen Funken seines Glaubens. Ich
war überzeugt, daß sich George Harlekin auf dem besten Weg zur
Selbstvernichtung befand.

AM MITTWOCH derselben Woche gab Basil Yanko eine Erklärung ab: Das von Creative Systems Incorporated zur Übernahme von Harlekin et Cie. gemachte Angebot sei zurückgezogen worden. Pressekommentare sowie eine Reihe tragischer Ereignisse, die George Harlekin beträfen, hätten zu einer Atmosphäre geführt, die der beabsichtigten Fusion nicht dienlich sein könne. Amtliche Untersuchungen in verschiedenen Ländern hätten schwere Mängel im Sicherheitsbereich der Computerarbeit enthüllt, die von Creative Systems für Harlekin et Cie. geleistet worden sei. Diese Mängel seien jetzt behoben, und Creative Systems werde die Verantwortung für den Schaden übernehmen. Eine Vereinbarung, derzufolge dieser Verantwortung durch Zahlung einer beträchtlichen Geldsumme entsprochen würde, solle von Yanko und von Harlekin Ende dieser Woche unterzeichnet werden. Diese Vereinbarung werde alle zwischen beiden Seiten schwebenden Rechtsstreitigkeiten beenden.

Ein Kommentar der Redaktion lobte die vernünftige Haltung beider Männer und die Zurückhaltung, mit der sie die schwierigen Verhandlungen geführt hätten. Er prophezeite „einen Kursanstieg der Aktien von Creative Systems und eine Stärkung des Vertrauens für Harlekin et Cie. auf dem internationalen Investmentmarkt".

An jenem Abend stattete ich dem Club einen kurzen Besuch ab und wurde wie ein verlorener Sohn begrüßt. Alle hatten die Erklärung gelesen. Keinem tat es leid, daß eine besonders schmutzige Geschichte beendet war. Niemand wollte über Mord oder Entführung oder Betrug reden. Harlekin habe sich hervorragend geschlagen. Ich sollte ihn doch mal zum Cocktail mitbringen.

Auf dem Heimweg fuhr ich beim Salvador vorbei, um Suzanne abzuholen. George wollte mit mir sprechen.

„Alles kommt zu einem Ende, Paul. Yanko hat das Geld bereits auf einem Sperrkonto hinterlegt. Morgen um fünf Uhr nachmittags werden die Urkunden ausgetauscht. Ich wäre dankbar, wenn du kommen würdest. Karl Krüger und Herbert Bachmann werden auch dasein. Yanko hat die Erklärung vor der Presse übernommen. Wir haben uns verpflichtet, die Versöhnung fotografisch festzuhalten. Karl vertritt die Europäer. Herbert repräsentiert Wall Street. Du bist die übrige Welt. Ich habe den Fotografen bestellt."

„Sehr gut. Ich werde dasein. Wieviel zahlt Yanko?"

„Fünfundzwanzig Millionen. Nach Ausgleich der Verluste gewinnen wir ungefähr zwei Millionen."

„Das ist also das letzte Kapitel, und dann können wir alle nach Hause fahren."

„Ja. Ich fahre am Montag. Übrigens, dein Freund Mendoza hat mich für Sonnabend zum Dinner mit dir und Suzanne eingeladen, um eure Verlobung zu feiern. Ich habe ihm gesagt, ich würde sehr gern kommen."

„George, hat Milo Frohm meine Besprechung mit ihm erwähnt?"

„Ja. Ich danke dir, daß du dir meinetwegen so viele Gedanken gemacht hast, aber es gibt keinen Grund zur Besorgnis."

„Es freut mich sehr, das zu hören, George. Noch etwas anderes macht mir Sorgen. Bogdanovich hat mir gesagt, ihr beide hättet vor, Basil Yanko umzubringen."

„Das stimmt, Paul." Ich starrte ihn mit offenem Mund an. Er lächelte nachsichtig. „Du hast doch nicht etwa angenommen, ich hätte es vergessen, oder?"

„Das ist doch Irrsinn. Es macht den ganzen Wahnsinn nur noch schlimmer."

„Oh, es tut sogar noch mehr als das, viel mehr!"

„George, hör mir doch zu! Ich habe dich auf diesen Weg geführt. Für alles, was geschehen ist, bin ich verantwortlich. Ich werde bis ans Ende meiner Tage mit dieser Erkenntnis leben müssen. Aber ich bitte dich inständig, sieh doch endlich ein, daß es ein Schrecken ohne Ende ist: ein Leben für ein Leben für ein Leben ... und wofür? Ich habe dich zwanzig Jahre wie einen Bruder geliebt. Wenn ich mit meinem Leben Julie zurückholen könnte, würde ich es gern hingeben. Aber die einzige Leistung, die ich erbringen kann, ist ..."

„Ich bin der Gläubiger", sagte George kühl. „Ich setze die Bedingungen fest. Sei morgen um fünf hier. Danach sind alle Schulden beglichen."

Ich war geschlagen. Sein eigenes Leben galt ihm jetzt ebenso wenig wie das eines anderen. Er war aus dem Bereich menschlichen Fühlens und Handelns in die Anarchie der Zerstörer hinübergewechselt. Ich ließ ihn mitten im Zimmer stehen, taub und blind, bar auch des letzten Restes von Mitleid.

In jener Nacht hatte ich eine lange Auseinandersetzung mit Suzanne. Ich könne mit George Harlekin nichts mehr gemein haben. Sie müsse deshalb unverzüglich kündigen. Sie brauche kein Geld, an dem Blut klebe. Dieser Mann habe seine eigene Prophezeiung erfüllt, er sei unter die Mörder gegangen. Also gut, lassen wir ihn gehen!

Suzanne trat mir entgegen. Was er auch selber glaube, sie halte ihn eines Mordes nicht für fähig. Wir hätten beide geschworen, auch den letzten Schritt auf diesem langen Weg mit ihm gemeinsam zu gehen, und dieser letzte Schritt liege noch vor uns ...

Wie üblich, hatte Suzanne das letzte Wort. „Paul, während der Zusammenkunft kann nichts passieren. Der Raum wird voller Zeugen sein. Wenn die Sache vorüber ist, bittest du Yanko, in meinem Zimmer zu warten. Dann sagst du George, falls er dir nicht das feierliche Versprechen gibt, Yanko kein Haar zu krümmen, wirst du Yanko warnen, bevor er das Hotel verläßt."

„Aber wenn George ihn umbringen will, wird er auch vor einer Lüge nicht zurückschrecken."

„Wenn du bei der Zusammenkunft den geringsten Zweifel hast, kannst du Yanko ja warnen und George sagen, du würdest es tun."

Zehntes Kapitel

Ich traf im Salvador zehn Minuten vor fünf ein. Harlekin sah im Beisein seiner Anwälte verschiedene Papiere durch. Punkt fünf erschienen Karl Krüger und Herbert Bachmann sowie, ihnen dicht auf den Fersen, ein dunkelhäutiger, bärtiger junger Mann mit zwei um den Hals gehängten Kameras. Fünf Minuten nach der festgesetzten Zeit kamen Yankos Anwälte herein und setzten sich sogleich hin, um mit ihren Kollegen die Urkunden zu vergleichen. Um Viertel nach fünf war Yanko noch immer nicht gekommen, und Harlekin machte eine bissige Bemerkung über die Unpünktlichkeit von Genies. Yankos Anwälte wurden offensichtlich unruhig. Einer von ihnen rief Yankos Büro an und erfuhr, daß er bereits abgefahren sei. Um fünf Uhr fünfundzwanzig erschien Yanko in der Tür und entschuldigte sein Zuspätkommen, etwas von oben herab, mit dem dichten Verkehr in der Stadt.

„Kann ich jetzt, bitte, die Papiere sehen?" sagte er gelassen.

Er mußte sie schon ein dutzendmal gelesen haben, aber er beliebte, sie noch einmal zehn Minuten genau durchzulesen, bevor er sich zur Unterschrift bereit erklärte. Schließlich setzten sich die beiden Männer an den Tisch, die Anwälte zu ihren beiden Seiten. Der Fotograf fragte, ob er eine andere Sitzordnung vorschlagen könnte. Yanko lehnte gereizt ab. Es war nicht die Unterschrift, worauf es ankam.

Es war die Gruppenaufnahme: fünf angesehene Financiers, mit Drinks in der Hand, die auf seine Kosten befriedigt zu sein schienen. Die Drinks und das Lächeln enthielten alles, was die Börse brauchte: Sicherheit, Optimismus, Vertrauen. Harlekin gab durch Achselzucken sein Einverständnis zu erkennen.

Als die kleine Zeremonie vorüber war, übergaben Yankos Anwälte Harlekin einen Scheck über fünfundzwanzig Millionen Dollar. Er steckte ihn in seine Brieftasche, als wäre er nichts weiter als ein Parkschein. Was Yanko zu dem säuerlichen Kommentar veranlaßte, er solle ihn lieber nicht verlieren; es würde nichts weiter nachkommen.

Die Anwälte räumten ihre Aktentaschen wieder ein und verabschiedeten sich gemeinsam. Harlekin begleitete sie zum Lift und kehrte mit einem seiner Schweizer Sicherheitsbeamten zurück, der die Getränkebestellungen entgegennahm. Wir einigten uns alle auf Scotch, außer Basil Yanko, der, aufreizend wie immer, einen Tomatensaft mit einem Schuß Tabascosauce, einem Spritzer Zitronensaft und einem Stengel frischer Pfefferminze verlangte.

Der Sicherheitsmann ging hinaus. Der Fotograf schlich herum und machte sich an seinem Belichtungsmesser zu schaffen. Dann kam das Kindermädchen mit dem kleinen Paul herein, der gerade gebadet worden war. Harlekin nahm das Kind in die Arme, küßte es und trug es dann herum, damit ihm jeder gute Nacht sagen konnte. Als er zu Basil Yanko kam, sagte er: „Haben Sie Kinder?"

„Ich habe nie das Glück gehabt. Ein hübsches Kind."

„Er sieht seiner Mutter ähnlich ... Hier, Fräulein. Gute Nacht, mein Kleiner. Ich komme später noch einmal hinauf und erzähle dir eine Geschichte." Er wandte sich dem Fotografen zu. „Sie können anfangen, sobald die Drinks serviert sind. Wie lange werden Sie brauchen?"

„Zehn Minuten. Wenn Sie und Ihre Freunde, bitte, von mir gar keine Notiz nehmen und sich ganz normal benehmen wollen, mache ich inzwischen die Aufnahmen."

Kurz darauf kam der Sicherheitsmann mit einem Tablett voller Drinks und Kanapees zurück. Harlekin wies ihn an: „Keine Anrufe, keine Besucher, bis wir hier fertig sind."

Bachmann hob sein Glas. „Auf das Ende der Meinungsverschiedenheiten!"

„Vielen Dank, Karl, für deine Bemühungen", sagte Harlekin.

„Darauf trinke ich", sagte Basil Yanko. „Und vielen Dank, Herbert, daß Sie heute hergekommen sind. Ich weiß es zu schätzen."

„Ich habe es für George getan", erwiderte Herbert Bachmann trocken. „Außerdem habe ich gewisse Verpflichtungen gegenüber meinen Kollegen an der Börse."

Yanko meinte nachsichtig, aber bedauernd: „Mein lieber Herbert, ich bin der einzige Mann auf der Welt, dem Sie damit nicht imponieren können. Ich habe immer häßlich ausgesehen – schon als Kind. Ich habe mich jetzt daran gewöhnt. Im übrigen weiß ich, wer ich bin und was ich tue ... Sagen Sie, Mr. Desmond, wie lange werden Sie noch in New York bleiben?"

„Vielleicht noch eine Woche. Nicht länger."

„Wie ich höre, sind Sie bei Harlekin et Cie. ausgeschieden." Yanko war beinahe herzlich. „Ich möchte Sie daran erinnern, daß mein Angebot noch immer steht."

„Abgelehnt, Mr. Yanko."

George Harlekin fügte beißend hinzu: „Ich glaube, du hast klug gehandelt, Paul. Es ist ein gefährlicher Job."

Yanko brauste auf: „Das sind abträgliche Worte, Mr. Harlekin. Das stellt einen Bruch der Abmachung dar, die Sie soeben unterzeichnet haben."

„Ich habe nichts Abträgliches gehört", sagte Karl Krüger. „Sie, Herbert?"

„Nein, Karl. Ich höre sowieso etwas schwer."

Yanko trank den Rest seines Drinks in einem Zug aus. „Ich bin für solche Schuljungenstreiche zu alt, meine Herren. Ich muß jetzt gehen."

„Wenn Sie sich bewegen", sagte der Fotograf liebenswürdig, „sind Sie ein toter Mann." Er richtete die größere seiner beiden Kameras direkt auf Yankos Gesicht. „Dieser Apparat hier wirkt tödlich. Er ist mit sechs Cyanid-Patronen geladen."

„Was zum Teufel –" fuhr Harlekin ihn an.

„Bitte!" Der Fotograf machte eine Handbewegung. „Sie alle setzen sich jetzt an den Tisch. Legen Sie die Hände flach auf die Tischplatte."

„Ein ganzes Stockwerk voller Sicherheitspersonal", sagte Yanko entrüstet, „und dann geschieht so etwas! Was wollen Sie? Geld?"

„Setzen Sie sich!"

Wir setzten uns in einem Halbkreis um den Tisch und legten die Handflächen auf die polierte Platte. Der Fotograf saß uns gegenüber, die Kamera stand auf dem Tisch, sein Finger lag am Auslöser. Kurz und bündig erklärte er: „Wenn sich jemand bewegt oder um Hilfe ruft, wird er erschossen. Und jetzt, wer bin ich? Mister Nobody. Warum bin ich hier?" Aus seiner Brusttasche nahm er ein maschinenbeschriebenes Blatt und einen Kugelschreiber und legte beides auf den Tisch. „Ich bin hier, um zu warten, wie Sie alle... Mr. Yanko, Sie haben soeben ein Glas Tomatensaft getrunken. Ich muß Ihnen leider sagen, daß er vergiftet war."

Einen Augenblick trat eisige Stille ein, dann rangen wir vor Entsetzen nach Luft.

Yanko saß verächtlich und unbewegt da. „Ich glaube Ihnen nicht."

„Ich verlange nicht, daß Sie mir glauben", sagte der Fotograf. „Ich rede von Tatsachen. Sehr bald werden Sie sich schläfrig fühlen. Danach werden Sie die Herrschaft über Ihre Muskeln verlieren. Dann werden Sie einschlafen. Kurze Zeit darauf werden Sie sterben. Sie werden keine Schmerzen empfinden. Es wird nicht lange dauern. Sie werden in etwa fünfzehn Minuten das Bewußtsein verlieren."

„Sie können das nicht tun", sagte Harlekin. „Sie können doch nicht einfach zusehen, wie ein Mensch stirbt."

„Ich muß Sie berichtigen, Mr. Harlekin. Wir werden alle zusehen, wie er stirbt."

„Das werden wir nicht!" Krüger hob seine massige Faust. Die Kamera richtete sich auf seine Brust. Er ließ die Hand sinken. „Warum Yanko? Warum nicht einer von uns?"

„Das hier..." Der Fotograf hielt das gefaltete Blatt hoch. „Das ist eine Totenliste. Auf ihr stehen sechs Namen sowie ein Vermerk, wie jeder ums Leben gekommen ist. Ich werde sie vorlesen: Mrs. Basil Yanko, in einem Rennboot in die Luft gesprengt; Ella Deane, von einem Auto überfahren; Valerie Hallstrom, erschossen; Frank Lemmitz, erschossen; Audrey Levy, in London entführt, wahrscheinlich tot; Mrs. George Harlekin, erschossen. Alle diese Morde wurden von Basil Yanko organisiert und finanziert."

Yanko lachte rauh und freudlos. „Ein uralter Trick! Haben Sie diese Sache eingefädelt, Mr. Harlekin?"

„Ich habe diesen Mann in meinem ganzen Leben noch nicht gesehen", sagte Harlekin.

„Das ist wahr, Mr. Yanko. Sehen Sie, Valerie Hallstrom war eine Kollegin von mir. Ebenso Audrey Levy, die den Auftrag hatte, Lemmitz in London zu beobachten... Sie machen nicht viel Federlesens. Wir auch nicht."

„Sie können überhaupt nichts beweisen, und das wissen Sie auch."

„Nur die Polizei muß Beweise beibringen. Wir nicht. Wie fühlen Sie sich? Etwas schwer? Das ist normal ... Nein, Mr. Yanko! Wenn Sie versuchen aufzustehen, werde ich Sie erschießen, und das wird sehr schmerzhaft sein ... Bis jetzt sind Sie schonender behandelt worden als all die Menschen, die Sie auf dem Gewissen haben. Sie sterben; aber Sie sterben ganz ruhig. Keine Schmerzen. Kein Aufruhr ... Sie schwitzen. Das heißt, Sie kämpfen dagegen an. Das hat keinen Sinn. Bleiben Sie ganz ruhig."

„Was wollen Sie von mir, verdammt noch mal?"

„Nichts. Die Sache mit Ihrer Frau war recht interessant. Bernie Koonig hat uns alles erzählt. Sie waren in New York. Er goß Benzin in die Bilge. Als sie den Anlasser betätigte – wumm! Wir haben uns gewundert, warum Sie Koonig nicht ebenso wie Frank Lemmitz beseitigt haben. Wahrscheinlich waren Sie damals noch etwas weicher – oder weniger erfahren.

Wie fühlen Sie sich jetzt? Bewegen Sie die Finger! Die Reaktionen sind schon verlangsamt. Sie machen sich ganz prima ..." Er schob das Blatt Papier und den Kugelschreiber über den Tisch. „Sie sollten das lesen, solange Sie noch klar sehen können ... Dieses Zeug ist ganz merkwürdig, meine Herren. Innerhalb der nächsten fünfzehn Minuten könnten wir alles wieder herauspumpen, und er wäre wieder vollkommen in Ordnung. Tun wir es nicht, geht er kaputt. Wie Sie sehen, Mr. Yanko, ist das Dokument in Form eines Geständnisses abgefaßt. Würden Sie es, bitte, unterschreiben?"

„Da werden Sie wohl eher zur Hölle fahren, bevor ich das tue!"

„Nein, Mr. Yanko. Wir werden zusehen, wie Sie dorthin gehen."

„Das ist ja die reinste Folter!" Bachmanns Stimme klang brüchig.

„Ich weiß, Sir." Der Fotograf sprach vernünftig. „Aber Mr. Yanko ist gegen das Leiden unempfindlich. Madame Harlekin starb mit einer Kugel im Leib. Ihr Kind – das Kind, das Sie heute abend hier gesehen haben – wurde an den Händen aus einem Fenster im vierten Stock gehalten. Wenn Mr. Yanko jedoch die Qualen für Sie und für sich selbst zu beenden wünscht, braucht er nur das Geständnis zu unterschreiben. Ich würde mich dann verabschieden, und Sie hätten immer noch Zeit, einen Arzt zu rufen."

Yanko gab noch nicht auf. Er sprach schon mit etwas schwerer Zunge. „Sehen Sie, ich habe Ihnen ja gesagt, daß es eine Falle ist!"

„Wenn Sie nicht unterschreiben, Mr. Yanko, ist es eine Falltür.

Durch die fallen Sie ins Nichts. Verlieren Sie schon das Gefühl in
den Extremitäten?"

„Unterschreiben Sie, Mann!" sagte Bachmann voller Verzweiflung.

„Es ist sein Leben", sagte Krüger. „Er soll damit tun, was er will."

Es trat eine lange Stille ein, und dann sahen wir fasziniert zu, wie
Yanko sich bemühte, seine erschlaffenden Muskeln wieder unter
Kontrolle zu bringen, nach dem Kugelschreiber zu greifen und seinen
Namen unten aufs Papier zu setzen.

„Reichen Sie es mir, bitte, wieder zurück", sagte der Fotograf.
Er faltete es langsam und steckte es sich in die Tasche. „Mr. Yanko,
Sie werden jetzt behaupten, daß dieses Papier unter Zwang unterschrieben worden ist. Es genügt also nicht, daß Sie sich das Leben
gerettet haben. An diesem Tisch sitzen vier Zeugen – mich ausgenom-
men, denn ich komme und gehe. Beantworten Sie eine Frage. Haben
Sie diese Menschen töten lassen? Ja oder nein?"

„Aber Sie haben doch gesagt ... Sie haben versprochen ..."

„Diesmal werde ich das Versprechen halten. Ja oder nein?"

„Ja."

„Ich danke Ihnen, Mr. Yanko ... Nein! Keine Bewegung, meine
Herren! Er ist in etwa fünf Minuten tot."

„Aber Sie haben doch versprochen ..."

Ich hielt es nicht mehr aus. Ich stand auf und bewegte mich auf
Yanko zu. Da hörte ich das Klicken eines Lademechanismus und die
kalte Stimme des Fotografen. „Setzen Sie sich, Mr. Desmond." Die
Kamera war auf meine Körpermitte gerichtet. Ich setzte mich. Basil
Yanko hing über dem Tisch und gurgelte wie ein Betrunkener. Wir
sahen hilflos zu, wie er schließlich, mit dem Gesicht nach vorn, über
der Tischplatte zusammenbrach.

„Barmherziger Gott!" sagte Herbert Bachmann. „Jetzt haben Sie
erreicht, was Sie wollten. So, jetzt holen wir einen Arzt!"

Der Fotograf grinste und schüttelte den Kopf. „Er braucht keinen
Arzt. Er wird erst einmal einschlafen. Es ist nur die moderne Abart
eines alten Betäubungsmittels – eine normale Vernehmungsmethode.
Sie wird auf Polizeischulen gelehrt. Kein schöner Anblick ... Falls
Sie übrigens als Zeugen aussagen sollten, meine Herren, so sehen Sie
doch bitte einmal her."

Er öffnete die Kamera. „Wie Sie sehen, handelt es sich um ein
handelsübliches Gerät. Es enthält nichts Lebensgefährliches. Vielleicht
möchten Sie es Yanko sagen, wenn er aufwacht." Er nahm das Blatt

Papier aus der Tasche und übergab es George Harlekin. „Es ist für Milo Frohm bestimmt."

„Ich werde es ihm zustellen lassen. Sagen Sie Aaron, daß ich ihn anrufen werde."

„Wer ist Aaron?" fragte Herbert Bachmann.

„Jemand, von dem Sie noch nie gehört haben, Sir", sagte der Fotograf. „Shalom!"

Karl Krüger hob Yankos schlaffe Hand hoch, fühlte ihm den Puls und ließ die Hand dann wieder fallen. „Was wollen Sie mit ihm machen?"

„Meine Leute werden ihn nach unten bringen", sagte Harlekin. „Sein Chauffeur wird ihn nach Hause fahren und zu Bett bringen. Ich wünschte, ich könnte dabeisein, wenn er aufwacht. Ich würde mich gern mit ihm unterhalten."

„George, du hast ein Geständnis, das zwar vor Gericht nicht anerkannt, ihn aber für immer unmöglich machen wird", sagte ich. „Worüber kannst du dich denn jetzt noch mit ihm unterhalten?"

„Er ist heute abend gestorben", sagte Harlekin. „Ich habe mich immer gefragt, wie Lazarus wohl zumute gewesen sein mag, als er aus dem Grab stieg."

„Ich will dir sagen, wie ihm zumute war", sagte ich. „Er sah sich nur einmal kurz an, was die Menschen einander antaten, und bat darum, ins Grab zurückkehren zu dürfen!"

NOCH lange, nachdem Herbert und Karl gegangen waren und Yanko hinausgetragen worden war, hingen die Worte im Raum wie ein Schrei der äußersten Verzweiflung. Der Kreis meiner Verdammnis hatte sich geschlossen. Ich hatte zur Gewalt geraten. Ich hatte bei der Gewaltanwendung mitgewirkt. Jetzt hatte ich mit angesehen, wie Leben vernichtet wurde.

Als ich auf die Uhr sah, stellte ich mit Entsetzen fest, daß es erst sieben war. Suzanne saß noch an der Maschine, und George Harlekin erzählte einem verträumten Kind Märchen. Ich ging hinaus und hastete blindlings durch die Stadt zu Gully Gordons Bar.

Gully aß gerade zu Abend, die Bar war fast leer, und ich saß allein und mürrisch in einer Nische, als Harlekin mit Suzanne hereinkam. Sie setzten sich zu beiden Seiten von mir hin, so daß ich nicht entkommen konnte. Suzanne sagte: „George möchte mit dir sprechen. Auch wir brauchen Vergebung, Chéri."

„Wir haben sie nicht verdient. Wir sind ebensolche Mörder wie Yanko. Du nicht, aber George und ich. Das stimmt doch, nicht wahr, George?"

„Auf mich trifft es zu, ja. Auf dich nicht, Paul. Du hast versucht, mich zurückzuhalten."

„Was bist du jetzt, George – ein Beichtvater?"

„Nein. Ich versuche, ein Büßer zu sein. Es ist nicht einfach."

„George, ich kann keine Absolution mehr erteilen. Ich kann mir nicht einmal selbst verzeihen."

„Aber ich", sagte Suzanne ernst. „Ich liebe euch beide... Absolution, das ist der letzte Schritt, Paul. Tu ihn für mich."

„Was willst du denn noch?"

„Alles, Paul. Denn das heißt lieben."

„Mein Gott!"

Harlekin saß lange da und starrte in sein Glas; dann begann er langsam und mühsam, eine Beichte abzulegen:

„Ich wollte ihn tot sehen... Ich wollte ihn nackt und zitternd auf die Hinrichtung warten sehen. Bogdanovich stellte mir ein Dutzend Möglichkeiten zur Wahl. Ich hatte gar nicht gewußt, wie viele raffinierte Wege es gibt, einen Menschen zu töten: ein Gas, das man ihm ins Gesicht bläst; ein Stich mit einer vergifteten Nadel; eine Viruskultur in seinem Drink... Ich hatte ein Vergnügen daran, diese Möglichkeiten zu studieren und die Zugfolge durchzuspielen wie beim Schach.

Bogdanovich hat mir seine wohlfundierten Thesen vor Augen geführt. Das Gesetz kann die Ungerechtigkeit nicht ungeschehen machen: Man muß außerhalb der Gesetze wirken. Der Folterknecht triumphiert: Man muß ihn beseitigen. Der Räuber freut sich seiner Beute: Man erstickt ihn mit seinem gestohlenen Gold. Auf alle seine Thesen gibt es keine Antwort – nur einen Akt des Glaubens, dessen ich nicht mehr fähig war.

Du, Suzy, und du, Paul, ihr habt im Glauben an mich gehandelt. Ihr glaubtet, daß ich besser sei, als ich selber sein wollte. Ihr konntet mich nicht überzeugen, denn ihr seid mir die ganze Zeit zu nahegestanden. Ich konnte euch täuschen und mich selbst täuschen und uns allen etwas vormachen, aber Bogdanovich konnte ich nicht täuschen, und er wollte nicht zulassen, daß ich mich selbst täuschte... Dann kam der Tag, wo eine Entscheidung getroffen werden mußte. Ich suchte ihn in seinem Blumenladen auf. Er spielte mit einer kleinen

Katze, einem streunenden Tier, das ihm gerade zugelaufen war. Er
verlangte von mir genau zu wissen, was ich wollte. Ich sagte es ihm:
Yankos Leben für Julies. Er erhob keinerlei Einwände. Er brach dem
Kätzchen einfach das Genick und legte das Tier vor mich auf den
Tisch. Dann sagte er: ‚Das heißt es, Mr. Harlekin. Können Sie es
tun?‘ Ich wußte, daß ich es nicht tun konnte. Ich brachte es kaum
über mich, das tote Tier zu berühren.“

„Aber du konntest zusehen, wie ein Mann durch die Hölle des
Sterbens ging?“

„Ja. Ich muß es zu meiner Schande gestehen. Ich konnte es, und
ich tat es, und ich glaubte, daß das, was ich sah, der Gerechtigkeit
diente.“

„Glaubst du es immer noch?“

„Nein. Ich erlebte, wie Terror durch Terror zunichte gemacht
wurde... Das ist alles. Ich dachte, du hättest das Recht, das zu
wissen.“

Er versuchte aufzustehen, aber ich faßte ihn am Arm und hielt
ihn zurück. „George, ich bitte um Verzeihung. Auch ich bin nicht
stolz auf mich selbst. Bogdanovich hat auch über mich das Urteil
gesprochen. Er sagte, ich wolle Ansehen ohne Tugend, Besitz ohne
Bedrohung... Der Spießbürger, der jeden Horror auf der Welt billigt,
solange er nicht beim Essen gestört wird! Wir sind ein feines Paar.“

Suzanne sagte ungerührt: „Ihr habt versucht, euch über das Gesetz hinwegzusetzen, und trotzdem sitzt ihr hier und laßt euch von
dem Verdikt eines Mörders demütigen.“

Wir ließen es bei dieser Feststellung bewenden, denn Gully Gordon war wieder da, verbeugte sich zur Begrüßung und bat uns, ihm
unsere Lieblingsmelodie zu nennen.

WÄHREND der nächsten zwei Tage war Suzanne damit beschäftigt,
Harlekins Angelegenheiten zu ordnen, bevor er sich nach Europa
einschiffte. Ich rumorte in der Wohnung herum, stand Takeshi
dauernd im Wege und brachte mich selbst völlig durcheinander mit
Plänen für eine Zukunft, die jetzt ebenso vage schien wie das Wetter
des letzten Jahres. Ich las die Zeitungen und wunderte mich, warum
nichts über Yankos Verhaftung drinstand. Ich spielte Musik und
hörte keinen Takt. Ich hatte den kleinen Teil meiner selbst verloren, der nach Jahren des Umherirrens noch intakt geblieben war.
Ich hatte eine Frau gefunden, die ich lieben konnte, aber ich hatte

die Achtung verspielt, ohne die eine Liebe keinen Bestand haben kann. Jetzt stand ich vor der Feuerprobe einer Dinnerparty, auf der ein Gelöbnis gefeiert werden sollte, das meiner Meinung nach niemals würde eingelöst werden können. Dreimal nahm ich den Hörer ab, um Mendoza abzusagen. Jedesmal verließ mich der Mut. Suzanne war liebevoll um mich bemüht, aber ich hatte das Gefühl, ich stünde mit leerem Herzen da.

In dieser Stimmung völliger Illusionslosigkeit – die zwar meinem Alter angemessen war, sich aber sehr wenig für einen Mann geziemte, der zu seinem eigenen Verlobungsessen ging – machte ich mich mit Suzanne auf den Weg, um mit George Harlekin und Francis Xavier Mendoza zu dinieren.

Unser Treffpunkt war einer jener alten Winkel von New York, die noch vor den Barbaren bewahrt geblieben waren – ein Kellerlokal auf der First Avenue, das von unten bis oben mit Weinregalen versehen war; es besaß einen langen Eßtisch, einen Küchenchef sowie zwei Kellner und einen Kellermeister, die alle dem Grundsatz ergeben waren, daß Essen und Trinken eine heilige Handlung sei. Harlekin wanderte schon mit Mendoza an den Stellagen entlang. Mendoza begrüßte uns wie Märtyrer, die gerade aus der Löwengrube gerettet worden waren. Er küßte Suzanne auf beide Wangen, ergriff meine Hände, betrachtete mich von oben bis unten und verkündete: „Nicht schlecht! Ihr seid wenigstens noch am Leben! Harlekin hat mir gerade die Geschichte erzählt. Es ist ein Wunder, daß ihr alle noch heil geblieben seid. So, und jetzt laßt euch zeigen, was wir vorbereitet haben... Zunächst ein Kanapee mit Roquefort und Walnüssen, dazu eine Flasche von meinem eigenen Palomino und ein gemütliches Gespräch. *Susana querida,* sie haben Sie schon in Grund und Boden geredet. Hier sind Sie allein der Mittelpunkt. Haben Sie meine Flasche schon geöffnet?"

„Noch nicht", sagte Suzanne. „Sie sind noch nicht soweit."

„*Ay de mí!* Und ich dachte, es wären zivilisierte Männer. Macht nichts, Sie und ich werden sie zähmen. Dann gibt es kalten Lachs und dazu einen Pinot, ganz trocken... George, ist Ihnen nie der Gedanke gekommen, daß der Islam eigentlich ein sehr weiser Glauben ist? Er verheißt, was wir verstehen können – Blumen und Wein und großzügige Frauen... Wir Christen reden von Harfen, die niemand spielen kann, und stellen uns eine Seligkeit vor, deren Sinn niemand begreift."

„Aber wir sehnen uns danach, Francis. Das einfache Wissen, die einfachen Freuden..."

„Aha! Jetzt haben wir es, George! Die Einfachheit – das Eins-Sein! Das ist das Geheimnis, das wir unser ganzes Leben lang zu ergründen versuchen. Als nächstes, meine Freunde, haben wir ein *filet de bœuf en croûte* und dazu meinen 65er Cabernet – ein großartiges Jahr, kein Frost, die richtige Menge Regen, der Traum jedes Winzers! Wir trinken ihn jetzt in einer Zeit der Reife für uns alle. Meine Freunde, was auch immer geschehen ist und was vielleicht morgen geschehen mag: Wir sind die Glückskinder – wir haben das Glück, zu wissen, das Glück, zu genießen, das Glück, dankbar sein zu können. Wollen Sie ein Tischgebet mit mir sprechen?"

Wir standen auf, reichten uns die Hände und hielten die Köpfe gesenkt, während er sprach: „Wir essen, während andere hungern. Wir lachen, während andere traurig sind. Für das, was wir haben, sind wir dankbar. Laß uns immer daran denken, was andere nicht haben, und gib uns die Kraft, es ihnen zu schenken. Im Namen des Vaters, des Sohnes und des Heiligen Geistes. Amen."

Er bat uns mit einer Handbewegung, Platz zu nehmen – Suzanne zu seiner Rechten, Harlekin zu seiner Linken und ich ihm gegenüber. Dann sagte er: „Ich habe nie verstanden, warum der Allmächtige seine Gaben so ungleichmäßig verteilt hat."

„Vielleicht ist er blind", meinte ich ironisch.

„Oder wir sind es", sagte Suzanne.

„Oder wir legen die falschen Maßstäbe an", sagte Harlekin.

„Das halte ich für wahrscheinlicher", erwiderte Mendoza. „Guten Appetit, meine Freunde!"

Wir aßen; wir tranken; wir plauderten, glücklich in der Gegenwart eines guten Mannes, der wie der Schatten eines großen Baumes in einer sonnendurchglühten Landschaft war. Wir machten alberne Scherze. Wir lachten, als hätten wir das Lachen vergessen gehabt. Dann kam der Zeitpunkt für die Trinksprüche, die laut Francis Mendoza mit einem alten Portwein von der Farbe schöner Rubine ausgebracht werden müßten. Er erhob sich für die Zeremonie.

„Liebe Freunde! Das ist ein Augenblick des Gelöbnisses – eines Gelöbnisses zwischen Suzanne und Paul, die einander so spät zu lieben gelernt haben, und zwischen uns allen, die wir einander so sehr brauchen. Wenn ich diesen Wein nicht mit euch teilen könnte, wäre ich der einsamste Mensch auf der Welt, und der Wein würde unbeachtet in der Flasche sterben. Wenn ihr nicht miteinander die Schmerzen teilen könntet, die ihr erlitten habt, und die Vergebung, deren wir alle bedürfen – *ay!* –, dann werdet auch ihr ein einsames Leben führen, und der Wein des Lebens wird euch für immer sauer schmecken. Ich segnete euch, als ihr kamt. Ich bitte euch herzlich, daß ihr mich segnet, wenn ihr geht, denn wir sind Freunde..."

„So sei es", sagte Suzanne.

Ich fand keine Worte. George Harlekin saß lange schweigend da und erhob sich dann langsam.

„Francis, wir sind an Ihrer Tafel geehrt und in Ihrer Gegenwart gesegnet worden. Wir danken Ihnen, wir alle. Ich danke meinen Freunden, die mir in einer dunklen Zeit beigestanden und den Schmerz mit mir geteilt haben, die mich Böses haben tun sehen und mir dennoch verziehen haben. Ich möchte Paul und Suzanne ein Geschenk überreichen. Ich übergebe es ihnen mit dem Motto meines Vorfahren, der ein Clown war: ,Wenn ihr lacht, habe ich zu essen. Wenn ihr weint, dann helfe Gott uns allen!'"

Er nahm einen Umschlag aus der Tasche und reichte ihn mir über den Tisch hinweg. Ich nahm ihn in die Hand, wog ihn und betete, er möge nicht das enthalten, was ich vermutete – eine Geschenkurkunde, eine Stiftung. Sollte er versuchen, mich jetzt noch zu kaufen...

„Öffne ihn, Paul!"

Mendoza reichte mir das Käsemesser. Ich schlitzte den Umschlag auf und gab ihn Suzanne. Sie sah ihn einen Augenblick an und ließ dann den Inhalt auf ihren Teller fallen – einen zweiten Umschlag, der mit Papierschnitzeln, so klein wie Konfetti, gefüllt war. Wir starrten Harlekin an. Zum erstenmal seit langer Zeit sahen wir wieder das alte, schelmenhafte Lächeln.

Ich mußte die Frage aussprechen. „Was ist das, George?" fragte ich.

„Kannst du es denn nicht erraten?"

„Ich kann es", sagte Suzanne.

Ich hatte vergessen, daß ein Harlekin ein Clown und ein Illusionist ist. Ich begriff den Scherz erst, als Suzanne die Papierschnitzel in einer Schale aufhäufte und Francis Xavier Mendoza seinen besten Kognak darübergoß und Basil Yankos Geständnis zu Asche verbrannte.

Morris West

„Das Dilemma von George Harlekin ist das Dilemma jedes Mannes, der, sobald er merkt, daß er der Gejagte ist, in Versuchung gerät, zum Jäger zu werden", so erklärt Morris West die Motivation seines Helden in seinem neuesten Buch. Der Autor glaubt, daß der Mensch häufig in den Konflikt gerät, seinen Mitmenschen zu bekämpfen, „... wobei er im Gesicht seines sterbenden Widersachers etwas entdeckt, was er sein Leben lang vergeblich gesucht hat – das Spiegelbild seines wahren Ich." Als George Harlekin seinem Erzfeind Basil Yanko zum letztenmal gegenübertritt, ist dieser Augenblick der Erkenntnis da.

Der Titel „Harlekin" hat sowohl eine kulturhistorische als auch eine symbolische Bedeutung. Er ruft die Erinnerung wach an den Harlekin der Commedia dell'arte, die im Italien des 16. bis 18. Jahrhunderts ihre Hochblüte hatte. Gekleidet in ein buntes oder schwarzweißes Gewand mit Rhombenmuster, konnte der Harlekin jede Maske tragen und in jede Rolle schlüpfen. Es ist offensichtlich: Morris Wests Harlekin ist mit vielen Eigenschaften seines berühmten Namensvetters ausgestattet.

Der Autor hat einen großen Teil seines Lebens mit Studieren, Reisen und Beobachten verbracht. Seine frühe Beschäftigung mit der Religion noch zu Hause in Australien, seine späteren Erfahrungen als Abwehroffizier und als Sekretär des Premierministers, seine Jahre als Korrespondent des Londoner *Daily Mail* – dies alles trägt zu seiner unverwechselbaren Betrachtungsweise der moralischen Konflikte bei, die den Kern seiner Romane bilden.

Seine Arbeiten profitieren von seiner genauen Kenntnis so unterschiedlicher Schauplätze wie der Slums von Neapel, der Torfmoore der Hebriden und des Vatikans.

Fünf von Morris Wests Romanen sind bereits in den READER'S DIGEST AUSWAHLBÜCHERN erschienen, darunter solche brisante Titel wie *Des Teufels Advokat* und *In den Schuhen des Fischers*.

MRS. POLLIFAX
MACHT WEITER

MRS. POLLIFAX MACHT WEITER

Eine Kurzfassung des Buches von
DOROTHY GILMAN

Ins Deutsche übertragen von
Charlotte und Georg A. von Ihering

Als Mrs. Pollifax zur Erholung von einer „schweren Hongkong-Grippe" ein Schweizer Luxussanatorium aufsucht, ist der einzige Virus, den sie wirklich in sich trägt, der Auftrag, den Mr. Carstairs vom CIA ihr übertragen hat. Die Herstellung einer Atombombe und das Sanatorium mit der Aussicht auf den Genfer See stehen auf eine geheimnisvolle Weise in Zusammenhang. Emily Pollifax soll diesen Zusammenhang herausfinden. Sie ahnt nicht, in was für Verwicklungen sie dabei verstrickt wird.

Eine bewußtlose Frau in einem der Hotelzimmer, ein verängstigter kleiner Junge mit einem Kassettenrecorder, die plötzliche Ankunft eines faszinierenden, geheimnisumwitterten Scheichs – das alles macht Mrs. Pollifax äußerst neugierig. Der CIA teilt der Interpol mit, daß die Methoden von Mrs. Pollifax anerkannt unorthodox, aber nie ohne Sinn sind. – Alles, was sie interessiert, ist auch für den CIA interessant.

Während sie auf schmalem Grat durch bedrohliche Situationen balanciert, hängt der Frieden im Nahen Osten am seidenen Faden. Ein amüsantes Abenteuer, in dem Humor und Spannung sich die Waage halten, so daß der Leser nie weiß, soll er über die pfiffige Mrs. Pollifax lachen, oder soll er um sie zittern?

1

Es WAR Morgen, und Mrs. Pollifax saß mit verschränkten Beinen auf dem Fußboden ihres Wohnzimmers, eifrig bemüht, die Lotosstellung einzuhalten. Sie machte jetzt schon seit einigen Monaten Yogaübungen und konnte beinahe mit der Stirn das Knie berühren. Einmal hatte sie sogar – von Miß Hartshorne, ihrer Nachbarin aus dem Appartement 4C, gestützt – schon auf dem Kopf gestanden, bis ihr schwindlig wurde. Aber die Lotosstellung hielt sie nicht länger als eine Minute aus und verzweifelte schon langsam daran, je ein kontemplativer Mensch zu werden.

„Ich bin zu gut gepolstert – ich kann mich nicht zusammenfalten." Sie seufzte und bedauerte, daß sie über sechzig Jahre lang auf Stühlen und Sofas gesessen hatte, nie auf dem Fußboden. Doch diese Anwandlung von Enttäuschung ging vorüber. Schließlich war heute ein wunderschöner Tag voller Sonnenschein, und mittags fand eine Sitzung des Ausschusses für Umweltschutz statt. Als sie aufstand, hörte sie Miß Hartshorne im Flur rufen und gleich darauf ein energisches Klopfen an der Tür.

Mrs. Pollifax tapste in ihrem Trikot durch das Zimmer. Es war erst Viertel nach neun, aber bereits mitten am Tag für Miß Hartshorne, die schon um sechs Uhr früh munter spazierenging und deren Energie manchmal entnervend wirkte. Mrs. Pollifax wappnete sich.

„Ich ging gerade aus der Haustür", rief ihre Nachbarin atemlos, „als ein Eilbote mit diesem Brief für dich kam, Emily, und weil ich weiß, daß du wahrscheinlich noch nicht mal angezogen warst" – ihre Stimme schwankte zwischen Mißbilligung und Nachsicht mit den Absonderlichkeiten ihrer Freundin –, „war ich so frei, für dich zu unterschreiben."

„Sehr freundlich von dir", sagte Mrs. Pollifax und betrachtete den Brief, während Miß Hartshorne davoneilte. Es war ein Eilbrief mit dem Poststempel Baltimore, Maryland. Das ließ deutlich auf Dringlichkeit schließen. Baltimore... Dringlichkeit... Das rief in ihr die Erinnerung an gewisse kurze und geheimnisvolle Reisen wach, die sie einmal für einen Herrn namens Carstairs unternommen hatte. Ein Schauer der Aufregung lief ihr über den Rücken, als sie den Umschlag öffnete und einen Bogen mit dem geprägten Briefkopf William H. Carstairs, Rechtsanwalt, The Legal Building, Baltimore, Maryland, herauszog.

„Von wegen Rechtsanwalt!" Sie schnupfte verächtlich und setzte sich hin. Der Brief schien ein Durchschlag eines Originalschreibens zu sein, aber die Adresse, an die er gerichtet war, hatte man sorgfältig ausradiert. Unten auf die Seite hatte Carstairs' Assistent Bishop mit Rotstift gekritzelt: *Wir brauchen Sie. Haben Sie Donnerstag etwas vor?*

Mrs. Pollifax begann, den Brief zu lesen: *Sehr geehrter Monsieur Royan,* fing er an. *Unter Bezugnahme auf unser Telephongespräch von heute morgen übersende ich Ihnen in der Anlage einen Scheck über fünfhundert Dollar als die vorgeschlagene Anzahlung für den Erholungsaufenthalt meiner Schwiegermutter, Mrs. Emily Pollifax...*

„Schwiegermutter!" rief Mrs. Pollifax. „Erholungsaufenthalt?"

... in Ihrem Hotel-Sanatorium Montbrison. Sie benötigt dringendst Ruhe und Behandlung...

Das Telephon fing an zu läuten, und Mrs. Pollifax rückte mit dem Sessel dichter heran, ohne den Brief aus den Augen zu lassen. Sie nahm den Hörer ab und sagte geistesabwesend: „Ja, ja, ich bin schon da." *... und ich werde ihr zureden, sich Ihnen restlos anzuvertrauen. Ich freue mich zu hören,...*

„Mrs. Pollifax?"

„Am Apparat." *... daß Zimmer 113 mit Bad und Blick auf den See für sie reserviert ist...*

„Hier ist Mr. Carstairs' Büro. Bitte bleiben Sie am Apparat."

„O ja, gerne", rief sie, jetzt ganz erwartungsvolle Bereitschaft, denn Brief und Anruf bedeuteten, daß ihr Leben im Begriff stand, wieder Tempo aufzunehmen, sich wieder auf die Messerschneide der Gefahr einzustellen, die – wie beim Essen eines Fischs mit unzähligen kleinen Gräten – das Bewußtsein aufs äußerste schärft.

Die nächste Stimme am Telephon gehörte dem Assistenten von Carstairs. „Er ist schon unterwegs zum Flughafen", meldete ihr Bishop. „Er hofft, daß Sie sich mittags in New York mit ihm im Hotel Taft treffen können."

„Ist es so wichtig?" hauchte Mrs. Pollifax.

Bishop seufzte. „Ist es das nicht immer?"

„Ich habe den Brief bekommen, er ist eben eingetroffen."

„Er hätte schon gestern da sein sollen", sagte Bishop. „Ich hab Sie noch nicht gefragt, wie es Ihnen geht, Mrs. Pollifax, das tu ich, sobald ich gehört habe, daß Sie heute vormittag nach New York fahren können."

„Lassen Sie mich überlegen. Doch ja, ich kann einen Zug erwischen und bis Mittag dort sein", sagte sie. „Wenn ich mich beeile."

„Dann will ich gar nicht erst fragen, wie's Ihnen geht", meinte Bishop. „Fahren Sie im Taft direkt zum Zimmer 321 hinauf, ohne sich beim Empfang aufzuhalten. Ich hoffe bloß, daß Ihr Telephon nicht abgehört wird."

Mrs. Pollifax' Stimme klang schockiert. „Warum sollte es das?"

„Weiß der Himmel. Sind Sie in letzter Zeit irgendwo Mitglied geworden?"

„Nur im Ausschuß für Umweltschutz."

„Schlimm", sagte er und hängte ein.

Mrs. Pollifax eilte ins Schlafzimmer und vertauschte ihr Trikot mit einem Kleid. „Zerdrückt", stellte sie ärgerlich nach einem Blick in den Spiegel fest und seufzte über das Anwachsen ihrer Liebhabereien – Umwelt, Karate, Gartenklub, Yoga, ab und zu ein bißchen Spionage –, das alles ließ ihr zu wenig Zeit, auf ihr Äußeres zu achten. Sie stülpte ihren neuesten Hut auf die zerzauste Frisur und telephonierte nach einem Taxi.

UM ELF Uhr achtundfünfzig stieg Mrs. Pollifax im Hotel Taft aus dem Fahrstuhl und ging einen teppichbelegten Korridor hinunter. Die Tür zu Zimmer 321 stand offen. Sekundenlang schossen ihr Gedanken an eine Falle und Mord und Totschlag durch den Kopf. Sie sah

Carstairs schon in einer Blutlache liegen – da trat er persönlich in ihr Blickfeld, groß, hager und höchst lebendig.

„Tag, wie geht's?" begrüßte er sie mit einem herzlichen Händedruck. „Ich habe Kaffee und Sandwiches bestellt – es war wirklich nett von Ihnen, sich so zu beeilen. Kommen Sie herein."

„Sie haben sich Koteletten stehen lassen!"

„Man muß mit der Zeit gehen", sagte er bescheiden und machte die Tür zu. Er drehte sich um und musterte sie. „Sie sehen prächtig aus. In der Tat viel zu gesund für unsere Zwecke. Weißer Puder", meinte er nachdenklich. „Vielleicht einen Krückstock?" Ihr wilder Hut erregte sein Kopfschütteln. „Nehmen Sie Platz, und trinken Sie Kaffee." Mrs. Pollifax setzte sich.

Er rollte den Servierwagen zu ihr hin und goß für sie beide ein. „Bishop hat mir gesagt, daß Sie eine Durchschrift von dem Brief erhalten haben."

„Heute morgen", bestätigte sie.

„Die Brote sind mit Speck, Salatblättern und Tomaten belegt", erklärte er und setzte sich in ihre Nähe. „Wenn Sie diesen Auftrag für uns übernehmen können, müssen Sie übermorgen, also Donnerstag, abreisen."

„Wenn?" fragte sie und zog eine Augenbraue hoch.

„Ja." Er zögerte. „Ich muß Sie warnen. Die Aufgabe unterscheidet sich diesmal von Ihren bisherigen. Es ist kein Kurierauftrag."

Mrs. Pollifax legte ihr Brot hin. „Ich werde befördert!"

Er lachte. „Befördert zu neuen Gefahren, wollen wir lieber sagen, Mrs. Pollifax. Vorausgesetzt, daß Ihre Einstellung sich nicht geändert hat."

„Bei meinen bisherigen Einsätzen waren natürlich mancherlei Risiken vorhanden, aber sie schienen mir damals nicht übermäßig groß zu sein. Ich hab immer soviel Spaß dabei – ganz egoistisch, kann ich Ihnen versichern – und komme mit den erstaunlichsten Leuten zusammen. Jedenfalls kann man die Zukunft schwerlich voraussagen, nicht wahr? Nein, meine Einstellung hat sich nicht geändert, Mr. Carstairs."

„Gott sei Dank", murmelte er. Dann schnippte er mit den Fingern und sagte: „Bald hätte ich Bishop vergessen!" Er eilte zum Telephon, und Mrs. Pollifax sah, daß der Hörer aufrecht an eine Lampe gelehnt war. Carstairs nahm ihn auf und sagte: „Haben Sie gehört, Bishop? Rufen Sie Schönbeck in Genf an, und setzen Sie die Sache in Gang."

Er hängte auf. „Jetzt wissen Sie auch, wohin die Reise geht. In die Schweiz."

„Oh, wie schön! Ich hab gehofft, daß es nicht wieder hinter den Eisernen Vorhang geht. Nach meiner Flucht aus Albanien –"

Carstairs feixte. „Na hören Sie mal, es ist nicht jedem Mitglied des New Brunswicker Garten-Clubs vergönnt, aus Albanien zu fliehen, nicht wahr? Wollen mal sehen, was Sie mit der Schweiz aufstellen. Ich möchte Sie im Hotel-Sanatorium Montbrison als Patientin einsetzen, aber während Sie dort unter ärztlicher Beobachtung sind, sollen Sie bitte Ihrerseits das Sanatorium beobachten."

„Ist es ein Sanatorium oder ein Hotel?" fragte Mrs. Pollifax verwundert.

„Wir in Amerika sind nicht an diese Kombination gewöhnt", gab er zu, „aber in Europa ist das anders. Montbrison ist ein Sanatorium, in das sich reiche Leute aus aller Herren Länder begeben, um sich behandeln zu lassen, auszuruhen oder abzunehmen. Die Mischung mit Hotelbetrieb macht das äußerst angenehm. Wie ich gehört habe, ist die Küche phantastisch. Montbrison hat internationalen Ruf und zählt zu seinen Gästen Leute aus dem Nahen Osten wie auch aus ganz Westeuropa."

Carstairs kehrte zu seinem Sessel zurück und sah sie über seine zusammengelegten Finger hinweg an. „Wir stecken in einer Klemme, Mrs. Pollifax", sagte er schließlich. „Es ist eine Geheimsache, und da jetzt auch Interpol mit hineingezogen ist, kann ich nicht alles erzählen. Um es aber in einem Satz zusammenzufassen – es sind in letzter Zeit zwei kleinere, sehr beunruhigende Diebstähle von Plutonium vorgekommen, der erste hier in Amerika und in jüngster Zeit einer in England."

„Plutonium!" wiederholte Mrs. Pollifax. „Das braucht man doch zur Herstellung von –"

„Genau. Die gestohlenen Pfunde ergeben zusammen eine gefährliche Menge – tatsächlich beinahe genug für eine kleine Atombombe. Plutonium wird künstlich hergestellt, wie Sie wissen, und zwar in einem Kernreaktor. Dadurch ist es bisher das Spielzeug der reichen Nationen geblieben und unerreichbar für Entwicklungsländer. Die beiden Diebstähle sind mit unheimlicher Geschicklichkeit ausgeführt worden. Wir haben Grund zur Annahme, daß mindestens eine der Sendungen als Postpaket ans Sanatorium Montbrison geschickt wurde."

„Kann denn so etwas einfach mit der Post befördert werden?"
fragte Mrs. Pollifax ungläubig.

„O ja. Für eine kleine Atombombe braucht man nur etwa elf Pfund
Plutonium. Und das ist es ja, was uns so beängstigt", fügte er nachdrücklich hinzu. „Bis jetzt sind neun Pfund abhanden gekommen.
Verteufelte Geschichte, wie Sie begreifen werden." Er ging zu einer
ledernen Kassette auf dem Tisch, öffnete sie und holte einen Dia-
projektor heraus. Dann rollte er den Tisch in die Mitte des Zimmers
und sagte: „Würden Sie bitte den Schalter gleich hinter Ihnen aus-
drehen?"

Er betätigte den Apparat, und ein helles Viereck erschien auf der
gegenüberliegenden Wand. Gleich darauf wurde es von der Nahauf-
nahme einer kleinen Holzkiste abgelöst. „So, glauben wir, hat die
Sendung ausgesehen", erklärte Carstairs. „Mit einem Vermerk in
Schablonenschrift auf beiden Seiten der Kiste: MEDIZINISCHE IN-
STRUMENTE – VORSICHT! NICHT STÜRZEN!"

„Das ist aber nicht die Originalkiste?"

„Nein – eine Nachahmung auf Grund einer Beschreibung, die wir
bekommen haben. Wahrscheinlich ist sie per Eilboten abgeschickt
worden. Sie dürfte vor neun Tagen im Sanatorium angekommen
sein."

„Soll sie noch dort sein?" fragte Mrs. Pollifax überrascht.

„Das können wir nicht genau sagen. In Zusammenarbeit mit der
Schweizer Polizei hat Interpol einen Mann als Kellner ins Sanatorium
eingeschleust. Dieser Mann – er heißt Marcel – hat weder die Kiste
noch irgendwelche Papiere darüber im Haus finden können. Dann
hat der britische Geheimdienst einen seiner Leute namens Fraser als
Patienten ins Sanatorium geschickt."

Er zögerte. „Leider hatte Fraser einen Unfall, Mrs. Pollifax. Vor
zwei Tagen ist er in eine Schlucht in der Nähe des Sanatoriums gestürzt. Als man ihn fand, war er tot."

„Ach, du lieber Himmel", sagte Mrs. Pollifax. „Unter den Umständen klingt das sehr verdächtig. Glauben Sie nicht auch?"

Er nickte mit düsterer Miene. „Ich muß hinzufügen, daß wir mit
den Sanatoriumsleuten nicht ganz offen waren. Man hat ihnen erzählt,
daß es sich um eine Rauschgiftuntersuchung handelt, und wir haben
sie weder über Fraser noch über Marcel ins Vertrauen gezogen. Wir
werden es auch mit Ihnen so halten. Es könnte ja schließlich ein
Sanatoriumsangehöriger sein", fügte er sachlich hinzu, „der das Haus

für gesetzwidrige Handlungen benutzt. Jetzt ist Fraser tot. Es könnte auch ein unglücklicher Zufall gewesen sein. Oder er hatte vielleicht etwas entdeckt. In dem Fall –" Er verschluckte taktvoll den Rest des Satzes und fuhr statt dessen fort: „Sie dürfen es mir nicht übelnehmen, Mrs. Pollifax, daß ich Ihre Dienste auf eigene Faust angeboten habe. Die Schweizer arbeiten mit uns zusammen. Interpol ist natürlich auch dabei, ebenso die Regierung der Vereinigten Staaten – und damit wir vom CIA – und die Engländer."

Das Kompliment war nicht ausgesprochen, aber offensichtlich. „Aber glauben Sie denn wirklich, daß ich –" sagte Mrs. Pollifax zweifelnd.

Er warf seine Hände in die Höhe. „Mir fallen mindestens zehn meiner Agenten ein, die die nötige Ausbildung und Erfahrung haben, aber ich habe das Gefühl, daß diese Situation noch etwas mehr erfordert – eine seltene Art von Intuition, eine Begabung, das zu wittern, was anderen entgeht. Und Sie können auch gut mit Menschen umgehen und benehmen sich eben nicht wie ein Berufsagent." Er fügte zusammenhanglos hinzu: „Was wir hier verfolgen, Mrs. Pollifax, – abgesehen von dem gestohlenen Plutonium – ist das Böse in seiner reinsten Form."

„Das Böse", wiederholte sie sinnend. „Das ist ein altmodisches Wort."

„Direkt biblisch", stimmte er zu. „Aber Sie müssen nicht vergessen, daß man an einen der gesetzwidrigen Verwendungszwecke, zu denen Plutonium mißbraucht werden kann, nur mit Entsetzen denken kann." Sie nickte. „Es ist wohl besser, ich zeige Ihnen noch, was in der Kiste war."

Er beugte sich wieder über seine Diapositive. „Hier haben wir's – Beweisstück Nummer eins."

Mrs. Pollifax betrachtete den harmlos aussehenden Gegenstand, der auf der Wand erschien. „*Das* ist Plutonium?"

„Ja, zu einer kleinen Metallkugel geformt, die etwa zwei Kilogramm wiegt. Sieht nicht sehr sympathisch aus, nicht wahr?" Er ging zum nächsten Bild über. „Jede Kugel wurde einzeln in Plastikbeutel verpackt und dann –" hier wechselte er wieder das Dia – „in eine mit einem reaktionsträgen Gas gefüllte Dose gesteckt, die ihrerseits in dies seltsame Gestell verpackt wurde, das wie ein Vogelbauer aussieht. Wenn Sie auf eins von diesen Dingern stoßen sollten, fassen Sie es ja nicht mit bloßen Händen an, sondern nur mit Spezialhandschuhen, die Sie mitbekommen. Jetzt werde ich Ihnen zum Abschluß noch den Lageplan des Sanatoriums Montbrison zeigen. Wie Sie wissen, ist Zimmer 113 für Sie reserviert."

„Aus einem besonderen Grund?"

„O ja. Von Ihrem Balkon haben Sie einen wunderbaren Ausblick auf den Genfer See, und Sie werden außerdem linker Hand einen schmalen, unglaublich steilen Weg sehen können, der um den nächstgelegenen Berg herumführt. Von jedem anderen Stockwerk aus ist er durch die Bäume verdeckt." Damit schaltete er zu einem neuen Dia um, das das Gelände um das Sanatorium herum zeigte. Er stand auf und deutete auf ein kleines eingezeichnetes Kreuz. „Jede Nacht um zehn Uhr wird ein Wagen an diesem Punkt des Feldwegs geparkt sein, den Sie von Ihrem Zimmer aus sehen können. Dem signalisieren Sie mit Ihrer Taschenlampe vom Balkon aus. Das ist Ihre Verbindung mit der Außenwelt."

Sie runzelte die Stirn. „Kann auch niemand anders mein' Signal beobachten?"

Er schüttelte den Kopf. „Zimmer hundertdreizehn liegt ziemlich hoch. Im zweiten, das heißt eigentlich im dritten Stock, da das Sanatorium in den Hang gebaut ist. Die Behandlungsräume befinden sich im Erd- beziehungsweise Untergeschoß; Empfangshalle, Speisesaal und Gesellschaftsräume im nächsten Stockwerk, und darüber sind die Patienten untergebracht. Sobald Sie abends signalisiert haben, wird das Auto seine Scheinwerfer einschalten. Wenn alles in Ordnung ist, blinken Sie zweimal, aber wenn Sie etwas Wichtiges zu melden haben, blinken Sie viermal mit Ihrer Lampe. Dann können Sie innerhalb der nächsten halben Stunde einen Anruf erwarten. Da das Gespräch über die Telephonzentrale des Sanatoriums läuft, werden wir für Sie einen einfachen Kode ausarbeiten, der sich auf Ihre Gesundheit bezieht." Er stöpselte den Projektor aus und verpackte ihn in seinen Kasten. „Abgesehen davon wird Ihre Aufgabe darin bestehen, sich unter die Gäste zu mischen, soviel Nachforschungen wie möglich anzustellen und Augen und Ohren offenzuhalten. Und bewundern Sie keine Sonnenaufgänge am Rande eines dreißig Meter tiefen Abgrunds."

„Bestimmt nicht", versicherte sie.

„Wir haben für übermorgen um sechs Uhr nachmittags eine Flugkarte nach Genf für Sie bestellt. Ich werde ans Sanatorium telegraphieren, daß man Sie mit dem Auto vom Flughafen abholt – wie es sich für die Schwiegermutter eines prominenten Anwalts aus Baltimore gehört", fügte er mit einem schalkhaften Lächeln hinzu.

„Und wovon erhole ich mich eigentlich?" erkundigte sich Mrs. Pollifax.

„Wie wär's mit der bewährten Hongkong-Grippe?"

„Gut", stimmte sie zu. „Aber wenn ich schon so bald abreise, was soll ich dann bloß meinem Sohn in Chicago und meiner Tochter in Arizona erzählen? Dem Gartenklub. Meiner Nachbarin, Miß Hartshorne, dem Kunstverein ..."

„Wem sonst noch?" fragte Carstairs, der sichtlich sehr beeindruckt war von der Aufzählung.

„... dem Krankenhaus-Hilfsdienst, dem Ausschuß für Umweltschutz und –" sie hielt ein und runzelte mißbilligend die Stirn über seinen Gesichtsausdruck – „meinem Karatelehrer."

„Auf den habe ich mit angehaltenem Atem gewartet. Wirklich sehr eindrucksvoll."

„Meine Karateschläge auch", erwiderte sie bescheiden. „Aber unter welchem" – sie suchte nach dem passenden Wort – „Deckmantel reise ich nun?"

„Darf ich einen Besuch bei Adelaide Carstairs in Baltimore vorschlagen?" Er feixte. „Ich überlasse die Ausschmückung Ihnen. Ich bin überzeugt, daß Ihnen schon was Dramatisches einfallen wird."

Er blickte auf seine Uhr. „Du lieber Himmel, schon eins! Haben wir alles besprochen? Also, ich möchte, daß Sie am Donnerstag um vier Uhr am Kennedy-Flughafen sind. Sie werden durch Lautsprecher ausgerufen und bekommen weitere Instruktionen, ebenso Ihre Flugkarte und den Kode, den wir für Sie ausarbeiten." Er streckte ihr die Hand hin. „Tja, Mrs. Pollifax", sagte er bedauernd, „jetzt geht's wieder los."

„Ja", sagte sie, stand auf und drückte ihm die Hand.

„*Bon voyage.* Essen Sie Ihr Sandwich auf, und geben Sie den Schlüssel unten beim Empfang ab." An der Tür blieb er stehen, die eine Hand schon auf dem Türknauf. „Und verdammt noch mal, machen Sie mir keinen Kummer, und lassen Sie sich nicht den Schädel einschlagen."

Sie war wirklich ganz gerührt von der Besorgnis in seiner Stimme. Dann machte sie sich wieder an ihr belegtes Brot und überlegte sich, ob Adelaide Carstairs eine ältliche Tante sein sollte, die sich den Schenkelhals gebrochen hatte – was sie als zu langweilig verwarf.

Oder eine Nichte, die mit einem Schurken durchgebrannt war, oder
eine Freundin, die einem Schwindler zum Opfer gefallen war und
Trost und Rat brauchte. Schließlich verwandelte Mrs. Pollifax
Adelaide Carstairs einfach in eine alte Schulfreundin, die seit kurzem
verwitwet war.

Du wirst Dich sicher erinnern, daß ich Dir von ihr erzählt habe,
schrieb Mrs. Pollifax an diesem Abend ihrer Tochter in Arizona. *Ich
fahre nur auf ein bis zwei Wochen nach Baltimore, um sie auf andere
Gedanken zu bringen,* fügte sie hinzu.

AM NÄCHSTEN Morgen ging sie in vergnügter Stimmung in die
Stadt, um einige Einkäufe zu machen, aber fest entschlossen, keinen
unmodernen Hut oder Krückstock zu kaufen. Ein Abendkleid
schwebte ihr vor. Schon seit langem hatte Mrs. Pollifax den heim-
lichen Wunsch nach etwas Zeitgemäßerem gehegt, als man im dritten
Stock der Abteilung für ältere Damen bekommen konnte. So landete
sie in einer hypermodernen Boutique und verbrachte eine anregende
Stunde im Gespräch mit einer jungen Verkäuferin in Minirock und
hohen Stiefeln, die sicher dachte, daß Mrs. Pollifax auf einen Maskenball gehen wollte. Was in gewisser Weise ja auch der Wahrheit
entsprach.

Sie brachte ein langes Gewand aus violettem, bedrucktem Stoff
und mehrere Gebetsketten mit nach Hause. In dem Kleid sah sie aus
wie die Hohepriesterin eines religiösen Kults, aber ihr machte diese
Verwandlung Spaß.

Außerdem war das Ding auch noch bügelfrei, rechtfertigte sie sich
tugendhaft.

Als nächstes mußte sie Miß Hartshorne ihre Abreise erklären. „Sie
fühlt sich so einsam", erzählte sie ihrer Nachbarin bei einer Tasse
Tee. „Anpassungsperiode, verstehst du?" Inzwischen hatte Adelaide
Form und Gestalt angenommen und existierte beinahe wirklich. „Sie
und ihr Mann standen sich sehr nahe", ergänzte sie.

Miß Hartshorne kniff den Mund zusammen. „Wir sind schon so
lange befreundet, daß ich aussprechen kann, was ich denke, Emily.
Du läßt dich von Leuten ausnutzen. Seit Jahren versuche ich nun
schon, dich zu überreden, mal mit mir zu verreisen, aber nein, du
willst überhaupt nicht reisen. Das Leben, das du führst, Emily, ist
ungesund und langweilig. Du fährst nie in interessante Gegenden,
kommst nie mit neuen Menschen zusammen. Eine alte Freundin zu

trösten, das nenne ich keine Erholung. Dein Grundproblem ist, daß
du keinen Funken Abenteuerlust
hast, Emily."

„Nicht die Bohne", bestätigte Mrs.
Pollifax und strahlte ihre Freundin
an, „aber darf ich dir nicht trotzdem
noch eine Tasse Tee einschenken,
Grace?"

„ACHTUNG ... Achtung ... Mrs.
Emily Pollifax bitte zum Informa-
tionsschalter."

Mrs. Pollifax ergriff ihren Koffer
und trug ihn zum Auskunftsschalter
des Flughafens. Unmittelbar darauf
eilte ein Mann auf sie zu, der in
einer Hand einen Koffer, in der an-
dern einen Veilchenstrauß trug. Sie musterte ihn erstaunt. „Bishop!"

Er beugte sich vor, küßte sie leicht auf die Wange und drückte
ihr die Blumen in die Hand. „„Fürchte die Danaer, selbst wenn sie
Geschenke bringen'", zitierte er. „Wie geht es Ihnen? Ich freue
mich, Sie wiederzusehen."

„Ganz meinerseits", sagte sie. „Ich hätte mir nie träumen lassen,
daß man Sie –"

„Psst, Mrs. Pollifax", sagte er mit Verschwörermiene und nahm
ihr den Koffer ab. „Folgen Sie mir." Er führte sie um eine Ecke zu
einer Tür mit der Aufschrift: PRIVAT. ZUTRITT NUR FÜR PERSONAL.
Er öffnete sie, ließ Mrs. Pollifax den Vortritt und schloß hinter sich
ab. „Man hat uns dies Büro für zehn Minuten zur Verfügung gestellt." Er legte seinen Koffer auf den Schreibtisch. „Sie sind sich doch
klar darüber, daß Sie mir durch die Annahme dieses Auftrags fürchterliche Stunden bereiten, nicht wahr? Carstairs weiß nicht genau,
ob er Sie auf eine falsche Fährte ansetzt oder in eine Räuberhöhle
schickt. Er ist völlig aufgelöst."

„Aber hören Sie, das klingt doch alles ganz einfach, und es wird
sicher eine nette Abwechslung für mich."

„Ach so. Na, dann wollen wir mal weitermachen." Er öffnete
seinen Koffer. „Hier habe ich eine Taschenlampe von unübertroffener

Qualität für Sie. Dazu einen Satz Batterien, denn wir können ja nicht riskieren, daß die Verbindung abbricht."

„Taschenlampe und Batterien", wiederholte Mrs. Pollifax, machte ihren eigenen Koffer auf und verstaute beides darin.

„Einen Kode in einem geschlossenen Umschlag, der auch noch Schweizer Franken enthält. Den Kode werden Sie sich freundlicherweise unterwegs einprägen und dann vernichten. Ein Päckchen Streichhölzer, um den erwähnten Kode zu verbrennen. Und hier – o ja, Sie werden schon Ihren Spaß haben – einen Geigerzähler."

„Geigerzähler? Carstairs hat nichts davon erwähnt."

„Genaugenommen ein Szintillationszähler", verbesserte er sich und zog ein hübsches, ledernes Juwelenkästchen hervor. „Er hat es mir überlassen, davon zu sprechen, denn als er sich mit Ihnen traf, waren wir noch damit beschäftigt, wie wir das Ding tarnen könnten. Sie können ja nicht gut ohne so ein Gerät nach radioaktivem Zeug herumstöbern, nicht wahr? Sie brauchen auch diese Handschuhe, die ich mitgebracht habe. Jetzt sehen Sie sich das mal an." Er öffnete das Kästchen.

Ihr stockte der Atem. „Sind die echt?" fragte sie und starrte auf den Smaragdanhänger, eine riesige Diamantbrosche und zwei glitzernde Rubinhalsketten.

„Ganz echte Imitationen", antwortete er, „aber verdammt teure Imitationen. Sind die nicht fabelhaft?" Er beugte sich über das Kästchen. „Sehen Sie diesen winzigen Goldknopf am Scharnier? Wenn Sie fest darauf drücken, geht der Verschluß auf und Sie können den Boden herausziehen." Er tat es, und zum Vorschein kamen ein Zifferblatt und zwei Knöpfe, die in eine glatte Metallfläche eingelassen waren. Er drehte an einem der Knöpfe, und ein schwacher Summerton wurde vernehmbar. „Das ist normal", erklärte er. „Zeigt an, daß es funktioniert. Der Zeiger auf dem Zifferblatt schlägt aus, wenn das Ding was Interessantes ausschnüffelt. Und hier ist Ihre Flugkarte." Er tippte mit dem Finger auf eine Liste. „Flugkarte, Juwelenkästchen, Taschenlampe, Batterien –"

„Und Veilchen", erinnerte sie ihn. „Sehr großzügig von Ihnen. Ich liebe Veilchen über alles."

„Das sehe ich." Er blickte belustigt auf ihren Hut, der wie eine mit Veilchen und Stiefmütterchen überwucherte Badekappe aussah. „Ach ja – da ist noch etwas. Der Kellner Marcel." Bishop holte eine Photographie aus seiner Brieftasche und zeigte ihr ein schwermütiges

Gesicht mit hohen Backenknochen und schwarzem Haar. „Etwa ein Meter fünfundsechzig groß. Breitschultrig. Aber suchen Sie ihn nicht, sondern warten Sie, bis er sich zu erkennen gibt."

„In Ordnung", sagte Mrs. Pollifax verständnisvoll.

„Das ist so ziemlich alles", schloß er melancholisch. „Deshalb glaube ich, Sie gehen jetzt wohl am besten." Er schloß die Tür auf, öffnete sie, machte sie wieder zu und sagte ernst: „Sie werden doch vorsichtig sein? Und nur versuchen, das Dingsbums zu finden, und sonst ganz brav sein?"

„Ich glaube, ich werde mir äußerst brav vorkommen, wenn ich das Dingsbums gefunden habe", erwiderte sie.

Er seufzte. „Ja, ja, aber ich möchte darauf hinweisen, daß jeder Verbrecher, der sich auf ein so hohes Spiel einläßt, sehr gefährlich ist. Ein richtiges Raubtier."

Mrs. Pollifax blickte ihn an. „Was soll das, Bishop?"

Er machte ein finsteres Gesicht. „Hol's der Teufel, Carstairs wollte Sie nicht beunruhigen, aber ich glaube, Sie müssen es wissen. Der Sektionsbefund von Fraser ist heute vormittag eingetroffen. Er war schon tot, ehe er in den Abgrund stürzte."

„Ehe er abstürzte", wiederholte sie mechanisch.

„Ja. Die tödliche Kopfwunde kann nicht von einem der Felsen herrühren, auf die er – äh – seine Leiche beim Absturz aufgeschlagen ist."

„Versteh schon", sagte sie ruhig. „Sie meinen, er ist ganz einwandfrei ermordet worden. Danke, daß Sie das erwähnt haben, Bishop. Ich werd's mir merken. Erlauben Sie mir jetzt zu gehen?"

„Ungern", sagte er und machte ihr die Tür auf. *„Sehr ungern."*

DER Kode, den sich Mrs. Pollifax in der Toilette des Flugzeugs vornahm, kam ihr sehr komisch vor. Er las sich wie ein Kinderreim.

> Alles ist ruhig – „Ich erhole mich gut"
> Ich bin beunruhigt — „Ich habe Husten"
> Ich glaube, ich bin in Gefahr – „Ich glaube, ich habe Fieber"

Unter diesen einfachen Sätzen standen die Kodenamen:

> Marcel – „Vetter Matthew"
> Plutonium – „Onkel Bill"
> Polizei – „Peter"
> Carstairs — „Adelaide"

Nachdem sie den Kode einige Male gelesen hatte, verbrannte sie den Zettel in einem Aschenbecher und kehrte auf ihren Sitz zurück, um sich einen Wildwestfilm anzusehen. Über Bishops Abschiedsworte wollte sie im Augenblick lieber nicht weiter nachdenken. Frasers Tod bedeutete, daß tatsächlich etwas in Montbrison war, wofür es sich lohnte, einen Mord zu begehen.

Lange bevor der Film zu Ende war, hatte sich der Himmel, den sie durch ihr Fenster sah, in Silber verwandelt, und sie beobachtete, wie sich über den ganzen Horizont hin orange- und rosafarbige Bänder in Sonnenschein auflösten. In New York war es erst Mitternacht, aber sie hatten eine Zeitzone überquert und trafen nun auf den europäischen Tagesanbruch.

Mrs. Pollifax versuchte jetzt, sich in ihre neue Rolle hineinzuversetzen. „Ich bin eine Schwiegermutter, die sich von einer Grippe erholt", wiederholte sie im Geiste vor sich hin und übte ein leichtes Husten. „Mein Schwiegersohn, William Carstairs, wohnt in Baltimore." Ein Wagen würde sie erwarten – ein angenehmer Gedanke – und in flottem Tempo zum Sanatorium bringen, eine Fahrt von etwa achtzig Minuten. Dort mußte sie einen entsprechend müden Eindruck machen.

Mrs. Pollifax hüstelte wieder, leise und zurückhaltend, und übte sich darin, müde auszusehen.

2

Der Fahrer fuhr schweigend und geschickt dahin. Mrs. Pollifax starrte aus dem Fenster auf sanfte Berge, rote Ziegeldächer und erhaschte ab und zu einen kurzen Blick auf einen blassen und schimmernden Genfer See. Sie kamen an terrassierten Weingärten und erwachenden Dörfern vorbei, und nach einer Stunde Fahrt begannen sie zu steigen.

Mrs. Pollifax beugte sich eifrig vor. Die Straße zog sich in Serpentinen atemberaubend hoch oberhalb des Sees hin. Etwas langsamer fuhren sie durch ein Dorf, das an einen steilen Berghang gebaut war. Läden säumten die abfallende Straße, darunter auch ein Café mit Sonnenschirmen, die wie Blumen zwischen den Reihen von buntgedeckten Tischen blühten. Der Wagen bog in einen engen Pflasterweg ein. Vorbei an einer steinernen Kirche, die am Berghang klebte, kamen sie in einen schattigen Wald, der tief unten in einem Abgrund

endete. Vor sich sah Mrs. Pollifax eine diskrete Tafel: PRIVAT –
HOTEL-SANATORIUM MONTBRISON.

Der Chauffeur deutete auf ein großes, weit ausladendes Gebäude,
das von Bäumen und Büschen fast erstickt wurde. Sie bogen in eine
steil nach unten führende, enge Zufahrt zwischen zwei Lorbeer-
büschen ein, fuhren an einem Treibhaus vorüber und hielten vor dem
Haupteingang des Sanatoriums.

Vor der Tür fegte ein untersetzter junger Mann in grüner Schürze
die Vordertreppe, während ein kleiner Junge von zehn oder elf Jahren
auf der obersten Stufe saß und ihm zusah. Beide blickten neugierig
auf.

Mrs. Pollifax stieg aus und warf durch die offene Tür einen Blick
in die düstere, dunkel getäfelte Empfangshalle. Der Junge stand auf
und rief mit schriller Stimme: *„Bonjour, Madame!"* Ein Sturzbach
von französischen Worten folgte der Begrüßung.

Mrs. Pollifax lächelte. „Bedaure, ich spreche nur englisch."

„Aber, Madame, ich spreche auch englisch", erwiderte er auf und
ab hüpfend. „Sind Sie hier als Patientin? Sind Sie Engländerin? Sind
Sie hergeflogen? Bleiben Sie lange hier?"

Ein Mann in schwarzer Uniform erschien, sagte auf französisch
etwas Beruhigendes zu dem Jungen und lächelte Mrs. Pollifax an.
„Ich bin der Portier, Madame. Willkommen im Sanatorium. Sie sind
doch Madame Pollifax, nicht wahr?" Sie nickte. „Bitte treten Sie
näher." Er gab dem Mann mit der grünen Schürze einen kurzen
Befehl, worauf dieser seinen Besen hinlegte und den Koffer von Mrs.
Pollifax nahm. „Bitte kommen Sie herein, und füllen Sie Ihre Anmeldung aus. Dann werden Sie sicher gern frühstücken wollen. Es
wird Ihnen sofort aufs Zimmer serviert."

Drinnen trug sie sich ins Anmeldebuch ein und gab ihren Paß ab.
„Der wird Ihnen innerhalb einer Stunde wieder zugestellt", versicherte der Portier freundlich. „Hoffentlich gefällt es Ihnen hier bei
uns, Madame."

Als sie langsam im Fahrstuhl nach oben entschwebte und hinunter-
schaute, sah sie den Jungen im Eingang stehen und ihr nachstarren.
Seine kurze Begeisterung bei ihrer Ankunft war wieder erloschen, und
seine großen Augen blickten traurig drein. Sie war froh, als der
Fahrstuhl sie seinen Blicken entführte.

MRS. POLLIFAX ging durch ihr Zimmer und öffnete die Balkontür. „Oh, wie bezaubernd", flüsterte sie und trat an das Geländer. Vom dritten Stock aus blickte sie über die Wipfel hoher Bäume, die sich in der leichten Brise wiegten. Dahinter und beinahe senkrecht unterhalb hinterließ ein Dampfer auf dem See mit seinem Kielwasser ein winziges V. Der Genfer See breitete sich fast bis zum Horizont aus, ein hellblaues Spiegelbild des Himmels. Friedliche Morgengeräusche drangen bis zu ihrem Balkon herauf: das An- und Abschwellen von fernem Verkehr, Vogelgezwitscher, das dumpfe Tuten eines Dampfers, eine Kirchenglocke – alles gedämpft durch Entfernung und Höhe.

Sie blickte hinunter und suchte den Garten. Sie sah ein breites Sims vor ihrem Balkon, das diesen mit dem nächsten Balkon verband und bis zum Ende des Gebäudes lief. Dieses Sims verdeckte viel von der Sicht, aber sie konnte den gepflegten Rasen, bunte Blumen, einen Kiesweg, überwuchert von hellroten Kletterrosen, und einen Aussichtspavillon sehen.

Sie suchte und fand ihren Weg auf der linken Seite, genau wie Carstairs beschrieben hatte, ein schmaler Einschnitt in der nahe gelegenen Bergwand, unglaublich steil ansteigend. Ein Schwarm von Schwalben, der eine Pyramidenpappel umflog, unterbrach ihre Betrachtung, aber das war auch das einzige Lebenszeichen in Montbrison.

Jemand klopfte an ihre Tür. Zögernd verließ sie den Balkon, ging ins Zimmer und rief: „Herein."

Ein Kellner mit einem Tablett in der Hand trat ein. Er setzte es schwungvoll auf dem Tisch ab. „Wünschen Madame hier oder auf dem Balkon zu frühstücken?"

„Ich glaube, auf dem Balkon würde ich einschlafen", antwortete sie, und sie tauschten einen langen, interessierten Blick. Er war ein stämmiger junger Mann, ziemlich dunkelhäutig, mit strahlendblauen Augen und schwarzem Haar. Er trug einen Mittelscheitel wie ein altmodischer Barmixer. Auf Bishops Photo hatte er finster ausgesehen. Das tat er jetzt noch, aber es war die Brummigkeit eines Komikers, der ein Schnellfeuer von frechen Witzen loslassen kann, ohne eine Miene zu verziehen. Marcel hat etwas von einem Clown, dachte sie.

„Ich werde hier bleiben", sagte sie und setzte sich prompt hin.

„Man hat Madame das europäische Frühstück heraufgeschickt – sehr wenig", erklärte er bedauernd. „Wenn Madame mehr wünschen, bitte nur den Zimmerservice anrufen. Darf ich Ihnen Kaffee einschenken?" Er beugte sich vor und sagte leise: „Da ist besonders einer unter den Gästen, ein Schwindler, Madame, ein Engländer, Robin Burke-Jones, gewöhnlich nachmittags im Garten. Keiner seiner Ausweise stimmt, alle seine Angaben bei der Anmeldung sind falsch."

„Danke", sagte Mrs. Pollifax lächelnd und nickte. „Ich glaube, ich habe alles, was ich brauche."

„Hoffentlich!" sagte er. „Wenn nicht" – er zuckte die Achseln –, „die Frühstückskarte liegt auf dem Schreibtisch. *Jambon au lard, œufs sur le plat, œuf poché sur toast*..." Seine Augen tanzten förmlich. „Ich heiße Marcel, Madame. *Bon appétit!*" Er verbeugte sich und ging hinaus.

Mein Bundesgenosse, dachte sie dankbar. Nach der schlaflosen Nacht fühlte sie sich erschöpft und ein wenig verwirrt. Heißhungrig obendrein fing sie an, Marmelade auf ihre Hörnchen zu streichen. Während des Kaffeetrinkens blickte sie sich im Zimmer um. Es war kühl und hoch, ganz weiß mit leichter blauer Tönung, und auf dem Fußboden lag ein dicker, roter Perserteppich. Heute nacht wollte sie anfangen, mit ihrem Szintillationszähler auf Entdeckung auszugehen. Im Augenblick durfte sie sich wohl ein kurzes Vormittagsnickerchen leisten.

Als sie zum Bett ging, entdeckte sie, daß Marcel anscheinend die Tür nicht ganz geschlossen hatte, die sich jetzt langsam weiter öffnete. „Wer ist da?" rief sie.

„*Bonjour, Madame.*" Der kleine Junge, der am Hoteleingang gewesen war, sah jetzt sogar noch verlassener aus, wie er so mit schlaff herunterhängenden Armen dastand. „Möchten Sie mein Freund sein, Madame?"

Sie blickte verwundert auf ihn hinunter. „Bist du als Patient hier?" fragte sie. Er war tief gebräunt, mager und langbeinig und hatte kohlschwarzes Haar.

Er schüttelte den Kopf. „Großmama ist die Patientin. Ich bin nur mit ihr hier. Haben Sie auch Enkelkinder, Madame?"

„Ja, drei", antwortete sie.

Von irgendwoher auf dem Korridor rief eine Stimme: „Hafis? Hafis!"

Der Junge drehte sich mit einem Seufzer um. „Hier, Serafina."

Eine bläßliche Frau in Schwarz kam zu ihm, nahm seine Hand, bückte sich zu ihm hinunter und machte ihm Vorhaltungen in einer Sprache, die Mrs. Pollifax nicht verstand.

Hafis schob seine Unterlippe vor und bekam Tränen in die Augen. „Aber das ist doch meine Freundin – man muß doch Freunde haben!" Die Frau zog ihn weg, und Mrs. Pollifax blickte ihnen nach. Am andern Ende des Korridors beobachtete ein Mann in einem Rollstuhl, wie der Junge und die Frau näher kamen. Als er Mrs. Pollifax bemerkte, rollte er zurück in das Zimmer hinter sich. Hafis und die Frau verschwanden im gegenüberliegenden Raum, und die beiden Türen schlossen sich.

Ein merkwürdiges Kind, dachte Mrs. Pollifax. Sie ging zum Bett zurück, legte sich hin und schlief ein.

DREIMAL wurde sie durch Klopfen an der Tür geweckt – das erste Mal von einer jungen Frau in Weiß, die sagte, sie sei Schwester und käme später wieder, das zweite Mal wieder von einer Frau in Weiß, die sich als Diätassistentin vorstellte und auch später wiederkommen wollte. Dann erschien die Sekretärin des Sanatoriums, eine hühnerbrüstige Person, die verkündete, Mittagessen sei von zwölf bis eins, Abendessen von sechs bis acht. Mrs. Pollifax würde morgen früh von einem Arzt untersucht.

„Arzt? Ich bin nur müde", betonte Mrs. Pollifax.

„Mag sein, aber jeder wird untersucht. Das ist Bestimmung in unserm Sanatorium. Soviel ich weiß, sind Sie auch noch nicht von der Schwester gewogen worden, noch haben Sie sich mit der Diätassistentin beraten." Sie schüttelte vorwurfsvoll den Kopf und rauschte hinaus.

Mrs. Pollifax kam der Gedanke, daß bei solchem Tempo die Ruhe des Sanatoriums vielleicht nur illusorisch war. Sie zog sich um und ging hinunter, um vor dem Mittagessen noch ein bißchen die Lage zu peilen. Sie fand zwei Solarien im ersten Stock, ebenso zwei gleiche Fernsehräume, die nebeneinanderlagen. Die Speisezimmer befanden sich am andern Ende des Korridors. Mrs. Pollifax konnte hinter Glastüren Kellner hin- und herlaufen sehen.

Sie blieb vor einem Raum stehen, der die Bibliothek zu sein schien, und musterte die schweren Möbel und die reichverzierte Eichentäfelung.

Ein Stück des dunklen Mobiliars war von einem tiefgebräunten jungen Mann besetzt, der eine blonde Augenbraue hochzog und sagte: „Bonjour, Madame, aber damit ist mein Französisch zu Ende."

„Meins reicht auch nicht viel weiter", gestand sie und kam zu dem

Schluß, daß sich hier die Gelegenheit bot, ihren ersten erwachsenen Sanatoriumsgast kennenzulernen. Sie ließ sich in einen Polstersessel niedersinken und war sich nicht im klaren, wie sie je wieder herauskommen sollte. „Warten Sie auch aufs Mittagessen?"

„Ich warte darauf, daß endlich mal etwas in dieser Bude passiert", erwiderte er düster. „Nach einer Woche in dieser Gesundheitsfarm käme es mir als Gipfel unerhörter Spannung vor, wenn mal ein Löffel hinfiele."

Mrs. Pollifax warf ihm einen belustigten Blick zu. Mit seinen verschlafenen grünen Augen und schneeweißen Zähnen kam er um eine Nasenlänge drum herum, unwahrscheinlich gut auszusehen, denn seine Nase war gebrochen und sah immer noch ein wenig breitgetreten aus. Sie verlieh ihm jedoch einen humorvollen Ausdruck. „Sie sehen allerdings aus, als ob Sie an aufregendere Dinge gewöhnt seien."

„Sie starren meine violetten Hosen und mein knallrotes Hemd an", warf er ihr vor. „Ich hatte mir vorgestellt, Montbrison hätte ein wenig Kasinoatmosphäre. Schließlich gehören ja seine Stammgäste zu derselben Clique, nur daß sie hierherkommen, um sich ihre Leber wieder reparieren zu lassen. Wie konnte ich denn ahnen, daß Leberreparatur fast schon eine Religion ist?"

„Das wußte ich auch noch nicht", sagte Mrs. Pollifax fasziniert. „Stimmt das denn?"

„Verehrte gnädige Frau", seufzte er, „als ich im April den Grafen Ferrari in Monaco sah, hatte er ein blondes Gift in einer Hand und einen Haufen Spielmarken in der andern. Der Graf", fügte er erklärend hinzu, „hat gut und gern seine fünfundsiebzig Jahre auf dem Buckel. Hier in Montbrison ist er plötzlich ein Tapergreis und andächtig um seine Gesundheit besorgt. Er kommt in den Speisesaal mit einer Plastiktüte voll Pillen – rote, grüne, blaue und rosa."

Mrs. Pollifax lachte. „Wenn es Sie so anödet, und noch dazu, wo Sie so phantastisch gesund aussehen, warum bleiben Sie dann hier?"

„Weil mein Arzt mich hergeschickt hat." Er zögerte, dann fügte er trocken hinzu: „Ich erhole mich von der Hongkong-Grippe, verstehen Sie? Und Sie?"

Mrs. Pollifax zögerte. Dann sagte sie ausdruckslos: „Sie werden's nicht glauben, aber ich erhole mich ebenfalls von einer Hongkong-Grippe." Das rief ein seltsam peinliches Schweigen hervor. „Ich hab gehört, daß es im vorigen Winter ein besonders hartnäckiger Virus war", ergänzte sie lahm.

„Äh – ja", stimmte er zu. In diesem Augenblick gingen die Türen zum Speisesaal auf. „Mittagessen!" rief er und sprang auf. Er half ihr beim Aufstehen. „Sie müssen mit diesen Sesseln vorsichtig sein", sagte er streng. „Man kann in so einem Ding für immer verschwinden."

„Das werde ich mir merken. Übrigens, ich bin Mrs. Pollifax." Er verbeugte sich elegant. „Freut mich sehr. Und ich heiße – *Bonjour*, General d'Estaing", rief er einem alten Herrn zu, der sich schwer auf seinen Stock stützte, als er langsam durch den Korridor auf den Speisesaal zusteuerte. „Darf ich Ihnen behilflich sein?" Er schoß wie ein Olympialäufer davon, um den General zu stützen.

Mrs. Pollifax' Tisch befand sich in einer Ecke des ersten Speisesaals. Die Nummer 113 stand diskret auf dem glänzenden Damasttischtuch zwischen einer Vase mit Feldblumen und der Öl- und Essigmenage. Sie hatte eine strategisch günstige Sicht auf die Gäste, die auch in ihrem Flügel saßen, konnte aber von den andern beiden Räumen überhaupt nichts sehen.

Der General wurde zu einem Einzeltisch in der Mitte des Saals geleitet, dann wanderte ihr braungebrannter junger Freund zu seinem eigenen Platz hinüber. Ein kleinlauter Hafis und die bläßliche Frau in Schwarz saßen an dem langen Tisch für sechs Personen am Fenster. Er hatte eine Großmutter erwähnt, aber seine Begleiterin war allem Anschein nach eine Hausangestellte oder Gesellschafterin. Mrs. Pollifax war neugierig, wer die dazugehörigen Gäste sein mochten und wo sie waren.

Nur noch ein anderer Gast sah bekannt aus, und zwar der Mann im Rollstuhl, den sie im Korridor gegenüber von Hafis' Zimmertür gesehen hatte. Er rollte sich an einen Einzeltisch mit dem Blick zum Fenster, so daß sie nur sein Profil sehen konnte. Er war dunkelhäutig, trug eine Brille und hatte einen schwarzen Schnurrbart. Sein zerknitterter Straßenanzug verbarg kräftige Schultern. Er paßte nicht recht hierher, aber das schien ihm gleichgültig zu sein. Er schlang das Essen in sich hinein und fuhr mit seinem Rollstuhl hinaus, ehe Mrs. Pollifax bei ihrem Nachtisch angelangt war.

Ich muß über alle etwas erfahren, ermahnte sie sich. Marcel hatte den Garten erwähnt. Dort wollte sie den Nachmittag verbringen.

DER Garten strahlte vor Sonne
und Blumen. Mrs. Pollifax inspizierte
mit Kennerblick die Begonienbeete,
dann steuerte sie auf einen Liegestuhl
los. Um sicherzugehen, daß sie darin
nicht einschlief, versuchte sie, ihn
höher zu stellen.

„Sie drücken an die falsche Stelle",
sagte eine Stimme hinter ihr. Ein
junges weibliches Wesen im Bikini,
dessen Körper vor Sonnenöl glänzte,
legte Badetuch und Bücher beiseite
und beschäftigte sich mit dem Stuhl.
Er sprang sofort in aufrechte Position.

Mrs. Pollifax lächelte. „Wie tüch-
tig von Ihnen! Sind Sie Engländerin?"

Das Mädchen schüttelte den Kopf.
„Belgierin."

„Ich habe Sie im Speisesaal gesehen. Ich bin Mrs. Pollifax."

„Freut mich sehr. Ich heiße Court van Roelen." Ihr Gesicht bestand hauptsächlich aus Backenknochen und Kanten, und daraus blitzten ein Paar Augen wie blaue Juwelen – eine atemberaubende
Kombination.

Über den Kopf des Mädchens hinweg sah Mrs. Pollifax ihren
namenlosen Freund aus der Bibliothek mit offenem Mund die aparte
Erscheinung anstarren. Er trug jetzt gelbe Hosen, ein orangenes
Hemd und eine gepunktete Krawatte. Er schlenderte auf Mrs. Pollifax zu. „Ich glaube, eben ist ein Löffel hingefallen", sagte er.

„Ich konnte den Widerhall hören", entgegnete sie.

Er grinste. „Ich will niemanden beim Sonnenbad stören. Ich darf
wohl diesen Liegestuhl nehmen, dann sind wir ein gemütliches Trio.
Nach der Zahlenmagie hat die Drei ganz besondere Kräfte, wissen
Sie." Mit hochgezogener Augenbraue fragte er Mrs. Pollifax: „Wollten Sie uns nicht gerade miteinander bekannt machen?"

„Gerne, wenn Sie mir Ihren Namen sagen."

„Burke-Jones. Robin Burke-Jones."

Mrs. Pollifax warf ihm einen schnellen Blick zu. Mit ihrer ersten
Erwachsenen-Bekanntschaft hatte sie einen besseren Griff getan, als
ihr bewußt gewesen war.

„Ich hab Sie hier noch nie gesehen", sagte Burke-Jones zu dem Mädchen. „Sind Sie eben erst angekommen?"

„Ich bin schon zehn Tage hier", erwiderte sie kühl, „aber ich hab jeden Tag Bergtouren gemacht."

„Bergtouren?" wiederholte er. „Bergsteigen ist aber nichts zum Ausruhen."

„Ich bin nicht hergekommen, um mich auszuruhen", sagte sie. „Das ist mein Urlaub, aber ich meide bekannte Ferienorte. Da sind immer so viele" – mit einem Blick auf seine tadellos gebundene Krawatte – „Playboys."

„Was Sie nicht sagen." Er strahlte. „Darüber müssen wir uns noch unterhalten."

„Apropos Playboys", bemerkte Mrs. Pollifax boshaft, „was tun Sie eigentlich, Mr. Burke-Jones?"

„Ich verbringe meine Zeit damit, Playboys zu beneiden", antwortete er sittsam. „Ich bin im Importgeschäft. Kuriositäten und Nippsachen. Ein Laden in Brighton, ein anderer in Dover, Filialen hier und dort. Und Sie, Miß van Roelen? Ich nehme doch an, Sie sind kein Playgirl?"

Ihre Stimme klang gedämpft durch das Badetuch, auf dem ihre Wange ruhte. „Verwaltungsassistentin, UNESCO."

„Oh, sehr beachtlich", murmelte er und blinkerte Mrs. Pollifax zu. „Finden Sie das nicht auch?"

Er war wirklich unmöglich und doch recht nett dabei. Aber mit Miß van Roelen würde er kein leichtes Spiel haben. „Selbstverständlich", pflichtete sie ihm bei und zerbrach sich den Kopf, was er wirklich von Beruf sein mochte.

Die Glastüren öffneten sich, und Hafis erschien, in sauberen Shorts und weißem Hemd, einen kleinen schwarzen Kasten in der Hand. Die Frau in Schwarz folgte ihm wie ein Schatten und nahm auf einem Stuhl unter einem Baum Platz.

Hafis legte den Kasten ins Gras und begann an den Knöpfen und mit einem kleinen Mikrophon herumzuspielen. Es sah wie ein Tonbandgerät aus.

Urplötzlich setzte sich Court auf und rief einer Dame zu, die den Kiesweg herunterkam: „Hallo, Lady Palisbury . . ."

Mrs. Pollifax sah, wie sich das Gesicht der Frau beim Anblick von Court aufhellte. „Guten Tag", rief sie und kam quer über den Rasen auf sie zu. „Ich bin in der Schlucht spazierengegangen." Unter einem breiten Sonnenhut betrachtete sie die drei freundlich mit ihren tiefliegenden Augen.

„Ich wollte nur fragen, haben Sie Ihren verlorenen Diamanten wiedergefunden?"

Lady Palisbury schüttelte den Kopf. „Nein, aber er wird schon wieder zum Vorschein kommen, davon bin ich überzeugt."

„Lady Palisbury, das sind Mrs. Pollifax und Mr. Burke-Jones."

Sie nickte freundlich. „Ich setze mich nicht zu Ihnen, so gemütlich es bei Ihnen aussieht. Ich muß hinein, meinen Mann aufwecken. Er muß um vier Uhr zur Massage."

Damit ging sie gemächlich davon. Als sie an Hafis vorbeikam, hielt er ihr das Mikrophon hin, während er das Bandgerät unter den Arm klemmte.

Sie lächelte freundlich und sprach ein paar Worte hinein, ehe sie im Haus verschwand.

Mrs. Pollifax beobachtete, wie Hafis plötzlich quer durch den Garten schoß und einem Kellner zurief: *„Monsieur, un Coca-Cola!"*

„Ist seine Großmutter nie bei ihm?" fragte sie.

„Wußte gar nicht, daß er eine hat", sagte Burke-Jones.

„Es muß hier doch schrecklich langweilig für ihn sein", meinte Court, die Arme um die Knie geschlungen. „Ich vermute, daß er sehr intelligent ist. Mir ist schleierhaft, wann er überhaupt schläft – er ist ein richtiges Nervenbündel. Der einzige Gast, den ich regelmäßig um sechs Uhr früh treffe, wenn ich auf meine Bergtouren gehe. Gestern hat er mir von Pulsaren erzählt. Von diesen Sternen, wissen Sie, oder Planeten – ich hab vergessen, was sie sind."

„Hmm", brummte Mrs. Pollifax und beobachtete, wie der Junge sich an den General heranmachte, dem eine Schwester gerade in einen Sessel unter einem Baum hineinhalf.

Der General sprach auch ins Mikrophon. Court lachte. „Er hat den General herumgekriegt zu sagen: ,*Ici la police. Sortez, les mains en l'air!',* was soviel heißt wie: ,Polizei. Kommen Sie mit erhobenen Händen raus!' Der General", erläuterte sie, „war früher mal Chef der Sûreté."

Robin machte ein verdutztes Gesicht. „Ich dachte, er wäre ein General der Armee."

„War er auch. Er ging nach dem Zweiten Weltkrieg zur Sûreté."

„Er ist also ein hoher französischer Polizeibeamter", murmelte Mrs. Pollifax mit einem prüfenden Blick in Robins Gesicht.

„Wieso wissen Sie soviel über alle Leute, Miß van Roelen?"
fragte Robin ungnädig.

Court lächelte. „Ich hab den General im letzten Sommer hier
kennengelernt. Er ist sehr alt und einsam und wird nicht mehr lange
leben."

Aber jetzt waren sie an der Reihe bei Hafis, der plötzlich vor ihnen
stand und schrill verlangte, daß sie etwas sagen sollten.

„Ich melde mich freiwillig, Hafis", sagte Mrs. Pollifax, und er kam
eifrig an ihre Seite. Sie ergriff das Mikrophon, überlegte einen Augenblick und sprach dann einen alten Kindervers hinein. Court amüsierte
sich darüber und steuerte ihrerseits einen Vers über einen alten Mann
mit einem Bart bei.

„Da ist mir der Befehl des Generals schon lieber als Ihr frivoler
Limerick", sagte Robin, nahm das Mikrophon und rief hinein:
„Hände hoch, und raus mit euch – das Spiel ist aus!"

Mrs. Pollifax' Blick war zu Hafis zurückgekehrt. Seine Augen
glänzten viel zu stark, seine Bewegungen waren nervös und seltsam
zerfahren. Er weiß überhaupt nicht, was er tut, dachte sie, und es
ist ihm auch ganz einerlei. Was er tut, tut er nur, um in Bewegung
zu sein. Als er das Mikrophon wieder zu dem Kassettenrecorder
legte, sah sie, daß seine Hände zitterten. Sie erkannte, daß der Junge
sich in einem unerträglichen Spannungszustand befand.

„Lästiger Bengel", sagte Robin, als Hafis fortgerannt war.

„Überfunktion der Schilddrüse?" vermutete Court und legte sich
wieder hin.

„Nein", sagte Mrs. Pollifax langsam, „es ist mehr als das." Sie
dachte daran, wie ihr eigener Sohn Roger mit sechs Jahren vor einer
Mandeloperation stand und ein Spielkamerad ihm gesagt hatte, daß
der Arzt ihn im Operationssaal mit einem Kissen ersticken würde.
Roger hatte sich zwei Tage lang mit dieser entsetzlichen Vorstellung
herumgequält, bis er sich ihr anvertraut hatte. Aber noch heute dachte
sie nicht gern an diese beiden Tage zurück. „Ich glaube, er hat
Angst", sagte sie.

„Angst?" wiederholte Court zweifelnd. „Was sollte hier einem
Kind Angst einjagen?"

Mrs. Pollifax schüttelte den Kopf. Der Junge hatte nicht nur Angst,
er war von einer verzweifelten, panischen Furcht besessen.

Zum Dinner gab es an diesem Abend *sauté de veau marengo,* was sich als Kalbfleisch entpuppte und Mrs. Pollifax auf den Gedanken brachte, sich ein französisches Wörterbuch zuzulegen. In ihrer Jugend hatte sie Latein gelernt, aber alles restlos vergessen mit Ausnahme des Spruchs *Fortuna audaces juvat* – dem Mutigen gehört die Welt.

Der Spruch enthielt jetzt einen gewissen Trost für sie, als sie überlegte, wann sie ihre nächtliche Schleichpatrouille anfangen sollte.

„Sind Sie direkt aus Amerika hierhergekommen?" erkundigte sich Lady Palisbury. Beide saßen in der Bibliothek, Mrs. Pollifax mit ihrer Mokkatasse, Lady Palisbury mit ihrem Strickzeug, während sie auf ihren Mann wartete, um mit ihm zum Abendessen zu gehen.

„Ja, heute morgen. Ich habe einen Schwiegersohn, der sehr international eingestellt ist", erzählte Mrs. Pollifax lächelnd.

Lady Palisbury strahlte. „Oh, wie reizend. Wir haben vier davon, alles so liebe Jungen. So beruhigend nach einem Haus voller Töchter, auch alles liebe Mädchen, aber so leicht geneigt, zu kreischen und quietschen und sich zu streiten." Sie blickte besorgt auf. „Ich wünschte, John käme, ehe wir die Jodler wieder auf dem Hals haben."

„Was für Jodler?" fragte Mrs. Pollifax verdutzt.

„Das Sanatorium arrangiert am Wochenende immer kleine Unterhaltungsabende für uns", erklärte sie und verzog den Mund. „Heute abend kommen Jodler aus dem Dorf."

„Das nennt man gute Nachbarschaft", sagte Mrs. Pollifax. Ihre Aufmerksamkeit wurde durch die Beobachtung abgelenkt, daß Hafis und seine Begleiterin den Speisesaal verließen.

„Möchten Sie gern wissen, wer der Junge ist?" fragte Lady Palisbury.

„Ja. Er sieht aus, als ob er geweint hätte", erklärte Mrs. Pollifax. „Wissen Sie etwas über ihn?"

„Sie kommen aus Zabya, einem der arabischen Ölländer. Über den König stand kürzlich etwas in der Zeitung – irgendwas über eine Geburtstagsfeier und daß er alle seine Privatländereien seinem Volk schenken will."

Mrs. Pollifax nickte. „Ja, ich erinnere mich. Ein netter kleiner Mann."

Jetzt waren die Jodler eingetroffen. Eine Gruppe von schwerfälligen, strahlenden Dorfbewohnern; die Frauen in bunten, bestickten

Dirndln, die Männer in Wadenstrümpfen, kurzen Lederhosen und Hüten mit Federschmuck hatten Lady Palisburys Gatten umringt. Er befreite sich von ihnen und kam zu seiner Frau. „Wer sind die bloß, Liebes?"

„Jodler, Liebling", sagte Lady Palisbury und legte ihr Strickzeug beiseite. „Das hier ist Mrs. Pollifax."

„Hoch erfreut", murmelte der Lord abwesend, und sie begaben sich in den Speisesaal; die Gruppe der Künstler folgte ihnen. Schrille Jodler füllten die Luft. „Grundgütiger Himmel, ist eine Invasion im Gange?" fragte Burke-Jones, der aus dem Solarium hereingeschlendert kam.

„Nur von heimatlicher Volkskunst", erklärte Mrs. Pollifax. „Ich finde es direkt rührend."

Er schauderte. „Ich nicht. Ich fahre ins Dorf hinunter, um Zigaretten zu besorgen. Möchten Sie gern mitkommen?" Und ganz beiläufig fügte er hinzu: „Ich dachte, ich könnte Court auch fragen."

Mrs. Pollifax lächelte leise. „Nein, danke. Ich bin noch müde von meinem Nachtflug. Ich glaube, Court ist noch im Speisesaal." Mit einem unterdrückten Gähnen wünschte sie ihm eine gute Nacht und ging nach oben.

Als sie hinuntergegangen war, hatte sie die Türen zu ihrem Zimmer zugemacht. Es waren zwei, eine dicke Polstertür und innen eine gewöhnliche, die man abschließen konnte, aber das hatte sie vergessen. Jetzt waren beide Türen angelehnt. Mrs. Pollifax beschleunigte ihre Schritte. Vielleicht war das Zimmermädchen drin oder Marcel.

Es war keiner von beiden, sondern der Junge Hafis. Er saß vor dem Schreibtisch mit der Glasplatte und war über irgend etwas auf seinem Schoß gebeugt.

Er machte eine schnelle Handbewegung, und der Gegenstand, den er gehalten hatte, klirrte auf die Glasplatte, ehe er aufsprang und sich zu ihr umdrehte. *„Bonsoir, Madame"*, sagte er. „Ich habe auf Sie gewartet. Sie haben mir noch nicht gesagt, ob Sie meine Freundin sein wollen."

„Das wäre ich sehr gerne", erwiderte sie, „aber du darfst nicht einfach in Zimmer hineingehen, wenn Leute nicht da sind."

„Aber, Madame, ich hab angeklopft und keine Antwort bekommen. Wo hätte ich sonst warten sollen?" sagte er, und seine Stimme klang jetzt ganz verzweifelt. „Serafina wäre sehr böse geworden und hätte mich gleich ins Bett gesteckt, wenn sie mich im Korridor gesehen hätte."

„Hast du Serafina gern?"

Das Kind zuckte die Achseln. „Müssen Sie ihr sagen, daß ich hier drin war?"

„Nein. Aber wir können nicht Freunde sein, wenn du unaufgefordert hereinkommst."

Er nickte. „Danke sehr", sagte er, ging hinaus und machte beide Türen hinter sich zu.

Mrs. Pollifax blickte ihm nach, dann setzte sie sich an den Schreibtisch. Auf der Platte befanden sich eine Haarbürste, ein Tiegel mit Cold Cream, eine kleine Flasche mit Aspirin, ein Adressenbuch und ein Lippenstift. Welcher von diesen Gegenständen hatte das klirrende Geräusch verursacht, als Hafis ihn auf die Glasplatte zurückgelegt hatte?

Sie prüfte den Lippenstift, aber der schien unberührt zu sein. Dann hielt sie die Aspirinflasche gegen das Licht. Sie hatte sie vor ihrer Abreise gekauft, eine kleine Packung von fünfundzwanzig Tabletten für alle Notfälle. Das Fläschchen sah jetzt nur halbgefüllt aus. Als sie es auf den Tisch zurückstellte, klirrte es. Natürlich – Glas auf Glas.

Was mochte Hafis veranlaßt haben, die Tabletten zu stehlen in einem Sanatorium, wo einem jede Schwester Aspirin geben kann? Mrs. Pollifax betrachtete stirnrunzelnd die Flasche und fand keine Erklärung dafür.

Sie kam zu dem Entschluß, daß sie möglichst bald die Großmutter von Hafis sprechen mußte. Vielleicht hatte die Frau keine Ahnung, daß mit dem Kind etwas nicht stimmte.

Warum eigentlich nicht gleich? dachte sie halb entschlossen und blickte auf ihre Uhr. Es war kurz vor neun, und sie brauchte erst um zehn mit ihrer Taschenlampe zu signalisieren. Ich mache ihr einfach einen freundnachbarlichen Besuch, dachte sie. Und ich will ja keine Urteile fällen, nur mal sehen.

Kurz entschlossen verließ sie ihr Zimmer und ging den Gang hinunter zu der Tür, in die Hafis am Morgen hineingegangen war. Auf ihr Klopfen öffnete Hafis selbst. „Madame?" sagte er mit beunruhigter Miene.

„Da wir Freunde sind, habe ich vor, deine Großmutter mal kurz zu besuchen", sagte sie munter und ging an ihm vorbei. „Ich hoffe, sie ist wohl genug, um Besucher empfangen zu können." Sie sah linker Hand eine offene Tür, dann eine andere rechts.

„Aber Madame –" Der Junge sah ängstlich nach links, und Mrs. Pollifax folgte seinem Blick.

Eine Männerstimme rief in scharfem Ton einige fremde Worte, und Hafis antwortete. Ein Fluch folgte, und etwas bewegte sich. Mrs. Pollifax war bis zur Schwelle des anschließenden Schlafzimmers gelangt, wo sie stehenblieb. Sie konnte gerade noch den entsetzten Blick von Serafina und in der verdunkelten Ecke jemand im Bett liegen sehen, ehe sie von hinten gepackt wurde. Ein Mann ergriff ihren linken Ellbogen, ein anderer ihren rechten, dann wurde sie hochgehoben und aufrecht zur Tür getragen. Das geschah so schnell, daß es ihr buchstäblich den Atem verschlug.

„Ukhruji", sagte der eine stämmige Mann. „Mahsalamah!"

Damit wurde sie unsanft hinausgeschoben. Der Gast aus dem gegenüberliegenden Zimmer war an seine Tür gekommen. Er saß im Rollstuhl und beobachtete die Szene mit zusammengekniffenen Augen. Dann murmelte er etwas und zog sich wieder zurück.

Mrs. Pollifax sank in einen der Sessel nieder, die im Korridor standen, ganz durcheinander von dem, was sie erlebt hatte. Nach einigen Minuten ging sie in ihr Zimmer und wußte nicht, ob sie empört, ärgerlich oder schuldbewußt sein sollte. Das ist hier nicht New Brunswick in New Jersey, sagte sie sich, und dann voller Wut: Was hast du erwartet, Emily? Offenbar ist die Frau krank, und diese Wärter waren empört, daß eine Fremde so mir nichts, dir nichts hereingeplatzt kam.

Die Frau hatte im Bett gelegen, blaß und gebrechlich in ihrem Schlaf: langes, geflochtenes graues Haar, eine leicht gekrümmte Nase, ein gut geschnittenes Kinn. Serafina hatte in ihrer Nähe gesessen. Die beiden Wärter befanden sich anscheinend in dem andern Zimmer. Die Großmutter hatte die Ankunft von Mrs. Pollifax nicht einmal gemerkt, aber der Mann im Rollstuhl von gegenüber hatte Bescheid gewußt. Gehörte er am Ende auch zu der Gesellschaft?

Und Hafis... Er war bei ihrem Anblick erschrocken gewesen, hatte jedoch keine Miene gemacht, sie zurückzuhalten, und als sie hinausgetragen wurde, sah er sehr befriedigt aus. Befriedigt über ihren Besuch oder über den Hinauswurf?

Mrs. Pollifax war auf eine eitle alte Frau gefaßt gewesen, die ihren Enkel, den sie weder unterhalten noch beaufsichtigen konnte, abgöttisch liebte. Statt dessen hatte Mrs. Pollifax ein stilles, blasses Gesicht und zwei ärgerliche Wärter vorgefunden. Sie mußte Marcel fragen, der konnte es vielleicht erklären.

Sie blickte auf die Uhr und ging in die samtene Stille hinaus auf den Balkon. Tief unter dem beleuchteten Garten lag der See schwarz und schweigend da. Nur ein einsamer Dampfer zog sein Kielwasser wie eine goldene Schleppe hinter sich her. An den sanft geschwungenen Ufern glitzerten die Lichter von Kasinos und Villen. Zu ihrer Linken lag die düstere Silhouette des Berghangs.

Punkt zehn Uhr schaltete sie ihre Taschenlampe ein, zählte bis drei, schaltete aus, wieder an, dann aus und war angenehm überrascht, als sie sah, daß ein Paar Scheinwerfer aufleuchteten. Wer du auch sein magst, dachte sie, es ist schön zu wissen, daß du da bist.

Im Garten drehte jemand eine Lampe nach der andern aus. Das Sanatorium wurde zu Bett gebracht.

Es war Zeit für sie, an die Arbeit zu gehen.

3

IN LANGLEY im Staat Virginia war es später Nachmittag. Carstairs war am Vormittag in seiner Arbeit unterbrochen worden. Das Außenministerium hatte dringend einen Bericht über eins der kleineren Ölländer im Nahen Osten angefordert. Der König von Zabya feierte am Dienstag seinen vierzigsten Geburtstag, und viele Staatsoberhäupter würden während der Festlichkeiten, die den ganzen Tag dauerten, anwesend sein. War das Land sicher genug, daß die Vereinigten Staaten ihren Vizepräsidenten hinschicken konnten? Im Verlauf des Tages wurden Carstairs' Bemerkungen hierzu immer ungeeigneter zur Veröffentlichung, aber der Bericht war fertig geworden und abgeliefert: der Vizepräsident konnte hinfahren, aber er mußte sich darauf gefaßt machen, gekochte Schafsaugen im Menü zu finden.

Bishop kam ins Büro geschlendert. „Schönbeck ist draußen. Er fliegt in zwei Stunden nach Genf zurück und will die Sache noch einmal mit Ihnen durchsprechen."

Schönbeck gehörte zur Interpol und war ein ziemlich pedantischer kleiner Mann mit vielen Sorgenfalten. Er trat ein, murmelte tausend Entschuldigungen wegen der Störung und setzte sich hin.

„Hat sich was verändert?"

„Lieber Freund, alles verändert sich", sagte Schönbeck. „Das ist das Gesetz des Lebens. Ich habe eben erfahren, daß Dunlap heute morgen in England Selbstmord begangen hat."

Carstairs fluchte leise.

„Wie konnte der sich in einer Gefängniszelle umbringen? Wurde er nicht beobachtet?"

Schönbeck zuckte die Achseln. „So was geht schnell. Er hat sich mit einem Bettlaken aufgehängt. Offenbar völlig verängstigt. Hatte plötzlich mehr Angst vorm Leben als vorm Tod."

Sie schwiegen beide und dachten darüber nach. „Nein", sagte Carstairs kopfschüttelnd, „mehr Angst vor *denen* als vor uns. Zwei ganz gewöhnliche Sterbliche, einer in England, der andere in Amerika, und nichts Gemeinsames, außer daß beide in einem Kernkraftwerk arbeiteten – und jeder von beiden der Versuchung erlag, zwei Kugeln Plutonium zu stehlen."

„Es gibt noch etwas, was sie gemeinsam hatten, lieber Freund", sagte der Mann von Interpol. „Beide haben sich umgebracht, ohne irgendwelche anderen Glieder dieser Kette zu verraten."

Carstairs nickte finster. „Was ist mit dem Geld? Auch da keine Fährte?"

„Nicht die geringste Spur, außer daß – *voilà!* – jeder von beiden ein Bankkonto hatte, das wie durch Zauberei plötzlich angeschwollen ist. Die Transaktionen müssen in bar vorgenommen worden sein."

Carstairs seufzte. „'ne Sackgasse. Gut organisiert."

„Ja wirklich. Es schmerzt mich, lieber Freund, daß wir so wenig wissen, und selbst dies wenige beruht noch auf Bruchstücken. Wir wissen, daß in beiden Fällen das Plutonium während der Arbeitszeit von einem Arbeiter über die Werksmauer geworfen wurde. Wir haben erfahren, daß in England ein Bauer eine grüne Limousine ungefähr zu der kritischen Zeit neben der Mauer gesehen hat und daß dieselbe grüne Limousine zwanzig Minuten nach dem Diebstahl gesehen wurde, als sie vor dem Postamt Stokely-on-the-Merden parkte. Der Postbeamte erinnert sich, daß ein Fremder an dem Tag eine Kiste an das Sanatorium Montbrison in der Schweiz aufgegeben hat. Aber alles, was wir haben, beruht auf dem Wort eines Bauern, der gerade seinen Acker pflügte, zweier Hausfrauen, die vor einem Postamt klatschten, und dem unzuverlässigen Gedächtnis eines Postbeamten."

Carstairs lächelte ihm ermutigend zu. „Monsieur Schönbeck, arbeiten wir denn sonst mit etwas anderem als mit Bruchstücken? Und doch geht die Welt ihren Gang weiter."

„Ja, aber gerade das macht mir Sorgen. Es gibt zuviel Haß auf der Welt, als daß sich Plutonium unkontrolliert herumtreiben dürfte... Setzt sich jetzt Ihre Agentin mit unsern Leuten in Montbrison in Verbindung?"

Carstairs blickte auf seine Uhr. „Ja. Sie muß übrigens inzwischen schon seit etlichen Stunden dort sein."

„Gut", sagte Schönbeck. „Und was die beiden Plutoniumdiebe betrifft, wir werden natürlich fortfahren, jede Möglichkeit weiterzuverfolgen. Die Toten können nicht mehr reden, aber ihre Kumpane können es. Worum ich Sie bitte, lieber Freund, ist ein Alarm an alle Ihre Agenten. Es beunruhigt mich außerordentlich, daß wir nicht einmal andeutungsweise etwas darüber an den großen Umschlagplätzen der Welt hören. In Beirut, Marseille und New York – kein Sterbenswörtchen. Das ist höchst ungewöhnlich – eine so durchorganisierte Gruppe, die sich mit einem so ausgefallenen Verbrechen abgibt, und keine Denunzianten, keine Indiskretionen sickern durch, keine Tips. Das Plutonium muß ja schließlich Absatz finden. Und wir müssen wissen, wer es kauft."

„Glauben Sie immer noch, daß eines von den internationalen Verbrechersyndikaten dahintersteckt, das sich von Rauschgift auf Plu–" Das Telephon unterbrach Carstairs mitten im Wort. „Ja, er ist hier."

Er reichte seinem Besucher den Hörer. Schönbeck lauschte, antwortete in rasantem Französisch, lauschte wieder und sackte sichtbar in seinem Sessel zusammen, nachdem er aufgehängt hatte. „Der Anruf kam aus Genf. Ein dritter Diebstahl von Plutonium ist gemeldet worden."

„Was?" brüllte Carstairs.

„Ja. In Frankreich. Zwei Metallkugeln aus Plutonium, jede ein Kilo schwer. Sechs Kilogramm sind jetzt verschwunden."

Carstairs stieß einen Pfiff aus. „Zusammen dreizehn amerikanische Pfund und zwei Unzen."

Schönbeck nickte. „Jetzt haben sie ihre Atombombe. Ich verlasse Sie jetzt, lieber Freund, aber ich glaube, Sie werden mich in Frankreich finden und nicht in Genf. Inzwischen – *c'est la guerre*. Buchstäblich."

Während des Abendessens hatte Mrs. Pollifax sich im Kopf eine
Liste von häufig frequentierten Örtlichkeiten zusammengestellt, die
sie auf ihrer nächtlichen Erkundung vermeiden mußte: natürlich den
Fahrstuhl mit seinen Erschütterungen und seinen surrenden Draht-
seilen, den Empfangsschalter und den Telephon-Klappenschrank, und
dann auch das Pflegepersonal, das für unruhige Patienten in Bereitschaft sein mußte.

Sie zog sich Pyjama und Morgenrock an und prüfte das Juwelenkästchen, ließ den Einsatz drin, steckte aber die Juwelen in ihre
Tasche. „Dem Mutigen gehört die Welt", sagte sie sich, als sie den
schwach erleuchteten, menschenleeren Korridor entlangschritt. Sie
nahm die breite, teppichbelegte Treppe hinunter zur Empfangshalle.
Die Telephonvermittlung war unbesetzt und die Rezeption leer. Aus
dem Fernsehraum hörte sie ein Gemurmel und schloß daraus, daß
der Nachtportier sich wohl das Programm ansah. Leise stieg sie die
Treppe weiter zum Untergeschoß hinab. Hier befand sich ein wahres
Labyrinth von Behandlungs- und Abstellräumen, Büros und dem
Reich der Küche. Es war außerdem ihrem Gefühl nach der geeignetste
Ort, etwas zu verstecken.

Die Beleuchtung war hier unten nicht verdunkelt, deshalb hielt sie
zunächst einmal nach einem Versteck Ausschau. Eine Tür ohne Aufschrift führte in eine Besenkammer, die glücklicherweise dunkel war,
und sie schlüpfte hinein. Der Kegel ihrer Taschenlampe schweifte
über Eimer, Besen, Mops und eine Wand voller Sicherungskästen
und Schalthebel. Von dieser günstigen Stellung aus öffnete sie die
Tür einen Spalt breit und lauschte.

Rechts, ziemlich am Ende des Korridors, hinter den Milchglasscheiben der Küchentüren, pfiff jemand monoton durch die Zähne.
Ein Konditor oder Bäcker, dachte sie bei sich, der etwas für den
nächsten Tag backt. Sie schaltete den Geigerzähler ein und schlich
auf Zehenspitzen zu den breiten Schwingtüren am andern Ende, über
denen Hydrotherapie stand.

Die Wasserkur befand sich in einem Raum, der so groß wie eine
Turnhalle war. Zwei runde, gekachelte Becken waren mit Wasser
gefüllt, das im Schein ihrer Taschenlampe glitzerte. Sprudelbäder,
schätzte sie, als sie die Becken langsam umschritt. Ein Blick auf die
Leuchtzifferscheibe des Zählers verriet, daß der Zeiger in Ruhestel-
lung war. Sie öffnete Türen und verbrachte einige Minuten mit der
Durchsuchung zweier Büros. Der nächste Raum trug die Bezeichnung

UNTERWASSERMASSAGE. Neugierig trat sie ein und entdeckte eine große, rechteckige, grüne Badewanne auf einem erhöhten Podest in der Mitte des Raums. Röhren und mächtige Schläuche umgaben das Ganze, und eine Reihe von Skalen über den Hähnen verstärkten den Eindruck, daß sie in eine mittelalterliche Folterkammer gelangt war. In der Wanne stand Wasser. Merkwürdig, wie lebendig und unheimlich Wasser nachts aussehen kann, dachte sie und öffnete erleichtert die Tür zum Korridor.

Sie hatte jetzt die Besichtigung dieses Flügels im Untergeschoß beendet. Er war von dem gegenüberliegenden Flügel durch die Vorhalle getrennt, in der sich das Treppenhaus, der Fahrstuhl und der Ausgang zum Garten befanden. Sie spähte behutsam in die Vorhalle und zog sich hastig wieder zurück. Knapp zwei Meter entfernt, versuchte jemand, vom Garten aus einzubrechen. Mrs. Pollifax schaltete ihr Zählrohr aus und wartete, während der Eindringling am Schloß arbeitete. Es gab einen Klick, und die Tür ging auf.

„Marcel!" stieß sie erleichtert hervor.

Er machte einen Luftsprung und bekreuzigte sich, bis er sie im Schatten erkannte. „Sie haben mich erschreckt wie der Teufel, Madame."

„Das tut mir leid – Sie haben mir auch Angst eingejagt. Warum brechen Sie die Tür auf?"

Er zog ein schiefes Gesicht. „Kellner dürfen keine Schlüssel haben, Madame – und das macht es viel schwieriger, besonders wenn ich keinen Dienst habe." Er trat zu ihr in die Dunkelheit. „Ich war die letzte Stunde im Garten auf Beobachtungsposten. Haben Sie jemand gesehen oder gehört?"

„Nur jemand, der in der Küche arbeitet. Warum?"

„Ich schwöre Ihnen, ich habe vor ein paar Minuten eine Gestalt auf dem Dach gesehen." Er schüttelte den Kopf. „Das gefällt mir nicht."

„Und jetzt wollen Sie sich hier umsehen", stellte sie fest. „Aber zunächst einmal – es ist wirklich ein Glück, daß ich Sie treffe, Marcel. Kennen Sie Hafis?"

„*Mon dieu*, wer kennt den nicht?" Er blickte zum Himmel hinauf.

„Er scheint entsetzliche Angst zu haben. Ich habe vor einer knappen Stunde versucht, seine Großmutter zu besuchen, um mit ihr darüber zu sprechen." Sie schauderte. „Ich wurde von zwei Männern leibhaftig aus dem Zimmer getragen."

Er pfiff leise. „Die Zabyaner", sagte er nachdenklich. „Die sind
auf Zimmer hundertfünfzig, hundertzweiundfünfzig und hundertvier-
undfünfzig. Ihre Mahlzeiten werden aufs Zimmer serviert, außer für
den Jungen und die Kinderfrau. Ich habe selbst einige Male Speisen
dorthin serviert, und ein Mann in einer weißen Jacke nahm die Tabletts
in Empfang. Sie heißen Madame Parvis und ihr Enkel Hafis, Serafina
Fahmy, Fuad Murad und Munir Hassan. Sie wurden von uns nicht
weiter beobachtet, weil sie ja noch nicht hier waren, als Fraser ermordet wurde."

Mrs. Pollifax runzelte die Stirn. „Wissen Sie das genau?"

„Ganz genau, Madame. Sie kamen bald danach am selben Tag an.
Ich werde natürlich weitere Nachforschungen anstellen."

„Ach, bitte tun Sie das", sagte sie. „Und da ist noch etwas: wann
kann ich mal die Küche untersuchen?"

Sein Blick fiel auf das Juwelenkästchen. „Ach ja, ich verstehe schon.
Morgen ist Sonnabend. Da wird abends niemand hiersein." Er blickte
zur Treppe hin. „Ich muß weg. Theoretisch bin ich schon vier Stunden
dienstfrei und sollte in meinem Zimmer im Dorf sein." Er ging zur
Treppe, horchte einen Augenblick, dann winkte er noch einmal zurück
und verschwand.

Sie schaltete ihr Zählrohr ein und ging zu der Tür mit der Aufschrift VORRATSLAGER hinüber. Innen zweigten kleine Kammern von
einem schmalen Gang ab, der in einem großen Vorratsraum endete.
Ihre Taschenlampe wanderte über Lattenverschläge mit Pfirsichkonserven, Gewürzen, Schokolade und Kaffee. Auf andern Gestellen standen Kisten von verschiedenen europäischen pharmazeutischen Fabriken, aber keine davon brachte ihren Zähler zum Ausschlagen.

Langsam bekam sie Sehnsucht nach ihrem Bett, ging zum Vestibül
zurück und stieg die Treppe zur Empfangshalle hinauf. Der Nachtportier stand beim Klappenschrank und blätterte in einem Magazin.
„Madame!" stieß er hervor und rasselte eine Reihe französischer
Worte herunter.

„Ich habe jemand gesucht, der mir meine Smaragde abnehmen
kann", sagte sie mit fester Stimme. Sie zog den Anhänger aus der
Tasche und legte ihn auf den Rezeptionstisch. „Beim Zähneputzen hab
ich eine Notiz in meinem Badezimmer gesehen, daß man am besten
alle Wertgegenstände zur Aufbewahrung in Ihrem Safe abgibt. Wie
soll man da noch einschlafen können, wenn man so was gelesen
hat?"

Er konnte seine Augen kaum von den funkelnden Juwelen abwenden. „Aber, Madame, ich habe keinen Schlüssel. Nur der Tagesportier kann den Safe öffnen. Es tut mir sehr leid. Um sieben Uhr tritt er seinen Dienst an."

„Dann eben nicht", sagte sie und steckte den Anhänger mit bedauernder Miene wieder ein. „*Bonsoir.*" Sie stieg weiter die Treppe hinauf. Als sie ihre Tür aufmachte, sah sie Hafis schweigend vor seinem Zimmer stehen und sie beobachten. Dann drehte er sich um und verschwand. Es war fünf nach zwölf.

Das Sanatorium scheint sein eigenes Nachtleben zu haben, mußte Mrs. Pollifax denken.

Sie schloß die Tür ab und ging zu Bett. Sie sagte sich, daß sie wenigstens einen Anfang gemacht hatte, und in diesem Bewußtsein schlief sie ein. Sie träumte, daß sie durch ein Labyrinth von Zimmern wanderte, eines immer kälter als das andere, bis sie in eine Halle kam, deren Wände mit dickem, weißem Reif überzogen waren. Mrs. Pollifax bibberte vor Kälte im Schlaf.

Sie schlug die Augen auf und entdeckte, daß ein kalter Wind durch die Balkontür hereinwehte. Als sie empört dalag und zwischen den beiden Möglichkeiten schwankte, entweder aufzustehen und die Tür zu schließen oder aufzustehen, um sich noch eine Decke zu suchen, schoß ihr ein seltsamer Gedanke durch den Kopf: sie hatte die Balkontür nicht offengelassen, sondern zugemacht und abgeschlossen.

Im selben Augenblick war sie sich klar, daß jemand in ihrem Zimmer war.

WENN sie nur die Lampe auf dem Nachttisch erreichen könnte, ehe ihr unbekannter Besucher merkte, daß sie sich im Bett bewegte...

Drüben beim Schreibtisch erschien ein dünner Lichtstrahl dicht überm Fußboden. Aus mit der Vorsicht! Mrs. Pollifax warf die Decke zurück, schaltete die Lampe an und starrte vor Erstaunen. „Sie!" schrie sie.

Robin Burke-Jones erhob sich langsam vom Boden. „Ja, verdammt noch mal", sagte er. Er sah verstört aus.

Während sie nach ihren Hausschuhen angelte, überlegte sie, wie er in das Ganze hineinpaßte. Obwohl Marcel sie gewarnt hatte, konnte sie nicht umhin, tief enttäuscht zu sein, weil dieser junge Mann ihr sympathisch gewesen war. „Wollen Sie mir gütigst erzäh-

len, was Sie um" – nach einem Blick auf die Uhr – „nachts um halb
zwei in meinem Zimmer zu suchen haben?"

„Der Teufel soll mich holen, wenn ich Ihnen das sage", erwiderte
er trotzig.

„Und er wird Sie auch holen, wenn Sie's nicht tun", gab sie ihm
zu verstehen.

„Hören Sie, wenn ich nun verspreche, daß ich morgen in aller
Herrgottsfrühe das Sanatorium verlasse, ganz diskret ..."

Sie sah ihr Juwelenkästchen offen auf der Tischplatte stehen.
„Haben Sie eine Schußwaffe bei sich?"

Er machte ein beleidigtes Gesicht. „Wo denken Sie hin!"

„Ich möchte mich lieber selbst davon überzeugen. Macht es Ihnen
was aus, Ihre Hände hochzuhalten?"

„Natürlich macht's mir was aus", sagte er schnippisch. „Aber
was bleibt mir anderes übrig?"

„Nichts." Sie näherte sich ihm vorsichtig und nahm jetzt erst Notiz
davon, was er in krassem Gegensatz zu seiner Tagesaufmachung an-
hatte: einen schwarzen Pullover, schwarze Hosen und schwarze
Schuhe mit Gummisohlen.

Sie tastete ihn ab, fand keine Schußwaffe, aber seine linke Tasche
bauschte sich etwas. „Raus damit", befahl sie streng. „Leeren Sie die
Tasche."

Er seufzte. Aus seiner Tasche holte
er einen kleinen Gegenstand hervor,
der wie ein verstümmeltes Fernglas
aussah. „Eine Juwelierlupe", erläuterte
er resigniert, dann brachte er ihren
Smaragdanhänger und die Halsketten
zum Vorschein. „Die Diamantbrosche
ist da drüben hingefallen. Ich nehme
an, Sie wissen, daß jedes dieser
Stücke – derentwegen Sie mich auf
Jahre ins Gefängnis bringen können –
eine verdammte Imitation ist?"

Mrs. Pollifax starrte ihn an. „Ach,
Sie sind ja bloß ein Juwelendieb!
Warum haben Sie mir das nicht gleich
gesagt! Ich kann Ihnen gar nicht sagen, wie erleichtert ich bin."

Er trat ein paar Schritte zurück. „Erleichtert? Haben Sie erleichtert gesagt?"

„Ja, mächtig sogar. Jetzt sieht ja alles anders aus." Sie ging zum Balkon, machte die Tür zu und zog die Vorhänge vor, froh, daß sie letzten Endes doch einen gesunden Instinkt gehabt hatte. „Aber warum wollten Sie meine Juwelen stehlen, wenn Sie wußten, daß es Imitationen waren?"

„Für gute Imitationen ist immer ein Markt vorhanden. Wollen Sie nun die Polizei rufen?"

„Ich glaube, eigentlich nicht – vorausgesetzt allerdings, daß Sie Lady Palisbury ihren Diamantring zurückgeben."

Er starrte sie mit offenem Munde an. „Meine Güte, sind Sie Hellseherin?"

„Ganz einfach, man braucht nur ein bißchen Logik dazu. Lady Palisbury hat ihren Diamantring verloren. Jetzt finde ich einen professionellen Fassadenkletterer im Haus. Sie sind doch ein Profi, nicht wahr?"

„*War* einer", erwiderte er zerknirscht. „Bis heute nacht."

„Sind Sie bisher noch nie erwischt worden? Dann müssen Sie doch ganz große Klasse sein, oder?"

„Spitzenklasse. Ach, ich wünschte, ich hätt' was zu trinken."

„Das kann ich besorgen." Sie klopfte ihm freundlich auf den Arm, dann holte sie aus ihrem Koffer zwei Päckchen eines Instantpulvers und zwei Pappbecher. „Ich bin auf Reisen immer gern auf alles vorbereitet", erklärte sie. „Entschuldigen Sie mich einen Moment." Sie ging ins Badezimmer, füllte die beiden Becher mit heißem Wasser, rührte mit dem Griff einer Zahnbürste um und kam mit dem Getränk zurück.

„*Kakao?*" sagte er ungläubig.

„Der wirkt nervenberuhigend." Sie zog sich einen Stuhl heran. „Sie sind sich doch selbstverständlich klar darüber, daß Juwelendiebstahl eine unredliche Handlung ist." Er zwang sich zu einem Lächeln. „Haben Sie es schon mal mit konventioneller Arbeit versucht?"

Er zuckte die Achseln. „Gelegentlich, aber nie mit Begeisterung. Mich reizt die Gefahr, und besonders macht es mir Spaß, allein zu arbeiten."

Dafür konnte sie Verständnis aufbringen. „Hat sich's denn gelohnt?"

„Einigermaßen. Es ist mir gelungen, für meine alten Tage einige wertvolle Immobilien einzupökeln. Aber Garderobe läuft wahnsinnig ins Geld, und ich fahre ein Mercedes-Kabriolett." Er seufzte. „Man braucht schon verdammt viel Geld, um reich zu sein."

„Und ich vermute, Robin Burke-Jones ist nicht Ihr richtiger Name?"

„In Wirklichkeit heiße ich schlicht und einfach Robert Jones." Er seufzte wieder. „Ich wünschte wirklich, Sie würden mir verraten, was Sie mit mir anfangen wollen."

„Ich denke selbst noch darüber nach", gestand sie. „Sagen Sie mal, wie sind Sie eigentlich auf meinen Balkon gekommen, und noch dazu so geräuschlos?"

„Mit der entsprechenden Ausrüstung – in diesem Fall einem Kletterseil und Schuhen mit Gummisohlen – ist das ganz einfach. Aber nun hören Sie mal. Sie müßten eigentlich vollkommen hysterisch sein, daß Sie einen Einbrecher in Ihrem Zimmer finden, statt dessen füttern Sie mich mit Kakao und holen mich über meine Arbeitsmethoden aus."

„Ich interessiere mich immer für Leute, die ihre Sache gut verstehen", sagte sie würdevoll.

Er stellte seinen Becher hin. „Sagen Sie mal, da diese Juwelen Imitationen sind... Sind Sie etwa in einer finanziellen Klemme? Ich meine, ich könnte Ihnen hundert Pfund leihen... Oder sie Ihnen schenken", fügte er höflich hinzu.

Sie lachte. „Ich bin wirklich sehr gerührt, aber nein, vielen Dank."

„Sie wollen mich nicht erpressen, Sie wollen mich nicht anzeigen –"

Mrs. Pollifax setzte ihren Becher ab und sagte in entschiedenem Ton: „Moment mal, ich hab nichts davon gesagt, daß ich Sie nicht erpressen will."

Er zog die Luft scharf ein. „Gewiß. Ich verstehe."

„Ich schlage einen Vergleich vor – oder Bedingungen, wenn wir's so nennen wollen. Ich werde nichts über die Ereignisse von heute nacht verlauten lassen, noch etwas über Ihren – äh – Ihren Beruf, sofern ich morgen höre, daß Lady Palisbury ihren Diamantring wiedergefunden hat."

„Ist das Ihre einzige Bedingung?"

„Beinahe. Haben Sie noch andere Leute hier beraubt?"

„Nein. Meine Methode besteht darin, erst dann loszuschlagen, wenn ich kurz vor der Abreise stehe. Bis dahin weiß ich genau, wen

ich mir vornehme und wie ich's mache. Ich habe die letzten drei
Nächte auf den Dächern verbracht und trainiert."

„Auf den Dächern!" rief sie.

„Ja, Ausgänge und Eingänge getestet und die allgemeine Lage
gepeilt. Wenn Sie es durchaus wissen müssen", fuhr er fort, „ich
hab mitgehört, wie Sie dem Nachtportier erzählt haben, Sie hätten
Smaragde, die Sie in den Safe tun wollten. Ich war gerade im Solarium. Da beschloß ich dann, Ihnen einen vorzeitigen Besuch abzustatten und mir mal anzusehen, was Sie haben."

„Und Lady Palisbury?"

„Kein Gefühl für Besitz hat die Frau. Hat vor zwei Nächten ihren
Diamantring auf dem Balkontisch liegenlassen." Er schüttelte tadelnd
seinen Kopf. „Was konnte man da anderes tun?"

„Ja, ich verstehe die Versuchung für einen Mann mit Ihrer recht
hochspezialisierten, aber sehr wertvollen Begabung", sagte Mrs. Pollifax. „So wie bei Polizei und Detektiven auf der Seite des Gesetzes,
erfordert Ihr Leben außergewöhnliche Geistesgegenwart und Deduk-
tionsgabe."

„Die ich jetzt lieber ein bißchen auf Touren bringe, wenn ich Lady
Palisburys Diamanten noch vor Tagesanbruch zurückliefern will. Sie
wollen also wirklich nicht die Polizei rufen und lassen mich – einfach
aus diesem Zimmer hinausgehen?"

„Sie dürfen sich als freien Mann betrachten."

Er streckte ihr die Hand hin und lächelte schalkhaft. „Ich muß
schon sagen, das war ein höchst erfreulicher Besuch. Seltsam, aber
erfreulich."

„Ja, es war wirklich reizend", sagte Mrs. Pollifax und stand auf.
„Durch welche Tür wollen Sie abgehen?"

„Am sichersten fühle ich mich so, wie ich gekommen bin. Und
hören Sie, wenn ich Ihnen je irgendeinen Gegendienst leisten kann –
mein Zimmer liegt direkt über Ihrem, Nummer 213."

„Zwei dreizehn", wiederholte sie, während er auf dem dunklen
Balkon verschwand. Obwohl sie angestrengt lauschte, konnte sie
nichts von seinem Abgang hören. Eine phantastische Leistung, dachte
sie, und als sie ihre Lampe ausdrehte, überlegte sie, daß Robin sich
vielleicht selbst noch als eine Art Juwel erweisen mochte.

AM ANDERN Morgen erschien ein großer, jovialer Arzt namens Lichtenstein. Während er sie knuffte und puffte, führten sie ein höfliches Gespräch über Amerika. Er ordnete eine Stoffwechseluntersuchung, eine Lungenaufnahme, drei Blutproben und ein EKG an.

„Das alles wegen einer Hongkong-Grippe?" protestierte Mrs. Pollifax.

„In Ihrem Alter", deutete er diskret an und fügte achselzuckend hinzu: „Wozu sind Sie sonst hier?" Wohlweislich beantwortete sie die Frage nicht. „Inzwischen", sagte er abschließend, „genießen Sie Montbrison. Gehen Sie im Garten spazieren. Sie können sich ohne weiteres mal St. Gingolph ansehen, und drüben bei Montreux ist das Schloß Chillon, wo Lord Byron zu Gast war." Dr. Lichtenstein stand auf und sagte zu der Schwester: „Vereinbaren Sie bitte die Untersuchungstermine."

Mrs. Pollifax war ebenfalls aufgestanden. „Übrigens", sagte sie ganz nebenbei, „können Sie mir vielleicht sagen, wie es Madame Parvis heute geht? Gestern abend fühlte sie sich nicht wohl genug, Besuch zu empfangen."

Der Arzt machte einen Moment lang ein verständnisloses Gesicht. „Ach so, von den Gästen aus Zabya. Da weiß ich nicht Bescheid. Die haben ihren eigenen Arzt mitgebracht."

„Und damit sind Sie einverstanden?"

„Ich sehe es nicht gern, aber es kommt manchmal vor", meinte er achselzuckend. „Das liegt ganz im Ermessen unseres Aufsichtsrats."

„Dann wissen Sie also gar nicht, warum die hier sind?"

Er drehte sich in der Tür um. „Soviel ich weiß, ist die Frau sehr alt, sehr erschöpft. Sie wünscht, die Schweiz noch einmal zu sehen, aber sie will sich nicht von fremden Ärzten untersuchen lassen. Guten Tag, Madame."

Mrs. Pollifax merkte kaum, daß er wegging. Seine Erklärung ließ die Situation in einem neuen Licht erscheinen. Wenn nie jemand Madame Parvis zu sehen bekam – Sie mußte unbedingt mit Marcel sprechen. Sie nahm das Telephon auf und bestellte ihr Frühstück. Aber es wurde von einem anderen Kellner gebracht, von dem sie erfuhr, daß Marcel heute erst nach dem Mittagessen Dienst hatte. Ihr blieb nichts anderes übrig, als zu warten.

Als sie nach dem Frühstück im Garten saß, erregte ein Gespräch ihre Aufmerksamkeit. „Ich war vollkommen außer Fassung", erzählte Lady Palisbury der jungen Belgierin. „Wir frühstückten wie gewöhnlich auf dem Balkon, und kaum hatte John sich hingesetzt, als er wieder aufsprang. Denken Sie nur, da war mein Diamantring, in der Ritze zwischen den beiden Stuhlkissen. Dort hat er die ganze Zeit gesteckt!"

„Ach, Lady Palisbury, ich freu mich ja so für Sie."

„Sie können sich nicht vorstellen, liebes Kind, wie sehr ich mich erst freue. John hat mir den Ring 1940 geschenkt."

Ein paar Schritte entfernt, behaglich in der Sonne ausgestreckt, drehte sich Robin zu Mrs. Pollifax hin und murmelte: „Ich werde direkt rot. Es ist peinlich, so ein Wohltäter zu sein."

Mrs. Pollifax lächelte. „So scheint die gute Tat in arger Welt –" Sie folgte seinem Blick, der auf Court gerichtet war, deren langes, glattes Haar in der Sonne glänzte. Sie sah so gesund und blühend aus. Ihr hellrosa Kleid betonte ihr gebräuntes Gesicht, und Robin konnte den Blick nicht von ihr wenden.

Hinter Court schwangen die Türflügel auf, und eine Schwester schob den Mann im Rollstuhl hinaus. Mrs. Pollifax dachte flüchtig, daß sein Gesicht grausame Züge habe. Sie wandte ihre Aufmerksamkeit wieder Robin zu.

„Wie ich sehe, haben Sie heute morgen nicht gepackt und sich auch nicht aus dem Staub gemacht", neckte sie ihn.

„Ich hab mich entschlossen, noch ein paar Tage hierzubleiben." Es gelang ihm, seinen Blick von Court loszureißen, und er feixte Mrs. Pollifax an. „Außerdem, wenn ich länger hierbleibe als Sie –"

„Ich hatte einen besonders hartnäckigen Grippevirus", versicherte sie ihm.

„Das tut mir aber leid! Übrigens, nachdem wir uns gestern abend getrennt hatten, ging mir noch einiges im Kopf herum. Zum Beispiel dieses Juwelenkästchen von Ihnen. Mir ist noch nie ein Juwelenetui vorgekommen, das so schwer ist. Etwa zehn Pfund, würde ich sagen."

„Vielleicht habe ich da auch meine echten Juwelen drin."

Court kam zu ihnen herüber, und Robin sprang auf. „Miß van Roelen, haben Sie vielleicht Lust, mich vor dem Mittagessen auf einem Spaziergang ins Dorf zu begleiten?"

Court blickte ihn ruhig mit ihren blauen Augen an. Dann wandte sie sich zu Mrs. Pollifax. „Sehr gerne. Wir drei?"

Mrs. Pollifax schüttelte den Kopf. „Ich muß heute vormittag zur Untersuchung." Court sah Robin hilflos an, und Mrs. Pollifax erkannte, daß sie in Wirklichkeit sehr scheu war. Sie fragte sich auch, ob das Mädchen nicht eine seelische Erschütterung hinter sich hatte, von der ihr eine Furcht vor Männern zurückgeblieben war. „Aber ich wäre Ihnen sehr dankbar, wenn Sie mir vier Ansichtskarten mitbringen würden", sagte sie rasch. „Das wäre furchtbar nett von Ihnen."

„Aber natürlich, gerne", sagte Court freundlich.

Robin glühte förmlich vor Ritterlichkeit, als er sie über den Rasen geleitete, und Mrs. Pollifax, die überhaupt keine Ansichtskarten brauchte, sah ihnen befriedigt nach. Sie schaute sich im Garten um, und ihr Blick begegnete dem des Generals, der auf seinen Stock gestützt in ihrer Nähe saß. Er verbeugte sich höflich.

„Guten Morgen", rief sie hinüber, aber seine Antwort war zu leise, als daß sie sie verstehen konnte, und sie vertauschte ihren Sessel mit einem leeren neben ihm.

„Mrs. Pollifax", stellte sie sich vor und streckte dem General ihre Hand hin.

„General d'Estaing, Madame." Seine Hand war trocken und warm.

„Ein schöner Morgen. Wie fühlen Sie sich?"

Er hatte überraschend lebhafte Augen. Sie blinkerten verschmitzt in seinem blassen, zerfurchten Gesicht. „Ich habe wieder einen Tag überlebt, Madame, mehr nicht. Ich bin ja schließlich neunundachtzig Jahre."

„Neunundachtzig!" rief Mrs. Pollifax aus.

„Das besondere Problem, neunundachtzig zu sein", fuhr er fort, „besteht darin, daß man Zeit hat, über ein gut verbrachtes Leben nachzudenken, aber keine Freunde mehr, mit denen man die weiten Perspektiven teilen kann." Er blickte über den Garten hin. „Diese jungen Leute", sagte er sinnend. „Es berührt mich seltsam, daß sie noch lernen, wie man leben soll, während ich dabei bin zu lernen, wie man sterben soll."

„Würden Sie ihnen gern beibringen, wie man leben soll?"

Er lachte leise. „Man kann den Jungen nichts beibringen, Madame."

Sie lachte ebenfalls. „Sehr wahr, Herr General. In Ihrem Beruf

– wie ich gehört habe, waren Sie Chef der Sûreté – haben Sie sicher
viel über das menschliche Wesen gelernt, nicht wahr?"

„Zu viel", erwiderte er trocken.

Sie zögerte. „Da ist Ihnen vielleicht auch das wahre Böse
begegnet?"

„Das Böse", sagte er sinnend. „Aber es ist meist nicht im Gesicht
oder in den Worten, sondern im Herzen. In meiner Erfahrung habe
ich nur eine Form des Bösen gefunden, die ein sichtbares Kennzei-
chen hinterläßt."

„Und die wäre?"

„Der Berufsmörder, der gewohnheitsmäßig und kaltblütig mordet.
Es ist eine seltsame Tatsache, daß es in den Augen sichtbar wird,
Madame, die die Dichter die Fenster der Seele nennen. Ich habe ent-
deckt, daß die Augen des Gewohnheitsmörders völlig leer sind. Die
Seele kann vernichtet werden, verstehen Sie – man darf nicht leicht-
fertig mit ihr umgehen."

Eine Schwester, die ein Tablett mit Medikamenten trug, betrat
den Garten. Ihr Blick fiel auf Mrs. Pollifax. „Aber Madame!" rief
sie. „Sie werden schon überall gesucht. Es ist Zeit für Ihre Untersuchung."

Mrs. Pollifax wünschte dem General einen guten Morgen und ging
hinein.

NACH dem Mittagessen postierte sich Mrs. Pollifax in dem Aussichtspavillon, um auf Marcel zu warten. Der Pavillon war abgelegen,
und es kam kaum jemand dorthin. Sie wappnete sich mit einem
Taschenbuchroman und einem älteren Exemplar der *International
Herald Tribune,* das sie in der Bibliothek gefunden hatte. Die Sonne
wurde heißer und die Schatten länger. Es dauerte lange, bis Marcel
endlich erschien. Als sie ihn sah, stand sie auf und winkte.

Marcel kam auf sie zu. Er holte seinen Bestellblock hervor und
zückte einen Bleistift. „Jetzt werde ich lächeln, Madame, Sie werden
lächeln, und dann können wir reden."

„Es handelt sich wieder um Madame Parvis. Wissen Sie schon
etwas über sie?"

„Die Information wird aus Zabya kommen. Morgen früh könnte
etwas dasein."

Sie nickte. „Da ist noch mehr, Marcel. Dr. Lichtenstein hat mir
gesagt, daß Madame Parvis sehr alt ist und sich von keinem fremden

Arzt untersuchen lassen will. Der Aufsichtsrat ist damit einverstanden. Aber sie ist gar nicht so alt, Marcel. Ich habe sie gesehen."

Er machte ein zweifelndes Gesicht. „Madame, ich will nicht taktlos sein, aber vergessen Sie nicht, weswegen wir hier sind? Eine kranke Frau und ein Kind – es ist höchst unwahrscheinlich, daß die etwas damit zu tun haben –"

„Natürlich nicht direkt", sagte sie ungeduldig, „aber da geht etwas sehr Merkwürdiges vor sich. Können Sie mir eine Liste des Aufsichtsrats beschaffen?"

Er zuckte die Achseln. „Die habe ich natürlich schon in meinen Akten."

„Ich bin ferner neugierig auf den Mann im Zimmer 153 gegenüber von Madame Parvis, Marcel. Er sitzt im Rollstuhl. Ich bin mir nicht klar, ob er nicht auch zu derselben Gesellschaft gehört."

Marcel seufzte. „Ich kann Ihnen versichern, Madame, daß er nicht dazugehört. Er ist nicht mit ihnen zusammen angekommen, sondern schon eine ganze Weile hier. Er kommt auch nicht aus Zabya. Ich werde ihn jedoch sehr gründlich unter die Lupe nehmen, und bis heute abend kann ich Ihnen genauere Auskunft geben. Aber ich würde lieber etwas über Robin Burke-Jones erfahren, den ich am stärksten in Verdacht habe."

„Und mit Recht", sagte sie. „In Wirklichkeit kann ich Ihnen sehr viel von ihm erzählen, fast alles sehr beruhigend. Er ist –" Über Marcels Schulter sah sie Robin über den Rasen auf sie zukommen. „Also dann bringen Sie mir den Tee mit etwas Gebäck", sagte sie.

Er beugte sich etwas vor. „Ich hab bis Mitternacht Dienst, Madame. Können Sie sich dann im Erdgeschoß beim Fahrstuhl mit mir treffen?"

„Ich werde dasein. Und Zitrone zum Tee", fügte sie mit erhobener Stimme hinzu.

„Und mir können Sie einen Whisky-Soda bringen", sagte Robin und sank auf einen Stuhl neben ihr nieder. „Spazierengehen ist absolut katastrophal."

„Kommen Sie gerade aus dem Dorf zurück?" fragte Mrs. Pollifax.

Er nickte. „Wir haben zusammen Mittag gegessen. Court ist noch dort und spielt Orgel in der alten anglikanischen Kirche neben dem Café." Er schauderte. „Ausgerechnet Orgel, Gott behüte."

„Ach, wie reizend", sagte Mrs. Pollifax und lächelte ihm zu. „So ein vielseitig begabtes Mädchen. Was stört Sie daran?"

„Sie hat nicht mal gemerkt, daß ich weggegangen bin. Wir haben auf dem Heimweg in die Kirche reingeschaut, und der Pastor verwickelte uns in ein Gespräch über gotische Strebebogen und dann über Musik, und Court hat gesagt, daß sie spielt, und er bat sie, die neue Orgel auszuprobieren. Darüber hat sie mich vergessen."

„Ja, ich hab mir schon gedacht, das kann ein Problem für Sie werden. Sie ist sehr unabhängig." In dem Schweigen, das jetzt einsetzte, fügte sie seelenruhig hinzu: „Soviel ich weiß, gibt das tatsächlich die besten Ehen."

„Aber hören Sie mal. Ich habe nicht vor, irgend jemanden zu heiraten. Können Sie sich nicht vorstellen, welche Komplikation eine Frau in meinem Beruf bedeutet? Alles, was ich von ihr verlange, ist ein bißchen wahres Interesse. Ich habe Geld, ich sehe nicht schlecht aus, ich bin in der Welt herumgekommen."

Mrs. Pollifax nickte. „Sie sind gewohnt, bei Frauen Ihren Willen durchzusetzen, nehme ich an. Was zieht Sie zu Court hin?"

Er zögerte, während Marcel ihre Bestellungen brachte und sich wieder zurückzog. „Sie ist klein", sagte Robin und runzelte seine Stirn. „Und kühl, aber innerlich warm. Sie braucht jemanden, der sich um sie kümmert, das sieht man sofort. Es ist ihr nicht klar, aber sie hat so etwas Verletzbares –" Er wurde wieder sachlich. „Sie ist natürlich unmöglich. Können Sie sich vorstellen, daß sie jeden Morgen um halb sechs aufsteht, um zu wandern? Das Mädchen ist besessen. Das ist unnatürlich."

Mrs. Pollifax betrachtete ihn teilnahmsvoll. „Ich glaube, solche Menschen erregen in uns anderen Schuldgefühle. Meine Nachbarin zu Hause, Miß Hartshorne, ist auch so eine Frühaufsteherin. Das macht sie nicht sehr beliebt, aber", fügte sie loyal hinzu, „sie ist unheimlich gesund."

„Genau", sagte Robin. „Und Sie nannten sie *Miß* Hartshorne. Sie hat also nie geheiratet?" Mrs. Pollifax schüttelte den Kopf. „Na also, sehen Sie? Genauso wird es Court gehen. Sie ist bezaubernd, daß einem die Luft wegbleibt, aber sie wird nie heiraten."

Mrs. Pollifax strahlte. „Dann brauchen Sie sich keine Sorgen zu machen, Sie könnten sich ernstlich in sie verlieben, nicht wahr? Sie ist absolut ungefährlich."

Robin blickte sie vorwurfsvoll an. „Sie sind überhaupt nicht bei der Sache. Sie haben Ihre Augen woanders."

„Ich beobachte Hafis oben auf seinem Balkon", antwortete sie.

„Möchte wissen, warum er heute nicht draußen war." Sie zögerte, und weil sie schließlich damit nichts ausplauderte, fügte sie hinzu: „Ich habe gestern abend versucht, seine Großmutter zu besuchen, um zu erfahren, was mit dem Jungen los ist."

„Sie hat Ihnen heimgeleuchtet, nehme ich an, und Ihnen gesagt, daß Sie das nichts angeht, ja?"

Mrs. Pollifax stellte ihre Teetasse hin. „Nein. Ich habe sie nur flüchtig im Bett liegen sehen und wurde dann von zwei Männern buchstäblich vor die Tür gesetzt. Und ich möchte herauskriegen, warum."

Er feixte. „Ich möchte wetten, das gelingt Ihnen auch."

„Hallo!" rief Court, die auf sie zukam und strahlend aussah. „Ich habe die ganze Zeit Orgel gespielt, es war wundervoll."

Mrs. Pollifax stand auf. „Und jetzt bitte ich, mich zu entschuldigen, ehe ich an diesem Stuhl festwachse."

„Ach, ich hatte mich so darauf gefreut, mit Ihnen zu plaudern!" protestierte Court. „Ich habe auch Ihre Postkarten."

Sie tauschten Ansichtskarten und Centimes aus, aber Mrs. Pollifax ließ sich nicht davon abbringen hineinzugehen. In der Hotelhalle begegnete sie Marcel, der ein Tablett trug. „Madame haben das vorhin fallen lassen", sagte er und gab ihr einen Zettel, auf den er geschrieben hatte: *Zimmer 153, Ibrahim Sabry. Ägyptischer Paß, 51 Jahre alt. Besitzer kleiner Munitionsfabrik. Religion Islam. Vernichten. Später mehr.*

AN DIESEM Abend wurde nach dem Essen ein Film vorgeführt, und Mrs. Pollifax war beruhigt, daß Hafis ihn sich ansehen durfte. „O Madame", rief er begeistert, als er ihr in der Halle begegnete, „Madame, ein Film!" Er ergriff ihre Hand und führte sie in den Speisesaal, wo eine Leinwand aufgestellt und Stühle im Halbkreis angeordnet waren. „Es ist alles auf französisch, aber ich werde Ihnen jedes Wort übersetzen", sagte er leidenschaftlich.

„Ich hab dich den ganzen Tag gesucht", sagte sie. „Es tut mir schrecklich leid, wenn ich Ungelegenheiten bereitet habe, als ich deine Großmutter besuchen wollte."

Er blickte sie mit großen Augen an. „Aber, Madame, ich meine, es war sehr freundlich von Ihnen. Ich weiß, daß Sie eine wahre Freundin sind."

„Aber du warst den ganzen Tag in deinem Zimmer?"

„Ach, *jetzt* macht mir das nichts mehr aus. Sehen Sie, Madame, der Film fängt gleich an. Ich übersetze."

Das tat er auch wirklich. Er las sogar den Vorspann laut vor, und als die Handlung anfing, übersetzte er getreulich jedes Wort des Dialogs. Das machte ihn nicht sehr beliebt bei den andern Zuschauern. Und da sowieso ihre Zeit zum Signalisieren näherrückte, entschloß sich Mrs. Pollifax aufzubrechen. „Du kannst mir die Geschichte morgen erzählen", flüsterte sie ihm zu.

Sie kam sich ein bißchen verschwörerhaft vor, als sie um zehn Uhr ihren Balkon betrat, um zu signalisieren, daß sie ihren zweiten Tag in Montbrison lebendig überstanden hatte. Wieder blinkten die Scheinwerfer als Antwort auf. Sie blieb noch etwas draußen. Eine Vorahnung von Regen lag in der warmen Nachtluft. Die Lichter am Ufer des Sees waren verschleiert wie verschmierte gelbe Fingerabdrücke auf einer dunklen Leinwand.

Nachdem sie eine halbe Stunde lang ihre Yogaübungen gemacht hatte, prüfte sie fünf Minuten vor zwölf ihren Geigerzähler und ihre Taschenlampe und war bereit zu erfahren, was Marcel entdeckt haben mochte. In den Hausschuhen, die Miß Hartshorne ihr zu Weihnachten geschenkt hatte, schlich sie die Treppe hinunter. Wieder war der Empfang verlassen, und der Fahrstuhl stand still. Sie ging weiter zum Untergeschoß hinunter. Marcel war noch nicht da, aber es fehlte noch eine Minute zur verabredeten Stunde.

Mrs. Pollifax kam sich sehr auffällig vor, als sie hier in dem hellerleuchteten Vestibül wartete. Im Untergeschoß war es ruhig, nur daß im Massageraum Wasser lief. Sie blickte auf ihre Uhr – genau Mitternacht. Das laufende Wasser beunruhigte sie, denn sicher mußte doch jemand zurückkommen, um es abzustellen. Von Marcel war nichts zu sehen.

Im Massageraum fiel etwas zu Boden. Mrs. Pollifax blieb stehen und verhielt sich mucksmäuschenstill. Gegenstände fallen nicht von allein zu Boden. Sie legte das Juwelenkästchen in den Schatten der Treppe und ging schräg hinüber zur Tür. Sie zögerte, horchte, dann drehte sie den Türknauf. Der Raum war dunkel. Als sie eintrat, knipste sie ihre Taschenlampe an. Die gegenüberliegende Tür, die zur Hydrotherapie führte, wurde gerade geschlossen. Ihr Riegel klickte leise, und der Türgriff wurde von der andern Seite losgelassen. Als sie einen Schritt vorwärts tat, senkte sich der Lichtkegel ihrer Lampe, und ihr stockte vor Entsetzen der Atem.

Marcel lag in der hellgrünen Wanne, seine Augen mit leerem Blick zur Decke verdreht. Die Wände der Badewanne und seine weiße Jacke waren blutbespritzt. Seine Kehle war von Ohr zu Ohr durchschnitten.

„O mein Gott!" Mrs. Pollifax griff nach einem Stuhl und rang tief atmend nach Luft. Er konnte noch nicht lange tot sein, vielleicht nur Sekunden, ehe sie die Treppe hinuntergestiegen war.

Das Wasser gurgelte immer noch in die Wanne. Nach einem Augenblick schlich sie zögernd, von einem strengen Pflichtgefühl getrieben, zu Marcel zurück. Ihre zitternde Hand befühlte seine blutige Jacke, aber das Herz schlug nicht mehr. Sie spülte sich das Blut unter dem fließenden Wasser von der Hand, fand den Hahn und stellte das Wasser ab.

Sofort fiel ihr ein, daß das vielleicht ein gefährlicher Fehler gewesen war.

Sie knipste die Taschenlampe aus und richtete sich in der Dunkelheit und Stille auf. In irgendeinem der Büros zwischen ihr und der Hydrotherapie befand sich Marcels Mörder, der jetzt wußte, daß er nicht allein war: das hatte sie ihm eben durch das Abstellen des Wassers verraten.

Aus dem Nachbarraum drang ein leises Geräusch. Es lief ihr kalt über den Rücken. Er kam zurück, um festzustellen, wer hier war. *Er durfte sie nicht entdecken.*

Leise zog sich Mrs. Pollifax zu der Tür zurück, durch die sie hereingekommen war, öffnete sie und schätzte die Entfernung zur Treppe. Unmöglich. In so heller Beleuchtung mußte er sie deutlich sehen, ehe sie die Treppe erreicht hatte. Jetzt hörte sie, wie sich auf der andern Seite des Zimmers der Türknauf langsam drehte. Sie raste Hals über Kopf zur Besenkammer, stürzte hinein und leuchtete die Sicherungskästen ab: sie waren französisch und englisch beschriftet. Sie riß den Schalthebel fürs Untergeschoß herunter, und im selben Augenblick verschwand der Lichtstreifen unter der geschlossenen Tür.

Schritte näherten sich der Kammer. Mrs. Pollifax hielt den Atem an. Er lauerte sicher auf das kleinste Geräusch. Wie ein Stück Wild wollte er sie beschleichen und den Versuch machen, sie aus ihrem Versteck aufzuscheuchen. Dann ging er vorüber und den Korridor hinunter. Als sie hörte, daß die Tür zur Hydrotherapie geöffnet und geschlossen wurde, schlüpfte sie aus der Kammer, rannte zum Treppenhaus und nahm hastig den Geigerzähler vom Boden auf, wo sie ihn zurückgelassen hatte.

Als Mrs. Pollifax die Empfangshalle erreicht hatte, klopfte ihr das Herz bis in den Hals hinauf. Sie fühlte sich ganz schwach vor Entsetzen. Sie blieb stehen, um wieder zu Atem zu kommen, und sah, daß der Fahrstuhl noch immer stillstand. Sie stieg ein und drückte den Knopf zum Stockwerk über ihrem eigenen. *Er durfte nicht erfahren, in welchem Stockwerk sie wohnte.*

Während sie hinauffuhr, hörte sie Füße unten auf der Treppe stampfen. Sie war sich klar, daß er rannte, um ihr den Weg abzuschneiden. Mit nervenzermürbender Langsamkeit stieg der Fahrstuhl zum vierten Stock, und langsam ging die Tür auf. Mrs. Pollifax stieg aus. Noch einen Augenblick, und sie saß in der Falle –

Robin, schoß es ihr durch den Kopf. Sie raste den Gang hinunter, fand Zimmer 213, entdeckte, daß die Tür nicht verschlossen war, und schlitterte hinein. Robin saß aufrecht im Bett mit einem Buch auf seinen Knien. „Meine liebe Mrs. Pollifax", begrüßte er sie, dann, als er ihr Gesicht sah, stieß er hervor: „Um Himmels willen, was ist los?"

Sie legte einen Finger auf ihre Lippen und zog sich in die Dunkelheit seines Badezimmers zurück. Es hatte seine Vorteile, sich einem Fassadenkletterer anzuvertrauen. Robin reagierte sofort, indem er nach seiner Nachttischlampe langte und das Zimmer in Dunkelheit versenkte. Schweigend lauschten sie den Schritten, die den Korridor entlanggingen. Leise kehrten die Schritte zurück.

Nach einer kurzen Pause glitt die Fahrstuhltür zu, und der Fahrstuhl summte hinunter.

Mrs. Pollifax atmete langsam aus. Robin öffnete die Tür zum Korridor, blickte sich draußen um, dann schloß und verriegelte er sie. Er ging zu den Fenstern und zog die Vorhänge zu. Als er wieder Licht gemacht hatte, sagte er freundlich: „Feiern wir heute nacht eine Party bei mir?"

Sie kam aus dem dunklen Badezimmer heraus und fand ihn dabei, wie er in seinem Wandschrank herumstöberte. „Hier muß irgendwo eine Flasche Kognak sein", sagte er. „Ich war nie der Ansicht, daß sich Kakao in einer kritischen Situation mit einem anständigen Kognak messen kann. Aha, hier ist er schon." Er goß einen ordentlichen Schuß in ein Wasserglas. „Hier, trinken Sie das. Sie sehen aus wie ein Leintuch." Sie setzte sich und nickte dankbar. „Und während

Sie auftauen", fuhr er liebenswürdig fort, „werden Sie sich sicher eine schändliche Lügengeschichte ausdenken, um mir zu erklären, warum sie auf dem Korridor mit jemandem Versteck spielen. Aber versuchen Sie das gar nicht erst, weil ich's Ihnen doch nicht glaube. Wenn Sie mitten in der Nacht in ein männliches Schlafzimmer hereinstolpern und aussehen, als ob Sie gerade einer Leiche begegnet wären und obendrein noch dieses Juwelenetui mitschleppen –"

„Robin!" rief sie heftig.

Er nahm das Kästchen auf und trug es zum Licht. „Bedaure, meine Dame", sagte er. „Offensichtlich sind Sie nicht das, was Sie zu sein vorgeben." Sie saß stumm da, während er das Kästchen öffnete. „Wollen mal sehen... Wenn ich das Ding konstruiert hätte – oh, ausgezeichnete Arbeit –, dann hätte ich, glaub ich, die Sperre an einem dieser Scharniere angebracht und –" Triumphierend drückte er auf das Scharnier und zog den Boden heraus.

Es war ganz still, als er hinunterblickte. „Grundgütiger Himmel – doch nicht etwa ein Geigerzähler?" Er starrte sie ungläubig an.

Sie seufzte und stellte das leere Glas hin. „Genaugenommen ein Szintillationszähler."

„Was um Himmels willen suchen Sie? Uranium?" sagte er scherzend.

Mrs. Pollifax zögerte. Dann faßte sie einen Entschluß. „Nein, Plutonium." Robin hatte sie davor gerettet, möglicherweise ermordet zu werden. Dafür war sie ihm etwas schuldig, sogar die Wahrheit, aber es war zu gefährlich, ihn in den Mordfall Marcel hineinzuziehen. Im Augenblick schien Plutonium weit weniger riskant zu sein. „Interpol hat damit zu tun", sagte sie ernst, „und meine Regierung und Ihre auch."

„Gestohlenes Plutonium! Verdammt schlau, es *hierher* zu schikken." Er fing an, sichtbares Interesse zu zeigen. „Durchaus keine schlechte Deckadresse. Ihre Behörde wird nicht sehr erbaut sein, daß Sie mir das erzählen. Warum haben Sie das getan?"

„Ich halte Sie nicht für einen schlechten Menschen, wennn Sie auch auf einem bestimmten Gebiet einen irregeleiteten Moralbegriff haben. Aber wir sind hinter einem her, der überhaupt keine Moral besitzt." Ihr schauderte. „Ein Mensch, der völlig amoralisch ist, ohne Skrupel, Angst, Mitleid oder Anstand."

„Hier?" fragte er erstaunt. „Unter den Patienten?"

„Vielleicht."

Er sah sie an. „Also deswegen waren Sie so erleichtert, daß ich nur ein Dieb war. Und heute nacht? Wer war das da draußen?"

„Ich wünschte, ich wäre so schlau, das herauszukriegen. Ich war unten, als ich plötzlich merkte, daß jemand mit mir im Dunkeln Katz und Maus spielte. Ich entkam in die Empfangshalle und stieg in den Fahrstuhl. Ich hatte vor, von hier oben einen Stock tiefer in mein Zimmer hinunterzugehen, aber er schnitt mir den Weg ab und –"

„Und Sie kreuzten hier auf." Er musterte sie verschmitzt. „Wenn das Ihre ganze Geschichte ist, will ich Sie nicht weiter ausquetschen. Aber das deckt sich nicht im entferntesten mit Ihrem entsetzten Gesicht, als Sie bei mir hereinplatzten. Glauben Sie, daß draußen noch jemand auf Sie lauert?" Er hatte sie mit der Frage überrumpelt. Ihr wurde bewußt, daß sie daran noch gar nicht gedacht hatte. Robin schüttelte den Kopf. „Ich hab Ihnen mit meiner Frage einen Schreck eingejagt. Also gut, dann wollen wir mal so tun, als ob Sie die Kronjuwelen geklaut hätten und die Polizei hinter Ihnen her wäre. Können Sie etwa drei Meter an einem Seil hinunterklettern?"

Ihr Gesicht erhellte sich. „Über den Balkon?"

Ihr Eifer amüsierte ihn anscheinend. „Jawohl, meine liebe Mrs. Pollifax, aber freuen Sie sich nicht zu früh. Sind Sie schon mal an einem Seil rauf- oder runtergeklettert?"

„Ja, einmal in Albanien –" Sie stockte. „Meine Güte, ich bin wirklich müde. Das hätte ich nie sagen sollen."

Er musterte sie von oben bis unten, ihre Größe, ihr Gewicht, den voluminösen Schlafrock, die wolligen Hausschuhe und grinste. „Ich hab es nicht gehört. Und wenn, würde ich's doch nicht glauben." Er holte eine Taschenlampe und eine zuverlässig aussehende Seilrolle aus seinem Koffer. „Kletterseil, allerbeste Qualität." Er klopfte zärtlich darauf. „Übrigens, in diesem Stockwerk ist kein Sims, aber unten in Ihrem ein ganz prächtiges, also haben Sie auf der ganzen Strecke etwas unter sich. Ich werde vorausgehen und die Lage peilen." Er zog die Stirn kraus. „Ich bin entsetzt bei dem Gedanken, daß Ihre Vorgesetzten Sie am Ende ganz allein und schutzlos hierhergeschickt haben. Es ist wohl der Gipfel der Unverfrorenheit, wenn ich meine Dienste anbiete, aber ich bin in Ihrer Schuld, und wenn Sie einen Gentleman-Einbrecher brauchen sollten –"

„Ich kann Ihnen gar nicht sagen, wie sehr ich das zu schätzen weiß", sagte sie warm.

„Übrigens, ist Ihre Balkontür abgeschlossen?" Sie nickte, und er befestigte ein Schlüsselbund an seinem Gürtel. „Na, dann mit Volldampf voraus." Auf dem Balkon belegte er das Seil am Geländer und prüfte den Knoten. „Sind Sie bereit? Geben Sie mir Ihr Juwelenkästchen. Wenn Sie über das Geländer weg sind, lehnen Sie sich ein bißchen nach außen, Seil fest im Griff, und dann lassen Sie sich hinuntergleiten und *hinein!*"

„Hinein", wiederholte Mrs. Pollifax. Er verschwand. Dann kletterte sie über das Geländer und packte das Seil. Sie schloß die Augen, murmelte ein kurzes Gebet und klomm langsam abwärts.

„Tüchtige kleine Frau", lobte Robin, ergriff das Seil und lotste sie auf den unteren Balkon. „Mit ein bißchen Training würden Sie einen prächtigen Fassadenkletterer abgeben." Er richtete den bleistiftstarken Strahl seiner Taschenlampe auf die Tür, und im nächsten Augenblick stand sie offen. „Ich nehme doch an, daß Sie die Tür zum Korridor abgeschlossen haben?"

„Nein. Ich dachte, ich müßte mir auf alle Fälle einen schnellen Rückzug sichern."

„Dann werde ich mich lieber erst mal umsehen." Während sie den Geigerzähler verstaute, warf er einen Blick unter ihr Bett und in ihren Wandschrank und verschwand dann ins Badezimmer. „Was zum Teufel...?"

Sie hörte ihn ärgerlich blubbern und drehte sich fragend um, als er wieder erschien und den verängstigten Hafis vor sich herschob.

„Hinter Ihrem Duschvorhang", sagte Robin grimmig. „*Versteckt.*"

HAFIS stand mit geröteten Augen und feuchten Wangen vor ihr, verkrampft vor Angst.

„Wo waren Sie denn?" rief er verzweifelt. „Ich hab so lange auf Sie gewartet."

„Hinter dem Duschvorhang?" erkundigte sich Robin trocken.

„Nein, Monsieur, in dem Sessel da drüben – aber dann hab ich Stimmen auf dem Balkon gehört und bekam Angst."

„Und warum bist du nicht längst im Bett und schläfst?" fragte Mrs. Pollifax sanft.

Er zögerte mit einem Blick auf Robin.

„Du kannst ihn ruhig als Freund betrachten", erklärte Mrs. Pollifax. Hafis machte ein zweifelndes Gesicht. „Versuch's mal", bat sie.

„Wenn Sie das sagen, Madame. Ich bin hergekommen, um Sie zu

meiner Großmutter zu bringen. Sie ist jetzt wach. Aber schnell. Ja? Bitte!" drängte er.

„Um zwei Uhr morgens!" rief Mrs. Pollifax.

„Unsinn, Junge", sagte Robin kategorisch. „Mrs. Pollifax geht jetzt nirgendwohin als ins Bett."

Das Gesicht von Hafis verfärbte sich buchstäblich kreideweiß, als ob seine ganze Welt davon abhinge, daß sie mit ihm kam. Mrs. Pollifax war gerührt und überrascht. Sie faßte sich und sagte: „Es muß ja nicht lange dauern."

„Sind Sie wahnsinnig?" fragte Robin ärgerlich.

„Wahrscheinlich."

Er setzte sich in den Sessel am Schreibtisch und verschränkte trotzig seine Arme. „Gut, ich bleibe hier sitzen, bis Sie bereit sind, ins Bett zu gehen. Wenn Sie nicht bald zurück sind, werde ich das ganze Sanatorium auf den Kopf stellen. Welche Zimmernummer ist es?"

„Hundertfünfzig, Monsieur", sagte Hafis und betrachtete ihn mit ehrfurchtsvoller Scheu.

Robins Haltung kam Mrs. Pollifax sehr übertrieben vor in Anbetracht dessen, daß er so wenig von den Ereignissen der Nacht wußte, und sie fragte sich, welchen Grund er wohl dafür haben mochte. „Komm, wir gehen, Hafis", sagte sie ruhig.

Hafis ging auf Zehenspitzen vor ihr her den Gang hinunter. Er zog einen Schlüssel aus der Tasche, schloß auf und winkte ihr, in den halbdunklen Raum einzutreten. Etwas nervös überschritt sie die Schwelle.

Der normale Eindruck, den das Zimmer machte, beruhigte sie. Es war keine Serafina da, und die Türen zu den Nebenzimmern waren geschlossen. Eine kleine Lampe auf dem Nachttisch warf Schatten gegen die Wand und einen Lichtkreis auf das Bett, in dem Madame Parvis von Kissen gestützt aufrecht dasaß. Sie trug ein grobgesponnenes, weißes Gewand mit einer Kapuze, die ihr Gesicht beschattete, aber Mrs. Pollifax konnte eine unheimliche Ähnlichkeit mit Hafis entdecken. Glänzende schwarze Augen unter tiefliegenden Lidern beobachteten sie bei ihrem Eintritt. Als Mrs. Pollifax näher herantrat, war sie entsetzt über die Schatten unter den Augen, die fast wie Prellungen aussahen.

Es war ein verwüstetes Gesicht, orientalisch, aber jetzt jeglicher Vitalität beraubt. Nur der Ausdruck eines starken Charakters war noch vorhanden.

„Großmama", sagte Hafis ruhig, „hier ist meine Freundin, Madame Pollifax."

„Enchanté", murmelte die Frau mit leiser Stimme und hob eine Hand, um auf einen Stuhl neben dem Bett zu deuten. Sie sprach, als ob es ihr große Mühe machte. „Ich höre... Sie haben mich... gestern besucht. Als ich... schlief."

„Ja. Hafis und ich sind Freunde geworden", sagte Mrs. Pollifax lächelnd. „Sie haben einen ganz bezaubernden Enkel, Madame Parvis. Er hat mir viel Freude gemacht."

Die Augen der alten Frau waren unverwandt auf sie gerichtet. „Darf ich Sie dann... um einen Gefallen bitten..., Mrs. Pollifax?"

Mrs. Pollifax sah, daß Hafis, der am Fußende des Bettes stand, sie mit derselben Intensität beobachtete. „Aber natürlich", antwortete sie, plötzlich ganz still und gespannt.

„Wenn ich bitten darf... um etwas..., was Hafis nicht tun kann. Ein Telegramm... aufgeben im Dorf."

„Ein Telegramm", wiederholte Mrs. Pollifax.

„Nicht aus dem Sanatorium."

„Ich verstehe", sagte Mrs. Pollifax. In ihrer praktischen Art griff sie gleich zu ihrer Handtasche. „Ich habe Papier und Bleistift hier. Wenn Sie mir diktieren wollen –"

„Es ist schon geschrieben, Madame", sagte Hafis schnell.

Unter ihrer Decke zog Madame Parvis einen Briefbogen des Sanatoriums hervor. „Bitte... wollen Sie lesen?"

Mrs. Pollifax las in verschwörerischem Flüsterton: „An General Mustafa Parvis, Villa Jasmin, Sharja, Zabya: Hafis und ich gesund und wohl. Alles Liebe, Zizi." Mrs. Pollifax fiel die Alltäglichkeit der Botschaft auf, und sie zweifelte daran, daß sie so dringlich war. „Also das hier soll nicht aus dem Sanatorium telephonisch aufgegeben werden?"

„Bitte nicht."

Aus dem Nebenzimmer drang ein jäher Schnarchlaut, und Hafis und seine Großmutter wechselten einen warnenden Blick.

„Sie ist müde", sagte Hafis leise.

Die Audienz war beendet. „Ja", stimmte Mrs. Pollifax zu und ging mit ihm zur Tür. Dort blickte sie ihn nachdenklich an. „Du und deine Großmutter, ihr steht euch sehr nahe, nicht wahr, Hafis?" Er nickte. Seine Augen waren wachsam. Einer Eingebung folgend beugte sie sich vor und küßte ihn auf die Stirn. „Ich hab dich sehr gern, Hafis, und ich glaube, du bist ein sehr gescheiter junger Mann. Gute Nacht, ich gehe jetzt."

Sie war erleichtert, als die Sicherheit ihres Zimmers sie wieder umgab. Robin saß immer noch mit verschränkten Armen im Sessel am Schreibtisch. „Nun?" sagte er und warf ihr einen grollenden Blick zu. „Haben Sie endlich die Vampirgroßmutter besucht?"

„Ja", antwortete sie abwesend. „Heute ist doch Sonntag. Wo kann man da persönlich ein Telegramm aufgeben?"

„Da müssen Sie schon nach Montreux fahren. Zu einem PTT-Gebäude. Der Telegrammschalter ist sonntags morgens geöffnet – ab acht Uhr dreißig, glaube ich. Ich fahre Sie hin, wenn Sie wollen. Sagen wir, Sie kommen um acht Uhr zu meinem Wagen. Er ist in der Nähe vom Haupteingang geparkt. Ein dunkelblaues Mercedes-Kabriolett."

„Das ist sehr freundlich von Ihnen", sagte sie überrascht.

„Gern geschehen." Er ging zur Balkontür. „Es war hochinteressant, mal zu sehen, wie die andere Hälfte lebt – die soliden Bürger. Ach ja, ich würde Ihnen übrigens raten, sich Ihren Morgenrock genauer anzusehen, ehe Sie ihn wieder tragen. Der ist um den Saum herum ganz schön blutig, als ob Sie in einer Blutlache gekniet hätten." Sie starrte ihn überrascht an. „Als ich das bemerkt hatte, konnte ich mir ungefähr vorstellen, was Sie heute nacht so entsetzt hat, und, offen gestanden, mir ist auch das Herz in die Hosen gefallen. Auf Wiedersehen um acht." Er verschwand und machte sorgfältig die Tür hinter sich zu.

Mrs. Pollifax schloß hinter ihm ab. Seine Bemerkung erklärte den Grund für seine plötzliche Besorgnis um sie – er *wußte Bescheid*. Sie zog den verräterischen Morgenrock aus. Es gab plötzlich eine Menge zu tun, eine Menge zu überlegen, aber sie war todmüde. Sie stellte ihren Wecker auf sieben Uhr, sank ins Bett und schlief sofort ein.

5

AM NÄCHSTEN Morgen frühstückte Mrs. Pollifax um Viertel nach sieben allein im Speisesaal. Dem Kellner, der sie bediente, war nicht anzumerken, daß einer seiner Kollegen in der vergangenen Nacht ein gewaltsames Ende gefunden hatte. Als sie ihren Kaffee getrunken hatte, ging sie ins Untergeschoß hinunter, scheinbar, um sich ein bißchen im Garten zu ergehen.

Die Korridore waren menschenleer. Sie ging behutsam zur offenen Tür des Massageraums. Die hellgrüne Badewanne schimmerte in flekkenloser Reinheit. Das Sonnenlicht, das durch die Milchglasscheiben der Fenster drang, glitzerte auf den silbernen Hähnen und Armaturen und dem sauberen, frisch polierten Fußboden. Da war auch nicht die geringste Spur davon zu sehen, daß hier erst vor wenigen Stunden ein Mord stattgefunden hatte. Einen Moment lang überlegte Mrs. Pollifax, ob sie das nicht alles geträumt hatte. Seltsam, dachte sie, daß keine Polizei hier ist.

Gewiß wäre die Entdeckung einer Leiche für das Sanatorium peinlich gewesen, aber soviel Diskretion schien übertrieben und unmenschlich zu sein.

Um acht Uhr ging sie hinaus, um Robin auf dem Wendeplatz bei seinem Wagen zu treffen. Während er durch die enge Einfahrt und an der Schlucht entlangfuhr, fiel kein Wort zwischen ihnen. Sie kamen aus dem schattigen Wald heraus, er steuerte seinen dunkelblauen Mercedes durch die sonnigen Straßen des Dorfes und fuhr bergab auf Villeneuve zu.

„Das ist außerordentlich freundlich von Ihnen", sagte Mrs. Pollifax schließlich.

„Schon gut", sagte er barsch. „Wessen Blut war es?"

Sie hatte die Frage erwartet, seit sie eingestiegen war. „Vom Kellner Marcel", sagte sie.

Robin machte ein entsetztes Gesicht und brachte den Wagen am Straßenrand zum Stehen. „Verletzt oder tot?"

„Tot."

„Sie meinen, ermordet?"

Sie betrachtete sein Gesicht prüfend und nickte. „Ja, im Massageraum, in der Badewanne. Kannten Sie ihn, Robin?"

„Wir hatten eine gemeinsame Wette für das heutige französische Radrennen." Er saß da und starrte sie ungläubig an. „Aber warum ein vollkommen unschuldiger Kellner?" Er kniff die Augen zusammen. „Oder war er das nicht?"

„In Wirklichkeit nicht. Er war ein Interpolbeamter auf derselben Suche wie ich."

Robin pfiff durch die Zähne. „Na ja, man hat Sie wenigstens nicht allein hierhergeschickt, wodurch meine Achtung vor Ihren Vorge-

setzten um einen Grad steigt. Hören Sie mal, wenn ich Ihnen irgendwie helfen kann –"

„Sie helfen mir ja jetzt, Robin, und ich bin Ihnen sehr dankbar
dafür."

Er nickte und reihte sich langsam wieder in den Verkehr ein.
„Dies Telegramm, das Sie aufgeben wollen, ist natürlich für die Großmutter von Hafis, nicht wahr?"

Sie lächelte. „Ihre Gaben sind wirklich verschwendet an Fassaden-
kletterei, Robin. Ja, es ist für Madame Parvis. Würde es gegen Ihre
Skrupel verstoßen, mir heute nacht zu helfen, ein bißchen Balkon-
spionage bei Zimmer 150 zu treiben?"

Er lachte.

Sie schlängelten sich jetzt durch die stillen Straßen von Montreux.
„Meine liebe Mrs. P., es wird mir eine Freude sein, mit Ihnen zu
spionieren. Was haben Sie denn gestern nacht in Zimmer 150 herausgefunden?"

„Rein äußerlich nichts", sagte sie nüchtern. „Madame Parvis sah
sehr krank aus und bat mich, ein Telegramm an General Parvis in
Zabya aufzugeben, das ihre gute Ankunft hier meldet."

„Das klingt ziemlich unverfänglich."

„Ja, abgesehen davon, daß sie und Hafis schon eine Woche hier
sind und daß sie darauf bestand, das Telegramm auf keinen Fall
vom Sanatorium aus aufzugeben. Der ganze Besuch hatte so eine Art
geheimnistuerischer Dringlichkeit. Vom ersten Augenblick an hat
Hafis auf mich einen verängstigten Eindruck gemacht. Er ist ein
ungewöhnlich intelligentes Kind, und ich will wirklich nicht melo-
dramatisch sein, aber ich hab dauernd das Gefühl, daß er verzweifelt versucht, mit etwas fertigzuwerden, was über seine Kraft geht,
und daß er mir etwas mitteilen will. Ich habe ständig kleine, unaus-
gesprochene Botschaften bekommen." Sie zögerte und suchte nach
Worten. „Natürlich übertreiben Kinder manchmal auch, deshalb
mußte ich mich erst überzeugen. Jetzt geht mir langsam ein Licht
auf."

Er parkte den Wagen gegenüber von einem großen Gebäude, das
das Zeichen PTT trug. „Es ist genau acht Uhr dreißig", sagte er zu
Mrs. Pollifax. Sie überquerte die Straße und übertrug am Telegra-
phenschalter die Botschaft auf ein Formular, wobei sie nur beim Ab-
sendervermerk zögerte. Geheimhaltung schien Madame Parvis sehr
wichtig zu sein. Mrs. Pollifax überlegte, dann schrieb sie hin: *Wil-*

liam Carstairs, The Legal Building, Baltimore, Maryland, USA, wobei sie sich recht einfallsreich vorkam.

„Ihnen geht also langsam ein Licht auf", sagte Robin, als sie wieder zu ihm kam. „Ich hoffe, Sie wollen mich nicht auf die Folter spannen."

„Ich fange an zu begreifen, warum es Hafis unmöglich war, mir etwas zu erzählen. *Er darf es nicht.* Ich fange auch an zu begreifen, welche Schwierigkeiten er zu überwinden hatte, um meinen gestrigen Besuch bei seiner Großmutter zustande zu bringen. Das war nicht einfach."

Robin machte ein bestürztes Gesicht. „Sie wollen damit ausdrükken, daß da eine Menge nicht in Ordnung ist."

„Ja, das meine ich. Können wir jetzt zurückfahren? Ich möchte mich in den Garten setzen und nachdenken. Am liebsten mit einer Kanne ganz heißem Kaffee."

Er ließ den Wagen an. „Worüber nachdenken?"

„Über ein halbvolles Röhrchen Aspirin, über das, was ich heute abend um zehn Uhr melden soll, wenn ich meinen Kontakt mit Interpol aufnehme, und über Marcels Tod."

„Womit alles und nichts erklärt ist. Ich glaube, ich werde Sie heute nicht aus den Augen lassen, wenn Sie nichts dagegen haben."

„Dagegen habe ich nicht das geringste einzuwenden", erwiderte Mrs. Pollifax.

IM SANATORIUM war immer noch keine Polizei. Nachdem Robin hinaufgegangen war, blieb Mrs. Pollifax noch ein Weilchen in der Halle beim Empfangstisch.

„Suchen Madame jemanden?" fragte der Portier. Sie schüttelte den Kopf. „Wünschen Madame vielleicht die gestrige Ausgabe der *Herald Tribune?*"

Sie dankte ihm, klemmte sich die Zeitung unter den Arm und ging auf ihr Zimmer. Während sie sich ein leichteres Kleid anzog, überflog sie die Überschriften. Auf einer Innenseite sah sie ein Bild von König Jarrud von Zabya, und da das Hafis' König war, las sie den Bericht. Am Dienstag würde der König seinen vierzigsten Geburtstag und sein zehntes Regierungsjubiläum feiern... Eine Parade, ein Bankett im Palast neben dem prächtigen Märchenteich, der Vizepräsident der Vereinigten Staaten auf der langen Liste der eingeladenen hohen Herrschaften... Jarrud, ein Monarch, sehr beliebt beim Volk, aber nicht

bei der Oberschicht, die seine grundlegenden Reformen mit Miß-
trauen beobachtete.

Eine Viertelstunde später ging sie in den Garten hinaus, zog sich
einen Liegestuhl in die Sonne und legte sich hin. Sie dachte an Marcels muntere blaue Augen und seine komischen Gesten. Warum war
es notwendig gewesen, ihn umzubringen?

Eine Schwester half dem General in einen Stuhl. Mrs. Pollifax
bemerkte, daß die Palisburys sich unter der Pappel niedergelassen
hatten. Der Mann im Rollstuhl, Ibrahim Sabry, las an einem Tisch
unter einem rosa Sonnenschirm die Zeitung. Das Gesamtbild wiederholte sich, aber Marcel fehlte.

Sie kehrte im Geist zum vorigen Tag zurück. Marcel hatte ihre
Besorgnis um Madame Parvis nicht sehr ernst genommen, sich aber
bereit erklärt, der Sache nachzugehen. Und er hatte gesagt, daß er ihr
um Mitternacht darüber berichten würde.

Gestern nachmittag war er noch nicht in Gefahr gewesen, davon
war sie überzeugt.

Was Marcel auch getan hat, nachdem ich ihn gesehen hab, dachte
sie, es hat ihn in eine neue und verbotene Richtung gelenkt. Was
Marcel zwischen halb vier Uhr nachmittags und Mitternacht entdeckt
hatte, mußte sie auch herausfinden.

„Tut mir sehr leid, Sie beim Nachdenken zu stören", sagte Robin
und zog sich einen Sessel heran, „aber müßte heute hier nicht eine
Atmosphäre von unterdrücktem Alarm herrschen, müßte man nicht
ein paar verweinte Augen und einen oder zwei Polizisten sehen? Ich
kann mir nicht helfen, aber alles sieht ganz wie gewöhnlich –
Hoppla!" Er brach ab und duckte sich.

Mrs. Pollifax blickte sich um. Auf Ibrahim Sabry zu schritt über
den Rasen einer der bestaussehenden Männer, die ihr je begegnet
waren. Sabry blickte auf, und alle Anwesenden im Garten wurden
ebenfalls aufmerksam. Der Fremde war wie eine Erscheinung aus
einem orientalischen Märchen: großgewachsen, schlank, stolz, mit
einer kühn vorspringenden Nase, strahlenden Augen unter geraden,
spöttischen Brauen und mit einem Lächeln, das wie ein weißer Blitz
in seinem dunklen Gesicht aufleuchtete. „Wer ist das?" fragte Mrs.
Pollifax höchst interessiert.

Robin drehte mit verlegener Miene dem Neuangekommenen, der
jetzt Sabry die Hand schüttelte, den Rücken zu. „Reflexbewegung",
gestand er. „Ich vergesse, daß die Leute, die ich um Juwelen erleich-

tert habe, keine Ahnung haben, daß ich der Übeltäter bin. Das ist Yasdan Kaschan."

„Er sieht gar nicht so aus, als ob er sich leicht etwas wegnehmen ließe", stellte Mrs. Pollifax fest. „Müßte ich wissen, wer das ist?"

„Fallen Sie nicht in Ohnmacht, aber das ist ein echter, hundertkarätiger Scheich."

„Ach nein", sagte sie vergnügt, „die gibt es also wirklich? Aber ich nehme an, nicht mehr in der Wüste?"

Robin feixte. „Nicht, wenn sie zu einer der reichsten Familien der Welt gehören. Kaschans Großvater ist noch auf Kamelen mit dem Wind um die Wette geritten. Kaschans Vater entdeckte, daß er im Nahen Osten seine Zelte auf einem der ergiebigsten Ölfelder der Welt aufgeschlagen hatte, und Yasdan ist der neue Sproß. Hat in Oxford studiert, dann wurde er Playboy und ließ Juwelen sorglos herumliegen – zum mindesten war er damit verdammt unvorsichtig, als er mir fünfundsechzig in Paris über den Weg lief. Das war mein erster großer Job. Ich mußte mir noch monatelang später immer wieder sagen, daß er den Verlust verschmerzen konnte." Er fügte indigniert hinzu: „Hoffentlich glauben Sie nicht, daß es mir leichtfiel, auf die schiefe Bahn zu geraten."

„Er ist anscheinend nach Montbrison gekommen, um Mr. Sabry zu besuchen", sagte Mrs. Pollifax. „Was für ein Landsmann ist Mr. Kaschan?"

„Keine blasse Ahnung."

Hafis kam langsam über den Rasen daher, schlang einen Arm um Mrs. Pollifax' Liegestuhl und hielt sich daran fest. „Heute gibt's Wiener Schnitzel zu Mittag", verkündete er. Aber sein Blick ruhte auf den beiden Männern unter dem großen rosa Sonnenschirm.

„Kennst du Mr. Sabry, den Mann im Rollstuhl, Hafis?" fragte sie und beobachtete sein Gesicht.

„Ja, Madame, er hat das Zimmer gegenüber von uns."

„Ich meine, hast du ihn schon gekannt, ehe du hierherkamst?" Er schüttelte den Kopf. „Nein, Madame."

„Und Mr. Kaschan, der Mann, der bei ihm sitzt, kennst du den?"

Die Augen des Jungen glühten vor Haß, ehe er seinen Blick zu Boden senkte. „Den kenne ich", sagte er tonlos.

„Dann kommt er wohl aus Zabya?"

„Ja, Madame." Er hob seine Augen, die keinerlei Ausdruck zeigten, und fügte hinzu: „Ich gehe jetzt zum Mittagessen. *Bonjour.*"

Robin blickte ihm nach, dann zog er die Augenbrauen hoch. „Ich muß schon sagen, Sie klangen wie der reinste Untersuchungsrichter."

„Und Hafis wie ein Automat", ergänzte sie nachdenklich. „Mit andern Worten, ich glaube, ich hatte gerade ein bedeutsames Gespräch mit ihm."

DER SCHEICH aß mit Ibrahim Sabry im Speisesaal. Während sie sich unterhielten, steckten sie die Köpfe dicht zusammen und gestikulierten häufig, aber es war alles zu leise, als daß Mrs. Pollifax etwas hätte hören können. Court erschien einige Minuten nach Mrs. Pollifax und rief über die Tische zu ihr hinüber: „Sind Sie heute nachmittag im Garten?" Mrs. Pollifax nickte. Sie hatte nicht die Absicht, irgendwo anders zu sein.

Später kam Court im Garten über den Rasen zu ihr. „Ich muß mit Ihnen reden", sagte sie. „Ist Ihnen das auch nicht unangenehm?"

Mrs. Pollifax hatte beobachtet, wie Scheich Kaschan Sabry in den Aussichtspavillon hineinschob, wobei der Rollstuhl mit knapper Not durch den engen Bogeneingang ging. Jetzt war Sabry glücklich drin, und der Scheich, der an einem runden Tisch Platz genommen hatte, zog Papiere aus seinem Diplomatenköfferchen.

Als Court sich neben sie setzte, wandte Mrs. Pollifax ihre Aufmerksamkeit dem Mädchen zu. „Ich stehe ganz zu Ihrer Verfügung", sagte sie lächelnd.

Court schien den Tränen nah zu sein. „Ich habe heute morgen meinen Koffer gepackt", sagte sie mit zitternder Stimme, „und dann bin ich nach dem Mittagessen hinaufgegangen und hab wieder ausgepackt." Sie holte ein Taschentuch aus ihrer Handtasche und schneuzte sich. „Ich weiß einfach nicht mehr, was ich tun soll."

„Wenn Sie mir vielleicht erzählen würden, worum es eigentlich geht –" sagte Mrs. Pollifax freundlich.

„Ach, ich will mich nicht wieder verlieben", sagte das Mädchen ärgerlich. „Darum geht es. Und vor allem nicht in *ihn*. Er ist Eric so ähnlich. Ich halte das nicht aus."

„Sie haben mir nicht verraten, wer Eric ist", sagte Mrs. Pollifax.

„Mein Mann", sagte Court und wischte sich die Augen ab. „Ich hab ihn geheiratet, als ich achtzehn war, und wir wurden geschieden, als ich zwanzig war, und das ist acht Jahre her."

Mrs. Pollifax nickte. „Sie haben also sehr jung geheiratet, und es wurde keine glückliche Ehe. Und jetzt erinnert Robin Sie an Eric?"

Court schüttelte sich. „Die Schablone ist so erschreckend ähnlich. Robin ist so attraktiv, und er muß sich nicht seinen Lebensunterhalt verdienen, was soviel heißt, daß er überhaupt keinen Charakter hat. Er ist überall gewesen, hat alles gemacht – und genauso war es mit Eric. Sie sind beide Playboys. Ich hasse die Liebe", erklärte sie, „sie bringt nur Leid."

Mrs. Pollifax lächelte. „Liebe hat nichts mit Leid zu tun. Wir selbst sind es, die die Wunden zufügen. Ob Sie so sicher sein können, daß Robin genau wie Eric ist? Ich weiß nicht. Wenn Sie erst mehr über ihn herausfinden, gibt es vielleicht einige – sagen wir, Überraschungen." Mrs. Pollifax klopfte ihr liebevoll auf den Arm. „Was Sie meiner Meinung nach brauchen, ist ein bißchen Zen. Ungeheuer erfrischend. Es spricht sehr viel dafür, daß man dem Leben einfach seinen Gang läßt."

„Ohne *Kontrolle?* Aber das ist doch erschreckend!" rief Court.

Mrs. Pollifax lachte. „Im Gegenteil. Es ist viel weniger schmerzhaft, als auf Schritt und Tritt zu kämpfen, und soviel köstlicher, als das Leben wie einen korrekt gedeckten Tisch herzurichten. Es ist doch sehr aufregend zu sehen, was als nächstes passiert."

„Gibt es denn in Ihrem Alter noch Überraschungen?" fragte Court zögernd.

Mrs. Pollifax lächelte verzeihend. „Häufig, kann ich Ihnen versichern. Manche angenehm und manche nicht."

„Ach, da sind Sie ja beide!" rief Robin vom Fußweg her. „Ich dachte schon, meine beiden Lieblingsfrauen wären in blauen Dunst aufgegangen." Er setzte sich hin und lächelte Court an. „Wo waren Sie den ganzen Tag?"

Mrs. Pollifax überließ Court die Antwort, während sie wie unabsichtlich zum Pavillon hinüberblickte. Der Scheich hatte seine Papiere wieder in den Aktenkoffer zurückgesteckt und schien jetzt stehend einige letzte Anweisungen zu geben. Sabry hörte aufmerksam zu. Und doch, wie leer seine Augen dabei sind, dachte sie unbewußt. Und plötzlich kamen ihr die Worte des Generals in den Sinn: „Ich habe entdeckt, daß die Augen des Gewohnheitsmörders völlig leer sind." Sabrys Augen waren wie Kieselsteine. Sie richtete sich überrascht auf. Wenn Sabry nicht in einem Rollstuhl säße... Aber welch diabolisch schlaue Tarnung! Es ist eine Möglichkeit, dachte sie, eine entsetzliche Möglichkeit. Er war sogar schon anwesend, als Fraser hier war. Das hatte Marcel erwähnt.

Court und Robin blickten sie verwundert an. „Wo waren Sie bloß mit Ihren Gedanken?" wollte Robin wissen.

„Ich habe mir überlegt, was Mr. Sabry an seinen Rollstuhl fesselt."

Court machte ein überraschtes Gesicht, aber Robins Blick war nachdenklich.

„Soviel ich gehört habe, ist es multiple Sklerose", sagte Court. „Ich weiß, daß er Sprudelbäder nimmt."

„Schlaganfälle und Knochenbrüche hinterlassen Spuren, die Ärzte diagnostizieren können", überlegte Mrs. Pollifax laut. „Aber multiple Sklerose ist eine sehr schleichende Krankheit, nicht wahr?" Das machte sie für eine Tarnung brauchbar. Sie dachte an Marcels Worte: „Ich werde ihn sehr gründlich unter die Lupe nehmen", und sie versuchte sich zu vergegenwärtigen, wie Marcel in Sabrys Zimmer eindrang. Ihr Blick kehrte zum Pavillon zurück.

Der Scheich schob Sabrys Rollstuhl durch den Bogen. Sie fuhren zu dem schattigen Platz unter der Palme und verabschiedeten sich formell voneinander. Im Weggehen drehte der Scheich sich noch einmal um und rief über seine Schulter: „Ich komme morgen wieder her." Dann schritt er eilig durch die Glastür und verschwand. Sabry, der zurückgeblieben war, hielt ein Bündel Papiere auf seinem Schoß. Er begann, sie zu ordnen und dann zu lesen.

Mrs. Pollifax stand auf. „Court, darf ich Ihnen Robin auf kurze Zeit entführen?"

„Selbstverständlich", antwortete Court mit einem verwirrten Gesichtsausdruck.

Robin folgte Mrs. Pollifax zum Eingang im Tiefparterre. Im Haus drehte sie sich zu ihm um. „Ich möchte Ibrahim Sabrys Zimmer durchsuchen. Können Sie mir seine Tür aufschließen?"

„Das ist kompletter Wahnsinn."

„Jetzt ist vielleicht die einzige Gelegenheit dazu, Robin. Es ist bald Teezeit, und Sabry scheint draußen beschäftigt zu sein. Ich möchte feststellen, ob er wirklich invalide ist. Irgendwas muß zu finden sein – ein Paar Schuhe mit abgetragenen Absätzen, ein Photo. Bitte, Robin, schnell!"

„Na gut. Fahren Sie mit dem Fahrstuhl. Wir treffen uns oben." Er nahm zwei Stufen auf einmal, als er die Treppe hinaufrannte, während Mrs. Pollifax in den Fahrstuhl stieg. In ihrem Stockwerk wartete sie, und nach einigen Minuten war er wieder bei ihr. „Aber ich bestehe darauf, mit Ihnen hineinzugehen", erklärte er kategorisch.

„Auf keinen Fall. Wenn etwas passiert, sind Sie der einzige, der weiß, was ich vorhatte."

„Dann bleib ich aber auf seinem Balkon, bis Sie raus sind", verlangte er beharrlich. „Menschenskind, Sie sind doch nur ein Amateur in diesen Dingen!"

Sie blickte ihn verzweifelt an, aber nur seine Fachkenntnis konnte ihr die Tür öffnen. „Also gut", gab sie nach, „gehen Sie in Gottes Namen auf den Balkon." Sie schritt voraus den Korridor hinunter. Robin beugte sich kurz über das Schloß von Nummer 153, die Tür ging auf, und sie betraten Sabrys Zimmer.

„Jetzt bitte – verschwinden Sie", drängte sie.

Er zögerte nur kurz, um die beiden Türen des riesigen Kleiderschranks aufzuschließen. Dann warf er ihr eine Kußhand zu, schlüpfte durch die Balkontür hinaus und war verschwunden.

Mrs. Pollifax blickte sich um. Dieses Zimmer war dunkler als ihres, weil es auf die Bergseite hinausging, die wuchtig über dem Sanatorium hing, aber sonst war es ganz ähnlich. Sie ging zuerst an den Schreibtisch und fand eine Anzahl Papiere in arabischer Schrift. Dann nahm sie sich zunächst die rechte Seite des Kleiderschranks vor, den Robin so zuvorkommend für sie aufgeschlossen hatte, und durchsuchte Sabrys Anzüge, ohne jedoch die geringste Blutspur zu finden. Und Schuhe waren auch keine da. Es stand jedoch ein Koffer drin, den Mrs. Pollifax aufs Bett trug. Er war verhältnismäßig klein und wog etwa zwanzig Pfund. Ein Anhänger baumelte am Griff, und sie las zu ihrer Überraschung, daß dieser Handkoffer dem Scheich gehörte, der ihn mitgebracht haben mußte. Als vorübergehende Adresse war mit Bleistift auf den Anhänger gekritzelt: *Suite I A, Hotel Montreux-Palace, Montreux, Suisse.* Dort war der Scheich wohl für diese Nacht abgestiegen. Warum hatte der dann den Koffer bei Sabry gelassen? Vielleicht aus Sicherheitsgründen? Sie beugte sich über den Griff, aber er war mit zwei kleinen Vorhängeschlössern doppelt gesichert. Sie ließ den Koffer auf dem Bett liegen und kehrte zum Kleiderschrank zurück, um jetzt die linke Seite zu durchsuchen. Sie drehte den Knauf, rüttelte etwas und zog die Tür auf.

Die zusammengekrümmte Leiche Marcels, in glänzende, durchsichtige Plastikfolie gehüllt, füllte die gesamte Hälfte des Kleiderschranks aus. Sein Kopf, aus dem die leeren Augen starrten, war zu ihr hingewendet.

Mrs. Pollifax stieß einen gellenden Schrei aus.

Sie konnte sich nicht entsinnen, je zuvor in ihrem Leben so geschrien zu haben. Es war ein unfreiwilliger, empörter Protest. In
der spannungsgeladenen Stille, die danach einsetzte, hörte sie ein kleines Geräusch an der Balkontür und dann das Stampfen von rennen-
den Füßen im Korridor. Die Tür wurde aufgerissen, und Sabry stand
keuchend vor ihr. Kein Rollstuhl war zu sehen.

Sein Blick schweifte von dem Koffer auf dem Bett zu den geöffne-
ten Türen des Schrankes. Mit drei Schritten durchmaß er das Zimmer und schlug ihr ins Gesicht. „Verfluchtes Frauenzimmer!" stieß
er hervor. „Wer sind Sie?" Er zog eine Pistole aus der Tasche,
stampfte über den Korridor und klopfte an die Tür von 154. Einer
von Madame Parvis' weißbekittelten Wärtern öffnete, und Sabry
deutete auf Mrs. Pollifax, die immer noch in seinem Zimmer stand.
Der Mann riß die Augen auf und zog mit einem Zischlaut den Atem
ein. Hinter ihm tauchten Hafis und der zweite Wärter auf.

Mrs. Pollifax hatte angefangen, sich langsam zum Korridor hin-
zubewegen, als Hafis sie erblickte. „Madame!" schrie er mit entsetz-
ter Stimme. „Oh, Madame!" Er schoß unter Sabrys Arm hervor,
rannte über den Korridor und schlang seine Arme schützend um sie.
„Das ist meine Freundin, Madame Pollifax. Keiner rührt sie an!"

Sabry ohrfeigte ihn brutal. „Du hast's ihr verraten!"

„Nein", stieß Hafis hervor. „Nichts hab ich ihr erzählt! Monsieur,
ich bitte Sie! Glauben Sie, ich will Großmamas Leben aufs Spiel
setzen?"

Mrs. Pollifax lauschte mit fasziniertem Entsetzen. Ein Knoten hatte
sich eben gelöst. Die Entwirrung des Geheimnisses hatte begonnen.

Sabry ging zum Kleiderschrank und schloß beide Türen ab. „Sie
hat gesehen, was drinnen ist", sagte er zu den beiden Wärtern. „Wir
müssen sie hier rausschaffen." Dem einen befahl er: „Bring den Rollstuhl her", dem andern: „Hol den Wagen, Munir." Auf Munirs Frage
in arabischer Sprache antwortete er: „Wir unternehmen nichts, ehe
wir nicht mit Yasdan gesprochen haben."

„Was meint er?" fragte Mrs. Pollifax Hafis im Flüsterton.

Seine Hand krampfte sich in ihrer zusammen. „Die wollen Sie
nach Montreux zu dem Scheich bringen und ihn fragen, was sie mit
Ihnen anfangen sollen. Madame, Sie sind in großer Gefahr."

Munir war fortgegangen, um den Wagen zu holen. Der andere
Mann kam in einem Sportjackett aus dem Zimmer von Hafis und
schob den Rollstuhl. Sabry setzte sich hinein. „Bring den Koffer,

Fuad – leg ihn mir auf den Schoß und eine Decke drüber. Schnell! Der darf nicht wieder unbeaufsichtigt bleiben." Er wandte sich an Mrs. Pollifax: „Sie werden jetzt das Sanatorium verlassen und einen netten kleinen Sonntagsausflug machen. Der Junge kommt auch mit. Sie werden ruhig neben meinem Rollstuhl hergehen. Wenn Sie eine falsche Bewegung machen oder versuchen, jemandem ein Signal zu geben, wird der Junge mit seinem Leben dafür bezahlen, verstanden?" Der Blick, mit dem er sie ansah, loderte vor Haß.

„Ich verstehe", sagte sie ruhig. Es war unnötig, weitere Mutmaßungen über das Böse anzustellen: sie war ihm eben begegnet und war erschüttert davon.

„Und du, Hafis", fuhr er leise fort, „denk an deine eigene Lage, und benimm dich entsprechend. Serafina bleibt bei deiner Großmutter. Ein Telephonanruf genügt –"

„Ich weiß", sagte Hafis mit erstickter Stimme.

„Zeig ihnen deine Pistole, Fuad." Fuad zog eine Pistole hervor, hielt sie ihnen unter die Nase und steckte sie wieder ein.

„Gut. Gehen wir." Sabrys Stimme klang verächtlich.

Und so begann ihr Auszug den langen, teppichbelegten Gang hinunter: ein Mann in einem Rollstuhl, begleitet von einer Frau auf der einen Seite, einem Jungen auf der anderen und einem Wärter hinter sich. Mrs. Pollifax sah ein, daß im Augenblick nichts zu machen war.

Als der Fahrstuhl in der Empfangshalle hielt und die Türen aufgingen, nickte Sabry dem Portier am Empfang zu. Am Ausgang manövrierte Fuad den Rollstuhl geschickt die Stufen hinunter. Etwas abseits stand Munir an der Tür einer langen, schwarzen Limousine, deren Motor lief. Sabry blickte sich schnell ringsum, stieg aus seinem Rollstuhl und nahm Platz am Steuer, während Fuad den Rollstuhl zusammenklappte und im Kofferraum verstaute. Munir drängte Mrs. Pollifax und Hafis in den Fond des Wagens, wo Fuad sich ihnen auf einem Notsitz gegenübersetzte. Er zog seine Waffe aus der Tasche und hielt sie auf Hafis gerichtet.

Mit Munir auf dem Vordersitz neben Sabry fuhr der Wagen langsam aus dem Sanatoriumsgelände hinaus und schlug die Straße zum Dorf ein. Mrs. Pollifax versuchte, Hafis mit einem Lächeln zu ermutigen, aber ohne Erfolg. Sie zerbrach sich den Kopf, was Robin tun konnte. Das natürlichste wäre gewesen, die Polizei zu benachrichtigen, aber das konnte Komplikationen und Verzögerungen bringen, und weder sie noch Hafis hatten soviel Zeit. Statt dessen fing sie an zu überlegen, was *sie* tun konnte. Wenn sie das Hotel Montreux-Palace erreichten, mußte jemand ausgeschickt werden, um den Scheich zu holen. Keiner der Männer ahnte, daß sie Karate gelernt hatte. Sie und Hafis konnten vielleicht gemeinsam die andern beiden überwältigen und entkommen.

Aber nicht ohne den Koffer, dachte Mrs. Pollifax. Sie bekam immer mehr Interesse an diesem Koffer mit zwei Schlössern, der nicht zurückgelassen werden durfte.

Zwei schnelle Karatehiebe, um sie außer Gefecht zu setzen, überlegte sie. Hafis öffnet die Autotüren, und ich schnappe mir den Koffer. Sie heftete ihren Blick auf Sabrys Nacken und plante die genaue Richtung und Stärke ihres Hiebes. Dabei unterdrückte sie tapfer den Gedanken an das, was geschehen mochte, wenn es ihr mißlang.

In Villeneuve bogen sie nach rechts ab und fuhren am Wasser entlang in Richtung Montreux.

Ihr Blick fiel auf den Seitenspiegel. Zu ihrem Erstaunen sah sie darin ein dunkelblaues Mercedes-Kabriolett. Ihr Herz schlug schneller. In der Schweiz gab es sicher Tausende von dunkelblauen Mercedeswagen. Aber dieser ließ sich von anderen Autos überholen, während er ständig gleichen Abstand hinter ihnen hielt.

Auf der breiten Straße war der Verkehr jetzt stärker geworden. An Sabry vorbei sah sie vorne an der anderen Straßenseite ein altes Schloß. Sie starrte auf seine Zinnen und Steinmauern, als Fuad plötzlich schrie: *„Ha-sib! Uköff!“*

Mrs. Pollifax sah auf ihrer linken Seite nur etwas Dunkelblaues und ein bekanntes Profil vorüberflitzen, als Robin die Limousine überholte. Was folgte, geschah alles gleichzeitig: der Mercedes ließ ihren Wagen hinter sich und fuhr langsamer. Sabry hupte ununterbrochen und fluchte. Der Mercedes stoppte mit einem Ruck, und Sabrys Wagen rammte ihn von hinten mit Krachen und metallischem Knirschen. Wütend versuchte Sabry die Limousine wieder anzulassen, aber es kamen nur rasselnde Geräusche. „Raus!“ brüllte er.

Türen flogen auf, und die beiden Gefangenen wurden unsanft hinausgestoßen. Sie standen nun unter der Felswand, die sich fast senkrecht über der Straße erhob. Fuad stieß ihr seine Pistole in den Rücken. Mrs. Pollifax sah, daß der Unfall die Fahrbahn in Richtung Montreux blockiert hatte und daß eine Wagenreihe hinter ihnen zum Stillstand gekommen war. Auf der gegenüberliegenden Seite verlangsamte sich der Verkehr durch die Neugier der Vorbeifahrenden. Dahinter stand das Schloß. Ein einfaches Schild gab bekannt, daß Schloß Chillon von 9 bis 18 Uhr für Besucher geöffnet sei.

Sabry wandte sich an Fuad und knurrte: „Bring sie ins Schloß. Schnell! Nimm das auch mit." Er warf ihm den Koffer zu. „Komm in einer Dreiviertelstunde zurück."

Mrs. Pollifax dachte daran wegzulaufen, aber Fuad hielt Hafis fest am Arm. Draußen auf der Straße standen sich Robin und Sabry wütend gegenüber. „Sie haben verdammt recht, daß ich Sie geschnitten habe!" hörte sie Robin schreien. „Was blieb mir anderes übrig, wo Sie dauernd hin und her schlängelten und dabei viel zu schnell gefahren sind? Und was hat überhaupt ein Krüppel am Steuer zu suchen? Bei Gott, Sie werden mir das bezahlen! Holt denn niemand die Polizei?" rief er. „*Gendarmes! Polizei!*"

Sehr schlau, dachte sie.

Fuad trieb Mrs. Pollifax und Hafis über die Straße und über eine Brücke zur Kasse am Eingang. Er schob einige Münzen über den Schalter und hielt drei Finger hoch. Während draußen eine Polizeisirene heulte, gelangten sie durch das riesige alte Tor auf einen offenen, gepflasterten Hof.

„Chillon wurde etwa im dreizehnten Jahrhundert erbaut", sagte der Führer, „um den Engpaß zwischen dem See und den Bergen zu bewachen und Zoll auf alle Waren zu erheben, die auf der alten Straße über den Großen St.-Bernhard-Paß nach Italien befördert wurden."

„Hoffentlich gibt es auch alte Kerker hier", sagte Hafis.

Sie standen im Hof am Rand einer Touristengruppe. Mrs. Pollifax betrachtete Fuad. Er sah verärgert und gelangweilt aus. In der linken Hand trug er den Koffer, während seine rechte die Pistole in seiner Tasche hielt.

„*Gibt* es hier alte Kerker?" drängte Hafis Fuad. Mit einem gequälten Ausdruck gab Fuad jedem von ihnen den Plan und die Beschreibung des Schlosses, die am Eingang verteilt worden waren. Mrs. Pollifax konnte seine mißliche Lage nachempfinden. Er hatte wohl gehofft, sie könnten eine Dreiviertelstunde lang irgendwo sitzen, aber die wenigen Bänke im Hof waren von sonntäglichen Besuchern besetzt. Fuad hatte beschlossen, sich dem Schwanz einer Führungsgruppe anzuschließen, und seinen Gefangenen befohlen, mit niemandem zu sprechen.

„Es gibt alte Kerker", stellte Hafis an Hand des Plans fest. „Aber
erst, wenn wir durch die unterirdischen Gewölbe durch sind." Er
erhob unschuldige Augen zu Mrs. Pollifax. „Ist es nicht phantastisch,
daß es hier Kerker gibt?"

„Phantastisch", bestätigte sie ernst und überlegte, ob er wohl ihre
geheimen Signale genauso verstehen würde wie sie seine.

Sie betraten ein Kellergelaß, eine düstere, mittelalterliche Welt
von Deckengewölben, alten Säulen und einem Lehmfußboden, der
im Laufe der Jahrhunderte glattgetreten worden war. Durch die
Schießscharten in der Wand, die dicht über dem Wasserspiegel lagen,
konnte Mrs. Pollifax hinausblicken und sehen, wie der Genfer See,
dessen kleine Wellen sanft an die Mauern plätscherten, sich bis zum
Horizont erstreckte. „Anschließend folgen die Kerker", las Hafis laut
aus seiner Beschreibung vor.

„Bonivards Gefängnis", wiederholte der Führer auf englisch, nachdem er seine erste Erklärung auf französisch beendet hatte. „Hier
war Bonivard, der Prior des Klosters St. Victor bei Genf, im sechzehnten Jahrhundert vier Jahre lang an dieser fünften Säule ange-
kettet."

Ein ungläubiges Gemurmel lief durch die Gruppe. Als Mrs. Pollifax sich vorbeugte, um den Führer besser verstehen zu können, starrte
Fuad sie mit ausdrucksloser Miene, aber unverkennbar warnend an.
„Bonivard, der auf seiten der Reformation stand, erhielt 1536 seine
Freiheit wieder und wurde im neunzehnten Jahrhundert durch den
englischen Dichter Byron, dessen Name auf der dritten Säule einge-
kratzt ist, unsterblich gemacht."

Hafis wollte zur dritten Säule gehen. Fuad packte ihn und zog ihn
zurück. „Là!" sagte er mit klangloser Stimme.

Es war bestimmt grausig, hier vier Jahre zu verbringen. Mrs. Pollifax vergegenwärtigte sich die nicht minder grausigen Umstände, die
ihr und Hafis bevorstehen mochten, und blickte auf ihre Uhr: fünfundzwanzig Minuten nach fünf. Um sechs sollte Fuad sie auf die
Straße – und zu Sabry – zurückbringen, dann schloß Chillon seine
Tore, wie sie sich erinnerte. Wenn sie es fertigbrachten, sich von
der Gruppe zu trennen, konnte Hafis ihrem Wächter davonlaufen,
aber Mrs. Pollifax wußte, daß sie selbst dazu nicht imstande war.
Fuad hatte alle Trümpfe in der Hand – und eine Pistole dazu. Sie
blickte verstohlen zu Hafis hinüber, dem anzumerken war, daß sie ihn
enttäuscht hatte. Andrerseits erwachten in ihr jetzt hoffnungsvolle

Gefühle. Warten machte *ihr* nichts aus. Aber je länger es dauerte, um so langweiliger mußte es für Fuad werden. Da sie die große Begabung hatte, die Gegenwart zu genießen, gab sie sich jetzt ganz der mittelalterlichen Geschichte und dem romantischen Zauber des alten Schlosses hin. Und es war bezaubernd. Sie stiegen eine enge, hölzerne Treppe zum nächsten Stockwerk empor, durchquerten den Gerichtssaal, den Wappensaal, das Herzogszimmer und dann die Kapelle, wo sie etwas zurückblieben, ehe sie einer hinterm andern durch einen aufwärtsführenden Gang in den Rittersaal gelangten.

„Im Mittelalter fanden hier Empfänge und Bankette statt", las Hafis aus der Beschreibung vor.

Was Mrs. Pollifax stärker beeindruckte als die Geschichte des Saals, war seine unmittelbare Nähe zum Wasser. Durch die offenen Flügelfenster drangen Sonnenschein und Seebrise herein, und an jedem Fenster waren Sitze angebracht. Das hohe Gemach war leer bis auf alte Wandteppiche und große, geschnitzte Holztruhen, die an den Wänden verteilt waren.

Truhen... Mrs. Pollifax' Interesse wuchs. Sie blieb neben einer stehen, strich mit der Hand über das Schnitzwerk, spielte wie unabsichtlich mit dem Deckel und stellte fest, daß er ohne Widerstand aufging. Außer einer Rolle dicken Tauwerks war die Truhe leer, und Mrs. Pollifax machte sie schnell wieder zu. Hafis hatte ihre Untersuchung beobachtet und blickte verständnisvoll wieder weg. „Es ist wie das alte Schloß zu Hause", sagte er zu Fuad gewandt.

Anschließend kam die Folterkammer, an der Fuad Geschmack zu finden schien. Dann hörte Mrs. Pollifax, wie vor ihnen jemand auf englisch ausrief: „Latrinen! Nein, sieh dir das an!"

Fuad bedeutete ihnen mit einem Zeichen, der Gruppe in den nächsten Raum zu folgen, aber Mrs. Pollifax schüttelte energisch den Kopf. „Die möchte ich auch sehen", sagte sie zu ihm. „Ich habe nie empfunden, daß Geschichtsbücher die sanitären Einrichtungen der

Vergangenheit hinreichend erklärt hätten." Mit einem gequälten Seufzer führte Fuad sie zu der Ecke, und Mrs. Pollifax hob einen hölzernen Deckel hoch. Sie blickte durch einen aus Kopfsteinen gemauerten, kaminähnlichen Schacht, der schon seit langem hygienisch gereinigt war, auf das seichte Wasser des Sees hinunter. „Nein, wie erstaunlich." Ihr wurde fast schwindlig, aus dieser Höhe aufs Wasser hinunterzublicken, das gegen die Felsen plätscherte. „Und wie sinnreich", murmelte sie.

Als die Gruppe sich in den nächsten Raum weiterschob und sie und Hafis mit Fuad allein ließ, blieb sie plötzlich in Alarmbereitschaft bewegungslos stehen. Jetzt oder nie. Sie machte ihre rechte Hand flach und wartete.

„Wir gehen weiter", sagte Fuad und tippte ihr auf die Schulter. Mrs. Pollifax drehte sich um. Mit der Geschwindigkeit einer plötzlich entspannten Feder versetzte sie Fuad einen Schlag in die Magengrube. Er rang nach Luft und ließ den Koffer fallen. Als er sich zusammenkrümmte und seinen Bauch hielt, trat sie einen Schritt zurück und gab ihm einen kurzen Karatehieb an den Schädel. Er taumelte ein paar Schritte, dann sackte er bewußtlos zu Boden.

„*Mon dieu!*" stieß Hafis hervor. „Das war Karate!"

„Ich glaube nicht, daß ich ihn umgebracht habe", sagte Mrs. Pollifax ernst. „Schnell, Hafis, hier drin sind auch Truhen."

Er war sofort bei der Hand, machte eine Truhe in der Ecke auf, stützte den Deckel ab und rannte zurück, um dabei zu helfen, Fuad über den Steinfußboden zu schleifen. Hebend und stoßend packten sie ihn in die Truhe.

„Seine Pistole." Hafis holte sie aus Fuads Tasche und reichte sie ihr. Sie hatten den Deckel gerade geschlossen, als die nächste Führung die benachbarte Folterkammer betrat, und gleich darauf saßen Mrs. Pollifax und Hafis auf der Truhe, in ein harmloses Gespräch vertieft. Der Koffer lag zwischen ihnen.

„Wie lang wird er – äh – außer Gefecht sein, Madame?" fragte Hafis.

„Das ist so schwer zu behalten. Es hängt von druckempfindlichen Punkten und Aufschlagswinkeln ab. Und im Trainingskurs wird natürlich keiner bewußtlos geschlagen. Auf alle Fälle wollen wir nicht zu lange warten. Gehen wir lieber."

Sie erreichten wieder ihre erste Touristengruppe, überholten sie und eilten zu der Zugbrücke, die zum Hof führte. „Wir haben Fuad im Latrinenhaus dreizehn gelassen", meldete Hafis nach einem Blick auf den Plan.

„Er ruhe in Frieden", setzte sie hinzu. „Steck deine Papiere ein, Hafis, wir wollen mal sehen, ob wir rauskönnen, ohne bemerkt zu werden."

Aus der Deckung einer niedrigen Mauer spähten sie prüfend auf den großen Hof und das Eingangstor. Die kleine Andenkenbude wurde von einem Wächter für die Nacht geschlossen, und ein zweiter Aufseher versperrte die enge Eingangstür zum eigentlichen Schloß mit Eisenstangen.

Es fehlten noch zwei Minuten bis zur Sperrzeit, stellte Mrs. Pollifax mit einem Blick auf ihre Uhr fest. Sie spähte über das Tor hinaus und duckte sich nieder.

„Was ist?"

„Munir. Er steht direkt vorm Tor und mustert jeden, der herauskommt."

„Aber sie machen gleich zu!" rief Hafis. „Wo sollen wir hin?"

Mrs. Pollifax ließ ihren Blick über den Hof schweifen. Aber ein Schloß, das jahrhundertelang zur Abwehr von Angriffen dagestanden hatte, war nicht mit zahlreichen Eingängen bedacht worden. Es gab nur das eine Tor. „Wenn wir nicht vorwärts können, müssen wir zurück", sagte sie, ergriff seine Hand, lief mit ihm über den Hof und die Stufen hinauf zur Zugbrücke. Ein Wächter rief hinter ihnen her. Mrs. Pollifax rief zurück: „Wir haben unsere Regenmäntel drinnen gelassen!"

„*Imperméables!*" übersetzte Hafis munter, und sie rannten weiter durch einen Raum nach dem andern, bis sie in den Rittersaal kamen. Als sie haltmachten, um Atem zu schöpfen, wirkte die plötzliche Stille beunruhigend. Ein langer Strahl der Abendsonne fiel mitten in den Raum.

„Die Truhen", sagte Mrs. Pollifax. „Versteck dich in einer."

„Ich mag eigentlich gar nicht, aber ich tu's. Was fangen wir danach an?"

„Als Zugabe", meinte sie sarkastisch, „werden wir noch mal versuchen, rauszukommen, wenn sich im Schloß alles beruhigt hat." Dann verbarg sie sich in einer modrigen Truhe, die ihr wie eine Gruft vorkam. Aber bald war sie dankbar für ihre Zuflucht. Etwa zehn Minuten später kam munter pfeifend ein Wächter herein. Er ging herum und verschloß die Fenster. Dann verschwand er im nächsten

Gemach. Glücklicherweise gab Fuad nebenan keinen Laut von sich, und bald erstarben Schritte und Pfeifen in der Ferne.

Eine halbe Stunde später drangen Stimmen vom unteren Stockwerk herauf. „Aber, Monsieur, ich kann Sie nicht weiter hineinlassen. Wie Sie sehen, ist das Schloß für die Nacht abgesperrt. Ich habe es selbst kontrolliert. Hier ist niemand mehr."

Es war Sabrys Stimme, die etwas erwiderte, aber Mrs. Pollifax konnte seine Worte nicht verstehen. Die Antwort des Wächters klang ungeduldig. „Monsieur, hier ist jetzt geschlossen." Eine Tür schlug zu, dann setzte Stille ein.

Es wurde noch stiller. Mrs. Pollifax schloß schlaftrunken die Augen. Der Modergeruch schien nicht mehr so stark zu sein, die Wärme wirkte einschläfernd. Sie erwachte mit einem Ruck und stieß den Deckel der Truhe auf. Es herrschte noch Tageslicht. Auf ihrer Uhr war es Viertel nach sieben. Das darf mir nicht wieder passieren, sagte sie sich und kletterte aus der Truhe, um Hafis aufzuscheuchen. Sie hob seinen Deckel hoch und sah, daß er zum Zeitvertreib mit einem Stück Kreide eine Art Mühlespiel auf den Innendeckel gekritzelt hatte. „Was trägst du denn noch alles bei dir?" erkundigte sie sich.

Er stand auf und förderte aus den großen Taschen seiner Windjacke ein Taschenmesser, seinen Kassettenrecorder, eine Tonbandkassette, einen Bleistift und eine Scheibe Wiener Schnitzel in einer durchweichten Papierserviette zutage. Sie lächelte. „Dann kannst du ja auch noch Fuads Pistole deiner Sammlung einverleiben. Ich trage den Koffer. Dann wollen wir uns mal umsehen, ja?"

„Glauben Sie, die sind wirklich überzeugt, daß wir nicht mehr hier sind?"

„Nein", antwortete sie, „aber vielleicht sind sie weggegangen, um sich vom Scheich Rat zu holen."

Hafis kletterte aus der Truhe und steckte die Pistole ein. Gemeinsam schlichen sie auf Zehenspitzen durch die kühlen, hohen Räume zur Treppe, fanden sie jetzt aber durch eine schwere Tür mit einem altmodischen Schloß versperrt. Mrs. Pollifax rüttelte an der Klinke, aber die Tür rührte sich nicht. Ihr schwante Unheil. Wie viele Türen mochten sie schon durchschritten haben, ohne sie zu bemerken? Sie eilten durch die leeren Räume zurück zum Tor, durch das sie das Schloß betreten hatten, aber auch hier verwehrte ihnen eine starke, verriegelte Tür den Ausgang.

Hafis blickte sie mit großen Augen an. „Wir sind im Schloß eingesperrt, nicht wahr, Madame?"

„Ja", sagte sie, und es kam ihr vor, als ob ihre Stimme durch all die leeren Räume widerhallte. Nur war das Gebäude nicht leer. „Mein Gott, Fuad!" stieß sie hervor.

Sie rannten in das Gemach zurück, wo sie ihn zurückgelassen hatten. Als Hafis die Truhe geöffnet hatte, sagte er erleichtert: „Er ist noch hier, Madame."

Er atmete auch noch, stellte Mrs. Pollifax fest. Mit angezogenen Knien lag er auf dem Rücken und gab kein Zeichen von wiederkehrendem Bewußtsein von sich. Aber ihr war der Gedanke unheimlich, mit ihm zusammen in dem alten Gemäuer eingeschlossen zu sein. „In einem der Räume war in einer Truhe ein Seil", sagte sie zu Hafis. „Wir müssen ihm die Handgelenke und Füße fesseln."

Hafis starrte auf Fuad hinunter. „Wenn Krieg wäre, würde ich ihn erschießen, auch wenn ich nur zehn Jahre alt bin."

„Sei nicht so blutdürstig", schalt sie ihn. „Komm, wir wollen ihn fesseln – und auch knebeln, und dann wollen wir zu Abend essen."

„Abendessen?"

„Na ja", erklärte sie hoffnungsvoll. „Ich dachte an dein Wiener Schnitzel. Vorausgesetzt, daß du mit mir teilen willst", ergänzte sie höflich.

6

IN LANGLEY in Virginia war es Sonntag nachmittag. Carstairs schloß seine Bürotür auf und trat ein. Er zog sein Jackett aus, setzte sich an seinen Schreibtisch und stellte befriedigt fest, daß er mit zwei Stunden Arbeit Kleinigkeiten der vergangenen Woche erledigen und damit die nächste Woche mit geringer Belastung beginnen konnte. Sein Telephon summte, und er schaltete den Lautsprecher ein. „Mr. Carstairs?" fragte die helle, junge Stimme aus dem Büro in Baltimore, das als Deckadresse für Mrs. Pollifax diente.

„Tag, Betsy. Hat man Ihnen Sonntagsdienst aufgebrummt?" sagte er.

„Ja, leider. Ich bin so froh, daß ich Sie erreiche. Ich habe einen äußerst merkwürdigen Anruf hier auf der anderen Leitung. Ein Mr.

Parvis besteht darauf, mit Ihnen zu sprechen, aber er steht nicht mal auf unserer Liste. Sein Anruf kommt aus Zabya. Hat was mit einem Telegramm zu tun, das Sie ihm geschickt hätten. Sein Englisch ist entweder etwas schlecht, oder er ist sehr aufgeregt. Und die Verständigung ist auch furchtbar."

Carstairs runzelte die Stirn. „Wie kommt er zu unserer Geheimnummer?"

„Anscheinend hat er die Adresse und hat sie an die Botschaft von Zabya in Washington weitergegeben, und die haben ihm die Nummer verschafft. Ist die Telephongesellschaft bestechlich, Sir?"

„Soviel ich weiß, nicht, und ich kann mir auch nicht vorstellen, daß eine Botschaft sich solche Mühe macht. Es wäre verdammt lästig, wenn wir die Nummer ändern müßten. Verbinden Sie mich mit ihm, damit ich herauskriegen kann, wer er ist."

Carstairs beugte sich vor, schaltete das Bandaufnahmegerät ein und lehnte sich zurück. Erst kam eine Reihe von knatternden Geräuschen, danach ein sonderbares Unterwasserrauschen, das manchmal Überseegespräche begleitet, dann hörte Carstairs eine schroffe Stimme mit ausländischem Akzent: „Hier Mustafa Parvis. Ich bin verbunden zu Mr. William Carstairs, bitte?"

„Das sind Sie, Sir. Was kann ich für Sie tun?"

„Ich telephoniere wegen Telegramm, welches ich habe erhalten heute früh von Ihnen. Sind Sie gerade zurückgekommen in Amerika?"

„Zurückgekommen?" wiederholte Carstairs verständnislos.

„Ja. Ich bekam Telegramm, das Sie mir haben geschickt von Europa um mittag hier nach Zabya-Zeit."

„Ach so, ja, das Telegramm", sagte Carstairs diplomatisch.

„Ja. Es ist äußerst dringend, Sir – ich muß erfahren die Umstände, unter welchen Sie haben sie gesehen. Sie sind in Sicherheit, ja? Sie sind in Montreux, ja?"

Carstairs stutzte. „Montreux!" rief er. „In der Schweiz?"

Der Mann am andern Ende der Leitung zog scharf die Luft ein. „Sie spielen mit mir, Sir. Ich anflehe Sie – Sie müssen wissen, hier es geht um Leben und Tod. Wo sind sie?"

Carstairs sagte hastig: „Ich glaube, wir können das sehr schnell aufklären, Mr. Parvis, wenn Sie mir einfach das Telegramm vorlesen."

Die Stimme nahm einen kalten Klang an. „Wenn Sie es haben geschickt, Sir, ich brauche es wohl kaum zu lesen."

„Aber Sie haben doch gesagt, daß Sie *heute* ein Telegramm aus Montreux bekommen haben –"

„Sie wissen nicht." Und mit gebrochener Stimme: „Sie haben dann also doch nicht –" sagte der Mann und hängte ein.

Carstairs starrte verwundert auf das Telephon. Nach einem Augenblick schaltete er das Aufnahmegerät auf Wiedergabe, ließ das Band ablaufen und hörte genau zu. Mustafa Parvis – der Name kam ihm entfernt bekannt vor. „Sie sind in Sicherheit, ja? Sie sind in Montreux, ja?" Parvis hatte etwas verlegt oder verloren, Dokumente oder Menschen, und das hatte etwas mit Montreux zu tun. „Hier es geht um Leben und Tod." Die Verzweiflung in der Stimme war unmißverständlich. Es ging deutlich daraus hervor, daß Parvis keine Ahnung hatte, mit wem er sprach. Es war ihm auch gleich, er wollte nur Auskunft haben. Aber wer konnte ihm ein Telegramm geschickt haben, das seinen, Carstairs', Namen als Absender trug?

Er nahm den Hörer auf und ließ sich mit Bishop verbinden, den er schließlich unter einer Nummer in Georgetown erreichte. „Heut ist Sonntag", erinnerte ihn Bishop. „Tag der Ruhe und Freude, haben Sie das vergessen? Ich bin mit einer tollen Blondine auf einer Party."

„Gratuliere", sagte Carstairs trocken. „Können Sie mir vielleicht trotzdem sagen, warum mir der Name Mustafa Parvis bekannt vorkommt?"

Bishop seufzte. „Weil er in dem Zabya-Bericht steht, den wir vorige Woche ans Außenministerium geliefert haben. Das ist *General* Mustafa Parvis, Oberbefehlshaber der Wehrmacht von Zabya."

„Ach du lieber Gott", sagte Carstairs.

„Erinnern Sie sich nicht mehr? Parvis, Sohn eines Zeltmachers, zusammen mit Jarrud aufgezogen, damit der zukünftige König mit dem niederen Volk in nähere Berührung kam. Nach der Kadettenanstalt rettete er Jarrud das Leben, wobei er eine Kugel in die Schulter bekam, die für Jarrud bestimmt war. Jetzt ist Mustafa General vom ganzen Laden."

„Eine Tatsache, die er nicht erwähnt hat", sagte Carstairs sinnend. „Noch eine Frage, Bishop. Wenn jemand ein Telegramm in Montreux aufgibt und als Absender William Carstairs, Baltimore, hinschreibt –"

„Dann kann das nur eine Person sein – Mrs. Pollifax. Wir haben augenblicklich nur zwei Agenten in der Schweiz, und der eine hat keine Ahnung von der Deckadresse in Baltimore."

„Das sieht ihr auch genau ähnlich."

„Glauben Sie, daß Mrs. Pollifax auf irgendeine Spur gekommen ist, Sir?"

„Um Himmels willen, Bishop", sagte Carstairs gereizt, „sie ist ja erst drei Tage dort."

„Brauchen Sie mich im Büro?"

„Nein. Aber halten Sie sich bereit, während ich mich mit Schönbeck in Genf in Verbindung setze."

Er hängte auf und meldete ein Gespräch mit Schönbecks Büro an. Während er darauf wartete, ließ er sich eine Kanne Kaffee bringen und holte die Zabya-Akte hervor. Er war noch darein vertieft, als sein Genfer Anruf von Schönbecks Assistenten beantwortet wurde, der in offiziellem Ton erklärte, Schönbeck habe Genf vor einigen Stunden verlassen, um sich mit Monsieur Gervard, seinem Agenten für das Genfer-See-Gebiet, ins Benehmen zu setzen.

„Hören Sie, wir haben auch einen Agenten in Montbrison", sagte Carstairs kurz angebunden, „und ich hatte eben einen merkwürdigen Telephonanruf –"

„Nein, Monsieur", sagte die Stimme besänftigend, „es hat nichts mit Ihrer Agentin, Mrs. Pollifax, zu tun. Es geht um unsern Agenten Marcel, der momentan verschwunden ist."

„Wann haben Sie zuletzt von Marcel gehört?" fragte Carstairs. „Und was hatte er zu melden?"

„Seinen letzten Bericht hat er gestern – Samstag – wie gewohnt um fünf Uhr erstattet, Monsieur. Und was er zu melden hatte" – die Stimme zögerte und wurde dann samtweich –, „er hat hauptsächlich einige Bedenken über Ihre Agentin verlauten lassen."

Carstairs' Stimme war jetzt noch samtiger. „Darf ich Sie fragen, weshalb?"

„Aber selbstverständlich, Monsieur. Er hatte sie ersucht, die Bekanntschaft eines gewissen Burke-Jones zu machen, gegen den berechtigte Verdachtsgründe bestehen, und das tat sie auch. Aber sie wurde von einem Kind, das auch im Sanatorium wohnt, abgelenkt. Marcel war zu dem Eindruck gelangt, daß mütterliche Gefühle – äh – sagen wir mal – ihre Beobachtungsgabe getrübt hätten."

„Sie können Schönbeck berichten, daß Mrs. Pollifax sich von allem ablenken läßt, was ihr begegnet, aber nie zum Schaden ihrer Aufgabe. Ihre Ablenkbarkeit ist notorisch, aber nie ohne Sinn. Wann sollte Marcels nächster Kontakt stattfinden?" Carstairs war kurz angebunden.

„Er hätte heute morgen um sieben Uhr anrufen sollen, ehe er zur Arbeit ging."

„Das ist fast fünfzehn Stunden her! Es ist doch jetzt neun Uhr abends bei Ihnen, nicht wahr?"

„Ganz recht, Monsieur. Wir haben natürlich unauffällige Nachforschungen angestellt. Er ist gestern nacht nicht in sein Zimmer im Dorf zurückgekehrt."

„Ist meine Agentin davon benachrichtigt worden?"

„Man hat versucht, sie anzurufen. Leider hatte Ihre Agentin gerade mit Freunden eine Ausfahrt unternommen."

„Mit was für Freunden?"

Die Stimme klang mißbilligend. „Darüber kann ich Ihnen keine Auskunft erteilen, aber ich werde Monsieur Schönbeck bitten, sich nach seiner Rückkehr mit Ihnen in Verbindung zu setzen."

„Tun Sie das", sagte Carstairs. „Ich werde auf seinen Anruf warten." Er legte fluchend auf und meldete Montbrison an. Der Nachtportier erklärte in gebrochenem Englisch, daß sich in Mrs. Pollifax' Zimmer niemand melde.

Das war besorgniserregend. Dort war es schon beinahe zehn Uhr, sie müßte sich jetzt bereithalten, um von ihrem Balkon aus zu signalisieren! „Wer hat heute nachmittag Dienst gehabt, und wie kann ich ihn erreichen?" fragte Carstairs. Er notierte sich Namen und Privatnummer des Tagportiers. Dann sah er im Code nach, den er Mrs. Pollifax gegeben hatte, und gab der Sekretärin telephonisch ein Telegramm durch, das Mrs. Pollifax geschickt werden sollte: „,Ersuche dringend Erklärung über am Sonntag in meinem Namen abgesandtes Telegramm. Onkel Bill wieder in Frankreich los. Wo ist Vetter Matthew? Hast du Fieber? Herzlichst Adelaide.' Haben Sie das?"

„Ja, Sir."

„Jetzt verbinden Sie mich noch mal mit der Schweiz – mit einem Monsieur Pierre Grundig in St. Gingolph."

In diesem Augenblick trat Bishop ins Zimmer. „Ihre Stimme war so aufgeregt. Da ist was im Gang, nicht wahr? Was ist nach Ihrer Meinung passiert?"

Carstairs zuckte ratlos die Achseln. „Ich wünschte, ich wüßte es. Marcel ist nach mitteleuropäischer Zeit zwischen fünf Uhr am Sonnabend und sieben Uhr heute früh verschwunden. Und heute nachmittag hat Mrs. Pollifax eine Ausfahrt unternommen – angeblich mit Freunden – und scheint noch nicht wieder zurückgekommen zu sein. Ich glaube allmählich, daß sie auch verschollen ist. Und dann hatte ich diesen verdammt geheimnisvollen Anruf von Parvis. Hallo?" rief er barsch ins Telephon. „Ist da Pierre Grundig, der Tagportier vom Sanatorium Montbrison?" Er winkte Bishop, sich hinzusetzen.

Seine Fragen an den Mann waren kurz und präzis. Hatte er Mrs. Pollifax zu einer Ausfahrt mit Leuten aus dem Sanatorium weggehen sehen? Um wieviel Uhr? Und die Namen dieser Freunde? Er griff nach einem Schreibblock. „Monsieur Sabry, ja", notierte er. „Zwei Herren, die Ihnen unbekannt sind, und der Junge Hafis. Familienname? ... Parvis", wiederholte er mit hohler Stimme. „Verstehe. Vielen Dank, Monsieur Grundig."

Er legte auf. Als Bishop sein Gesicht sah, fragte er: „Ärger?"

„Das oder ein sehr merkwürdiges Zusammentreffen", knurrte Carstairs. „Und noch nichts von Schönbeck. Ich habe der Interpol mit Mrs. Pollifax ein Geschenk gemacht, und nach allem, was man hört, haben die sie ausrangiert wie einen geschmacklosen Weihnachtsschlips."

„Na ja, wissen Sie, auf den ersten Blick sieht sie auch nicht gerade wie ein Geschenk aus. Sie verwirrt die Leute, weil sie wie eine gemütliche Großmutter wirkt."

„Diesmal fange ich an zu fürchten, daß die falschen Leute entdeckt haben, wie gefährlich sie ist. Und Interpol könnte das vielleicht zuallerletzt herausfinden. Bishop, es ist höchste Zeit, daß jemand die Interpolleute über Mrs. Pollifax aufklärt. Haben Sie Ihren Reisepaß bereit?"

Bishops Gesicht leuchtete auf. „In meinem Schreibtisch, Sir."

Carstairs nickte. „Nehmen Sie das Tonband von Parvis' Anruf mit, und geben Sie es Schönbeck. Aber erst stellen Sie fest, wo zum Teufel Mrs. Pollifax ist." Er blickte auf seine Uhr. „Halb fünf. Sie haben gerade noch Zeit, die Sechsuhrmaschine nach Genf zu erwischen. Dann sind Sie – den Zeitunterschied eingerechnet – morgen früh um halb acht dort."

„Schon unterwegs", sagte Bishop und griff nach dem Tonband.

„Ach, und Bishop –"

Er drehte sich an der Tür um. „Ja, bitte?"

„Halten Sie mich auf dem laufenden!"

Es WAR kurz vor Mitternacht, und Mrs. Pollifax kam es vor, als ob es ewig dunkel gewesen wäre. Um acht Uhr hatten sie sich das Wiener Schnitzel von Hafis geteilt, aber das schien auch unwahrscheinlich lange her zu sein. Mrs. Pollifax und Hafis saßen im Rittersaal auf dem Fußboden, den Rücken an eine Holztruhe gelehnt. Seltsame kleine Geräusche unterbrachen die Stille: das Trippeln von Mäusen, das explosive Krachen von Holz, als die Temperatur sank. Von Zeit zu Zeit zündete sie ein Streichholz aus dem Päckchen an, das Bishop ihr mitgegeben hatte, um auf ihre Uhr zu sehen. Die Flamme beleuchtete den Koffer neben ihr und das kleine Arsenal auf ihrem Schoß: Hafis' Taschenmesser, Fuads Pistole und ein Stück Seil.

Im Augenblick hätte Mrs. Pollifax das alles gerne für einen warmen Mantel und etwas zu essen hergegeben. „Was tust du jetzt da drüben?" rief sie Hafis leise zu.

„Ich bin am Fenster, Madame, und sehe mir die Sterne an. Ich kann einen Teil des Großen Bären sehen und auch die Kassiopeia. Ach, Madame, sie leuchten so klar, so hell." Er kam zurück und setzte sich neben sie. „Wenn ich groß bin, werde ich Astronom", sagte er bestimmt.

„Das wirst du sicher. Aber fahr fort mit deiner Erzählung, Hafis", sagte sie. „Ich möchte alles wissen."

„Wo war ich?" fragte er. „Ach ja. Nachdem Munir mich im Bazar gefunden hatte, fuhr er mich zum Flughafen von Zabya, aber mein Vater war gar nicht dort. Fuad sagte immer wieder: ‚Er ist im Flugzeug. Sie geben ihm Sauerstoff, bis der Arzt kommt.' Daraufhin lief ich die Treppe hinauf, und da lag Großmama auf drei Sitzen ausgestreckt, ganz ohnmächtig."

„Betäubt", warf Mrs. Pollifax ein.

„Ja. Und als ich zu ihr ging, schlossen sie die Tür, und da habe ich erst begriffen, daß sie mich überlistet hatten und daß meinem Vater gar nichts passiert war. Das Flugzeug flog sofort los. Da waren zwei Piloten, und da war Serafina, die Krankenschwester zu sein scheint. Dann noch Fuad und Munir und ein Steward, der Essen servierte. Wir bekamen etwas zu essen, und ich glaube, da war was drin, denn danach schlief ich ein. Als wir landeten, konnte ich kaum glauben, daß wir bis in die Schweiz geflogen waren. Und dann kam Mr. Sabry an Bord, um uns zu erklären –"

„– daß ihr Geiseln wärt", ergänzte Mrs. Pollifax.

„Ja, Madame. Er hat gesagt, wir führen zu einem sehr hübschen Ort, einem Sanatorium, und ich dürfte frei herumlaufen und mich amüsieren, aber meine Großmutter würde in ihrem Zimmer gefangengehalten. Wenn ich irgend jemandem etwas verriete, dann kriegte Großmutter eine Spritze, die sie auf der Stelle töten würde. Er sagte, Fuad und Munir würden dauernd bei ihr sein und es hinge von mir ab, ob sie am Leben bleibt oder sterben muß."

„Eine unerträgliche Spannung", murmelte Mrs. Pollifax. „Sie waren wirklich skrupellos. Und so blieb deine Großmutter betäubt, bis du das Aspirin von mir gestohlen hast, Hafis?"

„Haben Sie das gesehen, Madame?" Er blickte zu ihr auf, sein Gesicht war ein helles Oval in der Dunkelheit. „Es war das einzige, was mir einfiel." Seine Stimme zitterte. „In dem Fläschchen neben Großmamas Bett waren die Tabletten, mit denen sie immer betäubt wurde. Ich habe sie mit dem Aspirin vertauscht. Ich dachte mir, wenn sie aufwachen würde, könnten wir uns beraten und einen Plan fassen. Und das tat sie auch", fuhr er stolz fort. „Sie hat gesagt, wir müßten sehr tapfer sein und meinem Vater telegraphieren, daß wir nicht in Gefahr wären – auch wenn das nicht stimmte –, und dann müßten wir unser Leben Allah anvertrauen. Madame, glauben Sie, daß Allah Sie uns geschickt hat?"

„Der CIA hat mich geschickt", sagte sie trocken.

„Madame, ich mache mir solche Sorgen um Großmama."

Mrs. Pollifax tastete nach seiner Hand und drückte sie. „Ich bin überzeugt, ihr passiert nichts, solange sie dich suchen, Hafis. Zwei Geiseln sind besser als eine. Aber weißt du, was hinter alledem steckt?"

„Nein. Aber ich bin sicher, es hat etwas damit zu tun, daß mein Vater General der Armee von Zabya ist. Keiner könnte die Armee zum Sturz der Regierung gewinnen, solange mein Vater General ist. Weil er König Jarrud treu ergeben ist."

„Jetzt haben sie ein Mittel in der Hand, ihn vor die Wahl zu stellen, welche Loyalität ihm wichtiger ist", erklärte sie leise. Wahrscheinlich planen sie einen Staatsstreich, dachte sie. Der erpreßte General Parvis konnte entweder seine Familie retten oder seinen König. Es war unwahrscheinlich, daß ihm beides gelang. Eine teuflische Falle und sehr schlau ausgeheckt. Parvis würde nie auf den Gedanken kommen, seine Familie in einem friedlichen Schweizer Sanatorium zu suchen.

Ein Staatsstreich in Zabya blieb für Mrs. Pollifax ein abstrakter Begriff. Worauf es ihr mehr ankam, war, Hafis und Madame Parvis am Leben zu erhalten, während die Akteure des Ränkespiels auf einer fernen Bühne agierten. „Was glaubst du, was dein Vater tun wird, wenn er das Telegramm bekommt, das ich heute morgen abgeschickt habe?"

„Ich weiß nicht, Madame. Wenn er glaubt, daß ich in Sicherheit bin, und wenn sie versprechen, den König nicht zu töten –, um Blutvergießen zu vermeiden, tut er *vielleicht* das, was sie von ihm verlangen – er überläßt ihnen die Armee. Aber nur, um ein großes Blutbad zu verhindern."

„Welchen Einfluß hat deine Mutter?"

„Oh, die ist schon lange gestorben, Madame, als ich noch ein Kind war."

„Dann seid ihr drei die ganze Familie?" Sie war überrascht. „Du, deine Großmutter und dein Vater? Jetzt erzähle mir etwas über den Scheich. Ist er irgendwie in diese Sache verwickelt?"

„O ja, Madame. Sein Privatflugzeug hat uns ja in die Schweiz gebracht. Ich kenn die Maschine, sie ist mir schon oft gezeigt worden."

Damit hatten die letzten Stücke des Puzzles ihren Platz gefunden. Mrs. Pollifax fiel die Geburtstagsfeier König Jarruds am Dienstag ein – es könnte ja nicht besser sein, überlegte sie. Die gesamte Armee ausgerückt, die allgemeine Aufmerksamkeit auf die Festlichkeit gelenkt und auf die Staatsoberhäupter, die zu Besuch kamen. Bei so sorgfältiger Planung würde der Tag damit enden, daß der König abgesetzt oder tot war und die Regierung übernommen von –

Von dem Scheich natürlich. Sie dachte an das blitzende Lächeln, das dunkle, schöne Gesicht des Mannes, den Robin als einen der reichsten der Welt bezeichnet hatte. Was fängt man mit soviel Geld an? fragte sie sich. Die Welt der Sinne hat er bereits erforscht – Frauen, Autos, Juwelen. Was dann? Macht würde ihn locken. Das war das letzte Spielzeug, der stärkste Antrieb. Ihre Hand berührte den Koffer des Scheichs. Ich habe Hafis, und ich habe dies hier, dachte sie und überlegte, was die Feinde anstellen würden, um beides wiederzubekommen.

Im Nebenraum stöhnte Fuad, und Mrs. Pollifax stieß Hafis an. „Wir wollen lieber mal nach Fuad sehen", sagte sie und ging voraus. Sie beugten sich mit einem brennenden Zündholz über die Truhe.

Etwa in einer halben Stunde würde er sich erinnern, warum er in der Truhe lag.

Sie tastete nach einem Sitz. Es mußte inzwischen ein Uhr sein, schon Montag morgen.

Der Verwalter des Schlosses schlief in seiner Wohnung am Tor, und auf der Straße war jetzt sicher kaum Verkehr, aber *irgend jemand* war draußen — auf der Lauer.

Hafis berührte ihren Arm. „Madame, wollen Sie nicht lieber auf einer Truhe sitzen? Sie sitzen ja auf der Latrine."

Sie schreckte auf, betastete mit einer Hand die splitterige Oberfläche und stellte fest, daß sie tatsächlich auf dem hölzernen Latrinendeckel saß, während unten —

„Hafis!" Sie lächelte auf einmal in die Dunkelheit hinein. „Denk nach, Hafis! Was ist unter mir?"

„Der Genfer See", sagte er unsicher. „Und Felsen."

„Ein Weg hinaus aus dem Schloß. Hafis. Ein Weg hinaus!"

„Den Schacht da hinunter?" fragte er ungläubig. „Aber, Madame — wie denn? Der ist sicher zwei Stockwerke hoch."

„Ich denke an das Seil", erklärte sie ihm eifrig. „Ich bin schon einmal an einem Seil hinuntergeklettert, von Robins Balkon. Es kommt nur darauf an, wie stark das Seil ist. Man muß sich zu helfen wissen, Hafis."

„O ja, Madame!" rief Hafis begeistert. Er rannte fort und holte das Seil. „Hier, probieren Sie's aus. Glauben Sie —"

„Wir wollen mal den Koffer dran festbinden und hinunterlassen und sehen, was passiert", drängte sie. „Zünde ein Streichholz an."

Zündhölzer flackerten kurz auf, eins nach dem andern. Sie befestigten ein Ende des Seils an dem eisernen Riegel des nächsten Fensterladens und das andere am Griff des Koffers. Langsam ließen sie das beschwerte Ende den Schacht hinunter.

Der Koffer schlug sanft gegen die Steine und blieb hin und her pendelnd hängen.

„Wie weit hinunter ist er wohl gekommen?" flüsterte Hafis.

„Sieben Meter, vielleicht auch zehn." Sie schätzte das Koffergewicht auf etwa zwanzig Pfund, dazu dann das Gewicht von Hafis und dann ihr eigenes — und war sich gar nicht sicher über das Risiko. Ihrer beider Leben einem Seil anzuvertrauen, das vielleicht jahrelang in einer feuchten Truhe gelegen hatte —

Hafis berührte ihren Arm. „Madame", flüsterte er. Sie hörte es auch und erstarrte vor Schreck. Nicht weit entfernt war eine Stimme in momentaner Wut laut geworden. „Munir", flüsterte Hafis. „Madame, sie sind *im Schloß*."

Wie konnten sie hier drin sein? Eine Leiter? Es war keine Zauberei im Spiel, sie hatten sich die nötigen Hilfsmittel beschafft und waren eingedrungen. Wenn sie erst eine Leiter hatten, konnten sie über die äußere Mauer klettern und eins der unvergitterten Fenster an der Treppe erreichen.

Mrs. Pollifax gab Hafis schnell das Seil in die Hand. „Laß dich vorsichtig hinunter", befahl sie ihm, „nicht zu schnell. Wenn ich's nicht schaffe, bring den Koffer zu Robin. Zieh zweimal am Seil, wenn du unten bist. Die Wände sind nahe genug, daß du sie mit den Füßen berühren kannst, wenn du Angst kriegst."

„Ich krieg keine Angst", flüsterte Hafis verächtlich, und sie sah seine schattenhafte Figur über den Rand klettern und im Schacht verschwinden.

Der Fensterladen knarrte, als der Riegel belastet wurde, aber das Seil hielt.

An der gegenüberliegenden Wand stöhnte Fuad in seiner Truhe. Im Gang dahinter fuhr ein Lichtstrahl über die Steine und verschwand wieder. „Idiot! Halt das Licht vom Fenster weg!" Das war Sabrys Stimme. Als zweimal am Seil gezogen wurde, schwang sich Mrs. Pollifax über den Rand. Wahnsinn! dachte sie. Aber sie zögerte nicht.

Es war stockdunkel und kalt in dem Schacht. Das Seil spannte sich unter ihrem Gewicht. Die Hände brannten ihr von dem rauhen Hanf. Hinab – hinab. Etwas streifte heftig flatternd an ihr vorbei, dann erreichte sie den Koffer und baumelte dort. „Springen Sie, Madame", flüsterte Hafis aufgeregt. „Es ist nicht hoch."

Sie ließ los, schlitterte über nasse Felsplatten und setzte sich prompt ins Wasser. In ihrem Kopf drehte sich alles. „Bitte, Madame – schnell weiter", keuchte Hafis, der mit seinem Taschenmesser den Koffer abschnitt.

Mrs. Pollifax rappelte sich stolpernd auf. Hafis gab ihr das Messer und die Pistole und nahm den Koffer. Sie folgte ihm. Das Wasser reichte ihr bis zu den Knien. Die flechtenbewachsenen Steine waren sehr schlüpfrig. Als sie langsam um das Schloß herumwateten, rutschte sie aus und fiel wieder hin. Sie war bis auf die Haut durchnäßt, als sie die gepflasterte Uferböschung erreichten. Während sie aus dem

Wasser stieg, blieb sie stehen und blickte zu den dunklen Türmen hinauf.

Plötzlich traf sie ein dünner Lichtstrahl und erlosch wieder. Eine vertraute Stimme sagte: „Sie sind's also wirklich?"

Es war eine Stimme aus einer anderen Welt. „Robin?"

„Hier drüben – in einem Ruderboot", flüsterte er weithin vernehmbar, und sie hörte das Knarren von Ruderdollen und ein gedämpftes Plätschern. „Los, steigt ein", sagte er. „Warum habt ihr mich bloß so lange warten lassen?"

„JETZT aber nichts wie weg hier", sagte Robin und stützte sie, als sie ins Boot stolperte. Während er ruderte, lichtete sich die Dunkelheit, und sie konnte die Umrisse der Felsen sehen, durch die er das Boot hindurchmanövrierte, um es zu einer abgelegenen Bucht zu bringen.

Während der Fahrt sprach er nur einmal. „Sind das Zähne, die ich da klappern höre?"

Hafis kicherte, und Mrs. Pollifax bejahte die Frage würdevoll.

Das Boot landete auf dem kiesigen Ufer an einem Punkt, wo das Schloß durch Bäume verdeckt war. „Ich habe einen Mietwagen", sagte Robin. „Er steht hier gleich geradeaus."

„Sie sind ein Wunder, Robin", sagte sie. „Wir hatten phantastisches Glück, daß Sie gerade auf dem See waren."

„Glück! Es war mir ein bißchen zuviel Gedränge vor dem Schloß. Da blieb nur noch der See. Auf dem Rücksitz liegt eine Decke. Gehen Sie schon zum Wagen, ich will nur das Boot festmachen."

Als er wieder zu ihnen stieß, kauerten Mrs. Pollifax und Hafis unter der Decke. Er kletterte hinter das Steuer und sagte ernsthaft: „Hören Sie zu, ich hab mir die ganze Nacht hin und her überlegt, ob ich zur Polizei gehen soll. Dann hab ich's doch aufgeschoben, weil ich Ihnen nicht ins Handwerk pfuschen wollte. Aber glauben Sie nicht, jetzt wäre es an der Zeit, daß ich wie der Teufel zur nächsten Polizeiwache fahre?"

Hafis sagte verzweifelt: „Madame, meine Großmutter . . ."

Mrs. Pollifax nickte. „Hafis hat recht. Wir *müssen* zum Sanatorium, Robin. Dorthin wird Sabry zurückfahren, sobald er entdeckt, daß wir entkommen sind. Wir haben nicht genügend Zeit, jetzt auch noch zur Polizei zu gehen und die nächste Viertelstunde mit Erklärungen zu vertrödeln."

Ärgerlich ließ er den Wagen an. „Dann erklären Sie mir lieber, warum es so wichtig ist zurückzufahren. Was ist denn in Sabrys Zimmer passiert?"

„Alles. Und jedes bißchen davon ist verhängnisvoll", sagte sie grimmig. „Hafis und seine Großmutter sind Geiseln, und Sabry ist ein Mörder, und Ihr alter Freund, der Scheich, ist schwer hineinverwickelt. Und Serafina bewacht Madame Parvis, die unter Betäubungsmitteln gehalten wird, und ein einziger Telephonanruf von Sabry könnte ihrem Leben ein Ende machen –"

„Yasdan! Aber das kann ich einfach nicht glauben", protestierte Robin.

„Und Marcel" – ihre Stimme brach –, „Marcels Leiche ist in Sabrys Kleiderschrank. Deswegen habe ich so geschrien."

Robin stöhnte und beschleunigte die Geschwindigkeit. Sie fuhren schon in Villeneuve ein.

„Ach ja, und wir haben Fuad gefesselt in einer Truhe im Schloß zurückgelassen", fuhr sie fort, „aber er war schon dabei, wieder zu sich zu kommen. Und wenn sie ihn erst gefunden haben, brauchen sie nur im Sanatorium anzurufen, verstehen Sie?"

„Aber worauf haben es denn diese wahnsinnigen Leute abgesehen?" fragte Robin, als er mit höchster Geschwindigkeit in die Berge hinauffuhr.

„Ich glaube, auf einen Staatsstreich in Zabya", erklärte Mrs. Pollifax. „Der König feiert am Dienstag seinen Geburtstag."

„Das ist ja schon morgen."

„Ja", sagte sie. Sabry und Munir kamen offenbar in Zeitschwierigkeiten, wenn sie für morgen einen triumphalen Einzug in Zabya geplant hatten. Vielleicht hatten sie beabsichtigt, Marcel irgendwo an einem Berghang zu begraben. Und es schien nicht so, als habe Interpol die geringste Ahnung von Marcels Tod. Sie versuchte, sich vorzustellen, was sie anstelle der Interpolleute getan hätte, denn sie wußten ja zum mindesten, daß sie in der vergangenen Nacht nicht von ihrem Balkon signalisiert hatte. Aber sie war zu müde, und sie hegte den Verdacht, daß Interpol nicht allzuviel von ihr hielt.

„Und dann, Robin, ist noch dieser Koffer da. Er hat zwei Vorhängeschlösser, und ich hoffe, daß Sie mir die aufschließen können. Er gehört dem Scheich und hat sicher etwas mit dem zu tun, was sie vorhaben."

„Ich kann es kaum erwarten", sagte Robin leichthin.

Sie waren jetzt in dem Gebirgsdorf, bogen in voller Fahrt um eine Ecke und fuhren den Weg an der Schlucht entlang zum Sanatorium hinauf. Die aufgehende Sonne bestäubte die Berggipfel mit Gold. Der See unten war in leichte, treibende Nebelschwaden eingehüllt.

„Serafina wird auf Mr. Sabry warten", sagte Hafis mit ängstlicher Stimme, „und wenn sie uns ohne ihn kommen sieht – Sie verstehen, Monsieur, die töten sehr schnell."

„Das begreife ich jetzt allmählich", sagte Robin grimmig. Er schaltete den Motor aus und ließ den Wagen am Treibhaus vorbei das Gefälle hinabrollen, bis er gegenüber vom Haupteingang hielt. „Schleicht ums Haus herum zur Gartentür", flüsterte er.

Ein paar Minuten später standen sie im Tiefparterre in der Nähe des Massageraums.

„Jetzt fahren wir frech wie Oskar, eng an die Wand gedrückt, im Fahrstuhl hinauf", sagte Robin. „Wenn wir Glück haben, denkt der Portier, der Fahrstuhl ist leer."

Mrs. Pollifax hielt ihm die Pistole hin. „Wollen Sie die haben?"

„Wollen nicht, aber immerhin spricht das Ding lauter als ich." Er schob die Waffe in seine Tasche. Dann streckte er die Hand aus und zerzauste Hafis' kohlschwarzes Haar. „Dein Vater kann stolz auf dich sein. Du bist ein tüchtiger Kerl, Hafis."

Der Fahrstuhl brachte sie am Nachtportier vorbei zum dritten Stock hinauf. Sie gingen auf Zehenspitzen zum Zimmer 150, und Robin klopfte leise an die Tür. Man hörte gedämpfte Schritte, dann fragte Serafina: „Wer ist da?"

Robin grunzte mit tiefer Stimme: „Sabry."

Die Tür öffnete sich einen Spalt breit, und Serafina lugte heraus. Blitzschnell schob Robin seinen Fuß dazwischen und stemmte sich gegen die Tür. Serafina stieß einen entsetzten Laut aus und wandte sich zur Flucht.

Robin packte sie, hielt ihr den Mund zu und zog sie zu einem Stuhl.

„Schnell eine Vorhangschnur und einen Knebel! Aber fix, sie ist schlüpfrig wie ein Aal."

Hafis beschaffte beides. Robin knebelte sie und verschnürte sie fest am Stuhl. „Was jetzt?"

„Ich glaube, wir bringen Madame Parvis in mein Zimmer, während ich mit der Polizei telephoniere", beschloß Mrs. Pollifax. „Dies Zimmer hier ist nicht sicher."

„Ich bin völlig Ihrer Ansicht", meinte Robin. Er trat zu Hafis an das Bett, in dem die Großmutter bewußtlos lag. Robin nahm ihren schmächtigen Körper auf beide Arme, trug sie mühelos durch den Korridor zu Mrs. Pollifax' Zimmer und legte sie dort aufs Bett.

Mrs. Pollifax stellte den Koffer hin. „Machen Sie ihn auf", bat sie. Robin holte seine Schlüssel hervor. Er legte den Koffer auf den Schreibtisch und machte sich ans Werk. „Könnten Sie nicht die Polizei anrufen, während ich das hier mache?" Das erste Vorhängeschloß war schnell beseitigt. Das zweite, ein Kombinationsschloß, kam dann an die Reihe, und mit einem triumphierenden Laut öffnete er den Koffer. Sandähnliche Körner eines Füllmaterials verstreuten sich auf die Tischplatte. Der Koffer war mit kleinen Plastikbeuteln, die dieses Material enthielten, ausgestopft. Bei der unsanften Behandlung des Koffers in der Nacht waren die meisten aufgerissen. Verwirrt schob Mrs. Pollifax das Füllsel beiseite und stieß auf eine Lage von zerfetztem Zeitungspapier. Sie schob sie auseinander und trat plötzlich erschrocken zurück.

„Was ist denn?" flüsterte Hafis.

Mrs. Pollifax starrte auf zwei harmlos aussehende, farblose Dosen, die jeweils in einer vogelkäfigähnlichen Vorrichtung aufgehängt und ringsum mit Watte ausgepolstert waren. Sie hatte ähnliche Dosen schon einmal auf einem Bild gesehen, das auf die Wand eines Zimmers im Hotel Taft projiziert worden war.

„Das ist Plutonium – ich hab das Plutonium gefunden", sagte sie mit zitternder Stimme.

Das Ränkespiel von Sabry und dem Scheich nahm eine dunkle und gefährlichere Wendung. Sie atmete schwer und war voller Angst, denn sie hatte die inneren Landesangelegenheiten dieser Araber nicht mit ihrem eigenen Auftrag in Montbrison in Zusammenhang gebracht. Sie erinnerte sich, wie Marcel darauf bestanden hatte, daß die alte Großmutter und der Junge unmöglich in die Suche nach Plutonium verwickelt sein konnten, und ihr fiel auch ihre Antwort darauf ein:

„Natürlich nicht direkt, aber da geht etwas sehr Merkwürdiges vor sich." Die beiden Rätsel waren immer nur ein einziges gewesen. Sie hatte sich Zeit genommen, einen kleinen Stichling zu angeln, und unerwartet hatte ein Walfisch angebissen.

„Ich muß unbedingt telephonieren", sagte sie. Hafis beugte sich mit ehrfurchtsvoller Scheu über den Koffer. „Nicht anfassen!" warnte sie ihn. „Nicht ohne Handschuhe."

Sie stopfte das Füllmaterial wieder in den Koffer. „Jetzt gehe ich nach unten und rufe erst die Polizei und dann Mr. Carstairs in Amerika an. Ich kann mich unmöglich mit dem Nachtportier verständigen, wenn ich ihm nicht gegenüberstehe."

Bewaffnet mit dem Koffer, Hafis' Taschenmesser und den Spezialhandschuhen, die Bishop ihr gegeben hatte, eilte Mrs. Pollifax zur Empfangshalle hinunter. Robin und Hafis folgten ihr auf den Fersen. Der Portier stand auf, offensichtlich verdutzt über solch frühen Aufbruch. „Madame?"

„Stellen Sie bitte zwei Telephonverbindungen für mich her", sagte sie. „Zuerst mit der Polizei." Er machte ein erschrockenes Gesicht, dann zuckte er die Achseln. Er warf ihr einen farbigen Umschlag auf die Tischplatte hin, ging zum Klappenschrank und stöpselte eine Verbindung ein.

Mrs. Pollifax sah auf ihre Uhr — es war kurz vor halb sieben —, dann riß sie den Umschlag auf und las Carstairs' Telegramm, das in der Nacht angekommen war.

Ihre erste Reaktion war eine tiefe Dankbarkeit — wenigstens *einer* ahnte, daß etwas nicht in Ordnung war —, aber Carstairs war etliche tausend Meilen entfernt. Wo waren Marcels Leute? Sie blickte zum Portier hinüber, der auf italienisch in die Sprechmuschel fluchte. „Haben Sie die Polizei erreicht?" fragte sie.

Er schüttelte den Kopf. Mit einem bestürzten Ausdruck legte er die Kopfhörer ab, ging zur Rückseite des Vermittlungsschranks und prüfte alle möglichen Schalter und Anschlußdosen. „Die Leitung — sie ist gestört", verkündete er.

Mrs. Pollifax lief es eiskalt über den Rücken. Robin, der ebenso beunruhigt war, probierte die Lichtschalter aus. Nichts geschah. Der Strom war ebenfalls ausgefallen.

Sie kommen, dachte sie und holte tief Atem, um ihr Herzklopfen zu beruhigen. Sie ertappte sich dabei, daß sie an die Luftaufnahme von Montbrison dachte, die Carstairs im Hotel Taft an die Wand projiziert hatte. Das Sanatorium lag völlig abgeschlossen, umgeben von etwa dreißig Hektar Wald und Schlucht, und nur ein einziger Weg verband das Gelände mit dem zwei Kilometer entfernten Dorf. Es war sehr einfach, es von der Außenwelt abzuschneiden. „Aber es sind doch nur drei", sagte sie laut.

„Vier, wenn Sie den Scheich mitzählen", sagte Robin erbittert. „Und sagen Sie nicht ‚nur' vier. Das wäre, als wenn man sagte, es kriechen ‚nur' vier Klapperschlangen in einem kleinen Zimmer frei herum."

Sie holte einen Notizblock aus ihrer Handtasche und fing an zu schreiben. Dann reichte sie Robin den Zettel mit den Worten: „Einer von uns muß es fertigbringen, von hier zu entkommen. Nehmen Sie nicht Ihren Wagen. Gehen Sie zu Fuß. Nehmen Sie den Pfad, der den Berg hinunterführt, und wenn Sie die Polizei verständigt haben, rufen Sie diese Nummer in Baltimore an."

„Und lasse Sie hier allein? Denen ist schon gelungen, alle Leitungen durchzuschneiden. Als nächstes werden sie die Straße blockieren, in den Haupteingang hineinspazieren und –"

„Um so wichtiger ist es, daß Sie Hilfe holen. Haben Sie Madame Parvis vergessen – und Hafis – und den Handkoffer?"

Er seufzte. „Also gut." Er steckte den Zettel ein und klopfte Hafis auf die Schulter. „Halt dich gut, Freundchen", sagte er und lief die Treppe hinunter zum Ausgang in den Garten.

Mrs. Pollifax wandte sich an Hafis. „Geh in mein Zimmer, und bleib bei deiner Großmutter. Schließ überall ab, und laß niemand hinein. Verstehst du?"

„Ganz genau, Madame." Er drehte sich um und rannte die Treppe hinauf.

Mrs. Pollifax nahm Koffer, Messer und Handschuhe und stieg ins Untergeschoß hinunter. Sie betrat den Vorratsraum und schloß die Tür. Mit dem Taschenmesser von Hafis schlitzte sie den Deckel eines Kartons mit Pfirsichkonserven auf. Dann öffnete sie den Koffer.

Sie zog die Handschuhe an, hob vorsichtig die beiden Gestelle aus dem Koffer, nahm die Plutoniumdosen heraus und trug sie behutsam in die dunkelste Ecke des Raums. Dann schleifte sie einen Sack mit Holzkohle davor, um sie zu verbergen, und kehrte zu dem Pfirsichkarton zurück. Die Obstkonserven hatten genau die richtige Größe, aber alle trugen ein buntes Papieretikett. Sie fing an, die Schilder von zwei Dosen mit dem Taschenmesser abzulösen. Mit Kratzen und Schaben entfernte sie fast alles Papier. Dann rieb sie die glänzenden Blechdosen mit Holzkohle ein, stellte sie in die Halterungen, packte beide in den Koffer und stopfte sie wieder mit den Zeitungsfetzen und dem Füllmaterial fest. Die Handschuhe warf sie in einen Mülleimer und eilte mit dem Koffer in ihr Stockwerk hinauf. Als sie um die Ecke kam, blieb sie plötzlich stehen und griff sich an die Kehle.

Die Tür zu ihrem Zimmer stand offen. Sie vergaß alle Vorsicht und rannte hinein.

Das Zimmer war leer. Die Tür zum Balkon stand ebenfalls weit offen. Von Madame Parvis und Hafis keine Spur. Mrs. Pollifax trat auf den Balkon hinaus, beugte sich über das Geländer und blickte suchend in den Garten hinunter. „Hafis?" rief sie.

Sie eilte durch den Korridor zu Zimmer 150 und öffnete die Tür. Serafina war immer noch an ihren Stuhl gefesselt. Ihre Augen sprühten Mrs. Pollifax schweigenden Haß entgegen. Mrs. Pollifax klopfte ihr im Vorbeigehen geistesabwesend auf die Schulter. Die andern beiden Zimmer waren leer. Was war nur passiert, während sie unten gewesen war? Sie lief zur Treppe zurück.

Court kam munter aus dem oberen Stock heruntergestiegen. „Guten Morgen", rief sie fröhlich. „Da muß was mit dem Fahrstuhl nicht in Ordnung sein."

Aber Mrs. Pollifax rannte bereits die Treppe hinunter. Der Tagportier kam ihr entgegen. „Madame", sagte er, „da sind zwei Polizisten, die nach Ihnen gefragt haben."

„Gott sei Dank", sagte sie erleichtert.

„Sie möchten, daß Sie sie zur Polizeistation begleiten. Eine kleine Konfusion mit Ihrem Reisepaß, sicher weiter nichts."

„Konfusion mit meinem Reisepaß?" Sie hielt inne, und ihr Blick blieb auf den beiden Uniformierten hängen, die mit dem Rücken zu ihr in der Halle standen. Einer der Polizisten drehte sich langsam zu ihr um. Es war Fuad, der in Uniform sehr europäisch aussah. „Guten Morgen, Madame", begrüßte er sie freundlich.

„Guten Morgen", sagte Munir und trat schnell an ihre Seite.

Es war schon zu spät. Jeder von beiden hielt sie an einem Arm fest. „Das sind keine Polizisten!" rief sie dem Portier zu. „Die sind mit Madame Parvis gekommen. Die gehören in Zimmer 154!"

Der Portier machte ein verdutztes Gesicht. „Madame?"

„Helfen Sie mir!" rief sie zu Court hinüber, die wie angewurzelt an der Treppe stand und zusah.

Sanft, aber beharrlich schoben Fuad und Munir sie zum Haupteingang hin. „Hilfe – Hilfe!" rief Mrs. Pollifax, als der Druck auf ihren Armen sich verstärkte. Der Portier starrte sie mit offenem Mund, aber verständnisloser Miene an. An der Tür drehte sie sich noch einmal um und rief Court zu: „Die sind *nicht* von der Polizei – holen Sie Hilfe!"

Dann hoben Fuad und Munir sie über die Schwelle und trugen sie die Auffahrt hinauf bis dorthin, wo zwei Wagen die Einfahrt blockierten.

Aus dem näherstehenden Auto, einem roten Volkswagen, sprang der Scheich heraus. Trotz ihrer heftigen Gegenwehr schleppten Fuad und Munir Mrs. Pollifax weiter. Im Vorbeigehen warf sie einen schnellen Blick ins Innere des Wagens und erkannte mit stockendem Herzen die Gestalt, die auf dem hinteren Sitz zusammengebrochen war: Madame Parvis. Mrs. Pollifax wurde hastig zu einem schwarzen Rolls-Royce gebracht. Man fesselte ihr die Hände, und sie wurde so grob in den Wagen gestoßen, daß sie über die Beine des Mannes stolperte, der schon im Fond saß. Diese Beine steckten in violetten Hosen, stellte sie zu ihrem Entsetzen fest – und als sie vom Boden hochgerissen und auf den Sitz geworfen wurde, sagte Robin mit verhaltener Wut: „Mich haben sie auch erwischt – im Garten. Eine gottverdammte Bande, muß ich schon sagen."

7

NACHDEM Hafis sich von Mrs. Pollifax getrennt hatte, war er in ihr Zimmer hinaufgegangen und hatte sich mit seiner Großmutter eingeschlossen. Als er Schritte im Korridor hörte, saß er still neben dem Bett. Er stand auf und erwartete, seinen Namen von Mrs. Pollifax rufen zu hören.

Aber Mrs. Pollifax meldete sich nicht. Der Knauf der verschlossenen Tür drehte sich langsam. Das Herz des Jungen klopfte wild. Er wich zurück und blieb neben seiner Großmutter stehen. Von draußen kam ein leises, zischelndes Flüstern: „Abgeschlossen. Gib mir den Nachschlüssel." Das war Fuad an der Tür.

Hafis' Herz klopfte so laut, daß er meinte, es müsse jeden Augenblick bersten. „Großmama", flüsterte er, aber sie rührte sich nicht. Er sah sich nach einer Waffe um – einer Schere, einem Briefbeschwerer –, aber es war nichts da.

Was hatte er in seiner Tasche? ... Seinen Kassettenrecorder, Ersatztonband, einen Bleistift.

Er zog sich immer weiter vom Bett zurück, bis er die Balkontür erreichte. Zu seinem größten Kummer erkannte er, daß er seine Großmutter im Stich lassen mußte. Denn wenn er auch von diesen Leuten geschnappt wurde, gab es vielleicht für sie alle beide nichts mehr zu hoffen.

Er schlüpfte hinter den Vorhang und trat gerade auf den Balkon hinaus, als die Zimmertür aufging. Während die beiden Kerle eindrangen, kletterte er über das Geländer auf das Sims hinaus und kauerte dort außer Sicht. Er zerbrach sich den Kopf, eine Möglichkeit zu finden, wie er Fuad und Munir im Auge behalten konnte, ohne selbst gesehen zu werden.

In den acht Tagen im Sanatorium hatte Hafis alle Winkel und unbesetzten Zimmer durchforscht. Jetzt fiel ihm der Speiseaufzug in der Anrichte neben Zimmer 148 ein. Er schob sich vorsichtig auf dem Sims entlang zum Nachbarbalkon und kletterte über die Brüstung. Die Balkontür stand offen. Er ging durchs Zimmer zur Korridortür und spähte hinaus. Die Luft war rein. Er holte tief Atem, rannte den Gang hinunter und schlüpfte in die Anrichte.

Dort öffnete er die Tür des Aufzugs, zog den Kasten an den Seilen zu sich zum dritten Stock herauf, zwängte sich hinein und ließ sich langsam hinunter.

Aus der Küche drangen Stimmen, ein paar Kellner oder Köche schimpften über den Stromausfall und die Umständlichkeit, einen Herd mit Holzfeuer zu heizen. Der Aufzug kam auf dem Boden des Schachts neben der Küche zum Stillstand. Hafis stieß die Tür auf, starrte drei erschrockene Gesichter an und kletterte hinaus. Mit einem munteren *Bonjour* ging er an ihnen vorbei durch den Ausgang hinaus in das Gewirr von Spalieren, die den Kücheneingang verdeckten. Er schlich um das Treibhaus herum, kletterte die Böschung zur Straße hinauf und nahm Deckung in einem dichten Gebüsch, von dem aus er den Haupteingang beobachten konnte. Hoffentlich war das auch die richtige Tür.

Der Gedanke an all die Leute, die da drin noch schliefen, gab ihm ein Gefühl der Verlassenheit. Selbst wenn sie wach wären, dachte er,

würden sie einfach nicht glauben, was hier geschah. Zum erstenmal
ging ihm auf, daß die meisten Menschen sich gegen alles abschließen,
was sie stört. Es mußten schon besondere Menschen sein wie Mrs.
Pollifax und Robin, die Verständnis aufbrachten. Ihn überkam eine
Welle von unendlicher Dankbarkeit für sie, und er beschloß, sie als
Vorbilder zu nehmen, wenn er einmal groß war.

Eine Bewegung an Sabrys Fenster erregte seine Aufmerksamkeit.
Er sah Fuad auf den Balkon hinaustreten und zur Straße winken.
Einen Augenblick später schlenderte Scheich Yasdan Kaschan gemächlich die Auffahrt hinunter und betrat das Sanatorium. Es dauerte
nicht lange, dann trugen Fuad und Munir seine Großmutter eilig aus
dem Haupteingang heraus.

Wo bleibt nur die Polizei? fragte sich Hafis ungeduldig.

Die beiden Männer schleppten ihre Gefangene die Zufahrt hinauf.
Als sie an Hafis in seinem Versteck vorbeikamen, lief dieser mit
geducktem Kopf parallel zu ihnen durch die Büsche. Auf dem höchsten Punkt der Anhöhe war die Zufahrt zum Sanatorium durch einen
kleinen roten Volkswagen und einen langen schwarzen Rolls-Royce
versperrt. Sabry stieg aus der Limousine aus und half den beiden
Männern, Madame Parvis in dem Volkswagen unterzubringen. Dann
blieben die drei neben dem Auto stehen und unterhielten sich.

Hafis hatte kein Papier bei sich, aber er holte seinen Bleistift heraus
und schrieb sorgfältig auf das Innenfutter seiner Jacke die Nummern
der beiden Wagen. Er war gerade damit fertig, als der Scheich aus
dem Sanatorium heraufkam. Er und die drei Männer fingen an sich
zu streiten, und Hafis hörte, wie sein Name fiel. Dann zogen Fuad
und Munir ihre Jacken aus und verschwanden hinter dem Wagen.
Als sie wieder zum Vorschein kamen, sah Hafis, daß sie Polizei-
uniformen trugen. Der Scheich öffnete den Gepäckraum des Rolls-
Royce und warf die andern Kleidungsstücke hinein.

Hafis beobachtete, wie Fuad und Munir die Zufahrt hinunterschrit-
ten, und vermutete, daß sie ins Sanatorium gingen, um Madame Pollifax zu suchen. Wenn sie die auch noch entführten, dann war er der
einzige Übriggebliebene, der wußte, was geschehen war – und alles,
was er hatte, waren die Nummern der beiden Autos, die wahrscheinlich verschwinden würden, ehe die Polizei kam. Das war nicht genug.

Jetzt war der Scheich ins Auto gestiegen und sprach mit Sabry.
Es war sehr still bis auf das leise Murmeln ihrer Stimmen und das
Vogelgezwitscher in den hohen Bäumen.

„Man muß sich zu helfen wissen", hatte Madame Pollifax gesagt. Hafis handelte blitzschnell. Er kroch von hinten an den Rolls-Royce heran und probierte ganz behutsam, die Haube des Kofferraums zu öffnen. Sie ging knarrend auf – der Scheich hatte sie nicht fest zugeschlagen! Das Gemurmel dauerte an, als er hineinkletterte und die Haube über sich bis auf einen kleinen Spalt schloß, den er mit einem Zipfel von Fuads Jacke offenhielt, damit Luft hereinkam.

ALS der Rolls-Royce das Dorf erreicht hatte, bog er ab und begann, steil bergauf zu fahren. Mrs. Pollifax blickte den Scheich an, der ihr auf dem Notsitz gegenübersaß. „Wohin geht die Fahrt?"

Er lächelte. „Für mich weit, aber für Sie und die andern nicht weiter, als ich es bestimme. Sie sind sehr unartig gewesen, meine Dame."

„Das klingt sehr geringschätzig", erwiderte sie.

Er zog die Augenbrauen hoch. „Warum auch nicht? Sie und Ihr Freund Burke-Jones sind nur ein wenig lästig gewesen, nicht mehr als eine summende Mücke. Kann man einer Mücke Bedeutung beimessen?"

„Ich kann zwar nicht für Mrs. Pollifax sprechen", sagte Robin, „aber verdammt noch mal, ich hab was dagegen, eine Mücke genannt zu werden."

Der Scheich lachte. „Gut gesagt, Burke-Jones. Übrigens, Ihr Gesicht kommt mir bekannt vor. Kennen wir uns nicht?"

„Paris – 65", sagte Robin kurz. „Die Wochenendparty beim Comte de Reuffe. Gabrielles Ball."

„Ach ja. Ein munteres Jahr, 65. Es hält sich noch in meinem Gedächtnis, wie ein guter Jahrgang einem auf der Zunge bleibt. Wie ich gehört habe, hat Jackie seitdem zweimal geheiratet."

Robin nickte, aber Mrs. Pollifax hörte nur mit halbem Ohr zu. Sie ließ ihren Blick umherschweifen. Die Straße verengte sich. Sie fuhren durch dunkle Wälder, dann durchzogen sie eine Kurve und befanden sich plötzlich auf dem Gipfel eines Berges. Aber dieser Gipfel war nicht mehr als ein Übergang zu dem, was dahinter lag – höhere Gipfel, die in andere, noch höhere übergingen –, ein endloses Rundgemälde.

Es war ein Flickenteppich von Wäldern, in den niedrigeren Lagen von Wiesen umsäumt, die mit kleinen Dörfern und Almhütten besät waren.

„Das kann doch nicht wahr sein", sagte Robin gerade. „Gabrielle im Kloster?"

Für Mrs. Pollifax ging es zu zivilisiert zu. „Wo fahren wir hin?" fragte sie noch einmal. Ihr fiel ein, daß nur Madame Parvis im Volkswagen hinter ihnen gewesen war ... aber wenn sie die gefunden hatten, mußten sie Hafis auch erwischt haben. „Und wo ist Hafis?" erkundigte sie sich.

Der Scheich zuckte die Achseln. „Ich glaube, wegen Hafis müssen wir uns keine Gedanken machen. Der ist – sagen wir mal – entbehrlich." Über seine Schulter rief er: „Ibrahim, sind wir bald da?"

„Ja, bald, Sayyid."

Entbehrlich, dachte Mrs. Pollifax, und ihr wurde etwas übel.

Sie hatten ein kahles, windiges Plateau erreicht. Mrs. Pollifax erhaschte durch das Wagenfenster in der Tiefe einen Blick auf den Genfer See. Der Wagen fuhr langsamer, verließ die asphaltierte Straße und rumpelte über einen gewundenen Karrenweg, der Volkswagen hinterher.

Sie näherten sich einer mit Felsblöcken und Geröll bedeckten Kuppe. Wir müssen schon über die Baumgrenze hinaus sein, vermutete Mrs. Pollifax und fing an, die Hoffnungslosigkeit ihrer Lage zu empfinden.

Sie tröstete sich damit, daß es am besten war, jeden Augenblick so zu nehmen, wie er kam, wobei sie sich zum erstenmal eingestand, daß wohl nicht mehr viele Augenblicke vor ihr lagen.

Der Wagen ließ die Kuppe hinter sich, und in der Ferne sah Mrs. Pollifax eine verwitterte Berghütte, die sich verloren zwischen den Felsen duckte. Die jetzt mit Läden verschlossenen Fenster mußten eine phantastische Aussicht in die weite Landschaft tief unten bieten. Ein einsamer, knorriger Baum war der einzige Gefährte der Hütte.

Als das Auto sie erreicht hatte, warf Robin einen kritischen Blick hinaus. „Ich muß schon sagen, das scheint mir nicht gerade Ihren Ansprüchen an ein *pied-à-terre* zu genügen."

„Mein lieber Freund, das Ding ist erst gestern abend gemietet worden", sagte der Scheich, „als sich herausstellte, daß Sie und Ihre Freunde etwas lästig wurden. Sehr schade, denn mir hat's Spaß gemacht, mal das Sanatorium zu verwenden. Ich bin nämlich Mitglied seines Aufsichtsrats, wissen Sie?"

Ich glaube nicht, daß wir hier je wieder rauskommen, dachte Mrs. Pollifax trübsinnig, als der Volkswagen neben ihnen hielt. Fuad stieg aus und ging die Stufen zur Hütte hinauf, um aufzuschließen. Der Scheich folgte ihm. Sabry hob seine Pistole. „Hinein ins Haus", befahl er den Gefangenen mit ausdrucksloser Miene.

Als Robin ihr beim Aussteigen sein Gesicht zuwandte, sah sie die übel zugerichtete rechte Seite. Das Auge war so geschwollen, daß es fast geschlossen war. „O Robin", sagte sie traurig.

„Wahrscheinlich hab ich zu lange eine sitzende Lebensweise geführt", sagte er leichthin. „Das soll entschieden anders werden, wenn ich je hier rauskomme." Er war gefesselt, aber als Mrs. Pollifax hinauskletterte, gelang es ihm, seine Hände anzuheben und ihr ermutigend auf den Arm zu klopfen. Die kleine Geste hätte sie jetzt beinahe zum Weinen gebracht.

Im Innern der Hütte waren alle Fenster vergittert und mit Läden verschlossen. Während Fuad eine Petroleumlampe anzündete, warf er einen kurzen Blick auf Mrs. Pollifax, und sie sah den Haß in seinen Augen.

Dann stellte er mit unbewegtem Gesicht die Lampe auf den Tisch in der Mitte des Zimmers.

„Trostlose Bude", stellte Robin hinter ihr fest. „Fast wie eine Wohnlaube in Brighton nach der Badesaison."

Munir trug Madame Parvis herein und legte sie nicht gerade sanft auf den Diwan vor dem offenen Kamin. Der Scheich zählte Sabry eine große Summe Schweizer Franken in die Hand und wünschte ihm Glück. Dann ging Sabry fort.

„Ich wollte, ich wüßte, wo er hingeht", sagte Mrs. Pollifax leise zu Robin.

Der Scheich hatte sie gehört. „Aber ich habe doch keine Geheimnisse vor Ihnen. Ibrahim ist weggefahren und wird in einem Hubschrauber zurückkommen. Auf diesem Gelände kann man leicht damit landen. Ich habe nicht die Absicht, lange hierzubleiben, und da ich keine Ahnung habe, was für Andeutungen Sie vielleicht im Sanatorium gemacht haben, werde ich mich davonmachen, als ob die ganze Schweiz hinter mir her wäre."

Mrs. Pollifax ließ sich auf einem Stuhl in der Nähe des Kamins nieder und trug ihre gefesselten Hände unbeholfen vor sich her. „Was haben Sie mit uns vor?" fragte sie.

Der Scheich trat an den Kamin und legte eine Hand auf das Sims. „Wir haben ein Sprichwort: ,Wenn du ein Pflock bist, mußt du erdulden, geschlagen zu werden; wenn du ein Schlegel bist, schlag zu.'

Hoffentlich werden Sie mit Tapferkeit die Folgen Ihrer Einmischung erdulden. Um jedoch Ihre Frage zu beantworten: Im Hubschrauber ist kein Platz für Sie und Mr. Burke-Jones, sondern nur für Fuad, Munir, Ibrahim, mich und Madame Parvis, die als Geisel immer noch einige Bedeutung hat. Jetzt lassen Sie uns bitte nicht weiter darüber sprechen. Es gibt immer einige wenige, die für das höhere Wohl geopfert werden müssen. Wir haben noch einen anderen Spruch: ‚Was der Wind gebracht hat, wird auch vom Wind verweht.‘"

Munir kam mit einem Arm voll Holz herein und zündete ein Feuer an. Davor breitete er auf dem Boden einen Teppich aus – einen kostbaren persischen Teppich, wie Mrs. Pollifax feststellte. Auf das Kaminsims wurde Räucherwerk gestellt und angezündet, und der Duft von Sandelholz verbreitete sich. Dann zog sich Munir in die Küche zurück, und man hörte Tassen klirren. Mrs. Pollifax ging zum Feuer, um sich zu wärmen, aber sie fühlte sich in der Nähe des Scheichs unbehaglich. Sie wandte sich um und setzte sich ans Fußende des Diwans, auf dem Madame Parvis lag. Die arme Frau schien immer noch bewußtlos zu sein und hatte die Augen geschlossen. Aber eine Sekunde später war Mrs. Pollifax nicht mehr so überzeugt davon. Sie glaubte einen kleinen glänzenden Schimmer zwischen Madame Parvis' Wimpern und ihren Backenknochen gesehen zu haben.

Munir kehrte zurück und trug ein Tablett mit kleinen Mokkatassen und einer großen, messingnen Kaffeekanne mit einem schnabelartigen Ausguß, aus dem sich ein würziger Kaffeeduft und eine Dampfwolke verbreiteten. Der Schein des Kaminfeuers flackerte über den Teppich und brachte seine juwelenartigen Farben und die Patina des Messingkessels zum Leuchten. Die Hütte verwandelte sich im Nu in ein Araberzelt.

Mrs. Pollifax hatte bemerkt, daß Fuad mit seiner Pistole im Schatten der Tür hockte. „Was Sie da mit uns vorhaben...", begann sie und blickte dem Scheich gerade in die Augen. „Sie sind schon verantwortlich für den Tod von Marcel und für den Tod eines Mannes namens Fraser, und jetzt wollen Sie uns auch noch umbringen. Warum?"

Er zuckte die Achseln. „Im Krieg werden viele Menschen getötet. Aber woher wissen Sie etwas von Fraser?"

Robin beobachtete sie neugierig. „Sie meinen doch nicht etwa den Engländer, der vorige Woche einen Unfall hatte! Glauben Sie, daß er ermordet wurde?"

Der Scheich lächelte. „Er war ein professioneller britischer Geheimagent, mein lieber Burke-Jones, der im Nahen Osten gearbeitet hat und daher Sabry kannte. Solange Ibrahim nur ein unauffälliger Patient war, hatte es nichts zu sagen, daß beide im Sanatorium wohnten. Aber als die Parvis dann da waren, hätte Fraser natürlich darauf kommen können, daß hier etwas gespielt wurde. Er mußte beseitigt werden."

Robin überlegte einen Augenblick, dann sagte er: „Ich bin zufällig auch ein britischer Agent, wissen Sie, und da Mrs. Pollifax absolut nichts mit dieser Sache zu tun hat, bestehe ich darauf, daß Sie sie sofort freilassen."

Der Scheich lachte, noch ehe Mrs. Pollifax gegen diese vergeudete ritterliche Geste Einspruch erheben konnte. „Ich glaube Ihnen nicht ein Sterbenswörtchen, Burke-Jones, und ich kann sie unmöglich freilassen. Sie weiß zuviel. Munir, bring das Essen, und dann kannst du ihre Fesseln durchschneiden, damit sie essen können. Es ist sowieso besser, wenn keine Striemen an ihren Handgelenken zu sehen sind."

Keine sichtbaren Spuren an unsern Körpern, dachte Mrs. Pollifax, und als ein zweites Tablett mit süßem Gebäck und Datteln hereingebracht wurde, verspürte sie einen beinahe hysterischen Drang zu lachen. Ein persischer Teppich, Täßchen mit arabischem Mokka, Räucherwerk und ein richtiger Scheich – es war zuviel. Doch ihr Gefühl schlug plötzlich um, und sie war den Tränen nahe. „Ihre Art zu reisen ist originell", brachte sie heraus.

Der Scheich schenkte ihr sein strahlendes Lächeln. „Mit Geld ist alles möglich."

„Sogar, Armeen und Menschenleben zu kaufen", sagte sie sarkastisch. Sie hielt Munir ihre Hände hin, und er schnitt die Fesseln durch. Als sie sich die Handgelenke rieb, stöhnte sie vor Schmerz auf.

Der Scheich, der gerade seine Tasse zum Mund führte, stockte. „Konstruktive Mittel zu einem guten Zweck. Es wird für mich selbst und für Zabya von erheblichem Nutzen sein, wenn ich sein Herrscher werde."

„Ein neues Spielzeug für Sie?" fragte sie.

Als sie in seine Augen blickte, merkte sie, wie dünn die Kulturtünche aufgetragen war.

Doch er verzieh ihr mit einem Lächeln. „Ich will Zabya regieren. Es wird einen kurzen Aderlaß geben. In der Wüste wartet ein gut ausgebildeter Kader von Anhängern auf mich. Es existieren versteckte Munitionslager, und ich habe einige hochbezahlte Physiker für die Herstellung gewisser raffinierter Mittel zur Macht angeworben. Wie Sie sehen, kann man sich jeden kaufen, wenn man Geld hat."

„König Jarrud können Sie nicht kaufen", sagte sie betont.

„Stimmt, aber ich habe ihn unterminiert, General Parvis wird mir keine Schwierigkeiten machen. Der Weg zum Thron ist offen."

„Und wenn Sie Ihren Staatsstreich ausgeführt haben?"

„Dann habe ich Zabya – und Öl. Öl ist Macht. Jarrud ist ein Narr, er droht damit, das Öl dem Pöbel zum Geschenk zu machen. Öl ist zu kostbar für solche Verschwendung. Denn wer Öl hat, kann der ganzen Welt seine Bedingungen diktieren."

„Zabya ist nicht das einzige Land in Nahost mit Öl", warf Robin ein.

Der Scheich lachte. „Nein, aber als sein Herrscher werde ich imstande sein, allen benachbarten Ölländern meine Bedingungen zu diktieren."

„Wie?" fragte Mrs. Pollifax leise, obwohl sie die Antwort erriet.

Er zuckte die Achseln. „Mit gewissen Drohungen. Ich könnte vielleicht darauf hinweisen, daß eine richtig plazierte Bombe von geeigneter Größe die Ölversorgung der Welt auf Jahre hinaus unterbrechen würde. Ich kann Ihnen versichern, daß man darauf hören wird. Der Schlüssel zu alledem – der Schlüssel zu diesem Bravourstück liegt in dem kleinen Koffer dort auf dem Tisch. Sie haben zwar die Schlösser aufgebrochen, aber Sie konnten unmöglich begreifen, was Sie da sahen."

Das gab Mrs. Pollifax' sinkenden Lebensgeistern neuen Auftrieb, denn sie war der einzige Mensch im Zimmer, der wußte, daß der Scheich sich auf zwei Dosen mit eingemachten Pfirsichen statt auf mehrere Kilogramm Plutonium bezog.

Der Scheich tauchte seine Finger in eine Wasserschale und trocknete sich mit einem Handtuch ab, das Munir ihm reichte. Dann erhob er sich. „Komm mit, Munir, es ist Zeit." Zu Fuad sagte er: „Sei wachsam und schieß, wenn sie eine falsche Bewegung machen."

Er verschwand mit Munir in einem Nebenraum, und Mrs. Pollifax tauschte über den persischen Teppich hinweg Blicke mit Robin. Etwa fünf Meter entfernt lehnte Fuad an der Tür und beobachtete die beiden mit gelangweiltem Ausdruck. In der Stille war nur das Knistern des Feuers zu hören.

Im Nebenraum intonierte der Scheich mit kräftiger Stimme: „*La illaha illa llah, Muhammad rasul allah.*"

„Er betet", flüsterte Robin. „Ich möchte fast sagen, wir sollten auch beten. Es fängt an, ein bißchen nach Aktschluß auszusehen, die drei gegen uns zwei. Und wenn Sabry zurückkommt, sind es vier."

„Nicht zwei gegen vier", raunte eine leise Stimme von der Couch, „sondern drei." Mit geschlossenen Augen und Lippen, die sich kaum bewegten, fuhr Madame Parvis fort: „Da steht ein Schürhaken am Kamin."

„Wir wollen lieber nicht zu ihr hinsehen", raunte Mrs. Pollifax Robin zu.

„Ein Glück, daß sie bei Bewußtsein ist", flüsterte er. „Ich weiß nicht genau, ob ich den Schürhaken unbemerkt von Fuad erreichen kann. Haben Sie gemerkt, wie vorsichtig sie Abstand von uns halten?"

„Sie wissen, daß ich ein bißchen Karate kann", erklärte Mrs. Pollifax.

„Ach, das ist es!" flüsterte Robin. „Ich muß gestehen, mein Leben, ehe ich Sie kennengelernt habe, kommt mir entsetzlich ereignislos vor. Wenn Sie Karate können, kann Madame Parvis mit dem Schürhaken bewaffnet werden, und dann fehlen bloß noch ein paar Schlagringe für mich. Gut, daß wir Sie haben, Madame Parvis!"

„Ein wahres Glück, daß wir nicht mehr gefesselt sind", meinte Mrs. Pollifax. „Wieviel Zeit mögen wir wohl noch haben?"

„Bis Sabry mit dem Hubschrauber kommt. Es ist nicht hoffnungslos, wissen Sie. Wenn wir sie hinhalten können, sie in ihrer Ahnungslosigkeit überraschen..."

„Hinhalten", überlegte Mrs. Pollifax. „Etwas könnte ich tun, was uns vielleicht einen Aufschub gibt. Ich könnte dem Scheich verraten, daß ich im Sanatorium die beiden Dosen im Koffer mit zwei Obstkonserven vertauscht habe."

Robin warf ihr einen vernichtenden Blick zu. „Das ist ein selten törichter Einfall und entspricht ganz und gar nicht Ihrem üblichen Niveau. Halten Sie ihn für so dumm?"

„Aber das ist doch genau –" Sie hielt inne, weil der Scheich zurückkam.

Im selben Augenblick hörten sie in einiger Entfernung das Rotorgeräusch eines Hubschraubers. Fuad öffnete die Tür und blickte hinaus.

„Allah sei gepriesen", sagte der Scheich, „er hat nicht lange gebraucht. Munir" – er deutete auf den Teppich –, „pack unsere Sachen zusammen. Sabry soll sie verstauen."

Der Lärm des Helikopters füllte das Zimmer. Ein Windstoß blies durch die offene Tür herein und wirbelte die Asche im Kamin auf. Dann hörte der Lärm abrupt auf, und draußen knirschten Schritte. Mrs. Pollifax' Herz fing an, wie wild zu klopfen. Als Sabry eintrat, stand sie auf und sagte mit klarer, lauter Stimme zum Scheich: „Ich muß Ihnen etwas erklären."

Der Scheich blickte auf seine Uhr. „Reden Sie, aber schnell."

„In Ihrem Koffer sind nur Dosen mit Pfirsichen", sagte Mrs. Pollifax ruhig.

„Wie bitte?" fragte er überrascht.

„Ach du meine Güte", stöhnte Robin.

Sie hob ihren Kopf höher. „Kurz bevor Sie mich hierherbrachten, habe ich die beiden Originaldosen mit zwei Dosen Obstkonserven vertauscht. Die richtigen befinden sich noch im Sanatorium."

Der Scheich machte ein amüsiertes Gesicht. „Mit andern Worten, wir sollen Sie noch nicht ins Jenseits befördern, nicht wahr? Statt dessen lieber zum Sanatorium zurückfahren und noch einmal Versteck spielen, ja?"

„Ganz wie Sie wollen", erwiderte sie ruhig. „Aber ich möchte betonen, daß Sie nicht wissen werden, wo Sie die beiden ursprünglichen Dosen finden, wenn Sie mich jetzt umbringen."

„Munir, bring uns einen Büchsenöffner", befahl er und beobachtete ihr Gesicht. Munir holte einen aus der Küche. „Gib ihn ihr", sagte der Scheich.

Munir reichte Mrs. Pollifax den Büchsenöffner. Sie machte den Handkoffer auf, entfernte langsam die Plastikbeutel mit dem Füllmaterial und dann die Lagen Zeitungspapier. Sie holte eine Dose aus ihrer Halterung, stellte sie auf den Tisch, packte den Griff des Dosenöffners und beugte sich darüber.

Plötzlich legte sich eine Hand auf die ihre. Als sie auffuhr, blickte sie in die kalten, dunklen Augen des Scheichs. „Das reicht", sagte er kurz. „Sie sind eine sehr gute Schauspielerin, und es war ein schlauer Trick. Aber glauben Sie wirklich, ich würde Ihnen erlauben, den Inhalt dieser Dose zu verderben?" Mit einem gelangweilten Seufzer kehrte er zum Kamin zurück.

„Aber es ist doch nur eine Pfirsichkonserve! Wie kann ich Sie davon überzeugen, wenn ich sie nicht aufmache?"

„Erschieß sie, Ibrahim", sagte er. „Sie wird mir lästig."

„Feiges Luder!" rief Robin und ging auf den Scheich los.

„Zurück!" fuhr Sabry ihn an und hob die Pistole.

Sein scharfer Befehl löste ein Echo außerhalb der Hütte aus. Mrs. Pollifax sah, wie Robin mitten in einem Anlauf einhielt. Alle erstarrten – als ob sie Statuen darstellen wollten. Robin mit einem Fuß in der Luft, der Scheich mit erhobenem Arm, Fuad bei der Tür mit offenem Mund, Sabry aus vier Schritten Entfernung mit seiner Pistole auf ihren Kopf zielend. Und wenn dieses erstarrte, lebende Bild auftaut, dachte sie, wird Robin seinen linken Fuß niedersetzen, der Scheich seinen Arm sinken lassen, Sabry die Pistole abdrücken, und ich werde sterben.

Der Augenblick kam ihr endlos vor. Sie wollte schreien: „Nun macht schon ein Ende damit!", als ihr klar wurde, daß es die Stimme von draußen war, die sie alle versteinert hatte.

„*Ici la police. Sortez, les mains en l'air!*" rief die Stimme.

Keiner bewegte sich. Der Augenblick dehnte sich ins Unendliche. Blitzartig erschien in ihrer Erinnerung das Bild von einem sonnigen Morgen im Garten und einem alten Mann, der sich auf einen Krückstock stützte, und dann begriff sie, daß es die Stimme von General d'Estaing war. Der General *hier?* fragte sie sich ungläubig.

Jetzt rief eine zweite Stimme: „Hände hoch, und raus mit euch – das Spiel ist aus!"

Robins Stimme. *Robins Stimme auf einem Tonband.*

„Hafis", flüsterte sie. Er lebte also.

„Was zum Teufel!" schrie der Scheich, und im Nu war der Bann gebrochen. Mrs. Pollifax stürzte sich auf Sabry und schlug ihm die Pistole aus der Hand. Während die Waffe polternd zu Boden fiel, versetzte sie ihm mit der anderen Hand einen Hieb, daß er stolpernd hinstürzte. Sie sah, daß Robin auf Fuad losgegangen war und mit ihm um die Pistole kämpfte. Als Munir durchs Zimmer rannte, um Sabrys Waffe aufzuheben, gab sie ihm einen Fußtritt. Er packte ihr Bein, warf sie auf den Teppich, und beide überschlugen sich. Die Pistole ging los, und ein brennend heißer Schmerz schoß ihr den linken Arm hinauf. Gerade als Munir mit beiden Händen nach ihrer Kehle griff, stürmte eine Gestalt in einem langen, weißen Gewand zum Kamin, packte den Schürhaken und schlug Munir damit auf den Schädel.

Mrs. Pollifax setzte sich auf. Ihr Kopf brummte, und ihr war ein wenig übel. Madame Parvis stand über Fuad gebeugt da. Robin saß auf dem Boden und klopfte sich den Staub von der Hose. Der Scheich und sein Koffer waren nirgends zu sehen. Mrs. Pollifax stand schwankend auf und ging zur Tür.

Der Scheich saß im Hubschrauber, und als die Maschine sich vom Boden erhob, wechselte sie einen Blick mit ihm durch die Plexiglasscheibe. Der Helikopter drehte sich und schwebte über die Kuppe hinweg. Als sein Lärm nachließ, hörte sie, wie das kleine Tonbandgerät unablässig wiederholte: „... das Spiel ist aus, das Spiel ist aus ..."

Sie fühlte sich sehr schwach und ließ sich auf der obersten Treppenstufe nieder. Das eintönige Geleier des Tonbands schien von dem einsamen Baum am Hang zu kommen.

„Hafis?" rief sie.

Hafis tauchte hinter dem Baum auf und kam über die Felsbrocken herangesprungen.

„Madame!" rief er. „O Madame, es hat gewirkt!"

„Hafis, du hast uns eben das Leben gerettet", sagte sie mit bewegter Stimme. „Wie hast du uns bloß gefunden?"

„Aber, Madame, ich hab Sie ja nie verlassen! Ich hab mich im Kofferraum des Rolls-Royce versteckt. Wissen Sie nicht mehr, Sie haben doch mal gesagt, man muß sich zu helfen wissen." Dann sah er ihren Arm, und seine Augen weiteten sich entsetzt. Sie hörte ihn rufen: „Großmama! Robin! Sie ist verwundet!" und dann noch: „Monsieur, sie wird ohnmächtig!"

Jemand beugte sich über sie, dann wurde sie aufgehoben und zum Wagen getragen, während das Tonband unaufhörlich weiterrief: „... das Spiel ist aus, das Spiel ist aus ..." In der Dunkelheit, die jetzt einsetzte, vernahm sie manchmal Stimmen – vor allem Bishops Stimme, aber das war doch unmöglich, denn Bishop war ja in Amerika. Und dann glaubte sie, General d'Estaing sprechen und Court antworten zu hören, und dann Dr. Lichtenstein, der ihnen befahl, ruhig zu sein, und auf einmal herrschte Stille. Eine lange, schwarze Stille.

Mrs. Pollifax öffnete die Augen und stellte fest, daß sie im Bett ihres Zimmers im Montbrison lag. Sie starrte die Decke an. Dann wanderte ihr Blick langsam die Wand hinunter, die die Abendsonne mit goldenen Streifen getönt hatte, und als er auf dem Gesicht des Mannes, der neben ihrem Bett saß, hängenblieb, sagte sie: „Was tun Sie denn hier?"

Bishop blickte von einer Zeitschrift auf und lächelte. „Carstairs hat mich hergeschickt. Er hatte den starken Verdacht, daß etwas schiefginge."

„Mir ist auch etwas schiefgegangen", sagte sie träumerisch, „aber auf die richtige Weise. Oder vielmehr gerade, aber auf eine krumme Tour." Sie runzelte die Stirn. „Warum ist mir so seltsam zumute, Bishop?"

„Man hat Ihnen eben ein Geschoß aus dem Arm entfernt. Sie haben so stark geblutet, daß Dr. Lichtenstein Sie nicht transportieren lassen wollte. Er hat Ihnen eine Narkose gegeben und Sie in seinem Behandlungszimmer operiert. Das Sanatorium hat keinen Operationssaal."

„Ach so." Sie versuchte, sich das zusammenzureimen. Sie schielte auf ihren Arm und entdeckte, daß er in einem dicken Mullverband steckte und geschient war.

„Es ist immer noch Montag – allerdings sieben Uhr abends", versicherte er ihr. „Die Interpol war den ganzen Tag hier, hat die Bruchstücke zusammengefügt und war mächtig besorgt um Sie. Sie fanden in Zimmer 150 eine Frau, die an einen Stuhl gefesselt war, und Marcels Leiche im Schrank des Zimmers gegenüber. Ich nehme fast an, Sie hatten ein ziemlich ausgefülltes Wochenende, nicht wahr?"

„Ja", bestätigte sie. Wenn sie zurückblickte, lag es in weiter Ferne hinter ihr. Sie setzte sich mühevoll auf. „Und der Scheich?"

Bishop schüttelte den Kopf. „Der ist in seinem Privatflugzeug entkommen."

„Aber der Staatsstreich?"

„Im Keim erstickt – glauben wir wenigstens. Aber hier ist Schönbeck", sagte Bishop und stand auf. „Der kann Ihnen alles berichten,

Mrs. Pollifax. Es ist höchste Zeit, daß Sie Henri Schönbeck von der Interpol kennenlernen."

Monsieur Schönbeck trat etwas verlegen näher, aber seine Augen hatten einen warmen Ausdruck, als sich ihre Blicke trafen. „Und ich, Madame, stehe in Ihrer Schuld. Ich bedaure sehr, daß wir uns jetzt erst kennenlernen."

„Sind Sie derjenige, dem ich signalisiert habe?" fragte sie.

„Nein, nein, das war unser Agent Gervard." Seine Lippen verzogen sich zu einem schwachen Lächeln. „Vielleicht macht es Ihnen Spaß zu erfahren, Madame, daß wir ohnedies vorgehabt hatten, Ihnen einen Besuch abzustatten, um einen besseren Kontakt zu vereinbaren. Wir wollten Ihnen nur das Wochenende zu Ihrer Orientierung lassen", erläuterte er. „Ein Entschluß, muß ich wohl hinzufügen, der Sie beinah das Leben gekostet hätte. Es mag Sie vielleicht ein wenig trösten, wenn ich Ihnen sage, daß sich in diesem Augenblick hinter den drei Männern des Scheichs die Tore eines nahen Gefängnisses schließen."

„Es tröstet mich", gab sie zu, „aber wie ich höre, ist der Scheich mit seinen Pfirsichen abgeflogen?"

Schönbeck und Bishop wechselten einen Blick, dann sagte Schönbeck: „Es ist nicht nötig, die Komödie weiterzuspielen, Madame. Man hat mir berichtet, daß Sie versucht haben, den Scheich zu überzeugen, daß er das Plutonium gar nicht mehr habe, aber Sie sind jetzt hier unter Freunden, das wissen Sie doch."

Mrs. Pollifax seufzte. „Wahrscheinlich haben Pfirsiche etwas Lächerliches an sich, Monsieur Schönbeck, aber ich kann Ihnen versichern, daß ich die lautere Wahrheit gesagt habe. Das Plutonium ist nie aus dem Sanatorium herausgekommen. Es ist noch hier."

„Also ich glaube ihr", erklärte Bishop überrascht.

„Nie aus dem Sanatorium herausgekommen", echote Schönbeck. „Dann befindet sich das französische Plutonium gar nicht in den Händen des Scheichs? Madame, wenn Sie mir verraten würden, wo es sich genau befindet...?"

Mrs. Pollifax ging über die Frage hinweg und lächelte ihn statt dessen betörend an. „Was halten Sie von Robin, Monsieur Schönbeck?"

„Robin? Er hat mich überrascht, das muß ich sagen."

„Wenn Sie Burke-Jones meinen, ist das nicht der Bursche, den Sie alle im Verdacht hatten, Fraser ermordet zu haben?" fragte Bishop.

Schönbeck sah peinlich berührt aus. „Unglücklicherweise, ja. Es hat den Anschein, als ob er nichts weiter ist als ein Juwelendieb."

„Ja, und ein sehr guter Juwelendieb", sagte Mrs. Pollifax. „Es freut mich sehr, daß er Ihnen das von sich aus erzählt hat. Aber Sie müssen verstehen, daß er sich mit diesem ehrlichen Geständnis seine weitere Karriere vollkommen ruiniert hat." Sie blickte Schönbeck streng an. „Wollen Sie das in irgendeiner Weise berücksichtigen, Monsieur Schönbeck?"

„Ja, Madame, das habe ich vor. Ich würde jedoch gern wissen, wie Sie darauf gekommen sind."

„Offen gestanden fiel mir das schon vor einigen Tagen ein. Er ist unerhört geschickt im Öffnen von Schlössern und liebt es, allein zu arbeiten. In kritischen Situationen ist er. überraschend einfallsreich, und er verfügt über eine erstklassige Garderobe."

„Ich bin nicht so töricht, Madame", sagte Schönbeck trocken, „mir solche Talente durch die Finger gehen zu lassen. Ich bin bereits an ihn herangetreten, und er scheint höchst interessiert zu sein." Er fügte hinzu: „Ich könnte mir nur wünschen, daß der junge Hafis auch für Interpol arbeiten würde."

„Ich glaube, er will lieber Astronom werden", meinte Mrs. Pollifax. „Wo ist er?"

„Er und seine Großmutter hängen noch am Telephon und sprechen mit Zabya, aber er ist sehr erpicht darauf, Sie zu sehen."

Sie schüttelte nachdenklich den Kopf. „Wenn Hafis nicht gewesen wäre –"

„Bitte, Mrs. Pollifax", sagte Schönbeck bestimmt. „Sie sollten jetzt doch ruhen. Ich will inzwischen darüber nachgrübeln, wie dicht der Scheich daran war, seinen Satz Plutonium zusammenzubringen." Schönbeck lächelte schwach. „Die Welt ist heutzutage viel zu klein geworden, als daß jemand wie dieser Scheich auf lange Zeit verschwinden kann, Mrs. Pollifax. Ich sehe kein großes Problem darin, das Plutonium, das uns noch fehlt, wiederzubekommen. Wir können ihm versprechen – wie sagt man bei Ihnen? –, die Sache zu vertuschen, wenn er die noch fehlenden Pfunde stillschweigend zurückgibt und seinerseits verspricht, sich aus dem politischen Leben zurückzuziehen. Wenn sein Ränkespiel bekannt würde, wäre er bei seinen Clubs und den Leuten vom Jet-set erledigt."

„Glauben Sie wirklich, daß ihm das soviel ausmachen würde?" fragte Bishop neugierig.

„Unbedingt", sagte Mrs. Pollifax. „Er ist ein Snob. Und das schlimmste für ihn wäre, wenn die Leute wüßten, daß er *versagt* hat." Dann fügte sie schaudernd hinzu: „Er ist ein höchst faszinierender, aber grausiger Typ."

Schönbeck stand auf. „Und wenn Sie mich jetzt bitte entschuldigen wollen, werde ich darangehen, die Suche nach ihm in die Wege zu leiten." Er verbeugte sich und schritt langsam zur Tür.

„Monsieur Schönbeck", rief Mrs. Pollifax ihm leise nach, „das Plutonium ist im Vorratsraum im Keller versteckt, in der äußersten Ecke hinter einem Sack mit Holzkohlen."

Er lächelte. „Ich danke Ihnen, Madame."

Bishop erhob sich ebenfalls. „So, Mrs. Pollifax", sagte er, trat näher heran und küßte sie leicht auf die Wange, „es ist Zeit für mich, wieder nach Hause zu fliegen. Sie haben Befehl, die Woche über noch hierzubleiben, bis Sie wieder ganz auf dem Damm sind. Wenn Sie das nicht befolgen, reißt Carstairs mir den Kopf ab."

„Ich bleibe sehr gerne hier", antwortete sie. „Können Sie sich vorstellen, wie Miß Hartshorne auftrumpfen würde, wenn ich mit so einem Arm heimkäme? Sie würde sagen, das sei die gerechte Strafe dafür, daß ich eine langweilige Woche lang bei einer alten Freundin in Baltimore zu Besuch gewesen bin." Mit einem kleinen Augenzwinkern fügte sie hinzu: „Miß Hartshorne wirft mir vor, mir ginge jegliche Abenteuerlust ab."

„Großer Gott", sagte Bishop schaudernd. „Und wenn Ihr Arm noch in der Schlinge ist, wenn Sie nach Hause kommen, was erzählen Sie ihr dann?"

„Daß ich über Adelaides Katze gestolpert bin und mir dabei den Arm gebrochen habe, glaube ich."

Bishop grinste. „Dann brauche ich mir über Sie keine Sorgen mehr zu machen. Übrigens glaube ich, daß Sie sich diese Woche in guter Gesellschaft befinden werden. Hafis und seine Großmutter bleiben noch einige Tage hier, bis Madame Parvis sich wohler fühlt. General Parvis wird am Freitag herfliegen, um sie abzuholen."

„Bitte, dürfen wir hereinkommen?" fragte Hafis an der Tür.

„Ihr habt sie ganz allein für euch", sagte Bishop und warf Mrs. Pollifax eine Kußhand zu.

Hafis, Robin und Court traten auf Zehenspitzen näher, blieben am Fußende des Bettes stehen und strahlten sie an. Sie sah, daß Robin und Court sich an der Hand hielten, und erriet, daß Robin, nachdem er der Interpol klaren Wein über sich eingeschenkt hatte, auch Court gegenüber sein Gewissen erleichtert hatte. *„Ici la police"*, sagte Mrs. Pollifax schalkhaft. *„Sortez, les mains en l'air!"*

Hafis lachte, lief ums Bett herum und setzte sich neben sie. Sein Gesicht leuchtete vor Glück. „Madame, wir sind alle noch am Leben."

„Ist das nicht erstaunlich?" fragte sie.

„Und, Madame", fuhr er eifrig fort, „ich habe am Telephon mit meinem Vater gesprochen, und Sie werden ihn Freitag kennenlernen. Er möchte Ihnen gern persönlich danken und –"

„Hafis ist wieder ganz der alte", bemerkte Robin lächelnd.

„– und er bringt von König Jarrud die Palme von Isa mit, den höchsten Orden, der in unserm Land verliehen wird. Er ist nach dem Schäfer so genannt, der 1236 unser Land vor einem feindlichen Einfall gerettet hat. Er hat sich von einem Felsen hinuntergestürzt, um die Leute im Tal zu warnen, daß die Feinde schon in den Bergen waren, und als sie ihn, von einem feindlichen Pfeil durchbohrt, stürzen sahen, wußten sie, daß ihr Land in Gefahr war. Und mein Vater sagt, am Freitag machen wir hier eine kleine Feier, um Ihnen den Orden zu verleihen. Ist das nicht herrlich, Madame?"

„Dabei haben Sie sich nicht einmal von einem Felsen hinunterstürzen müssen", bemerkte Robin.

Court schauderte. „Sie haben sich – Sie alle drei – in solch schrecklicher Gefahr befunden, und ich habe nichts davon geahnt."

Robin drehte sich um und blickte sie an. „Wenn ich erst für Interpol arbeite, nachdem es Mrs. Pollifax gelungen ist, einen ehrsamen Bürger aus mir zu machen, wirst du dich an ein bißchen Gefahr ab und zu gewöhnen müssen. Das heißt, wenn du mich heiraten willst."

„Will ich dich denn heiraten, Robin?" fragte Court leise. „Mm ja . . .", sie blickte Mrs. Pollifax an und lachte. „Doch, ich glaube, ich tu's!"

„Bravo", sagte Mrs. Pollifax.

Robin gab Court einen Kuß. „Die klügste Entscheidung, die du je getroffen hast, meine Liebe, und dabei kommt mir ein ganz großartiger Einfall. Wenn diese Feier von Hafis am Freitag stattfindet, ist gerade noch Zeit genug, eine Sonderheiratserlaubnis zu bekommen. Wir könnten hier im Sanatorium getraut werden."

„Und Mrs. Pollifax wird Brautführerin!" rief Court. „Oh, Mrs. Pollifax, das tun Sie doch, nicht wahr?"

Mrs. Pollifax erklärte sich mit Freuden dazu bereit. „Ich wüßte nicht, was ich lieber täte. Dann habe ich auch endlich Gelegenheit, mein langes bügelfreies Purpurgewand und die Gebetsketten zu tragen."

„Den Anblick kann ich kaum erwarten", sagte Robin begeistert. „Aber wer könnte Brautführer sein?"

„Ach, das ist kein Problem." Robin legte eine Hand auf Hafis' Schulter. „Es gibt überhaupt nur einen, der dafür in Frage kommt." Hafis blickte zu Robin auf und strahlte ihn an.

Mit einem glücklichen Seufzer lehnte sich Mrs. Pollifax in ihre Kissen zurück und betrachtete ihre Freunde. Gewiß, ihre Wunde brannte und war unangenehm, und die schwerste Prüfung von allen – Miß Hartshorne – stand ihr noch bevor, doch sie erinnerte sich an den Spruch „Was der Wind gebracht hat, wird auch vom Wind verweht." Damit verbannte sie alle Gedanken an den Scheich und widmete sich ganz dem Genuß einer völligen Genesung.

Dorothy Gilman

Dorothy Gilman, die Schöpferin von Emily Pollifax, gesteht, daß sie beim Schreiben der vorliegenden Geschichte mehr Spaß gehabt hat als bei irgendeinem früheren Abenteuer ihrer Heldin. Die Leser der READER'S DIGEST AUSWAHLBÜCHER hörten zum erstenmal von Mr. Carstairs Geheimagentin in dem Roman *Mrs. Pollifax kommt wie gerufen* und folgten wieder ihrer Spur in *Mrs. Pollifax lebt gefährlich.* Aber da Mrs. Pollifax nach Miß Gilmans Worten „eine Frau ist, die alles erlebt, was ich selbst erleben möchte", ist es kein Wunder, daß man in diesen Geschichten die befriedigende Erfüllung von Träumen spürt.

Dorothy Gilman hat alle Schauplätze der Abenteuer von Mrs. Pollifax selbst bereist – Mexiko, Bulgarien und in jüngster Zeit die Schweiz. Sie ist zwar nicht so weit gegangen, Karate zu lernen, das ihre Heldin in ihrem neuesten Abenteuer so wirksam anwendet, aber sie hat immerhin an einer Unterrichtsstunde in Judo teilgenommen und wurde dabei den ganzen Abend so herumgeworfen, daß sie auf den restlichen Kurs verzichtete. Sie hat sich mit Yoga beschäftigt und glaubt, daß er dazu verhilft, ein Identitätsgefühl und körperliche Beweglichkeit zu gewinnen. Genau wie Emily Pollifax hatte sie Schwierigkeiten mit der Lotosstellung.

Miß Gilman ist jetzt dabei, ein gänzlich neues Zauberreich zu erkunden: In ihrem kürzlich erworbenen, hundert Jahre alten verwitterten Holzhaus in Neuschottland hofft sie, demnächst Seetang von ihrem eigenen Strand zu ernten und zu trocknen. Damit will sie dann ihre zehn Morgen Land düngen und ihrem Steckenpferd, dem Anbau von Heilkräutern, frönen. Sie strahlt eine Begeisterung für aufregende neue Dinge aus, die erfrischend und ansteckend ist.

MYSTISCHE JAGD

MYSTISCHE JAGD

Eine Kurzfassung des
Buches von
LEONARD WIBBERLEY

Ins Deutsche übertragen
von Otto Bayer

Illustrationen von Thomas Beecham
Originalausgabe:
„Meeting with a Great Beast"
© 1971 by Leonard Wibberley

Die weiten Savannen und die hohen üppigen Wälder Afrikas zur Zeit der französischen Kolonialherrschaft sind das Ziel der letzten Safari eines Großwildjägers. Der 100jährige Elefant, den er aufspürt, ist eine gewaltige Jagdbeute; aber der Jäger muß auch einem anderen, noch viel schrecklicheren Feind gegenübertreten: Er weiß, daß er in spätestens zwei Jahren sterben wird. Während er seine Beute im Urwald verfolgt, die Gewohnheiten des Elefanten studiert und den tödlichen Schuß vorbereitet, macht er eine schockierende Entdeckung, die seine ganze Einstellung zur Jagd verändert.

Und dann begreift er auch andere Dinge: Daß das Leben einen Sinn und ein Ziel hat, daß der Tod nicht unbedingt ein Feind zu sein braucht und daß uns ganz zuletzt immer jemand beisteht.

„Für die Idee zu dieser Geschichte", schrieb Leonard Wibberley, „danke ich meinem Freund Chris Sergel, der mir ein herrliches Erlebnis von der Begegnung mit einem Elefanten in Afrika erzählte. Sein Bericht ist mir im Gedächtnis geblieben und hat zu diesem Buch geführt.

Möge es ein Andenken an meine Schwester Frances sein, die großherzig, fröhlich und tapfer war und die im Mai 1970 in Pretoria, Südafrika, dem ‚Etwas' begegnete."

„DIE Jagdgesetze von Französisch-Äquatorialafrika sagen über das Verhalten der Tiere gar nichts aus", sagte Thompkins. „Tiere sind durch und durch verläßlich. Ihr Verhalten bedarf keiner Regulierung. Der Löwe tötet nur, wenn er Hunger hat, aber dann tötet er bestimmt. Er tötet nicht zur Selbstbestätigung oder weil er über seine echten oder vermeintlichen Fehler hinwegtäuschen will, mit denen er nicht leben kann. Er tötet, weil er fressen muß."

Thompkins trank einen Schluck von dem klebrig-süßen französischen Kaffee, den man überall in Afrika bekommt, nur nicht in Frankreich. Dann entblößte er die Zähne, gelb und lang wie Eicheln. Der Schein unseres Lagerfeuers flackerte auf seinem langen Kamelgesicht und den schmutziggrauen Brusthaaren, die aus seinem offenen Buschhemd hervorschauten.

„Der Mensch ist es", sagte er, „der sich nicht so verhält, wie sein Schöpfer es gewollt hat. Deshalb müssen Gesetze geschaffen werden, die sein Tun in jeder Beziehung regeln, und das endet mit den Gesetzen, die den Abschuß afrikanischen Wildes betreffen."

„Zum Schutz der Tiere", sagte ich. „Heißen diese Gesetze nicht überhaupt so – Gesetze zum Schutz der Wildtiere oder so ähnlich? Ich kann nichts über den Schutz der Menschen darin finden."

Thompkins antwortete nicht sofort. Mit am meisten störte mich an diesem Berufsjäger, den ich doch angeheuert hatte, damit er mir half, einen Elefanten zu erlegen, daß er mir anscheinend nur zuhörte, wenn er gerade Lust hatte. Die ganze übrige Zeit schien er auf Etwas anderes zu lauschen. Ich habe Etwas absichtlich groß geschrieben, denn nur so kann ich die Erhabenheit dessen hervorheben, dem Thompkins zuhörte, mit dem er sich unterhielt. War es die Nacht – diese geheimnisvolle Halbkugel der Finsternis, die sich mit der Erddrehung um unseren Globus schob? Nein. Sie war nicht erhaben genug. Waren es dann die Berge – die hohen Gipfel dort drüben im Osten, wo in kühlen Tälern üppige Farne und Erdbeeren gediehen

und helle Wasserfälle unter Nebelschleiern glitzerten? Nein. Nicht
die Berge. Nicht groß genug. Ich muß wohl wieder auf Etwas zu-
rückgreifen. Thompkins hörte auf Etwas und lebte mit ihm, genau
wie César, unser afrikanischer Führer. In der Zeit, die ihm übrig-
blieb, hörte Thompkins auf mich.

Das störte mich, denn immerhin zahlte ich ihm für diese sechs-
wöchige Safari ein hübsches Sümmchen. Ich hatte bei Elliots in London nur gesagt, ich wolle den besten Mann haben, den es für die
Elefantenjagd gebe, und ich wolle einen großen Bullen schießen (ich
glaube, ich habe sogar angedeutet, daß dies wahrscheinlich mein erster
und letzter Elefant sein würde); alles übrige hatte ich dann Elliots
überlassen: Flugkarten, Jagderlaubnis, die Beförderung des Gepäcks –
eben alles.

Ich kann zu meiner Freude berichten, daß Elliots großartig arbeitete. Nichts ging schief. Aus Sentimentalität nahm ich die Eisenbahn-
fähre nach Paris und verbrachte eine Nacht im George V. Aber das
alles war eher schmerzlich als tröstlich, und ich war froh, Paris und
die Vergangenheit hinter mir zu lassen.

Am nächsten Morgen nahm ich das Flugzeug nach Fort-Lamy und
zu den herrlichen afrikanischen Savannen. In Fort-Lamy traf ich
Thompkins – groß, knochig, rot im Gesicht und still. Er erwartete
mich am Flugzeug, blinzelnd wegen der Sonne, die in Afrika, glaube
ich, viele Male heller scheint als sonstwo auf der Erde. Sein Jeep
stand fertig beladen und schimmernd in einem schattigen Winkel des
Parkplatzes.

Wir tranken ein Glas zusammen, während César mein Gepäck
zum Wagen brachte. Dann stiegen wir in aller Ruhe in den Jeep und
brachen über den holprigen Makadamweg auf, dem dunstigen Horizont entgegen. Bei einem Blick auf die Uhr stellte ich fest, daß
Thompkins ganze fünfundzwanzig Minuten gebraucht hatte, um eine
Safari zu starten.

Ein ungewöhnlicher Mann, nur störte es, daß er es so sehr mit
seinem Etwas hatte. Ich erkannte allmählich, daß ich einen Teil von
Thompkins' Honorar für Unterhaltung zu zahlen geglaubt hatte.
Unterhaltung? Eher Trost, nehme ich an. Menschliche Gesellschaft.
Danach hatte ich mehr Verlangen als die meisten. Nur wußte Thompkins nicht, daß ich ihn dafür engagiert hatte. An unserm ersten Abend
am Lagerfeuer sprachen wir davon, daß ich einen Elefanten schießen
wollte.

„Sie meinen, einen Elefanten töten", sagte er. Er schleuderte seinen Kaffeesatz ins Feuer und kam wieder auf die Jagdgesetze zurück. „Wie die auch heißen mögen", sagte er, „sie sind dazu da, den Menschen vor dem Menschen zu schützen. Sie sollen den Menschen besser machen, ihn erhöhen, daß er am Ende vielleicht sogar die Stellung in der Welt einnehmen kann, die ihm angemessen sein könnte."

„Und welche wäre das wohl Ihrer Ansicht nach?" erkundigte ich mich.

„Herr aller Dinge", sagte Thompkins.

„Ist das der Mensch nicht jetzt schon?" fragte ich.

Zu meiner Überraschung lachte César auf, und sein Lachen war so echt, so ohne Hohn oder Verachtung, daß ich ihm nicht böse sein konnte. Thompkins sagte: „César findet, Sie haben viel Humor."

„Aber der Mensch ist doch Herr aller Dinge", sagte ich. „Er beherrscht alle Geschöpfe auf Erden und schickt sich jetzt schon an, seine Herrschaft bis ins All auszudehnen."

César verstand uns natürlich. Er sprach fließend Französisch, die Sprache, in der wir uns unterhielten. Er sah mich verwundert, vielleicht auch ein bißchen erschrocken an, schien dann aber zu dem Ergebnis zu kommen, daß seine Zweifel an mir abwegig waren. Er lachte noch einmal über meinen herrlichen Witz, den ich selbst allerdings nicht verstanden hatte.

Thompkins stammte aus dem Osten Kanadas, aber ich hörte, daß er sein ganzes Französisch erst in Afrika gelernt hatte. Es ist gar nicht so ungewöhnlich, dort eine europäische Sprache zu lernen, denn immerhin war Afrika lange zwischen den Ländern Europas aufgeteilt. Er war in seiner Heimat schon Jäger gewesen, und dann hatte es ihn wie alle Großwildjäger magnetisch nach Afrika gezogen. Jetzt war er Berufsjäger – ein weißer Jäger, wie man diese Leute nennt –, im Gegensatz zu César, dem eingeborenen Führer.

Beide sind für eine Safari unerläßlich und arbeiten hervorragend zusammen. Der Berufsjäger kennt die Gewohnheiten der Weißen, die zur Jagd kommen. Er kennt alle staatlichen Jagdgesetze, und er kennt das Wild. Er ist auch stets zur Stelle für den Fangschuß, falls sein Klient dazu nicht fähig ist. Der eingeborene Führer kennt wiederum die Gegend und weiß, wo er die Tiere findet, sogar bestimmte Einzeltiere. Zwischen dem eingeborenen Führer und den Tieren, die er aufspürt, besteht eine sonderbare Verwandtschaft – eine Geistesverwandtschaft, die einst wohl zwischen allen Menschen und Tieren bestanden haben mag. In Europa und Amerika sind davon merkwürdige Reste geblieben.

So steht mein Auto unter dem Schutz des Jaguars, denn unter dem Namen dieses Tieres wird es verkauft. Mein Bankier trägt immer eine Hasenpfote bei sich, um den bösen Blick von seinen Stapeln von Gold und Wechselforderungen abzuwenden. Und einmal stellte ich bei einem Besuch in Kalifornien belustigt fest, daß dort ein ganzer Staat unter dem Schutz eines Bären namens Smokey steht.

In Afrika scheint die Verwandtschaft direkter zu sein. Zwischen Mensch und Tier besteht hier ein Gefühl der Gleichheit, das gegenseitigen Respekt, sogar gemeinsamen Spaß erlaubt – ein Produkt, wie ich glaube, der Hunderttausende von Jahren des Miteinanderlebens. Aber man verstehe mich recht, es handelt sich nicht um Verehrung. Es ist Respekt – Hochachtung – Toleranz. In Indien und dem Nahen Osten wurde die Kuh, kaum daß sie zum Haustier gemacht worden war, ein Gegenstand der Verehrung. In Afrika war sie das nie. Die Massai haben Rinder gehalten, die Kuh aber nie verehrt. Vielmehr trinken sie die Milch und sogar das Blut, das sie den Tieren behutsam abzapfen.

Vielleicht hatten Hindus und Semiten eine regere Phantasie. Das Verhältnis aber, das zwischen César und den Tieren bestand, die er jagte, hatte weniger mit Phantasie als mit Wissen zu tun. In manchen Augenblicken hatte ich das Gefühl, César könne mit den Tieren reden, sogar über Meilen hinweg. Einmal während unserer Safari hielt er beim Nachfüllen meiner Feldflasche aus einem der Zwanzigliterkanister, die wir im Jeep hatten, plötzlich inne, und während das Wasser auf den Boden lief, sagte er traurig: „Ein Elefant stirbt." Er blickte hinaus in die Dunkelheit – es war die Stunde vor

Morgengrauen – und schien eine Frage zu stellen. Dann meinte er beruhigend zu mir: „Aber es ist nicht Ihr Elefant."

An dem Abend, an dem Thompkins mir die Jagdgesetze erklärte, gab er mir auch einige Hinweise für die Jagd auf Elefanten. Ein Kopfschuß, sagte er nachdrücklich, sei so gut wie unmöglich. Man müsse das Herz treffen. Das Herz ist groß, so groß wie ein Menschenkopf und bietet ein hervorragendes Ziel; besonders da man einen Elefanten sowieso am besten aus nächster Nähe abschießt – hundert Meter gelten schon als ziemlich weit. Man muß gut einen halben Meter hinter und etwas unterhalb des Schultergelenks treffen. Wenn man richtig gezielt hat, kippt das Tier zur Seite um und stirbt fast augenblicklich. Elefanten, sagte Thompkins, sterben mit offenen Augen. Sie wissen nichts vom Tod.

Wer einen Elefanten erlegt, hat das größte Landtier der Erde getötet. Er ist in die Elite der Großwildjäger vorgedrungen, denn wahrscheinlich gibt es keine tausend Menschen auf der Welt, die von sich behaupten können, einen Elefanten geschossen zu haben. Sehr viel mehr haben dagegen schon einen Mitmenschen getötet. Aber um weiterhin etwas zum Töten zu haben, muß der Jäger auch Leben bewahren. So ist der Großwildjäger ein Naturschützer aus Notwendigkeit. In ihm sind diese beiden erschreckenden Gegensätze eng miteinander verwoben – Leben und Tod.

Bei diesen Gedanken fragte ich mich, ob Thompkins dann nicht so etwas wie ein Priester sei, aufs höchste vertraut mit dem großen Mysterium, das seine Formen und Zeremonien in der Großwildjagd hatte; so hörte ich ihm nur noch mit halbem Ohr zu, als er weiter über die Jagdgesetze sprach.

„Ein verwundetes Tier muß getötet werden, ungeachtet der Vor- oder Nachteile für den Jäger", sagte er. „Das Munitionskaliber darf nicht kleiner als neuneinhalb Millimeter sein, Kühe mit Kälbern dürfen nicht geschossen werden..." Der lange Vortrag war lästig, aber der weiße Jäger ist verpflichtet, seine Klienten über alle Gesetze zu informieren, denn tut er es nicht, und es wird gegen eines davon verstoßen, so wird er zur Rechenschaft gezogen. Thompkins schützte also seinen Lebensunterhalt, und so grunzte ich hin und wieder zum Zeichen des Verstehens, während Afrika vor meinen Augen in die Nacht entschwand und uns drei allein im Schein unseres Feuers zurückließ.

Thompkins brachte seine Litanei zu Ende, dann meldete César, daß mein Schlafsack bereit sei. Ich kroch hinein und versuchte nicht an den eigentlichen Grund zu denken, der mich unter dem Vorwand, einen Elefanten jagen zu wollen, von England hier hinunter nach Afrika geführt hatte.

Das Gras Afrikas singt. Der Stimmen sind so viele – Zwitschern, Pfeifen, Krächzen, Wispern –, daß sie alle zusammen ein ansehnliches Orchester bilden. Und das alles wird vom Rauschen des Windes überlagert – einem immerwährenden Seufzer, der die Komposition zu einem Ganzen verknüpft.

Wir fuhren von Fort-Lamy aus zunächst hundertfünfzig Kilometer weit durch das singende Gras nach Osten und folgten dann einem Wildpfad mehr nach Süden. Hier begegneten wir dem goldenen Staub Afrikas, der alles durchdringt. Beim Zurückblicken sah ich, wie die Staubfahne unseres Jeeps vom Wind, der vom Indischen Ozean bis hier herüberweht, nach Westen getragen wurde. Der Staub drang überall ein, selbst durch eigentlich undurchdringliche Verpackungen. Einmal fand ich ihn in einer Dose kalifornischer Pfirsiche, kaum daß ich sie geöffnet hatte, und nach zwei Reisetagen kam es mir so vor, als hätte er eine goldene Schicht unter meiner Haut gebildet.

Die Stellen, an denen der Staub besonders dick war, boten Tieren aller Art Gelegenheit zu einem Staubbad – dem Löwen, dem Zebra und dem stolzen Büffel, dem wahren König der Savanne – mächtig, mürrisch und fast so blind wie Samson. Selbst Antilopen wälzten sich im Staub, obwohl sie sich nicht auf den Rücken drehen konnten wie die Zebras oder andere ungehörnte Tiere. So ein Staubbad ist gut gegen Ungeziefer; die feinen goldenen Körner werden gründlich in Haut und Pelz hineingerieben, wo sie die Parasiten austrocknen und töten. Wir beobachteten eine große Elenantilope, wie sie ihre verschwitzten Flanken in den kühlen Staub drückte und langsam und genüßlich ihre mächtigen Hinterkeulen darin rieb. Ich, dem das Hemd am Rücken klebte wie Papier, hätte es ihr am liebsten gleichgetan.

Herrlich sind die afrikanischen Savannen in ihrer Größe und ihrem ungeheuren Wildreichtum. Im Gegensatz zu den südamerikanischen Pampas oder den russischen Steppen – den beiden anderen noch verbliebenen großen Grasebenen der Welt – wachsen hier überall die bizarr gewundenen Akazien, deren Laub in Schichten übereinander wächst, wie die Metallplatten einer Rüstung, und einen tiefen Schatten wirft. Manchmal leuchten die Akazien von gelben und weißen

Blüten, zu anderen Jahreszeiten lassen sie ihre langen, welken Fruchtschoten herunterbaumeln, die sich in der Hitze biegen und schwarz werden, bevor sie ihre Samen auf die trockene Erde streuen.

„Was meinen Sie?" fragte ich Thompkins, der am Steuer saß. „Ob die afrikanische Akazie wohl die Mandragora ist – der Baum am östlichen Zugang zum Paradies, von dem der Elefant fressen muß, bevor er sich paaren und Junge haben kann?"

Thompkins, der seit Stunden wieder mit seinem Etwas beschäftigt war, riß sich gerade lange genug in meine Welt zurück, um mir zu sagen, daß Elefanten keine Akazien mögen, außer im Frühling, wenn die Triebe zart seien. Wenig später stießen wir bei den Ausläufern der Berge auf eine kleine Herde von sieben Elefantenkühen mit Kälbern, die genüßlich an den Akazien knabberten. Ich freute mich, daß sie Thompkins ins Unrecht setzten, aber er sagte, säugende Kühe wichen von ihren sonstigen Freßgewohnheiten ab, da die Akazienschoten ihren Milchfluß steigerten.

„Wo haben Sie denn von der Mandragora gehört?" fragte er. Ich glaube, er hatte sich durchgerungen, sich doch ein wenig mit mir zu unterhalten, denn schließlich bekam er sein Honorar von mir und nicht von seinem Etwas.

„In einem Bestiarium aus dem zwölften Jahrhundert heißt es, Elefanten hätten keinen natürlichen Drang zur Paarung, aber wenn sie Nachwuchs brauchten, gingen Männchen und Weibchen zur Mandragora. Dort bricht das Weibchen ein Stück ab, gibt dem Männchen etwas davon und verzehrt den Rest selbst. Sie werden dann durch den Baum verführt, und das Weibchen kann empfangen."

„Klingt nach Adam und Eva", sagte Thompkins.

„Daher stammt die Geschichte ja auch", sagte ich. „Die Mandragora ist der Baum der Erkenntnis des Guten und des Bösen, und die Elefanten sollen unsere biblischen Vorfahren darstellen."

Thompkins' Interesse war erwacht. „Steht da noch mehr über Elefanten?"

„Ein paar Kleinigkeiten", sagte ich. „Wenn ein Elefant hinfällt, kann er nicht mehr aufstehen, aber er schreit, und dann kommt ein großer Schutzelefant und versucht ihn aufzuheben. Da er es nicht schafft, schreien nun beide, woraufhin zwölf weitere Elefanten erscheinen. Nachdem auch die es nicht geschafft haben, schreien sie alle zusammen, und dann kommt ein ganz kleiner Elefant und hebt mit seinem winzigen Rüsselchen den Gefallenen auf. Der kleine Elefant symbolisiert Jesus Christus, und der große Elefant ist wohl das alte hebräische Gesetz."

„Es stimmt aber, daß Elefanten einander helfen", sagte Thompkins. „Wenn einer krank ist, versuchen die andern ihn auf die Beine zu bringen. Sie verteidigen einander auch, wobei die Bullen sich zwischen die Kühe und den Feind stellen und die Kühe ihre Jungen dicht an ihrer Seite halten. Und sie sind Meister im Verschwinden. Passen Sie mal auf."

Er steuerte den Jeep auf die kleine Herde zu, die weidend und kauend zwischen den Akazien stand. Zuerst bemerkten die Elefanten uns nicht, denn ihre Augen waren zu schwach, um unsere Staubfahne wahrzunehmen. Dann gab eines der Kälber einen kleinen Quietscher von sich, und schon begannen Rüssel durch die Luft zu kreisen und die Witterung der Störenfriede zu suchen. Eine Kuh peilte uns schließlich mit ausgestrecktem Rüssel wie mit einer großen Antenne an, und bald hatten auch die andern uns geortet.

Thompkins hielt den Jeep an. Für kurze Zeit waren wir das Ziel von sieben suchenden Rüsseln. Dann ging eine kaum wahrnehmbare Bewegung durch die Herde, und die Elefanten schmolzen ins Nichts dahin. Vor mir war nur noch ein Akazienhain. Sieben Elefantenkühe und drei Kälber waren für meine Begriffe einfach verschwunden.

Thompkins aber sah sie. Er zeigte mir, wie da und dort ein dunkler Schatten von einem helleren überlagert oder die Form eines Baumstamms noch unterhalb des Geästs unterbrochen wurde. Eine Sekunde lang konnte ich einen Elefanten erkennen, dann war er schon wieder verschwunden, obwohl er in Wirklichkeit keine vierhundert Meter von mir entfernt stand.

„Wir sehen immer, was wir zu sehen erwarten", sagte Thompkins. „Wenn das, was wir zu sehen erwarten, eine unerwartete Gestalt annimmt, verschwindet es. Sie suchen nach einem Elefanten, aber aus der Gestalt des Elefanten ist ein Akazien-Elefant geworden."

So war es. Thompkins sah fünf von den Elefanten, César vier – doch ich sah nur ein vermeintliches Stück von einem Elefanten, und auch darin hatte ich mich noch getäuscht. Denn als wir die Baumgruppe erreichten (aus der sich die Elefanten natürlich schon zurückgezogen hatten), entpuppte sich das, was ich für den unverkennbaren Buckel eines afrikanischen Elefanten gehalten hatte, als der ausgewaschene Rest eines alten Ameisenhügels. Es ärgerte mich, daß ich mich so hatte täuschen lassen; aber Thompkins meinte, man könne mitunter bis auf drei Meter an einen Elefanten herankommen und ihn dennoch übersehen.

„Na, na", sagte ich verstimmt. „Ein Tier, das zwischen drei und dreieinhalb Meter hoch und mehrere Tonnen schwer ist, wird man doch kaum übersehen können."

„Die Größe gehört zur Tarnung", sagte Thompkins. „Aus der Nähe kann man gar nicht glauben, daß so etwas Großes lebendig ist."

Die Herde interessierte uns nicht als Jagdwild, obwohl beim afrikanischen Elefanten auch das Weibchen Stoßzähne hat, die es zum Ausgraben von Nahrung benutzt und die genauso herrlich sind wie die des Bullen. Lange vor meiner Ankunft in Afrika hatte Thompkins sich mit César und seinem Stamm beraten und einen bestimmten Elefantenbullen für mich ausgesucht – einen Einzelgänger von enormer Größe und unbestimmbarem Alter. Die weißen Jäger kannten ihn als Pétains Elefanten, denn er war früher einmal dazu bestimmt worden, von General Pétain, dem französischen Marschall, abgeschossen zu werden.

Die Tradition, bestimmte Elefanten für wichtige Persönlichkeiten zu reservieren, geht mindestens bis in die Zeit Theodore Roosevelts zurück. Bullen sind natürlich die begehrtesten Trophäen und meist Einzelgänger, die nur dann eine Herde von Kühen suchen, wenn sie brünstig sind. Manchmal trifft man auch einen großen Bullen in der Gesellschaft von einem oder zwei kleineren an, aber normalerweise sind die großen Bullen, die über drei Meter hoch und bis zu sieben Tonnen schwer werden und bis zu dreieinhalb Meter lange Stoßzähne haben, allein unterwegs. Diese mächtigen, edlen Tiere sind Tausenden von eingeborenen Afrikanern individuell bekannt. Ihre Wanderungen werden registriert und ihre jeweiligen Aufenthaltsorte weitergemeldet. Die Eingeborenen können einem bis auf einen Umkreis von dreißig Kilometern genau sagen, wo ein bestimmter Elefantenbulle sich gerade befindet. Sie kennen die Bullen mit Namen und sind mit ihren Besonderheiten vertraut. Manche Tiere sind zum Beispiel wählerisch und trinken nicht aus Wasserlöchern, die von Büffeln benutzt werden, aber Büffel sind auch wirklich sehr unmanierliche Geschöpfe. Andere Bullen schlagen mit ihren Stoßzähnen an der höchsten erreichbaren Stelle eines Baumes Rinde und Äste ab, als ob sie sagen wollten: „Seht her, hier war ich, ein großer afrikanischer Elefant!"

Pétains Elefant sollte in dem bewaldeten Hochland anzutreffen sein, dem wir uns jetzt über eine dürre Ebene näherten. Ich wußte nicht, warum man einen Elefanten, der einst für einen französischen Marschall reserviert gewesen war, jetzt mir zugeteilt hatte. Wie schmeichelhaft, zu denken, daß literarischer Ruhm mir diesen Preis eingetragen hätte.

Jetzt aber, wenn ich soviel später noch einmal über das alles nachdenke, glaube ich, daß die Wahl dieses bestimmten Elefanten mit dem Etwas zu tun hatte, dem Thompkins und César sich so verbunden fühlten. Ein Jäger jagt Geist und Seele eines Tieres oder Menschen, versucht sie zu durchschauen, zu stellen, in vorbestimmte Ecken zu treiben.

Überdies ist wohl das Mystische der Jagd so alt wie die Menschheit selbst. Man betrachte nur die Höhlenzeichnungen des Cromagnonmenschen in Südfrankreich. Sind sie nicht lebendiger als alle Kunst späterer Zeiten? Was stellt der Künstler dar – das bloße Aufspießen oder Erschlagen von Tieren? O nein! Aus allen diesen Bildern von Bisons, Hirschen oder Mammuts mit blutenden Mäulern spürt man etwas anderes heraus – die eigentliche Beute, an der dem Jäger lag. Doch an diesem Punkt meines Berichts wußte ich noch nicht, was das für eine Beute war.

ZWEITES KAPITEL

Wir kampierten an diesem Nachmittag im Schatten eines der merkwürdig gewellten Felsblöcke, die da und dort bis zu sechzig Meter hoch aus der afrikanischen Ebene aufragen und dem Reisenden als Ausguck dienen. Oft gedeiht Gestrüpp in ihren Spalten, und beim Hinaufsteigen muß man sich vorsehen, denn in den kühleren, dunklen Ritzen leben Skorpione und Hundertfüßer.

César baute das Zelt auf, und Thompkins wies auf eine Herde Buschböcke und meinte, wir sollten einen schießen, um Fleisch zu haben. Buschböcke sind eine kleine Antilopenart, ungemein scheu, aber nicht so gute Springer wie Springböcke und Impalas. Ein Springbock überwindet mit Leichtigkeit drei Meter aus dem Stand.

Die Buschböcke standen einige Kilometer entfernt, aber wir konnten den größten Teil der Strecke mit dem Jeep zurücklegen, denn die afrikanischen Tiere fürchten keine Autos. Die Jagdgesetze verbieten den Abschuß aus dem fahrenden Fahrzeug, und es ist erstaunlich, wie Wildtiere in ein bis zwei Generationen lernen, ob etwas in ihrer Erfahrung doch völlig Neues eine Gefahr für ihre Art ist oder nicht. Thompkins erzählte, daß die ersten Autos, die in afrikanischen Wildgebieten auftauchten, oft von Nashörnern und Elefanten angegriffen wurden. Jetzt wird auch das mürrischste Rhinozeros höchstens kurz schnauben, wenn ein Lastwagen vorbeifährt. Steigt der Mensch aber aus dem Wagen, so weiß das Tier sofort, daß Gefahr droht.

Die Buschböcke nahmen also keinerlei Notiz von uns, als wir uns ihnen im Jeep näherten, aber sobald wir ausstiegen, wurde die Herde aufmerksam und unruhig. Ein wunderschön gehörnter Bock machte ein paar steife Schritte in unsere Richtung und blieb mit vorgerecktem Hals und geblähten Nüstern stehen. Er stand jedoch im Osten, von uns aus also gegen den Wind, und nach einer Weile beruhigte er sich, wie auch die Herde hinter ihm. Nicht, daß man dabei groß von Entspannung hätte reden können – er ließ ein Ohr sinken und beugte den Kopf ein wenig. Thompkins begab sich nach rechts, ich nach links, nach Norden also, wobei mir einfiel, was mir einmal ein Schweizer Jäger über das Anpirschen gesagt hatte – daß jede Bewegung fließen muß, also kein plötzliches Beschleunigen oder Anhalten.

Eigentlich ist es erstaunlich, wie sehr wir alle noch Jäger sind. Soviel ich weiß, bestellt der Mensch seit fünftausend Jahren den Acker, aber seit zwei Millionen Jahren jagt er Tiere, und die immer wieder vererbte Erinnerung an die Jagd hat sich ihm nachhaltig eingeprägt. Man setze einen noch so verweichlichten Städter im Wald aus und trage ihm auf, ein Wild zu beschleichen, und im Augenblick wird sein Auftreten leichter, seine ganze Gestalt duckt sich, und die Augen verengen sich, damit er schärfer sieht.

Ich genoß meine Pirsch auf den Buschbock. Fast fühlte ich das steife Gras und den warmen Staub durch die Sohlen meiner Stiefel hindurch. Meine Haut erwachte zu einer wunderbaren Lebendigkeit, als empfinge sie mit Millionen Antennen Hinweise über Wind, Licht, Schatten und Bewegung. Ich fühlte mich so lebendig wie seit meiner Kindheit nicht mehr und vergaß sogar dieses brennende Gefühl im weichen Gaumen, das mir in den letzten Monaten immer wieder Herzklopfen bereitet hatte.

Endlich hatte ich die richtige Position erreicht, um einen Schuß anzubringen. Ein ideales Ziel bot der Buschbock nicht, denn ich hatte die Sonne von vorn, und sie war noch so hell, daß die Umrisse des Tieres mit ihrem goldenen Strahlenkranz und der rötlichbraunen Savanne verschmolzen. Ich legte an und zielte auf die Herzgegend. Der Buschbock spürte die Bewegung, oder vielleicht hatte der Tod einen Schatten vorausgeschickt, um sein Kommen anzukündigen. Ein Ohr zuckte in meine Richtung, und der Bock spannte den ganzen Körper, als ob er sich herumwerfen und davonschießen wollte. Aber der Augenblick für seine Rettung verstrich. Eine leichte Bewegung seines Kopfes, und ich schoß.

Ich glaube, der kurze, trockene Knall löste eine Panik auf dem ganzen afrikanischen Kontinent aus. Der Buschbock machte einen Satz in die Luft, fiel, überschlug sich, kam auf die Beine, rannte fort und fiel erneut. Die Herde hinter ihm verschwand in einer Staubexplosion. Es waren sogar mehrere Staubexplosionen, denn auch andere Tiere, die ich in meiner Konzentration auf den Buschbock gar nicht gesehen hatte, waren mit einemmal lebendig geworden und flohen, ein jedes eine Staubfahne hinter sich herziehend, fächerartig auseinander, fort von dem Mörder – fort von mir.

Ich rannte zu meiner Beute, aber Thompkins war vor mir da. Mit einer einzigen raschen Drehung seines Messers schnitt er dem Tier die Kehle durch, weil es gut ausbluten sollte. Aber der Buschbock bot noch einmal alle seine Kräfte gegen den drohenden Tod auf, riß in einer jähen Bewegung den Kopf herum und traf dabei mit einem Horn Thompkins mit solcher Wucht an der linken Schulter, daß er aufschrie. Dann war der Bock tot, und wir untersuchten den Kadaver. Meine Kugel hatte ihm das linke Schulterblatt zerschmettert und sein Herz um Zentimeter verfehlt. Aber es war ein tödlicher Schuß, und

Thompkins gratulierte mir. Ich glaube, er fühlte sich erleichtert, weil ich ein Jäger war und nicht nur ein reicher Kunde mit Gewehr. Er rieb sich die Schulter, an der die Haut böse aufgescheuert war. Ich fand, sie sah geschwollen aus, und er konnte das Gelenk auch nur mit Schwierigkeiten bewegen, meinte aber, es sei nur eine Muskelprellung, die in ein bis zwei Tagen wieder in Ordnung sei. Im Lager schnitt dann César das beste Fleisch aus dem Buschbock und brachte die Abfälle mit dem Jeep ein paar Kilometer weit weg, wo er sie einfach liegen ließ. Bald waren sie unter einem Heer glänzender schwarzer Geier verschwunden.

An diesem Abend taute Thompkins ein wenig auf, und statt mir einen Vortrag über die Jagdgesetze zu halten, erzählte er von Elefanten – besonders von Pétains Elefant. „Niemand weiß, wie alt er ist, aber hundert Jahre könnten es schon sein."

„Hundert Jahre!" sagte ich. „Ich dachte, Elefanten würden nur etwa so alt wie Menschen."

„Niemand kennt die Lebenserwartung eines Elefanten mit Sicherheit", sagte Thompkins. „Die Tragzeit dauert vermutlich achtzehn bis zweiundzwanzig Monate. Nach einer Theorie sollen Elefanten nun auf Grund der doppelten Tragzeit auch doppelt so lange leben wie ein Mensch. Siebenmal zwanzig Jahre oder fast anderthalb Jahrhunderte. Wenn das stimmt, ist Ihr Elefant noch in den besten Jahren. Das macht ihn sehr erfahren, denn er ist schon viel gejagt worden."

„Aber nicht von General Pétain", sagte ich.

„Nein", sagte Thompkins und rieb sich die schmerzende Schulter. „Ich selbst habe dreimal erfolglos Jagd auf ihn gemacht. Er ist nicht Pétains Elefant und auch nicht meiner. Dieser Elefant gehört jemand anderem, vielleicht Ihnen." Er entblößte seine Eichelzähne zu einem Lächeln. „Der Aufstand der Rifkabylen in Französisch-Marokko hat Pétain gehindert, es zu versuchen. Das war 1925, glaube ich. Diesem Elefanten wurde einmal durch die Rifkabylen, einmal durch einen Stahlarbeiterstreik in Amerika und einmal durch den Mond das Leben gerettet."

„Ich nehme an, der Stahlarbeiterstreik hat die Pläne eines reichen amerikanischen Jägers durchkreuzt", sagte ich. „Aber erzählen Sie mir die Sache mit dem Mond."

„Ich war ihm schon zwei Wochen gefolgt", sagte Thompkins, „aber jedesmal, wenn ich ihn hatte, kam irgend etwas dazwischen – ent-

weder war ein tödlicher Schuß unmöglich, oder ich war nicht schuß-
bereit. Ich sah meine beste Chance darin, ihm nachts auf dem Weg
zu seinem Wasserloch aufzulauern. Das war nicht leicht, denn ringsum
war dichter Urwald, aber an einer Stelle auf dem Weg mußte er ins
Freie treten. Und an dieser Stelle hoffte ich ihn zu erwischen. Ich
hatte es nicht eilig und wartete den nächsten Vollmond ab, um gutes
Licht zu haben.

Aber dann stand in dieser Nacht der Vollmond hinter leichten
Wolken, so daß es auf der Lichtung doch nicht so hell war, und das
machte mir Sorgen. Nicht daß ich den Elefanten nicht hätte sehen
können, aber in den dunkleren Phasen sah ich mein Visier nicht mehr.
Ich machte mir einen kleinen Reflektor aus dem Silberpapier einer
Zigarettenschachtel, mit dessen Hilfe ich das Korn besser zu sehen
hoffte. Dann wartete ich in der sicheren Zuversicht, daß der Elefant
mein war." Thompkins änderte seine Sitzhaltung auf dem Schemel,
was mit der schmerzenden Schulter recht beschwerlich zu sein schien.
„Nach einer Weile nahte der Elefant. Ich konnte es mehr fühlen als
hören, denn Elefanten bewegen sich im dichtesten Busch so lautlos
wie eine Seifenblase in der Luft. Ich legte das Gewehr genau auf
die Stelle an, die ich mir für den Schuß ausgesucht hatte.

Der Elefant trat aus der Dunkelheit des Waldes wie ein riesiges
Gespenst. Ich bemerkte erst nach einer Sekunde, daß er da war.
Eigentlich verrieten nur zwei kaum wahrnehmbare Anzeichen seine
Gegenwart – ein sanfter Lichtschimmer auf der Spitze eines Stoß-
zahns und die scharfe Oberkante eines riesengroßen Ohres. Dann
wurde mehr und mehr von ihm sichtbar – die mächtige, edle Stirn,
der elegante Schwung seines Rüssels, den er leicht eingerollt hielt,
damit das greiffähige Ende nicht den Boden berührte, und die herrlichen Vorderbeine, so stark wie griechische Säulen. Er wirkte so
erhaben wie ein Berg. Ich werde nie vergessen, wie diese gewaltige
Körpermasse aus dem Nichts herausfloß und Gestalt annahm.

Er kam auf mich zu, ohne Eile und Angst. Und als ich ihn schon
im Visier hatte, rettete ihn der Mond. Schon die ganze Zeit war das
Licht immer schwächer geworden, und nun konnte ich mein Korn
nicht einmal mehr mit dem Reflektor sehen. Gerade hatte ich beschlossen, trotzdem einen Schuß zu wagen, denn die Entfernung betrug nicht mehr als dreißig Schritte, aber genau in diesem Augenblick setzte völlige Dunkelheit ein – nicht die Dunkelheit der Nacht,
sondern die des Nichts da draußen. Der Elefant war verschwunden,

wie alles ringsumher. Ich wartete, weil ich dachte, irgendwann müsse
die Wolke doch am Mond vorübergezogen sein, aber es war keine
Wolke. Genau in dem Augenblick, als der Elefant vor meine Mün-
dung kam, war eine totale Mondfinsternis eingetreten."

Unter modernen Menschen würde man sich über eine derartige
Geschichte natürlich lustig machen, aber ich war so taktvoll, eine
Weile nichts zu sagen. Dann fragte ich Thompkins, ob er dem Ele-
fanten nicht bei anderer Gelegenheit noch einmal nachgestellt habe.

„Nein", sagte er. „Ich hatte eingesehen, daß es nicht mein Elefant
war." Und nun war es an Thompkins, mir eine Frage zu stellen. Er
tat es schonend. „Wie lange haben Sie noch?"

„Zwei Jahre – mehr oder weniger." Der Alptraum hatte mich
wieder eingeholt.

Es IST eigenartig, woran man sich im Zusammenhang mit ein-
schneidenden Ereignissen im Leben erinnert. Wenn ich an den Tod
meines Bruders denke, fällt mir Toastgebäck ein, auf dem die Butter
erkaltete und erstarrte. Wir aßen gerade, als das Telefon klingelte
und wir die Nachricht bekamen, daß er tot war, und in der Größe
des Schocks konnte ich nur noch denken, der Toast wird kalt, und
wir sollten lieber essen. Ich nahm ein Stück und aß es langsam und
feierlich, als erfüllte ich eine Pflicht.

Und von jener regnerischen Nacht in London, als Dr. Haller, mein
Arzt, mich besuchen kam, habe ich noch am lebhaftesten die Regen-
tropfen in Erinnerung, die vom Dach fielen. Sie glitzerten im Licht der
Veranda wie Glassplitter und machten *plitsch,* wenn sie unten auf
den Kies tropften und die Steine so weiß wie Knochen wuschen.

Dr. Haller gab vor, er sei nur gekommen, um mir rasch guten
Tag zu sagen, aber ich hatte ihn kaum gesehen, da wußte ich es
besser und bedauerte ihn mehr als mich selbst. Ich nahm ihm den
Mantel ab, schenkte ihm einen Whisky-Soda beim Feuer ein und tat
alles, was ich konnte, um ihm die Mitteilung zu erleichtern, die wie
eine schwere Last auf ihm liegen mußte.

Nun halten Sie mich bitte nicht für einen gütigen Menschen. Ich
kann anderen gegenüber genauso gemein sein und genauso selbst-
süchtig wie jeder andere. Aber ich bin nicht grausam, und wenn ich
jemanden leiden sehe, leide ich mit, und nur um meine eigenen
Qualen erträglicher zu machen, beeilte ich mich, seine zu lindern.

Was Dr. Haller mir mitzuteilen gekommen war und über dem

Whisky schließlich auch herausbrachte, war die Nachricht, daß ich in
Kürze sterben würde. Er könne natürlich nicht absolut sicher sein,
aber die Aussichten stünden denkbar schlecht. Allenfalls könne ich
noch mit zwei Jahren rechnen, „mehr oder weniger".

Wenn die Geschwulst an einer anderen Stelle gewesen wäre – etwa
an den Hinterbacken –, hätte sie wie eine große Warze leicht entfernt werden können. Aber sie steckte im Gaumen, und in solcher
Nähe des Gehirns und Rückenmarks war an eine Operation nicht
zu denken. Medikamente und Bestrahlungen konnten sie vielleicht
eine Zeitlang aufhalten. Aber das Urteil lautete letztlich auf Tod,
und das merkwürdige war, daß ich, als ich der Tatsache ins Auge
sah, mich erleichtert, ja sogar richtig froh fühlte.

Zum einen arbeitete ich gerade an einem ziemlich beschwerlichen
Roman, den ich jetzt nicht zu Ende zu schreiben brauchte. Überhaupt
brauchte ich bis ans Ende meiner Tage nicht eine Zeile mehr zu
schreiben. Auch fühlte ich mich von den Sorgen und Bürden der Welt
befreit. Ob es da einen Krieg gab oder dort, ob die Steuern stiegen,
ob meine Rechnungen bezahlt wurden oder nicht, es kümmerte mich
nicht im geringsten. Ich war frei und hätte jubeln können. Ich hatte
gar nicht gewußt, wie sehr mich alle diese Sorgen niederdrückten, bis
sie plötzlich von mir genommen wurden.

Das war natürlich nur das erste Stadium, das vielleicht sechs
Wochen dauerte und dann nicht durch Gelöstheit, sondern durch ein
Gefühl der schrecklichen Vereinsamung ersetzt wurde. Es war, als
ob die Welt mich nicht mehr hören und ich zur Welt nicht mehr
sprechen konnte. Ich hatte das Gefühl, daß meine Freunde sich von
mir zurückzogen wie von einem Leprakranken, den man ausstößt.
Wer mich noch besuchen kam, vermied es peinlich, von „Plänen" zu
sprechen. Dr. Haller selbst, den ich jetzt zweimal wöchentlich zur
Behandlung aufsuchen mußte, stockte mitten im Satz, als wir gerade
darüber sprachen, was sein Sohn tun würde, wenn er in drei Jahren
die Schule verließ. Und Pennystone vom Jachtclub sagte mir kein
Wort von der Jolle, die er sich baute, um in fünf Jahren, wenn er
pensioniert war, mit seiner Familie nach Westindien zu segeln. Das
Übel ist, daß im Leben so vieles von der Zukunft abhängt – und
meine Zukunft war so kurz, daß sie praktisch nicht existierte.

Die Einsamkeit des Grabes lastete auf mir, während ich doch noch
auf Erden ging, und mit ihr kam die Angst. Gott, wie schrecklich,
nicht mehr dazusein – aus dem Etwas hinauszutreten ins Nichts.

Diese Isolation war es – diese völlige Einsamkeit –, die mich den Beschluß fassen ließ, nach Afrika zu gehen. Ich wollte London und die Freunde verlassen, die mich schon jetzt so gut wie tot sahen. Zu Dr. Hallers armseliger Verzögerungstaktik hatte ich ohnehin kein Vertrauen. Ich wollte leben – nicht nur den Tod hinausschieben. Ich konnte noch ein letztes Mal auf die Jagd gehen und das größte Landtier auf Erden jagen – den Elefanten.

Der Gedanke munterte mich ungemein auf. Es war, als ob ich Aufschub bekommen hätte. Meine literarischen Einnahmen reichten zur Finanzierung der Reise nicht aus, aber ich besaß ein nicht sehr schönes Häuschen in einem Dorf in Hertfordshire, das mittlerweile in einem Netz von Autostraßen erstickte. Ich verkaufte es und bekam so die Summe zusammen, die ich brauchte.

Ich glaubte, damit das ganze Verhängnis für eine Weile hinter mir zu haben, aber dem war nicht so. Wenn sich ein weißer Jäger mit einem unbekannten Kunden weit von jeder ärztlichen Hilfe entfernen soll, hat er Anspruch darauf, seine körperliche Verfassung zu kennen. Und Dr. Haller, der sich ja auch auf den Zustand meines Herzens und der Lunge hätte beschränken können, hatte meinen Krebs erwähnt. Als Thompkins mich also fragte, wie lange ich noch hätte, wußte ich, daß mich mein Schicksal eingeholt hatte, selbst hier im Herzen Französisch-Äquatorialafrikas.

Aber mit Thompkins hatte ich noch eine Zukunft. Ich hatte meinen Elefanten zu jagen und Zeit genug dafür. Ehe wir uns für die Nacht zur Ruhe legten, machte Thompkins mir noch einmal ein Kompliment wegen meines jägerischen Talents. Ich fühlte mich der Welt der Lebenden wieder richtig zugehörig, und das war das Schönste, was mir seit Dr. Hallers Besuch widerfahren war, als ich drüben in England den Regen vom Dach der Veranda hatte tropfen und die Kieselsteine weiß waschen sehen.

DRITTES KAPITEL

AM NÄCHSTEN Tag stiegen wir aus der singenden, flimmernden Savanne in das von Tälern durchschnittene Vorgebirge empor.

César wurde immer aufgeregter, als wir näher kamen, denn dort in diesem Streifen kühlen, hohen Waldes sollten wir meinem einsamen Elefantenbullen begegnen. Draußen in der Savanne hatte

César schweigsam und nachdenklich gewirkt. Jetzt strahlte sein
Gesicht erwartungsvoll, und seine Augen funkelten. „Bald finden
wir den Elefanten", sagte er. „Es ist vier Jahre her, daß ich ihn
zuletzt gesehen habe." Er schnalzte leise mit der Zunge, um mir zu
bedeuten, daß dies viel zu lange sei, und dann klatschte er sich in
schierem Übermut mit der flachen Hand auf den Kopf. „Ai-ai-ai!"
rief er. „Vielleicht sogar schon heute."

Thompkins' Schulter hatte sich böse verschlimmert. Sein Arm war
am Schultergelenk und merkwürdigerweise auch am Handgelenk
stark geschwollen. Er blieb aber dabei, es sei nichts weiter als eine
Prellung und würde mit Massage und Geduld wieder gut werden,
aber bis dahin konnte er seinen linken Arm nicht gebrauchen. Ich
half César an diesem Tag, das Lager aufzuschlagen und sämtliche
Vorräte vom Jeep abzuladen, denn hier würden wir uns mehrere Tage
aufhalten.

Wir waren durch den Buschbock reichlich mit Fleisch versorgt.
César brachte seinen eisernen Kochtopf zum Vorschein – eine Minia-
turausgabe jener Kessel, in denen auf Karikaturen Missionare gekocht
zu werden pflegen – und bereitete darin einen gewaltigen Eintopf,
der etwas Abwechslung in die Dosennahrung bringen sollte, die uns
jetzt bevorstand. Wir konnten kein Wild mehr jagen, weil die Schüsse
meinen Elefanten vertreiben würden.

„Woher weißt du, daß er in dieser Gegend ist?" fragte ich.

„Chef", sagte César, „ich weiß es eben."

Ich meinte, wir sollten sofort aufbrechen und den Elefanten suchen,
aber Thompkins war ein methodischer Jäger, der ein Unternehmen
zuerst plante, bevor er es in Angriff nahm. So verbrachten wir den
ersten Tag damit, die Gegend zu erkunden.

Der Wald, der etwa vierhundert Meter von unserm Lager entfernt
begann, erstreckte sich nach Osten hin in eine Art Bucht, die von
hohen Klippen gebildet wurde. Er maß von einem Zipfel der Bucht
bis zum anderen etwa dreizehn Kilometer, und die Enden liefen in
Gestrüpp aus, denn das Eruptivgestein, aus dem die Felsen bestanden,
bildete hier ein wildes Geröll aus schwarzen und grauen Steinen und
Blöcken. Eidechsen huschten dazwischen umher, gejagt von den
Gabelweihen, die droben in den Lüften dahinschwebten – vereinzelte,
drohende kleine Punkte, die die Erde beobachteten.

Zwischen dem Wald und der weiten, trockenen Savanne, durch
die wir gekommen waren, lief ein schmutziger Fluß, der aussah, als

ob er Petroleum statt Wasser führte. Der Fluß kam aus den Bergen im Osten, aber hier, in einigermaßen ebenem Gelände, war er breit, windungsreich und schnell. Wir kampierten auf der Savannenseite, denn drüben am anderen Ufer würden die Moskitos und Sandfliegen, die in jedem stehenden Waldtümpel brüteten, nicht zu ertragen sein. Das hieß, daß wir täglich diesen Fluß überqueren mußten, um in den Wald zu kommen. An der einzigen Stelle, wo die Strömung zum Übersetzen schwach genug war, hatte das Flußbett sich zu einem kleinen See verbreitert. In der Mitte erhob sich eine kleine Insel, offenbar das unbestrittene Revier zweier weißer Reiher, die ihre Zeit damit verbrachten, ihre Spiegelbilder im trüben Wasser einer winzigen Bucht zu bewundern.

Oberhalb der Insel war eine lange Morastbank, das Territorium eines riesigen Krokodils. Es war so gut getarnt, daß ich es gar nicht gleich sah und Thompkins mich erst darauf hinweisen mußte. Die Hornplatten auf seinem breiten Rücken wirkten wie der getrocknete Schlamm, auf dem es lag, und sein stumpfer Kopf sah eher wie ein Teil eines umgestürzten Baumes oder wie ein vorstehender Felsbrocken aus.

Niemand weiß, wie viele Menschen in Afrika jährlich den Krokodilen zum Opfer fallen. Kein Fluß und kein See, in dem es nicht von ihnen wimmelte. Sie genießen den unbestrittenen Ruf, mehr Menschen zu töten – meist Frauen, die ihre Wäsche am Fluß waschen – als irgendein anderes wildes Tier. „Nicht Tausende, sondern Zigtausende", sagte Thompkins, und ich glaubte ihm.

Diesen „See" zu überqueren war kein Problem, denn an unserem Ufer lagen drei Kanus. Das ist in Afrika nichts Ungewöhnliches, denn Boote galten hier als Gemeineigentum. Einer der Einbäume war größer als die andern und hatte einen erst vor kurzem erneuerten Ausleger.

Wir setzten in diesem großen Einbaum über, César am Bug und

ich am Heck, während Thompkins, der mit seinem Arm nicht paddeln
konnte, in der Mitte saß. Als uns die Strömung auf die Schlammbank
zu trieb, richtete das Krokodil sich auf seinen Stummelbeinen auf und
watschelte ein paar Schritte zum Wasser hin. Ich griff nach meinem
Gewehr, aber Thompkins sagte: „Nicht schießen." Das Krokodil kam
nicht ins Wasser. Es hatte sich wohl ausgerechnet, daß unser Kanu
die Schlammbank in zu großer Entfernung passieren würde, um es
in der zur Verfügung stehenden Zeit zu erreichen. Folglich würde
es warten, bis das Boot einmal näher herangetrieben würde oder ken-
terte. Diesmal kamen wir also sicher hinüber und traten in den kühlen, grünen Wald, den mein Elefant zu seiner Residenz für die nun
beginnende Trockenzeit gemacht hatte.

Der Elefant hatte seine Zuflucht gut gewählt – etwa vierzig Qua-
dratkilometer üppigen Waldes. Er hatte am Seeufer eine stille Bucht
zur Tränke und ein Schlammbad, in dem er sich wälzen konnte, um
hinterher die Schlammkruste wieder an den Baumstämmen abzu-
scheuern. Er hatte auch einen Fluchtweg, denn im Süden führte ein
breiter Hang zwischen eindrucksvollen Klippen ins dahinterliegende
Hochland hinauf.

Wir bekamen ihn an diesem ersten Tag nicht zu sehen. Aber wir
fanden seine Visitenkarte. Dreißig Zentimeter dicke Bäume, die acht-
los niedergetreten waren wie Strohhalme; und wir fanden große
Löcher im weichen Boden, wo er nach wilder Jamswurzel gegraben
hatte. Ein großer Mahagonibaum war so schrecklich zugerichtet, daß
ich schon glaubte, er sei von einem Blitz getroffen worden.

„Ihr Elefant", sagte Thompkins.

Einige der Narben von seinen Stoßzähnen befanden sich gut vier
Meter über dem Boden.

THOMPKINS mußte uns am nächsten Tag verlassen. Er konnte
seinen Arm überhaupt nicht mehr gebrauchen, und die fast violette
Haut über der geschwollenen Schulter war gespannt wie ein Trom-
melfell. Es sah aus, als ob die Schulter gebrochen wäre und geröntgt
werden müßte, was seine Rückkehr nach Fort-Lamy bedeutete. Ich
bot ihm an, ihn zu fahren, aber er wollte unbedingt alleine los; seine
Pflicht gegenüber dem Kunden habe Vorrang vor seinen persönlichen
Wehwehchen. Ich glaube, er hätte vor den anderen weißen Jägern
ʾein Gesicht verloren, wenn er wegen einer eigenen Verletzung eine
ˋ ʾti hätte abbrechen müssen.

„Ihr Elefant ist hier in diesem Gebiet", sagte er beim Abschied. „Sie brauchen mich jetzt eigentlich gar nicht mehr, obwohl ich sehr gern bei Ihnen wäre. Aber wenn ich nicht da bin, gehört er um so mehr Ihnen." Und nachdem er das gesagt hatte, konnte er es nicht lassen, mir noch ein paar ganz überflüssige Instruktionen für die Jagd auf Elefanten zu geben. „Studieren Sie seine Gewohnheiten", sagte er. „Er wird bestimmte Plätze haben, die er zu bestimmten Zeiten aufsucht. Aber das wissen Sie auch selbst; Sie haben ja schon Großwild gejagt." Das war keine Höflichkeit, es entsprach Thompkins' veränderter Haltung mir gegenüber, nachdem ich den Buschbock zur Strecke gebracht hatte.

„Es kommt darauf an, den Elefanten zu kennen, bevor man ihn schießt", fuhr er fort, „sonst ist es keine Jagd – sondern reine Glückssache."

Ich hatte Glück für ein wichtiges Element der Jagd gehalten, aber für Thompkins spielte Glück eine unwürdige Rolle. Man mußte sich ausschließlich auf sein Wissen vom Wesen, den Gewohnheiten und Stimmungen seiner Beute verlassen können. Diese geistige Bezwingung des Gejagten bedeutete Thompkins und César sehr viel, nur mir war dergleichen noch nie in den Sinn gekommen. Nun, ich muß zugeben, daß ich einmal zehn Tage lang hinter einem Bären hergewesen bin, den ich in dieser Zeit sehr gut kennengelernt habe. Aber wenn er mir am ersten Tag vor die Flinte gekommen wäre, hätte ich ihn an Ort und Stelle abgeschossen. Das aber wäre in Thompkins' Augen bloße Schlächterei gewesen.

Ich fragte mich, ob Thompkins nicht auch ein Menschenjäger war; ob er vielleicht auch mich gejagt, mich mit der kugelgleich abgefeuerten Frage zur Strecke gebracht hatte: „Wie lange haben Sie noch?"

Der Geist ist zu den wildesten Phantasien fähig. Als Thompkins seinen langen Körper im Jeep untergebracht hatte und sein Kamelgesicht herunterneigte, um noch ein letztes Wort zu sagen, kam er mir einen Augenblick wie ein Medizinmann vor – ein Schamane der Jagd. Dann war er fort, und die Staubfahne, die er aufwirbelte, hing einsam und immer dünner werdend über der weiten Savanne.

Der Staub hing noch lange in der Luft, ein Zeichen, daß der Wind sich gelegt hatte. Die stille Luft würde die Pirsch erleichtern, und so setzten César und ich über den See ins Gebiet des Elefanten über. Das Krokodil lag wie immer auf seiner Schlammbank und wartete auf uns. Es machte die gleichen drei, vier taumelnden Schritte auf das Auslegerboot zu, als wir uns näherten, legte sich dann aber wieder hin, weil es sah, daß es noch nicht der richtige Augenblick war. Natürlich studierte es mich, wie ich den Elefanten studieren mußte. Wenn es mich je fressen sollte, wäre ich jemand, über den es einiges wüßte. Es hätte mich geistig bezwungen.

Nachdem das Krokodil sich hingelegt hatte, sperrte es sein Maul auf, und kleine weiße und graue Vögel machten sich daran, ihm die Zähne zu säubern. Ich spritzte mit dem Paddel etwas Wasser in seine Richtung, und es klappte die Kiefer zusammen, daß es knallte, als ob zwei Bretter aufeinandergeschlagen würden. César sagte nichts, aber ich merkte ihm an, daß er mein Benehmen albern fand.

Während der Nacht hatte der Elefant die Stelle aufgesucht, wo wir am Tag zuvor mit dem Einbaum angelegt hatten. Seine großen Fußspuren überlappten einander, so daß nichts mehr auf unsere Landung schließen ließ. Er hatte auf der Suche nach uns das hohe Gras in einem großen Umkreis plattgetreten, bevor er überzeugt gewesen war, daß der Störenfried nicht mehr in seinem Revier war. Schließlich führte seine Spur wieder in den Wald hinein.

Der Elefant wußte also von uns. Er war ungemein mißtrauisch und würde nach uns Ausschau halten. Das war nicht unbedingt ein beruhigender Gedanke, denn einzelgängerische Bullen genießen den Ruf der Angriffslust.

Wir folgten seiner Fährte in den Wald, ständig auf der Hut, und auf den ersten zwei Kilometern schien der Elefant sich keinerlei Mühe gegeben zu haben, seine Spur zu verbergen. Vielmehr hatte ich sogar den Eindruck, daß er uns mit Absicht hinter sich herlockte. Dreimal war er stehengeblieben, um sich an einem Baum den Schlamm von der Haut zu scheuern. Ich bin etwa einsachtzig groß und konnte die schlammbeschmierten Stellen gerade mit der ausgestreckten Hand erreichen. Gegen diesen Burschen mußten die Elefanten, die ich bisher im Zoo gesehen hatte, richtige Zwerge sein. Nach meiner Schätzung hatte er eine Schulterhöhe von knapp dreieinhalb Metern. Wenn ich mir diese gewaltige Größe vorzustellen versuchte, hatte ich das Gefühl, mich nicht mehr in der Wirklichkeit zu befinden, sondern ein Wesen von einem andern Planeten zu jagen.

Er war aber gar nicht so hoheitsvoll, sondern schien geradezu Humor zu haben. An einem langen, steilen Hang, der an einer Stelle ganz mit lockerem Waldboden bedeckt war, hatte er sich offenbar auf sein gewaltiges Hinterteil gesetzt und war hinuntergerutscht, wie ich es als Junge früher manches Mal auf einem lehmigen Hügel in England getan hatte.

Am Fuß des Hanges kamen wir in eine Senke mit einem seichten Bach. Hier hatte der Elefant sich zunächst bachaufwärts gewandt, dann aber, und das war erstaunlich, offenbar vor einem Maniokdickicht, dessen Stengel über dem Bach lagen, kehrtgemacht und wieder den Weg bachabwärts eingeschlagen, als ob er plötzlich vorsichtig geworden wäre. Warum aber sollte er mit einemmal versuchen wollen, seine Verfolger abzuschütteln?

Wie man sieht, versuchte ich bereits die Absichten meines Elefanten zu durchschauen, wie Thompkins es mir geraten hatte. Ich fand die Antwort überzeugend, daß der Elefant wohl unser Geschick beim Spurenlesen prüfen wollte. Die Kraftprobe zwischen uns beiden hatte begonnen, und ich wünschte ihm Glück. Wenn ich ihn tötete, würde ich um ihn trauern, wie ich hoffte, daß auch er um mich trauern würde, falls er mich tötete – und daß die Trauer tiefer ging als das bloße Bedauern meiner verlegenen Freunde in London.

Da wir das Maniokdickicht unberührt fanden – der Elefant hatte es nicht einmal näher untersucht –, marschierten wir wieder den Bach entlang zurück, vorbei an der Stelle, wo er die Rutschpartie gemacht hatte, und fanden seine Spuren dann am anderen Bachufer. Hier hatte er offenbar wieder das Bachbett betreten. Ich meinte, er sei von jetzt an wohl weiter flußabwärts gegangen, aber César zeigte auf einen flachen, weißen Stein, der einen Fingerbreit aus dem Wasser ragte. Er war trocken. „Wenn er abwärts gegangen wäre, hätte er seinen Fuß auf diesen Stein gesetzt, und das hat er nicht", sagte César.

„Der Fußabdruck könnte doch inzwischen getrocknet sein", erwiderte ich.

„Dann wären tote Ameisen darauf", sagte César. Ich untersuchte den Stein. Ameisen krabbelten genug darauf herum, aber tote waren nicht dazwischen. Folglich gingen wir wieder zu dem Maniokdickicht zurück und fanden jetzt, was wir beim erstenmal übersehen hatten. Der Elefant war so behutsam durch ein Gestrüpp von Bajonettgras gegangen und hatte sich dabei so dicht an das Maniokdickicht gehalten, daß dessen rotgeäderte Blätter zurückgeschwungen waren und jetzt das niedergetretene Gras verdeckten. Von hier aus war die Spur noch schwieriger zu verfolgen. Er hatte jetzt keine Bäume mehr abgeschält und kein Unterholz mehr zertrampelt, sondern war mit äußerster Behutsamkeit weitergegangen und hatte so viele Kreise und Bögen geschlagen, daß wir uns allmählich vorkamen wie Mäuse in einem Labyrinth.

Ich hatte es mir leicht vorgestellt, der Spur eines Elefanten zu folgen. Schließlich müßte ein Tier, das mehrere Tonnen wiegt, auf weichem Boden tiefe Eindrücke hinterlassen. Hier und da hinterließ er auch welche, fast wie aus Langeweile, um uns dann aber wieder irgendwohin in ein finsteres Dickicht zu führen, wo wir unsere Zeit damit vertaten, den Boden nach seinen Spuren abzusuchen und, wenn wir sie gefunden hatten, nicht zu wissen, in welche Richtung sie führten. Und es schien ihm Spaß zu machen, Felsbändern und Bachläufen zu folgen, wo er kaum Spuren hinterließ.

Bis Mittag hatte er mich schon total zermürbt, und wir machten eine Rast und aßen. Dr. Hallers Behandlungen in London hatten mich wohl sehr geschwächt – vielleicht auch breitete sich der Feind da drinnen aus und zehrte meine Kräfte auf. Mir lief der Schweiß in Strömen, so daß ich mich an einem Handtuch abtrocknen mußte, das César im Rucksack hatte. Ich war völlig außer Atem, und die Glieder schmerzten mir, und nach dem Essen konnte ich nur noch mit Mühe die Augen offenhalten. César meinte, ich sollte mich ausruhen, während er weiter auf die Suche ging.

Er ging, und ich schlief im Gras sofort ein. Ich glaube aber nicht, daß ich länger als eine Viertelstunde geschlafen habe. Ich erwachte von nichts anderem als dem Gefühl, allein zu sein. Da César noch nicht zurück war, beschloß ich, ein bißchen auf Kundschaft zu gehen.

An einer Seite wurde unser Rastplatz von dichtem wildem Jams begrenzt, dessen dicke, speerförmige Blätter meinen Kopf überragten. Ich trat zwischen die Pflanzen und befand mich in einer herrlich kühlen, grünen Welt mit grünem Himmel über mir und lauter Grün ringsumher. Die Jamsstengel waren dick wie Männerarme, aber glatt und durchscheinend wie Jade. Sie waren von einer Heiterkeit und Anmut, daß ich glaubte, selbst das Paradies könne dem nicht gleichkommen.

Aber o weh, der Boden des Paradieses war matschig, denn Jams liebt den Schlamm, und schon bald waren meine Stiefel in der klebrigen schwarzen Schmiere eingesunken. Es kostete mich viel Kraft, sie wieder herauszuziehen, und das Ganze ging mit großem Lärm vonstatten. Kaum hatte ich schwankend wieder festeren Boden erreicht, obwohl ich noch mitten im Jams stand, da hörte ich plötzlich ein Rascheln in den riesigen Blättern. Ein Tier bewegte sich darin, aber ich dachte nicht an den Elefanten, bis ich ihn sah. Er schob die Blätter und Stengel beiseite, die zwischen uns standen – keine sechs Meter von mir entfernt und groß wie ein Haus. Sein Kopf war edel und erhaben, und die massigen, gebogenen Stoßzähne boten ein Bild von furchterregender Kraft.

Er stand mit dem Kopf zu mir und sah mich geduldig forschend an. Dann bewegte er seinen gewaltigen Rüssel, reckte ihn mir schlängelnd durch die Luft entgegen. Ich sah die schwarze Nasenöffnung und wie er die Luft einsog und prüfte, ob wirklich ich es war, der da vor ihm zwischen den hohen Jamsstengeln stand. Es erschreckte mich, wie er so mit seinem ungeheuren Riechorgan nach mir suchte. Endlich zog er den Rüssel wieder ein und drehte langsam ab, und in diesem Augenblick sah ich das Schreckliche, das ihm widerfahren war. Sein linkes Auge fehlte. An seiner Stelle befand sich eine furchtbare, schwarz klaffende Höhle, die von Fliegen wimmelte.

Ich hätte den Elefanten gleich abschießen sollen, doch ich tat es nicht. Sein plötzliches Erscheinen hatte mich überwältigt, seine ungeheure Größe (viel größer, als ich ihn mir vorgestellt hatte), der furchterregende Rüssel, wie er nach mir suchte, und das schreckliche blinde Auge.

Er wandte sich von mir ab und bewegte schwerfällig die türgroßen Ohren, und dann war die Gelegenheit zum tödlichen Schuß vorbei. Er zeigte mir das Gebirge seines Rückens mit dem komisch baumelnden Schwanz und entfernte sich schnell. Ich blieb allein im zertrampelten Jams zurück und starrte ihm nach, bis César mich fand und ich ihm erklärte, was geschehen war.

Als ich ihm das schreckliche Auge des Elefanten schilderte, sagte César sogleich: „Elfenbeindiebe", und fügte kopfschüttelnd hinzu: „Schlechte Menschen." Die Art, wie er die beiden Worte aussprach, gab der Schlechtigkeit dieser Männer noch etwas besonders Niederträchtiges.

Wir nahmen die Verfolgung des Elefanten auf, aber er lief zu schnell, und da der Tag zu sinken begann, war es ratsam, ins Lager zurückzukehren und ihm am nächsten Tag zu folgen. Einen verwundeten Elefanten nach Sonnenuntergang im Wald zu jagen wäre unverantwortlicher Leichtsinn gewesen. Als wir über den See zurückkehrten, wartete wieder das Krokodil auf uns und suchte die Entfernung zu schätzen, in der unser Kanu an seiner Schlammbank vorbeikommen würde. Aber es blieb liegen und begnügte sich damit, seinen Mordgedanken nachzuhängen, während wir vorüberpaddelten.

Während des Abendessens bei Buschbockeintopf und einer Dose Pflaumen mußte César immer wieder zungeschnalzend seinen Abscheu vor den Elfenbeindieben kundtun. Wir in der westlichen Welt denken bei Elfenbein meist an Billardbälle und beschwichtigen unser Gewissen damit, daß Billardbälle heutzutage meist aus Plastik sind und keine Elefanten mehr für unser Vergnügen sterben müssen. Aber die besten Billardbälle werden immer noch aus dem Elfenbein kleiner, bis sieben Pfund schwerer Stoßzähne gemacht. Ein junger Elefant liefert rund sechzehn Bälle, und die Beliebtheit dieses Spiels sowie die Erfindung des Klaviers sind weitgehend schuld daran, daß die Elefantenherden so geschrumpft und inzwischen ganz auf Zentralafrika begrenzt sind, wo sie doch noch vor hundert Jahren den ganzen Kontinent vom Kap der Guten Hoffnung bis zu den Wüsten im Norden durchstreiften.

Elfenbein ist aber auch die Freude der Künstler und Kunsthandwerker Asiens. Es läßt sich gut schnitzen, spleißt nicht und behält seine geschnitzte Form, ohne sich im mindesten zu verziehen. So findet Elfenbein tonnenweise seinen Weg zu den östlichen Märkten. Christliche Heilige und chinesische Drachen, Zigarettenspitzen und Messergriffe, Damenarmbänder und Opiumpfeifen – sie alle sind oft aus Elfenbein, und der Preis ist so hoch, daß die Versuchung für Wilderer groß ist.

Wilderer halten sich natürlich nicht an die Jagdgesetze von Französisch-Äquatorialafrika. Wenn sie ein Tier verwunden, töten sie es nur, wenn das ohne Gefahr für sie selbst möglich ist. Im vorliegenden Falle nahm César an, daß die Wilderer geschnappt worden waren, nachdem sie meinen Elefanten verwundet hatten. Sie hätten nie zugegeben, daß sie ein Tier verwundet hatten, das dann geflohen war, denn das wäre der beste Beweis gegen sie gewesen. Sie hatten also ihre Strafe bezahlt oder abgesessen und den Elefanten, der den Tod erwartete, seinem Schicksal überlassen.

Auf jeden Fall war der Elefant todgeweiht. Es war jetzt nicht mehr so, daß ich einen Elefanten jagen und töten wollte, um für eine Weile mein eigenes Schicksal zu vergessen. Nun mußte ich ihn töten, weil die Gesetze es verlangten. Ich sollte das sichere und zuverlässige Instrument seines Todes sein, wie der Knoten in meinem Gaumen das sichere und zuverlässige Instrument meines Todes war. Wir waren beide des Todes, zwei Wesen, für die es nur noch ein begrenztes Morgen gab. Dieser Gedanke erzeugte eine Zuneigung, ein Mitgefühl für den Elefanten, das tiefer war, als ich es je für ein anderes Lebewesen auf der Welt empfunden hatte.

Sicherlich gibt es eine Kameradschaft der Verdammten, von der die Unverdammten nichts wissen. Im Mittelalter wurden Leprakranke für tot erklärt, sowie ihr Aussatz offenkundig wurde. Sie durften noch einer Totenmesse beiwohnen und ihr eigenes Seelenamt in der Kirche miterleben, dann wurden sie für immer aus der Gemeinschaft der Lebenden ausgeschlossen. Und in der Zeit zwischen ihrem kirchlichen und dem medizinischen Tod hatten sie nur einander zur Gesellschaft, waren durch jene Kette miteinander verbunden, die stärker ist als das Leben – den Tod. Dieses Gefühl hatte ich nun dem Elefanten gegenüber, und obgleich ich das Gesetz akzeptierte, das von mir verlangte, ihn zu erschießen, wäre ich viel lieber als sein Gefährte mit ihm durch die Wälder gestreift, bis einer von uns gestorben wäre.

Ich sagte davon nichts zu César, der seinerseits die tiefgreifende Veränderung spürte, die in unserer Safari eingetreten war. Solange es eine Jagd gewesen war, hatte ich die vorgeschriebene 9,5-Millimeter-Munition verwenden wollen. Jetzt riet César mir – und darin stimmte ich ihm zu –, die Holland-&-Holland-Büchse wegzulegen und die schwerere Winchester zu nehmen, die mit der stärkeren 11,6-Millimeter-Munition schoß. Damit konnte mir sogar ein Schuß durch die mächtige Schädeldecke des gewaltigen Tieres gelingen.

Wir saßen noch lange beim Feuer und sprachen über den Elefanten. Césars Verachtung für die Wilderer paarte sich mit einem irgendwie gefühllosen Sinn fürs Praktische. So meinte er, da doch der für mich bestimmte Elefant verwundet sei, könne ich ein anderes, gesundes Tier verlangen. Nur zwei Tage von unserem jetzigen Aufenthaltsort entfernt stehe ein anderer Bulle, nicht so groß wie der meine, aber César wisse, wo er zu finden sei, und ich habe ein Recht darauf.

Ich glaube, César war über meine Ablehnung überrascht. Ich stieg dadurch auch nicht sonderlich in seiner Achtung. Er wußte, daß diese Safari mich eine Menge Geld gekostet hatte. Soweit ich ihn verstand, hätte er an meiner Stelle zuerst den blinden Elefanten getötet und sich dann aufgemacht, um noch ein gesundes Tier zu jagen. Aber César sah die Welt auch viel unkomplizierter als ich. Nach seinen Vorstellungen hatte ein Jäger das Recht zu jagen, und die Jagd war eine herrliche Betätigung für Mensch und Tier.

César sagte dann sehr taktvoll, ich brauchte den halbblinden Elefanten nicht zu töten. Wenn dazu jemand verpflichtet sei, dann Thompkins, denn er habe eine Lizenz als Berufsjäger. Da ich die Wunde nicht verursacht hätte, brauchte ich das erhöhte Risiko, das im Abschuß eines verwundeten Elefanten läge, nicht auf mich zu nehmen.

Ich sagte César, ich würde den Elefanten selbst und so bald wie möglich abschießen und nicht auf Thompkins' Rückkehr aus Fort-Lamy warten. Thompkins werde mindestens eine Woche fortbleiben, und ich könne den Gedanken nicht ertragen, daß der Elefant noch sieben weitere Tage mit dem Tod ringen müsse. Ich nannte César meine Gründe nur zum Teil. Denn außerdem hatte ich das Gefühl, wenn ich, selbst todgeweiht, zu dem Elefanten hinaus in den Wald ginge, würde die so geschaffene Gemeinsamkeit ihm den Todeskampf erleichtern. Es ist das Alleinsein, was den Tod so schrecklich macht. Könnte man den Tod teilen, er würde viel von seinem Schrecken verlieren.

César dachte eine Weile über meine Antwort nach und starrte mit brütenden Augen und komisch gerunzelter Stirn vor sich hin. Dann glaubte er zu verstehen. Wenn ich den Elefanten tötete, stand mir nicht nur das Elfenbein zu, sondern auch die ansehnliche Prämie, die von den französischen Behörden für den Abschuß eines frei im Busch herumlaufenden verwundeten Tieres gezahlt wurde. Er lächelte ohne Arg, als er diese Erklärung vorbrachte, denn er war ja „natürlicher" als ich. Für César waren weiße Männer wie ich, die auf teure Safaris gingen, genauso hinter der Trophäe her wie hinter dem Geld, weshalb es zu erwarten war, daß ich mich für den Abschuß *und* die Prämie entscheiden würde. Daß ich so etwas wie Mitleid für den Elefanten empfinden könnte, kam ihm nie in den Sinn. Seine Entrüstung über die Elfenbeindiebe hatte nichts mit dem Leiden des Elefanten zu tun. Nein, César empörte sich über diese Diebe, weil sie nur töteten und keine rechten Jäger waren. Als bloße Killer handelten sie der Natur zuwider. Sie waren „schlechte Menschen".

In dieser Nacht dachte ich über diese Definition schlechter Menschen nach. Gab es wirklich ein allumfassendes, von der Natur aufgestelltes Gesetz für das Verhalten aller Wesen auf Erden, dem die Tiere, da sie weder Verstand noch Willen hatten, folgen mußten, das aber dem Menschen nicht gebot? Bedeutete „Gutsein" bei einem

Menschen, daß er dieses Gesetz – vielleicht Césars und Thompkins'
Etwas – entdeckte und dann peinlich befolgte? Und bedeutete
„Schlechtsein", dagegen zu verstoßen?

Ich schlief ein, und mein letzter Versuch ethischer Betrachtungen
endete in einer flüchtigen Erinnerung an Thompkins mit seinem
langen Kamelgesicht, wie er sich über die Jagdgesetze von Französisch-
Äquatorialafrika ausbreitete.

VIERTES KAPITEL

IN DER Nacht frischte der Wind auf, stoßweise zuerst. Eine plötzliche Bö ließ die Zeltwände flattern wie Fahnen, und ich mußte mit
César in die Dunkelheit hinaus, um die Schnüre festzuziehen. Der
Wind hatte sich auch gedreht und wehte jetzt von der Savanne ins
Hochland. Beim Morgengrauen blies er schon stetig und immer
stärker, und César meinte, das werde vier bis fünf Tage dauern. Es
war ein für die Trockenzeit typischer Wind, und bis er sich wieder
legte, konnten wir nichts tun als im Lager bleiben. Wir konnten den
See nicht im Kanu überqueren, weil es voll Wasser schlagen würde,
und wenn wir nicht ertranken, bekam uns das Krokodil.

Ich wollte das nicht glauben und ging nach dem Frühstück zum See
hinunter. Er war, wie César gesagt hatte, unpassierbar. Die Wellen
hoben ihre schaumigen Kämme über einen Meter hoch aus dem
petroleumfarbenen Wasser, und drüben auf der anderen Seite wand
und krümmte sich der Wald im tosenden Wind, der die Bäume bog
und die Lianen wie Peitschenschnüre flattern ließ. Das Wüten dieses
sonst so stillen Waldes war beängstigend. Ich hörte Äste abreißen,
und es klang, als würden Streichholzschachteln zerdrückt. Es war,
als ob die Welt allmählich von allem, was auf ihr lebte, entkleidet
werden sollte, bis nur noch Fels und Sand übrigblieben.

Der Wind wirbelte den afrikanischen Staub so hoch hinauf, daß
die Sonne verschwamm. Es war nur noch der Geist einer Sonne, der
da hinter den Staubwolken abwechselnd heller und dunkler wurde.
Als ich vom See zurückkam, hatte ich den Wind von vorn und mußte
mir den Mund zuhalten, weil der feine goldene Staub mir Hals und
Lungen zu füllen drohte.

Dieser Wind, sagte César, sei ein großer Wildtöter. Die Tiere seien
bald erschöpft, und manche liefen dann in ihrer Panik vor dem Wind

her in den Tod. Ich glaube, daß sie nicht nur durch körperliche Ur-
sachen starben. Ich glaube, sie starben vor Angst, weil der Wind die
Welt aller normalen Formen und Töne beraubte. Ich selbst war nach
den vierhundert Metern vom See zum Zelt schon ganz benommen
und orientierungslos. Der Wind schien meinen Verstand fortzublasen.

César hatte recht. Wir konnten nichts tun als warten, bis der
Sturm sich legte. Ich lag auf meinem Feldbett und unterhielt mich
manchmal mit César, manchmal las ich in einem Buch. Doch immer
wieder drängte sich der Elefant mit seinem schwärenden Auge in
meine Gedanken, und ich sah ihn wieder zwischen dem wilden Jams
stehen, so nah, daß ich die schwarze Nasenöffnung am Ende seines
Rüssels sehen konnte. Es konnte nicht sein, daß er meine Witterung
nicht aufgenommen hatte. Aber anstatt mich zu packen und auf den
Boden zu schmettern, hatte er sich abgewandt und war gegangen. Ob
er gewußt hatte, daß auch ich des Todes war?

César war der Ansicht, der Elefant habe nur die Gegenwart irgendeines Lebewesens da vor sich vermutet und es in Gedanken an die
Wilderer mit der Angst bekommen und die Flucht ergriffen. Er wies
darauf hin, daß der starke, durchdringende Geruch der zertretenen
Jamsstengel wahrscheinlich meine Witterung überdeckt habe. Wenn
man Schmerz und teilweise Blindheit hinzunehme, sei es nicht so ver-
wunderlich, meinte César, daß der Elefant mich nicht angegriffen
habe.

Zwei Tage versuchte ich mich mit Césars plausibler Deutung zufrie-
denzugeben. Aber während der Sturm weitertobte, mußte ich immerzu
an den Elefanten da draußen im windgepeitschten Wald denken, mit
seinem Auge voller Fliegen. Mehr und mehr kam es mir so vor, als
ob er Hilfe von mir wollte; half ich ihm nicht, so hätte ich nicht nur
ihn, sondern die ganze Schöpfung im Stich gelassen. Ich hätte das
Band zerschnitten, das alle Lebewesen miteinander vereint.

Es ist sonderbar, wie der Verstand arbeitet. Die Vernunft schickt
uns auf den scheinbar richtigen Weg, und plötzlich sagt uns eine
Stimme, daß die Vernunft sich irrt. Für einen Augenblick bekommen
wir ein größeres, tieferes Bild zu sehen, als die Vernunft es uns
malen kann, ein Bild, das alle Dinge in der richtigen Proportion erfaßt
und die eigentliche Quelle der Wahrheit ist.

So ging es mir mit dem Elefanten. Die Vernunft sagte mir, daß ich
bei dem Wind und dem Zustand, in dem sich der See befand, nicht
tun konnte, was von mir verlangt wurde, nämlich ihn abzuschießen.

Aber der Elefant verfolgte mich weiter mit seinem ausgestreckten Rüssel und flehte mich an zu kommen. Für einen Augenblick hatte ich das Gefühl, daß dies eine Bitte war, die ich nur zum Verderben der ganzen Welt hätte ignorieren können.

Am dritten Tag des Sturms sagte ich gleich nach dem Frühstück zu César, daß ich über den See wollte, um den Elefanten zu suchen. Eigentlich erwartete ich gar nicht, daß César mitkäme, aber er kam. Vielleicht spürte auch er, daß man manche Schreie nicht überhören darf. Er nahm nur noch schnell einen Kochtopf mit, was ich albern fand, bis er das Kanu damit ausschöpfte.

César setzte mich mit der schweren Winchesterbüchse, die ich hoch über der Schulter hängen hatte, ins Heck des Einbaums, wo ich steuern sollte. Er selbst schöpfte Wasser, und da wir den Wind im Rücken hatten, war kein Paddeln nötig. Auf der ganzen Überfahrt sah ich von ihm nichts als sein Buschhemd, das der Wind aufblähte, und hin und wieder einen blitzenden Wasserstrahl, wenn er den Inhalt des Kochtopfs über Bord beförderte, wo er sofort zerstäubte. Er schöpfte, ohne Atem zu holen, ohne nach links oder rechts zu sehen. Trotzdem wurden wir dreimal unter Wasser gesetzt, wenn mit einem Brüllen, als ob eine Ladung Kies von einem Lastwagen rutschte, eine Welle hinter uns aufstieg, überkippte und das Kanu von einem Ende bis zum andern unter sich begrub.

In all dem Getöse von Luft und Wasser hätte ich fast das Krokodil vergessen. Es fiel mir erst wieder ein, als ich seine Schlammbank sah, die jetzt halb überschwemmt war. Es lag im Windschatten der Sandbank und beobachtete uns, machte aber keinen Schritt auf uns zu, als wir vor dem Wind her an ihm vorbeischossen. Nach einem Drittel der Überfahrt entdeckte ich, daß ich unserm Boot nur noch ein wenig mit dem Paddel nachzuhelfen brauchte, und wenn ich dabei den richtigen Augenblick abpaßte, wurde es von den Wellen erfaßt und mit erstaunlicher Geschwindigkeit vorangetrieben.

Drüben angekommen, stieß das Boot so hart ans Ufer, daß der Ausleger brach. Wir achteten nicht darauf, sondern kämpften uns durch das plattgedrückte Schilf, das den See umsäumte, und weiter in das gepeinigte Dickicht des Waldes. Erst als wir bereits fünfhundert Meter tief im Wald waren, wurde der Wind schwächer.

Hier über dem Waldboden wehte jetzt zwar höchstens einmal ein verirrtes Lüftchen, aber der Lärm war noch größer als draußen. Über uns schwankten und bogen sich die Wipfel und stießen unter furchtbarem Krachen mit ihren Ästen aneinander, und es regnete Laub und abgebrochene kleinere Zweige. Große, efeubewachsene Baumstämme schwankten wie verrückt, als ob sie sich selbst entwurzeln wollten. Dann und wann splitterte und krachte es, wenn große Äste oder Baumkronen abgerissen wurden.

In dieser entfesselten Welt machten wir uns auf die Suche nach dem Elefanten, der noch wunder war als der Wald um uns her.

César sei der beste Fährtensucher in diesem Teil Französisch-Äquatorialafrikas, hatte Thompkins gesagt, aber die ganze Kunst des Fährtenlesens setzt eine unberührte oder nur in bestimmter Weise durch das hindurchziehende Wild veränderte Umwelt voraus. In dem Chaos hier war uns Césars Kunst wenig von Nutzen. Er tat sein Bestes und fand sogar eine Stelle, wo der Elefant ein verwüstetes Farn- und Bambusdickicht passiert hatte, aber mir war bald klar, daß wir den Elefanten höchstens finden würden, wenn wir, die wir genauso ziellos durch den Wald irrten wie er, zufällig auf ihn stießen.

Das Gelände war alles andere als eben. Es bestand aus lauter Bodenwellen, die vielleicht die Wurzeln des hinter den Klippen beginnenden Hochlands waren. In den Senken dazwischen war es verhältnismäßig still, denn den Bäumen fehlten hier an die fünf bis sechs Meter Höhe, um die ganze Wut des Windes zu spüren.

Es bedurfte keines besonderen Jagdinstinktes, sich auszumalen, daß der Elefant wahrscheinlich in einer dieser Senken zu finden sein würde. Merkwürdig, daß ich geglaubt hatte, er warte auf mich und bitte mich zu kommen, und dann nicht auf die Idee gekommen war, daß er vielleicht auch nach mir suchen könnte. Ich suchte ihn in dem Jamsdickicht und folgte einigen Bodensenken; und es wurde Nachmittag, ehe mir der Gedanke kam, er könne vielleicht, wenn er wirklich auf uns wartete, in der Nähe der Stelle sein, wo wir mit dem Kanu angelegt hatten.

Wir brachen also dorthin auf, und noch im Wald begegneten wir ihm. Ich stieg gerade eine Bodenwelle hinauf, als ich ihn sah. Tatsächlich kam er mir direkt entgegen, nämlich von der anderen Seite, und oben angekommen blieb er stehen, mir genau gegenüber. Da stand er – gewaltig in diesem tosenden Wald –, und wir, die Todgeweihten, schauten einander an in der großen Gladiatorenarena der Welt.

Er machte einen ruhigen Schritt vorwärts und streckte mir seinen Rüssel entgegen, eine suchende Gebärde, die ein Gruß war, ein Erkennen, fast eine Geste der Freundschaft. Er war so groß, daß die Bäume neben ihm schrumpften. In meinen Gedanken war nur noch Platz für dieses Geschöpf voller Kraft, voll Würde und Anmut. Das geschändete Auge sah ich nicht. Er kam noch einen Schritt näher, die Ohren nach vorn gestellt und immer noch mit ausgestrecktem Rüssel, so daß er auf jeden Fall von meiner Anwesenheit wußte. Jetzt blieb er stehen. Er senkte den Rüssel und stand ganz still. Nur seine großen Ohren bewegten sich kaum merklich, als ich die schwere Winchesterbüchse entsicherte. Langsam legte ich an und schoß. Augenblicklich brach er zusammen und kippte mit seiner ungeheuren Körpermasse zur Seite. Er war sofort tot, aus der Welt gerissen von einer Sekunde zur anderen.

Ich kann nicht das schreckliche Gefühl des Verlusts beschreiben, als er nicht mehr war. Ich ging zu ihm, und die Tränen brachen aus mir hervor wie aus einem Kind.

ALL das geschah vor sechs Monaten. Ich habe diesen Bericht niedergeschrieben, während ich in einem Londoner Krankenhaus liege und mich den notwendigen Untersuchungen vor einer Operation unterziehe, von der Dr. Haller sich Erfolg erhofft. Das überrascht Sie? Nun, mich auch. Kurz nach meiner Rückkehr aus Afrika suchte Dr. Haller mich auf. Er war ganz aufgeregt, fand mein Aussehen erfreulich und hörte gar nicht zu, als ich von Afrika erzählte, so ungeduldig war er, mir seine Neuigkeit zu berichten: In Amerika habe man eine Operationstechnik entwickelt, deren Erfolgsaussichten in Fällen wie dem meinen hervorragend seien. Als ich jedoch von ihm wissen wollte, was er unter „hervorragend" verstehe, sagte er: „Fünfzig Prozent", was natürlich alles andere als hervorragend ist. Aber es bedeutete, daß von hundert Menschen, die aus demselben Grunde wie ich des Todes waren, fünfzig gerettet werden konnten.

Es ist sonderbar, aber ich nahm diese Verkündigung einer Gnadenfrist fast mit Widerwillen auf. Nicht daß ich mich bereits daran gewöhnt hätte, sterben zu müssen, aber ich hatte gewissermaßen meine geistigen Kräfte darin geübt, die Bürde zu tragen. Sie ächzten darunter, brachen unter ihr zusammen und trugen sie doch irgendwie weiter. Die Zusammenbrüche erfolgten unvorhersehbar. Oder hätten Sie es für möglich gehalten, daß ich auf dem Rückflug von Afrika beim Gedanken daran, wie sich Thompkins, der Schamane der Elefantenjäger, auf dem Flugplatz von mir verabschiedet hatte, in Tränen ausbrach, nur weil mir plötzlich zu Bewußtsein kam, daß ich sein Kamelgesicht nie wiedersehen würde? Eine Jagd ist wie das Leben. Sie dauert nicht lange, aber sie hat die Tiefe eines ganzen Lebens, und wir hatten zusammen gejagt, Thompkins und ich.

Aber das ist eine Abschweifung. Bei einer Tasse Tee erklärte Dr. Haller mir Einzelheiten der neuen Technik. Ein Arzt am St.-Bartholomäus-Krankenhaus sei darin ausgebildet. Ich brauche nur meine Zustimmung zu geben, dann werde er mich operieren. Im ersten Augenblick wollte ich von der in Aussicht stehenden Begnadigung nichts wissen, von der Ungewißheit anstelle der Gewißheit. Ich wollte wirklich schon die Operation ablehnen, aber da saß nun Dr. Haller, dessen Gesicht von Hoffnung und Freude strahlte, und ich mußte ihm mit einem Scherz sein Gleichgewicht wiedergeben. Ich sagte, ich sei nur unter der Bedingung mit der Operation einverstanden, daß er im Falle eines Erfolges meinen verkorksten Roman zu Ende schreibe.

Und so liege ich nun in diesem Krankenhaus und denke sehr viel nach, zum Beispiel über Thompkins' Bemerkung, wir sähen nur, was wir zu sehen erwarteten. Sie erinnern sich, wie er das im Zusammenhang mit der kleinen Elefantenherde sagte, die vor unseren Augen zwischen den Akazien verschwunden war. Ich hatte nach der Gestalt eines Elefanten ausgeschaut und so die Gestalt des Akazien-Elefanten direkt vor meinen Augen nicht gesehen. Genauso war mein Blick so lange auf mich selbst gerichtet gewesen, daß ich keine andere Gestalt als die meines Ichs und meines Todes mehr zu erkennen vermochte. Aber nach diesem Erlebnis in Afrika begann ich auch anderes zu erkennen – Dr. Hallers Besorgtheit und Güte, die Zuneigung meiner Freunde, die mich gar nicht so schnell wie möglich aus der Welt verschwinden sehen wollten, sondern wünschten, daß ich sie noch lange

Jahre mit ihnen teilte. Ich glaube, ich erkannte zum erstenmal die Gestalt der Liebe. Und nun erst sah ich, wie völlig kalt ich eigentlich gewesen war und wie lange schon.

  Ich dachte auch an anderes, dessen Bedeutung nach einer Weile hervorzusprudeln begann wie der Saft aus der aufgeschnittenen Rinde eines Baumes. Zum Beispiel was in meinem Bestiarium über den Elefanten gestanden hatte. War ich denn für meinen großen Elefanten nicht in Wahrheit der kleine Elefant gewesen, der ihm zu Hilfe kam, als er in diesem schrecklichen Sturm um Hilfe schrie? Habe ich ihn nicht emporgehoben aus seinem Elend? Ich glaube doch. Und wie steht es mit mir? Rufe ich nicht um Hilfe? Und wird nicht jemand kommen und mich erheben in meiner großen Not?

  Und dann Thompkins mit seinem andächtigen Glauben an die Jagdgesetze Französisch-Äquatorialafrikas, von denen er meinte, sie seien dazu da, den Menschen zu bessern. Natürlich sind sie das, lehren sie den Menschen doch Mitleid – selbst beim Töten; sie lehren ihn, wenn er ein anderes Geschöpf verwundet hat, eher sein eigenes Leben in die Schanze zu schlagen, als den Verwundeten in Qualen weiterleben zu lassen. Soviel ist offenkundig, doch amüsant und aufschlußreich ist es, sich zu überlegen, daß die Jagdgesetze Französisch-Äquatorialafrikas ihren Ursprung im Neuen Testament haben und so als eine Fortführung der Bibel betrachtet werden können. Denn da heißt es doch, daß niemand größere Liebe hat denn die, daß er sein Leben läßt für seine Freunde. Die Jagdgesetze fordern vom Jäger Liebe zu dem Geschöpf, das er jagt. Sind wir dann nicht auch von dem geliebt, der uns jagt?

Um den sachlichen Teil meiner Erzählung zu Ende zu bringen: Ich habe das Krokodil nicht getötet, obgleich ich es vorhatte. Der Wind zwang uns, noch zwei Tage am Waldufer des Sees zu bleiben. Auf der Rückfahrt hatte ich das Krokodil schon im Visier, als mir Thompkins' Worte einfielen, daß die Jagdgesetze dazu da seien, den Menschen zu bessern. Ich konnte nicht erkennen, inwiefern der Tod dieses Krokodils den Menschen bessern sollte, und so ließ ich es leben.

Und zum Tod selbst. Ist dann auch der Tod ein Jäger – nicht nur ein Töter, ein Mörder? Studiert auch er das Wesen und die Gewohnheiten seines Opfers, beobachtet er die Eigenheiten seines Körpers und seiner Seele, bis er sie alle verstanden hat, um dann erst anzulegen? Ist er Thompkins' Etwas – ein Ziel, kein Ende? Hatte ich den Tod falsch gesehen, seine Gestalt nicht erkannt, weil ich nicht erwartete, daß er vielleicht ein Anfang war, nicht der Schluß?

Ich muß jetzt enden. Man versammelt sich um mein Bett und will mich in den Operationssaal bringen. Ich habe Angst, und wie der verwundete Elefant schreie ich auf und hoffe, wenn ich mich jener dunklen Pforte nähere, durch die ich allein gehen muß, daß dann ein anderer dahinter auf mich wartet und mich erheben wird in meiner großen Not.

NACHSCHRIFT

Der Autor des vorstehenden Berichts fiel während der Operation in ein Koma und starb vier Stunden später. Er hat in seinem Testament einige bemerkenswerte Anweisungen hinterlassen, die seine Freunde getreulich ausgeführt haben. Auf seinen Wunsch wurde seine Leiche nach Afrika übergeführt und nahe dem Wald, in dem er den Elefanten erlegt hatte, in der Savanne begraben. Die Stoßzähne des Elefanten wurden ihm an die Seiten gelegt und sein Körper mit rotem Ocker eingepudert. Er hat gesagt, dies sei bei den Cromagnonmenschen der Brauch gewesen, ein Ausdruck ihrer Zuversicht – die rote Farbe sei ein Symbol ihres Glaubens an den Fortbestand des Lebens. Er sagte, sie seien große Künstler und Jäger gewesen. Als Künstler hätten sie die Wahrheit gekannt und als Jäger das Mysterium der Jagd verstanden, die nicht den Tod suche, sondern das Leben.

Für seine Freunde ist die Welt mit seinem Tode ärmer geworden.

Dr. med. Phillip Haller

Leonard Wibberley

„Ein großer, bärtiger Geschichtenerzähler"

von Robert Nathan

Natürlich fanden wir alle – Leonards Frau Hazel, er selbst und ich –, daß er ein Brummbär sei. „Aber immer", wagte ich einzuwerfen, „mit einem Lächeln dahinter."

Leonard richtete seine bohrenden blauen Augen fest auf mich. „Nur Gott kann zornig sein, ohne zu lächeln", erklärte er.

Wibberley ist Ire: ein großer, bärtiger Geschichtenerzähler, ein Weiser, ein Barde, ein Mann, den man im Kampf gern an seiner Seite weiß. Er schreibt, wie er redet, voll Lachen und Ungeduld, Liebe und Entrüstung, mit dem Augenzwinkern des Geistes, der Klinge des Wissens, der Autorität des Meisters.

1915 wurde er als Sohn eines Professors für Landwirtschaft geboren. Er ging in England zur Schule und wandte sich danach dem Journalismus zu. Aber das war 1934, am Tiefpunkt der großen Wirtschaftskrise in England. Aus Angst, seine Stelle als Reporter bei einer Londoner Tageszeitung zu verlieren, kündigte er von sich aus, packte seine alte, billige Fiedel ein und setzte sich in den Zug nach York, um ausgerechnet dort auf den Straßen für Almosen zu spielen. So unglaublich es klingt, er konnte seinen Lebensunterhalt davon bestreiten; er spielte nämlich furchtbar schlecht.

Dann folgten Jahre in Trinidad, wo er bei Zeitungen und auf den Ölfeldern arbeitete. Nach Englands Kriegseintritt half er als Angehöriger der Küstenartillerie, beinahe einen amerikanischen Frachter irrtümlich zu versenken.

Er versuchte nach England zu kommen, landete aber statt dessen auf einer Schiffswerft, später ging er als Überseereporter der *Daily Mail* nach New York. Eines kalten Februartages trat Leonard dann ins Büro einer Fluglinie und bat, ihn in ein beliebiges Flugzeug zu setzen, wenn es ihn nur irgendwohin flog, wo es sonnig und warm war.

Er landete in Kalifornien, lernte seine Frau Hazel kennen und zog mit ihr nach Los Angeles, wo er als Reporter unterkam. Leonards „Höhle" in einem winzigen Haus war zugleich Eß- und Wohnzimmer und diente nachts den ersten beiden Kindern, Kevin und Trisha, als Schlafzimmer. Wenn wir zum Essen kamen, wurden die Kinder in die Besenkammer gesteckt, bis wir wieder gingen. Es war sonst kein Platz da.

1955 veröffentlichte Leonard *Die Maus, die brüllte,* und die Kinder (es waren inzwischen mehr geworden) brauchten nicht mehr in die Besenkammer.

Heute bewohnt Leonard Wibberley mit seiner Familie ein hübsches Haus. Sein Bart ist schon etwas angegraut, aber sein Witz, seine Liebe – sein Glaube – und sein Zorn – sind so lebendig geblieben wie eh und je; seine Bücher sind tiefer, gütiger und suchender geworden, und die Schönheit seines Stils, die fließende Musik der Wörter, ist zauberhafter denn je.

DER ENGEL
MIT DER POSAUNE

Der Engel mit der Posaune

EINE KURZFASSUNG DES BUCHES VON
Ernst Lothar

Illustrationen von Fritz Busse
Ungekürzte Ausgabe:
„Der Engel mit der Posaune"
© 1963 by Paul Zsolnay Verlag
Gesellschaft m. b. H.
Hamburg/Wien

Über die Familie Alt und ihr Haus mit dem steinernen
Engel – von der Art, die man in Wien Blasengel nannte –
hat Ernst Lothar in Amerika als Emigrant diesen Roman
geschrieben, um damit einen Bilderbogen Österreichs zu
geben, „der den Versuch unternahm, hinter die Fassade zu
schauen und mit dem Bild die Schatten zu zeigen". Und
dem Leser ist es, als lebe er mit den Alts hinter der
barocken Fassade, atme die Wiener Luft, habe teil an der
glanzvollen Kaiserzeit und an den turbulenten Jahren
nach dem Ersten Weltkrieg.

Im Mittelpunkt der Familie steht Henriette, die Tochter
des Professors Stein. Ihre Freundschaft mit dem Kron-
prinzen Rudolf ist noch ein Geheimnis, als das auf-
fallend schöne und gescheite Mädchen mit Franz Alt
Verlobungsbesuche in dem Haus macht, in dem sie dann
ihr ganzes Leben verbringt und erst spät erkennt, daß es
nicht auf das Glücklichwerden, sondern auf das Glücklich-
machen ankommt.

Das Buch erschien 1944 in englischer Sprache, wurde in
den USA ein Bestseller und nahm Ernst Lothar die
finanziellen Sorgen. „Ein wahrhaft großer Roman, der
in der Literatur dauernd leben wird", urteilte die
Los Angeles Times. Eine New Yorker Zeitschrift sprach
von „einer Wiener Forsyte Saga". In Europa bereitete der
Film dem Buch den Weg. Er wurde 1949 in Wien gedreht.
Paula Wessely spielte die Henriette, Attila Hörbiger
den Franz.

DIE GRUNDLAGEN

WER bei der Kirche des Deutschen Ritterordens einbog, hatte nicht einmal zwei Minuten bis zu dem Eckhaus Seilerstätte und Annagasse zu gehen; es lag in der Mitte des ersten Bezirks, und der erste Bezirk war das Herz von Wien.

Fast hundert Jahre hatte das Haus außer dem Parterre und Mezzanin drei Stockwerke gehabt. Kein solides Wiener Bürgerhaus pflegte höher zu sein. Mit sieben Fenstern auf die schmale Annagasse, mit sechs auf die breitere Seilerstätte schauend, gelbgrau getüncht, die Fassade im unverfälschten Stil der Maria-Theresien-Epoche, erweckte es einen stattlichen, wohlhabenden Eindruck. Wäre das Papiergeschäft nicht gewesen, das im Erdgeschoß gewöhnliche Dinge feilhielt, dann hätte man Seilerstätte Nummer 10 für das Stadtpalais eines Aristokraten gehalten. Dieser Eindruck wurde durch ein Steinwappen über dem Eingang an der Seilerstätte verstärkt, einem nackten Barockengel. Er blies die Posaune.

Im Parterre wohnte auf Tür Nummer 2 Fräulein Sophie Alt, die einzige überlebende Tochter des Erbauers Christoph Alt. Sie hatte sich die kühle, dunkle Wohnung ausgesucht, weil sie Stiegen nicht steigen mochte und weil der Nußbaum im Hof angenehm riechende Blätter in ihre Schlafzimmerfenster streckte.

Betty Alt aus Böhmisch-Leipa, „die geborene Kubelka", wie Sophie die Witwe ihres älteren Bruders Karl Ludwig nannte, wohnte direkt über ihr auf Tür Nummer 3 im Mezzanin, so daß man ihr ewiges Hüsteln hören konnte; wenn anständige Menschen schliefen, lief sie, weiß Gott, weshalb, herum und trampelte einem auf dem Kopf. Fragte man Sophie nach der Anna, Karl Ludwigs und der Tschechin Tochter, dann antwortete sie: „Die? Die Dummheit hat s' von ihrer Mutter. Sonst hätt's keinen Rennstallbesitzer g'nommen!" Mit einundzwanzig hatte sich die Anna stürmisch in den Grafen Hegéssy verliebt, der ein Gestüt in dem ungarischen Städtchen Györ besaß, den Königspreis in Budapest gewonnen und, gleich darauf, seiner

Anna den Laufpaß gegeben hatte; oben bei ihrer Mutter lebte sie jetzt.

Auf Nummer 4 und 5 im Mezzanin hauste die Familie Drauffer: Pauline Drauffer, geborene Alt, mit ihrem Malergatten, den Zwillingssöhnen Fritz und Otto und deren Hund.

Im ersten Stockwerk führte Tür Nummer 6 zu Sophies ältestem Neffen, den sie jedem andern Bewohner des Hauses vorzog. Otto Eberhard besaß, soweit sie in Frage kam, nur gute Eigenschaften. Seine Karriere erschien eindrucksvoll: trotz seinen neunundvierzig Jahren amtierte er bereits als Erster Staatsanwalt, und was seine Frau Elsa, die frühere Baronesse Überacker, betraf – ein Schatz. Schade, daß nur ein einziger Sohn aus dieser idealen Ehe stammte, Peter, zur Zeit acht Jahre, etwas zu dick vielleicht, jedoch auch er ein Prachtexemplar; anders als diese schmutzigen, manierlosen Zwillinge, genauso manierlos wie ihr Vater, der unverschämte und selten nüchterne Maler Drauffer. Auch hatten die Buben einen nicht minder wilden Hund, den Dobermann Rex, Sophies persönlichen Feind, der sie anbellte, wo er ihrer ansichtig wurde, wogegen Peter, wie es Kindern zustand, mit einem schneeweißen Wollpudel auf Rädern spielte.

Wohnung Nummer 7 im ersten Stock wurde gleichfalls nicht von Günstlingen Sophies bewohnt. Hier lebte Otto Eberhards jüngere Schwester Gretel. Gretels Wahl, der Dragoneroberst Paskiewicz, ein blendend aussehender Mann, hatte sie nicht nur oft betrogen und gedemütigt, sondern ihre Mitgift, ja später die Erbschaft durchgebracht. Da er Pole war, hatte Sophie es leicht, ihn in ihr eingewurzeltes Nationalitätenvorurteil (dem sie gegen die „geborene Kubelka" und den Grafen Hegéssy so bereitwilligen Lauf ließ) einzubeziehen.

Der zweite Stock (Wohnungstür 9 und 10), wo der Erbauer des Hauses, Christoph Alt, gelebt hatte, stand, seinem Testament zufolge, nach seinem Tod unbewohnt; vielmehr, es wurden aus den zwölf Räumen durch Niederlegen von Mauern sieben gemacht; der Gelbe Salon, zwei Herrenzimmer, zwei Speisesäle, der Wintergarten und das Musikzimmer. Sie dienten allen Familienangehörigen und wurden bei festlichen Anlässen benutzt.

Franz Alt lebte im dritten Stock, Tür 11. Er war um dreizehn Jahre jünger als Otto Eberhard, und der Gegensatz zwischen den beiden Brüdern sprang in die Augen: Otto Eberhard groß, sehr gepflegt; sein Kaiserbart zeigte keinen einzigen grauen Faden; mit neunundvierzig glich er einem Vierziger. Franz dagegen sah an seinem sechsunddreißigsten Geburtstag wie fünfzig aus, plumper als sein Bruder, beinah so groß. „Wie ein Bauer", meinte Sophie abschätzig, denn auch auf seine Kleidung verwendete der Jüngere wenig Sorgfalt; daß seine Hosen jemals Bügelfalten gehabt hatten, schien unwahrscheinlich. Er hatte die Nachfolge seines Vaters und Großvaters in der Klavierfabrik der Familie Alt angetreten, das einzige, das Sophie an ihm gelten ließ: „Vom G'schäft versteht er was."

Was ihr sonst von den Bewohnern des dritten Stocks zu Ohren kam (denn nicht nur Franz wohnte dort, sondern gegenüber hatte dieser Drauffer sein Maleratelier), erfüllte sie mit Verdruß. Daß zu einem Maler, der sich Professor schimpfen ließ, so viele Frauen kamen, gehörte angeblich zu seiner Professur. Sophie hatte nur eine seiner Ausstellungen im Künstlerhaus gesehen. Frivoles Zeug, das der Mann zusammenschmierte: gefallsüchtige leere Larven, nackte Arme, ja nackte Rücken – man mußte sich schämen.

Sei dem wie immer, dieser Drauffer hatte wenigstens die Ausrede seines Berufes. Über welche Ausrede aber verfügte Franz, wenn Damen, und immer andere, noch dazu bei Nacht, zu ihm hinaufstiegen? Zornig lauschte Sophie den leisen, huschenden Schritten, die vernehmlich nach Schuldbewußtsein klangen, wenn sie an ihrer Tür vorbeikamen. In Franzens Jahren hatten andere Männer längst eine honette Familie gegründet!

„Küss d'Hand", begrüßte die alte Poldi Franz, als er am 9. Mai 1888 morgens im Parterre läutete. „Bitt', sich einen Moment zu gedulden, gnä' Fräul'n frisier'n sich grad'."

Franz wartete im Vorzimmer. Wie immer stockdunkel. Wie immer roch es nach eingekampferten Kleidern. Man hörte wie immer die gereizten Laute des Papageis Cora.

„Gnä' Fräul'n laß'n bitt'n", meldete die alte Person, und Franz trat ein.

„Stör' ich?" fragte er.

„Das siehst du ja, daß du störst", antwortete das alte Fräulein. Nicht, daß sie jetzt erst aufgestanden wäre! Sie erhob sich täglich Punkt sieben. Folglich hatte sie auch heute schon auf dem Betschemel die Andacht verrichtet. „Steh nicht herum. Setz dich", forderte sie den Besucher auf.

„Das ist aber schön! Das ist aber schön! Danke!" schnarrte der Papagei.

„Schweig, Cora!" befahl das alte Fräulein. Sie fragte: „Willst einen Kaffee, Franz? Oder einen Weichselschnaps?" Sie saß in einem Frisiermantel vor einem mit Nadelkissen, Glas und Porzellan überladenen Spiegeltisch. Neben ihr, auf einem kleineren Tischchen, befanden sich die heutige Zeitung, ihr Retikül und eine Dose mit grünen Pfefferminzpastillen, von denen sie (wie von anderen Süßigkeiten) gern genoß. Eines der beiden von blauen Samtvorhängen eingerahmten Fenster stand halb offen und ließ die kühle Aprilluft ein. Das Bett war mit einer Decke aus dem gleichen blauen Samt verhüllt.

Franz bat um Weichselschnaps. Er sah im Spiegel Sophies Gesicht, die ihm den Rücken zuwandte und mit zwei langstieligen Hornbürsten ihr Haar bearbeitete, herrliches, weiches Haar, von vollkommener Silberweiße, das Schönste an ihr. Wange und Mund schienen fast nicht mehr vorhanden, so dünn und fleischlos hatte das Alter sie gemacht. „Was gibt's?" fragte sie, ohne zu lächeln.

Diplomatie blieb Franz ein versiegeltes Buch; bei ihm mußte alles in geraden Linien verlaufen, das andere nannte er „Faxen". Trotzdem zögerte er. „Heizt du nicht mehr?" fragte er fröstelnd.

„Nach Ostern heizt man nicht mehr", antwortete sie in dem lauten Ton Schwerhöriger. „Weißt du, was Kohle kostet? Einen Gulden elf Kreuzer! Heizt du oben noch? Nun, die Damen bei dir oben müssen's ja warm haben, was? Trink Weichselschnaps, wenn dir kalt ist."

„Deswegen bin ich da. Wegen der Damen."

„Was?" Mitunter wollte Sophie nicht hören.

„Ich sag', ich komm' wegen der Damen", wiederholte er.

„Ich hab' den Unsinn gehört. In deinen Jahren, Franz –"

„Soll man heiraten. Das will ich."

„Was?" fragte sie wieder. Sie vergaß, das Pfefferminzplätzchen in den Mund zu stecken, das sie in der Hand hielt.

„Du hast• mir so lang zugeredet", sagte Franz, „und jetzt bin ich soweit. Ich hab' mich verlobt."

Die alte Dame wendete sich auf ihrem Taburett, sah ihm ins Gesicht und sagte: „Das ist aber eine Überraschung! Kenn' ich sie?"

„Natürlich. Es ist die Henriett'."

Etwas verdüsterte jetzt ihre Züge. „Du meinst die Henriett' Stein?"

„Ich kenn' nur eine Henriett'."

„Die Tochter des –" Die Fragerin vollendete nicht.

„Die Tochter des Universitätsprofessors Stein", vollendete Franz. Sein Zorn regte sich, der leicht Jähzorn wurde. „Einer unserer größten Juristen. Wenn du das vielleicht nicht wissen solltest."

„Ich weiß es ganz gut", sagte sie.

„Das ist aber schön! Das ist aber schön! Danke!" schnarrte der Papagei in die Stille, die eintrat.

„Was sagt denn dein Bruder dazu?" wollte das alte Fräulein wissen.

„Der weiß noch nichts. Ich hab's dir zuerst sagen wollen." Franz war kein geschickter Lügner.

„Der Professor Stein ist jüdisch? Nicht?"

„Getauft. Mama hat auch jüdisches Blut gehabt. Hast du das vergessen?"

„Und wer war die Mutter?" folgte statt der Antwort eine Frage.

„Eine geborene Aufreiter. Katholischer als du."

„Aufreiter", Sophie nickte geringschätzig. „Vom Theater? Nicht?"

„Vom Kärntnertortheater", antwortete der Neffe, sich mit Mühe beherrschend. „Eine sehr gute Sängerin. Sie ist gestorben, wie die Henriett' sieben Jahr' alt war."

„Ich hab' von ihr g'hört. Man hat ziemlich viel von ihr g'hört."

„Das ist bei Sängerinnen schon so."

„Man hat auch anderes von ihr g'hört", beharrte sie.

„Ihre Tochter spricht mit Bewunderung von ihr. Das sollte genügen. Mir jedenfalls genügt's!" brauste Franz auf.

So durfte man dem alten Fräulein nicht kommen! Sie ergriff einen Kamm und sagte endgültig: „Mir nicht. Jüdische Abstammung vom Vater her. Und die Mutter? Ich möcht' mir das Wort ersparen. Wart! Du sagst, ich bin die erste, die von deiner Verlobung erfährt? Dann möcht' ich auch die erste sein, die dich warnt. Die Kinder, die du einmal hast, sollen die Firma übernehmen, die dein Großvater und dein Vater weltbekannt gemacht haben. Vergiß das nicht! Sag mir einmal, Franz. In ganz Wien gibt's für den Inhaber der Firma Alt keine andere Frau als die Henriett' Stein?"

Franz antwortete mit einer Überzeugung, die sein eher derbes Gesicht fröhlich machte: „Wenn ich etwas weiß, dann das! Eine andre will ich nicht."

Die alte Dame legte die Bürsten und Kämme nebeneinander. „Bitte. Dann gratulier' ich dir recht schön", sagte sie nach einem Schweigen. „Wann wirst du sie mir bringen?"

„Wir kommen sehr bald, danke", sagte er, ein bißchen bewegt. Zum Fenster hinaus bemerkte er: „Dann ist da noch eine Kleinigkeit. Ich möcht' gern einen vierten Stock auf unser Haus aufsetzen. Es geht ganz einfach, wenn ihr alle am Land seids. Du hast doch nichts dagegen?"

„Wozu brauchst du einen vierten Stock? Ihr habts doch Platz im dritten? Zwei Leut'?"

„Im dritten geht's nicht. Die Zimmer sind zu klein und stockfinster. Man kann sie nicht heizen."

„Sei so gut, gib mir meinen Stock." Er reichte ihn ihr, einen Stock mit einer Elfenbeinkrücke. Sie hielt sich am Ende des schmalen Spiegeltisches fest und erhob sich. Erst als sie stand, konnte man sehen, wie groß sie war. Sie ging zum halboffenen Fenster. Die Schritte waren nicht zu hören, sie trugen wenig Gewicht. Nur der Stock, den sie fest aufsetzte, machte ein Geräusch. „Das Fräulein Stein muß eine verwöhnte Dame sein", sagte sie. „Eine sehr verwöhnte Dame!"

Franz mußte lachen. „Ich möcht' sie jedenfalls furchtbar gern verwöhnen."

Da blieb das alte Fräulein stehen. „Dein Bruder hat mich an die Idee gewöhnt, daß ich Vater- und Mutterstell' an euch vertret'. Du nie! Aber jemand soll's dir g'sagt haben, Franz! Du rennst mit offenen Augen in dein Unglück!" Ihre Worte waren streng, trotzdem redeten Furcht und eine Spur unterdrückter Zärtlichkeit daraus.

„Lieb von dir, daß du dir Sorgen um mich machst", antwortete er. „Aber glaub' mir, es werden in ganz Wien keine zwei Leute glücklicher sein als die Henriett' und ich!"

„Hoffentlich", sagte das alte Fräulein. „Und die Zustimmung zum Bauen hängt ja nicht allein von mir ab! Deine drei Geschwister haben auch mitzureden. Jeder von ihnen ist Miteigentümer an eurer Hälfte."

Er deckte seine Karten mit jenem Mangel an Diplomatie auf, der sich von Beschränktheit manchmal nicht zu weit entfernte. „Aber wenn du ja gesagt hast, hat die Majorität ja gesagt!"

„Ich möcht' doch zuerst mit dem Otto Eberhard über die Sache reden", entschied das alte Fräulein.

Da verlor Franz seine Geduld. „Du kannst mit ihm so viel reden, wie du willst!" Er schnippte mit dem Daumen. „Es ist einfach lächerlich, daß ein sechsunddreißigjähriger Mann um Erlaubnis fragen soll, was er tun darf und was nicht! Leb wohl!" Er ging.

„Danke!" rief ihm der Papagei mit gesträubten Federn nach. Als das alte Fräulein, ihre Stimme erhebend, ihm nachrief: „Auch erwachsene Menschen machen katastrophale Fehler!", stieg er bereits die drei Steinstufen zu dem kalten Torweg hinab.

Mit seinem scharfen Sinn für Tatsachen und Nützlichkeiten sah Otto Eberhard sofort, daß er die Heirat des jüngeren Bruders eher fördern als sich dagegenstellen sollte. Der Vater der Braut, Professor Stein, war ein Mann von Bedeutung; sein Einfluß auf den Justizminister galt als beträchtlich, und Otto Eberhard unterstand als Erster Staatsanwalt dem Justizminister. Nachdem sich Franz verpflichtet hatte, alle Kosten des Zubaus selbst zu tragen, sagte die Familie ja und amen.

Das Stadtbauamt legte eine Pedanterie an den Tag, die Franz zur Verzweiflung trieb. Es verlangte eine von allen Miteigentümern gefertigte notarielle Urkunde, die nicht nur die Zustimmung zum Zubau, sondern das Eigentumsrecht daran außer Zweifel stellte. Folglich bestand der k. k. Notar darauf, alle bezüglichen Akten vor Augen zu haben.

Dies versetzte Franz in die Notwendigkeit, sich im Justizpalast einen ganzen Tag häuslich niederzulassen, um im dortigen Grundbuch die auf Seilerstätte 10 bezüglichen Eintragungen und Schriftstücke zu studieren. Es gab deren reichlich. Denn die Bauordnung der Kaiserin Maria Theresia hatte von den Wienern, die ein Haus bauen oder es durch Kauf oder Erbschaft besitzen wollten, den „Beweis der Würdigkeit" verlangt; das heißt, sie mußten das Wesentliche, das sie betraf, dem sogenannten Gebäudetribunal berichten, einer Art Hauspolizei. Erst resigniert, dann unterhalten erfuhr Franz aus den „Würdigkeitsdokumenten" die Vorgeschichte des Hauses, worin er geboren war und das ihm nicht mehr genügte.

„Ich, der respektvoll unterzeichnete Christoph Alt", hieß es in einem handschriftlichen Dokument, das die Urkundensammlung eröffnete und Wien, den 4. Feber 1790 datiert war, „bitte ein hochlöbliches Gebäudetribunal um Bewilligung für den Bau eines Hauses auf der Seilerstätte. Selbiges Haus soll auf den unbebauten gräflich Harrachschen Gründen stehen. Der Grundriß liegt bei. Das weiters beiliegende Kontoblatt der Wiener Ersten Bürgerlichen Sparkasse zeigt, daß ich im Besitze bin eines Vermögens von 74 366

Gulden und daher imstande, die Baukosten sowie Steuern zu bestreiten.

Ich bin geboren den 11. März 1758 in Wien, der zweite Sohn des Hoforganisten Johann Peter Alt, als welcher 34 Jahre seines geachteten Lebens die Orgel in der Burgkapelle Ihrer Majestät, unserer gnädigsten Kaiserin, spielte. Ich bin vermählt in glücklicher Ehe mit Margarethe Anna Ludovika, geb. Landl, aus Mürzsteg, Steiermark, Tochter des Forstmeisters der kaiserlichen Jagdverwaltung. Nach der Volks- und Bürgerschule absolvierte ich die Gewerbeschule auf dem Hohen Markt. Mein seliger Vater sendete mich in meinem 16. Lebensjahr zu der weltberühmten Klavierfirma Pleyel in Paris, in deren Werkstätten ich drei Jahre in untergeordneter Beschäftigung verbrachte. Doch sammelte ich daselbst einen Vorrat von Fachkenntnissen, die ich später durch Anstellungen in London und St. Petersburg vermehrte.

Nach dem Tode meines Vaters nach Wien zurückgekehrt, begründete ich mit meinem Erbteil im Jahre 1780 die Firma Christoph Alt, Klaviermacher, Wiedner Hauptstraße Numero 104.

Möge es mir ein hochlöbliches Gebäudetribunal nicht als Unbescheidenheit auslegen, wenn ich aus einem Briefe des Compositeurs und Pianovirtuosen, Herrn Wolfgang A. Mozart, das Folgende entnehme: ‚Es ist mir, als wäre es kein Elfenbein und Holz, was ich auf Ihrem Instrumente greife, als verflüchtige sich bei der Berührung die feste Materie und löse sich in etwas Schwebendes auf, solcherart das Geheimnis preisgebend, nach dem uns bei Tönen und Menschen so innig verlangt.'

Der Grund, aus dem ich um Baubewilligung einschreite, liegt darin, daß mit dem Anwachsen meiner Familie die beschränkten Räumlichkeiten auf der Wiedner Hauptstraße nicht länger ausreichen, um dem Fabriksbetriebe und der privaten Häuslichkeit zu genügen.

Einer ehestgeneigten Erledigung mit dem größten Verlangen entgegensehend, zeichne ich mich einem hochlöblichen Gebäudetribunal als ergebenster

C. Alt, Klaviermacher"

Diese Eingabe trug den Amtsvermerk: „Der Bittsteller ist ein vermöglicher Mann von Reputation. Bewilligt. Wien, den 23. Juli 1790."

Unter dem Datum Wien, den 12. September 1791, folgte eine anonyme Anzeige:

„Hohes Tribunal! Es muß jedes wackeren Mannes Sinn für Ordnung und Ziemlichkeit gröblich verletzen, wenn Dinge geduldet werden wie die gestrige Einweihungsfeier des neuerbauten Hauses Seilerstätte Numero 10. Diesem Haus unmittelbar gegenüber befindet sich das Gebäude der Freimaurerloge ‚Zukunft'. Bekannt dürfte es sein, daß sich hinter der Feier – und wohl auch hinter dem Haus selbst – die geschickt maskierte Eröffnung einer freimaurerischen Filiale verbirgt. Unter den Eingeladenen, die sich in einem gelbfarbenen Saale versammelten, gehörten mehr als zwei Drittel der Loge ‚Zukunft' an, dieser weder vor Kaiser noch Papst sich beugenden, frevlen Gesellschaft.

Den Vorwand bildete der Klaviervortrag des Logenmitgliedes Bruder Mozart, der eine neue Oper zu Gehör brachte. Sie betitelt sich ‚Die Zauberflöte'. Es handelt sich um nichts anderes als um eine in Märchenform gekleidete Verherrlichung des Freimaurerkultes. Und obwohl die äußerst unmelodische Musik weniger als keinen Erfolg verspricht, bleibt dennoch die Tatsache einer neuen Ausbreitung der freimaurerischen Werbetätigkeit bestehen.

Ob Herr Alt, der Besitzer des neuerbauten Hauses, selbst Freimaurer ist, wird zu ergründen sein. Es war jedenfalls ein betrübender Anblick, ihn mit einem Entzücken, das unmöglich echt sein konnte, dem Logenbruder Mozart lauschen zu sehen, welch letzterer seinerseits ein Bild des Jammers und der Unordnung bot. In nachlässiger Kleidung, das Gesicht von tiefer gelblicher Blässe, schwankend in seinen Bewegungen, widrige falsche Töne greifend, die Arien seines Opus mehr kreischend als singend, erweckte er den Eindruck eines Betrunkenen. Er sowohl als der in wilder Begeisterung beifallspendende Brüderkreis gefielen sich in der Störung der Nachtruhe. Es kann nicht in der Absicht eines hohen Tribunals liegen, daß ein neuerbautes Haus Anlaß zu öffentlichem Ärgernis gibt.

Ein Freund der Ordnung"

Ein Amtsvermerk: „Der Polizeioberdirektion in Wien zur Erhebung abgetreten."

Ein Vermerk der Polizeidirektion: „Die Anzeige entbehrt der Begründung. Herr Hofcompositeur Mozart hat weder durch Trunkenheit noch auf sonstige Weise Ärgernis erregt. Vielmehr leidet derselbe, wie seine Gattin Konstanze und sein Arzt übereinstimmend bestätigen, seit längerem an einer Schrumpfung der Nieren, einem chronischen Übel, das am Abend des 12. September die vom

Anzeiger berichteten Symptome hervorrief. Des Herrn Mozarts Zustand hat sich seither so verschlechtert, daß mit seinem Ableben
stündlich gerechnet werden muß. Die anderen Gäste anlangend,
befanden sich Mitglieder des hohen Klerus darunter und zwei
Generalmajore. Auf eine freimaurerische Kundgebung wies keinerlei
Anzeichen hin." Mit dem Vermerk des Tribunals „Ad acta" endete
das Papier.

Ein kurzes Dokument vom 3. Dezember 1804 enthielt eine Meldung, die Franz wunderte. Darin gaben die „überglücklichen Eltern"
die Geburt einer gesunden Tochter Sophie bekannt. Auf diese Art
erfuhr er Tante Sophies Alter, das sie so sorgsam verschwieg: sie war
vierundachtzig. Im Jahre 1839 wurde der Tod von Christoph Alt,
der 81 Jahre alt geworden war, gemeldet.

Mit den Worten: „Pflichtschuldigst beschämt", begann eine der weiteren Mitteilungen, die Franz mit zunehmendem Vergnügen las:
„Am gestrigen Sonntag, dem 5. April 1854, befand ich mich mit
meiner Gattin, meinem fünfzehnjährigen Sohn Otto Eberhard, meiner dreizehnjährigen Tochter Gretel und meiner fünfjährigen Tochter Pauline unter den Wienern, die sich des unschätzbaren Vorzuges
erfreuten, der Hochzeit unseres Kaiserpaares in der Augustinerkirche
anwohnen zu dürfen. Ich war belehrt worden, daß die Trauungs-
feier um halb fünf Uhr nachmittags beginnen würde. Wir waren
allbereits um drei Uhr zur Stelle, um den Kindern Plätze zu verschaffen, von denen aus sie die denkwürdige Zeremonie recht aus
der Nähe betrachten könnten. Da es aber fast bis gegen halb sieben
Uhr abends dauerte, bevor alles seinen gehörigen Anfang nahm,
wurden die Kinder hungrig, was vielleicht zu einem gewissen Grade
entschuldbar ist, da der Schreiber dieses, erklärlicherweise, Anstand
trug, eine Kathedrale durch Mitnahme von Eßwaren zu profanieren.
Der ehrerbietigst gefertigte Schreiber wie auch dessen Gattin trach-
teten, der Kinder Aufmerksamkeit einzig auf das bevorstehende
festliche Ereignis zu lenken und seine Wichtigkeit angemessen vorzustellen. Je länger aber das Warten dauerte, desto schwerer wurde
es, ihnen Geduld zu empfehlen. Andererseits wollten weder der
respektvoll Gefertigte noch dessen Gattin ihre mit Mühe errungenen
Plätze räumen. Hätten wir es doch getan! Denn als das Allerhöchste
Paar seinen Einzug hielt, glaubten wir, unsere Aufmerksamkeit von
den Kindern ab- und sie recht aus Herzenslust dem großartigen
Schauspiel zuwenden zu dürfen. Just in dem Augenblick, als Seine

Eminenz Fürsterzbischof Rauscher die Titel Seiner Majestät, unseres allergnädigsten Kaisers Franz Joseph I., aufzählte, geschah das Mißgeschick. Der Ruf: ‚Ich möcht' was zu essen!' wurde in dem andächtig lauschenden Dom laut.

Er kam, wie ich tief beschämt zugeben muß, aus dem Munde meiner fünfjährigen Tochter Pauline.

Wohl gab es eine Anzahl Nachsichtiger, die es von der heiteren Seite nahmen, und ich glaube fast, Seine Eminenz gehörte dazu, da er nach einer Pause des betroffensten Erstaunens lächelnd fortfuhr. Auch ein Blick der Allerhöchsten Braut verhieß Vergebung. Doch in den Augen unseres allergnädigsten Kaisers und Herrn stand deutlich das Mißfallen über eine so sträfliche Störung.

Es versteht sich von selbst, daß wir unverzüglich aufbrachen, um uns so unbemerkt als möglich zu entfernen.

Ich spreche die Hoffnung aus, es möge Ihren Majestäten bekannt werden, wie bekümmert und beschämt wir alle, die hauptschuldige Minderjährige eingeschlossen, über das Stattgehabte sind.

Ich zeichne mich in vollkommenster Hochachtung Emil Alt, Klaviermacher."

Darunter, datiert 12. Juli 1854, zwei Zeilen der Kabinettskanzlei: „Seine K. u. K. Apostolische Majestät haben Vorstehendes zur Kenntnis zu nehmen geruht." Und des Tribunals abermaliges „Ad acta".

Weitere Todesfälle und Hochzeiten und dann am 13. März 1878 die Geburtsanzeige eines gesunden Mädchens, Tochter von Nikolaus Paskiewicz und seiner Frau Gretel, geborene Alt, das in der heiligen Taufe den Namen Christine erhalten hatte.

Hier endete die Urkundensammlung. Denn Kaiser Franz Joseph hatte die maria-theresianische Bauordnung – und damit die vielfach angefeindete Kompetenz des Gebäudetribunals – im Jahre 1879 aufgehoben. Nur die seither erfolgten Umschreibungen des Eigentums waren noch ersichtlich gemacht:

„Gestorben, den 13. März 1873, Emil Alt; Eigentum seiner Haushälfte, laut Testament, überschrieben auf dessen Witwe, Julie Alt." – „Gestorben, den 17. August 1881, Julie Alt, Eigentum ihrer Haushälfte, laut Testament, überschrieben zu vier gleichen Teilen auf deren Kinder Otto Eberhard Alt, Margarethe Paskiewicz, Pauline Drauffer, Franz Alt."

Die Eigentumsverhältnisse, fand Franz, waren völlig klar. Dagegen wurde ihm aus den dürren Dokumenten manches über die persön-

lichen Umstände bewußt: Eine langlebige Familie, die Alts. Hatten
Glück gehabt, viel sogar! Trotzdem, zwischen ihren untertänigen
Berichten von Hochzeiten, Geburten, Todesfällen lag viel Ungesagtes.
Waren sie glücklich gewesen, seine Vorgänger auf Nummer 10? Er
hatte sich nie darum bekümmert.

Noch als er im Fiaker saß, um Henriette abzuholen, blieben die
steifen Worte und die vergilbten Buchstaben verwirrend vor seinen
Augen.

PRATERFAHRT

DIE Räder des Fiakers rollten auf dem Boden der Prater-Hauptallee.
Man hörte nichts als den Hufschlag der Pferde im Trab. Henriette
liebte das schnelle Fahren – es erhöhte das Lebensgefühl, alles zu
überholen, Fußgänger und Wagen. Zu dieser Stunde gab es allerdings wenige Spaziergänger und noch weniger Wagen, Henriette und
Franz waren fast allein mit den mächtigen Kastanienbäumen, die
beiderseits der Fahrbahn rosa und weiße Kerzen aufgesteckt hatten.
Die Luft roch nach Mai. Wilde Veilchen in den nahen Auen gaben
ihre Süße. Wind, der von der Donau kam, ließ ihre Frische eine Lieb-
kosung sein.

Henriettes Gesicht war von einer Faszination, die auf den ersten
Blick anzog. Tiefliegende schwarze Augen (merkwürdig prüfend
unter langen Wimpern), sehr weiß leuchtende Haut unter weichem,
dunklem Haar, der Mund sinnlich, trotzdem keusch, lachlustig, im
nächsten Atemzug streng.

„Was hast du heut den ganzen Tag g'macht?" Er hatte ihre
Hand genommen.

Wie ein Soldat mit seinem Mädchen, fand sie. „Nichts Besonderes.
Erst war ich bei der Modistin, dann hab' ich den Papa in die Herren-
gasse begleitet. Heut sind Staatsprüfungen. Ich hab' also bis neun
Zeit."

„Fein!"

Beim Lusthaus, einem Pavillon für Pärchen, hielt der Kutscher.
Das gehörte zur Praterfahrt. Man fuhr zum Lusthaus und ließ den
Wagen dann im Schritt folgen, während man bis zum „Zweiten
Rondeau" promenierte.

„Schaust entzückend aus!" sagte er. In ihrer Gegenwart verlor er seine Natürlichkeit, als hemme ihn das Bewußtsein seiner Erscheinung und als trachte er, durch Ritterlichkeit zu ersetzen, was ihm an Charme fehlte.

Sie sah ihn an. Wenn man ihn verglich – ah, lieber nicht! Eines sprach für ihn: man konnte durch ihn schauen wie durch Glas, Trübes gab es da nichts. Auch nichts Vorgetäuschtes. „Gut, daß ich dir gefall'", antwortete sie.

Er hielt es für ermutigend genug, den Arm um sie zu legen.

„Wirst du nie lernen, daß es ungeschriebene Gesetze gibt? Man sitzt nicht Hand in Hand im offenen Wagen, und man geht nicht *bras dessus bras dessous* auf der Straße!"

„Du glaubst an die ungeschriebenen Gesetze?"

„Ich halt' sie sogar", antwortete sie lachend.

„Und mit den geschriebenen – wie steht's damit? Man hat nämlich auch mir etwas erzählt."

Sie zögerte, bevor sie fragte: „Was hat man dir erzählt?"

Er genoß es, die Oberhand zu haben; das kam zwischen ihnen selten vor.

„Aha! Das möchtst gern wissen, was?"

„Nicht die Spur!"

„Also bitte. Daß du sehr verliebt warst", erklärte er.

Wieviel weiß er? überlegte sie. Er kann nichts wissen, sonst benähm' er sich anders. „Steht das in der Vorgeschichte eures Hauses?" gelang es ihr, unbefangen zu fragen. Sie lachte sogar dabei.

Er schaute sie von der Seite an, mehr sarkastisch als anhimmelnd. „Also du warst in den Kronprinzen verliebt, Hetti?"

Dumm, rasend ungeschickt, jetzt an dem Veilchenstrauß zu riechen, den er ihr gebracht hatte. Trotzdem tat sie es. „Wer hat dir denn so was eingeredet?" fragte sie, vernahm die Erschrockenheit der paar Worte.

Er hörte sie anscheinend nicht. „Warum denn: der Rudolf lauft ja den Weibern nach wie verrückt. Und du bist ein Snob. Pardon!"

Seine gute Laune hatte nicht gelitten. Gottlob. „Wer hat dir das von mir erzählt?" Sie mußte unbedingt wissen, woran sie war!

„Jemand. Irgendwann. Vor paar Wochen."

„Da fragst du mich erst heut? Solang' hat's dich nicht interessiert?"

„Interessiert schon. Ich hab' mir nur gedacht, ich heb's mir für

Im Prater

den richtigen Moment auf. Also – stimmt's?" Er war stehengeblieben.

„Du glaubst, das hätt' ich dir nicht erzählt – schon um mich
interessant zu machen?"

„Auf die Idee wär' ich faktisch nicht gekommen!" Er sah sie
von der Seite an. „Wo wollen wir essen? Im ‚Dritten Kaffeehaus'
oder· beim ‚Braunen Hirschen'?"

Als sie im „Dritten Kaffeehaus" Platz genommen hatten und die
Gaslampen sein Gesicht beleuchteten, legte sie die Hand auf seinen
Arm. „Also gut, Franz. Eine Zeitlang hab' ich ihn ang'schwärmt."

Er hatte die Speisekarte studiert. Das mit Tinte beschriebene lange
Blatt hinlegend, antwortete er: „Siehst du! Genau das hab' ich dem
Otto Eberhard auch g'sagt, als er mir die Geschicht erzählt hat. Du

weißt ja, Wiener Staatsanwälte haben Konfidenten, wenn es sich um Mitglieder des Kaiserhauses handelt. Ich sagte: ‚Möglich, daß sie ihn ang'schwärmt hat wie die Backfische auf der Burgtheatergalerie den Sonnenthal!' Willst Backhendl oder Wiener Schnitzel?“

„Den Sonnenthal hab' ich auch ang'schwärmt. Das heißt, den schwärm' ich noch immer an! Backhendl.“

„Und den Kronprinzen nicht mehr?“

Mit unwiderstehlicher Treuherzigkeit schüttelte sie den Kopf, auf dem ein Samtbarett mit blau glitzernden Flügeln saß.

„Erdbeer- oder Waldmeisterbowle? Und Krebse natürlich. Wo hast ihn eigentlich kenneng'lernt?“

„Waldmeister, bitte. In einer Gesellschaft beim Chefredakteur Szeps, zu der mich der Papa mitg'nommen hat.“

„Wo der Kronprinz überall hingeht! Hat er dir den Hof g'macht?"

„Eher ja."

„Hat er dich geküßt?"

„Bist du wahnsinnig! Bei einem Diner, wo der Papa dabei war!"
Es klang absolut überzeugend.

Er lachte. „Es muß ja nicht beim Diner g'wesen sein."

Als die Bowle kam, schöpfte er zwei Gläser voll, in denen die
Blättchen des Waldmeisterkrautes dufteten. „Prosit!" sagte er.

Sie stieß mit ihm an. „Beichte zu Ende?" Sie hatte auf einen
Zug ausgetrunken.

Er nickte. „Einen Kuß! Ich pfeif' auf die ungeschriebenen Gesetze!"
Sie bot ihm für eine Sekunde die Lippen.

In dem offenen Pavillon an der Stirnseite des Gartens hatte Blech-
musik begonnen. Die Militärkapelle des Wiener Hausregiments
Hoch- und Deutschmeister Nr. 4 führte sie aus. Die blankgeputzten
Instrumente blitzten im Widerschein der Lampen; die lyraförmige
Programmtafel zeigte die Nummer 1: „Doppeladlermarsch."

Sie reichte ihm ihr leeres Glas.

„Das lass' ich mir g'fallen! Prost!" sagte er.

Dann wurden die Flußkrebse in einer von Kümmelwasser dampfen-
den Terrine gebracht.

„Warum ißt du nicht?"

Sie hatte ihr zweites Glas ausgetrunken. „Ich ess' ja", behauptete
sie und öffnete eine Krebsschere kunstgerecht. In der sanften Benom-
menheit, die ihr die Bowle zu spenden begann, wurde alles leichter.
Vielleicht war es möglich zu vergessen, weshalb sie sich zu dem Mann
hier entschlossen hatte. Niemandem konnte sie es anvertrauen, auch
dem nicht, an den sie trotz allem dachte, Tag und Nacht – dem am
wenigsten! Oh, sie hätte Ihn halten können! Nur ein bißchen mehr
Mut hätte sie aufbringen müssen, dann wär' jetzt nicht das Fräulein
Kaspar an ihrer Stelle! Fräulein Kaspar brauchte eben keine „Angst
vor der Konvention" zu haben!

„Starrst ins Narrenkastl? Was hast jetzt gedacht?"

„Nichts. Der Musik zug'hört. Hübsch spielen sie. Gib mir noch
ein Glas!"

„Du wirst aber einen Schwips bekommen."

„Ich hätt' ganz gern einen!"

Der kalte herbe Wein schien leichter zu werden, je mehr man
davon trank. Die Leute applaudierten, der Kapellmeister verneigte

sich und drehte dabei die Spitzen seines Schnurrbarts. Ein Korporal tauschte in der Lyra die Programmtafel aus, so daß man jetzt die Ziffer 2 sah: *Potpourri* aus der Operette „Die Fledermaus".

„Soß! Achtung, Soß!" warnten eilige Kellner, beladene Schüsseln balancierend. Mit vollen Backen wurde bestellt, sobald die Speisen kamen, sandte man nach neuen. Der nachtwerdende Maiabend gab noch Licht, die üppig blühenden Baumkronen schimmerten, der Himmel zwischen ihnen war hoch und wolkenlos. „'s ist mal bei uns so Sitte, *chacun à son goût!*" schmetterte die Kapelle. Die hier tafelten, schienen einen guten Tag gehabt oder ihn, wenn er schlecht gewesen war, vergessen zu haben.

Als sie gespeist hatten, sagte Franz dem Kutscher, sie würden noch auf eine Stunde in den Wurstelprater hinübergehen und ihn um dreiviertel neun beim Jantsch-Theater zum Nachhausefahren treffen.

„Jawohl, Herr Baron!" antwortete der Mann.

Wär' das ewige Vergleichen nicht g'wesen! Auch Er hatte seinem Kutscher gesagt: „Bratfisch, kommen S' nach!" Und der Bratfisch hatte an den Stößer gegriffen und geantwortet: „Jawohl, Kaiserliche Hoheit!" Dann waren sie in die Auen gegangen, wo es Veilchen gab. Er hatte ihr den Arm geboten, der Himmel auf Erden war's gewesen.

Arm in Arm ging Henriette mit ihrem Bräutigam zu den Ringelspielen und Schießbuden.

„Sechs Schuß zwei Kreuzer! Will die Dame schießen? Die Dame ist bestimmt eine erstklassige Schützin, die Dame!" Das behaupteten die Ausrufer von jedem weiblichen Wesen, das vorbeikam, und Henriette glaubte ihnen. Sie befand sich in dem Zustand, worin das Wort „unmöglich", das sie auch nüchtern selten sagte, überflüssig wird. Alles schien möglich. Vielleicht gab Er diese Kaspar auf und kam zu ihr zurück. Warum nicht ... Er war rücksichtslos. Der Franz war rücksichtsvoll. Vielleicht würde sie den Franz lieben – die Leute sagten, daß man jemanden liebgewinnen könne, den man nicht liebte.

Das leichte Gewehr an die Wange legend, visierte sie, wählte ihr Ziel, den Harlekin mit der Trommel, der ein schwarzes Herz auf der Brust hatte und im Herzen einen roten Kreis; dorthin mußte man treffen, sie traf. Der Harlekin wirbelte rasselnd die Trommel. Franz rief: „Fabelhaft! Ich hab' gar nicht g'wußt, was du für eine Schützin bist!" Sie hatte es selbst nicht gewußt. Dann zielte sie auf ein aus-

geblasenes Ei, auf dünnem Wasserstrahl schwebte es bebend hoch
und nieder – das Ei zersplitterte. „Der dritte Schuß, die Dame!"
brüllte der Budenbesitzer. „Drei Treffer – eine Butterdose! Was ist
das Ziel, die Dame?" Ihr Ziel war die Tür eines Zwergenschlößchens,
sie fehlte. Sie bekam nur eine Medaille aus Blech.

Arm in Arm gingen sie weiter, die Nacht brach schon an. Auf
einem Ringelspiel schwang sie sich auf einen Schimmel, er auf einen
Rappen: da sie auf dem weißen Spielpferd im Damensattel saß, fand
er, sie sei ein Kind trotz ihrem langen Samtrock. Man darf das eben
nie vergessen, sagte er zu sich. Er meinte damit keineswegs, er sei
zu alt für sie, vielmehr das Recht ihrer Jugend auf den ganzen, unver-
kürzten Spaß, der ihm in seiner eigenen Jugend vorenthalten blieb.
Sie läßt's einen selten merken, mußte er denken, sie benimmt sich
so erwachsen!

Sie gingen lachend zum Riesenrad. Unmerklich erhob sich die
Kabine über den Boden, stieg langsam, bis sie die Stadt überragte.
Die weichen Konturen der Waldberge an ihren Rändern konnte man
mehr ahnen als sehen; doch die Donau glänzte unter den Brücken.
Die zitternden Straßenlichter glühten, die unruhigen Sterne oben ver-
schwammen am Horizont in dasselbe Funkeln und Zittern.

„Ich möcht' immer so fahren! Es soll nicht hinuntergehen!"
sagte sie.

„Es wird nicht! Längstens in einem Monat wird zu bauen angefangen. Ich bau' dir ein Zimmer ganz hoch oben. Ja?"

Er versprach ihr's wie einem Kind. Durch die offenen Fenster
kamen laue Luft und windgetragener wirrer Klang.

„Ja", antwortete sie, er konnte in der Dunkelheit nicht sehen,
ob sie noch lachte.

VERLOBUNGSBESUCHE

VERLOBUNGSBESUCHE gehörten zum Verlobtsein und zum guten Ton.
Aber Franz wußte nicht nur, daß Nummer 10 fast ausnahmslos diese
Heirat mißbilligte, sondern in pessimistischen Augenblicken täuschte
er sich auch nicht, wie wenig Henriette davon hielt. Bildhübsche Tochter eines berühmten Vaters, die einen viel älteren Mann nimmt, keinen Adonis, keinen Millionär. Unter solchen Umständen zögerte der
Bräutigam.

Doch länger ließ es sich nicht mehr aufschieben, Franz zog den schwarzen Salonrock an und setzte den steifen runden Hut auf. So fuhr er in der Karolinengasse bei Henriette vor, die für den Anlaß ein neues Kostüm aus grünschillerndem Moiré trug; auf den ersten Blick fand er es unwiderstehlich, obwohl er beim zweiten voraussah, die Taille würde der Familie zu eng sein; von dem Hut aus Florentiner Stroh nicht zu reden, der, mit künstlichen Blumen und Samtbändern geputzt, riesengroß auf ihrem üppigen Haar saß. Ich hätt' sie halt auf Nummer 10 vorbereiten sollen, fiel ihm ein.

Henriette war bisher nicht dort gewesen. Als das schwere Eichentor sich öffnete, strömte ihr die Kühle entgegen, die hier von hundert Jahren aufgespeichert schien.

Bei Tür 6 im ersten Stock läuteten sie zuerst.

„Also, da bring' ich sie euch!" sagte Franz, nachdem sie in den Salon geführt worden waren. „Mein Bruder Otto Eberhard. Meine Schwägerin Elsa."

„Sehr angenehm." Otto Eberhard verbeugte sich vor der künftigen Schwägerin, wartete, bis sie ihm ihre Hand reichte, und nahm sie.

„Wir freuen uns", sagte die geborene Baronesse Überacker, drei Finger in die Richtung des jungen Mädchens ausstreckend. Dann zeigte sie auf das Sofa in dem dunklen, goldbraun tapezierten Raum.

Die Herren ließen sich in Fauteuils nieder.

Schweigen.

„Sie werden im vierten Stock wohnen? Das heißt, bis er gebaut sein wird?" begann Elsa.

Henriette nickte. „Ich hoff', Sie werden durch das Bauen nicht inkommodiert werden", sagte sie artig.

„Keine Spur! Da sind die Ottoschen ja längst am Land", behauptete Franz. Er hätte gern eine Zigarette angezündet.

„Der Franz ist immer generös", äußerte Otto Eberhard. Mit einem zweideutigen Lächeln vollendete er: „Auf Kosten anderer."

Für diese Bemerkung begann Henriette Franz' älteren Bruder zu hassen.

Er setzte verbindlich fort: „Es ist ja weiter nichts dabei! Wird man halt ein bißl mehr Staub schlucken."

„Das tät' mir leid", antwortete Henriette, unbewußt den Fächer öffnend, den sie in der Hand hielt.

Der hat mich also bei ihm denunziert! dachte sie, in seine blauen Augen schauend.

„Wo ist denn der Peter?" entschloß sich Franz zu fragen. „Du möchtest ihn gewiß gern sehn, Hetti?"

„Furchtbar gern", bestätigte sie, ahnungslos, um wen es sich handle. Es gab so viele fremde Namen hier im Haus.

Frau Elsa klingelte dreimal, ein fetter kleiner Junge erschien, von einer geschnürten Person hereingeführt, die sich exemplarisch gerade-hielt. „*Dites bonjour, Pierre!*" wünschte die geschnürte Dame, wor-auf der Junge „Bonjour!" sagte und von Onkel Franz ein offenbar zu diesem Zweck mitgenommenes Bonbon bekam. „Siehst du, das hier ist deine neue Tante", erklärte er ihm. Das Bonbon steckte der Knabe in den Mund, die neue Tante interessierte ihn nicht. „*Pierre!*" ermahnte die Französin; sie war nicht vorgestellt worden.

Henriette fragte auf französisch, wie alt Pierre sei, und er ant-wortete, er sei *huit ans*. Seine Mutter wechselte einen Blick mit der Gouvernante, der Knabe hatte abermals „*Bonjour, mademoiselle*" zu Henriette und „*Bonjour, papa, bonjour, maman, bonjour, mon oncle*" zu den anderen zu sagen und wurde weggeführt.

„Sie sprechen recht guet Französisch", anerkannte Frau Elsa, die manchmal ins Tirolerische verfiel.

Der Staatsanwalt erkundigte sich: „Wie geht es Ihrem verehrten Herrn Vater, gnädiges Fräulein? Ich hatte den Vorzug, seinerzeit mit ihm zu arbeiten. Allerdings wird er sich meiner wohl kaum mehr erinnern."

Da verlor Franz die Geduld. „Gnädiges Fräulein! Verehrter Herr Vater! Zum Kuckuck, gebts euch einen Kuß, und sagts euch du!"

„Du denkst, jeder ist so burschikos wie du! Vielleicht wäre es Fräulein Stein gar nicht angenehm?" wendete sich Otto Eberhard an seinen Bruder.

Daß er damit sagen wollte, es sei ihm nicht angenehm – diese Möglichkeit streifte Henriette nicht einmal. Sie war viel zu verwöhnt, auch nur zu vermuten, sie könnte den beiden als Schwägerin unwill-kommen sein.

„Warum? Sehr", antwortete sie dem Staatsanwalt.

Doch Frau Elsa brachte die Rede auf die unmittelbar bevorstehende Enthüllung des Maria-Theresia-Denkmals und auf die Schwierigkeit, Plätze auf der Nobel-Tribüne zu bekommen. Man erörterte das Problem. Danach empfahl man sich.

„No?" fragte Franz, als sie im Hausflur standen. „Wie ham si dir g'fallen?"

„Gut", antwortete sie. „Er ist ein hübscher Mensch." Von ihr war nicht die Rede.

„Um so besser! Jetzt nimm dich für Nummer 7 zusammen!"

Seine Schwester Gretel öffnete ihnen eigenhändig die Tür, eine verblühte, verhärmte Frau. „Die Bedienerin hat heut Ausgang", sagte sie. „Wollts ihr euch einen Moment im Salon gedulden? Ich ruf' sofort meinen Mann. Franz, und auch Sie, Fräulein, bitte, sagts ihm nicht, daß er schlecht ausschaut! Er hat wieder einen Anfall gehabt!"

Sie verschwand.

Ein Herr in der Paradeuniform eines Dragonerobersten erschien an Gretels Arm. „Entzückt, Ihre Bekanntschaft zu machen!" begrüßte er Henriette mit weichem polnischem Akzent, schöpfte Atem zwischen den Worten und lächelte mit einem vom Tod gezeichneten Mund. Seine Schönheit war auffallend. „Aber bitte gehorsamst, doch gefälligst Platz zu nehmen!" ersuchte er. Wieder herrschte dieselbe Sitzordnung, die beiden Damen auf dem Sofa, die beiden Herren auf Fauteuils.

„Wie findest du ihn aussehen, Franz?" fragte Frau Paskiewicz.

„Famos", antwortete Franz trocken.

Henriette sagte: „Der Herr Oberst sieht wirklich sehr gut aus."

Da blitzte im Blick des Kranken etwas auf, das seine Züge belebte. Die Frau bemerkte es. Anscheinend beunruhigte sie sein jetziger Ausdruck noch mehr. So hatte es wohl jedesmal begonnen, früher, als er gesund gewesen war, mit diesem Flackern im Blick. Und nachher waren die Lügen gekommen, die Nachtwachen, die Demütigungen, die Szenen, die armselige Versöhnung.

„Gnädigste sind zu charmant zu einem Invaliden! Man kann dir gratulieren, Schwager! Und der Familie dazu!"

„Dank' dir, Niki. Jetzt werden wir euch aber nicht länger aufhalten", antwortete der Bräutigam wütend. Seine Schwester hatte zu Henriette bisher kein einziges nettes Wort gesagt.

„Absolut ausgeschlossen!" widersprach der Oberst. „Erst wird Bruderschaft getrunken! Gretel, hab die Gnade, und gib uns einen Sherry."

„Du sollst nicht trinken, Niki", bat die Frau fanatisch.

„Hast du verstanden?" befahl der Oberst. Zu den andern sagte er lächelnd: „Sie glaubt, es könnt' mir schaden. Aber guter Wein schadet nie! Nur schlechter!"

Die Tür öffnete sich leise, und ein hoch aufgeschossenes, blasses Mädchen trat ein.

„Wer hat dich gerufen?" tragte Frau Paskiewicz.

„Niemand", antwortete das Kind.

„Dann geh", sagte die Frau.

Jedoch der Oberst sagte: „Komm her, Alte!"

Das Kind kam zu den Erwachsenen und sagte guten Tag. Als die Mama vorhin den Papa holte, hatte sie die Worte gehört: „Höchstens eine Sekunde, Niki! Versprich's mir!" Der Papa hatte es der Mama versprochen, die Sekunde war längst vorbei, und die Stimmen der Eltern klangen beunruhigend. Alles, seit das kleine Mädchen sich erinnern konnte, war beunruhigend.

„Setz dich zu uns, Christl", sagte Franz zu ihr.

„Danke." Das Kind setzte sich auf den Rand eines Sessels.

Inzwischen hatte ihre Mutter den Gästen Sherry eingeschenkt, die Hand zitterte so dabei, daß sie verschüttete.

„Man sieht, du bist aus der Übung!" bemerkte ihr Mann. „Kein Glas für dich?"

„Du weißt, daß ich nicht trink'", antwortete sie fast unhörbar. Dr. Herz, der Hausarzt, hatte ihr erklärt, wenn das Asthma nicht nachlasse, könne jede Bewegung dem Herrn Oberst schaden. Doch der Mann hatte darauf beharrt, aufzustehen, sich zu rasieren und seine Paradeuniform anzuziehen, um diese aufgeputzte Jüdin in sich verliebt zu machen!

„Du wirst jetzt mit uns anstoßen!" hörte sie ihn drohend sagen. Der Oberst war aufgestanden. Kerzengerade aufgerichtet, schlug er die Hacken seiner Lackschuhe zusammen, an denen Silbersporen klirrten. In seinem Kavalleristenton sagte er: „Ich erhebe mein Glas auf die charmante junge Dame, die uns die Ehre erweist, der Familie anzugehören! Hoch soll sie leben, hoch soll sie leben, dreimal hoch!" Er stand da wie in alten Tagen, das gefüllte Glas erhoben. Die letzten Worte sang er.

„Danke", sagte Henriette erregt.

„Gestatten?" fragte der Oberst und ging auf Henriette zu, ungestützt, aufrecht. Eine Spur Röte überflog seine Wangen. Gewandt verschränkte er seinen Arm mit ihrem, sie tranken zugleich. Dann zog er sie an sich, berührte ihre Lippen. „Servus, du!" sagte er dabei. Sie hörte, wie mühsam sein Atem ging.

„Servus", wiederholte sie.

Die verblühte Frau nippte mit verpreßten Lippen. „Grüß dich, Henriett'", flüsterte sie. Man hörte es kaum.

„Grüß dich, Gretel", sagte die Braut.

Das Kind lächelte erleichtert.

„Ich beneide dich!" gestand der Oberst, Franz zum Abschied die Hand schüttelnd.

Auf dem Korridor des zweiten Stocks suchte Franz den Schlüssel zu den Gesellschaftsräumen.

„Deine Schwägerin und deine Schwester waren eigentlich nicht besonders nett mit mir", sagte Henriette.

Er suchte den Schlüssel noch immer. „Wahrscheinlich sinds dir neidig, daß du jung bist. Daß du schön bist! Daß du –"

„Daß ich?" fragte sie mit einem halben Lächeln, weil er so krampfhaft nach dem Schlüssel und nach Komplimenten suchte.

„Außerdem war sie natürlich eifersüchtig", erklärte er.

„Geh! Die Frau Staatsanwalt auch? Ist denn der Herr Staatsanwalt im Privatleben kein Staatsanwalt?"

Der Schlüssel war gefunden; sie gingen in den Gelben Salon, einen sechseckigen Raum mit verblichenem gelbem Damast an den Wänden, auf den Möbeln. „Hier war das, wo der Mozart vorg'spielt hat", sagte er.

Da sie schwieg, beantwortete er ihre Frage: „In dem Punkt sind alle Männer gleich."

Sie sagte: „Dein Schwager tut mir leid."

„Der Niki? Der hat mehr auf dem Gewissen, als zehn Pfarrer absolvieren können!"

„Aber er wird bald sterben."

„Tun dir alle Leute leid, die bald sterben müssen?"

„Ja!" sagte sie. Es klang aus der Tiefe einer Überzeugung.

Dergleichen mochte er ganz und gar nicht. „Du hast ein zu gutes Herz." Wahrscheinlich hatte er „Faxen" sagen wollen.

Sie sagte ihm nicht, „Leidtun" sei eine Krankheit. Er hätte bestimmt nicht verstanden, daß Menschen ihr so schmerzhaft leid tun konnten, daß sie die unsinnigsten Sachen tat, und das Unsinnigste konnte ihr leid tun. Eine alte Frau auf einem Sessel in der Sonne. Leute, die Sonntag abend von einem Ausflug nach Hause kamen, die ganze Arbeitswoche vor sich. „Dein Schwager ist halt schrecklich arm", behauptete sie, ohne sich beirren zu lassen.

„Daß einer den Niki Paskiewicz bemitleidet, ist mir wirklich neu!"

sagte er fast ungeduldig. „Schau dir lieber das da an! Das ist die Familienreliquie!"

Er zeigte auf ein niederes Klavier aus Birnenholz. Es hatte drei Füße. „Christofori Pianoforte, Leipzig 1762. Verbessert von Christoph Alt, Wien 1777", stand in eingelegtem Perlmutter über den Tasten.

„Weißt du, das ist das erste Instrument, das mein Großvater unter seinem Namen in den Handel gebracht hat", erklärte er. „Siehst den Hammer? Der Großvater ist nämlich auf die Idee der verbesserten Prellmechanik gekommen. Er hat den Hammer in der Kapsel hier verwendet..." Er warf mit Ausdrücken wie Klaviatur, Hammerschnabel und Prelleiste herum und erließ ihr kein Detail. Er wollte ihr beweisen, daß er nicht weniger konnte als die anderen Männer im Haus. Gut, die besaßen Titel und Orden. Das aber, was er machte, war weltberühmt. „Klaviermacher" hatte der Großvater sich bescheiden genannt, Sohn und Enkel nannten sich aus Stolz ebenso. Franz wies auf das Ölbild des alten Christoph, das auf das Birnenholzinstrument herablächelte, ein rotwangiger Herr mit in die Schläfen gekämmten weißen Locken.

Dann standen sie wieder in dem kalten, dumpfriechenden Stiegenhaus. „Soll ich dir noch zeigen, wo ich wohn', bevor wir hinuntergehen?" schlug er vor.

„Natürlich", sagte sie.

Der Junggesellenwohnung hatte das Makart-Ideal den Stempel aufgeprägt. Pfauenfedern und Strohfächer; Buketts in kolossalen Vasen; Mohrenknaben mit Fackeln; Bronzebüsten auf Kachelöfen. Samt, Plüsch, Teppiche, Felle, Samt.

Sie kamen in sein Schlafzimmer. „Da sollt' ich dich eigentlich nicht hereinführen", sagte er, hinter sie tretend. „No? Hübsch?"

Vor Nervosität hätte sie schreien mögen. „Sehr", sagte sie.

Ihm schien etwas aufgefallen zu sein. Er ging schnell zum Fenster. „Schau, wie weit man sieht", sagte er verlegen. „Im vierten Stock haben wir eine noch viel schönere Aussicht. Unser Schlafzimmer wird genau über dem da sein."

Sie wußte, es sei der falscheste Moment, doch sie entschloß sich zu fragen: „Hast du nicht etwas von zwei Schlafzimmern gesagt?" Sie sah ihn dabei nicht an. Neben einem Eisbärenfell lag ein Tigerfell; sie bemühte sich, die Streifen zu zählen.

„Zwei Schlafzimmer?" hörte sie ihn wiederholen.

Vierzehn Streifen. „Ja", antwortete sie. „Oder hab' ich dich falsch verstanden, unlängst im Riesenrad?"

„Wir sollten gehn", sagte er. „Es wird spät."

Der Haushalt des Malers Drauffer kam an die Reihe, eine Frau mit fröhlichem Apfelgesicht, ein Herr mit dem Bart des heiligen Petrus, zwei sommersprossige Zwillinge und ein Dobermann.

Alle zusammen neugierige Leute, sie wollten eine Menge wissen. „Was sagen S' zu unserm Haus – ein Affentheater, was? Werdets ihr euch auch solche Lausbuben anschaffen? Stimmt's, daß Ihr Herr Papa ins Herrenhaus kommt?" Gut gemeinte Fragen, schlecht zu beantworten.

„Der geborenen Kubelka", Franz' verwitweter Tante, auf Nummer 3 im Mezzanin, galt der nächste Besuch; bei ihr roch es nach angebrannter Milch. An die achtzig, nicht mehr klar im Kopf, gab sie sich erdenkliche Mühe, die Besucher aufzuhalten. Sie fürchtete: die zwei werden zur Sophie hinuntergehn, und die Sophie wird über mich schimpfen! Ihre Tochter Anna war mit dem Mops hinuntergegangen. Im Begriffe aufzubrechen, traf das Brautpaar mit ihr zusammen. Ganz in Schwarz, als käme sie von einem Begräbnis, widmete sie sich ausschließlich dem Hund; ihm die Leine abschnallend, redete sie zu ihm: „Ein braves Hundi. Alles hat der Strulli brav gemacht!" Der Mops, bei jeder Bewegung schnaufend, wollte sich nicht streicheln lassen.

„Gestatte, daß ich dich mit meiner Braut bekannt mache", sagte Franz zu seiner Cousine Anna. Die Gräfin Hegéssy nickte aus einem versteinten Gesicht. Wie dieses Gesicht früher ausgesehen hatte, ließ sich nicht erraten. Es war ausgelöscht. „Ich hoffe, Sie werden Glück haben", blieb alles, was sie sagte.

In diesem Haus das Leben verbringen? Auf dem Weg zu der letzten Wohnung, die besucht werden mußte, schnürte es Henriette die Kehle zu. An Familie war sie nicht gewöhnt – Professor Stein besaß keine Verwandten, und von den Aufreiters hatte sie nie jemand zu Gesicht bekommen.

„Die Anna hat viel Unglück gehabt", erklärte Franz.

„Man sieht's ihr an. Wie deine Schwester Gretel."

„Wenn du mich fragst, die Gretel hat mehr mitgemacht. Der Graf hat die Anna wenigstens gleich stehenlassen, vor fünfundzwanzig Jahren. Aber die Gretel hat noch länger ihrem Oberst bei seinen Lumpereien zuschauen müssen."

Die alte Poldi öffnete ihnen die Tür Nummer 2 im Parterre.

Sophie hatte große Toilette gemacht. Von ihrem weißen Scheitel bis zu den Spitzen ihrer Stiefletten bot sie den Anblick untadelhafter Sorgfalt.

Sie betonte eine Ähnlichkeit, und man konnte ihr kein lebhafteres Vergnügen bereiten, als zu bemerken, daß sie bestand.

Henriette bereitete es ihr. „Gnädiges Fräulein sehn ganz wie die Gräfin Festetics aus!" rief sie aus. Die Gräfin war die erste Hofdame der Kaiserin.

„Hat er Ihnen g'sagt, ich hör' das gern?" fragte das alte Fräulein, ihr die Hand zum Kuß reichend. „Wo ist das her? Paris?" wollte sie gleich darauf wissen, als sie in den Petit-point-Fauteuils saßen, von wo aus man den Nußbaum sah. „Sagen S' ruhig ja, ich find' auch, daß man sich nur in Paris anziehn kann." Und nachdem Henriette zugegeben hatte, ihr Kleid sei ein Pariser Modell aus dem hiesigen Salon Spitzer, sagte Sophie: „Reizend." Dann schien sie nichts gegen eine Frage zu haben, die Franz dermaßen entsetzte, daß er sich mit offenem Mund in seinem Fauteuil erhob. „Sie wissen, daß ich gegen Ihre Heirat war?" fragte sie Henriette.

Das Mädchen sah die alte Dame fassungslos an. „Nein."

„Tante Sophie!" brauste Franz auf. „Wir sind zu dir gekommen, um dir einen Besuch zu machen!"

„Was sagen S', was der für ein dummer Kerl ist", wendete sie sich an Henriette. „Natürlich machts ihr mir einen Besuch, noch dazu den letzten im Haus. Oben, bei der – Frau Kubelka seids ihr vor mir gewesen! Und wenn's nach euch gegangen wär', hättets ihr ihn überhaupt nicht g'macht – das heißt, der Franz. Von Ihnen weiß ich's nicht."

Hier war es, wo die alte Poldi Weichselschnaps und eine Sachertorte brachte. Die Handreichungen der Dienerin mit Kopfschütteln begleitend, bemerkte Sophie, nachdem sie gegangen war: „Sie müssen schaun, mein Kind, daß Sie sich gute Dienstboten nehmen. Von den Poldis und Resis hängt so viel im Leben ab!"

Der Papagei bedankte sich nun wiederholt für nichts, und das alte Fräulein zerschnitt die glasierte Schokoladetorte. „Ich kann mir vorstelln, daß ihr euch schon durch eine Menge Zeugs habts durchessen müssen?" vermutete sie. „Ihr könnt's stehnlassen." Sie selber versuchte ein Stückchen. „Miserabel, dieser Schokoladeguß", sagte sie. „Nehmen S' mir auch übel, was ich g'sagt hab', mein Kind?"

„Offen gestanden, ein bißchen."

Sophie nickte. „Genau, was ich will. Das ‚Offeng'standen' nämlich. Versteckenspielen hab' ich nie ausstehn können: Ich hab' dem Franz gesagt –"

„Tante!" unterbrach er.

„Aber gib Ruh'! Das Mädel verträgt die Wahrheit. Ich hab' ihm nämlich sehr von Ihnen abg'redet. Sie werden wissen wollen, weshalb?"

„Da bin ich! Da bin ich!" rief der Papagei.

„Ich fürcht', es würde nicht viel ändern, auch wenn ich wüßt', was gnädiges Fräulein gegen mich haben", antwortete Henriette, am Rande der Beherrschung.

„Der erste Unsinn, den ich Sie sagen hör'", entschied Sophie. „Wenn ihr zwei mich nämlich hättets ausreden lassen, dann hätt' ich Ihnen g'sagt, daß ich meinen Standpunkt Ihnen gegenüber revidiert hab'. Nicht wegen des Augenscheins, der für Sie spricht. G'scheit sind S' auch. Hoffentlich nicht zu sehr – es ist nie gut,

wenn eine Frau zu g'scheit ist. Sie können wahrscheinlich dem da
eine ganz gute Frau sein, wenn S' bißl weniger eingebildet wär'n.
Für die Hübschheit können S' nix und für die G'scheitheit auch
nicht. Einbilden kann man sich nur was auf Sachen, für die man selber was kann. Zum Beispiel auf das, was man sich versagt. Kommen
S' her. Geben S' mir einen Kuß."

Verletzt und verwirrt hatte Henriette zugehört. Doch sie gehorchte,
ging hinüber und berührte mit den Lippen die kühle Wange. Auch
sie empfing einen gehauchten Kuß.

„Wollen S' mir was versprechen?" fragte Sophie.

Henriette bejahte.

„Stelln S' sich dorthin, unter das Bild. Schau nicht so blöd, Franz.
Bis euer vierter Stock gebaut ist – übrigens eine deiner dümmsten
Ideen –, kann ich leicht aus der Wohnung da ausgezogen sein. In
meinen Jahren geht's rasch. Daher möcht' ich, daß Sie mir jetzt
was versprechen."

Zu beiden Seiten des Bildes über dem Hausaltar, vor dem Henriette jetzt stand, brannten Lichter in kleinen rubinroten Gläsern.
Das Bild stellte den heiligen Judas Thaddäus dar. Alles kam ihr
unerträglich absurd vor.

Die alte Dame nahm den Stock mit dem Elfenbeingriff, erhob sich
und ging zum Betschemel. Sie überragte Henriette beträchtlich, als
sie ihre leichte Hand auf die des Mädchens legte. „Ich werd' dem
Franz eine gute Frau sein – sprechn S' mir das nach!"

„Ich werd' dem Franz eine gute Frau sein."

„Ich werd' verzichten, wenn's sein muß."

„Ich werd' verzichten, wenn es sein muß."

Das alte Fräulein nickte. „Dank' Ihnen schön, mein Kind. Jetzt
bin ich viel ruhiger."

Kurz darauf traten die Brautleute durch das Annagassentor ins
Freie.

„Jetzt kennst du das Haus", sagte Franz wie jemand, der um
Entschuldigung bittet. „Siehst du jetzt ein, daß wir den vierten Stock
brauchen?"

„Jetzt kenn' ich das Haus", antwortete sie mechanisch.

Absurd! Absurd! Alles!

AUDIENZ AM HELLEN TAG

Vom Augenblick, da sie den Zettel erhielt: „Ich muß Dich sofort fünf Minuten sprechen. Alles hängt davon ab!" ging alles wie im Fieber; ein wahres Glück, daß der Papa noch auf der Universität war und an diesem Nachmittag des Blumenkorsos die Wiener, die Geld besaßen, in blumengeschmückten Equipagen und Fiakern im Prater spazierenfuhren; die es sich nicht leisten konnten, standen am Straßenrand und schauten zu. Also war die Stadt leer.

„Was ist denn passiert, Bratfisch?" fragte sie. Doch der Kutscher sagte, er wisse es nicht, sein Auftrag sei, das gnädige Fräulein sofort in die Burg zu bringen.

Bei hellichtem Tag in die Burg?

Er sah ihren Ausdruck. „Niemand wird das gnä' Fräul'n sehn. Bei der Opernkreuzung steig'n Euer Gnaden aus. Dann gehn Sie paar Schritt' zum Palais Albrecht hinauf bis zum kleinen Eisentor und bleib'n stehn. Der Herr Loschek wird aufsperr'n."

In dem Coupé roch es nach Seinem türkischen Tabak. Auf dem Rücksitz lag die Pepitawagendecke, in die Er sie gehüllt hatte, als sie von Baden zurückgefahren waren. Auf dem Bock saß der Kutscher Bratfisch, er trug den schmalkrempigen Zylinder, die braune schwarz eingefaßte Samtjacke und die flatternde schwarze Krawatte wie zur Zeit, als er sie täglich geholt hatte, ohne daß sie jemals sicher wußte, wohin.

Rechts konnte man die Seilerstätte sehen; ein Eckhaus war von einem hohen Gerüst umgeben, man baute dort einen vierten Stock. Sie wollte an Franz denken; daß er sich die ganzen Wochen so rührend aufmerksam zeigte. Er war an diesem Nachmittag auf einer Sitzung in der Handelskammer. Doch in dem kleinen Coupé konnte sie sich ihn nicht vorstellen, das Gesicht des andern sah sie zu erschreckend deutlich. Seit sie den Zettel mit den Bleistiftzeilen in der Hand gehalten hatte, überwältigte es sie genauso wie am ersten Tag. Sie versuchte zu beten. Auch das gelang ihr nicht.

Er sollte nicht glauben, die Zeit habe sie gefügig gemacht! Wahrscheinlich hatte Er sich gedacht: wenn man sie genug lang warten läßt, wird sie schon nachgeben. Irrtum! Sie wird Ihm auch heute sagen, ich bin nicht das Fräulein Mitzi Kaspar, die man für die Nacht mitnimmt. Ich will dich, aber ich hab' das, was du „Angst vor der Konvention" und „Moral der kleinen Bürgermädeln" nennst. Tut mir leid. Ich bin ein kleines Bürgermädel.

Kärntner Straße. Warum lüg' ich mich so an? Der Franz ist ein ältlicher, langweiliger Mann, nur Er existiert für mich ... Was ist denn mit mir? dachte sie gleich darauf. Ist es so weit gekommen, daß man mir, nachdem man monatelang kein Lebenszeichen gegeben hat, einfach einen Kutscher schicken und befehlen kann: du gehst jetzt in die Hofburg, Seine Kaiserliche Hoheit will dich Punkt drei zur Geliebten haben?

„Aussteigen! Bratfisch!" Sie hatte geschrien.

„Sind schon da", erwiderte der Kutscher, die Pferde anhaltend. Er ließ Henriette aussteigen, grüßte „Küß d' Hand!" und fuhr schnell weiter.

Sie ging die Augustinerstraße hinunter. Sie sah die kleine Eisentür. Sie würde weder klopfen noch läuten. Einfach einen Moment stehenbleiben. Es war schon acht Minuten nach drei, folglich würde ihr niemand aufmachen. Sie würde sofort wieder weggehn. Aber sie konnte dann sagen, ich hab' getan, was man verlangt hat.

Die Tür öffnete sich. „Folgen mir, bitte", sagte die Stimme des Leibkammerdieners Loschek, und die Stimme des Leibjägers Püschel ein paar Momente später: „Seine Kaiserliche Hoheit lassen bitten." Die weißgoldenen Flügeltüren gingen auf, sie stand vor Ihm. Ihr Herz schlug so, daß sie nicht reden konnte.

Er sagte: „Dank' dir tausendmal, daß du gekommen bist. Bitte, setz dich."

Verändert sah Er aus. Er war so blaß. Seine Lippen hatten ein leichtes Zucken. Nicht jenes ironische Lächeln, das sie so hinreißend gefunden hatte. Seine Unterlippe bewegte sich wie bei jemandem, der nicht weinen will.

„Wie geht's dir denn?" fragte Er. Die Stimme war dieselbe. Eine unwiderstehliche Stimme.

„Danke, gut", antwortete sie. „Und dir?"

„Danke, nicht gut." Er saß am Schreibtisch, sie im Fauteuil ihm gegenüber.

„Du schaust bißl müd aus", gab sie zu. „Bist hoffentlich nicht krank?" Sie liebte Ihn so, daß sie kaum reden konnte.

Er lehnte sich zurück, verschränkte die Arme, schaute sie an. Zu einer grünen Jagdjoppe trug Er die steirische Krawatte, die sie Ihm

geschenkt hatte. „Die letzte Nachricht, die ich von dir gehabt hab',
war aus dem ‚Fremdenblatt'. Du hast dich also verlobt?" Sie nickte.
„Bist du glücklich?" Sie nickte. „Entschuldig' mein miserables Gedächtnis. Ich hab' total vergessen, wer dein Bräutigam ist?"

„Franz Alt. Von der Klavierfirma."

„Jung? Hübsch? Selbstverständlich!"

Das Original des Adamschen Porträts der Kaiserin Elisabeth zu
Pferd befand sich Henriette gegenüber. Ihren Blick auf den vollkommen anmutigen Zügen der Reiterin, die schwankten, verschwammen,
sagte sie: „Weder noch."

„Aber sehr verliebt wenigstens?"

„Er hat mich gern."

„Und du?"

Sie konnte nicht mehr und schwieg.

Aufspringend ging Er in dem in Weiß und Gold gehaltenen Raum
mit den Riesenfenstern und den Geweihen und Waffen an den Wänden umher.

„Ich hab' dich um etwas zu bitten. Es ist viel! Es ist wahnsinnig
viel!"

Sie wußte, was jetzt kommen würde. „Wenn du mich liebst, mußt
du's mir beweisen!"

Er unterbrach das Hin- und Hergehen an einem der beiden Fenster
und auf den Franzensplatz und das Denkmal des Kaisers Franz
schauend, sagte Er schnell: „Es ist... nämlich, ich... Wir haben
schon einmal davon gesprochen. Vielleicht erinnerst du dich? Daß ich
den Tag vorausseh', an dem ich's bis daher haben werd'. Du hast
nämlich gemeint, es liegt dir auch nix dran. Sag nichts! Es ist nämlich..., wenn's Feigheit ist, gut! Aber ich hab' Angst! Nicht davor,
es zu machen – in dem Haus schießt höchstens meine Mutter besser.
Aber man weiß halt nicht, wie's ausgeht. Der Ferdl Palffy wird sein
ganzes Leben ein Krüppel bleiben. Das möcht' ich nicht! Außerdem – es ist idiotisch, aber ich muß fortwährend dran denken: Was
kommt nachher? Die Pfaffen sagen, für einen Selbstmörder gibt's
nur das Fegefeuer. Nix kommt! Aber weißt du, meine Hand könnt'
unsicher sein..., davor hab' ich Angst. Und – wenn man – wenn
man nicht allein wär'... Es wär' halt leichter. Was zuerst
kommt... und was nachher kommt. Wenn was nachher kommt..."

Er drehte sich um. Seine Stirn war feucht, Er hielt sich am Fensterbrett. „Du bist die einzige, die mich versteht."

Sie verstand nur, daß Er sterben wollte. Irgendeinmal, früher, mochte es zwischen ihnen zur Sprache gekommen sein, zwischen einem Schluck Wein und einem Kuß. Doch sie hatte keine Erinnerung daran. Es traf sie betäubend. Daß Er auch ihren Tod verlangte, verschwand in der Unfaßbarkeit, daß der Mensch, der für sie der Inbegriff des Lebens war, sterben wollte.

„Also nein?" fragte Er verzweifelt.

„Das darfst du nicht!" sagte sie.

Unerträglicher Blick. „Erspar mir, was du jetzt sagen willst", sagte Er. „Daß ich eine Mission hab' – et cetera. Gib dir keine Müh! Daß es geschieht, ist dezidiert. Hast du's verstanden?"

An der Flügeltür hörte man ein leichtes Klopfen. „Herrgott noch einmal!" brach Er aus. „Kann man nicht zehn Minuten seine Ruh' haben! Herein!"

Jemand meldete: „Herr Flügeladjutant Graf Bombelles bitten um eine Sekunde Gehör. Es ist sehr dringend."

„Aber bleib sitzen, hab die Gnad'!" sagte Er, als Henriette aufstand.

Ein Herr in der Uniform eines Vizeadmirals war eingetreten. Auf Henriette schauend, zögerte er. „Graf Bombelles", wurde er vorgestellt, ohne daß ihr Name genannt wurde.

„Reden S' franchement, die Dame ist mindestens so vertrauenswürdig wie ich!"

Der Vizeadmiral meldete: „Der Herr Generaladjutant Seiner Majestät läßt Eure Kaiserliche Hoheit erinnern, daß Seine Majestät heut' abend zur Premiere von Fräulein Schratt in ,Versprechen hinterm Herd' ins Burgtheater gehen und Eure Kaiserliche Hoheit um sieben in der Inkognitologe erwarten."

„Und das ist gar so wichtig?" fragte Er heftig. „Sagen S' dem Grafen Paar, es tut mir leid, ich kann heut' abend nicht!"

„Kaiserliche Hoheit gestatten mir zu bemerken, daß Seine Majestät den Wunsch schon vor einer Woche ausgesprochen und daß Kaiserliche Hoheit akzeptiert haben. Ihre Kaiserliche Hoheit die Kronprinzessin wird auch zugegen sein."

Er hatte sich auf den Schreibtisch gesetzt. Der eine Seiner hohen Jagdstiefel schlug gegen das Holz.

„Sagen S', ich hab' wieder meine Neuralgien. Dank' Ihnen tausendmal, Bombelles."

„Zu Befehl, Kaiserliche Hoheit."

„Und sagen S' dem Grafen Paar, wenn er was von mir will, muß er sich schon selber zu mir heraufbemühn!"

„Zu Befehl, Kaiserliche Hoheit."

Die weißgoldene Tür öffnete und schloß sich.

„Ins Burgtheater! Fräulein Schratt!" Wieder durchmaß Er den Raum. „Mittelmäßigkeit, ja! Das adoriert er! Nur nicht auffallen! Nur den Schein wahren! Ein Mann, den keiner ertragen kann – seine Frau nicht, die vor ihm wegläuft – seine Kinder nicht, für die er nicht die Spur eines Gefühls hat – seine Minister nicht, die sich vor ihm fürchten – seine Untertanen nicht, die er nie sieht! Ein blinder, tauber Mann, der stolz drauf ist, daß er hinter seiner Zeit zurückbleibt, und denen, die ihn sehn und hören machen wollen, den Mund verbietet – mit diesem Hochmut, der einem das Blut gefrieren macht! Bald werd' ich dreißig. Glaubst du, daß ich ein einziges Mal mit meinem Vater über Politik hab' reden dürfen? Nie! Er fragt mich: ‚Wie geht's deiner guten Frau? Spielt sie noch so exzellent Chopin?', und manchmal fragt er mich monatelang überhaupt kein Wort. Ein Mann, neben dem man nicht leben kann! Daß er uns zugrund richtet mit seiner Hauspolitik, ist ihm so unbekannt wie jemand, der ihm die Wahrheit sagt!"

Der Zorn, der aus Ihm aufbrach, war so elementar, daß Henriette Ihn sprachlos anstarrte. War das der Mensch, von dem ein so bezaubernder Charme ausgehen konnte? Das Zucken um Seinen Mund setzte keine Sekunde aus. Sie fürchtete sich so, daß sie sich nicht zu rühren wagte. Wie alle Wiener ihrer Generation in bedingungsloser Verehrung für Franz Joseph aufgewachsen, hielt sie jedes Wort des Sohnes für ebenso viele todeswürdige Verbrechen.

„Verzeih!" stieß Er hervor, „manchmal geht's einem halt durch!" Er hatte sich in den Schreibtischsessel fallen lassen. „Vor vier Wochen", fuhr Er fort, „hab' ich mich nach Rom gewendet. Ich hab' den Papst um Annullierung meiner Ehe gebeten. Hier ist das Konzept eines Briefes, den der Pepi Hoyos nach Rom gebracht hat. Wenn du noch soviel Zeit hast, les' ich dir's teilweise vor?"

Er hielt das Papier in unruhigen Fingern, las, ohne ihre Antwort abzuwarten.

„Für meine Ehe das abgebrauchte Wort unglücklich zu verwenden wäre sinnlos. Sie wurde zur gegenseitigen Qual. Es liegt mir fern, jemandem daran die Schuld zu geben, am wenigsten meiner Frau,

mit der ich aus Gründen verbunden wurde, die Staatsräson heißen.
Nichts mehr verbindet mich mit ihr. Die Tochter, die wir haben,
hängt an mir, nicht an ihrer Mutter. So beschämt ich bin, es aus-
zusprechen, es ist die Wahrheit, daß wir einander in einem Grade
unerträglich wurden, der unser Beisammensein unwürdig und absurd macht.

Wer, wie Eure Heiligkeit, unvergleichlich tiefere Einsicht in die
menschlichen Beziehungen besitzt als wir anderen Sterblichen, wird
die Frage nicht zu kühn finden: Was ist es, das einen Menschen
verhindern kann, den ihm angeborenen Anspruch auf Lebensglück
und Menschenwürdigkeit aufzugeben? Seine Pflicht? Ich glaube, daß
kein Heil auf Pflichten ruht, die kein Heil stiften. Sollte es diese
Pflicht aber für Souveräne geben, dann empfangen Eure Heiligkeit
hiermit meine feierliche Erklärung, daß ich bereit bin, den Rechten
der Nachfolge auf den Thron zu entsagen und als Privatmann in
der Masse zu verschwinden, wenn ich mir damit den Weg in die
Freiheit meiner eigenen Existenz bahnen kann. Man hat mich gelehrt, daß ich mit mehr Rechten als andere geboren wurde, ich habe
gelernt, daß ich mit weniger als andere leben soll. Eure Heiligkeit
blicken in mein Inneres und können mir Ihren Beistand, von dem
alles abhängt, nicht versagen. Als gläubiger Sohn der Kirche wird
mein Vater Ihre Entscheidung gehorsam befolgen."

Er warf das Blatt hin. „Weißt du, was der Papst gemacht hat?
Er hat meinen Brief meinem Vater geschickt und ihm empfohlen,
mir den ‚Frieden meiner Seele‘ zurückzugeben. Um eins heute mittag hat mich mein Vater kommen lassen, mein Großonkel Albrecht
war da, mein Onkel Karl Ludwig und der Erzbischof. Während man
mir den Frieden meiner Seele zurückgegeben hat, ist das Dejeuner
meines Vaters serviert worden, denn Punkt eins speist er sein Rindfleisch. Fünf Minuten später war er mit dem Rindfleisch und mit
meiner Existenz fertig. ‚Du solltest jetzt erwachsen genug sein, solche
Kindereien zu unterlassen‘, hat er gemeint, in diesem meilenweiten,
unbeteiligten Ton."

Er stieß den Sessel mit dem Fuß zurück und sprang auf. „Du hast
das Datum meines Briefes bemerkt?"

Ja. Der Brief war an dem Tag geschrieben, da ihre Verlobung in
der Zeitung stand.

„Und du weißt jetzt, warum ich dich heut’ gleich nach meiner
Audienz hab’ bitten lassen?"

Zwischen Entsetzen, Angst und einer beseligten, leidenschaftlichen

Liebe, zu der sie keinen Weg sah, jagten ihre Gedanken. Sie konnte nicht reden.

„Ich hab' mich deinetwegen scheiden lassen wollen", sagte Er. Nein! wehrte sie sich schweigend, während Er weitersprach, weil du mit deiner Frau unglücklich warst!

„Deinetwegen hab' ich auf alles verzichten wollen."

Nein! Weil du mit deinem Vater nicht einig warst! Weil du nicht hast warten wollen, bis er dir Platz macht! Ich bin ein kleines Bürgermädel, hast du mich nicht oft so genannt? Wegen eines kleinen Bürgermädels verzichtet der österreichische Kronprinz nicht auf den Thron!

„Ich wollt' dich heiraten", sagte Er.

„Warum hast du mir das vorher nie gesagt?" fragte sie, ohne zu wissen, daß sie es fragte.

„Ich hab's dir vielleicht nicht gesagt, aber gewußt mußt du's haben!"

Sie hatte es nicht gewußt. Es war ein Flirt, und nie war sie so traurig gewesen, als da es aufhörte.

„Weil ich mich bei dir ja nur noch mit einem annullierten Trauschein hätt' melden können!" Die Erregung, die Ihn für einen Augenblick verlassen zu haben schien, bemächtigte sich Seiner wieder. „Meine Geliebte wolltest du nicht sein – ich hab's respektiert."

„Mit dem Fräulein Kaspar!"

„Ja!" gab Er fast schreiend zu.

„Wenn du dich gleich nach mir in diese Person verliebt hast, kann deine Liebe zu mir nicht gar so groß gewesen sein!"

„Du hast dich ja auch verliebt. Sogar verlobt."

„Du liebst also Fräulein Kaspar?" fragte sie das einzige, das ihr Sinn zu haben schien.

„Nein, ich lieb' sie nicht!" Er packte ihre beiden Hände.

Sie hatte etwas gesehen, das sie vorher nicht gesehen hatte. Es tat weh, doch es half. „Sag mir, hast du das Fräulein Kaspar auch drum gebeten, worum du mich jetzt gebeten hast?"

Das schnarrende Kommando: „Gewehr heraus!" schallte unten vom Franzensplatz. Er war zum Fenster getreten und sah seinen Vater in der offenen Equipage mit den schwarzgoldenen Rädern aus dem Tor fahren. Der Trommelwirbel, die Hufe der Pferde auf dem Pflaster und die Hochrufe der Passanten verstummten. „Da fährt er!" sagte der Sohn. „Etwas inspizieren. Die heilige Routine geht

weiter! Um eins Rindfleisch, um sieben die Schratt. Daß er mir um
eins die Existenz abgesprochen hat, hat er schon total vergessen."
Sich zu ihr zurückwendend, mit einem Gesicht, in dem die Erbitte-
rung brannte, gab Er die Antwort, auf die sie wartete: „Ob ich sie
auch gebeten hab'? Nein! Dich hab' ich gebeten, weil du weißt –
oder weil ich geglaubt hab', daß du weißt, was in einem Menschen
vorgeht. Wenn ich mich geirrt haben sollt' – es wär' nicht der erste
Irrtum in meinem Leben! Aber sei sicher, es war mein letzter! Jetzt
wirst du gehn müssen?"

Sie erhob sich. „Gib mir die Hand", sagte sie.

Ohne sich zu rühren, sah Er sie an. Dann sagte Er: „Adieu."
Sein Blick verlor die Bitterkeit, den Haß, die Enttäuschung. Wie in
den Tagen, da Er ihr Glück gewesen war, sah Er jetzt aus, nur weit,
weit weg – ungeheuer einsam.

Sie konnte nur sagen: „Du wirst mich halt wissen lassen, wenn
du mich brauchst?"

„Dank dir tausendmal! Du bist ein Engel!" sagte Er schließlich.
Dann hörte sie Ihn flüstern: „Mouche!"

Lange her, daß Er sie Mouche genannt hatte! „Leb wohl!" sagte
sie schnell. Dann ging sie.

DIE GLOCKEN

Die vier Kinder saßen am „Katzentische" in den Gesellschaftsräumen des zweiten Stocks. Er war genauso festlich mit Damast,
Silber und Kristall gedeckt, mit Mimosen und Veilchen geschmückt
wie die Tafel der erwachsenen Gäste. Alle Dienstmädchen des Hauses
Seilerstätte 10 taten Dienst, sie trugen weiße Zwirnhandschuhe zu
gestärkten, gefältelten weißen Häubchen, und die Poldi der Großtante Sophie wischte sich fortwährend vor Rührung die Augen, obwohl Sophie schon zwei Monate tot war. Auch drei Kellner servier-
ten, und im Kleinen Speisezimmer saßen vier Männer im Frack und
machten Musik.

Die Schüssel, den Kindern eben gereicht, enthielt Rehrücken mit
Orangenscheibchen verziert; dazu gab es Kartoffelcroquettes und eine
rote Sauce, so dick, daß das Messer darin steckenblieb. Die Französin, die an der Breitseite des Kindertisches thronte, behauptete,

dies esse man nicht mit dem Messer. Die Zwillinge aßen die Sauce trotzdem mit dem Messer.

Am Tisch der Erwachsenen klopfte Professor Stein ans Glas. Zehn Schritte von hier, in der engen Gasse, begann er seine Rede, habe im Staatsarchiv der größte Geist des alten Österreich gearbeitet, der Dichter Grillparzer, und auf der weiten Ringstraße drüben bemühten sich die Architekten, das neue Österreich zu bauen. Zu dieser Doppelaussicht seien die Hausbewohner zu beglückwünschen, weil sie den rechten Weg zeige, an der großen Tradition festzuhalten und zugleich der neuen Epoche ihr Recht zu geben, die nach Neubauten verlange; hierfür erbringe das neue vierte Stockwerk den besten Beweis.

Professor Stein nickte Otto Eberhard, dem Oberst Paskiewicz, dem Maler Drauffer und Franz zu. „Vom Staatsanwalt, der glorreichen Armee, der Kunst und dem schöpferischen Kunsthandwerk bewohnt, vom Blut verschiedener Nationen durchpulst, ist dieses Haus ein echt österreichisches Haus." Der Redner ergriff das vor ihm stehende Glas und trank auf das Wohl dieses Hauses und auf das Glück jener, deren Heim das neue Stockwerk sein würde. Die Gläser klangen.

Otto Eberhard erhob sich. Er nannte die Braut eine junge Dame, im Geist des Liberalismus höchst fortschrittlich erzogen, was von seinen Lippen fast wie ein Tadel klang. Dann brachte Oberst Paskiewicz einen Trinkspruch auf das Kaiserhaus aus: „Ihre Apostolischen Majestäten, Kaiser Franz Joseph und Kaiserin Elisabeth; Ihre Kaiserlichen Hoheiten, Kronprinz Rudolf und Kronprinzessin Stephanie, sie leben hoch!" Die vier Männer im Kleinen Speisezimmer spielten die Volkshymne, alle mußten aufstehen und „Gott erhalte!" singen.

Der Bräutigam, Onkel Franz, sah eigentlich nicht wie der Bräutigam, sondern eher wie der Vater der neuen Tante aus; diese Beobachtung vertraute Fritz Drauffer der Französin an. *„Pas du tout!"* fand sie, wenn er etwas gesetzter aussehe, *voyons,* das sei gerade das Richtige.

Das Gefrorene erschien jetzt, ein gustiöser Aufbau von Blumen und Früchten aus Eis, deren Spitze ein winziges Klavier bildete; ein Engel stand darauf, der Trompete blies. Otto Eberhard verlas die Glückwunschtelegramme, und eine ganze Weile klangen Namen, Würden, Prädikate in das Stimmen- und Löffelgeräusch, ohne daß ihnen jemand Aufmerksamkeit schenkte. Nur Henriette interessierte sich dafür. Als Otto Eberhard fertig war, fragte sie: „Ist das alles?"

Die Gesellschaft ging in den Gelben Salon hinüber, zum schwarzen Kaffee; den vier Kindern aber wurde empfohlen, in ihre Wohnungen zurückzukehren.

Zur maßlosen Verwunderung der Zwillinge jedoch erklärte Cousine Christin', sie wolle dableiben! So aufgeregt sagte sie das, daß sich die neue Tante nach ihr umsah. „Aber natürlich! Du hast mir ja so gut die Schleppe getragen in der Kirche."

Mit eigenen Augen mußten die Zwillinge erleben, daß ihre leibliche Cousine von der neuen Tante auf den Schoß genommen wurde – ein Mädel von beinah elf! Daran nicht genug, daß sie verklärt dort saß wie im siebenten Himmel, war jetzt auch die Gelegenheit verpaßt, endlich wegzukommen! Denn Pauline Drauffer kündigte an: „Herr Alfred Grünfeld wird die Güte haben, ein bißl für uns zu musizieren!"

Er hatte sich ans Klavier gesetzt. „C'est ‚La truite' de Schubert", flüsterte Mademoiselle den Zwillingen zu. Ob sie hörten, wie das Wasser rausche und die Forelle hüpfe? Die Forelle hüpfte eine ganze Weile, nachher wurde applaudiert.

„Tante!" flüsterte die Christin', „wirst du jetzt immer bei uns sein?"

Henriette antwortete: „Weißt du, wir fahren heut' abend auf ein paar Wochen weg. Aber dann kommen wir zurück, und ich bleib' ganz da, Christl."

Herr Grünfeld fing wieder zu spielen an, der Papa der Zwillinge kam und kommandierte: „Buben! Vorwärts, marsch!" Herrn Drauffers Zwillinge und des Staatsanwalts kleiner Sohn Peter gingen.

NICHT nur die Kranzelherren und Kranzeljungfern in Henriettes Alter tanzten; als sollten die Jahre des Bräutigams im besten Licht präsentiert werden, tanzten Ältere als er, der Trauzeuge, Otto Eberhard, ja sogar Professor Stein hatte es sich nicht nehmen lassen, die Frau Erste Staatsanwalt aufzufordern. Die Nichttänzer schauten auf vergoldeten Sesseln zu: die „geborene Kubelka", ihre Tochter Anna, in Schwarz sogar heute, Dr. Herz, Gretel Paskiewicz und Christine.

Gretels Blicke hingen an ihrem Mann. Seine von Champagner erhitzten Augen glänzten, seine rechte Hand umspannte die Taille der Braut, mit der hoch ausgestreckten Linken balancierte er sie und ihre schwere Schleppe souverän über das Parkett. Beschwörend schaute Frau Paskiewicz auf Dr. Herz. Doch der junge Arzt lächelte philosophisch. Der Wissenschaft zufolge hätte der Patient mindestens seit dreiviertel Jahren tot sein müssen. Da er aber tanzte, hatte nicht die Wissenschaft, sondern der Oberst Paskiewicz recht. „Lassen Sie ihn doch tanzen!" sagte der Arzt.

„Aber wenn ihm etwas geschieht!" antwortete Frau Paskiewicz laut genug, daß die kleine Christin' es hören konnte.

Seit sie sich erinnerte, lebte die Christin' mit der Angst um den Vater. Erst hatte sie fürchten müssen, daß er abends nicht oder zu spät nach Hause kommen würde; wach liegend, hatte sie auf den Moment gelauscht, bis endlich leichte Schritte zu hören waren. Manchmal folgte den leichten Schritten ein gedämpfter Streit, wovon das Kind Schimpfworte auffing. Daß der Papa abends zu Hause blieb, passierte erst, nachdem er sehr krank wurde, und die Christin' war über seine Krankheit so lange selig, bis ein (nicht für sie bestimmtes) Gespräch ihr verriet, sein Tod sei jede Minute zu erwarten. Oh, es war so hoffnungslos! Aber dann war Tante Hetti gekommen. Die Christin' hatte nie jemand gesehen, der alles so verwandelte, sobald er ins Zimmer trat!

„Donau, so blau", spielte Herr Grünfeld, die junge Frau tanzte wieder mit ihrem Mann. Franz war ein gewandter Tänzer, er trachtete, es Henriette zu beweisen.

Er hatte nicht zur Hochzeit gratuliert, dachte Henriette. Zusammen sterben! Noch jetzt wurde sie rot vor Scham, wenn sie an die Komödie dachte, die Er ihr damals vorspielte und auf die sie dumm genug hereinfiel.

Jetzt existierte seit ein paar Wochen nur noch diese kleine Griechin Mary Vetsera für ihn. Vorgestern, auf dem Ball beim deutschen Botschafter, hatte sie sich so unmöglich benommen, daß die ganze Stadt davon sprach!

Ihr Vater kam auf sie zu, er hatte den gewissen nachsichtigen Ausdruck, als wollte er sagen: „Ja, ja, da läßt sie mich allein!" Ich hab' den Mann deinetwegen genommen, Papa! antwortete sie ihm wortlos.

Wie oft hatte er ihr gesagt: „Denk an die Mama, bei allem, was du tust." Der Papa war so überzeugt, daß die Mama eine fabelhafte Frau gewesen war!

Sie mußte um jeden Preis verhindern, daß er erfuhr, wie sehr er sich geirrt hatte!

„Die Hochzeit ist hübsch? Nicht, Papa?" Sie setzten sich.

Professor Stein nickte lebhaft. Es war eine schöne Hochzeit gewesen!

„Papa. Was wirst du machen, wenn ich nicht da bin?"

„Oh", antwortete er, „mich unterhalten! Ich hab' meinen Vortrag in der Akademie am fünften Feber. Und am sechzehnten endet das Semester, da werd' ich vor Rigorosen nicht aus und ein wissen. – Ihr habt euch also für das Hotel Danieli in Venedig entschieden?"

„Ja."

„Ausgezeichnet. Du schickst mir eine Depesche sofort nach deiner Ankunft?"

„Natürlich. Papa, du weißt, ich kann schlecht reden. Ich sag' dir jetzt nur danke. Für alles. Es war so schön bei dir!"

„Hetti, jetzt muß ich aber bitten! In unserer Situation sind schon einige Eltern und Kinder vor uns gewesen."

Franz kam, und Henriette stand auf. „Leb wohl, Papa."

„Servus, Kleine."

Eine Umarmung, ein Kuß. Dann verließ das Brautpaar den Saal und ging die Stiegen hinauf.

Im fast fertigen vierten Stock zog Franz einen neuen Schlüssel aus der Tasche und sperrte die Tür mit der blinkenden Messingtafel „F. Alt" auf. Im Gang roch es nach frischer Malerei.

„Wart", sagte er, „ich geh' voraus und mach' Licht. Wünsch dir was Schönes, bevor du zum erstenmal über die Schwelle trittst. Hast du? Also komm!"

Während sie durch die sieben kalten Räume gingen, zum Teil schon mit Möbeln ausgestattet, beobachtete Franz die junge Frau gespannt.

„Hübsch", sagte sie. Unvorstellbar, daß man von diesen überladenen steifen Zimmern je „zu Hause" sagen würde.

„Den dreiteiligen Ankleidespiegel hab' ich extra aus Paris kommen lassen!"

In dem Raum, der ihr als Schlafzimmer zugedacht war, stellte er sich an das Fußende des schmalen Bettes. „Ich hab's nicht vergessen!"

„Lieb von dir."

„Ist das alles?" Er trat näher, sie roch Weindunst.

„Darf ich den neuen Spiegel benutzen?" fragte sie schnell. Den Schleier trug sie längst nicht mehr, trotzdem spürte sie an den Schläfen den Druck, der sie schon in der Kirche gequält hatte; sie lockerte die Flechten ihrer schwer in den Nacken fallenden Frisur.

Wollte sie die Aussicht sehen? Er führte sie zum Fenster, doch draußen sah man nichts als Schnee.

„Komisch, ich hab' gar nicht gemerkt, daß es schneit", sagte sie. Sie redete undeutlich, sie hatte eine Haarnadel im Mund.

„Wenn man glücklich ist, merkt man so was nicht", gab er zur Antwort, verbesserte sich aber sofort: „Und wenn man den Kopf mit tausend Sachen voll hat."

Ich bin gräßlich zu ihm. Ich sollt' ihm was Nettes sagen, dachte sie.

„Hoch soll sie leben, hoch soll sie leben, dreimal hoch!" schallte Henriette ein Chor aus Otto Eberhards Wohnung entgegen – mit erhobenen Gläsern begrüßten sie sieben oder acht Herren, Oberst Paskiewicz kommandierte: „Reserveleutnant Alt! Rechts um!" – Franz trat neben sie, bot ihr den Arm. Durch eine von Freunden gebildete Gasse hielt das Paar Einzug beim Ersten Staatsanwalt. Zigarrenrauch. Lärm. Die zum Nachtmahl gebliebenen Gäste waren gerötet, gesprächig, zu frivolen Bemerkungen, Zwinkern und Grinsen geneigt.

„Das Schreiben und das Lesen – ist nie mein Fall gewesen – Bereits von Kindesbeinen befaßt' ich mich mit Schweinen – Mein idealer Lebenszweck ist Borstenvieh und Schweinespeck!" sang, detonierend, einer der Hausfreunde das Couplet aus der neuesten Operette „Der Zigeunerbaron". Hatte Henriette die Vorstellung gesehen? „Pardon, ich hab' total drauf vergessen, daß Gnädigste erst seit heut' – also sagen wir operettenreif g'worden sind!" erbat er gleich darauf Vergebung, riet aber, sich das Vergnügen nicht entgehen zu lassen, sobald Henriette von den „venezianischen Mondnächten" zurückgekehrt wäre; es sei ja nur ein Katzensprung. Er meinte, die Operette werde gegenüber im Stadttheater auf der Seilerstätte gegeben.

Ein Ausweg, dem Zwinkern und Grinsen zu entrinnen. „Wie wär's, wenn wir hinübergingen?" schlug Henriette vor. „Wir können bestimmt noch das Ganze sehn, bevor unser Zug fährt! Was meinst du, Franz?"

Gerade war die Suppe gebracht worden. Frau Elsa warf Henriette einen Blick zu, der Bände sprach. Otto Eberhard meinte kühl: „Dazu wird ja wohl auch nach eurer Rückkehr Zeit genug sein?"

Doch sie wurden von dem Maler Drauffer und Oberst Paskiewicz überstimmt. Was Franz betraf, so wollte er Henriette den ersten Wunsch am Hochzeitstag nicht versagen.

Man brach auf – unglaubliche Unart, fanden einige Gäste. Doch die siegreichen Herren, den Mantel übergeworfen, den Zylinder schief auf dem Kopf, bildeten Henriettes Ehrengarde.

In rotgoldenen Logen saßen sie im verdunkelten Theater, sahen den Kapellmeister den Taktstock leidenschaftlich führen. Es war der Komponist. Nach der Ouvertüre riefen die Wiener „Bravo, Strauß!", bis er sich umwandte, lächelte, die Hand dankend aufs Herz legte und, wieder dem Orchester zugewendet, mit hocherhobenen Händen das Zeichen zum Beginn des ersten Aktes gab.

Der Vorhang ging auf. Henriette sah im Bühnenlicht nicht nur eine ungarische Dorflandschaft, sondern auch den Mann, der ihr Mann war. In zwei Stunden werd' ich allein mit ihm sein! Ich hab' mich doch nie gefürchtet, redete sie sich zu, und versuchte vergnügt zu sein wie die andern, die mit strahlenden Gesichtern an dem Schauspieler Girardi hingen. „Dos Schraiben und dos Lesen", hatte er gesungen, die Zuschauer rasten. Einmal bereits hatte das Couplet wiederholt werden müssen, doch man wollte es ein drittes Mal hören. Blumen flogen vor den Souffleurkasten, und der geschmeichelte Komponist erhob den Taktstock. Lässig trat die graziöse Gestalt Girardis aus der Kulisse, die Lippen des schmalen, maskenhaften Gesichtes sarkastisch verzogen, als sagten sie: „Des Menschen Wille ist sein Himmelreich!"

Da war aus der andern Kulisse ein Herr im Straßenanzug getreten, nicht geschminkt, auch er strebte zur Mitte der Rampe, nur viel hastiger. Einige schauten im Programm nach, wer das sei, doch hatte er da schon mit einer Stimme, die ihm nicht gehorchte, zu reden angefangen. Entsetzt starrten ihn die Leute an. Denn er hatte mitzuteilen, daß Seine Kaiserliche Hoheit Kronprinz Rudolf einem plötzlichen Herzanfall erlegen sei. Das Theater werde zum Zeichen der Trauer geschlossen. Die Leute erhoben sich von ihren Sitzen. Man hörte lautes Weinen und, als man in die Garderoben kam, die Glokken von St. Stephan und St. Augustin. Dumpf. Hart. Unablässig.

Vor Nummer 10 Seilerstätte verabschiedeten die Neuvermählten sich von den Verwandten. Diese gingen ins Haus.

„Du wirst vielleicht einen Schluck Kaffee wollen, bevor wir fahren?" fragte Franz.

„Fahren wir überhaupt?"

„Was heißt das? Wegen des Kronprinzen, meinst du? Es ist natürlich eine schreckliche Katastrophe, aber uns persönlich geht's ja nichts an."

„Mich schon! Hältst du das für den Moment, auf eine Vergnügungsreise zu gehn? Ich möcht' zum Begräbnis!"

„Du wirst nicht zum Begräbnis gehn, sondern in einer halben Stunde mit mir nach Venedig fahren! Du bist keine Erzherzogin! Beim Begräbnis hast du nicht das mindeste zu suchen!"

Henriette drehte sich um und lief. Schwindel befiel sie, in ihren Schläfen hämmerte es. Er war tot.

Beim Annagassentor erreichte er sie. „Bist du nicht bei Trost?" Sie lief weiter, rutschte im Schnee. Er half ihr auf. Sein vernichtetes Gesicht beugte sich über das ihre. „Du willst weg von mir? Hetti!"

Sie sah sein Gesicht. „Verzeih!" sagte sie. „Ich glaub', ich hab' zuviel Tokayer getrunken."

„Natürlich!" sagte er erlöst. „Wenn man's nicht gewöhnt ist – und der Schock dazu! – Daß ich das nicht gleich gewußt hab'!"

GONDELFAHRT

DIE Gondel glitt lautlos. Nur der Ruderschlag des stehenden Ruderers gab einen gurgelnden Laut. Die Kuppel von San Marco leuchtete wie Gold. Die Luft flimmerte blau, und die Sonne traf heiß das Gesicht. Henriette liebte den Fischgeruch nicht, doch die Farben und das Plätschern des Wassers an den Fronten der Palazzi fand sie zauberhaft.

„Wir gondeln zwei Stunden", sagte Franz. „Hast du keinen Hunger? Ich muß sagen, ich freu' mich auf Scampi und einen feinen Risotto!"

„Könnten wir nicht noch ein paar Minuten fahren?" bat sie.

„Also gut. Noch zehn Minuten!" Zum Gondoliere, in einem fürchterlichen Italienisch, womit er sich vor ihr produzierte: *„Allora dieci minuti, capisco?"*

„Va bene, Signore!" Der Gondoliere mußte lächeln.

Näherrückend, legte Franz den Arm um ihre Schultern. Sie rührte sich nicht. Gekränkt griff er nach dem „Neuen Wiener Tagblatt", das er sich auf dem Markusplatz gekauft hatte.

Die Lässigkeit, die wie eine Betäubung über sie gekommen war, hielt an. Alles unwirklich. Die Nächte ein Alptraum. Rudolf war nicht tot. Alles erlogen! Leise gurgelte das Wasser am Kiel der Gondel.

„Was sagst du, Hetti! Ein Selbstmord!" Sie blinzelte in ihrem schwarzen Sitz. Was? Unwichtig.

> „... in seinem Jagdschloß Mayerling einem Herzschlag erlag, entspricht nicht den Tatsachen. Seine kaiserliche und königliche Hoheit hat sich vielmehr, wie wir von höchster Stelle erfahren, in einem Augenblick plötzlicher Sinnesverwirrung das Leben genommen."

Worte, sie hatte sie gehört, sie hatten so wenig Sinn für sie gehabt wie das Plätschern am Kiel der Gondel. Plötzlich erhielten sie einen derart übermächtigen Sinn, daß sie, aus der Unwirklichkeit erwachend, die Zeitung aus seiner Hand riß. „... hat sich vielmehr ... das Leben genommen."

„Meinst nicht doch, daß er ermordet worden ist? Warum sollt' er sich das Leben genommen haben?" fragte Franz. „Du hast ihn ja gekannt! Hat er dir nicht den Eindruck eines Menschen gemacht, der das Leben wie wenige genossen hat?"

„Ich weiß nicht", sagte sie.

Vor dem Hotel Danieli hatten sie angelegt, und der Gondoliere half der Signora beim Aussteigen.

Sie gingen in den Speisesaal. Franz gab dem Kellner darüber, was er zu speisen und wie er es bereitet wünschte, genaue Anweisungen. Sein Ton bei solchen Gelegenheiten hatte sie schon auf der Reise irritiert, so ganz anders als ihr immer ausgesucht höflicher Vater. Der würde jetzt ihr Telegramm haben. „Wunderbar gereist und angekommen."

„*Signora Alt, un telegramma.*" Der Hotelpage hatte ihr ein Telegramm überreicht.

„Das wird die Antwort vom Papa sein", vermutete sie. Sie öffnete das schmalgefaltete graue Papier.

> „Sofortige Rückkehr und ehestes Erscheinen hieramts erbeten. Kabinettskanzlei Seiner K. u. K. Apostolischen Majestät."

„Vom Papa?"

Sie nickte. „Er bedankt sich für meine Depesche. Franz, die Scampi sind exzellent. Könntest du mir noch ein paar bestellen?"

„Also endlich was, womit ich deinen Geschmack getroffen hab'!"
rief er entzückt. „*Cameriere! Ancora una porzione Scampi!*" Er legte
seine Hand auf die ihre; jetzt erwiderte sie den Druck seiner Finger.
„Schau, was du gemacht hast!" rief sie. „Man kann's nicht mehr
lesen!" Das Papier, das sie in der Hand gehalten hatte, war zerknit-
tert. Sie zerriß es in kleine Stückchen und bat den Kellner, sie wegzunehmen.

Ihre Gedanken funktionierten fieberhaft. Sie mußte heute abreisen.
Franz durfte unter keinen Umständen erfahren, weshalb. Sonst
konnte sie ihn nie mehr wegen dieses Jonescu bitten, und alles war
umsonst! Während des Restes der Mahlzeit zermarterte sie sich darüber den Kopf.

Als sie auf ihr Zimmer gegangen waren und er neben der Chaise-
longue saß, worauf sie sich ausgestreckt hatte, sagte sie: „Ich muß
heut abend fahren. Es tut mir rasend leid. Du kannst natürlich
hierbleiben. In dem Telegramm ist gestanden –" Sie hatte nicht die
mindeste Ahnung, was sie sagen sollte.

„Ich hab' mir gleich gedacht, es war nicht vom Papa!"

„Ich muß seinetwegen zurück."

Sein Ausdruck hatte zwischen Unglauben und Belustigung ge-
schwankt. Jetzt wurde er ernst. „Ist er krank?"

„Das gottlob nicht. Aber ich soll unbedingt morgen früh in Wien
sein. Er hat mir gesagt, daß ich vielleicht so ein Telegramm bekommen werd'. Es ist etwas, was den Papa ganz allein angeht. Deshalb
kann ich's dir nicht sagen. Es ist ja keine solche Affär'. Übermorgen
bin ich wieder bei dir zurück. Laß mich fahren. Ja?"

„Glaubst du, ich werd' dich zwei solche Riesenreisen allein
machen lassen! Heut willst du fahren und morgen wieder?"

„Also gut! Komm' ich eben erst später."

„Aus dem Ganzen seh' ich nur, wie egal ich dir bin!"

„Du weißt, daß das nicht wahr ist!" sagte sie. Sie schloß die Augen
und küßte ihn.

Von ihrem ersten freiwilligen Kuß entwaffnet, antwortete er:
„Leider gehör' ich zu denen, die sich bestechen lassen!" Mit seiner
plumpen Zärtlichkeit nahm er sie zögernd in seine Arme, als fürchtete
er, daß sie ihm mit dem nächsten Augenaufschlag zu erkennen geben
würde, wie wenig er ihr galt.

DOSSIER EINER LIEBE

Henriette fuhr vom Südbahnhof mit Franz direkt zum Papa. In der Karolinengasse wartete sie im Hausflur, bis Franz weitergefahren war, und nahm sich einen geschlossenen Fiaker. Zum Glück sah sie niemand.

Nun wartete sie in der Kabinettskanzlei. An zwei mit grünem Filz gepolsterten Türen sah sie messinggerahmte Täfelchen mit gedruckten Namen. Auf alles, was man sie hinter diesen Türen fragen konnte, war sie vorbereitet. Noch einmal wiederholte sie die Antworten, die sie sich im Schlafcoupé so lang vorgesagt hatte, bis sie sie auswendig wußte.

Um neun erschien ein Mann, der seinen Mantel und Hut aufhängte, eine Zeitung vor sich legte, ein belegtes Brot aus einem fetten Papier auswickelte und hinter einem Tisch Platz nahm. „San S' b'stöllt?" fragte er die Wartende. Als sie bejahte, fing er zu lesen und zu kauen an. Nach einer Viertelstunde erschien ein kleiner Herr in einem Astrachanpelz, den der Mann mit „Ghorschamster Diener, Ex'llenz!" begrüßte und der hinter einer der Türen verschwand. Dann geschah eine halbe Stunde nichts.

„Ich bin bestellt!" erinnerte Henriette den Mann. Er zeigte mit dem Daumen über seinen Rücken und las weiter; an der Wand hinter ihm befand sich eine Tafel. „Parteienverkehr von 10 bis 12."

Henriette sagte: „Würden Sie vielleicht so gut sein zu melden, daß Frau Alt hier ist? Man hat mich aus Venedig kommen lassen." Dabei legte sie einen Gulden auf den Tisch. Der Mann steckte das Geld ein und ließ sie gleich darauf durch eine der gepolsterten Türen treten.

Der kleine Herr schien zu frieren, er wärmte sich vor einem Kachelofen Rücken und Hände.

„Bitte, Platz zu nehmen", sagte er und musterte Henriette mit einem Blick, über den sie sich nicht täuschen konnte. „Sie waren die Mätresse weiland des Kronprinzen?"

Sie sprang auf.

„Bitte, Platz zu behalten."

„Ich hab' den Kronprinzen gekannt. Aber ich war nicht seine Geliebte!"

„Nicht? Haben Sie keine Rendezvous mit ihm gehabt? Sind mit ihm nach Baden, Vöslau, Alland und Mayerling gefahren? Bitte zu antworten."

Sie bejahte.

„Seit wann haben Sie ihn gekannt?"

„Seit ungefähr anderthalb Jahren."

„Weiß Ihr Herr Gemahl von den Zusammenkünften an mehr oder weniger versteckten Örtlichkeiten?"

„Nein. Er hat nicht danach gefragt. Wenn er's tut, werd' ich's ihm sagen."

Nie hatte Henriette jemanden schneller gehaßt.

Der kleine Herr verließ den Ofen und nahm an seinem Schreibtisch Platz.

„Frau Alt, Sie hatten Anfang Mai eine Zusammenkunft mit weiland Seiner Kaiserlichen Hoheit, dem Durchlauchtigsten Kronprinzen, in der Hofburg. Erinnern Sie sich, wovon die Rede war?"

„Er hat mir erzählt, daß er den Papst um Annullierung seiner Ehe gebeten hat."

„Hat er das in Beziehung zu Ihnen gebracht?"

Mit der Rapidität denkend, die ihr in entscheidenden Augenblicken zu Gebote stand, verneinte sie.

„Wenn er Sie aber hat kommen lassen, um Ihnen das zu sagen, wird er wohl einen Zweck damit verbunden haben? Frau Alt, Ihre Depositionen können von größter Tragweite für die Erforschung der Frage sein, ob es für Seine Kaiserliche Hoheit irgendeinen Grund zum Selbstmord gegeben hat."

„Da er Selbstmord begangen hat, muß es einen solchen Grund gegeben haben", antwortete sie feindselig.

Der kleine Herr schaute in die Richtung der Tür. „Haben Sie diesbezüglich eine bestimmte Vermutung?"

„Seine Ehe war sehr unglücklich. Außerdem bestand zwischen ihm und Seiner Majestät ein tiefer Gegensatz."

„Hat er sich über den Gegensatz, den Sie erwähnen, ausdrücklich zu Ihnen ausgesprochen?"

„Ja. Ausdrücklich."

Der kleine Herr schien so zu frieren, daß er zum Ofen zurückkehrte und sich mit dem Rücken daran lehnte. „Sie haben die Baroneß Mary Vetsera gekannt?"

„Ich? Ja. Flüchtig."

„Sie wissen nicht, daß die Baroneß Vetsera nicht mehr am Leben ist?"

„Nein!" Sie hatte es geschrien.

„Was erregt Sie so? Sie haben doch gesagt, daß Sie sie nur flüchtig gekannt haben?"

„Ist sie mit ihm gestorben?" fragte sie fast unhörbar.

Seine Exzellenz trat zu dem Sessel, worin Henriette mit aufgerissenen Augen saß. Er betrachtete sie eine ganze Weile, bevor er fragte: „Was bringt Sie auf diesen Gedanken?"

„Bitte, Exzellenz! Sagen Sie mir, ob die Mary Vetsera mit ihm gestorben ist!"

„Es scheint so."

Die kleine Griechin war nicht so feig gewesen wie sie! Henriette zitterte dermaßen, daß der andere fragte: „Ist Ihnen nicht wohl?" Nichts.

Übergangslos: „Es wär' Ihnen nicht lieb, in eine Strafuntersuchung verwickelt zu werden, Frau Alt. Dann sagen Sie mir die Wahrheit! Außer mir wird sie niemand erfahren."

Der Kabinettsdirektor begann Notizen zu machen. „Sie glauben an den Selbstmord des Kronprinzen und halten seine Ehe und das Zerwürfnis mit seinem Vater für das Motiv. Sie wollen sich ja diesbezüglich sogar an bestimmte Äußerungen erinnern."

„Ja! Er hat von Seiner Majestät gesagt –"

„Das genügt! Ich möchte Ihnen zu bedenken geben, daß wir triftige Gründe haben, den Selbstmord zu bezweifeln. Es erscheint fast sicher, daß Seine Kaiserliche Hoheit ein Opfer der Baroneß Vetsera wurde."

„Das ist ja Wahnsinn!" rief sie. „Ich hab' die Mary nicht leiden können, aber Sie tun ihr irrsinniges Unrecht! Sie ist mit ihm gegangen, weil sonst niemand mit ihm hat gehen wollen!"

„Ich habe mir ja gleich gedacht, Sie wissen mehr! Also, Frau Alt? Was ist es?"

Sie zitterte, sie mußte sich an der Lehne des Fauteuils halten, worin sie saß. „Nichts", zwang sie sich zu sagen.

„Beruhigen Sie sich", wünschte Seine Exzellenz mit einem Blick, der sich von dem unterschied, den er ihr zuerst zugeworfen hatte.

„Darf ich jetzt gehn?"

„Ich habe Ihnen noch ein Wort zu sagen. Sie haben die Dinge bisher in einem Licht gesehn, in dem weiland der Dahingegangene und Ihr Herr Vater – der ja extrem liberalen Anschauungen huldigt – sie Ihnen gezeigt haben mögen. Es ist nicht meines Amtes, ein Urteil über die staatsmännischen Qualitäten Seiner Kaiserlichen Hoheit abzugeben. Eines steht jedenfalls fest: Das, wonach er strebte und was er ‚demokratischen Fortschritt‘ nannte, war eine Utopie. Was den Interessen unseres Landes nutzt, dafür gibt es nur einen kompetenten Richter: unseren Kaiser. In nunmehr vierzigjähriger Regierung hat er unter unnennbaren Opfern den Kurs gefunden, der gesteuert werden muß, wenn dieses Land erhalten bleiben soll. Der durchlauchtigste Dahingeschiedene mag in momentanem Unmut, in seiner Nervenzerrüttung Handlungen oder Äußerungen Seiner Majestät mißdeutet haben. Aber keine war von etwas anderem diktiert als von tief eingewurzeltem Pflichtbewußtsein, wofür ich – ein alter Mann und einigermaßen bewandert – kein Beispiel in der Weltgeschichte kenne.“

Rote Flecken brannten auf den Wangen des kleinen Herrn. „Frau Alt“, fuhr er, seine Stimme dämpfend, fort, „das sind katastrophale Tage für jeden loyalen Österreicher, und ich appelliere an Ihre Loyalität. Die Gerüchte, es könnte ein Zerwürfnis zwischen Vater und Sohn den Kronprinzen in den Tod getrieben haben, sind auch zu Seiner Majestät gedrungen. Und sie haben ihn schwer getroffen. Wenn er sich sagen müßte, daß es tatsächlich so gewesen ist – das wäre ein Schlag, den sogar seine eiserne Konstitution nicht verwinden könnte. Wir müssen das verhindern! Um jeden Preis! Sie verstehen mich?“

„Nicht ganz. Exzellenz haben doch gesagt, Sie glauben nicht an einen Selbstmord?“

„Gewiß. Entscheidender wäre aber, wenn Seine Majestät nicht daran glauben würde. Und dazu können Sie beitragen. Seine Majestät hat den Wunsch geäußert, Sie zu sehen. Sie sind nicht auf den Mund gefallen. Sie werden selbst wissen, was Sie sagen sollen. Damit Sie aber wissen, was Sie nicht sagen sollen, werden Sie mir diese Erklärung hier unterschreiben.“ Er hatte ein Blatt aus einer Schreibtischlade genommen, er reichte es ihr.

Eine Zeitlang tanzten die kalligraphierten Buchstaben vor ihren Augen, bevor sie sich zu Worten, die Worte zum Sinn formten:

„Ich, die Endesunterzeichnete, gelobe hiermit an Eides Statt, daß ich über alles, was weiland Seine Kaiserliche und Königliche Hoheit, der Durchlauchtigste Kronprinz Erzherzog Rudolf, zu mir über Per-

sönlichkeiten des Allerhöchsten Hauses geäußert hat, unter allen
Umständen unverbrüchliches Schweigen bewahren werde. Ein Bruch
dieses Gelöbnisses wäre Hochverrat."

„Das unterschreib' ich nicht!" Sie legte das Papier auf den
Schreibtisch.

Der kleine Herr starrte sie an. „Weshalb nicht, wenn ich fragen
darf? Nun? Ich warte auf Antwort!"

Sie schaute ins Leere. „Ich bin feig genug gewesen", sagte sie mehr
zu sich als zu ihm.

„Die heroische Attitüde, in der Sie sich gefallen – Nun, Sie werden
jedenfalls nie behaupten können, daß Sie nicht gewarnt worden sind.
Empfehle mich, Frau Alt."

„Adieu, Exzellenz."

IN DEN Straßen wehten schwarze Fahnen von jedem Haus.
Schwarze Draperien. Sein Bild, schwarz umflort. Vielleicht hat Er mir
sagen lassen wollen: „Komm, ich brauch' dich." Aber wie Er mich
gebraucht hat, hab' ich Hochzeit gefeiert!

Ein Weinkrampf packte Henriette mitten auf dem Josephsplatz.
Sie trat in die Augustinerkirche, in der sie geheiratet hatte. In der
letzten Bank saß sie, von Schluchzen geschüttelt; eine Frau, die betete,
legte ihr die Hand auf die Schulter und fragte: „Is Ihnen wer
g'storb'n?" Sie nickte. „Dann dürf'n S' aber nicht weinen, das
tut dem Toten weh!"

HENRIETTE hatte Franz versprochen, ihn um elf abzuholen. Als sie
in die Klavierfabrik kam, richtete ihr Prokurist Födermayer aus, der
Herr Chef habe dringend fortmüssen und lasse die gnädige Frau bitten, im Bureau auf ihn zu warten. Als Franz dann endlich durch die
Glastür trat, die den Verkaufsraum vom Privatkontor trennte,
merkte sie seine Aufregung sofort. „Du warst nicht bei deinem
Vater! Dein Vater weiß nicht einmal, daß du in Wien bist!"

Wie müde des Ausgefragtwerdens sie war! Nicht gefragt werden!
Nicht denken müssen! Wieder strengte sie sich an, eine Ausrede zu
finden – wie lange sollte das so weitergehn? „Ich hab' in der Sache,
von der ich dir erzählt hab', zu tun gehabt", antwortete sie.

„Es hat absolut keinen Sinn mehr, mir etwas einzureden!" sagte
er drohend. „Ich komm' vom Otto Eberhard. Der Justizminister

hat ihn mit der Untersuchung über den Tod des Kronprinzen betraut!"

Eine Drohung mehr. „So?" sagte sie apathisch.

„Ja! Ich weiß, daß das Telegramm von der Kabinettskanzlei war. Du warst also beim Kronprinzen in der Burg?"

„Ja", gab sie zu.

„Und das hast du mir verschwiegen!"

„Ich hab's dir nicht sagen können." Wie viele Klaviere standen nebenan hinter der Glastür? Sie zählte zwei Pianinos, drei Stutzflügel, zwei Konzertflügel. Sieben. Sieben ist eine Glückszahl. Würde er jetzt sagen: „Sie waren die Mätresse des Kronprinzen?" Es sauste in ihren Ohren. Sie wußte, daß sie antwortete: „Ich hab' dir nichts zu verbergen", hörte es aber nicht.

Er antwortete etwas, sie hörte auch das nicht, dann wurde die Glastür schwarz, und ihr Wunsch, nicht denken zu müssen, erfüllte sich für eine Viertelstunde.

„Du wirst nicht behaupten wollen", sagte Otto Eberhard, „daß im Fall deiner Frau auch nur der Schatten eines Milderungsgrundes vorliegt! Selbstüberhebung und Gefallsucht sind ihre Motive. Es ist ausgeschlossen, daß wir jemanden zur Familie zählen, der an allerhöchster Stelle Mißfallen erregt!"

Franz zog seinen Mantel an. „Ich lass' mich nicht scheiden. Du mußt's schon mir überlassen, mit wem ich mein Leben verbringen will!"

Otto Eberhard machte eine bedauernde Bewegung. „Ich sollt' dir das eigentlich nicht zeigen", sagte er und deutete auf ein Aktenheft. „Es ist eine eklatante Verletzung des Amtsgeheimnisses. Aber in diesem Fall verantwort' ich sie. Komm setz dich. Lies das."

Auf dem gelblichen Aktendeckel stand: „K.k. Polizeipräsidium Wien. Beobachtungsverfahren über Henriette Stein." Innen befanden sich Berichte, deren jeder den Vermerk „Streng vertraulich!" trug.

„Henriette Stein", hieß es in dem ersten Bericht, „hat Seine Kaiserliche Hoheit, den Kronprinzen, gestern, den 8. November 1887, auf einer Wagenfahrt nach Baden bei Wien begleitet. Das Paar verließ Wien um 11 Uhr vormittags, kam um 1 Uhr 45 nachmittags an, speiste im ‚Gasthof zur Stadt Wien' und traf um 3 Uhr 30 nachmittags wieder in Wien ein." Ein zweiter Bericht denunzierte Henriette Stein, eine Wagenfahrt mit dem Kronprinzen ins Helenental unternommen zu haben: „Gesamtdauer 2 Stunden 40 Minuten, tour-retour." Weitere Aktenblätter enthielten kurze Vermerke über ähnliche Rendezvous. Die Denunziation eines „Besuches in der Hofburg" nahm jedoch mehr Raum ein. „... Das einstündige Beisammensein der Stein mit dem Kronprinzen wurde nur einmal, von Herrn Vizeadmiral Grafen Bombelles, unterbrochen ... Leibkammerdiener Pöschel deponiert, daß Seine Kaiserliche Hoheit nach dem Weggehen der Stein minutenlang regungslos mit verstörtem Ausdruck in seinem Schreibsessel gesessen ist."

Außerdem enthielt das gelbliche Heft eine Note der Kabinettskanzlei an das Polizeipräsidium: „Frau Henriette Alt, geb. Stein, hat heute hieramts den Eindruck erweckt, jenen Kreisen anzugehören, die unpatriotisch und zersetzend empfinden. Da die Genannte durch ihre Beziehungen zu weiland dem Kronprinzen in Kenntnis von Umständen gelangte, deren Bekanntwerden von den abträglichsten politischen Folgen wäre, werden geeignete Maßnahmen dringendst empfohlen." Auf dieses Blatt hatte der Polizeipräsident eigenhändig geschrieben: „Wird dem Herrn Ersten Staatsanwalt vorgelegt, ob er Vorerhebungen im Sinne des § 58 St. G. einzuleiten gedenkt."

Franz reichte dem Bruder das Aktenheft zurück. „Was ist Paragraph 58?"

„Hochverrat."

„Und was wirst du tun, Herr Erster Staatsanwalt?"

„Das kann nach dieser Lektüre weder für dich noch für mich einem Zweifel unterliegen."

„Stimmt", sagte der Jüngere; sein von den Sorgen der letzten Tage mitgenommenes Gesicht heiterte sich auf. „Jetzt ist es zweifellos. In dem ganzen dreckigen Heftl da steht nichts andres drin, als daß die Hetti eine wunderbare Person ist! Dank' dir für den Beweis."

Er machte die Tür fest hinter sich zu, auf dem steingepflasterten Korridor des Straflandesgerichtes fing er an, eine Melodie aus dem „Zigeunerbaron" zu pfeifen.

Der Erste Staatsanwalt indes begann die Niederschrift einer für das Polizeipräsidium bestimmten Mitteilung, wonach der „anhergeleitete Bericht zu Vorerhebungen im dortamts erwogenen Sinne nicht ausreiche".

DER IRRTUM

Ferdinand Jonescu war ein Revolverjournalist, und die Wochenschrift „Wiener Signale", die er im eigenen Verlag herausgab, war ein typisches Skandalblatt, das damit, was es druckte, Leser erwarb und damit, was es ungedruckt ließ, Geld. Jonescus Informationen schienen vorzüglich zu sein. Seine „journalistische Ehre" erblickte er darin, daß das Gehässige in seinem Blättchen buchstäblich stimmte. Die Rubrik, unter der es erschien, hieß: „Die Kehrseite der Medaille". Jeden Freitag sahen andere ihr ängstlich entgegen.

Vor zehn Monaten hatte er Henriette von einem Artikel verständigt, der das Leben und den Tod ihrer Mutter in den Kot zog. Seine Beweggründe waren eindeutig. Sein Sohn, ein Student, hatte das Mißgeschick gehabt, im judiziellen Rigorosum bei Professor Stein durchzufallen. Wenn Jonescu suchte, fand er; im Fall des unbequemen Professors hatte er sogar etwas gefunden, das dem Mann das Rückgrat brechen mußte: fünf Briefe. Sie bewiesen, daß Frau Stein während ihrer ganzen Ehe die Geliebte des Operndirektors gewesen war. „Schaun S' her, verehrtes Fräulein", sagte Jonescu, „wär' Ihr Herr Papa ein Privatmann – Schwamm drüber! Aber die junge Generation studiert Zivilrecht bei ihm, Eherecht noch dazu! Über so einen Mann, Sie verstehn, is es enorm wichtig, der Öffentlichkeit reinen Wein einzuschenken. Meine journalistische Ehre verlangt, daß ich die authentischen Informationen benütz'."

„Das dürfen Sie eben nicht publizieren!" hatte Henriette ihm geantwortet.

Da zeigte es sich, wie leicht sich mit Jonescu reden ließ: gegen eine gewisse Summe, sagen wir zehntausend, würde er von der Publizierung absehen. Henriette sagte in ihrer Seligkeit, den Ausweg aus einem fürchterlichen Labyrinth zu finden: „Gut!"

Welche Garantien? wollte Jonescu wissen, es gab ja keine! Professor Stein war nicht reich, Henriette hatte dreihundertelf Gulden auf der Sparkasse, was er herausgebracht haben mußte. Oder würde etwa jemand in die Bresche springen? War's nicht ein Herr Alt, den das gnädige Fräulein gelegentlich erwähnt hatte? Die Alt-Klaviere seien die exquisitesten der Welt. Und die Hochzeit werde wann stattfinden?

Damals hatte nicht einmal die Verlobung stattgefunden. Doch um Herrn Jonescu loszuwerden, nannte Henriette einen Termin. Es wurde darüber eine kleine Urkunde unterzeichnet.

Hie und da hatte der Journalist sich seither in Erinnerung gebracht. In diesen Fällen pflegte er an Henriette zu schreiben und die schriftliche Antwort zu erhalten, alles stehe aufs beste, er möge sich noch etwas gedulden.

Die Geduld schien ihn jedoch heute verlassen zu haben, so energisch läutete er im vierten Stock der Seilerstätte 10.

Henriette fühlte sich im Haus noch unsicher, erwachte mit Tränen und fürchtete sich vor den neuen Zimmern. Irgend etwas ging hinter ihrem Rücken vor, wovon man ihr nichts sagte. Der Schwager Otto Eberhard grüßte kaum, und in Franz kannte sie sich nicht mehr aus, so zurückhaltend wurde er. Die kleine Christin' Paskiewicz aus dem ersten Stock blieb die einzige, die alles zu verstehen schien; stundenlang konnte man mit ihr sitzen und sich ausheulen – vor ihr mußte man's nicht wie vor allen verstecken, daß jemand gestorben war.

„Ein Herr Jonescu wär' draußen, Euer Gnaden", meldete der neue Diener Simmerl.

„Lassen S' ihn herein", sagte Henriette. Das Erschrecken hatte sie sich beinahe abgewöhnt.

Die Anwesenheit der kleinen Christine schien den Besucher zu stören, doch Henriette sagte: „Das ist meine Nichte. Sie können ruhig vor ihr reden. Wir haben keine Geheimnisse voreinander, nicht wahr, Christl?"

„Nein!" antwortete sie. Das Kind war seit Henriettes Einzug in das Haus aufgeblüht.

„Frau Alt", begann Herr Jonescu, „wir schreiben heut den siebten Feber."

„Ich weiß, es ist schrecklich! Aber ich red' noch heut mit meinem – mit Herrn Alt." Es bereitete ihr nach wie vor Schwierigkeiten, „mein Mann" zu sagen.

„Das wär' allerdings höchste Zeit", erklärte Herr Jonescu. „Wenn Sie meine Sache bis morgen, zwölf Uhr mittags, nicht korrekt in Ordnung gebracht haben, lass' ich mich von Ihnen nicht länger an der Nase herumführen, und der Artikel erscheint! Wetten, daß seine Leser gespannt auf die Fortsetzung sein werden? Bestimmt werden s' wissen wollen, was sich die Tochter einer so romantischen Mutter selber an Romantik geleistet hat!"

„Servus, Schatz!" sagte Franz, während der letzten Worte eingetreten. Von Otto Eberhard aus dem Straflandesgericht nach Hause eilend, hatte er auf dem ganzen Weg gepfiffen.

„Mein Mann – Herr Jonescu." Der Moment, den Henriette so lange verzögert hatte, war da, ohne alle Vorbereitung, und gerade jetzt, da Franz sie so verändert behandelte!

„Sehr angenehm", sagte Franz. „Ich bin bißl zu früh, ich weiß. Aber ich hab' mich so auf nach Haus gefreut!"

Jonescus Lächeln zeigte, daß er den Moment besonders günstig fand. Da erschien ein Ehemann, bis über die Ohren verliebt und ahnungslos, daß diese kokette Person sich nichts aus ihm machte. „Ich kann Ihnen das vollkommen nachfühlen", pflichtete er bei und stellte sich in Positur, als wollte er den Mann nehmen, wie man solche Herren nach seiner Erfahrung nahm. „Ein Kavalier wie Sie!" würde er ihm vermutlich sagen. „Ob Sie der Gnädigsten schöne Perlen kaufen oder ihr ein noch kostbareres Geschenk machen, das ihr den ruhigen Schlaf wiedergibt – was spielt das für eine Rolle!"

„Herr Jonescu ist gekommen", begann Henriette und strich mit der ihr in Augenblicken der Ratlosigkeit eigentümlichen Gebärde ihr braunes Haar von den Schläfen, „um mir –" Sie brach ab. „Herr Jonescu ist nämlich – ist nämlich der Herausgeber der ,Wiener Signale'."

Daß das ein Saublatt war, gehörte zu den für Franz feststehenden Dingen. „Aha", sagte er. „Was verschafft uns das Vergnügen?"

„Könnt' ich vielleicht mit dem Herrn Handelskammerrat unter vier Augen reden?" schlug Jonescu vor. Henriette wollte sagen: „Nein! Ich will dabeisein!" Doch da war Franz schon aufgestanden und hatte dem andern den Vortritt ins Nebenzimmer gelassen.

Christl fragte: „Warum fürchtest du dich so vor dem Mann, Tante Hetti?"

Weil das, was jetzt da drin geschah, alles Fürchterliche an Fürchterlichem übertraf! Franz erfuhr jetzt nicht nur von Mamas gräßlicher Vergangenheit, sondern auch, daß seine Frau ihn nur aus Berechnung geheiratet hatte.

Gedämpfte Stimmen. Jetzt entschied sich alles! Wieso hatte sie glauben können, der Franz werde eine solche Riesensumme für etwas bezahlen, das ihn, genau genommen, ja nichts anging! Sie lauschte mit angehaltenem Atem hinüber.

Die Tür des Nebenzimmers ging plötzlich auf. Die beiden Herren traten ein. Franz rauchte eine Zigarre, und Jonescus bläulich rasierte Wangen hatten eine krankhafte Färbung angenommen.

„Wir haben uns ausgesprochen." Franz nickte Henriette mit einem Lächeln zu, eine Wolke in die Luft blasend. „Ich glaub', wir werden den Herrn Chefredakteur jetzt nicht länger aufhalten." Die Tür zum Vorzimmer öffnend, rief er ziemlich laut: „Simmerl! Führen S' den Herrn hinaus! Er hat Eile!"

Der neue Diener erschien in der Tür des Salons. „Wenn's dem Herrn Chefredakteur beliebt?" Eine Sekunde später fiel die Wohnungstür schallend zu.

„Bravo!" hörte Henriette aus dem Vorzimmer. „Im Hinauswerfen scheinen S' Übung zu haben, Simmerl!"

„Danke, Euer Gnaden. Man hat seine Technik!"

Franz kam in den Salon zurück. Aber er ging nicht, er lief auf Henriette zu. Vor ihrem Sessel blieb er stehen und schaute sie an. „Den Herrn sind wir los! Ich hab' ihm eine Adresse gegeben, wo er sich hinwenden soll. Die, von der ich grad' komm'. Landesgericht in Strafsachen, Referat für Erpressungen. Apropos, Hetti! Dort hab' ich was erfahren – eigentlich dasselbe wie jetzt von dem Herrn da. Ich hab's zwar längst gewußt, es macht einem aber immer wieder Freud', es zu hören. Frau Alt, gestatten Sie, daß ich mir zu Ihnen gratulier'! Es ist etwas Prachtvolles, mit jemandem beisammen zu sein, der durch und durch anständig ist!" Scheu strich er ihr übers Haar.

Sie sah zu ihm auf. Sie hatte nie einen Bruder gehabt. Ihr schien, als hätte sie jetzt einen.

AUDIENZ IN DER DÄMMERUNG

DAS junge Stubenmädchen Hanni half Henriette beim Anziehen. Dunkelblau war eine geeignete Farbe, fast sicher, obwohl Schwarz vielleicht für den Anlaß besser paßte? Hanni verlangsamte die Dinge, weil sie jedes Stück entzückt anstaunte, bevor sie es brachte. Höchste Eile aber schien geboten. Vor einer halben Stunde erst durch einen Burggendarmen angekündigt, hatte die Audienz bei Franz Joseph in zwölf Minuten zu beginnen. Franz, um den Fiaker hinuntergelaufen, wartete aufgeregt vor der Haustür. Sechs vorbei. Der Februarmorgen dämmerte so finster wie ein Dezembertag. Henriette setzte den kleinen Hut mit Marderpelz auf und bat Hanni, ihr den Schleier unter dem Haarknoten zu knüpfen, weil ihre Finger so kalt waren. Die Handschuhe zog sie auf der Treppe an.

„Komm schon!" rief Franz von unten. Er half ihr in das geschlossene Coupé und stieg selbst ein: er bestand darauf, sie zu begleiten. „Unser Kaiser ist eben ein Frühaufsteher!" beruhigte er sie, als sie fuhren, doch gab es keinen Zweifel, daß er sich Sorgen machte. „Wir waren ja drauf vorbereitet, daß er dich kommen lassen wird." Das stimmte nicht. Henriette hätte nie geglaubt, der Kabinettsdirektor würde es – infolge ihrer Weigerung zu unterschreiben – zu dieser Audienz kommen lassen.

„Du bist doch nicht aufgeregt?" fragte Franz nervös. Zum Kaiser gerufen zu werden, erschien einem so patriotischen Wiener wie ihm ein Ereignis, dem an Tragweite nichts auf der Welt gleichkam. „Und red nicht, ohne daß er dich fragt!" Das wußte sie.

Im Franzenshof wurden die Gaslampen ausgelöscht.

„Also, ich wart' hier auf dich!" sagte er. Sie trat zwischen den riesenhaften, in Schilderhäusern wachestehenden Burggendarmen durch das Portal. Dahinter nahm sie ein Gardehauptmann in Empfang und führte sie durch ein Treppenhaus, kalt wie in Nummer 10. Vereinzelte offene Gasflammen flackerten von Wandarmen. Im ersten Stock gingen beide Flügel einer hohen weiß-goldenen Tür in der Sekunde auf, da Henriette und ihr Begleiter davorstanden. Sie gelangte in einen unendlichen Saal. Der Generaladjutant Graf Paar, den grünbefiederten Hut an der linken Hüfte haltend, den Säbel nachschleppend, ging mit einem Herrn in Frack und schwarzer Krawatte auf und ab. Da in dem Saal keine Teppiche auf dem Parkettboden lagen, hörte man jeden Schritt. Der General blieb vor ihr stehen, fragte mit einer leichten Verbeugung: „Frau Henriette Alt?"

„Ja."

„Wenn der Graf Paar was von mir will, soll er sich schon selber zu mir heraufbemühn." Sie hörte die Stimme. Die weiß-goldene Tür war damals ebenso lautlos aufgegangen.

„Ich bitte, sich eine Sekunde zu gedulden." Paar nahm seine Wanderung mit dem Herrn im Frack, den sie nicht erkannt hatte, wieder auf.

Eine Tür öffnete sich, und ihr wurde bedeutet, durch dieselbe Tür zu treten, in einen noch kälteren Saal. Von dort gelangte sie zum Kaiser.

Franz Joseph stand vor dem Stehpult seines Arbeitskabinetts, den rechten Arm auf das Pult gestützt. Er trug den blauen Waffenrock mit dem Marschalls-Goldkragen, dem Goldenen Vlies und den zwei Medaillen. Die Redensart, daß er außer ein paar weißen Fäden in seinem Schnurr- und Backenbart mit achtundfünfzig aussah wie mit vierzig, stimmte nicht mehr. Die letzten Tage hatten ihn gealtert. Henriette machte an der Tür einen tiefen Knicks.

„Bitte, näherzutreten!" hörte sie sagen. Es war eine geschäftsmäßige graue Stimme, in nichts an jene milde andere erinnernd. Er wies auf den einzigen Sessel, der sich außer dem Schreibtischfauteuil im Zimmer befand. „Bitte, sich zu setzen."

Er selbst blieb an dem Pult stehen, den rechten Arm darauf stützend. „Sie haben meinen Sohn gekannt?" fragte er nach einer Weile.

„Ja, Eure Majestät."

Seine Hand umspannte die Pultkante fester. „Worüber hat er mit Ihnen gesprochen?"

„Er war an vielem interessiert."

„Hat er auch über Politik mit Ihnen gesprochen?"

Sie zögerte. „Fast nie."

„Ich habe Sie hergebeten, Frau Alt, um von Ihnen bestimmte Auskünfte zu erhalten", sagte der Kaiser. Jedes seiner Worte trocken wie Stroh. „Ist es Ihnen lieber, wenn ich Sie frage? Oder ziehen Sie vor, mir zu erzählen, was Sie wissen?"

„Ich bitte Eure Majestät, mich zu fragen." Sie hatte plötzlich das Gefühl, er finde den Schleier ungehörig, den sie vor dem Gesicht hatte, und griff danach. Es dauerte eine Weile, bis sie ihn über den Hut zurückschlagen konnte. Sein Gesicht blieb unbewegt.

„Sie glauben an den Selbstmord meines Sohnes. Das haben Sie dem Herrn Kabinettsdirektor erzählt. Und Sie haben sich Ihre Meinung darüber gebildet, was der Grund dafür gewesen ist?" Jetzt hielt er sich auch mit der anderen Hand an dem Pult.

Ein Blick, den sie nicht aushielt, begleitete den Geschäftston seiner Stimme.

„Nein, Eure Majestät."

„Hat Ihnen mein Sohn vielleicht jemals Mitteilungen darüber gemacht, daß er sich mit mir uneinig gefühlt hat? Sie können ganz offen reden." Die von tiefen Schatten umgebenen Augen suchten für eine Sekunde die ihren, dann richteten sie sich auf den abgetretenen Smyrnateppich.

„Seine Kaiserliche Hoheit hat von Eurer Majestät immer nur mit der größten Ergebenheit und Ehrerbietung gesprochen", log sie.

Franz Joseph holte Atem und musterte seine Besucherin lange. Es schien ihr eine Ewigkeit. „Ist das wirklich wahr, Frau Alt?"

„Ja, Eure Majestät."

Das Zwielicht in dem engen Raum verstärkte sich. „Es wird jetzt schon viel früher hell", sagte der Kaiser. Die graue Stimme klang um eine Spur wärmer: „Sie haben kürzlich geheiratet, ich hoffe, Sie sind recht glücklich."

„Eure Majestät sind zu gnädig."

Er nahm aus der Lade des Stehpultes ein Telegramm. „Ich möcht' Ihnen etwas zeigen." Er kam und reichte ihr das Telegramm.

Sie nahm es. Es war in Mayerling am 28. Jänner aufgegeben.

„Sie sehn, daß sich mein Sohn am Tag vor seinem Tod so unwohl gefühlt hat, daß er eine Verabredung mit mir hat absagen müssen. Halten Sie es für möglich, daß es Angst vor der Krankheit gewesen ist, was ihm den unseligen Entschluß eingegeben hat? Sie sind selbst jung, Sie werden wissen, daß die Eltern nicht immer diejenigen sind, denen die Kinder sich anvertrauen?" Seine Augen verlangten die Antwort: Ja! – Sie gab diese Antwort.

Er reichte ihr die Fingerspitzen einer kalten Hand. „Sie haben mir wertvolle Auskünfte gegeben, Frau Alt. Ich danke Ihnen."

Im Hofknicks beugte sie sich tief. Mit ihm zugewandtem Gesicht, rückwärts gehend, verließ sie den Raum, die weiß-goldenen Türen öffneten sich lautlos für sie, jemand war da, um sie die eisigen Treppen hinabzubegleiten. Unten stand Franz. Die Sonne hatte zu scheinen angefangen, doch die Sonnenuhr im Franzenshof warf noch keinen Schatten. Die Mauern waren zu hoch. Die Kälte ließ sie eine wilde Sehnsucht nach Wärme empfinden.

„Komm nach Haus", bat sie. Es war das erstemal, daß sie die Seilerstätte so nannte.

DIE FRUCHT DER UNWISSENHEIT

Der Papa war dagewesen, wie jeden Donnerstag vormittag, zwischen Vorlesung und Seminar. Seit ihrer Verheiratung blieb das Wesentliche zwischen Vater und Tochter ungesagt, außer einem gelegentlichen fragenden Blick in seinen nervösen Zügen, einem Lächeln in

den ihren. Das hieß: Beginnst du dich zu gewöhnen? und: Ja. Seit
ihre Niederkunft näherrückte, empfahl er ihr alles als Richtschnur,
was ihre Mutter getan hatte.

An dem Tag wurde nach Dr. Herz geschickt. Er ließ die Zigarre
im Vorzimmer, untersuchte Henriette, versicherte, alles sei, wie es
sein solle. Später, als sie zu Bett lag, kam ihr plötzlich der Gedanke,
daß sie sterben würde.

„Was für ein Unsinn!" widersprach der junge Arzt, der sich für
längeres Dableiben eingerichtet zu haben schien. „Eine erste Geburt
ist immer etwas anstrengender."

Die Krämpfe und tobenden Schmerzen hörten nicht auf. Gegen
drei wurde Franz aus der Fabrik geholt. Gegen sieben erschien jemand im Zimmer der Gebärenden, den sie kaum mehr sah, ein Professor der Gynäkologie, den Dr. Herz hatte bitten lassen, vermutlich
weil er sich nur als einen „praktischen Arzt" ansah und man in einem
Haus wie Nummer 10 nichts riskieren durfte.

Der Professor hielt mit dem Kollegen ein Konsilium. Als er sich
nachher zu Franz ins Nebenzimmer begab, erklärte er ihm: „Ich will
Sie keineswegs alarmieren, Herr Kammerrat. Aber die Wehen haben
ausgesetzt. Das kommt vor. Das sehn wir wiederholt! In Lebensgefahr ist sie momentan nicht."

Da stand Franz, der vier Stunden dagesessen war und seine Fäuste
gegeneinandergepreßt hatte, langsam auf. Er hielt ein kleines Silber-
kreuz, das er jetzt in die Westentasche steckte. „Sie darf nicht sterben!" sagte er zu dem Professor.

„Es wird alles geschehen, was in meiner Macht steht!" Die Macht
des jungen Kollegen ließ der Professor unerwähnt.

„Sie darf nicht sterben!" sagte Franz. „Haben Sie mich verstanden?"

Später riß Franz die Tür ins Krankenzimmer auf und starrte auf
das Bett der Gebärenden, bis man ihn mit Gewalt wegwies.

Henriette merkte das nicht. Der Körper wie Blei. Ein vages Bewußtsein, sie sei gestorben.

„Wie ist der Puls?"

„Gut, Herr Professor!"

„So an' fadenförmigen Puls nennen S' gut? Tupfer! Schnell! Sie
verblutet mir ja!"

Ich verblute, dachte sie. Dann rauschte es ihr in den Ohren mit
metallischem Klang. Sie stürzte in Schwärze.

„Hetti! Hörst du mich? Hetti!"

„Herr Alt, wenn Sie herinn' bleiben, lehne ich jede Verantwortung ab!"

„Sehn Sie denn nicht, daß sie sich nicht rührt! Herr Professor! Jesus, Maria, Josef!"

Ein so markerschütternder Schrei, daß er durch die bleierne Lähmung in Henriettes Bewußtsein drang. Sie öffnete die Lider.

„Haben Sie sich endlich überzeugt, daß es der Frau Gemahlin gutgeht, Herr Alt? Wir rufen Sie dann."

„Viel besser der Puls, Herr Professor!"

„Geben S' ihr noch eine intravenöse Coffein."

„Ich glaub' nicht, daß sie das braucht, Herr Professor. Das Pech war halt, daß sie nicht selber ein bißl mitgeholfen hat!"

„Da sind Sie enorm im Irrtum! Das Pech ist diese blödsinnige Geheimnistuerei! Wie soll sie mithelfen, wenn sie keine Ahnung von den primitivsten Sachen hat! Wenn man nichts vom Leben weiß, kann man kein Leben geben!"

Später, in derselben Nacht, am 21. Oktober 1890, hatte Henriette einem Knaben das Leben gegeben und das ihre behalten.

EIN KIND SCHWEIGT

HANS liebte seine Mutter leidenschaftlich. „Mammi" war das erste Wort, das er sprach, und als er es mit den Lippen noch nicht sagen konnte, sagte er es mit den Augen. Er lachte, solange sie in seiner Nähe war.

Zwei Jahre nach Hans wurde Franziska geboren, ein Jahr nach der Schwester Hermann. So zögernd man es in Nummer 10 zugab, die extravagante, kokette Person im vierten Stock mochte eine bessere Frau und Mutter sein, als alle erwartet hatten. Einen zufriedeneren Mann als Franz jedenfalls konnte man kaum finden.

Als Hans laufen konnte, stand er stundenlang vor dem Käfig, worin der seligen Sophie Hinterlassenschaft, der Papagei Cora, Monologe hielt. Sobald der Vogel redete, nickte er begeistert. Er selbst jedoch sprach fast nicht.

Die Kinderfrau Neni fand das so bedenklich, daß sie Henriette ängstigte. Ein dreijähriges Kind und redete nicht! Dr. Herz erklärte, es gebe stille und laute Kinder. Hans gehöre zu den stillen.

Christin' Paskiewicz zählte jetzt dreizehn, war hoch aufgeschossen und versprach schön zu werden wie ihr Vater. Die Angst um ihn beherrschte die Existenz des Mädchens nach wie vor, weil der Oberst den Tod mit derselben Frivolität herausforderte wie einst seine Duellgegner. In den vierten Stock hinaufzusteigen, bedeutete für Christin' daher, in eine bessere Welt zu entfliehen. Ihre Schwärmerei für Henriette nahm Dimensionen an, die das Haus mißbilligte.

Wie gewöhnlich war Christin' nach der Schule hinaufgestürzt und hatte atemlos gefragt, ob Tante Hetti da sei. Nein, die gnädige Frau mache eine Besorgung, sagte Hanni. Enttäuscht klopfte die Besucherin an die Kinderzimmertür. Neni bügelte auf einem langen Brett winzige Hemden, darunter hatte Hans sich häuslich niedergelassen, von offenen Bilderbüchern umringt. Er liebte ein Dach überm Kopf – wie ein Hund, warf Neni ihm vor. Beim Fenster hockte die zweijährige Franziska in einem hohen Stühlchen und schüttelte eine winzige Glocke. Hermann schlief mit geballten Fäusten.

„Ich hab' gedacht, ich komm' einen Moment herein?" sagte Christin' entschuldigend.

Die Kinderfrau besprengte ein Hemd. „Daß du mir das Baby nicht aufweckst!" flüsterte sie. Zwischen den beiden bestand Rivalität, denn Christin' war diejenige, die Hans nach seiner Mutter am liebsten hatte; aus den anderen, auch aus seinem Vater, machte er sich wenig. Jetzt leuchteten seine Augen, er zeigte auf den Boden, das hieß: „Setz dich zu mir!"

Christin' wußte, was Kinder sagten und verschwiegen. Vom Verschweigen wußte sie noch mehr. Wortlos setzte sie sich auf den Boden.

„Sollst ihm nicht immer nachgeben!" tadelte Neni leise über ihren Köpfen. „Der Bub macht, was er will! Hinten und vorn verwöhnt!"

Doch Hans streckte den Zeigefinger auf den Löwen, der im unzerreißbaren Bilderbuch auf Seite 1 prangte. „Erzähl mir vom Löwen!" hieß das. Christin' erzählte. Als es am spannendsten wurde, erklärte die Kinderfrau, es sei Zeit zum Spazierengehen im Stadtpark. Doch Hans schüttelte den Kopf. Hierbleiben! Da sie ihn in Sicherheit wußte, zog Neni Franziska ein rosa Mäntelchen an, bettete Hermann in den Kinderwagen und verließ mit den beiden den vierten Stock.

Unter dem Bügelbrett erfuhr Hans zu seiner Begeisterung, daß sich der wilde Löwe völlig gezähmt betrug, er streichelte den Löwen, schlug die Seite 2 auf, wo ein Pfau stolzierte, und deutete mit dem Zeigefinger. Das hieß: „Erzähl vom Pfau!"

Aber Christine schüttelte den Kopf. Dies, fühlte sie plötzlich, ist meine Gelegenheit! Wenn ihr gelang, was bisher niemandem gelungen war, dann würde Tante Hetti sie vielleicht noch lieber haben. „Weißt du, ich bin immer so allein und hab' niemanden, der mir Geschichten erzählt. Möchtest du mir vielleicht jetzt eine erzählen? Niemand hört uns zu. Vom Pfau?"

Er machte ein nachdenkliches Gesicht. „Bist du traurig?" kamen langsam die ersten Worte, die er – außer „Mammi" – geredet hatte.

Sie bejahte mit Herzklopfen. „Weißt du, wenn du mir erzählst, werd' ich gleich wieder lustig sein!"

Er schaute sie und das Bild mit seinem eigentümlich dringenden Blick an, zögerte, lachte, wurde sehr ernst und begann: „Es war einmal ein Pfau." Daß er ihr vom Pfau fast dasselbe erzählte, was sie ihm vorhin vom Löwen erzählt hatte, störte beide nicht, denn er wollte sie ja nur trösten, und sie wollte ihn ja nur reden hören. Worte drängten sich von seinen Lippen. „Der Pfau brüllte so entsetzlich, daß seine gelbe Mähne sich schüttelte!" erzählte er. Da trat Hetti ein.

Sie stand an der Tür und hörte beseligt, bis die Geschichte zu Ende und der Pfau gezähmt war. Henriette und Christine lobten den kleinen Erzähler sehr. Aber er wollte nur wissen, ob die Christin' jetzt nicht mehr traurig sei. Sie sagte, sie sei lustig. Henriette hatte ihr nicht einmal gedankt.

Von da an redete Hans.

HUMANISTISCHE ERZIEHUNG

DAS Franz-Joseph-Gymnasium war in der Hegelgasse, zwei Gassen von der Seilerstätte entfernt. Bis zu dem Julitag, da Hans an der Hand seines Vaters den kurzen Weg dorthin zur „Aufnahmsprüfung" ging, hatte er Angst nicht gekannt. Doch als sich die Tür des grauen Gebäudes schloß, worin er „humanistische Bildung erwerben sollte, begann sich alles für ihn mit einem Schlag zu ändern. An der Tür des Klassenraums, vor dem er wartete, stand mit Blaustift auf ein Papier geschrieben: „Hier findet die Aufnahmsprüfung für das Schuljahr 1900/01 statt." Erst viel später verstand er, was sein

Großvater Stein gemeint hatte, als er sagte: „Das neue Jahrhundert wirst du dort schwerlich kennenlernen!"

Als man ihn einließ, gewahrte er auf dem erhöhten Katheder, das ein Drittel des ansteigenden Raumes einnahm, einen braunen Tisch mit grüner Platte; an der graugekalkten Wand ein Kruzifix; über der schwarzen Tafel einen gerahmten Öldruck Franz Josephs in rotsamtenem Krönungsmantel.

Hinter dem Tisch, elf Reihen Bänke überschauend, saß Professor Miklau, „Klassenvorstand" der Klasse, die aus den Buben gebildet werden sollte, die heute ihre Aufnahmsprüfung bestanden. Er war über sechzig, Lehrfach Deutsch, Latein und Griechisch, seine Galle angegriffen, seine Gesichtsfarbe gelblich, sein Rücken gebeugt. Die Einkünfte eines kaiserlich-königlichen Gymnasialprofessors erlaubten ihm jeden vierten Sommer einen Kuraufenthalt in Karlsbad. Ob er eine Frau und Familie besaß, wo er wohnte, was er in seinen freien Stunden tat, hatte keiner seiner Tausende Schüler je erfahren, und es hatte auch keinen interessiert. Sie fürchteten ihn oder haßten ihn, während sie ihm – abgesehen vom Lehrziel – gleichgültig schienen.

Es war dieser Mann, der Hans den Begriff der Angst beibrachte, und er fürchtete ihn von der ersten Stunde an. Sie begann damit, daß Miklau sagte: „Sie werden jetzt das Vaterunser beten. Machen Sie das Zeichen des Kreuzes!" Danach wurde das Vaterunser im Chor gebetet, wonach der Professor wiederholte: „Machen Sie das Zeichen des Kreuzes! Ich werde Ihnen jetzt", fuhr er fort, „sieben Sätze diktieren. Sie schreiben diese Sätze auf die linke Seite des Heftes; die Satzbestimmung, die Sie vorzunehmen haben werden, auf die rechte. Lassen Sie es sich angelegen sein, drei Finger rechts und zwei Finger links freien Rand zu lassen." Daß er sich an neue Schüler wandte, denen alles hier fremd sein mußte, schien ihn nicht zu bekümmern. Er war von der kaiserlich-königlichen Unterrichtsverwaltung verpflichtet, „Sie" zu Zehnjährigen zu sagen, und fand anscheinend, dies verpflichte sie zur Erwachsenheit. Außerdem konnte man jungen Leuten die frivole Wiener Idee, man lebe, um zu genießen, nicht früh genug austreiben.

Miklau diktierte die Sätze in seinem steirischen Dialekt und noch dazu mit einer Schnelligkeit, der nicht alle folgen konnten. Hans zeigte auf und erkundigte sich nach einigen Worten, die er nicht verstanden hatte. „Wie heißen Sie?" wurde er statt einer Antwort gefragt. Er antwortete: „Hans Alt."

„Alt, Hans", erfuhr er, „Sie haben zu schweigen, wenn Sie nicht gefragt sind! Sie haben zwanzig Minuten Zeit. Wer nicht fertig wird, kommt zur ‚Mündlichen'."

Professor Miklau wurde vom Professor für Naturgeschichte und Mathematik, Rusetter, abgelöst, älter als Miklau, mit entzündeten Augen, man sah ihn selten anders als mit blauer Brille. Auch er diktierte, sein Dialekt klang tirolerisch.

„Sie dort'n in der zweiten Bank!" sagte er zu Hans. „Richten S' Ihr'n Herrn Eltern aus, daß man hier nicht mit unbedeckten Beinen (er vermied das Wort ‚nackt') erscheinen darf!"

Während die Knaben die ihnen gestellten Rechenexempel zu lösen versuchten, begab sich Rusetter zum Fenster und betrachtete in einem Taschenspiegel seine geröteten Augen, vielmehr Hans dachte, daß er das tue. Doch der Spiegel diente zur Ausforschung jener Leichtgläubigen, die von ihren Nachbarn abschrieben. Wie ein Jäger lauerte der Mathematiker, bis der Spiegel sie ihm verriet, mit jäher Wendung sodann stürzte er sich auf den Übeltäter.

„Ertappt!" rief er triumphierend, entriß ihm das Heft und wartete auf den nächsten.

Der Vormittag war der schriftlichen, der Nachmittag einer mündlichen Prüfung vorbehalten, wobei diese „Mündliche" nur dann stattfand, wenn den Kandidaten die „Schriftliche" nicht glückte: zur „Mündlichen" zu kommen galt für degradierend. Nach der „Schriftlichen" durfte man nach Hause gehen, mußte sich jedoch um zwei Uhr wieder einfinden, um zu erfahren, wer mündliche Prüfung hatte, wer nicht. Die Mama tröstete wie immer, der Papa nahm sich sogar zu Fragen Zeit, und es gab Hans' Lieblingsessen, Wiener Schnitzel mit Gurkensalat. Trotzdem schmeckte es ihm nicht. Bisher hatte er geglaubt, alles hinge von der Mama und vom Papa ab, von diesem Haus. Wie sich aber zeigte, hatten weder die Eltern noch das Haus auf das Gymnasium den winzigsten Einfluß.

Punkt zwei stand er, in langen schwarzen Zwirnstrümpfen, vor Professor Miklau.

„Alt, Hans", sagte der Klassenvorstand, Sie haben eine ziemlich zufriedenstellende mathematische und eine geradezu jämmerliche deutsche Arbeit geliefert. Schreiben Sie an die Tafel: ‚Das Leben ist ein ernster – Beistrich – harter – Beistrich – dauernder Kampf – Punkt.' Bestimmen Sie den Satz!"

Hans sagte, es sei ein „einfacher" Satz, „das Leben" sei das Subjekt,

„ist ein Kampf" das Prädikat, und „ernst, hart und dauernd" seien die Eigenschaftswörter des Kampfes.

Damit und mit der Antwort auf die nächste Frage, Wien sei das einstige römische Lager Vindobona und bestehe seit etwa zweitausend Jahren, war Hans durchgekommen.

DIE VEILCHEN-AU

Das Gerücht, daß Oberst Paskiewicz im Sterben lag, verbreitete sich im Haus, und da es schon oft verbreitet worden war, dachte man: Der todkranke Oberst würde alle überleben! Trotzdem starb er in dem Augenblick, da seine Frau um den Priester laufen wollte; seit vollen zwanzig Jahren hatte sie diese Minute erwartet – als sie eintraf, brach sie zusammen.

Aus dem Kindergarten auf der Stubenbastei zurückkehrend, wo sie als Hilfslehrerin wirkte, fand Christl ihren Vater in Totenstarre und die Mutter über ihn gestürzt; im ersten Augenblick hielt sie beide für tot. Es war ihr Hilfeschrei, den Hans hörte, als er aus dem Gymnasium kam.

Er sah den ersten Toten. (Vom Tode seiner Großtante, der geborenen Kubelka, erinnerte er sich nur der Rappen vor dem Leichenwagen.) Der Tote hatte das einigermaßen veränderte Gesicht des Onkels Paskiewicz. Auch Tante Gretel bewegte sich nicht; doch Hans sah sie atmen. Des Mädchens Zähne schlugen aufeinander.

„Soll ich die Mammi holen?" fragte er.

Sie nickte.

Er nahm seine Schultasche, lief in den vierten Stock hinauf, fand die Mutter aber nicht zu Hause.

„Als Patroneß muß die Frau Mama doch vorbereiten helfen!" erklärte ihm Simmerl. Es war eine kolossale Auszeichnung, Patroneß bei der Metternich-Redoute zu sein. Ob die Mama wenigstens zum Umkleiden nach Hause kam? wollte Hans wissen. Nein. Ihre Gnaden habe sich ihr Kostüm im Wagen mitgenommen.

Fast eine halbe Stunde wartete der Knabe, bevor er wieder hinunterging. Natürlich hatte die Mammi nichts davon wissen können, daß der Onkel Paskiewicz sterben würde – aber sollte er jetzt der Christl sagen: „Die Mammi bereitet einen Maskenball vor?" Wär' wenigstens der Papa dagewesen! Doch seit ein paar Tagen befand sich der Papa auf einer Geschäftsreise.

„Die Mammi ist leider momentan nicht da", sagte er zu dem Mädchen, das er nach seiner Mutter am meisten liebte. Tante Gretel lag in ihrem Zimmer – Dr. Herz hatte ihr ein Beruhigungsmittel gegeben, Christl erzählte es ihm. Sie sagte auch: „Ich glaub', es ist besser, du gehst jetzt wieder hinauf."

Das hätte er gern getan, denn er fürchtete sich vor dem Toten und hatte noch Vokabeln zu lernen. „Ich geh' gleich", versprach er, blieb jedoch. Sie schaute ja so traurig aus! Nach einer Weile sagte er: „Die Mammi kommt sicher sehr bald!" Da belebte sich Christls Gesicht. Wie ähnlich sie dem toten Onkel Paskiewicz sah!

Hans setzte sich auf das Fensterbrett. Christl zündete Kerzen zu beiden Seiten des Bettes an. Sie faltete die Hände des Onkels über der Decke. Sie legte ihm ein kleines Kreuz zwischen die Finger. Weinen hörte er sie nicht, das tröstete ihn.

Danach zog sie sich einen Sessel zum Bett und setzte sich. Der Onkel sah aus wie jemand, der schlief. Je länger man ihn anschaute, desto deutlicher merkte man, daß er lächelte. Fast eine Stunde auf dem Fensterbrett sitzend, gab Hans acht, ob der Tote atmete. Noch gestern nachmittag hatte Onkel Paskiewicz ihm auf der Stiege zugerufen: „Servus! Kannst du schon *amo* konjugieren?" Und heut abend konnte er nichts mehr sagen, obwohl er denselben Mund hatte wie gestern?

Christl hatte vor einer Weile zu weinen angefangen.

„Vielleicht ist die Mammi jetzt wieder zurück? Ich schau'!" sagte Hans. Christl nickte. Nur Neni, Herr Simmerl und die Geschwister zu Hause, Nachtmahlstunde der Kinder, man saß im Kinderzimmer, bekam Reis in der Milch zu essen.

Franziska, die schon in die dritte Volksschulklasse ging, und Hermann, der nächstes Jahr in die zweite kam, kicherten wie gewöhnlich. Nach dem Essen ging Hans in sein Kabinett, um Vokabeln für morgen zu lernen.

Jucundus – fröhlich. *Pulcher* – schön. *Jucundus* – Memorierend ging er in dem einfenstrigen Zimmer auf und ab, das zwischen dem Schlafzimmer seiner Mutter und dem „Großen Kinderzimmer" lag. *Jucundus* – fröhlich. *Aetas* – Alter, Zeitalter. Hoffentlich weinte sie nicht mehr! *Bellum* – Krieg. *Castra* – Wahrscheinlich saß sie jetzt mit der Tante Gretel. Aber das nützte nichts! Deshalb hatte die

Christl seine Mammi ja so lieb, weil die Tante Gretel sich nur um den Onkel kümmerte. *Castra* – bewaffnetes Lager.

Als die Geräusche nebenan verrieten, daß Neni die Geschwister zu Bett brachte, öffnete er schnell die Tür ins Vorzimmer und stand eine Minute später vor Christls Wohnungstür. Er läutete, niemand machte auf. Dann klopfte er. Nichts. Lauschend legte er das Ohr an die Tür. Weinen! „Christl!" rief er. Keine Antwort. Weinen.

Da stürzte er die Treppe hinunter und aus dem Seilerstätte-Haustor hinaus. Der Knabe hatte weder Mantel an noch Kappe, doch da er lief, spürte er die Kälte nicht. Er dachte: Schnell! Bring die Mammi nach Haus. Vielleicht tat die Christl „sich etwas an"? Er hatte gehört, daß Leute das machten, obwohl er nicht genau wußte, was es hieß.

Es dauerte kaum länger als eine halbe Stunde, bis er die Marxergasse erreicht hatte. Die vielen wartenden Equipagen und Fiaker machten die Sophiensäle sofort kenntlich.

Er würde einfach sagen: „Ich möcht' zur Frau Alt! Sie ist hier Patroneß." Doch als er es dem Türsteher anvertraute, schaute der ihn an, als redete er eine fremde Sprache. Mit schwarz-goldenem Zweispitz stand er zwischen zwei Plakaten: „17. Jänner 1901. Schwarz-gelbe Redoute. Unter dem Protektorat Ihrer Durchlaucht Fürstin Pauline Metternich-Sándor. Zugunsten der Poliklinik. Kapellen: C. M. Ziehrer, Karl Komzak, Franz Lehár." Beschäftigt mit dem Wagenöffnen für Nachzügler, meinte der hünenhafte Mensch: „Ja, mei' liabs Kind! Wie soll i unter die tausend Leut' ausgerechnet deine Mama find'n!" Der Mann übergab ihn einem zweiten schwarz-gelb Livrierten. „Die Mutter von dem Buam da scheint Patroneß zu sein. Gehn S', bitt' Sie, schaun S', daß er s' find'!" Der Bub bedankte sich und lächelte, weil er nicht zeigen wollte, wie nah das Weinen ihm sei. Der andere nahm ihn an der Hand und führte ihn ins Haus des Festes.

Für Augenblicke vergaß Hans, weshalb er gekommen war – er fand es feenhaft. Ungeheuere Säle, strahlendes Auerlicht. Der ganze Hintergrund wie ein Theater, vom Boden zur Decke reichte ein Kolossalbild: das Schloß Schönbrunn draufgemalt, der grüne Kahlenberg, die Donau und Wien mit Stephansturm und Rathaus; aus den Fenstern der gemalten Häuser, auf den Brücken über dem gepinselten Donaustrom funkelten wirkliche, echte Kerzenlichter. Auf einem Podium davor, genau wie ein Garten mit seinen Lorbeerbäumen, spielten Musiker in gelben Atlasfräcken. Und wie sie spielten! Als hätten sie gewollt, daß die Tanzenden nie aufhörten. Die Rosen! Alle gelben Rosen mußten es sein, die's auf der ganzen Welt gab, auf Spalieren wuchsen sie an Wänden und vergoldeten Säulen und Pfeilern. Zwischen ihnen blühten schwarze Tulpen. Der Kronleuchter sah wie ein riesiges Bukett gelber Rosen und schwarzer Tulpen aus, und Gelb und Schwarz trugen die tanzenden Damen. Alle hatten sie schwarze Masken über den Augen. Die Herren trugen keine. Gelbe Rosen blühten ihnen im Knopfloch ihrer Fracks, und die Offiziere hatten gelbe Rosen unter den Achselspangen.

Geblendet, ein bißchen müde, stand Hans ganz vorn und paßte auf jede Tanzende genau auf. Die Maske würde es ihm schwerer machen, die Mammi zu erkennen, aber er kannte ja ihre Frisur.

„Ja, was machst du denn da, kleiner Mann?" Eine alte Dame sagte es. Sie beugte sich von einer mit Lorbeerbäumen dekorierten Estrade zu ihm herunter, hatte den Hals ganz mit großen Perlen umwickelt, und auf der linken Seite ihres dekolletierten schwarzen Spitzenkleides trug sie einen brillantblitzenden Orden. „Ein Knirps wie du sollt' längst schlafen!" Sie äußerte etwas zu einem Herrn hinter ihr, kam die Stufen herab zu Hans, nahm ihn, der sich wegen ihrer Bulldoggenhäßlichkeit vor ihr fürchtete, an der Hand und ging mit ihm zum Ausgang.

„Seit wann laßts ihr mir Kinder herein?" examinierte sie die Lakaien, die dort standen und sich tief verbeugten.

„Der Portier hat den Buben heraufg'schickt, Euer Durchlaucht! Er sucht seine Mama", entschuldigte sich der eine.

„Und warum mußt du deine Mama *à tout prix* sehn?"

„Wegen der Christl", sagte Hans. „Ihr Vater ist gestorben. Mein Onkel. Und die Christl wartet, daß die Mammi zu ihr kommt!"

„Aha", sagte die Dame. Sehr klar ist das grad' nicht. Hab die Güte – wer war dein Onkel?"

„Onkel Paskiewicz", sagte Hans.

„Paskiewicz? War der nicht bei die Sechser?" Als sie erfuhr, er sei Dragoneroberst gewesen, erinnerte sie sich: „Attraktiver Mensch! Exzellenter Kotillontänzer! Wie heißt deine Mammi?"

Als Hans antwortete, ging etwas Auffälliges in dem Bulldoggengesicht vor. „So? Das ist deine Mammi? Auch sehr attraktiv", hörte er. Er faßte es als eine Frage auf und bejahte. Die Dame lachte. „Also g'fallt sie dir! Andern eher auch! Siehst den Korridor zwischen dem großen und dem kleinen Saal? Dort geh hin, und sag dem

Herrn mit der Liste in der Hand – siehst ihn? –, die Fürschtin
Metternich schickt dich, und er soll dich zur Frau Alt führen."

Betäubend der Duft der gelben Rosen. Hans sah den Korridor
mit schmalen roten Türen beiderseits und einen Mann im Frack,
der ein Papier in der Hand hielt. Er ging hin, richtete seine Botschaft wörtlich aus.

„Nummer neun, links", sagte der Mann, auf eine der Türen weisend. „Wart doch!" rief er, als Hans ohne weiteres hinlief, „ich muß
dich erst anmelden!" Bei der Mammi braucht man mich nicht anzu-
melden! dachte Hans und trat ein.

Ein schmaler, rottapezierter Raum. Ein gedeckter Tisch vor einem
roten Brokatsofa, daneben ein Champagnerkübel. Auf dem Sofa saß
die Mammi, dicht neben ihr ein Herr, er hatte den Arm um sie
gelegt. Im ersten Moment dachte Hans, der Papa sei von der Reise
zurückgekommen.

„Bubi!" schrie Henriette. Der Herr ließ den Arm fallen und wendete sich um. „Mein Bub, Graf Poldo! Was ist denn?"

Da lachte der Herr und richtete sich seine weiße Krawatte. „So
groß sind wir schon? Grüß dich! Wie heißen wir denn?"

„Hans", sagte Hans. Er konnte den Herrn nicht leiden. Überstürzt
erklärte er, weswegen er hier sei. Ungeheuer dringend, Mammi! Doch
sie wollte nur wissen, wie er hergefunden hatte. Der Herr sagte:
„Das is wirklich nicht so pressant! Der gute Niki Paskiewicz hat sich
enorm viel Zeit zum Abfahren g'lassen! Ich bestell' dem jungen
Mann da eine prima Schlagobersschok'lad'."

So merkwürdig schaute die Mammi, als ob sie immer lachen wollte,
ihre Augen glitzerten. Wunderschön war sie mit dem in der Mitte
gescheitelten Haar und den gelben Rosen an ihren Schläfen und am
Ausschnitt ihres goldsamtenen Schleppkleides.

„Komm, Mammi!" drängte das Kind.

„Gleich", sagte sie. „Hier ist es doch schön! Oder? Iß ein Petit
four."

Er fand es nicht schön hier. „Bitte! Komm! Mammi!"

„Hat der eine g'sunde Persistenz!" sagte der Herr. Groß und
hübsch war er und mißfiel Hans immer mehr.

Von nebenan hörte man Kichern. Jemand sang: „Wiener Blut,
das ist gut!" Jemand rief: „Jetzt wart' ich eine geschlagene halbe
Stund' auf den Champagner!" und bekam zur Antwort: „Momen-
terl, Herr Baron!"

„Ich komm' ja schon", sagte die Mammi. „Willst nicht noch bißl zur Militärkapelle? Du hast doch Militärkapellen so gern?"

„Danke. Nein!" Zum erstenmal tat Hans nicht, was sie wollte. „Hast du denn die Christl gar nicht mehr gern?"

Da machte die Mammi eine entschuldigende Bewegung mit der Hand, sagte: „Sie sehn, Graf Poldo, mein Sohn ist eher streng mit mir!", nahm ihren schwarzen Samtmantel vom Kleiderständer und gab ihn dem Herrn.

Der Herr legte ihr den Mantel langsam um die nackten Schultern. „Zu schad', daß es schon aus ist! Wann hör' ich was?"

„Sie telephonieren?"

„Morgen."

Wieder dieses erschreckende Glitzern in Mammis Augen! „Gute Nacht, Graf Poldo! Träumen Sie schön!"

„Ich weiß, wovon ich träumen werd'", antwortete er. „Danke tausendmal für den prima Abend!" Dann gingen Mutter und Sohn aus dem heißen kleinen roten Raum, die Musik rauschte, die Paare tanzten, aber die gelben Rosen schauten verwelkt aus.

Im Fiaker saß Hans neben ihr. Sie schlang den duftenden weichen Samt um ihn und zog seinen Kopf so nah an sich, daß er hören konnte, wie schnell ihr Herz schlug. Aber sie fragte nichts. Erst glaubte er, sie sei so still, weil sie an den Onkel Paskiewicz dachte. Dann hörte er sie summen: „Wiener Blut, das ist gut..."

Es war halb elf vorbei, als sie zu Haus ankamen. Mit jeder Stufe, die sie stiegen, fühlte Hans seine Angst zurückkehren. „Ob sie noch lebt?" flüsterte er.

„Hab keine Angst! Glaub mir, Angsthaben ist das Überflüssigste auf der Welt!"

Sie hatte recht. Denn als sie eintraten, lebte die Christl und schien nie geweint zu haben. Merkwürdigerweise kam sie Hans plötzlich wie die Tante Anna Hegéssy vor, die neben ihr saß, weil sie genauso starr die Leute im Sterbezimmer anschaute, die Tante Gretel, den Onkel Eberhard, die Tante Elsa, den Onkel und die Tante Drauffer, die Zwillinge, den Cousin Peter. Ihre Anwesenheit beschämte Hans. Da hätte er ja die Mammi gar nicht holen müssen?

Die Verwandten starrten ihrerseits die Mammi an. Die Zwillinge, beide studierten Jus, sagten leise etwas. Cousin Peter, der auch Jus studierte, wurde rot.

Die Sterbekerzen brannten noch; außerdem hatte man zwei Stehlampen angezündet und ihre Schirme mit schwarzem Krepp verhüllt. Nächst dem Bett lagen Blumen auf dem Teppich, ein langes Bouquet auf Draht und Lorbeer gebunden, es verbreitete einen strengen Duft. In Uniform, mit hellblauem Waffenrock, lag jetzt der Tote. Die gefalteten Hände hielten noch das kleine Kreuz, sein Gesicht jedoch sah aus wie das eines ganz fremden, uralten Mannes. Wie Wachs. Oder Holz.

„Du tanzt!" sagte Tante Elsa mit unterdrückter Stimme zur Mammi. In ihrem goldgelben Schleppkleid stand Mammi mit den gelben Rosen am herzförmigen Ausschnitt. Ihre Schultern und Arme waren nackt, denn sie hatte in ihrer merklichen Verlegenheit die langen Glacéhandschuhe abgestreift. Hans sah auch, daß sie schwarze Seidenschuhe mit hohen Stöckeln trug, die ihr das Gehen erschwerten, als sie auf Tante Gretel zuging. „Mein innigstes Beileid!" sagte sie zu ihr. Dann ging sie zu Christl und küßte sie zweimal. Dann wollte sie am Sterbebett niederknien, doch auf der einen Seite lag das Bouquet, auf der andern knieten Tante Hegéssy, Onkel Otto Eberhard und Peter. Onkel Otto Eberhard sagte so laut, daß alle es hören konnten: „Entweih nicht den Tod mit deiner Maskerade!"

Christl sagte: „Wart, Tante Hetti! Ich mach' dir hier Platz. Ich weiß, der Papa hat dich sehr, sehr gern gehabt!"

„Stimmt!" bestätigte Onkel Drauffer. Tante Pauline nickte.

Christl nahm das Bouquet vom Boden, so daß die Mammi hinknien und ein Vaterunser sprechen konnte.

„Wieso ischt der Hans noch auf?" fragte Tante Elsa.

„Weil er mir hat helfen wollen! Er war der erste, der zu mir gekommen ist! Das war furchtbar lieb von dir, Hans!" antwortete Christl.

Daß er die Mammi geholt hatte, davon sagte sie nichts. Sie trat zu ihm und reichte ihm eine kalte Hand. Hatte er ihr denn überhaupt geholfen? Ihm schien, als habe er alles nur noch ärger gemacht, weil er mit der Mammi hier war.

„Mammi, komm!" sagte er fast zornig.

Jetzt kam sie sofort.

Es HATTE Henriette so plötzlich überwältigt, daß nichts daneben Platz fand, eine Besessenheit nach über einem Jahrzehnt der Konvention. Die Kinder waren geboren worden. Franz behauptete, er sei nie glücklicher gewesen, und er liebte sie mit einer verläßlichen Zärt-

lichkeit, die ein bißchen wärmte und nie, nie in Flammen setzte!
Papa wurde Mitglied des Herrenhauses. Und was war man selbst?
Ein „Mitglied der besten Wiener Gesellschaft".

In den vergangenen Jahren, die sie fast nicht voneinander unterscheiden konnte, hatte es an Augenblicken nicht gefehlt, da sie sich
einredete, dies Gesicherte sei das Richtige. Doch das Haus und seine
Atmosphäre lasteten so auf ihr, daß sie es nur noch das Gefängnis
nannte.

Als sie dem Grafen Traun begegnete, wußte sie sofort, Wider-
stand hat keinen Zweck. Die Ähnlichkeit unterwarf sie. Das waren
Rudolfs faszinierende Augen. Das Seine nonchalante Art zu gehen.
Er redete wie Er, mit den vielen fremden Wörtern und derselben
Verve. Er kleidete sich wie Er. Sie hielt den Grafen Traun weder

für gescheit noch für blendend. Sie sah seine Fehler, bevor sie seinem Charme erlag. Sie erlag ihm ganz.

Als Franz für zwei Wochen nach Triest und Agram reisen mußte, traf sie den Grafen Traun täglich. Auf der Metternich-Redoute hatte er sie erinnert, er habe einmal mit ihr in Mayerling gespeist. Die jäh erweckte Erinnerung riß ihre Bedenken nieder.

Sie besuchte Traun in seiner Wohnung. Von da an lebte sie in einer Ekstase, die den erfahrenen Liebhaber erstaunte: solche Leidenschaften bei solcher Unschuld? Er hatte das nie gekannt.

Noch bevor Martha Monica geboren wurde, entstanden Gerüchte im Haus. Sie kamen Franz zu Ohren, ohne daß er sie geglaubt hätte; sein Selbstgefühl hinderte ihn daran.

Henriette hatte ihre Eigenheiten, nicht alle davon lobenswert, doch fand er es unter ihrer beider Würde, ihr auch nur eine Andeutung zu machen.

In der Schule hatte Hans von dem neuen Schwesterchen Martha Monica erzählt, das ihm der Storch gebracht hatte. In der Lateinstunde nachher flüsterte ihm sein Sitznachbar von Blaas zu, es gäbe keinen Storch. Es gäbe einen, widersprach Hans. *Laudo,* ich lobe, ließ der Klassenvorstand Miklau konjugieren, und da er beim Buchstaben Z zu prüfen angefangen hatte, fühlten sich Hans und von Blaas vor ihm sicher und flüsterten. „Ich habe gelobt, Blaas?" fragte Miklau, den Schwätzer ertappend, der aufsprang und aufs Geratewohl *„laudo"* antwortete, was ihm einen „Fünfer" in des Prüfers glanzledernem Notizbuch eintrug.

In der Pause sagte von Blaas wütend: „Weißt, Alt, wer deiner Mammi ihr Storch war? Der Graf Traun!" Auch andere Buben hörten das, und obgleich Hans weder aus der Bemerkung noch aus dem Kichern klug wurde, schlug er seinem Nachbarn ins Gesicht. In der Prügelei, die folgte, blieb er Sieger, behielt aber außer blauen Flecken eine quälende Ungewißheit zurück. Die Eltern konnte er nicht fragen; Christl ebensowenig, denn sie hatte sich seit dem Tag, an dem Onkel Paskiewicz starb, vom vierten Stock zurückgezogen, und es hieß im Haus, sie gehe mit „sonderbaren Absichten" um.

Als Hans den Grafen Traun nicht lange nach der Rauferei im Stadtpark traf (Neni hatte die Geschwister wie jeden Nachmittag dort spazierengeführt), drehte er sich so auffallend nach ihm um, daß es der Graf merkte. Henriettes Buben erkennend, rief er: „Servus! Wie geht's dir, Kleiner?" und wollte weitergehen. Doch Hans lief ihm nach, fragte atemlos: „Warum lassen Sie die Mammi nicht in Ruh'?"

Der Graf bemerkte zu Neni, die ihren Zögling inzwischen eingeholt hatte: „Sie sollten auf den Buben besser aufpassen! Er wird damisch frech!"

Aber mit dem instinktiven Gefühl, es sei dieser Mann, der die Rätsel ins Haus gebracht und alles dort so ängstlich verändert hatte, sagte Hans: „Ich bin nicht frech! Ich hab' Sie nur gefragt, warum Sie die Mammi nicht in Ruh' lassen."

Purpurrot hörte die Kinderfrau die Unglaublichkeit. „Wirst du sofort um Entschuldigung bitten, oder ich sag's dem Papa!"

Der Knabe schwieg. Alles in ihm bäumte sich gegen eine Entschuldigung auf; für Recht und Unrecht hatte er ein ziemlich sicheres Gefühl.

„Er ist halt ein kleiner Lausbub", sagte der Graf harmlos, bevor er sich entfernte.

Am selben Abend meldete Neni dem Herrn Kammerrat den Vorfall. „Lassen S' mir den Buben kommen!" verlangte er.

Daß man sich vor dem Papa fürchten müsse, hatte Hans bisher nie geglaubt, sondern ihn für jemanden gehalten, der selten Zeit fand und manchmal schlechte Laune zeigte. Streng jedoch? Nein! Heute abend änderte sich das plötzlich.

„Also! Was hat's gegeben!"

Hans erzählte den Vorfall in der Schule.

„Unverschämt von dem Mistbuben, dem Blaas!" sagte der Papa. Hans sah, wie er sich aufregte.

„Ich hab' recht gehabt. Nicht, Papa?" fragte er zögernd.

„Natürlich hast du recht gehabt! Das heißt ... dem Herrn Grafen gegenüber hast du unrecht gehabt! Du solltest kein solches Wickelkind mehr sein und dir derartigen Blödsinn einreden lassen! Die Mammi kennt den Grafen Traun nicht einmal! Übrigens – woher kennst du ihn eigentlich?"

Wäre es nicht so ausgeschlossen gewesen, dann würde Hans geglaubt haben, daß der Papa ihn ängstlich anschaute. Erwachsene hatten doch keine Angst vor Kindern?

„Durch den Blaas", log er. Ein plötzliches Gefühl hatte ihn gewarnt, den Sophiensaal zu erwähnen.

„Ich hab' die ganze Familie nie gemocht. Daß mir so was nicht mehr vorkommt! Geh jetzt schlafen!"

Im Bett lag Hans wach. Nebenan in Mammis Schlafzimmer hörte er Stimmen, undeutlich eine Weile, dann lauter.

„Du kannst mir nicht vorwerfen, daß mir solche Sachen je irgendwelchen Eindruck gemacht haben. Aber wenn's so weit kommt, daß sich's die Schulbuben erzählen —"

Mammis Stimme: „Glaubst du Schulbuben mehr als mir?"

„Ich möcht' dir sehr gern alles glauben, Hetti! Erinnerst du dich, was du der Tante Sophie damals versprochen hast?"

Einen Moment blieb's drin still. Lieber Gott, gib, daß sie „ja" sagt, wünschte Hans, ohne zu wissen, worum es daneben ging.

„Ja", antwortete Mammis Stimme.

„Wirklich?" fragte der Papa nach einer Pause. „Wenn du wüßtest, wie schauerlich mir dieser ganze Tratsch ist! Also schlaf gut!"

Zwei Tage später, sehr früh am Morgen, fuhren Papa, Hans und der kleine Blaas mit einem Fiaker in den Prater. Papa hatte am Abend zuvor gesagt, Hans möge seinen Gymnasialkollegen zu einem Ausflug einladen, es sei jetzt Veilchenzeit, und sie könnten für die Naturgeschichtsstunde botanisieren; zum Unterricht würden sie pünktlich wieder zurück sein. Folglich saßen die beiden Knaben auf dem Rücksitz des Viersitzers, der kleine Blaas vergnügt über die Aussöhnung mit dem Schulnachbarn, Hans dagegen ziemlich verwundert, daß der Papa ausdrücklich verlangt hatte, niemand, nicht einmal Herr Simmerl, dürfte von dem Ausflug erfahren.

Je näher sie den Veilchen-Auen kamen, desto merkwürdiger wurde Papas Gesicht. Während der Fahrt hatte er kein Wort geredet, jetzt sagte er: „Hörts mich an, Buben! Du hast dem Hans unlängst was erzählt, und das war erlogen, von A bis Z. Wenn man was behauptet, was man nicht beweisen kann, ist man ein Verleumder! Weißt du, was aus deinem Geschwätz entstanden ist?"

„Bitte? Nein", antwortete der kleine Blaas verzagt.

„Das, was in der nächsten halben Stunde geschehn wird! Nachher werdets ihr hoffentlich weder mehr verleumden noch an Verleumdung glauben! Das letztere ist genauso arg!"

Einen Augenblick redete niemand.

„Ich hab' den Grafen Traun zur Rede gestellt", sagte der Papa kurz.

Wieso? dachte Hans. Wenn's nur eine Verleumdung gewesen ist? Wieder sprach niemand. Es schien dem Vater nicht leichtzufallen,

weiterzureden, denn zweimal fing er an, bevor er sagte: „Deshalb
sind wir jetzt hier. Wenn wir an Ort und Stelle sind, werdets ihr
euch irgendwo hinstellen, von wo ihr sehts, ohne gesehn zu werden.
Die Leute werden natürlich sagen, ich hätt' euch bei einem Duell
nicht zuschauen lassen dürfen. Es ist mir egal!" Er wiederholte:
„Egal ist es mir!"

Wenn es dem Papa egal war, warum war er dann so bös?

„Was schaust du? Der Graf Traun hat's für eine Beleidigung
gehalten, daß ich ihn zur Rede gestellt hab', und hat mich gefordert."

„Werden Sie ihn erschießen, Herr Alt?" fragte der kleine Blaas
mit blitzenden Augen.

„Ich? Er soll ein guter Schütze sein", antwortete der Papa. „Ich
hab' nicht so viel Zeit, mich im Schießen zu üben, wie diese Herren.
Sie verbringen ihr ganzes Leben auf der Jagd!"

Zeitig aus dem Bett geholt, vor Fragen gestellt, die über seine
Fassungskraft gingen, begann Hans sich zu fürchten. „Hast du Angst,
Papa?" fragte er.

„Deshalb hab' ich dich ja mitgenommen, weil man keine Angst
haben darf! Und weil man sich nichts gefallen lassen darf! Von niemandem! Von keinem Erzherzog und von keinem Grafen!"

Der Wagen hielt. Die Sonne ging gerade fahl auf, die Finken in
den Kastanien und Platanen zwitscherten bereits. Wo sie haltgemacht
hatten, war eine Lichtung, blau von kleinen duftenden Veilchen. Zwei
Herren in Uniform und ein älterer Herr in Zivil wendeten sich zu
ihnen, als sie kamen. Hans erkannte seine Vettern, die Zwillinge Fritz
und Otto, die ihr Einjährig-Freiwilligen-Jahr bei den Vierer-Drago-
nern abdienten. Den Herrn in Zivil kannte er nicht.

„Was machen denn die Buben hier?" fragte Fritz entsetzt.

„Botanisieren!" antwortete der Papa. „Schauts, daß weiterkommts,
Buben!"

Hans und Blaas liefen ein paar Schritte und versteckten sich hinter
einem Gebüsch. „Vielleicht kommt Graf Traun nicht?" sagte Hans
hoffend.

Eine Equipage mit einem livrierten Kutscher und einem Bedienten
auf dem Bock näherte sich in schnellem Trab, sie hielt neben den
zwei schon wartenden Fiakern. Der Lakai sprang ab und öffnete den
Wagenschlag. Vier Herren stiegen aus, ein Offizier in Husarenuni-
form, ein Offizier in der Uniform der Leibgarde, zwei Zivilisten. Der
eine Zivilist, Graf Traun, trug einen schwarzen, steifen runden Hut,

einen kurzen beigefarbigen Überzieher und lachte. Hans haßte ihn. Die Offiziere näherten sich der Gruppe auf der Wiese. Die Vettern salutierten ihnen stramm, die Offiziere legten nachlässig den Zeigefinger an das Kappenschild.

„Gu'n Morgen", sagten sie dabei.

Der Papa kam mit dem älteren Herrn zu dem Gebüsch. „Merkts euch nur alles ganz genau", sagte er. „Vielleicht werdet ihr's später jemandem erzählen müssen." Er hatte einen ganz veränderten, fast wahnsinnigen Blick. „Laßt's euch jedenfalls gutgehn – alle!"

Der Herr in Zivil nahm ihn beim Arm und zog ihn weg. „Der unrichtigste Moment, sich derart aufzuregen, Herr Kammerrat!"

Der Papa antwortete: „Keine Spur von Aufregung, Doktor. Wenn Sie jetzt meinen Puls zählen – keine siebzig!"

Inzwischen machten die Zwillinge lange Schritte in der Mitte der Wiese, von einer Platane zu einer Kastanie, zählten dabei von eins bis zehn. Dann zählten, in der entgegengesetzten Richtung, die Offiziere auch von eins bis zehn und machten dieselben langen Schritte. Einer von ihnen holte ein schwarzes Etui aus der Equipage und nahm zwei Pistolen heraus. Fritz und Otto legten die beiden Pistolen auf die flache Hand. Um sie zu wägen oder zu vergleichen? Sie salutierten und gaben den Offizieren die Pistolen zurück. Hans, regungslos hinstarrend, kam es vor, als benähmen die Vettern sich unterwürfig.

„Ich frag' Sie, Einjährig-Freiwilliger!" sagte der Gardeoffizier zu Cousin Fritz, „ist Ihr Mandant bereit, Seiner Erlaucht dem Grafen Traun öffentlich Abbitte zu leisten?"

„Nein!" antwortete Hans leise für den Vetter Fritz.

„Melde gehorsamst, nein, Herr Oberleutnant", antwortete Vetter Fritz. „Mein Mandant ist der Meinung –"

„Genügt!" unterbrach der Gardeoffizier brüsk. Er hatte goldene Knöpfe auf dem Waffenrock, einen goldenen Kragen und rote Hosen. „Wenn's dir recht is, Poldo?"

Graf Traun war bisher mit dem Herrn in Zivil fortwährend spazierengegangen, hatte geraucht und geredet. „Ich erzähl' unserm guten Medizinmann grad' die G'schicht' von die *Trial Stakes!*" rief er und bemerkte zu dem Zivilisten: „Erinnern S' mich nachher an die Pointe, Doktor!" Dann ging er zu den Offizieren hinüber, streifte mit einer unbegreiflichen Langsamkeit seinen rechten Handschuh ab und warf ihn dem Lakaien zu; den linken behielt er an. Er nahm die Pistole aus der Hand des Gardeoffiziers. Inzwischen hatte Cousin

Fritz dem Papa auch eine Pistole gegeben. Der Papa schaute sie genau an.

„Die Sekundanten für Graf Leopold Traun", sagte der Gardeoffizier und nannte seinen eigenen Namen: „Oberleutnant Graf Khuen." – „Oberleutnant Prinz Schwarzenberg", nannte der Husar den seinen.

„Die Sekundanten für Herrn Kammerrat Franz Alt", sagte Cousin Fritz: „Einjährig-Freiwilliger Dragoner Fritz Drauffer." – „Einjährig-Freiwilliger Dragoner Otto Drauffer", ergänzte Cousin Otto, die Hakken zusammenschlagend.

„Da der Beleidiger, Herr Franz Alt, Abbitte zu leisten verweigert", sagte der Gardeoffizier mit einer Selbstverständlichkeit, als lese er es irgendwo ab, „hat er Seiner Erlaucht dem Grafen Traun Revanche mit der Waffe in der Hand zu geben. Die Bedingungen, auf die sich die Sekundanten geeinigt haben, sind: zweimaliger Kugelwechsel auf zehn Schritt Distanz. Seine Erlaucht, als Beleidigter, hat die Wahl der Waffen g'habt und hat den ersten Schuß. Darf ich dich jetzt bitten, Poldo?"

Traun lachte. „Exzellent, dank' dir tausendmal, *Alexandre*."

Da die Gegenpartei ihm die Gesichter zuwandte, während der Papa und die Vettern mit dem Rücken zu ihm standen, sah Hans nur, was gegenüber vorging. Er hätte lieber Papas Gesicht gesehn!

„Eins!" kommandierte der Sekundant im Waffenrock der Garde. „Zwei!"

Bei „Zwei!" hob Graf Traun blitzschnell die Pistole und visierte. Dabei drückte er das linke Auge zu. Sein rechter Arm, die Waffe in der Hand, war flach ausgestreckt und zielte auf den Papa. Sein Gesicht war das Gesicht eines fanatischen Feindes.

Ein Windstoß, ein paar Tropfen fielen.

„Drei!" kommandierte der Sekundant.

Ein blitzendes Aufleuchten, ein Knall, ein sausendes Pfeifen. Der Papa stand dort wie vorher. Jetzt zielte er. Graf Traun fing zu pfeifen an. „Das ist das süße Mädel . . ."

„Eins! Zwei!" kommandierte Cousin Fritz. Bei „Drei!" schoß der Papa. Graf Traun machte einen schnellen Schritt, dann noch einen. Dann fiel er zu Boden. Der eine Zivilist und die beiden Offiziere rannten hin.

Der Papa schaute sich um. Sein Gesicht zum Fürchten. „Es regnet", sagte er.

Sie fuhren genauso zurück, wie sie hergekommen waren. Der einzige Unterschied bestand darin, daß der kleine Blaas Veilchen in der Hand hielt.

„Was ist mit dem Grafen Traun?" fragte Hans leise.

Der Papa hatte noch immer das veränderte Gesicht. „Tot", sagte er.

Als sie auf die Praterstraße kamen, erwachte die Stadt. Die roten Elektrischen, denen die Pferdeomnibusse hatten weichen müssen, fuhren klingelnd vorbei. Milchwagen hielten vor den Häusern, Bäckerjungen und Zeitungsfrauen liefen mit Semmeln und Zeitungen von Tür zu Tür. Hans konnte nicht genug von diesen Lebenszeichen sehen.

Er hatte den Grafen Traun gehaßt. Aber daß der Papa ihn erschossen hat! Er vermied es, Papa anzusehen.

Um halb acht hielten sie an der Ecke der Hegelgasse. „So", sagte der Papa, bevor er weiterfuhr. „Jetzt lernts brav!"

Nachts hörte Hans wieder Stimmen nebenan.

Papa fragte: „Du hast dich also bei deinem Vater über mich beklagt?"

„Ich hab' von meinem Vater wissen wollen, wie man nach so was weiterlebt!"

„Von deinem Vater hast du nie die Wahrheit gehört! Daß du geworden bist, wie du geworden bist, dafür ist er verantwortlich!"

Ebenso schnell und noch bitterer: „Diesmal hat er mir die Wahrheit gesagt! Die Ehe kann eine Qual sein. Seine Ehe war eine solche Qual, hat er gesagt. Und er hat nur mir und der Welt vorgespielt, daß es eine glückliche Ehe war! Das muß ich auch tun, hat er gesagt. Ich habe Kinder."

Schallend fiel die Tür zu.

DAS GELÜBDE

Schön und beklemmend klang das „Veni Creator". In den Weihrauchwolken, zwischen singenden Nonnen, am Hochaltar der Konventkirche der Salesianerinnen, kniete die Novize, die den Schleier nahm, vor dem Weihbischof.

Nur wenige Gassen trennten sie von dem Hause, wo sie geboren worden war.

Der Weihbischof besprengte den Schleier und den Ring mit Weihwasser, die Oberin erhob sich von den Knien, trat zu der Novize und sagte: „Bringe dem Heiland dein Opfer, Kandidatin Christine Anna Maria Paskiewicz."

Die Nonnen fügten hinzu: „Leiste dein Gelübde."

Da stand die Novize auf, schmal, hoch, aufrecht in ihrem weißen Kleid, und machte einen Schritt dem Bischof entgegen. Eine Stille entstand, worin der Weihrauch den Atem raubte.

„Bringe dein Gelübde", sagte der Weihbischof.

Die Novize näherte sich einen zweiten Schritt. Mit einer Stimme, die sie zuweilen verließ, sagte sie: „Im Namen unseres Heilands Jesus Christus und unter dem Schutz Seiner Mutter Maria, der heiligen Jungfrau, gelobe ich, mit meinem kirchlichen Namen Schwester Agathe, Armut, Keuschheit und Gehorsam, Dienst für die Unwissenden, und daß ich in diesem Kloster bleiben werde bis zu meinem Tod."

In den zwei ersten Bänken des Doms saßen vollzählig die Bewohner des Hauses Seilerstätte 10. Otto Eberhard saß auf dem Ecksitz der ersten Reihe, seine Frau Elsa und sein Sohn Peter neben ihm; der Erste Staatsanwalt war jetzt Hofrat, fast weiß. Aus dem dicken Knaben Peter war ein Korpsstudent geworden. Der Vater der Zwillinge Fritz und Otto, der Maler Drauffer, sah noch immer wie der heilige Petrus aus. Seine Gattin Pauline besaß zwar ihre lustigen Augen wie zuvor, doch ihr Apfelgesicht verlor allmählich die Rundheit: Die Frauen im Haus verwelkten rasch. Gretel Paskiewicz, die Mutter der Novize, hätte man für eine Greisin halten können. Nur die Gräfin Hegéssy, Tochter der geborenen Kubelka, ließ sich keine Veränderung anmerken; schwarz gekleidet wie sonst, wohnte sie auch diesem Familienereignis bei, als wäre es ein Begräbnis.

Hans, seine Geschwister Franziska und Hermann, Mama und Papa saßen in der zweiten Reihe. Das Nonnenhabit war in seinen Augen mit Krankheit verbunden; sooft jemand im Haus sehr krank wurde, kam eine Nonne, die man „Schwester" nannte. Unfaßbar, daß Christl sich das ausgesucht hatte! Herrn Simmerl (er befand sich mit dem Stubenmädchen Hanni gleichfalls hier) zufolge, in kirchlichen Angelegenheiten bewandert wie in weltlichen, sei der Orden, in den sie eintrat, einer der strengsten.

Während Henriettes Blicke an der Nonne hingen, empfand sie instinktiv, daß dies mit ihr zusammenhing. Die Christl hatte sich verraten gefühlt, als der Hans sie aus dem Sophiensaal zur Leiche ihres Vaters holte. Ich hab' die Frivolität gehabt, im unrichtigen Moment glücklich zu sein! dachte Henriette. Hätt' die Christl mich wirklich so gern gehabt, dann hätt' sie sich sagen müssen: „Ich gönn' ihr das bißl Glück!"

Plötzlich wich das zärtliche Gefühl, das sie sich seit den Jonescu-Tagen für die Novize bewahrte, der Überzeugung, die ganze Zeremonie sei nichts als eine Demonstration gegen sie. „Ich hab' an dich geglaubt, und du hast meinen Glauben an die Menschen zerstört!" schrie das Mädchen im Schleier ihr wortlos zu. Oh, sie hörte es! Nicht nur die Kraft, sogar der Wunsch, gerecht zu sein, waren ihr verlorengegangen; sich im Mittelpunkt der Ungunst des Hauses wissend, verdoppelte sie ihren Widerstand dagegen, ohne daß sie einen Ausweg sah. „Zu lebenslänglicher Seilerstätte verurteilt", hatte sie kurz nach dem Duell ihrem Vater geschrieben.

„Uijegerl, jetzt begraben s' es!" hörte man jemanden flüstern, eine unangebrachte Äußerung des Inhabers der Papierhandlung im Parterre von Nummer 10, der mit seiner Frau, unmittelbar hinter der Familie, im Mittelschiff sitzen durfte. Der Familie schien diese Bevorzugung nicht aufzufallen. Herr Simmerl jedoch, dem sie auffiel, hatte erfahren, der Papierhändler gehöre sozusagen zur Familie, weil er von Herrn Hugo Alt, einem Sohn des Christoph Alt, abstamme. Dieser war als Junggeselle einer unrühmlichen Krankheit zum Opfer gefallen. Die Bemerkung des Papierhändlers wurde dadurch veranlaßt, daß man einen schwarzverkleideten Katafalk hereintrug. „Das ist der symbolische Tod", erklärte Franz seiner Familie. Die Kinder verstanden ihn überhaupt nicht.

Aus der Sakristei bewegte sich ein Zug von Nonnen. Die Novize schritt in ihrer Mitte, eine brennende Kerze haltend; das weiße Kleid und den Schleier hatte sie mit dem Habit und der steifen schwarzen Haube der Ordensschwestern vertauscht. Als sie vor dem Katafalk stand, besprengte der Bischof ihre Stirn und verlöschte die Kerze. „Die Reiche der Welt, die Verlockungen dieser Erde hast du für die Liebe unseres Heilands hingegeben."

„In Ewigkeit amen", antwortete ohne Zögern die Novize, die schmale Treppe zu ihrem Sarg hinuntersteigend. Man sah sie darin liegen, die Lippen zusammengepreßt, die Augen geschlossen.

Jemand schrie gellend: „Christl!" Doch der Schrei ging in dem vielstimmigen *Gloria Patri et Filio et Spiritu Sancto!"* unter.

Die Zeremonie war zu Ende. Schwester Agathe, dem ewigen Leben vermählt, stand auf aus ihrem Sarg, reihte sich, blicklos, den anderen Nonnen vor dem Hochaltar ein.

„Christl!" schrie Hans zum zweitenmal.

„Wirst du ruhig sein!" wurde er ermahnt.

Die Novize sah sich um, dorthin, wo er und seine Mutter saßen. Mit einer Bewegung endgültigen Verzichtes hob sie die Hand, ließ sie fallen. Dann verschwand die Gefährtin seiner sprachlosen Jahre.

„Sie ist glücklicher als wir", sagte der Papa.

„Aus den Familienfeiern kommen wir gar nicht heraus", meinte Otto Eberhard, unter dem Posaunenengel von seinem Bruder Abschied nehmend. „Wird's ein großes Fest? Ich frag' nur wegen der Elsa. Sie plagt mich wegen eines neuen Kleides!"

„Ich glaub' nicht, daß ich dich sehr geplagt hab'", stellte die Frau des Hofrates richtig. „Ein fünfzigster Geburtstag ischt eine Feier wert!"

„Da siehst du, wie sie zu dir hält, obwohl du's nicht verdienst", sagte Otto Eberhard zu dem jüngeren Bruder, der ihn in der letzten Zeit schlaflose Nächte gekostet hatte; es war kein Kinderspiel gewesen, die Duelluntersuchung niederzuschlagen.

„Nett von dir, Elsa", sagte Franz. Es war sein fünfzigster Geburtstag, acht Tage später, von dem sie sprachen.

ENTSCHLEIERUNG DES GEHEIMNISSES

Hans war ein hoch aufgeschossener Junge von fast siebzehn Jahren, als Eugenie Einried bei den Nachhilfestunden zu erscheinen anfing, die ihr Sohn ihm in Kristallographie gab, dem Steckenpferd des Naturgeschichtsprofessors.

Einried war in Kristallographie der Beste, und der Naturgeschichtstyrann empfahl, daß der schlechte Schüler Alt Nachhilfestunden bei dem ausgezeichneten Mitschüler nehme. Frau Einried fand sich für ein paar Augenblicke ein, sagte: „Laßts euch nicht stören", rauchte in einer Ecke eine Zigarette, verschwand, kam mit einem Teller Obst zurück, strich ihrem Sohn übers Haar und ging. Hans bewunderte ihr rotes Haar, ihr Parfüm verwirrte ihn. Sich in ihrer Gegenwart nicht stören zu lassen, wurde für ihn immer schwerer.

Als er an einem Samstag wie sonst um drei erschien, sagte ihm Frau Einried, ihr Sohn habe im letzten Moment eine Karte zur Nachmittagsvorstellung des Burgtheaters erhalten, und es sei nicht mehr Zeit gewesen, die Stunde abzusagen. Hoffentlich war Hans nicht böse? „Gar nicht", erklärte er, wünschte guten Tag und wollte gehen. Frau Einried fragte, ob er vielleicht ein Stückchen Guglhupf wolle. „Danke, ja", antwortete Hans, obwohl er sich aus Guglhupf wenig machte.

Frau Einried brachte ihm ein Stückchen und setzte sich ihm gegenüber. „Finden S', daß die Stunden mit meinem Sohn Ihnen nützen?"

„O ja", sagte er. Er mußte husten, ein Stückchen Krume war ihm in die falsche Kehle geraten.

„Pardon", entschuldigte er sich.

„Sie sind nett", sagte sie. „Wissen S' das?"

„Bitte?" fragte er befangen.

„Hat Ihnen das noch niemand g'sagt?" Sie nahm eine Zigarette aus ihrem Etui. „Rauchen Sie? Natürlich rauchen Sie." Sie reichte ihm Feuer. Er verschluckte den Rauch und mußte wieder husten. Das machte ihn wütend. Sie würde glauben, es sei seine erste Zigarette!

„Wirklich, hat Ihnen noch niemand g'sagt, daß Sie nett sind?" wiederholte sie lachend. „Hier ist ein Aschenbecher."

Jetzt hatte er die Asche auf den Kuchenteller abgestreift! „Ich glaub' nicht", stotterte er. Sie rauchten.

„Haben S' eine Freundin?"

„Bitte?"

„Machen S' kein so scheinheiliges G'sicht!"

Sie trat zu ihm und fuhr ihm über das Haar, wie sie es bei ihrem Sohn zu tun pflegte. Ihr Duft hüllte ihn ein. Sein Herz klopfte rasend. Ob er wagen sollte, was er sich ausgedacht hatte? Ihre Hand nehmen und die Finger küssen, jeden einzelnen? Er wurde feuerrot, er fürchtete, sie könnte seine Gedanken erraten. Sie wird mir eine Ohrfeige geben! dachte er. „Danke vielmals für den Guglhupf. Ich muß jetzt gehen", sagte er.

„Das is nicht wahr", sagte sie. „Wenn mein Sohn dag'wesen wär', wären S' nicht vor einer Stunde weggegangen! Für wie alt halten S' mich?"

„Dreißig?"

„Ich sa' ja. Sie sind nett! Bißl älter schon!" Sie hielt sein Gesicht mit beiden Händen fest, beugte sich zu ihm hinab und küßte ihn auf

den Mund. Sein Herz schlug so, daß er einen Augenblick nichts sah.
„Hast das gern?"

Er nickte atemlos. Zu ihr aufschauend, wagte er, ihre Hand zu nehmen. Schnell berührte er sie mit den Lippen.

„Was für ein Kavalier wir sind!" Sie lachte.

Macht sie sich über mich lustig? dachte er entsetzt.

Doch da hatte sie ihn von seinem Sessel emporgezogen. „Küß mich!" Sie sagte es. Kein Irrtum.

Außer der Mama hatte er noch nie eine Frau geküßt. Sie möcht' mich auslachen, dachte er zwischen Wonne und Angst. Er preßte seinen Mund auf ihren, die Scham der Unerfahrenheit verdoppelte sein Ungestüm.

„Hier kann man uns sehn", sagte sie. Sie ging ins Nebenzimmer. Die Tür ließ sie offen.

HENRIETTE sah in der ersten Sekunde, was geschehen war. Es sei Wahnsinn, den Buben derart ahnungslos zu lassen, hatte sie Franz immer wieder gesagt. Doch mit einem Eigensinn, der von Otto Eberhard angeeifert schien, erklärte er: in Erziehungsfragen lasse er sich nicht das mindeste dreinreden. Seit er wußte, daß er Hörner trug, war er Argumenten nicht mehr zugänglich und machte jedes zweite Wort zu einem versteckten Vorwurf. Trotzdem schreckte er vor dem Gedanken der Scheidung zurück. Der Geist des Hauses triumphierte.

„Wo warst du so lang?" fragte sie, als Hans von der Nachhilfestunde nach Hause kam.

Er lächelte ungewiß. „Wir haben noch ein paar Algebrabeispiele gemacht."

„Lüg nicht! Warum kommst du nicht her zu mir?"

Sie merkte die Verlegenheit, mit der er die wenigen Schritte machte. Dann spürte sie den fremden Geruch.

„Du kommst von einer Frau! Pfui!" Warum sag' ich denn „Pfui!" dachte sie. Ich hab's doch nie anders erwartet!

Hans schaute sie an. Sie war nicht älter als Eugenie. Jünger vielleicht! Das Blut schoß ihm ins Gesicht.

„Schau mich nicht so an! Wer ist es? Eine von der Straße?"

„Nein!" sagte er, sich verratend.

Merkwürdig, sobald es kam, tat es weh, ob man darauf vorbereitet war oder nicht. „Gut! Sag's nicht", zwang sie sich ab.

„Bist du bös auf mich, Mammi?"

Sie schüttelte den Kopf. Wenn sie sich hätte gehenlassen, hätte sie gesagt: „Ja! Bis jetzt hast du mir gehört. Nach der Person heut wird dich jemand anderer stehlen. Und in drei Jahren oder in vier wird dich jemand fürs Leben stehlen. Du wirst sagen: ‚Ich muß schnell zu meiner Mutter schauen!‘ Fünf Minuten, bei der Tür herein, gleich wieder hinaus, und dein Gewissen wird federleicht dabei sein!" Doch statt dessen sagte sie müde: „Geh jetzt."

Er beugte sich über ihre Hand, um sie zu küssen. „Wie du ist niemand", sagte er. Er hätte etwas Besseres sagen sollen, aber er hoffte, sie würde fühlen, was er sagen wollte.

„HERR ALT!" sagte der Klassenvorstand zu Franz, „mit Ihrem Sohn Hans wird es, fürchte ich, kein gutes Ende nehmen. Es ist nicht zu zweifeln, daß er immer ein schlechter Schüler war. Aber er ist auch ein Feind der guten Sitten. Seinem wenig ausgezeichneten Fortgang in der Schule hat er einen noch beklagenswerteren in seiner privaten Führung an die Seite gestellt. Er raucht. Er liest schauderhafte Bücher, Ibsen, Strindberg, eines, ‚Reigen‘ – eine frivole Obszönität des hiesigen Literaten Schnitzler –, habe ich ihm, als er es kürzlich während des Unterrichtes las, konfisziert. Ich bin noch nicht am Ende! Er hat eine Geliebte! Der Beweis befand sich in dem konfiszierten Buche."

Er reichte Franz einen Brief. Er war mit dem Buchstaben E unterzeichnet, duftete leicht nach Maiglöckchen, dankte für eine Blumensendung und verabredete ein Rendezvous. Die letzten Zeilen: „Ich weiß, es ist ein Wahnsinn, dich zu lieben, aber ich liebe dich mit meinem ganzen Herzen!"

Zuerst war es der Professor gewesen, den Franz unleidlich fand. Vorzeiten selbst ein minderer Schüler, hatte er die ganze Zunft nie ausstehen können. In Latein und Mathematik schwach zu sein – kein Unglück.

Aber „Sauereien" zu machen, das brachte den Vater auf. „Ich werd' mir den Buben vornehmen", entschied er.

Da er nicht wollte, daß Henriette etwas erfuhr – die Frau bauschte alles auf –, bestellte er Hans in sein Privatkontor auf der Wiedner Hauptstraße.

„Hübsche Sachen stellst du an!" begann er das Gespräch.

Für Hans war der Papa kein Freund mehr, sondern ein Vorgesetzter. Bei den Meinungsverschiedenheiten, deren Zeuge er im Laufe der

Jahre wurde, gab er meist der Mama recht als der Überlegenen, Gescheiteren. Und um wieviel Interessanteren!

Die Franziska und den Hermann hatte der Papa in Internate geschickt, von wo sie zu Weihnachten und im Sommer nach Hause kamen. Die Franziska blieb sogar meist auch während der großen Ferien im Sacré-Cœur. Martha Monica, die Jüngste aber, die Hans kritiklos liebte, schien für den Papa überhaupt nicht zu existieren. Was immer Hans ihn fragen mochte, er antwortete ihm regelmäßig: „Das verstehst du nicht!" Das Wort „Fortschritt" rötete ihm den Kopf. Nie hatte Hans ihn ein Buch lesen gesehen.

„Was meinst du?" fragte Hans. Aus seinem Ton hätte Franz hören können, daß er keinen Knaben mehr vor sich hatte.

„Red nicht herum", sagte er, „ich hab' die Beweise!" Seinem Portefeuille aus Krokodilleder entnahm er den Brief.

Daß er den Brief gedankenlos in die Schule mitgenommen hatte, dafür hätte Hans sich ohrfeigen können! „Bitte, gib mir den Brief zurück, Papa!"

„Nicht bevor du mir gesagt hast, von wem er ist!"

„Das kann ich nicht!"

„Spiel nicht den Ritter, ja? Wer ist es?"

„Ich hab' schon gesagt, daß ich den Namen nicht nennen kann."

Im Verkaufsraum, hinter der Glastür, wurde die C-Dur-Skala gespielt. Jähzornig sprang Franz auf. „Wenn du mir so kommst, kannst du eine von mir erwischen! Augenblicklich nennst du mir den Namen!"

C-Dur-Skala. „Nein!"

„Nein?" Franz schlug ihm ins Gesicht.

Seit diese Hand auf jemanden geschossen hatte, der tot in eine Veilchen-Au gefallen war, konnte Hans sie nicht mehr unbefangen ansehen. Er schüttelte sie jetzt ab. „Ich lass' mich nicht schlagen!"

„Du wirst gegen deinen Vater aufmucken?" Abermals schlug die Hand zu.

Da holte Hans mit seiner eigenen aus, beherrschte sich, ballte sie, ließ sie fallen. „Bist du mein Feind, Papa?" schrie er.

Herr Födermayer, der Prokurist, zeigte sich an der Glastür und legte den Finger warnend an den Mund.

„Schau, daß du hinauskommst!" sagte Franz leiser zu seinem Sohn.

Im Verkaufsraum stand eine Dame, sie konnte sich nicht entschließen, ob sie einen Stutz- oder einen Konzertflügel kaufen sollte. Der

Verkäufer redete ihr zu dem Konzertflügel zu: „Frau Kommerzialrat haben einen so prachtvollen Anschlag!"

Hatte der Kommis das aus der C-Dur-Skala herausgehört? Die Leute logen einander schändlich an. Sein Gesicht brennend von den Schlägen, lief Hans die Wiedner Hauptstraße entlang. Mit jedem Schritt haßte er wilder; als er erkannte, wie sehr er seinen Vater haßte, erschrak er. Der Papa hätte sich entschuldigen sollen! Als ob sie Heilige gewesen wären, in ihrer Jugend! Der Papa, die Professoren, die Onkel im Haus ... Nur die Mama nicht, sie wenigstens wußte, was in einem vorging.

Daß er in die entgegengesetzte Richtung lief, bemerkte Hans erst bei der Matzleinsdorfer Kirche; er kam selten in diese Gegend. Sich vorzustellen, daß man täglich in diese Gegend kommen würde! Der Papa wollte ja, daß er nach der Matura in die Fabrik eintrete.

„Kommst mit, fescher junger Herr?" flüsterte ein Mädchen hinter ihm.

„Danke. Pardon!" antwortete er. Er lief zurück. Sein Klassenkollege Heinrich Ebeseder war auch schon von einer Hur' angesprochen worden – aber der Ebeseder sah mindestens wie neunzehn aus. Seh' ich schon erwachsen aus? dachte er. Es tröstete ihn ein bißchen.

Ebeseder, Sohn eines Eisendrehers, der im Vorstand der Sozialdemokratischen Partei eine Rolle spielte, war Hans jahrelang mit Zurückhaltung begegnet. Kapitalistensprößling, Muttersöhnchen, verzogen, ahnungslos – das alles nannte er ihn. Von einem bestimmten Augenblick jedoch – Hans hatte eine rebellische Antwort, die der andere dem Naturgeschichtsprofessor gab, enthusiastisch gelobt – kam eine Annäherung zustande. Ebeseder, seinen billigen Anzügen sichtbar entwachsend, glaubte aus dem Enthusiasmus mehr als die Freude über eine Demütigung des unbeliebten Professors herauszuhören. Gespräche seither bestätigten ihm das. In der siebenten Klasse hatte der junge Mann einen heftigen Zusammenstoß mit dem Klassenvorstand, der seinen Ausschluß aus dem Gymnasium fast unvermeidlich machte. Als sich das Disziplinarverfahren noch in der Schwebe befand, sagte er zu Hans: „Mit der Universität is jetzt sowieso oha. In an' Monat mach' ich die Aufnahmeprüfung in die Akademie. Dein Onkel is in der Kommission. Red a Wörtl mit ihm!"

Das hatte Hans sofort getan, dem Onkel Drauffer außerdem sogar Zeichnungen Ebeseders gebracht, die Hans mißfielen. Ein ausgemergeltes Weib, mit einem Kind an der Brust, das einen Wasserkopf hatte, ein halb verhungert aussehendes zweites an der Hand, fand er geradezu abstoßend. Doch der Onkel behauptete, die Zeichnungen seien „hoch begabt", und er werde tun, was in seiner Macht stehe. Der Freund meinte zu Hans: „Jetzt hab' ich wenigstens a Protektion! Sonst braucht man eh nix in Österreich!"

Ebeseder bestand die Prüfung. Hans bedauerte, daß er ihn nicht mehr sah! Der einzige in der Klasse, der Dinge sagte, die einem die Augen öffneten.

DAS Verhältnis zwischen Sohn und Vater besserte sich in den Wochen nach dem Gespräch im Kontor nicht. Die Aussicht, in die Fabrik eintreten zu sollen, blieb Hans unleidlich.

„Liebst du denn Musik nicht?" hatte ihn Eugenie einmal gefragt. O ja! Auf der vierten Galerie in der Oper mit angehaltenem Atem zu warten, bis Gustav Mahler den Taktstock hob, oder das Rosé-quartett spielen zu hören – unendlich beglückend! Er spielte selbst nicht übel Klavier. Aber Klaviere fabrizieren? Noch ärger: Klaviere verkaufen? Was hatte das mit Musik zu tun! Mit Physik höchstens oder mit Ziffern, er haßte beides. Und von früh bis spät unter Papas Aufsicht zu sein. Warum er es dann seinem Vater nicht offen sage, wollte Eugenie wissen. Offen? Dem Papa? Wer konnte dem Papa etwas sagen?

IM SCHWARZEN Salonrock und mit weißen Glacéhandschuhen stand Hans bei der Maturitätsprüfung an einem jämmerlich heißen Julivormittag im Festsaal des Franz-Joseph-Gymnasiums. Ihm die Stelle bestimmend, die er aus dem Lateinischen übersetzen sollte, sagte der Kerkermeister acht langer Jahre: „Alt, die Stelle ist nicht leicht. Doch Leute wie Sie ins Leben zu entlassen, trägt man Bedenken." Hans fiel nicht durch. Nach der geglückten Übersetzung des Tacitus-Textes war sein Salonrock so naß von Angstschweiß, daß er ihn nie wieder brauchen konnte. Allerdings hätte er ihn ja nur für Prüfungen an der Universität brauchen wollen, deren Besuch ihm aber, trotz seiner Bitten und Mamas Befürwortung, verboten wurde. „Du bist mit Müh und Not durchgekommen!" sagte Papa. „Für die Wissenschaft hast du keinen Kopf! Machen wir daher so bald als möglich ein brauchbares Mitglied der menschlichen Gesellschaft aus dir!"

DER ENTSCHEIDUNGSSIEG

Auf der Nobeltribüne des Rennplatzes Freudenau trafen die Logenbesitzer zum Derby ein. Das Unerhörte hatte sich an diesem Junisonntag ereignet, daß einige von ihnen in Automobilen gekommen waren. Henriette hatte es nicht durchsetzen können, daß Franz eins anschaffte. Seine Familie möge ihn mit Autos, Grammophonen und solchem modernen Schwindel verschonen. „Der Kaiser fährt auch im Wagen." Seit er Hoflieferant war, schien er sich Franz Joseph in allem als Vorbild zu nehmen. Was für den Kaiser gut genug ist, wird für Henriette Alt nicht zu schlecht sein! Vorbei die Zeiten, wo er sich bemühte, ihr nach dem Mund zu reden.

Eine ständige Loge für die ganze Rennsaison hatte sie ihm gleichfalls nie abringen können. Das sei Hochstapelei. Oder wünsche Henriette, wenn wirklich der Rennsport sie so interessiere, von der „Zweiten Tribüne" zuzuschauen? Dagegen wende er nichts ein. In dieser Beziehung, sagte er, sei er nicht so engstirnig wie seine Cousine Anna Hegéssy, die Tochter der geborenen Kubelka. Sie hatten sie nämlich im Stiegenhaus getroffen, als sie Nummer 10 verließen, und da die Cousine ihr bestes schwarzes Sonntagskleid trug, fragte Franz im Spaß, ob sie vielleicht auch zum Derby gehe? Vor Entrüstung erbleichte sie.

Henriette trug ein champagnerfarbenes Kleid, die letzte französische Mode, am Hals hochgeschlossen, Spitzenärmel, an den Handgelenken bauschend, vom Mieder nicht mehr eingezwängte Taille, sehr langer Rock. Der Hut groß, nickende weiße Straußfeder. Henriette war schön, ihre leuchtende Haut noch weißer von dem Pariser Puder, das sie zu benutzen anfing, ihre Lippen röter denn je, sie hatte gelernt, sie zu schminken. Immer wenn es ihr am sinnlosesten vorkam, packte sie der Wunsch, den sie längst überwunden glaubte: gesehen zu werden. Dann wollte sie schön sein.

Sie standen in einer Loge des obersten Stockwerks der Nobeltribüne. Nur daß sie sich unmittelbar unter dem Teesalon des Hofkonditors Demel befanden, unterschied sie von den ständigen Logeninhabern, die ihre bevorzugten Plätze im ersten, zweiten und dritten Stockwerk einzunehmen begannen. Es gab zwei Derby-Günstlinge, sehr hoch gewettet: den dreijährigen Hengst Herakles aus dem Stall der Barone Springer und die dreijährige Stute Vilja des Stalles Rothschild. Beide Ställe gehörten Juden. Am Freitag hatte schon das „Deutsche Volksblatt" in einer Note „die Verjudung des Wiener Turfes" beklagt, was am gestrigen Samstag im Gemeinderat eine Interpellation zur Folge gehabt hatte. Henriette sah die Brüder Springer in Strohfauteuils auf dem Rasen vor der Jockeyklub-Tribüne sitzen. Die Rothschilds nahmen hinter der Glaswand unter den hoffähigen Mitgliedern des höchsten Adels Platz. Sie schauten selbst wie höchster Adel aus, fand Henriette: wo immer die Herkunftsgrenzen durchbrochen wurden, fühlte sie es wie einen Sieg in eigener Sache. Der Kapitän der kaiserlichen Leibgarde schüttelte dem Besitzer eines anderen jüdischen Stalles, Herrn Horace Ritter von Landau, die Hand. Die Wiener kannten also keine Vorurteile mehr, und Jude und Christ waren ineinander aufgegangen.

„Siehst du nicht? Der Anton Dreher hat heraufgegrüßt!" sagte Franz, dem Bierbrauer und Rennstallbesitzer, der das solide Bürgertum am Turf vertrat, eine Verbeugung machend. Henriette dankte kurz. Alles, was Franz tat, schien gegen sie gerichtet! Sie verkehrten mit niemandem. Das Haus! Und nur das Haus! Jause bei der Elsa. Nachtmahl bei den Drauffers. Nachtmahl für Schachklubfreunde. Eine Loge im Theater an der Wien oder zum Ronacher mit den Drauffers oder den Otto Eberhards. Als die alte Fürstin Metternich heraufschaute, wich Henriette ihrem Blick aus. Damals, nach der Redoute, wär's ihr ein leichtes gewesen, eine Rolle in Wien zu spielen. Aber Franz wollte nicht! Ihre Welt blieb Seilerstätte 10.

Auf der Tribüne des Jockeyklubs erhoben sich die Herren. Der Kaiser sei gekommen, hieß es. Dann erwies sich der hohe Besuch als der des Thronfolgers Franz Ferdinand und seiner morganatischen Gattin, der Herzogin von Hohenberg. In die Mitte geleitet, nahmen sie auf vergoldeten Fauteuils Platz.

„Küß die Hand, schöne Frau! Wie geht's denn immer?" sagte jemand, der die Tribünentreppen heraufgekommen und vor der Loge der Alts stehengeblieben war. „Erinnern S' sich noch an mich? Hoyos!"

„Ich hab' den Pepi Hoyos nach Rom geschickt", hatte Rudolf gesagt. In der Zwischenzeit war der Pepi Hoyos, der ihretwegen zum Papst gefahren war, ein alter Mann geworden.

„Natürlich! Danke tausendmal, daß Sie sich die Müh' nehmen heraufzukommen, Graf Pepi", antwortete sie ihm, blaß wie eine

Debütantin. „Mein Mann – Graf Hoyos." Von den vier Herren, mit denen sie in Mayerling dejeuniert hatte, lebten noch zwei. Einer hatte sich umgebracht, den andern hatte Franz umgebracht.

„Ergebener Diener", antwortete Franz.

„Ich hab' Gnädigste im Moment erkannt, wie die Herrschaften gekommen sind! Gnädigste sehn blendend aus! Also! Was wer'n m'r wetten?" Er wandte sich an Franz, klemmte sein Monokel ein, öffnete das grüne Programmheft und schien Miene zu machen, in der Loge des Herrn Alt dem Derby beizuwohnen.

Als Franz ihn nicht einlud, sagte Henriette: „Wollen S' nicht bei uns Platz nehmen, Graf Pepi?"

„Danke tausendmal", erwiderte der Geheime Rat Seiner Majestät und setzte sich hinter sie.

Sie bemerkte mit Genugtuung, man habe es in den unteren Reihen der Nobeltribüne bemerkt.

„Was haben S' gewettet, Graf Pepi?"

„Herakles und Vilja, Sieg und Platz! Eigentlich glaub' ich eher an die Vilja. Grad' den Moment hab' ich zum Alphonse g'sagt: ‚Deine Vilja is so ein gutes Girl, daß sogar du auf sie wetten kannst!' Sie wissen, schöne Frau, die Rothschilds wetten nie auf ihre eigene Pfertt?"

„Natürlich", sagte Henriette, obwohl sie es nicht wußte. Auch sie begünstigte die Ställe Rothschild und Springer. Sie war für alles, außer für Franz. Der Sohn des alten Fürsten Festetics, Georgie, grüßte. Das Leben konnte noch schön sein!

Startglocke, das Startband ging hoch. „Alle glatt vom Start weggekommen!" lobte Graf Hoyos. Ein drahtiger Brauner führte, dessen Jockey die Farben des Stalles Springer, Schwarz und Rot, trug. „Herakles!" schrien die Wetter auf dem billigen Guldenplatz. Der Hengst führte um drei Längen. Beim Einbiegen in die Gerade (die Bahn mußte zweimal genommen werden) rückte Vilja auf.

„Ich sag's ja!" rief Graf Hoyos. „Sie ham's hoffentlich g'wettet, schöne Frau?"

„Leider nein", antwortete Henriette.

„Zu schad'!" sagte Hoyos.

Franz hatte noch kein Wort gesprochen, doch jedes der beiden anderen argwöhnisch verfolgt. Jetzt rief er: „Die Anna!"

Als das Feld, dicht beisammen, den Starter zum erstenmal erreichte, führte Vilja. Plötzlich, hart gepeitscht von dem Jockey, kam ganz von außen ein Pferd, das nie im Rennen gewesen war, an die Spitze. Die Nobeltribüne suchte im Programm den Namen des Außenseiters. „Nummer 9 – Graf Elemér Hegéssys dreijährige Stute Erzsébet."

„Siehst du die Anna?" fragte Franz und packte Henriette beim Arm. Mit dem andern zeigte er: „Dort!"

An einer weißen Balustrade stand eine Frau in Schwarz. „Erzsébet!" schrie sie so leidenschaftlich, so gellend, daß man es auf dem ganzen Rennplatz hörte. Kein Zweifel, Anna! Anna, die nie ein lautes Wort gesprochen hatte.

„Vilja! Vilja! Vilja!" rief die Nobeltribüne.

Erzsébet schlug Vilja um eine halbe Länge. Der Rennplatz raste.

Da ein gebückter alter Herr das siegreiche Pferd zur Waage führte, ereignete sich ein Zwischenfall, den die Zeitungen am nächsten Morgen unter dem Titel: „Unfall beim Derby" mitteilten. Eine in Trauer gekleidete Dame habe sich dem Grafen Hegéssy in den Weg gestellt, die sogenannte „Turfgräfin", wie man sie auf dem Guldenplatz nannte, wo sie fast bei keinem Rennen fehle. Freudestrahlend über seinen Sieg, habe der Graf die Gratulantin mit echt ungarischer Ritterlichkeit umarmt und geküßt und dann seinen Weg zur Waage fortgesetzt. Die Dame jedoch „wurde von Unwohlsein befallen, dem sie an Ort und Stelle erlag".

„UNVERSTÄNDLICH, daß sie zu jedem Rennen gegangen ist!" blieb der einzige Kommentar auf Nummer 10. Wie konnte man ein Doppelleben führen? Henriette verstand es. Die es führten, wollten etwas wiederfinden, das man ihnen geraubt hatte. Die Menschen glauben nicht an Verlust!

SOZIALE ERZIEHUNG

HANS MUSSTE, seit er in der Fabrik arbeitete, zugeben, daß der Papa das Geschäft beherrschte. Mit minutiösem Zweckmäßigkeitssinn, mit einer Gabe für Klangwirkungen, die fast eine Spur von Schöpferischem zu haben schien, das Hans überall anzog, wo er es fand. Hätte der Papa die Herstellung von Musikinstrumenten mehr als Musiker und nicht hauptsächlich als Tischler, Drechsler, Metallschleifer und Verkäufer betrieben, es wäre möglich gewesen, sich mit ihm zu verständigen.

Hans war ein Verschlag neben der Tischlerei und Drechslerei eingeräumt worden. Ein Gelaß, wo es nach Leim roch und bei Tag Licht brennen mußte. Neben der Drechslerei lag die Stimmerei, die Stimmgabeln kontrollierten stundenlang ein und dieselbe Saite, bis man vor Nervosität aus der Haut fuhr! Warum erzeugte eine Fabrik so berühmter harmonischer Instrumente – „ein Juwel der Pianobaukunst" hatte Beethoven gesagt – so scheußlichen Lärm?

Wohin man schaute: entmutigend überall. Das Leben zu Hause – eine Existenz vor Gewittern, die Eltern redeten ja kaum miteinander; das Verhältnis mit Eugenie – lustlos sich schleppend, je eifersüchtiger die alternde Frau wurde.

Da kam von einer Seite Hilfe, von der Hans sie nie erwartet hätte: aus dem Haus! Sein Vetter Fritz Drauffer – dem Jusstudium untreu und ein erfolgloser Komponist geworden – führte mit ihm ein zufälliges Gespräch über Literatur, als sie einmal miteinander die Treppen hinaufgingen. Andere Gespräche folgten. Bald täglich saßen sie, wenn Hans von der Fabrik nach Hause kam, im Musikzimmer des Vetters.

Mit bereitem Enthusiasmus schloß sich Hans dem Musiker an. Fritz schien ihm der erste „Ältere", der das Ältersein nicht gegen ihn ausspielte. Was sein empfindlicher Stolz von anderen kaum ertragen hätte, ließ er sich von dem Vetter gefallen. Sogar wenn Fritz fand, es sei „absolut keine Katastrophe", in einer berühmten Klavierfabrik zu arbeiten, und die Meinung, daß „freie Berufe" dem Handwerk vorzuziehen seien, für den Gipfel der Dummheit erklärte.

Als sich Hans an einem Montagmorgen in der Wiedner Hauptstraße einfand, fielen ihm die vergleichsweise schwächeren Arbeitsgeräusche auf. Gegen dreiviertel acht bestand kein Zweifel, daß unten im Keller weder die Drahtzieherei noch die Metallgießerei arbeiteten; nur aus der Tischlerei schallte das gewohnte Hämmern. Da Hans aber Wichtigeres im Kopf hatte – Papa zu bitten, ihm ein abendliches Universitätsstudium zu erlauben –, unterbrach er erst gegen halb neun seine Beschäftigung und ging in den Keller, um nachzuschauen, was es eigentlich gab.

Er war nicht beliebt bei den Arbeitern. Für sie, das wußte er, blieb er der Sohn des Chefs, weshalb ihm Papas bei jedem Anlaß verkündete Behauptung, er sei ganz genauso ein Arbeiter wie sie, verlogen klang. Seit der Matura hatte er die verschiedenen Herstellungsabteilungen als Lehrling durchlaufen. Doch durchlaufen eben nur.

Vier Vorarbeiter, die statt der Werkkittel ihre Straßenanzüge anhatten, kamen ihm entgegen; sie wollten grußlos an ihm vorbei die Treppe zum ersten Stock hinauf. „Was ist denn hier los, Czerny?" fragte er einen Vorarbeiter der Eisendreher.

„Eben nix!" antwortete der Angeredete. Seine drei Begleiter lachten, andere in den Kellergewölben lachten auch.

„Der Herr Papa bereits oben?" fragte Czerny.

„Ich weiß nicht", antwortete Hans. „Wollen Sie zum Papa?"

Der Mann bestätigte, daß sie zum Chef wollten. Zu den in Werkkitteln untätig in den Kasematten Stehenden sagte er: „Also, Leuteln, ihr rührts kan' Finger, bevor mir z'ruck san. Und ihr hörts net auf den jungen Herrn da!"

Dann stiegen die vier die Treppen hinauf.

Hans fühlte die Blicke der Arbeiter auf sein Gesicht gerichtet und schämte sich, daß er errötete. Seine Lage erschien ihm so lächerlich, daß er sich, in seiner Empfindlichkeit gegen Verhöhnung, zu der Frage entschloß: „Die Herren scheinen schlechter Laune zu sein?" Es klang hochmütig.

Niemand antwortete ihm, und er fand, jetzt müsse er sich behaupten. „Ich hab' zu Ihnen geredet!" sagte er scharf.

„Mit Eahna ham m'r nix z' redn!" wurde ihm aus dem Hintergrund geantwortet. Mit der Geistesgegenwart, die seine Mutter in entscheidenden Augenblicken aufbrachte, sagte Hans in die Stille: „Das ist schad'. Vielleicht wär's ganz gut gewesen, mich ins Vertrauen zu ziehn!" Er ging in seinen ebenerdigen Verschlag zurück und zählte die im Februar nach Belgien verkauften Konzert- und Stutzflügel zusammen. Dann drangen heftige Stimmen an sein Ohr. Er kannte Papas Jähzorn und beschloß hinzugehen.

Als Hans eintrat, saß Papa an seinem Schreibtisch, der Prokurist Födermayer, mit spitzerem Gesicht als gewöhnlich, neben ihm, die vier Arbeiter standen vor den beiden. Papa sagte: „Wem's bei mir nicht paßt, der kann gehn! Das ist mein letztes Wort!" Zu seinem Sohn sagte er: „Was willst du hier?"

„Ich hab' nur gedacht", fing Hans verlegen an — er wollte fragen, ob der Papa ihn hier vielleicht brauchen könne.

In seiner Entrüstung dachte Franz jetzt nur, daß der immer widerspruchsbereite Sohn natürlich gegen ihn Partei nehmen wolle. „Denk weniger und arbeit mehr!" schrie er ihn an. „Das gilt auch von euch, Leute! Schauts, daß ihr hinunterkommts – alle miteinander!" Der Vorarbeiter Czerny sagte zu Hans: „Danke, junger Herr. Anständig von Ihnen. Wir wer'n mit'n Herrn Papa schon allein fertigwerden!" Die vier gingen hinaus.

„Was stehst du da noch herum!" schrie Papa. Dies löschte das bißchen Verständnisbereitschaft aus, das die Verhöhnung des Metallschleifers vorhin in Hans erweckte. Wortlos ging auch er.

Inzwischen hatten die Drechsler und Tischler die Arbeit niedergelegt; aus dem Gelaß, wohin Hans zurückkehrte, hörte er sie gemeinsam in den Keller gehen.

Fritz' Behauptung, von zwei Uneinigen seien beide im Recht, konnte hier nicht stimmen, dachte Hans.

Die Stimme des Vorarbeiters Czerny von unten: „Ohne jedes Verständnis für an' andern!... Starr wie a Eisen!... Auf die Vertragsbuchstaben reitet er herum, trotzdem daß unser Vertrag unter die heutigen Umständ', wo alles um ein Viertel teurer g'worden is, kan' Kopf und kan' Fuß net hat!... Er is unser Freund, sagt er! Er is unser Feind, sag' ich euch! Er und alle wie er...!" Dazwischen immer: „Genossen!"

Der Mann sagte fast buchstäblich, was Hans dachte. Er eilte hinunter in die Kasematten. Czerny stand redend auf einer Kiste. Als Hans erschien, wurde ihm Platz gemacht.

„In Gegenwart von unsern künftigen Firmeninhaber, der was viel mehr soziales Gefühl als wie sein Vatter hat, forder' ich euch zur Abstimmung über unsern Antrag auf!" schloß der Redner.

Hans sagte verlegen: „Ich wollt' nur sagen, daß ich euch versteh'!"

„Hört! Hört!" rief der Metallschleifer Bochner höhnisch.

„Ich bin hergekommen, um euch zu versprechen, daß ich bei meinem Vater für euch tun werde, was ich kann!" Er wollte sagen, sein Vater habe die besten Absichten, aber mit Gewalt ringe man ihm nichts ab, als Polizei erschien.

„Niemand rührt sich!" wurde kommandiert.

Einer schrie: „Pfui!" Es wurde ein Schrei aus allen Kehlen: „Pfui! Schande!" Mochte einer oder der andere der zweiundneunzig Männer zum Einlenken bereit gewesen sein: daß man Polizei gegen sie aufgeboten hatte, machte sie alle unversöhnlich. Czerny fragte: „Weswegen is die Polizei hier? Wir ham hier ganz ruhig eine Lohnerhöhung von fünfzig Heller per Kopf und Woche dischkutiert. Das is unser gutes Recht!"

„Wir sind verständigt worden, daß Sie einen Streik vorhaben!" antwortete der Polizeileutnant.

„Auch das wär' unser gutes Recht!" behauptete Czerny.

„Nein!" sagte der Polizist. „Das wär' das Verbrechen der Erpressung! Wer von euch heißt Anton Czerny?"

Der Vorarbeiter bekannte sich zu seinem Namen. Die drei anderen, gleichfalls aufgerufen, bekannten sich zu den ihren. Alle vier wurden als verhaftet erklärt.

„Und was ist Ihr Name?" wurde Hans gefragt.

„Der da hat nix damit zu tun!" antwortete Czerny.

Zum zweitenmal wurde Hans rot. Zum erstenmal war er es über die Feigheit geworden, daß der Papa Polizei zu Hilfe gerufen hatte. Jetzt wurde er es über den angebotenen Schutz und über die fünfzig Heller.

„Er hat eine Rede gehalten, wie wir gekommen sind", widersprach der Leutnant.

Vorher hatte Hans nicht gewußt, daß es sich um eine Lohndifferenz von fünfzig Hellern in der Woche handelte. Dagegen bewies seine Arbeit von heute früh, daß die Exportbilanz der Firma C. Alt im letzten Halbjahr einen Reingewinn von 74 780 Kronen erzielte. Er sagte nichts, sondern ging mit den übrigen Verhafteten.

Gegen drei Uhr nachmittags zogen die Metallarbeiter sechs großer Fabriken in Viererreihen über den Ring. Auf dem Schwarzenbergplatz erhielten sie Zuzug von mehr als tausend anderen Arbeitern. Sie führten handgeschriebene Plakate mit sich: „Streik ist keine Erpressung!", „Arbeitendes Wien, erwache!", „Es lebe die Zweite Internationale!". Bevor die Demonstranten das Parlament erreichten, ritten ihnen zwei Eskadronen Polizei entgegen. Hundertzwölf Demonstranten kamen unter die Hufe, neun davon, fünf Männer, vier Frauen, starben. Am Abend hieß es, die Ruhe sei wiederhergestellt.

Davon wußte Hans nichts, als er im Polizeigefängnis auf der Elisabethpromenade die Nacht verbrachte. Die Gesellschaft von Bettlern, Vagabunden, Taschendieben und Huren, so wie er das morgendliche Verhör erwartend, schreckte den verwöhnten jungen Menschen weniger, als sie ihn ekelte. In einen Winkel gedrückt, die Beine an sich gezogen, den Hut in die Stirn gepreßt, sagte er sich, er habe mit den Leuten hier nichts zu schaffen. Weder mit Czerny noch mit irgendeinem andern. Ordinäre, rohe, stinkende Geschöpfe, sie machten sich aus dem ihm Wichtigen nichts. Idiotisch, daß er hier saß, als gehörte er zu ihnen!

Fritz hatte einmal gesagt (oder Heinrich Ebeseder?), der Mensch sei an einem einzigen unschuldig – seiner Geburt –, sonst an allem schuld. Je länger Hans hier saß, desto mehr drängte der Ausspruch sich ihm auf, mit dem er früher nichts anzufangen wußte. Der Kerl dort, der meterweit nach Fusel roch, konnte nichts dafür, daß er nicht als Sohn eines Klavierfabrikanten auf die Welt gekommen war. Oder als Erzherzog. Daher hat er einen Anspruch! An wen? An mich?

„ICH möchte wissen, was du mit dieser Bagasch' zu tun hast!" fragte Otto Eberhard, in dessen Amtszimmer man Hans führte, nachdem er, zeitig früh, ein nichtssagendes Polizeiverhör überstanden hatte. „Das ist eine Schande und ein Skandal!"

„Es ist eine Schande und ein Skandal, diesen armen Teufeln nicht fünfzig Heller wöchentlich mehr zu geben und statt dessen die Polizei zu rufen!"

Otto Eberhard hatte kürzlich den siebzigsten Geburtstag begangen, mit allen Ehren, die einem Manne seines Verdienstes gebührten. Das sorgfältig gescheitelte weiße Haar glich in seinem silbrigen Schein dem der toten Sophie: die Ähnlichkeit mit ihr trat überhaupt hervor, seit seine Wangen dünner wurden und sein aufrechter Körper gewichtloser. „Mit andern Worten – du gibst deine Verbindung mit diesen Leuten zu!" sagte er zu seinem Neffen.

„Sie waren im Recht, eine Lohnerhöhung zu verlangen. Sie sagen, Fleisch und Brot sind um ein Viertel teurer geworden. Und sie verlangen nur ein Sechzehntel! Der Papa verdient Hunderttausende in der Fabrik!"

„Das ist ihre Version. Aber seit Herr Viktor Adler ihnen von ihren Löhnen so viel wegnimmt, als er braucht, um seine sozialdemokratische Parteimaschine in Gang zu halten, ist es bereits die dritte Lohnerhöhung – in zwei Jahren die dritte, die sie verlangen. Haben deine Informanten dir auch das mitgeteilt?"

Hans begann, sich vor diesem tadellos gekleideten Greis, den kein Zweifel aus der Ordnung brachte, im Nachteil zu fühlen. „Ich weiß, Onkel, daß man von solchen Löhnen nicht leben kann!" sagte er.

„So! Und woher weißt du das? Die Arbeiter haben zwar – nach ihrem Vokabular – nicht genug zu fressen, aber sie haben jedenfalls, wie die Polizeistatistik beweist, mehr als genug, sich zu besaufen. Du bist mit dem jungen Ebeseder in die Schule gegangen. Ich meine mit dem Sohn des Parteisekretärs?"

„Ja, warum?"

„Warum? Er ist wegen Majestätsbeleidigung und Verbrechens des Aufruhrs in Voruntersuchung."

„Der Ebeseder ist ein hochanständiger Mensch!"

„Das zu beweisen wird ihm Gelegenheit gegeben werden. Schweifen wir nicht ab. Die prinzipielle Frage geht um die *Gerechtigkeit des Verlangens*. Da das Leben aus Verlangen besteht, ist es eine Lebensfrage. Wer sein Verlangen in eine Erpressung kleidet, setzt sich ins Unrecht, selbst wenn sein Verlangen berechtigt wäre. Denn auch das ungerechte Verlangen könnte mit Streik erpreßt werden. Siehst du das ein?" Diese Logik schien einen Fehler zu haben; Hans strengte sich unendlich an, ihn herauszufinden.

„Ich sehe, du denkst nach", sagte sein Onkel. „Ich werde dir helfen. Es ist dir also bekannt, daß es nicht die Arbeiter in der Fabrik deines Vaters sind, die mit dem Streik drohen, sondern die Herren Adler, Ebeseder und ihresgleichen. Die Herren Adler und Genossen, die sich von gestern auf heute das Privileg anmaßen, in Österreich zu regieren. Seine Majestät der Kaiser regiert in Österreich. Nicht Herr Adler!"

„Woher weißt du denn, daß es der Kaiser besser weiß als der Herr Adler?"

Es entstand eine tödliche Stille. Otto Eberhard, im Begriff, eine Virginia anzuzünden, mußte die lange, dünne, schwarzbraune Zigarre einen Augenblick hinlegen, so sehr zitterte seine Hand. „Das übersteigt die Begriffe!" sagte er.

In diesem Augenblick wurde nebenan ein Wortwechsel vernehmlich, und Henriette betrat das Büro des Staatsanwaltes, eilte auf Hans zu, hielt ihn mit beiden Armen fest.

„Henriette!" sagte Otto Eberhard, „ich muß bitten, mich mit dem Burschen allein zu lassen! Wir sind noch nicht fertig!"

„Er hat nichts getan!" antwortete Henriette außer sich.

„Es ist besser, du wartest einen Moment draußen, Mama", sagte Hans. Es machte ihn verlegen, daß sie ihn umarmte und für ihn bat. Er war kein Baby.

Doch Henriette schaute ihren alten Gegner feindlich an. „Ich seh'
nicht ein, warum ich hinausgehn soll! Ich bin seine Mutter! Er hat
nichts Unrechtes getan!"

„Grad' als du mich hast kommen lassen, Onkel", sagte Hans,
„hat mir der Beamte bei der Polizei gesagt, ich brauche nur zu erklären, daß ich die Arbeiter in der Fabrik angeredet hab', um Papas
Partei zu nehmen; wenn ich das erklär', ist meine Sache ein Irrtum.
Ich geb' die Erklärung nicht ab."

Otto Eberhard stand auf. „Nimm nur deinen Sprößling mit", sagte
er zu der Schwägerin. „Er macht dir alle Ehre!" Zu Hans bemerkte er
endgültig: „An deinen Erklärungen bin ich nicht interessiert."

„Du verletzt deine Pflicht, Onkel!" antwortete Hans, zum Äußersten gebracht. „Ich erkläre – du bist Zeugin, Mama –, daß ich den
Arbeitern gesagt hab', daß sie im Recht sind!"

„Herr Kollege!" sagte Otto Eberhard durch das an der Wand
befestigte Sprachrohr, das ihn mit dem Nebenraum verband und des
unleidlichen Telephonierens enthob: „Es ist halb neun. Ich muß zum
Herrn Justizminister. Wollen Sie den Herrschaften, solange sie sich
noch hier aufhalten, Gesellschaft leisten?" Er nahm einen steifen
schwarzen Hut, Handschuhe, eine Aktenmappe und entfernte sich
grußlos.

DIE URFORMEL

ENTGEGEN allen Erwartungen schlug Franz eine versöhnliche Tonart
an. Daß er den Sohn einer ungerechtfertigten Verhaftung ausgesetzt
hatte, mochte die Ursache sein; vielleicht auch ein deutliches Bestre-
ben, sich, nachdem die Industriearbeit in Wien wieder aufgenommen
wurde, unparteiisch zu zeigen. Die angedrohten Entlassungen nahm
er zurück, er erklärte sich sogar „aus freien Stücken" zu einer Lohnerhöhung bereit, fünfundzwanzig Heller pro Kopf und Woche. Daran
nicht genug, erlaubte er Hans, Nachmittags- und Abendkurse an der
Universität zu hören.

Folglich inskribierte Hans Musikgeschichte (als ein irgendwie dem
Klavierbau nahes Fach), Ethik, Religionsphilosophie und „Analyse
des Traumlebens", einen Zyklus von Vorträgen, den Sigmund Freud
in der Psychoanalytischen Gesellschaft hielt. Sooft Hans Zeit hatte,

hospitierte er auch bei seinem Großvater Stein, der geistreich Staatsrecht las.

Das Studium machte Hans zu einem andern Menschen. Das erstemal wurde nicht von ihm verlangt, Lehren oder Ansichten als endgültig anzunehmen, sondern Handlanger bei ihrem Zustandekommen oder Zeuge bei ihrem Zusammenbrechen zu sein.

Ein Mädchen, das in Religionsphilosophie bei Professor Müllner zwei Bänke vor ihm und in der Psychoanalytischen Gesellschaft neben ihm saß, fiel ihm als eine der wenigen weiblichen Studenten auf. Daß sie für den gewesenen Priester Müllner und den Zweifler Freud denselben Enthusiasmus aufzubringen vermochte, bemerkte er, bevor er sie hübsch fand.

Einige Tage später gab er zu, er habe sich geirrt; sie war nicht hübsch, sie war bezaubernd. Das Braun der Haare rötlich; da sie es wagte, sie kurz geschnitten zu tragen, zeigten sie ihren vollkommen geformten schmalen Nacken. Ihre Gestalt knabenhaft – Hans' Mitstudenten machten sich über den fast nicht wahrzunehmenden Busen lustig. Es gab Augenblicke, da hatten ihre grauen Augen etwas Fieberhaftes, ihre Wangen etwas Eckiges, Hartes. Sobald sie lächelte, änderte sich das. Wenige Gesichter verwandelte Lächeln so völlig. Die Wangen wurden weich, und der wachsame Zug verschwand.

Selma Rosner hieß das Mädchen, noch nicht neunzehn. Ein paar Tage später fand Hans sich leidenschaftlich in sie verliebt. Das Leben war unsagbar herrlich. Wien war eine holde Welt. Und das Mädchen war ein Wunder.

Selma sprach mit niemandem außer mit den Professoren, denen sie empörend selbständige Antworten gab. Es schien, daß sie sich in jedem Augenblick zu behaupten und vor der Lächerlichkeit zu schützen bemühte, ein Mädchen unter männlichen Studenten zu sein. Als Hans sie zum erstenmal ansprach, um sie nach einer ihm entgangenen Müllner-Formel zu fragen, diktierte sie ihm aus dem Gedächtnis; eine weitere Konversation wurde durch ihre Einsilbigkeit unmöglich.

Dies wiederholte sich beim nächsten Versuch. Trotzdem kamen sie über die Formeltheorie in ein Gespräch. Angst bezeichnete Selma als Grundursache, als „Urformel", der menschlichen Reaktionen, während der Professor Angst, Liebe, Lust, Hunger, Krankheit und Rache als gleichwertige Formeln angesehen wissen wollte. Doch Selma ließ die fünf anderen nur als „abgeleitete" gelten, aus der einzigen Urformel Angst entstanden.

„Unsinn!" sagte Hans. „Damit ernennen Sie ja die Angst zum Vater aller Dinge!"

„Was sie ist", behauptete Selma und lächelte auf die Art, die sie verwandelte. Sie standen an einem Fenster des Marmorkorridors der Universität, das in den Arkadenhof mit den Büsten verstorbener Gelehrter schaute.

Das Lächeln und die Veränderung, die es hervorrief, verwirrten Hans. Ihn aus der Fassung zu bringen, blieb noch immer leicht. Rasend interessant fand er sie. Ekelhaft gescheit. Mit den Mädchen, die er kannte, redete man über Flirt, Tennis oder Gesellschaftstratsch. „Was machen Sie dann mit der Liebe?" fragte er. „Sie können doch unmöglich behaupten, daß Liebe aus Angst entsteht? Rache – zugegeben. Aber Liebe bestimmt nicht. Und Hunger!"

„Selbstverständlich behaupt' ich das", entgegnete sie mit ihrer aufreizenden Sicherheit. „Der erste Laut, den der Mensch ausstößt, ist ein Schrei. Er schreit nicht aus Liebe, Lust, Hunger, Krankheit oder Rache. Er hat vor etwas Angst. Denken Sie darüber nach!"

„Danke für die freundliche Erlaubnis", sagte er. „Und was ist mit dem Hunger? Entsteht der nach Ihrer Theorie auch aus Angst? Oder doch eher aus einer Kontraktion der Magennerven?"

Sie lächelte ihr hinreißendstes Lächeln.

„Fräulein Rosner, Sie gehören zu denen, die um jeden Preis originell sein wollen! Deswegen schneiden Sie sich auch Ihre Haare kurz."

„Ich schneid' mir die Haare, weil's bequem und hygienisch ist."

„Und weil Sie wissen, daß es Ihnen gut steht!"

„Sie finden?"

Entzückt stellte er die erste Spur von Koketterie fest. Doch sofort wischte sie die mit der Feststellung weg: „Und was Hunger betrifft, werden Sie nicht leugnen, daß er zu den Trieben gehört. Unlängst hab' ich mir ein Buch von Nietzsche ausgeliehen, darin steht: ‚Ausnahmslos werden die Triebe von Angst gezeugt, von Angst geboren, von Angst begraben.' Ich bring's Ihnen, wenn es Sie interessiert?"

Er bat sie darum – als Anknüpfungspunkt.

Sie brachte es ihm, und er las den Band in derselben Nacht aus, um ihn ihr schon am nächsten Nachmittag zurückbringen zu können. Er müsse mit ihr darüber sprechen, behauptete er und begleitete sie nach Hause. Sie wohnte dreiviertel Stunden entfernt, und glücklicherweise zog sie Zufußgehen der Elektrischen vor. Daß sie das Geld für die Straßenbahn sparen wollte, erwog er nicht einmal. Die enge ärmliche Sechskrügelgasse, wo sie wohnte, gleich hinter der Rochuskirche, lag in einer Gegend, in die er fast nie kam. Als er nach ihren Eltern fragte, antwortete sie kurz, nur ihre Mutter lebe noch. Später erfuhr er, daß die Mutter eine Tabaktrafik besitze, leidend sei, Selma helfe ihr im Laden, deswegen könne sie nur an Nachmittagen und Abenden die Universität besuchen.

Nach Nietzsche sprachen sie von Malern. Sie schimpfte auf die „verkalkten Barockengel der Malerei", die „Maler, die heute noch so malen wie in den Tagen Watteaus!" Als sie die Gasse zum neuntenmal hinauf- und hinuntergegangen waren, fiel ihr plötzlich ein: „Ich hätt' das nicht sagen sollen! Sie haben ja einen Mal-Onkel!"

Daraus hörte er die Tatsache heraus, daß sie sich über ihn erkundigt haben mußte. Folglich interessierte sie sich für ihn! „Mein Onkel macht ganz hübsche Sachen", verteidigte er ihn triumphierend. „Wem Watteau gefällt, der hält eben auch die Malerei der verkalkten Barockengel für schön."

„Aber wir fahren ja auch nicht mehr in der Postkutsche und beleuchten nicht mit Ölfunzeln", sagte sie. „Die Kunst hat ihre Epoche zu spiegeln, zu deuten oder ihr vorauszusein."

Wie einfach! Trotzdem hatte es ihm niemand vorher so erklärt. Nicht einmal Fritz! „Es muß wunderbar sein, so gescheit zu sein!" sagte er.

Sie hielt es für Spott und wollte mit einem Ruck ihrer hohen Stirn verleugnen, sie wären einander nähergekommen.

Daran hinderte er sie. „Selma", sagte er, seine Scheu, sie beim Vornamen zu nennen, überwindend, und nahm ihre Hand, „weshalb glauben Sie von den Menschen instinktiv das Schlechte? Und weshalb glauben Sie, sich immer noch behaupten zu müssen? Sie haben's doch nicht mehr nötig!"

Sie duldete seine Hand. „Tu ich das?" fragte sie.

So begann ihre Liebe.

DIE GLOCKEN

Henriette gab die letzte Familienjause dieses Sommers. Franz verbrachte den Sonntag auf der Jagd. Gegen das Jagen empfand Henriette Abscheu, aber Franzens alte Neigungen kehrten ungehemmt zurück, je weniger Mühe er sich mehr nahm, vor ihr anders als er

selbst zu erscheinen; er hatte es aufgegeben, ihr zu gefallen. Das
hieß zwar keineswegs, daß er sie nicht mehr liebte, sondern nur,
daß er sich mit der Unmöglichkeit abfand, jemals von ihr geliebt zu
werden. Die Familienjausen im vierten Stock blieben eine ständige Ein-
richtung. Heute galt die Zusammenkunft ausschließlich den von der
Hochzeitsreise zurückgekehrten Baiers – Frau Dr. Baier war Franziska, Henriettes ältere Tochter. Nach dem Sacré-Cœur hatte sie
sich in den jungen Assistenten des kaiserlichen Leibarztes verliebt,
ihn nach zwei Verlobungsmonaten geheiratet und mit ihm Venedig
und Rom gesehen.

Ihr offenkundiges Glück machte Henriette melancholisch. Über
kurz oder lang würde sie Großmutter sein. Dabei kam sie sich nicht
alt vor, obschon man ja uralt war mit neunundvierzig. Wieso merkte
man das aber nur im Spiegel und an andern, nicht an einem selbst?
Innerlich fühlte sie nicht die mindeste Veränderung; sie faßte noch
Sympathien im ersten Augenblick und ebenso rapide Antipathien,
hätte sich noch jeden Tag verlieben können und würde sich am liebsten anziehen wie eine Frau von dreißig.

Auch Hermann befand sich unter den Gästen, sein Einjährig-Frei-
willigenjahr beim Wiener Hausregiment Hoch- und Deutschmeister
Nummer 4 ging dem Ende zu. Henriette fand, daß er mit seinen
Kadett-Offizier-Stellvertreter-Streifen zuviel „hermachte". Weshalb
drehte er das kleine Schnurrbärtchen so hinauf? Bestimmt verwendete er Pomade! Sobald er den Mund öffnete, kam ein Unsinn heraus.

In einem blau-weiß gestreiften Sommerkleid, kurz genug, um sehen
zu lassen, daß sie Seidenstrümpfe an ihren unverändert schönen,
hohen Beinen trug, wunderte sie sich, daß die zwei ihre Kinder waren.
Vielleicht trugen die acht Internatsjahre daran Schuld. Sie fühlte sich
jedenfalls dieser hausbackenen, lächerlich verliebten jungen Frau und
diesem eher komischen, bestimmt nicht gescheiten jungen Mann
gegenüber beinahe wie eine Fremde. Wenn sie damit ihr Gefühl für
Hans verglich (wieder einmal verspätet, weil er mit dem überspann-
ten Mädel herumlief!) oder für Martha Monica, mit ihren dreizehn
Jahren eine strahlende Schönheit, hätte sie meinen mögen, sie habe
nur zwei Kinder. Martha Monica hatte Henriettes prachtvolles Haar
und ihre langbewimperten Augen. Dazu eine natürliche Grazie der
Bewegung, eine selbstverständliche Ungezwungenheit, die weder an
die Scheu Henriettes noch an Franz erinnerten.

Zu Ehren der Neuvermählten servierte ein nicht viel länger vermähltes Paar: Herr Simmerl hatte das Stubenmädchen Hanni geheiratet, die von allem Anfang für Henriette unbegrenzte Bewunderung und im Laufe der Jahre auch für Herrn Simmerl hinlänglich fühlte, daß ihn Franz eines Tages zu einer Unterredung in sein Büro kommen ließ; es folgte nicht lange darauf Hannis und Simmerls Hochzeit. Für eine Person ihres Alters und den Termin der Hochzeit schien Hannis Figur recht unpassend in die Breite gegangen.

Das Bewußtsein, jetzt endgültig zur Familie zu gehören, entspannte die gemessenen Züge des Dieners, wenn er Kaffee einschenkte oder Schlagobers dazu bot.

Was Hanni betraf, wurde sie rot, wenn sie die seit Sophies Zeiten auf Nummer 10 traditionelle Sachertorte reichte.

Wie so oft in Nummer 10 huschte wieder einmal Sophies Schatten herein, und, merkwürdig genug, Henriette übernahm heute ihre Rolle. Ohne daß sie es wollte oder nur ahnte, färbte das Haus auf sie ab; an Sophies Stelle mißbilligte sie die Sachertorte und die ältliche Jungvermählte, die sie servierte; in Hannis Jahren bekam man weder Kinder, noch errötete man fortwährend wie ein Backfisch!

„Also wann fahrts ihr?" fragte Professor Stein. Wohin gefahren wurde, fragte er nicht, denn da Franz Joseph das oberösterreichische Waldstädtchen Ischl zu seiner Sommerresidenz machte, gingen die Wiener Patrizier im Sommer desgleichen dorthin. Otto Eberhard besaß dort eine eigene Villa, Franz mietete eine.

„Am Fünfzehnten, wenn die Schule von der Mono aus ist", antwortete Henriette.

Der Salon, worin man saß, zeigte die ersten Spuren der „Abmontierung", die pünktlich drei Wochen, bevor man in die Westbahn einstieg, mit Herunternehmen und Einkampfern der Vorhänge sowie Putzen der Teppiche mit Sauerkraut einleitete; sie steigerte sich durch das Waschen und Wichsen der Parkettböden, ihr Zudecken mit Zeitungspapier, das Verhüllen der Möbel und Luster mit grauen Kalikoüberzügen, der Fenster aber mit braunem Pappendeckel. Es roch bereits so empfindlich nach Kampfer, daß trotz der heißen Sonne alle drei Fenster offenstehen mußten.

„Kaafts Lavendel, zwaa Kreuzer an Buschen! Lavendel kaafts!" tönte das volkstümliche Sommerliedchen herauf, Frauen vom Land, von Haus zu Haus ziehend und Körbe duftender violetter Lavendelsträußchen anbietend, sangen es.

„Warum nimmst du eigentlich nicht Lavendel statt Kampfer, Mutti?" fragte Martha Monica. „Es stinkt so!"

„Deswegen nimmt man's ja!" erklärte Henriette. „Du wirst später draufkommen, daß perfekte Hausfrauenschaft die Kunst ist, sich und den andern das Leben so lästig als möglich zu machen!" Dergleichen wagte sie nur, wenn sich Franz nicht zu Hause befand; aber angesichts der bestürzten Blicke ihres neuen Schwiegersohnes bereiteten ihr solche Bemerkungen Vergnügen.

„Du mußt nicht alles für bare Münze nehmen, was die Mama im Spaß sagt!" belehrte der Großvater die Enkelin.

„Es ist aber so unterhaltend, wenn die Mutti solche Sachen sagt!" antwortete Martha Monica, und Henriette lächelte stolz.

„Extraausgabe Neue Freie Presse!" hörte man von der Seilerstätte rufen. „Extraausgabe Reichspost!"

„Holen S' eine Extraausgabe!" verfügte Henriette.

„Sofort, Euer Gnaden." Simmerl verschwand.

Die Familienzusammenkunft begann Henriette zu ärgern, je länger Hans sich verspätete. „Sie schaun ja aus wie die Kassandra!" sagte sie zu Simmerl, der mit dem Extrablatt eintrat. Er überreichte es ihr starr und feierlich.

„Thronfolger Erzherzog Franz Ferdinand und Herzogin von Hohenberg" lautete die balkendicke Überschrift. Daneben ein großes schwarzes Kreuz. Darunter:

„Sarajevo, 28. Juni 1914: Das Thronfolgerpaar, Seine Kaiserliche und Königliche Hoheit, Erzherzog Franz Ferdinand, und Ihre Hoheit, die Herzogin von Hohenberg, wurden heute das Opfer eines ruchlosen Anschlages. Als Ihre Hoheiten während einer Inspektionstour in der Hauptstadt der kürzlich annektierten Provinzen Bosnien und Herzegowina zum Regierungsgebäude, dem Konak, fuhren, feuerte ein in der Menge der jubelnden Zuschauer versteckter Attentäter Revolverschüsse gegen die Leibwagen. Sie durchbohrten den Erzherzog und seine hohe Gemahlin, die bald darauf verschieden. Als Mörder wurde der zwanzigjährige serbische Student Gavrilo Princip am Tatort verhaftet. Er gestand, die Tat aus Rache gegen die Annexion begangen zu haben."

In dem Salon des vierten Stocks sprach niemand. Die Glocken von Sankt Stephan hatten zu läuten begonnen. Henriette wußte, daß die von Sankt Augustin folgen würden. Dann die von Sankt Michael.

Grausam läuteten sie alles zurück. Dort lief sie. Dort fiel sie in den Schnee ... „Sofortige Rückkehr und ehestes Erscheinen hieramts erbeten." ... Zum Verhör fuhr sie nachts im Schlafwagen –
„Is der gnädigen Frau was?" Herr Simmerl fragte es.
„Nein!" schrie sie. Jetzt läuteten die Glocken von Sankt Augustin.
„Ich werd' gehn", meinte der Fähnrich Hermann. „Ich muß um sechs zurück in der Kasern' sein."
„Wie fürchterlich für Seine Majestät!" sagte der Schwiegersohn.
Professor Stein bestätigte: „Fürchterlich!"
Die Neuvermählten verabschiedeten sich. Sie bewohnten der Gesundheit des Kaisers wegen die Dienstwohnung des jungen Arztes im Schloß Schönbrunn.
Auch ihrem Sohn Hermann reichte Henriette die Hand zum Abschied.
Als Professor Stein ging, sagte er: „Adieu, mein Kind. Zu Elementarereignissen muß man eine mehr unpersönliche Haltung einnehmen." In der beiden Art, sich zu verständigen, hieß das: „Du denkst zuviel an dich."

Am Morgen hatte Hans Selma abgeholt, um mit der Stadtbahn nach Heiligenstadt hinauszufahren und die Wege zu gehen, die sie beide liebten. Er küßte sie, sie duldete es. Er sagte ihr, wie er sie liebte – und sie – zum erstenmal! – küßte ihn wieder. Doch als sie vorschlug, nach Nußdorf zu gehen, geriet er auf den unglücklichen Gedanken, ihren ersten Kuß mit „etwas Besserem" zu feiern: bei der Dornbacher „Güldenen Waldschnepfe", einem in Mode gekommenen Nobellokal.
„Ist das dort, wo elegante junge Leute mit ihren Verhältnissen hingehn?"
Das ärgerte ihn. „Warum sollen wir uns immer verstecken!"
„Ich bin's ja nicht, die das Versteckenspielen erfunden hat", sagte sie. „Die ganze Zeit war dir nichts versteckt genug!"
Wieder dieser Vorwurf, der ihn rasend machte! Ich, das arme Mädel! Du, der reiche Patrizier! „Selma", sagte er, „das muß endlich aufhören! Du weißt genau, wie ich zu dir steh'!"
„Woher weiß ich das?" fragte sie. „Wie oft hast du Liebeserklärungen vor mir andern gemacht? Wann wirst du sie nach mir andern machen? Du bist nicht eine Spur anders, als ihr alle seid, nicht um ein Haar. Während dieser ganzen Zeit hast du mich nicht mit deinen

Eltern bekannt gemacht! Wenn wir nur in die Nähe der Seilerstätte kommen, wirst du nervös! Hältst du mich für blind?"

„Für maßlos ungerecht! Du kennst unser Haus nicht!"

„Ich kann's mir vorstellen! Du hast hoffentlich nie geglaubt, ich interessier' mich für deine Familie wegen meiner Zukunft? Wir haben einen Flirt. Wenn's nach dir ging', würd's mehr sein, aber mehr als ein Verhältnis nie!"

„Mit keinem Wort hast du recht! Zwischen deiner und meiner Zukunft besteht kein Unterschied. Es ist unsere Zukunft! Und du weißt das!"

„Folglich gehn wir zur ‚Güldnen Waldschnepfe' und zeigen uns. Es wird das Renommee von Herrn Alt junior erhöhen, wenn man in der ‚guten Gesellschaft' erfährt, daß er ein Verhältnis hat!"

Nachzugeben, das simple grüne Heiligenstadt seinen besänftigenden Zauber üben zu lassen, statt das überfüllte Dornbach dafür einzutauschen, wäre das richtige gewesen. Im Jähzorn aber glich Hans seinem Vater, im Eigensinn Henriette. „Wir gehn zur ‚Waldschnepfe'!" beharrte er.

Sie gingen hin. Geringschätzig musterte sie der Empfangschef, Selma trug Sportbluse, karierten Rock, staubige Schuhe. Nach endlosem Warten bekamen sie ein Tischchen am äußersten Ende der obersten Terrasse, immerhin eine schattige Platane über sich. Die Kapelle spielte „Kind, du kannst tanzen wie meine Frau!" – da bemerkte Selma, daß eine Dame sie anstarrte. Eugenie. Mit ihrem Mann speiste sie nur wenige Tische entfernt und benahm sich so auffällig mit ihrem Hinstarren, daß Hans, der sie längst gesehen hatte, rot wurde.

„Ach so!" sagte Selma. „Ist das nicht eine gewisse Dame, die du mir immer als *quantité négligeable* ausgegeben hast?"

Wäre das plötzliche Abbrechen der Musik nicht gewesen: Hans hätte nicht gewußt, wie er sich unter den Blicken der zwei Frauen verhalten sollte – irgendwie kam die fürchterliche Nachricht aus Sarajevo ihm zu Hilfe, denn das Fragen, Rufen, Entsetzen der wegdrängenden Gäste verbarg seine Verlegenheit. Als er schließlich mit Selma am Tisch der Einrieds vorbeikam, hielt Eugenie ihn zurück. „Herr Alt!" rief sie. „Ich möcht' Sie gern mit meinem Mann bekannt machen. Du weißt, Herr Alt war der Gymnasialkollege unseres Buben?"

„Sehr angenehm", bemerkte der glatzköpfige Herr. „Nun, junger

Herr? Das kann ganz leicht Krieg heißen! Wenn Sie Glück haben, werden Sie sehr bald gegen die serbischen Schweine marschieren! Ober! Zahlen!"

Zum erstenmal in Hans' Existenz hatte jemand „Krieg" nicht als ein totes Wort aus einem Geschichtsbuch gebraucht, sondern als etwas Mögliches, ja Wahrscheinliches. Aus dem Mund dieses glatzköpfigen Beamten klang es überdies wie etwas Obszönes, die verspätete Drohung eines betrogenen Ehemannes.

„Das ist eine Katastrophe!" sagte Eugenie zu Hans, während der Sektionschef dem Zahlkellner zwei Nierenbraten mit Spinat angab. Ganz klar, daß sie Selma meinte, doch Hans antwortete, als hätte sie von dem Attentat geredet: „Ja! Entsetzlich!"

Dann fuhr er mit Selma in einer überfüllten Elektrischen zurück in die Stadt, und sie sah ihn mit Blicken an, aus denen jeder Vorwurf verschwunden war. Fast als fürchtete sie sich. Es fiel ihm ein, daß sie an junge Herren denken mochte, die in ein paar Tagen marschieren würden.

„DEINE Schwester und dein Schwager sind längst weg. Die andern auch. Viel Rücksicht nimmst du nicht!" sagte Henriette zu Hans, als er nach Hause kam. Sie bemerkte den fremden Zug um seinen Mund. „Wo warst du?" fragte sie, obwohl sie es haßte, examiniert zu werden, und so genau wußte, wie unsympathisch man sich damit machte. „Du warst doch wieder mit dieser Person?"

„Bitte, sag nicht ‚diese Person'", erwiderte Hans und stellte sich an eines der Fenster. „Wir sind in Dornbach spazierengegangen und haben bei der ‚Waldschnepfe' gespeist."

„Hat die Musik aufg'hört? Ich mein' – wie die Nachricht gekommen ist?"

Die Musik hatte aufgehört. Jäh drehte er sich zu ihr um. „Mama, ich möcht' die Selma heiraten!"

Noch schwangen die Glocken. „Ich glaub' nicht, daß das der richtige Moment ist", antwortete Henriette langsam.

„Ich weiß, Mama. Aber ich hab's schon viel zu lang verschoben!"

Sie wußte: nichts, was sie ihm jetzt sagen konnte, würde etwas ändern. Sie würde ihn verlieren. Sie hatte über diese Selma allerlei in Erfahrung gebracht: eine eitle, egoistische, viel zu gescheite Person. Eitle, egoistische, gescheite Mädchen machten die Männer nicht glücklich. Ihr Bub sollte eine bessere Frau haben als sein Vater! Eine

tausendmal bessere! Doch sie bat ihn: „Wir sprechen ein andres Mal drüber, Hans! Jetzt ist wirklich nicht der Moment!"
„Grad' jetzt!" sagte er. „Es heißt, es könnt' Krieg sein."
„Nein!" schrie sie. Sich beherrschend, fragte sie leiser: „Du glaubst das?"
Er schüttelte den Kopf. „Ich kann's mir nicht vorstellen, daß man im Jahr 1914 Krieg führt!"

HEIMKEHR EINES ÖSTERREICHERS

An dem Tag, da Franz heimkam, am 17. November 1918, war er sechsundsechzig vorbei und der Krieg für Österreich verloren.

Als der Krieg ausbrach, war Franz mit seinem alten Rang, als Oberleutnant der Reserve, ins Hauptquartier nach Teschen gegangen, Hermann, mit seinem neuen Rang als Leutnant, nach Serbien und Hans, als Einjährig-Freiwilliger bei Hoch- und Deutschmeister Nummer 4, zur Ausbildung in die Kaserne auf dem Rennweg. Die Zwillinge Fritz und Otto Drauffer waren auch eingerückt, und im Haus blieben nur Otto Eberhard, sein Sohn Peter, der Maler Drauffer und Herr Simmerl. Bevor Hans nach Serbien mußte, als Einjähriger-Korporal, hatte er heiraten wollen. Die Mutter hatte die Einwilligung gegeben, der Vater hatte sie verweigert. Hans zählte nicht ganz vierundzwanzig, und nicht großjährige „Militärpflichtige" bedurften zur Heirat der Einwilligung der Eltern.

Als der Zug am 17. November im Nordbahnhof einfuhr, stand eine Dame auf dem Perron, winkte und war noch immer schön. Franz kämpfte gegen aufsteigende Tränen und dagegen, daß er sie noch immer liebte.

Als der ältere Herr in Hauptmannsuniform auf sie zukam, konnte Henriette ihrerseits sich eines heiß aufsteigenden Mitleids nicht erwehren. Mehr als vier Jahre hatten sie nicht mehr unter demselben Dach gelebt. Franz stellte die Koffer hin und küßte ihre Hand. Sie küßte ihn auf die Wange.

Es gab weder Träger noch Taxis, sie mußten mit den Koffern bis zum Praterstern, um dort die überfüllte Straßenbahn zu nehmen; Franz brachte mit Mühe das Gepäck auf der Plattform des Beiwagens unter und zwängte sich dann in den geschlossenen Teil des Waggons zu Henriette vor; eingekeilt stand sie zwischen Fabriksarbeitern. Sie hätten einer Dame Platz machen sollen, fand er.

„Is Eahna was net recht?" fragte ein jüngerer Mann, der, Zeitung lesend, auf einer der Fensterbänke saß; er schien die unwilligen Blicke bemerkt zu haben, womit Franz die Sitzenden musterte.

„Hast du meinen Expreßbrief rechtzeitig bekommen?" fragte Henriette schnell.

Er antwortete dem Zeitungsleser: „Sehn Sie nicht, daß die Dame steht?"

„Ich steh' sehr gern. Es sind ja nur ein paar Haltestellen", trachtete Henriette zuvorzukommen.

Da hatte aus dem unteren Teil des Wagens jemand bereits gerufen: „Tachinierer!", die Beschimpfung, womit die Empörten und Enttäuschten sich jetzt überall angesichts von Leuten Luft machten, die sich von der Front „gedrückt" und irgendwo im Hinterland gütlich getan zu haben schienen. Der Mann hier, peinlich genau rasiert, mit blitzenden Knöpfen und Stiefeln, erweckte diesen Eindruck. Noch dazu ein Offizier.

Der gerufen hatte, war ein gemeiner Soldat. Er trug die Felduniform des Wiener Hausregimentes Hoch- und Deutschmeister Nummer 4, doch die Farbe der ehemals blauen Aufschläge ließ sich nicht mehr unterscheiden, beschmutzt vom Blut und Kot der Schützengräben.

„Infanterist!" sagte Franz. „Sie melden sich bei Ihrem vorgesetzten Kommando –"

„An' Dreck!" unterbrach ihn der Mann. „Du hast aufg'hört ins Kommandier'n!"

Henriette, in den fünf Tagen seit der Revolution immer wieder Zeugin ähnlicher Vorfälle geworden, preßte Franz' Arm und flüsterte: „Es hat doch keinen Sinn!"

„Keinen Sinn!" rief er außer sich. „Solang so ein Kerl die Uniform Seiner Majestät trägt, hat er Subordination zu leisten!"

Der Zeitungsleser war aufgesprungen, sein Nachbar desgleichen. Die zwei drängten jetzt von hinten an Franz heran, der eine packte seine Arme, hielt sie wie in einem Schraubstock, während der andere ihm die Kokarde von der Offizierskappe und die drei goldenen Sterne vom Kragen riß.

„So!" sagte er. „Du hast aufg'hört ins Kommandier'n!"

Henriette sah die Adern an Franz' völlig ergrauten Schläfen dick anschwellen, jenes Zeichen seines Jähzorns, das sie an ihm früher so fürchtete und haßte. Kaum je im Leben hatte sie ihn bemitleidet. In diesem Moment tat er ihr so rasend leid wie wenige zuvor.

Franz sagte mit unendlicher Verachtung: „Bagage!"

„Wer is Ihnere Bagasch'?" schrie ein Weib, das einen Pack Morgenzeitungen zum Austragen unter dem Arm hielt. „Zwaa Söhne ham s' mr z'sammg'schoss'n – und zweg'n was? Weg'n Ihnerer gottverfluchten Subordination!"

„Stimmt!" schrie jemand anderer. „Nix z' fressn! Nix z' heizn! Und zweg'n wos? Weil mir ham dastehn, die Absätz' z'sammschlagn und ‚Zu Beföhl!' brüll'n müassn, wann die feinen Herrn kommandiert ham: ‚Krepierts!'"

„Schmeißts eahm außa!" schlug der Zeitungsleser vor.

Da hatte jemand draußen auf der Plattform die Koffer vom fahrenden Zug gestoßen, man hörte ihr Aufschlagen auf das Pflaster. Der Schaffner brachte den Zug zum Stehen. „Besser, der Herr kümmert sich um sein Gepäck", sagte er zu Henriette.

„Komm", bat Henriette. Einen Augenblick wollte sie den Leuten sagen: „Ich hab' auch zwei Söhne im Feld." Doch sie schaute sie nur an. Da machten sie ihr Platz.

Als sie mit Franz auf der Straße stand, schwindelte ihn, sie mußte ihn stützen. Er erholte sich sofort, nahm die Koffer, duldete nicht, daß sie ihm dabei half. Es gelang ihm sogar, sein Gepäck so lange zu schleppen, bis ein Taxi sich bereit fand, sie nach Hause zu fahren.

Vor dem Posaunenengeltor stand Herr Simmerl. „Küß die Hand, Euer Gnaden!" bewillkommnete er seinen Herrn. Dabei gab er sich den Anschein, den zerfetzten Uniformkragen und die Kappe nicht zu sehen.

Franz reichte ihm die Hand. „No, was sagen denn Sie dazu, Herr Simmerl?" fragte er.

„Es is halt eine Katastrophe, Euer Gnaden", entgegnete der lange Mann mit der grünen steirischen Joppe.

„Das kann man wohl behaupten! Holen S' mir die heutige ‚Arbeiter-Zeitung'!" Sie waren an Plakaten vorbeigefahren. „Die Abrechnung mit den Habsburg-Verbrechern. Lest die heutige Arbeiter-Zeitung!"

Simmerl verlor die Fassung. „Euer Gnaden?" fragte er in der Hoffnung, falsch gehört zu haben. Doch der Befehl wurde wiederholt.

Während das Ehepaar äußerst langsam die Treppen hinaufstieg, merkte Henriette, wie schwer Franz' Atem ging. Sie erklärte es sich mit der Nachwirkung des Schocks in der Straßenbahn. „Für unsereinen ist's halt vorbei", sagte er plötzlich. Es widerhallte in dem dunklen Treppenhaus. Das Mitleid regte sich wieder stark in ihr, und sie mußte denken: Seit ich den Mann kenn', hat er keinen Schritt gemacht, der auf Abwege oder in Schmutz geführt hätt'!

„Du wirst dir ein paar Tage absolute Ruhe gönnen, Franz!" sagte sie.

„Geht nicht", entschied er. „Spätestens um neun muß ich im Geschäft sein. Der Födermayer erwartet mich. Es wird sowieso drunter und drüber gehn. Dank' dir jedenfalls für alle deine Güte."

Sie fand es fast unerträglich, daß er „Güte" sagte. Wenn so ein Nichts ihm Eindruck macht, wie muß ich zu ihm gewesen sein! dachte sie.

Martha Monica, die Tochter, die nicht seine war, stand oben in der Wohnungstür und breitete die Arme nach dem Heimgekehrten aus. „Papa!" rief sie begeistert. Die Dunkelheit des Treppenhauses schien von ihr heller zu werden.

Er streichelte ihr Haar. „Schön bist du geworden", sagte er dabei. Hanni, das heißt Frau Simmerl, zeigte sich gleichfalls. „Küß die Hand, gnä' Herr!"

Mehr Bewohner wies der vierte Stock augenblicklich nicht auf. Hans in Kriegsgefangenschaft; Hermann, die Rückbeförderung von der Piavefront abwartend, noch bei seinem Regiment; Neni tot; die Köchin entlassen; das kleine Mädchen des Ehepaars Simmerl wurde auf dem Land aufgezogen; Franziska und Dr. Baier nach Salzburg übergesiedelt, wo es sich für einen ehemals kaiserlichen Leibarzt leichter leben ließ. Weniger Rote.

Franz trat über die Schwelle. „Endlich!" sagte er. Behagen und Geborgenheit umgaben ihn, es war geheizt, im Speisezimmer stand der Tisch zum Frühstück gedeckt, blank funkelten die hohe Silberkanne mit Zichorienkaffee und eine kleinere voll bläulich gewässerter Milch; das mit Kleie versetzte Maisbrot braun geröstet, ein aus Karotten und Rüben bereitetes Mus glich in seinem Kristallbehälter feinster Marmelade.

Sogar wenn ein Befehl so nahe an Wahnsinn grenzte wie der, das Leibblatt der Revolution in ein hochherrschaftliches Haus zu bringen,

für Herrn Simmerl blieb Befehl Befehl. Höchstens konnte man das
Geschmier da auf einen Sessel legen, wo kein Auge es bemerkte.
Das tat der lange Mann denn auch.

„Ausgezeichnet, der Kaffee", lobte Franz. „Haben Sie mir eigentlich die Zeitung gebracht, Simmerl?"

Da blieb dem langen Mann nichts übrig, als zu antworten: „Jawohl, Euer Gnaden!" und das Blatt mit einer Verbeugung zu überreichen.

„Danke, Simmerl", Franz lehnte die Zeitung an ein Glas und las
während des Essens, wie er es durch Jahrzehnte mit der „Reichspost" getan hatte!

„Geh, lies das doch nicht!" sagte Henriette. „Du regst dich nur
auf!"

„Ich bin gleich fertig", antwortete er. Sich beim Lesen eines Horn-
zwickers bedienend, las Franz, sein Stückchen Toast in der Hand:

„Von den 55 Millionen Menschen, die dazu verurteilt waren, die
Macht der Habsburger zu bilden, wünschten wenigstens 35 Millionen die Niederlage Österreich-Ungarns ... Ein paar gewissenlose
Unfähige entfesselten und verloren diesen Krieg, der die Menschheit ins Elend stürzte. Wir beklagen selbstverständlich die Verluste
und Vernichtungen, doch der Ausgang befriedigt uns. Denn wir
sagen uns, daß der Zusammenbruch des Reiches der Habsburger
die einzige Entschädigung für alle unsere Leiden und Verluste ist –"

Franz ließ das Stückchen grauen Brotes fallen. „Infamie! Beispiel-
los!" schrie er. „Die jubeln ..." setzte er fort. Dann bewegte er den
Mund in unartikuliertem Lallen. Er konnte nicht sprechen. Auch
später nicht.

Der herbeigerufene Hausarzt, noch immer Dr. Herz, sagte keineswegs Schlaganfall, sondern „vasomotorische Störung". Und als Henriette später neben dem Bett saß, in das man Franz zwang, und ängstlich zusah, wie hilflos er fortwährend die Lippen bewegte, mußte
sie an Hans denken, der als Kind auch nicht hatte reden können und
eines Tages geheilt wurde. Die Christl muß kommen!

Sie trug Martha Monica auf, bei Papa zu bleiben, und lief aus dem
Haus. Erst in der Salesianergasse überlegte sie, daß sie die, zu der sie
so eilte, seit vollen sechzehn Jahren weder gesehen noch zu sehen
gewünscht hatte.

„Es ist unverzeihlich von mir", sagte sie, da sie ihr gegenüber-
stand. „Vielleicht aber, wenn du mein Leben seither gekannt hättest,
würdest du verstehn, warum ich mich gescheut hab', zu dir zu
kommen!"

„Ich kenn' dein Leben", sagte die Nonne, die, als sie in dem
kahlen Besuchsraum die Besucherin erkannt hatte, so weiß wie der
gestärkte Kragen geworden war. Ihre vierzig Jahre sah man ihr nicht
an. Sie hatte die Anmut und Schmalheit ihrer Jugend behalten. Nur
ihre nach innen gekehrten Augen verrieten ihre Einsamkeit und ihren
Verzicht.

„Was meinst du damit, daß du mein Leben kennst?"

„Ich hab' mich immer nach dir erkundigt."

„Und deine Informationen haben viel an mir auszusetzen gehabt?"
fragte Henriette.

„Du bist eine sehr gute Mutter gewesen."

„Danke." Wie Rollen sich vertauschten! Die der Unterlegenen
schien jetzt die ihre! „Wie ist dir's denn immer gegangen, Christl?
Entschuldige – Schwester Agathe, hab' ich sagen wollen."

„Sag nur Christl zu mir. Ich hör's sehr gern von dir. Danke, mir
ist's gut gegangen. Wolltest du etwas von mir? Ich wär' so froh,
wenn ich dir mit etwas helfen könnt'."

Als Henriette ihr Anliegen vorbrachte, huschte ein Lächeln über
Schwester Agathes Mund und verschwand. „Schön, daß du noch
immer an Wunder glaubst! Du hast dich auch sonst kaum verändert!"

Sie ging zur Mutter Oberin, um Erlaubnis für einen Kranken-
besuch außerhalb des Klosterspitals zu erbitten, die erste, seit sie
Krankenpflege versah. Sie erhielt sie und machte sich mit Henriette
auf den Weg.

„Bist du denn wirklich nicht mehr bös auf mich?" fragte Henriette
draußen.

Die Nonne gab der weltlichen Frau einen Blick von solcher un-
bedingten Zuneigung, daß Henriette ihn nicht aushielt.

„Ich war dir nie bös", sagte die Nonne.

„Du bist meinetwegen im Kloster? Nicht wahr?" fragte Henriette.

„Ja", gab die Nonne ohne Zögern zu. „Ich hab' gedacht, du
brauchst wen, der für dich betet. Ich hab' wollen, daß du glücklich
bist!"

Henriette schwieg.

Der Menschen entwöhnt, empfand Christl auf der Straße ein

Schwindelgefühl. Alles auf dem kurzen Weg schien ihr verändert. Dieselben Häuser sahen fremd aus. Auch die Maße stimmten nicht? Das einstmals Weite so eng?

Franz schlief einen unruhigen Schlaf, der ihm Schweiß auf die Stirn trieb. Martha Monica saß an seinem Bett.

„Das ist deine Cousine, Schwester Agathe", sagte Henriette leise zu ihrer Tochter.

„Die heilige Cousine?" fragte das Mädchen lächelnd. Sie küßte die Verwandte.

„Ja. Ich glaub' wirklich, sie ist heilig!" antwortete Henriette ernst.

Als der Kranke erwachte, sagte Henriette: „Die Christl ist hier, Franz. Sie hat dir einen Besuch gemacht." Seine Antwort war unverständlich.

„Guten Morgen, Onkel Franz", grüßte die Nonne mit der Sicherheit der an Krankenbetten Heimischen. „Du hast dich überanstrengt. Ein bißchen Ruhe wird dir wohltun."

Franz machte die Bewegung des Schreibens. Henriette brachte ihm seinen Briefblock und richtete ihn in den Kissen auf. Sein Mund war schief geworden.

„Herr Födermayer soll zu mir kommen", hatte Franz geschrieben.

Henriette versprach, den Prokuristen zu verständigen. Als sie vom Telephon zurückkam, hörte sie Schwester Agathe sagen: „Es wär' besser für dich, nicht zu reden, Onkel Franz."

Er hob die Hand und ließ sie fallen, als wollte er sagen: „Faxen!"

Allein mit einer Festigkeit, die zu ihrer leisen Stimme im Gegensatz stand, beharrte die Nonne: „Glaub mir, Onkel Franz! Wer nicht zu schweigen gelernt hat, weiß das nicht. Ich hab' sechzehn Jahre nicht geredet!"

Henriette fühlte, daß es ihr galt. „Christl!" bat sie. Tu ein Wunder! hieß das.

Die Nonne stand auf. „Gute Besserung, Onkel Franz", sagte sie leise. „Ich werd' für dich beten." Dann verließ sie das Zimmer.

Henriette folgte ihr ins Vorzimmer. „Bitte, geh nicht!" sagte sie flehend.

„Aber, Tante Hetti! Fürcht dich doch nicht!" antwortete die Nonne, ihr zum erstenmal den vertrauten Namen gebend.

„Du willst ihm nicht helfen."

„Glaubst du immer noch, daß es vom Willen abhängt? Dem Onkel Franz wird geholfen werden. Ich lass' die Martha Monica schön grüßen. Sie soll mich einmal besuchen kommen. Ich darf jeden Montag und Freitag von drei bis vier Besuch haben. Leb wohl, Tante Hetti."

Henriette hörte ihre Schritte bis zum ersten Stock; dort, vermutlich vor ihrer einstigen Wohnung, machten sie halt, wurden aber gleich darauf wieder vernehmlich und entfernten sich endgültig.

Sechzehn Jahre hat sie jeden Montag und Freitag auf mich gewartet! dachte Henriette außer sich. Dann ging sie ins Krankenzimmer zurück. Ich werd' ihm schon helfen! Es hängt vom Willen ab! Es hängt vom Willen ab!

Sie setzte sich zu Franz, hielt und streichelte seine Hand. Sein entstellter Mund nahm einen neuen Ausdruck an, den sie für Lächeln hielt. Die Zeit verstrich. Otto Eberhard kam, wurde abgewiesen. Rufe auf der Straße: „Extra-Ausgabe! Das Ende der Habsburger! Kaiser Karl, Kaiserin Zita und die kaiserliche Familie vom Parlament aus Österreich verbannt!"

HEIMKEHR VON ZWEI BRÜDERN

DIES war der Brief, der Hans in seinem Gefangenenlager erreichte:

„Hans! Es ist unbeschreiblich beglückend zu wissen, daß Du endlich zurückkommst. Gäben Worte nur einen Begriff! Das ist der erste Brief, den ich Dir ohne Angst um Dich schreibe. Daher ist es der erste vollkommen ehrliche. Du sollst Dir ein Bild über alles machen können.

Ich habe mich wenig um Deine Familie gekümmert. Sie hätte sich vielleicht auch um mich kümmern können, schließlich bin ich ja jetzt Deine Frau (wenn auch nur kriegsgetraut). Aber Dein Onkel hat sogar unlängst auf der Kärntner Straße ostentativ weggeschaut, um mich nicht grüßen zu müssen. Wie das alles werden soll, wenn wir zusammen im selben Haus wohnen, kann ich mir schwer vorstellen.

So, und jetzt halt dich an! Jetzt kommt nämlich die Sache. Ich bin Mitglied des Burgtheaters. Mit einem Vertrag. ‚Voller Versprechungen', hat die ‚Neue Freie Presse' geschrieben. Hier die chronologische Entwicklung:

Durch die Sorge um Dich hatten meine Seminar-Leistungen zu wünschen übriggelassen. Jodl und Müllner hatten eine Engelsgeduld mit mir, Freud dagegen verlor die seine. Eines Tages sagte er:

,Warum gehen Sie eigentlich nicht zur Bühne, Fräulein Rosner? Ich glaub', Sie sind schon jetzt eine bemerkenswerte Schauspielerin!' Ich hatte mich nämlich bei ihm entschuldigt, daß ich eine Arbeit nicht vor Weihnachten fertig haben würde, weil ich meiner Mutter im Geschäft zu helfen hatte. Es war noch dazu wahr! Du kennst den Ton, womit er solche Bemerkungen macht, und das darauffolgende Achselzucken. Jedenfalls hätte ich ihn am liebsten umgebracht!

Aber als ich am nächsten Morgen zu ihm in die Berggasse ging, ließ er mich in dem gewissen grünen Sessel mehr als eine Stunde ihm gegenübersitzen, redete geradezu freundschaftlich mit mir und gab mir schließlich einen Brief an seinen Freund – den kürzlich von den Sozialdemokraten zum Leiter des Burgtheaters berufenen Hermann Bahr.

Bahr, dessen Bart noch länger als der Deines Onkels Drauffer ist, empfing mich tatsächlich. Ich las ihm zwei Szenen der Shawschen Cleopatra; ich habe sie – Du wirst Dich erinnern – bei der Shaw-Feier im Volksheim gespielt, nach der wir zwei so leidenschaftlich gestritten und die Dir (mit Recht) mißfallen haben. Beim Lesen bewies ich Dir, nicht dem Bahr, daß ich seit dem Volksheim besser geworden bin. Jedenfalls schien der Burgtheaterdirektor dieser Ansicht! Er verschaffte mir Zutritt zur Akademie, ich bekam Unterricht bei Albert Heine, und vor vier Wochen hatte ich mein Debüt. Ich war so gut, daß die Bühnenarbeiter – man hält mich allgemein für eine ,Rote' – mir aus der Kulisse applaudierten, der Bahr kam im Zwischenakt zu mir und flüsterte: ,Sie werden den größten Erfolg haben, den man in Wien überhaupt haben kann: die Leut' werden sich über Sie ärgern!'

Hans, Du willst nicht vor vollzogene Tatsachen gestellt sein, und ich stelle Dich vor eine, die, fürchte ich, eine bleiben wird. Ich bin eben eine Egoistin, die Dich liebt. Weißt Du einen besseren Ausdruck für die Gewißheit, daß man an jemandem hängt wie am Atmen? Ich nicht. Deine Selma.

PS Ich habe fast daran gedacht, für uns ein zauberhaftes kleines Haus zu nehmen, das in Grinzing frei geworden ist. Muß es denn unbedingt und für alle Zeiten Seilerstätte 10 sein?"

Als Hermann nach Hause kam, war er stämmiger geworden, sein dickes Gesicht mit den kleinen Augen und der niedern Stirn paradierte mit seitlich gescheiteltem, pomadeglänzendem Haar und einem flotten Schnurrbart. Er trug Zivil und stieß beim Sprechen die Arme vor, um die Manschetten aus den Rockärmeln hervortreten zu lassen.

Henriette suchte in dem jungen Mann, den sie so lange nicht gesehen hatte, nach vertrauten Zügen. Es stand ihr vor Augen, daß er, als einziger unter ihren vier Kindern, immer zu Franz und nie zu ihr gehalten hatte. Auch jetzt bat er sofort, den Vater sehen zu dürfen. „Aber nur für einen Moment", sagte sie. „Und bitte, erzähl ihm nichts, was ihn aufregen könnt'!"

„Selbstredenderweise", erklärte Hermann mit einem der Ausdrücke, die er sich aus der papierenen Armeesprache angewöhnt zu haben schien.

Als sie in das Krankenzimmer traten, bemerkte Henriette, wie sehr er beim Anblick des Vaters erschrak. Franz lag nicht mehr zu Bett, er durfte in der Wohnung herumgehen, doch nicht weiter. Dr. Herz gab inzwischen zwar keinen Schlaganfall, doch „Zirkulationsstörungen" zu. Die andauernde Zimmerluft raubte dem Gesicht, worin der Mund schief blieb, die frühere Röte.

Hermann küßte die Hand seines Vaters, der ihm zweimal zunickte. Ich bin stolz auf dich, mochte das heißen. Dann schrieb er: „Was hast du vor?"

„Wenn ich die Wahrheit sagen soll, Papa, möchte ich am liebsten in die Fabrik eintreten!" sagte Hermann.

Erfreut blickte Franz von seinem Notizblock auf.

„Wo wirst du wohnen?" schrieb er.

„Hier natürlich! Ich störe doch wohl nicht?"

Henriette konnte sich nicht helfen: ein Fremder. „Selbstverständlich nicht, willst du dir die kleine Bibliothek nehmen?"

„Wo wird denn der Hans wohnen, wenn er zurückkommt?"

„In Tante Sophies früherer Wohnung", sagte Henriette.

„Schade! Die Wohnung hätte ich liebend gern gehabt."

„Das geht leider nicht. Der Hans ist, wie du weißt, verheiratet."

„Ich dachte, das wäre längst aus. Wie heißt die kleine Jüdin?" fragte der heimgekehrte Sohn.

Franz tadelte die Taktlosigkeit mit einem Kopfschütteln. Er mochte die Schwiegertochter nicht, aber sie war nun einmal Hans' Frau. Ungehörig genug, daß man sie bisher nicht hier im Haus, sondern bei ihrer Mutter wohnen ließ.

„Die kleine Jüdin heißt Selma Rosner und hat im Burgtheater einen großen Erfolg gehabt", sagte Henriette.

„Ich hatte Hans ja unter mir, wie ihr wißt. Ziemlich aufsässig sage ich euch! Solch eine Verwundung in den rechten Arm nannten

wir Tausend-Gulden-Schüsse. Soviel waren sie nämlich den Getroffenen wert. Es gab sogar Leute, die sie sich eigenhändig beibrachten!"
Franz machte eine heftige waagrechte Bewegung mit dem Zeigefinger. „Das geht zu weit!" hieß das.

„Ich denke dabei natürlich nicht an Hans", erklärte Hermann sofort. „Ich wollte einfach sagen, daß mir seine Ansichten auffielen. Schließlich ist er ja von den Russen gefangengenommen worden!"
„Was soll das heißen?" fragte Henriette.

„Es gab Leute, die sich nicht gefangennehmen ließen, Mutter."
„Du wirst ein Bad nehmen wollen?"

„Ich hätte die Parterrewohnung wirklich gern", beharrte er. „Wo wohnt denn unser großer Komponist Fritz?"

„In seiner alten Wohnung im Mezzanin."

„Eigentlich könnten die Herrschaften, die komponiert haben, während wir anderen fast umkamen, unsereinem Platz machen! Findest du nicht Papa, daß da ein gewisser Anspruch besteht?"

Henriette schaute wie um Rat in Franz' Gesicht, in dem sich sonst leicht lesen ließ. Diesmal nicht. Doch Henriette hätte darauf geschworen, daß er die Partei dieses jungen Mannes nahm, der einen „gewissen Anspruch" erhob.

„Der Fritz hat fünf Monate Felddienst gemacht", sagte sie. „Dann ist er wegen seiner elenden Augen superarbitriert worden."

„Vier", korrigierte Hermann. „Und Otto war im Kriegspressequartier. Und meinen Cousin Peter hat man natürlich enthoben! Unentbehrlich im Unterrichtsministerium! Ihr glaubt hier vermutlich, die viereinhalb Jahre draußen waren ein Spaß?"

Franz schüttelte den Kopf, als wollte er sagen: „Niemand glaubt das!"

Doch Hermann zuckte die Achseln. Er sah resigniert aus und tat Henriette leid. „Niemand glaubt das", sagte auch sie. „Komm, ich zeig' dir, wo alles ist."

Als er in der Bibliothek aus seinen zwei zerschlissenen Handkoffern auspackte, tat er ihr noch mehr leid. „Du wirst etwas zum Anziehen brauchen, du hast lang nicht mehr Zivil getragen. Hast du genug Geld?"

Er hatte den Handkoffer ausgeleert, worin sich seine Zivilausrüstung befand, und fing mit einem zweiten an, der seine Militärsachen enthielt. „Für den Moment genug", lehnte er ab. „Danke jedenfalls, Mutter."

Bei der Kommode, in die sie das bißchen Wäsche legte, das er besaß, drehte sie sich zu ihm um. Es schien ihr richtiger, die Situation von Anfang an zu klären. „Was hast du gegen mich? Glaubst du, ich merk' nicht, wie du den Papa vorziehst? Soviel ich weiß, hab' ich dir nie was Schlechtes getan."

Er hielt seinen graugrünen Waffenrock mit beiden Händen von sich. „Auch nie etwas Gutes", sagte er. Dann beutelte er Staub aus. „In den wenigen Ferienmonaten, die ich hier bei euch zubrachte, hast du nie erwarten können, daß ich nur schon wieder wegfahre! In acht Jahren hast du mich zweimal im Internat in Kalksburg besucht." Er schwenkte den Rock heftiger, die Orden und Medaillen klirrten. „Kann man nix machen. Ich war halt nicht der Hans!"

„Das bildest du dir ein", sagte sie. Sie wußte nichts anderes zu sagen.

HANS gehörte zu den sogenannten „dokumentlosen Militärpersonen in Kriegsgefangenschaft", deren Papiere – angeblich während der Gefangenschaft – verlorengingen; trotz Friedensschluß wurden sie so lange nicht entlassen, bis die Originaldokumente vorlagen oder deren „beglaubigter Ersatz". Der Krieg dauerte für diese Gefangenen bis zu acht Jahren.

Während seiner Gefangenschaft gab Hans das, was sein Großvater Stein den „Luxus der Beiläufigkeit" nannte, auf und lernte zu Ende denken.

Am unfaßbarsten fand Hans, nachdem er kaum einen Tag zu Hause war, die Haltung seiner Familie. Sie nannte zum Beispiel Menschen, die bettelten, „Bettler", weil sie nicht wußte oder nicht wissen wollte, daß sechs Wiener von zehn betteln mußten. Das Sieben-Millionen-Ländchen „Deutschösterreich", das man aus dem Fünfundfünfzig-Millionen-Reich mörderisch herausschnitt, besaß weder Geld noch Kredit.

Selma erkannte gleich, daß es bei Hans viel komplizierter sei als bei den vielen anderen, die längst vor ihm zurückgekommen waren. Die mußten nur mit veränderten Ideen fertigwerden, mit ihrer Enttäuschung. Auf Nummer 10 dagegen mußte man mit einer Familie kämpfen, die weder Sieg noch Niederlage einen Millimeter von ihren Fundamenten verschob.

Die Parterrewohnung, Selma für den Moment versprochen, da Hans eintreffen würde, war nicht frei. Hermann bewohnte sie – man konnte ihn ja nicht hinauswerfen, wurde ihr bedeutet. Doch stehe das ehemalige Atelier Onkel Drauffers im dritten Stock leer; seit sich niemand malen ließ, verkaufte er Antiquitäten. Allerdings müsse man die Räume gründlich säubern. Auch stehe ein Schlafzimmer im vierten Stock zur Verfügung. Der Gedanke an das Schlafzimmer der schwiegerelterlichen Wohnung hatte Selma in solche Panik versetzt, daß sie nach den Vorstellungen mit Kübel und Lappen erschien und Nacht für Nacht die Spuren einer Porträtistenlaufbahn vom Boden und von den Wänden wusch.

Als Hans eintraf, sah er sich nicht einmal in der Wohnung um. Er schien mit seinen Gedanken entsetzlich weit entfernt zu sein. „Wohin?" fragte er, als sie Hut und Mantel nahm.

„Ins Theater!"

„An userm ersten Abend spielst du?"

„Das Repertoire hängt ja nicht von mir ab, Hans. Kommst du nicht mit? Es wird dich vielleicht interessieren?"

Da sie es sagte, fühlte sie, daß sie's nicht hätte sagen dürfen. In seinem abwesenden Blick standen noch die Dinge, die er hatte sehen müssen. Die hohe Stirn unter dem weichen Haar zog sich, wenn er nachdachte, wie zerschnitten in Falten. Der Mund vibrierte, wenn er schwieg; beim Sprechen öffnete er die Lippen langsam, als hätte er zu lang geschwiegen.

„Momentan hab' ich keinen Sinn fürs Theater. Entschuldige", sagte er.

„Selbstverständlich! Idiotisch von mir, dich aufzufordern. Ich bin bestimmt längstens um dreiviertel zehn wieder zu Haus. Ich werd' mich rasend beeilen", versprach sie. Ein Fremder war zurückgekommen. Diese ganzen Jahre konnten nicht ungeschehen gemacht werden! Wieso hab' ich mir das nie vorgestellt? dachte sie.

„Natürlich bin ich gespannt, dich auf der Bühne zu sehn – es ist nur –, du mußt bißl Geduld mit mir haben."

„Auf Wiedersehn", sagte sie. „Denk einen Moment, wie irrsinnig wir uns alle freuen, daß du wieder da bist! Vielleicht gehst du zu deiner Mutter hinauf?"

Er hörte sie die Treppe hinuntergehen. Fast wäre er ihr nachgelaufen. Er riß das Fenster auf, rief ihren Namen.

„Ja?" antwortete sie. Sie trat gerade aus dem Tor.

„Ich wollt' nur bißl brüllen. Du bist wunderbar!" schrie er hinunter. Ihr Gesicht veränderte sich zauberhaft. „Und die Wohnung hast du auch phantastisch eingerichtet! Und ich bin glücklich, daß ich wieder bei dir bin!"

„Danke!" rief sie. Solange er sie sehen konnte, winkte sie.

Eine Schande, wie man sie hier im Haus behandelte! Zuerst werd' ich einmal das in Ordnung bringen! beschloß er und eilte in den vierten Stock hinauf.

Der Tisch zum Nachtmahl war im Speisezimmer gedeckt; die Messer und Gabeln ruhten auf silbernen „Rasteln"; die Servietten standen als Dreiecke gefaltet auf den Tellern. So wie immer stand Mama an der Kredenz und bereitete die Vorspeise. Sardellenringe auf gerösteten Semmeln heute.

Henriette war verletzt. Die Heimkunft ihres Lieblingssohnes um nichts besser als die des Jüngeren, schlimmer fast! Kaum eine Stunde bei ihr heroben, sofort wieder hinunter zu Selma. Die „intellektuelle" Person entfremdete ihn der eigenen Mutter. Gut, sie hat mehr Bücher gelesen. Sie hat Talent. Vielleicht ist sie gescheiter. Aber von Gefühl versteh' ich etwas! Unter Kaisern oder unter Eisendrehern – vom Gefühl hängt's ab, von sonst nichts! Was ist denn der ganze Zauber dieses Wiener Lebens gewesen? Das Sich-treiben-, das Sich-überwältigen-Lassen von der Emotion des Moments. Ob's ein blühender Baum war oder ein bißl Musik oder ein bißl Zärtlichkeit. „Wo ist die Selma?" fragte sie Hans jetzt.

„Im Theater", antwortete er kurz.

„Das trifft sich schlecht, am ersten Abend. Nun, sie ist hoch begabt. Als Hero jedenfalls war sie ausgezeichnet. Auch als Viola."

Hans trat neben sie. „Gib dir keine Mühe, Mama. Deswegen bin ich heraufgekommen. Von der Selma wird mich nichts auf der Welt trennen. Nicht einmal du."

Zum erstenmal redete er in diesem Ton zu ihr. „Ich hab' gedacht, du bist heraufgekommen, um mir einen Kuß zu geben."

„Ich bin deswegen gekommen, Mama. Ihr wart während der ganzen Zeit meiner Abwesenheit wie Feinde zu Selma. Das muß aufhören."

„Wie sprichst du mit mir, Hans? Alles vergessen?"

„Nichts, Mama. Ich glaub' nur, du vergißt, daß sich alles ungeheuerlich verändert hat! Wir werden unsere ganze Kraft brauchen, um das zu überstehn. Wir müssen's uns also leichter machen, Mama. Nicht schwerer!"

„Ich hab' nichts gegen die Selma."

„Das genügt nicht. Du mußt versuchen, die Selma liebzuhaben."
Aus dem Vorzimmer vernahm man Simmerls Meldung: „Es ist
serviert." Im selben Augenblick traten Franz und Hermann ein.
Franz winkte Hans mit der Hand und ging langsam auf seinen Platz
zu. Die Verwüstung in seinem Gesicht! Ein Sterbender! Henriette
und Hermann setzten sich gleichfalls.

„Willst du nicht mit uns essen?" fragte Henriette, da Hans stehenblieb.

Sein Vater deutete auf einen der beiden unbesetzten Sessel. Hans
gehorchte. Noch immer gehorchte er diesem Mann.

Simmerl brachte die Vorspeise. Henriettes Hände zitterten, als sie
eine der gerösteten Semmelscheiben nahm.

Einen Augenblick später wurde die Eingangstür aufgesperrt und
zugeschlagen und mit einem „Bitte tausendmal um Entschuldigung,
es war eine Verkehrsstörung bei der Oper!" stürmte Martha Monica
ins Zimmer, küßte Franz und ihrer Mutter die Hand, nickte beiden
Brüdern zu und setzte sich. Sie duftete nach Jasmin. Hans mußte an
den Lysolgestank in den Karpatengräben denken, aus denen die
Hälfte seiner Kompanie, von Granaten zerfetzt, nicht evakuiert werden konnte.

„Nimmt der junge Herr keine Vorspeis'?" fragte Simmerl.

Der junge Herr nahm keine Vorspeise. Sie lassen sich von einem
Diener mit weißen Zwirnhandschuhen servieren! Sie machen sich
nichts klar! Man müßte sie anbrüllen: „Es geht so nicht. Ändert
euch!"

Hermann sagte: „Erzähl was aus deiner russischen Gefangenschaft."

Martha Monica bat: „Ja, bitte, Hans! Das ist so rasend interessant!"

„Es war nicht interessant, es war fürchterlich", sagte Hans. Vor
seinen Augen erschien der Schweinestall, worin er mit sechzehn anderen endlose Jahre vegetiert hatte. Er sprang auf und ging.

Auch bei mir geht's so nicht weiter, warnte er sich, als er die
Annagasse hinaufeilte. Aus der Kirche St. Anna tönte die Orgel. Das
Kabarett „Max und Moritz" neben der Kirche, wo jüdische Jargon-
Schwänke gespielt wurden, zeigte die Tafel: „Ausverkauft". Aus dem
„Tabarin" schallte Jazz. Im Kruger-Kino, um die Ecke, Leute um
Karten zu einem Asta-Nielsen-Film angestellt, beim Bäcker Krischler,
drei Schritte weiter, um altbackenes Brot. Am Schaufenster eines

Modegeschäftes klebte die gedruckte Ankündigung: „Wir tauschen gegen Lebensmittel". In einem Delikatessengeschäft Preise mit Kreide auf eine Tafel geschrieben: „Eier 5000 Kronen pro Stück. Corned beef 20 000 Kronen pro Dose". Als Hans vorbeiging, löschte eine Hand die Eierpreise auf der Tafel und machte aus 5000 Kronen 6000.

Wo bin ich? denkt der Heimgekehrte. Wieso gehn die Leute an diesen Tafeln apathisch vorbei, statt so lange „Wahnsinn!" zu schreien, bis die ganze Welt sie hört!

Selma sah ihn vor dem Bühneneingang stehen.

Die jungen Leute, die Autogramme wünschten, erbitterten ihn. „Haben die keine andern Sorgen!" fragte er.

Sie mußte ihn zurückhalten, es einem Burschen ins Gesicht zu schreien, der um ihre Unterschrift bat. „Das sind ja unsere treuesten Anhänger! Die dürfen wir doch nicht vor den Kopf stoßen", sagte sie.

Die Erregung des Spiels zitterte noch in ihr nach. Sie war so überzeugt gewesen, daß er kommen würde, um sie zu sehen, nach dem erlösenden Gespräch am Fenster! Sie hatte nur für ihn gespielt. Wie gern hätte sie darüber gesprochen! Und von der ihr vor einer halben Stunde von einem anderen Theater angebotenen Rolle. Die „Heilige Johanna"! Aber es interessierte ihn nicht.

Sie gingen nach Hause. Auf der Treppe brannte kein Licht mehr, finster, zehn vorbei.

Als dieser erste Tag Nacht geworden war, bat er leise: „Hilf mir! Ich brauch' dich so!"

„ICH WERDE EUCH
VON DER ANGST ERLÖSEN..."

EINES Tages konnte Selma ihren rechten Arm nicht bewegen. Als ihr Schwager Dr. Baier aus Salzburg zu Besuch kam, bat sie ihn um Rat. Neuralgie, meinte er und verordnete Diathermie. Doch je länger Selma sich der Behandlung unterzog, desto hartnäckiger wurde das unbequeme, wenn auch schmerzlose Übel; es blieb nicht beim Oberarm, auch die rechte Hand gehorchte kaum mehr.

Niemand durfte es erfahren, sonst wäre ihr Triumph als Johanna vergeblich gewesen: sie hätte sich krank melden und einer Kollegin die schwer erkämpfte Rolle abtreten müssen; das Burgtheater lieh

seine Schauspieler nur äußerst selten an andere Wiener Bühnen aus.
Sogar vor Hans hielt Selma die Unpäßlichkeit geheim.
Jetzt im täglichen Zusammenleben erkannte sie ihn ganz. Fast
keine Regung, die sie an ihm nicht liebte. Den noch immer knaben-
haften Glauben, alles lasse sich „verbessern". Den leicht entflammten
Enthusiasmus. Dieses typisch österreichische Pendeln zwischen Optimismus und Pessimismus und diese geradezu rührende Verläßlich-
keit. Wäre er nicht, leider, so ungeduldig gewesen, Selma hätte ihn
für fehlerlos gehalten. Am meisten liebte sie seine Parteinahme für
das Echte und gegen jede Anmaßung.

„Gib mir die Teeschalen herüber", wünschte ihre Schwiegermutter.
Ein Teetisch wurde zur Feier von Professor Steins achtzigstem Geburtstag festlich gedeckt. „Du brauchst mir nicht mit jeder Schale
zu erkennen zu geben, wie sehr du auf diese banale Beschäftigung
herabschaust. Leider kann halt nicht jeder ein Genie sein!"

Selma fühlte Schmerzen im Arm und mußte sich jeden Handgriff
abringen. „Es ist viel einfacher, Mama", sagte sie. „Ich bin halt eine
elende Hausfrau!" Und sie reichte der Schwiegermutter das feine
Altwiener Bienenkorb-Porzellan.

„Faxen", antwortete Henriette mit dem Ausdruck, den Franz in
ihrer Jugend favorisierte. In Gegenwart Selmas nahm sie unbewußt
die Partei des Hauses gegen den Eindringling, der sie hier selbst so
lang gewesen war.

Daß heute das ganze Haus ihres Vaters Geburtstag feierte, empfand sie als einen persönlichen Sieg. „Sei so lieb, und hol mir das
Schlagobers", sagte sie freundlicher; sie fand, sie habe sich gehenlassen.

Das Schlagobers stand in der Küche. Als Selma die rechte Hand
nach dem Silberkännchen ausstrecken wollte, versagte die Hand den
Dienst. So jäh wie die Schwäche kam, verschwand sie. Unendlich
erleichtert ergriff die junge Frau das Gefäß, eilte damit hinüber.
„Schnell bist du nicht", stellte Henriette fest.

Die Familie kam. Otto Eberhard und seine Gattin Elsa als erste,
gleich darauf Franz, der Jubilar Hofrat Professor Stein, Hans, Hermann, Otto Eberhards Sohn Peter, Annemarie, Peters Frau, und
deren drei Kinder. Das Ehepaar Drauffer und die Zwillinge folgten,
Fritz' Frau hatte nach ihrem Sohn Raimund zu sehen. Die Witwe
Paskiewicz zeigte sich desgleichen und mit ihr Martha Monica.

„Ich bin noch nicht dazugekommen, die ‚Heilige Johanna' zu

sehen", äußerte Otto Eberhard, als ihm Selma einschenkte. Er zählte um fünf Jahre mehr als der Jubilar.

„Sie werden's schon noch sehn", meinte Selma. Sie konnte sich nicht entschließen, zu dem alten strengen Mann „Onkel Otto Eberhard" oder „du" zu sagen.

„Da ist Ihnen enorm viel entgangen", bemerkte der Jubilar. „Du warst unvergleichlich in dieser Rolle", lobte er die Frau seines Enkels.

„Ich hab' das Stück gelesen", meinte Otto Eberhard. „Es gefällt mir nicht. Da ist Schillers ‚Jungfrau von Orleans' –"

„Denn doch", prophezeite Fritz leise.

„Denn doch unvergleichlich besser."

„Wenn ich mir die Bemerkung erlauben darf – ich glaube, da irrst du, Papa", sagte sein Sohn Peter. Der beleibte Mann ließ mit jeder Bemerkung das Gewicht der Stellung fühlen, die er im Unterrichtsministerium einnahm. „Ich halte es für ein bemerkenswertes Stück."

„Peter, wie du so etwas –"

„Nur sagen kannst", prophezeite Fritz.

Annemarie enttäuschte ihn keineswegs. Sie warf ihrem Gatten die Parteinahme für das englische Stück vor. Sie habe daran nichts finden können als Zynismus. Auch die Aufführung habe sie keineswegs befriedigt.

Hans bekam spitze Augen. „Halt den Mund", warnte ihn sein Vetter und gewesener Mentor. „Die Annemarie ist eine der dümmsten Frauen der fünf Kontinente."

„Aber sie sagen es nur wegen der Selma!"

„Na und?" fragte Fritz phlegmatisch. „Sie wird's überleben."

„Ich muß gestehen, ich war schon lange nicht mehr so begeistert im Theater wie von Selmas Johanna", erklärte Hermann.

„Das freut mich", sagte Selma zu ihrem Schwager.

Auch Hans fand das Lob seines Bruders so unerwartet, daß er sich entschloß, ihm zu verschweigen, wie abgeschmackt das von ihm gestern im Radio veranstaltete Programm gewesen war. Seit einiger Zeit arbeitete Hermann beim Wiener Sender und veranstaltete dort „Österreichische Stunden".

Aber der unbequeme Fritz fragte: „Warum hast du gestern abend nicht die Selma mitwirken lassen, wenn du sie gar so verehrst? Sie wär' eine Oase in eurer Mittelmäßigkeitswüste gewesen."

Hermann nickte resigniert. „Du kennst ja meinen Chef. Nur keinen aus der Familie, sonst riecht's gleich nach Protektion!"

„Also in Sachen der Familienprotektion kannst du dir – jedenfalls, soweit's deine Person betrifft – keine Unterlassungssünden vorwerfen. Meinst du nicht auch, Peter? Du hast dem Hermann, glaub' ich, nicht geschadet, wie er sich um eine Anstellung beim Sender beworben hat?"

„Sag mir, ist es eigentlich ein so enormes Vergnügen, bei jeder Gelegenheit das *enfant terrible* zu spielen?" fragte der beleibte Vetter. „Man sollte meinen, einmal entwächst man den Kurzen-Hosen-Rollen!"

Da hatte Franz schrill an das Glas geklopft. Das Gesicht mit dem gelähmten Mund bestand fast nur noch aus Knochen und Haut. Er wies auf Professor Stein. Hier ist die Hauptperson, hieß das. Der Jubilar sagte abwehrend: „Laß die jungen Leute nur diskutieren, Franz!"

„Ich glaub', du hast dem Onkel Otto Eberhard keine Scheidel-Bäckerei angeboten?" machte Henriette die Schwiegertochter aufmerksam.

Die Ungunst, die aus ihren Worten sprach, ertrug Hans kaum mehr. Martha Monica saß da wie ein Gast, obwohl sie beim Servieren genauso hätte mithelfen können.

Otto Eberhards Zeigefinger klopfte an das Malagaglas. Im selben Augenblick wurde es still. Der Erste Staatsanwalt in Pension erhob sich. „Wir feiern den Geburtstag eines Mannes, der als Gelehrter, als gewesenes Mitglied des Herrenhauses, als Patriot und nicht zuletzt als Vater unserer Gastgeberin der Monarchie und diesem Haus manche beachtliche Gaben geboten hat. Wir anerkennen das mit Dank und wünschen Herrn Hofrat Stein auch weiter alles Gute!"

Der emeritierte Professor sagte darauf: „Ob ich bescheidene Verdienste auf öffentlichem Gebiet gehabt habe, kann nur die Zeit lehren. Daß ich dagegen eines auf privatem Gebiet habe, nehme ich in Anspruch. Es sitzt neben mir. Das Ergebnis meines Lebens diesem österreichischen Haus geschenkt zu haben, dem es Anmut, Talent, Geist und Leben verschwenderisch spendete, erfüllt mich mit Stolz. Ich trinke auf das Wohl meiner Tochter Henriette!"

Henriette errötete wie in alten Tagen. Im Augenblick, da alle Augen sich auf sie richteten und Franz das Glas Wein, das er nicht leeren durfte, zu ihren Ehren erhob, mit Blicken, in denen die ungebrochene Liebe eines zerbrochenen Lebens lag, hörte man etwas zersplittern. Ein Teller war Selmas Händen entglitten. Sie selbst vermochte sich nicht aufrecht zu halten, Hans fing sie in seinen Armen auf. Wie im Schüttelfrost bebte ihr Körper.

Noch bevor die telephonische Verbindung mit Dr. Herz hergestellt werden konnte, schien Selma sich erholt zu haben. Sie sagte entschuldigend: „Ich hab' starke Kopfschmerzen gehabt. Bitte, laßt euch nicht stören. Es ist gar nichts!"

Otto Eberhards Miene war abweisend. Schauspielerin! stand darin. Macht sich interessant, wenn der Scheinwerfer nicht die ganze Zeit auf sie fällt!

„Scherben bedeuten Glück", tröstete Martha Monica, die sich bückte, um sie zu sammeln.

WENN Selma die heilige Johanna spielte, war es Hans erlaubt, in den Kulissen zu stehen und zuzuschauen. Jedesmal erfüllte es ihn neu mit Staunen, wie mächtig von einer Frau, die er völlig gekannt zu haben glaubte, Unbekanntes, Ungeahntes in der Sekunde ausging, da sie die Bühne betrat.

Schmal stand sie dort, in ihrem geschmeidigen Panzer aus Silberschuppen, die spitze, blaue, mit drei Goldlilien gestickte Standarte Frankreichs in der Linken, in der Rechten das Schwert. Wie ein Knabe. Ihr Blick fiel auf Hans, wie immer, bevor sie sprach: „Ich werde euch von der Angst erlösen..."

Denn nicht zu Dunois, Bastard von Frankreich, ihrem Partner, sondern zu ihm allein sagte sie es. Sie hielt Angst für das Übel, das er sich abgewöhnen müsse.

„Bißl zu leis heut, die Frau Gemahlin", sagte der Inspizient.

„Nicht ein Mann wird dir folgen", widersprach Dunois auf der Bühne.

„Ich werde nicht zurückschauen, ob einer mir folgt", antwortete Johanna.

Dunois ging zu dem Mädchen im Silberpanzer, schlug ihr schwungvoll auf die Schulter und sagte: „Gut! Du hast etwas von einem Soldaten in dir!"

Da fiel das dreieckige blaue Fähnchen aus Johannas Hand.

„Du bist in den Krieg verliebt", setzte Dunois seinen Text fort, schaute perplex auf das Fähnchen, hob es auf, reichte es ihr. – Sie nahm es nicht.

Eine Pause entstand, die Souffleuse flüsterte: „Und der Erzbischof sagte, ich bin in die Religion verliebt."

Die heilige Johanna schien es nicht zu hören. Jetzt fiel auch ihr Schwert.

Diese Anfänger! dachte der Inspizient. Verloren sie den Text, dann wußten sie sich nicht mehr zu helfen!

Dunois hatte Johannas Text übernommen. „Du willst sagen, du bist in die Religion verliebt", half er ihr und sich, denn „Religion" lautete das Stichwort, das er für seinen eigenen Satz brauchte: „Ich selbst, Gott verzeih mir, bin ein bißchen in den Krieg verliebt – den häßlichen Teufel! Ich bin wie ein Mann mit zwei Frauen. Möchtest du wie eine Frau mit zwei Männern sein?" Er lehnte das Fähnchen gegen das Zelt, hob das Schwert vom Boden auf und spielte damit, als gehörte auch das zu seiner Rolle.

„Ich werde nie einen Mann nehmen", kam es von Selmas Lippen, aber es klang wie aus einer ungeheueren Entfernung. „Ich bin eine Dienerin Gottes, mein Schwert ist geheiligt. Mein Herz ist voll Mut, nicht voll Zorn." Dann machte sie eine Pause.

„Ich werde euch führen", soufflierte die Frau im Kasten.

„Ich werde euch führen", wiederholte Selma. Bei dem Wort „führen" mußte sie bis zum Eingang von Dunois' Zelt gehen. Sie machte den ersten Schritt, den zweiten. Stürzte.

Das Mädchen im Silberpanzer lag auf dem Bretterboden. Die Lippen öffneten sich, um zu reden. Die Augen waren auf Hans gerichtet, mit einer Angst, die er in Menschenaugen nicht einmal im Krieg gesehen hatte.

„Selma!" schrie er.

Der Inspizient gab das Zeichen zum Fallen des Vorhangs. Man legte Selma hinter der Bühne auf ein Sofa.

Sie war nicht bei Bewußtsein. Nach der flüchtigen Untersuchung durch den Theaterarzt wurde Hans gefragt, ob Frau Alt schon vorher über Beschwerden dieser Art geklagt hatte? Ohnmachten? Leichte Morgenübelkeiten? Hans gab verstörte Auskünfte. Etwas Ähnliches, wenn auch weniger heftig, sei schon einmal geschehen. Wann? Vor fünf oder sechs Wochen bei einer Geburtstagsfeier für seinen Großvater. Wie äußerte es sich? Sähe die Patientin nicht so fiebrig aus, dann würde der Theaterarzt den Vorfall auf die einfachste und erfreulichste Weise erklären: sie erwarte ein Kind.

„Was is los?" fragte der aus dem gegenüberliegenden Kaffeehaus geholte Regisseur vom Dienst. „Noch a Glück, das Publikum hat nix g'merkt!"

Der Theaterarzt zog das Thermometer hervor, das er der Kranken zwischen die Lippen gelegt hatte. Schnell schüttelte er es herunter, bevor Hans hinter ihn treten und mitlesen konnte. Er empfahl, die Patientin sofort nach Hause zu schaffen.

Auf Nummer 10 trug Hans sie die Treppen hinauf. Eine Viertelstunde später öffnete er dem alten Doktor Herz die Tür.

Behutsam legte der Arzt im Vorzimmer die Zigarre in einen Aschenbecher, hängte Mantel und Hut auf, nahm das braune, hölzerne Stethoskop aus der oberen Westentasche und sagte: „Also, schaun wir sie uns an!"

„Sie ist noch immer ohnmächtig!" klagte Hans, als sie zu der Kranken kamen.

„Seh' ich", bemerkte der alte Arzt, sein beruhigendes Kunststück, nie erstaunt zu sein, spielend. Trotzdem konnte er nicht verhindern, daß er, nach ziemlich langer Untersuchung, irritiert aussah. Er selbst sei für eine Magenwaschung zu alt, sagte er, ein Kollege würde das besorgen. Er telephonierte dem Kollegen.

Auf die Atemzüge der Kranken und das Telephongespräch zugleich lauschend, hörte Hans ein Fremdwort, das er nicht kannte. Er erkundigte sich danach. Dr. Herz sagte: „Unsinn!"

Als der Kollege erschien, verbrachten die beiden Herren eine halbe Stunde allein bei der Kranken und gingen miteinander fort; Doktor Herz versprach zu telephonieren, was die „chemische Untersuchung" ergeben habe. Doch er telephonierte nicht, sondern erschien knapp vor Mitternacht persönlich. Selma war noch immer nicht bei vollem Bewußtsein.

„Alles normal", erklärte er. „Ich wollt' Ihnen diese Beruhigung vor dem Schlafengehn noch verschaffen. Sagen Sie mir übrigens: Ihre Frau nimmt regelmäßig Schlafmittel. Nicht?"

„Von uns beiden bin ich der Schlaflose. Die Selma schläft herrlich."

„Dann kann ich mir nicht erklären, wieso im Mageninhalt Veronal ist. Haben Sie mir nicht gesagt, Ihre Frau leidet unter Kopfschmerzen? Was nimmt sie dagegen?"

„Ich glaube, Pyramidon." Seine Angst wurde Panik.

Selma bewegte sich, als hätte sie Schmerzen.

Dr. Herz wünschte zu sehen, wo man die Medikamente aufbewahrte. „Nimmt jemand im Haus Strychnin?" fragte er, Fläschchen und Tabletten, eines nach dem andern, vor seine kurzsichtigen Augen bringend.

„Der Papa, glaub' ich. Haben Sie ihm das nicht verschrieben?"
„Strychnin-Chinin hab' ich ihm verschrieben, die sogenannten
Wenckebach-Pillen. Wer hat das Rezept?"
„Die Mama wahrscheinlich."
„Ihre Frau sieht Ihren Vater natürlich oft? Pflegt sie ihn?"
„Nein, die Mama pflegt ihn ganz allein. Sie hat nicht gern, wenn
man ihr dabei hilft. Was bedeutet das alles? Doktor Herz!"
Die Tür des Medikamentenkästchens schließend, bemerkte der Arzt:
„Denken Sie sich bei meinen Fragen nichts Besonderes. Ich leugne
nicht, daß Vergiftungserscheinungen da sind. Sie haben vorhin das
Wort Poliomyelitis aufgeschnappt, das ist Kinderlähmung. Mein pri-
märer Verdacht war in dieser Richtung. Der Befund des Mageninhal-
tes schließt das aus."
Plötzlich lief Dr. Herz mit einer für einen so alten Mann erstaun-
lichen Hast zu Selmas Bett, kniete davor nieder und trachtete, sich
von etwas zu überzeugen, das Hans nicht ergründen konnte. Er öffnete die Augenlider der Betäubten und zündete Streichhölzer davor
an. Er gab sich Mühe, ihr Zahnfleisch zu sehen. Er prüfte ihre Re-
flexe. Schließlich sagte er: „Also gute Nacht. Ich werd' zeitig wieder
hier sein. In der Zwischenzeit schick' ich Ihnen eine Pflegerin."
„Kann ich meine Cousine bitten herzukommen? Wenn Selma eine
Pflegerin sieht, würde sie denken, sie ist sehr krank. Meine Cousine
besucht manchmal meinen Vater. Es wär' leichter erklärt." Er verschwieg, daß er noch immer glaubte, Christl könne helfen, wenn
niemand anderer half.
„Aber natürlich. Sie meinen die kleine Paskiewicz? Hier schreib'
ich Ihnen auf, was sie zu tun hat", sagte er, füllte einen Rezeptzettel
mit Notizen und ging mit den Worten, die er in schweren Fällen
vorzog: „So viel als möglich schlafen, so wenig als möglich fragen!"
Schwester Agathe kam gegen eins. Unter ihren Händen schien die
Kranke ruhiger zu atmen.
Dann wurde an der Wohnungstür geläutet. Henriette kam aus
dem vierten Stock herunter. „Die Selma ist krank?" fragte sie im
Vorzimmer. „Der Simmerl sagt mir, Doktor Herz war zweimal bei
ihr? Christl ist auch hier? Und mich verständigt man nicht? Was fehlt
ihr?" An der Schwelle des Schlafzimmers blieb Henriette stehen.
Ihr Blick fiel auf die Kranke, dann auf das Silberschuppenkostüm,
das über einem Sessel hing.
„Der Herz sagt, sie hat Schlafmittel genommen."

„Siehst du! Wie oft hab' ich sie gewarnt, sich nicht an die Pulver zu gewöhnen!" sagte Henriette, nahm das Kostüm vom Sessel und wollte es weghängen.

„Was für Pulver?" fragte Hans.

„Gegen Kopfschmerzen. Sie ist immer zu mir gekommen, wenn sie keine mehr gehabt hat. Sie hat behauptet, Algokratin, das ich nehm', hilft ihr am besten."

„Ist da Veronal drin?"

„Nein."

„Sie ist erwacht", sagte die Nonne.

Selmas Augen öffneten sich langsam. Sie fielen auf Henriette, die den Schuppenpanzer noch in Händen hielt. „Nicht!" murmelte sie erschrocken.

„Bitte, geh", bat Hans die Mutter. „Sie fürchtet sich vor dir.
„Sie fürchtet sich vor mir", wiederholte Henriette. Sie legte das
Kostüm hin und verließ wortlos die Wohnung, ohne sich mehr um-
zuschauen.

Selma hatte die Augen wieder geschlossen. „Hans!" rief sie deutlich. „Höre."

„Ich höre", sagte er, Christl um Hilfe anschauend. „Hörst du mich
denn nicht?"

„Das ist nur das Fieber", tröstete die Nonne.

„Höre! Bastard von Frankreich!" flüsterte die Kranke. Dann nach
einer Weile, als habe sie endlich gefunden, was sie die ganze Zeit
suchte, setzte sie fort: „Ich werde – euch von der Angst erlösen. Ich
werde – nie einen Mann nehmen. Ich bin –"

„Ich bin ein Soldat", half ihr Hans.

„Ich bin ein Soldat", wiederholte Selma dankbar, eine Spur ihres
alten Lächelns erschien und begann ihr fieberglühendes Gesicht langsam zu verwandeln, während sie fortsetzte: „Mir geht es nicht –"

„um die Dinge, um die es den Frauen geht", half ihr Hans, dem
Christl zunickte.

Doch Selma wiederholte nicht. Sie lächelte immer befreiter.

Hans schaute in ihr verwandeltes Gesicht. „Es geht ihr besser?
Nicht wahr, Christl?" fragte er flehend. „Nicht wahr, Christl?"

„Ja", antwortete sie nach einem Schweigen. „Es geht ihr gut."
Nach einer Weile sagte die Helferin seiner Kindheit sehr leise und
trat dabei hinter ihn: „Hans! Wen Gott am meisten liebt, nimmt er
zu sich."

BRUDER UND SCHWESTER –
MUTTER UND SOHN

DIE Obduktion von Selmas Leiche ergab Vergiftungen durch Veronal
und Strychnin. Das Wort Mord tauchte auf.

Die Gerüchte, Schlußfolgerungen und Verdächtigungen beschäftigten die öffentliche Meinung, bis ihre Ergebnislosigkeit feststand.
Dann wurde der Sensationsfall beiseite gelegt.

Als die Zeitungsmeldungen verstummten, atmete Nummer 10 auf.
So schonungsvoll als möglich verfuhren sie mit Hans, den Schlag
gegen einen von ihnen wehrten sie gemeinsam ab. Fritz kam fast

jeden Abend. Franz, nach wie vor Chef der Firma C. Alt, schrieb wiederholt auf seine Gesprächszettel, Hans habe dies und jenes „ganz ausgezeichnet" gemacht. Hermann zeigte selbstloses Verständnis: obwohl er ihn seinerzeit aus der Fabrik entfernt hatte, trug der jüngere Bruder es dem älteren nicht nach und half ihm bei der Korrespondenz. Sogar Otto Eberhard nickte versöhnlich, wenn er den so sichtlich getroffenen Neffen auf der Treppe traf. Henriette umgab den Lieblingssohn mit der alten Zärtlichkeit.

Das Schwerste für Hans blieben die schlaflosen Nächte. Er ging in den Zimmern herum, wo ihre Spur überall atmend haftete. Jeden Abend redete er zu ihrem Bild. Er erzählte ihr seinen Tag und seine Gedanken. Er entschuldigte sich für vieles bei ihr, immer wieder für den Abend nach seiner Rückkehr, als er sie nicht auf der Bühne sehen wollte. Das vernichtende Bewußtsein, Kränkungen nicht mehr gutmachen zu können, jagte ihn.

„Seelische Monogamie", sagte sein einstiger Lehrer Freud, als er ihm kondolierte und abmahnend von den Folgen eines „rückwärts gewandten Kults" sprach.

Hans las, zum tausendstenmal, ihren letzten Brief in die Gefangenschaft, als Martha Monica ihn besuchte.

„Stör' ich? Aber du schläfst sowieso nicht? Ich kann auch nicht schlafen. Ich hab' mir gedacht, ich komm' und schau', was du machst", sagte sie zögernd.

Wie elend sie aussah. Er bot ihr eine Zigarette an, die sie halbgeraucht wegwarf.

„Ich weiß nicht, wie ich's dir sagen soll, Hans? Es handelt sich um die Mama."

„Ist sie krank?"

„Nein."

„Du meinst, es handelt sich um die Mama und den Papa?"

Sie schien die Worte nicht zu finden. „Nur um die Mama und – um dich", sagte sie schließlich. „Zuerst hab' ich gedacht, ich sag's dir nicht, es ist ohnehin so rasend schwer für dich. Aber ich hab's nicht länger aushalten können!" Sie schaute an ihm vorbei. „Ich hab's gestern dem Hermann g'sagt. Er hat g'meint, ich muß dir's sagen, weil's von dir abhängt!"

„Was hängt von mir ab?"

„Ich hab' nämlich einen furchtbaren Verdacht – Ich –"

Selmas Armbanduhr, die Hans allnächtlich aufzog, lag auf dem

Schreibtisch. Es war so still geworden, daß man sie ticken hörte. „Was weißt du?" fragte er die Schwester.

Monoton, stoßweise sagte sie, sie habe gesehen, wie die Mama die runden weißen Oblaten aus der Schachtel mit Papas Herzpulvern öffnete und den Inhalt in ein Glas Wasser schüttete. Dieses Glas sei, mit Papier zugedeckt, einige Tage unbenutzt auf dem Medikamententisch in Papas Zimmer gestanden und eines Tages verschwunden. Am selben Tag habe die Mama sie gebeten, das Rezept zu kopieren und die Pulver in der St.-Anna-Apotheke machen zu lassen. Wozu den alten Dr. Herz deswegen belästigen, habe die Mama gesagt, sie hätte die Lösung wegschütten müssen, weil sie zu lang gestanden sei.

Selmas Uhr tickte, Hans legte sie in eine Lade des Schreibtisches. Trotzdem blieb das hämmernde Ticken im Raum. Hans stellte sich ans Fenster. Der Nußbaum kahl, obwohl es erst Juli war. Von den Mauern, die sein Laub sonst verhüllte, bröckelte der Mörtel. „Und wem hast du diesen Unsinn noch erzählt?" fragte er. „Das ist kein Beweis."

„Du glaubst wirklich, es ist kein Beweis? Das wär' herrlich!" Sie schien ungeheuer erleichtert.

„Dank' dir, du hast's gut gemeint wie immer", sagte er. „Gute Nacht!" Er drehte sich nicht um, als sie ging.

Sein bißchen Haltung brach zusammen. Welchen Beweises bedurfte es noch? Immer hatte die Mama Selma gehaßt! Zwingender, unentrinnbarer, als der Staatsanwalt Otto Eberhard es je getan hatte, türmte der Sohn eine Anklage gegen die Mutter auf. Dabei schien ihm, das Letzte, worauf er stehen konnte, stürze unter ihm zusammen.

Die Äste vor dem Fenster, die menschenalterlang Nüsse zu Boden geworfen hatten, bewegten sich. Die erste Nuß, die für ihn geöffnet wurde, öffnete die Mama. Alles Erste hatte sie für ihn getan. Wie die Dinge schmeckten, was sie bedeuteten; wer die Menschen waren, wie man zu den Menschen war, hatte sie ihn gelehrt. Die Mama war Selmas Mörderin. Unbewußt wußte er es die ganze Zeit, wollte es nur nicht, bezweifelte es hundertmal, glaubte es tausendmal.

Er war es Selma schuldig, Rechenschaft von der Mörderin zu fordern. Er ging die Stufen vom dritten in den vierten Stock hinauf. Dreiundzwanzig Stufen.

Jede Stufe wurde zum steilen Berg, er wußte nicht, wie ihn ersteigen. Als er oben stand, zögerte er vor der Tür.

Simmerl öffnete. Er trug einen roteingefaßten grauen Schlafrock. „Ich möcht' die Mama sprechen."

„Ich glaub', die gnädige Frau is schlafen gegangen", sagte der Diener. „Der gnädige Herr hat heut eine sehr unruhige Nacht g'habt." Simmerl wartete. Als sich der junge Herr nicht zurückzog, sagte er: „Ich werd' die gnädige Frau rufen."

Henriette trat ein. In allen diesen Nächten hatte sie sich gesagt, es würde eine Erlösung für sie beide sein. Franz führte ja nur noch ein Schattendasein. Trotzdem wehrte sie sich heftig dagegen, daß er starb. Er gehörte zu ihr, sie zu ihm, jetzt wußte sie es. „So spät?" fragte sie.

„Dem Papa geht's nicht gut?" fragte Hans. Seine Augen sahen die übermüdete Frau, die er nicht hassen konnte, trotzdem sie gemordet hatte.

„Nicht besonders gut", antwortete sie. „Weißt du, Hans, manchmal denk' ich mir, es wär' eine Erlösung für den armen Papa." Sie hatte es ihm erleichtert.

„Für die Selma war's keine Erlösung!"

„Was weiß man, was einem Menschen erspart bleibt."

Ich werde sie genau anschauen, ganz genau, dachte er. „Was hast du ihr ersparen wollen, Mama?"

„Leider hab' ich der Armen nichts ersparen können! Deswegen mach' ich mir jetzt oft Vorwürfe. Es ist mir ganz recht, daß es einmal zwischen uns zur Sprache kommt. Ich war nicht gut zur Selma. Ich war zu eifersüchtig."

„Deswegen hast du sie ermordet", sagte er.

Ihr Gesicht hatte sich auf furchtbare Art verändert. „*Was* sagst du?"

Er sagte es ihr noch einmal in das Gesicht, das die Schuld niederschmetternd verriet.

Sie hatte sich langsam erhoben. Von dort, wo sie war, sah sie ihn an. Dann schrie sie: „Hans!" Schrie es immer wieder. Simmerl lief verstört herein. „Euer Gnaden", bat er. „Der gnädige Herr wird's hören!"

Schluchzen schüttelte sie jetzt, sie sank in den Sessel. „Sehn Sie nach, was der Herr macht", stammelte sie. Als Simmerl gegangen war, sagte sie: „Ich schwör' beim Leben deines Vaters!"

Sie schwor beim Leben eines Sterbenden, den sie nie geliebt hatte. Simmerl kam zurück. „Der gnädige Herr!" rief er.

Sie nickte, stand auf. „Wart hier", sagte sie hart. „Wir haben zu reden."

„Vielleicht holt der junge Herr einen Geistlichen?" fragte Simmerl. Seine Augen füllten sich mit Tränen.

HENRIETTE saß an Franz' Bett. Für sie brauchte er nur mit dem Zeigefinger in die Luft zu schreiben; sie hatte es zu entziffern gelernt. „Warum?" schrieb er jetzt. „Warum hast du geschrien?" hieß das.

„Ich – ich hab' geglaubt, es ist jemand im Zimmer."

Der Blick, den sie so oft nicht ertragen hatte, sah sie an. Ihr allein gehörte die winzige Spur Leben, das darin noch flackerte. „Sagen", schrieb sein Zeigefinger in die Luft. Er deutete gegen seine Brust.

„Du willst mir was sagen?"

Nicken. Sein Finger schrieb: „Verzeih!"

„Ich hab' dir nichts zu verzeihn."

Er schüttelte den Kopf, sammelte seinen letzten Willen und schrieb in die Luft: „Daß ich dich geheiratet habe." Kein Buchstabe fehlte an der Schrift, sogar die Schnörkel, die er manchen Buchstaben zu geben pflegte, vergaß er nicht.

Sie las es. An die Grenze gelangt, jenseits der nichts mehr war, antwortete sie, auch ihrerseits um Klarheit ringend: „Du bist sehr gut zu mir gewesen und ich schlecht zu dir. Ich hab's nicht verstanden. Jetzt versteh' ich's! Eine Liebe wie deine, ich mein' eine Liebe, die vertraut, auch wenn sie verdächtigt, das ist das Beste. Verzeih mir!"

Auf seinen gelähmten Lippen bildete sich eine Art Lächeln. In seinen Augen blitzte derselbe Stolz, den sie immer zeigten, sooft sie auf diese Frau fielen. Für ihn konnte die Zeit ihrem Gesicht nichts anhaben. Für ihn blieb sie der Inbegriff des Schönen wie am ersten Tag.

Sein Finger deutete zum Mund.

Henriette berührte ihn mit ihrem. Die Lippen des Sterbenden machten eine ungeheure Anstrengung. Es gelang ihnen, sich zu einem Kuß zu formen. Vor Erschöpfung sank er zurück. Gleich darauf, als wüßte er, daß er noch etwas Unaufschiebliches zu tun habe, schrieb der Mann, der Rückstände so wenig geduldet hatte wie sein Kaiser, groß in die Luft: „Danke!"

Nachher fiel er in einen unruhigen Schlummer, der ihr angst

machte. Sie wollte Simmerl rufen, öffnete. Doch der alte Diener stand längst vor der Tür.

„Hochwürden werden gleich dasein", meldete er.

Henriette glaubte, das Lächeln auf Franz' Mund abermals zu sehen. Sie befahl Simmerl: „Rufen S' den Herrn Hofrat."

Aber nach dem Ausruhen vor dem Letzten schlug der bei vollem Bewußtsein sich Verabschiedende die Augen auf und machte ein deutliches verneinendes Zeichen. Und da sie mit lauter Stimme fragte, ob er seine Kinder zu sehen wünsche, verneinte er wieder, auf sie selbst weisend.

Vor Tränen sah sie nichts mehr. Der Irrtum ihres Lebens dämmerte ihr auf. Er lag nicht darin, daß sie diesen Mann geheiratet hatte. Er lag darin, daß sie es für einen Irrtum gehalten hatte!

Als der Pfarrer von St. Anna erschien und Franz aufforderte, seine Seele in der heiligen Beichte zu erleichtern, verneinte Franz. Er wies zuerst auf sich, dann auf seine Frau. „Ich habe ihr schon gebeichtet", sollte das heißen. Doch als ein guter Christ deutete er auf die Sterbesakramente und empfing sie. Der Pfarrer ging, und Franz lebte fast noch eine Stunde. Während dieser Stunde hielt er Henriettes Hand.

Ein letztes Mal versuchten seine Finger „Danke" zu schreiben, vermochten es aber nicht. Der Mann, der das Überschwengliche so haßte und so wenig Phantasie besaß, hatte beides im Sterben verschwenderisch gehabt.

REHABILITIERUNG EINES ÖSTERREICHERS

Es ließ Hans Tag und Nacht keine Ruhe: er konnte Mamas Schuld nicht beweisen. Eines Tages stellte Hermann ihn darüber zur Rede. Doch Hans lehnte ab, es zu erörtern. Es schien ihm ungeheuerlich, daß zwei Söhne Schuld oder Unschuld ihrer Mutter diskutieren sollten. Hermann beharrte darauf, und die Brüder machten einen gemeinsamen Spaziergang.

Mit einer Bedrücktheit, die für seine Überzeugung sprach, sagte Hermann: „Ich hätte dir längst sagen sollen, was ich mit meinen eigenen Augen gesehen habe! Mutter hat deiner armen Frau, als sie um ein Kopfwehpulver zu ihr kam, eine Lösung zu trinken gegeben, die sie in dem Glas mischte, von dem dir Mono – Tut mir leid", unterbrach er sich. „Tut mir enorm leid, Hans. Aber das Versteckspielen geht nicht länger. Das mit dem Glas habe ich längst gewußt, als Mono sich mit mir beriet. Ich wollte, daß sie's dir sagt. Wäre ich dir zuerst damit gekommen, hättest du mich wahrscheinlich nicht einmal ausreden lassen. Du warst nie mein Freund – bedauere, aber ich habe dir nur erklären wollen, weshalb ich bis jetzt schwieg."

„Und was würdest du an meiner Stelle machen?" fragte Hans.

„Für mich kann das überhaupt keine Frage sein!" Hermann bückte sich nach einem der gedruckten Zettel, die seit Monaten die Wiener Straßen überschwemmten, und zerriß das Papier in kleine Stücke. „Her zu Hitler!" stand darauf.

„Du hast die Mama nie liebgehabt!"

„Ich hatte nie besonderes Verständnis für sie", gab Hermann zu. „Deswegen habe ich's korrekt gefunden, dir ungefragt nichts dreinzureden."

„Und was veranlaßt dich jetzt zum Gegenteil?"

„Wie kannst du das fragen! Primitivstes Gerechtigkeitsgefühl!"

„Mit anderen Worten – du würdest die Anzeige gegen deine Mutter machen?"

„Ich würde mit Onkel Otto Eberhard reden", riet der jüngere Bruder, den Ton des älteren überhörend. „Wenn du das tust, vermeidest du – sagen wir – ultimative Schritte. Jemand Kompetenteren kannst du wohl nicht finden! Onkel ist nicht nur Staatsanwalt, sondern er hat das Ansehen unserer Familie immer höher gehalten als alles andere!"

Hans setzte sich den Termin einer Woche. Dann bat er den Onkel um eine Unterredung.

Um neun Uhr abends stand Hans im großen Studierzimmer seines Onkels. Nichts hatte sich geändert, weder die braunen Tapeten noch die bequemen Maria-Theresia-Möbel und die mit Gesetzbüchern bis zur Decke gefüllte Bibliothek. Die mattweißen Kugellampen brannten auf dem Schreibtisch.

„Was verschafft mir das Vergnügen?" fragte der alte Herr.

„Ich komme wegen meiner Mutter", sagte Hans, um sich den Rückzug abzuschneiden. „Ich weiß nicht recht, Onkel, wie ich's dir erklären soll."

„Setz dich. Nimm dir Zeit", sagte der Greis. „Du siehst gespitzt aus. Macht dir die Fabrik Sorgen?"

„Es ist nicht die Fabrik." Erst seit er diese eisige Stimme wieder hörte, sah Hans ein, wie unrecht Hermann gehabt hatte. Nicht der kompetenteste, sondern der ungeeignetste Mann saß hier zu Gericht! Onkel Otto Eberhard verurteilte Mama ja seit jeher. „Es handelt sich um Selmas Tod", sagte Hans. „Es ist nur ein entsetzlicher Verdacht. Ich hab' ihn seit langem."

„Warum bist du nicht früher zu mir gekommen?"

Wieder, wie immer gegenüber diesem Mann aus Stein, fühlte Hans sich im Nachteil. „Es hat nichts mit dir zu tun, Onkel."

„Da es sich um Leute im Haus handelt, hat es mit mir zu tun. Rede! Aber Fakten! Gefühle und Gedanken sind keine Zeugenaussage." Er verschränkte die Arme, als trüge er noch den rotverbrämten Talar

In der Viertelstunde, die folgte, veränderte er diese Haltung nicht. Je länger Hans sprach, je unumstößlicher das Schuldgebäude wurde, das er gegen seine Mutter aufrichtete, desto brennender spürte er: Ich bin an der falschesten Adresse! Daß hinter dieser zugeknöpften Weste ein Herz schlug, schien unglaublich.

Nachdem Hans zu Ende war, löste Otto Eberhard die Arme aus der Verschränkung. Er sagte zu dem in angstvoller Spannung Wartenden: „Deine Mutter ist unschuldig!"

Es kam so unerwartet, daß Hans mit einem Schrei aufsprang.

„Bleib sitzen", wünschte der Greis. „Deine Verdachtsgründe sind schlüssig. Es war ein Mord. Aber nicht deine Mutter ist die Mörderin. Du bist kein Jurist. Indizien verwirren dich. Doch etwas hättest du dir sagen müssen: Deine Mutter ist von jüdischer Abstammung. Juden morden sehr selten und fast nie Verwandte."

„Danke!" sagte Hans vom Grunde seines Herzens.

„Komm her", wünschte der Greis. „Ich weiß, was du von mir gedacht hast. Daß jemand wie ich den anderen das Leben schwermacht. Aber das Leben ist auf Respekt gegründet, Respektlosigkeit macht unfrei! Gib mir die Hand. Ich hab' dich auch nicht immer richtig beurteilt. Du bist soweit ein anständiger Mensch. Bleib das. Es ist die einzige Leistung, auf die es ankommt."

„Ja, Onkel!" versprach Hans, erschüttert über die kalte Hand gebeugt, die sich ihm bot, und sie mit seinen Lippen berührend.

„Geh", sagte Otto Eberhard, in dessen steinernem Gesicht es zuckte. „Ich sehe, daß ich, bevor ich definitiv zurücktrete, noch einen Fall zu erledigen habe."

„Du hast einen Verdacht!"

„Ein Staatsanwalt hat immer Verdacht", antwortete der Greis, und seine Stimme vereiste in der Region der Prinzipien.

„Was rätst du mir zu tun?"

„Zu deiner Mutter hinaufzugehen und sie demütig um Verzeihung zu bitten. Sie mag als Frau beträchtliche Fehler gehabt haben. Als deine Mutter hat sie keinen. Der Rest ist meine Sache. Niemand soll von mir sagen können, ich habe Schonung walten lassen, wenn jemand sie nicht verdient." Er fügte hinzu, mehr für sich als für den Neffen: „Außer bei deinem Vater damals. Seine Nachkommenschaft dagegen –" Er unterbrach sich. „Gute Nacht!"

ZWEI PROTOKOLLE

Das Protokoll mit dem Polizeiinspektor Johann Greifeneder lautete:

Polizeipräsidium Wien. Datum: 31. Juli 1934. Anwesend: Der Polizeipräsident als Fragesteller. Polizeiinspektor Johann Greifeneder als Zeuge. Oberpolizeirat Kunz als Schriftführer.

Polizeipräsident: Ich fordere Sie auf, alles zu sagen und nichts zu verschweigen, was Sie über den Mord am Herrn Bundeskanzler wissen. Da Sie einer der wenigen Tatzeugen sind, ist Ihre Aussage entscheidend. Überlegen Sie jedes Wort. Also, was haben Sie am 25. Juli beobachtet?

Greifeneder: Ich war auf Posten im vierten Stock des Kanzleramtes auf dem Ballhausplatz. Etwas vor eins hörte ich ein Geräusch auf der Treppe, ich ging hinaus und öffnete die Tür zum Stiegenhaus. Fünf bewaffnete Leute in der Uniform des österreichischen Bundesheeres standen mir gegenüber, schrien: „Hände hoch!" und stellten sich um mich herum. Ich konnte keinen Widerstand leisten. Sie führten mich in den dritten Stock und ließen mich beim Treppengeländer warten. Dort waren acht oder neun andere uniformierte Leute mit Revolvern.

Polizeipräsident: Haben Sie gefragt, was die Leute wollten?

Greifeneder: Jawohl. Sie haben geantwortet, ich werde es schon erfahren. Inzwischen brachten andere uniformierte Leute die ganzen Beamten vom vierten Stock herunter, schrien sie an: „Hände hoch!" und warteten, bis alle unten waren. Ich sagte ihnen, so viele Leute seien viel zu schwer für die Treppe. Einer, er trug die Uniform eines Infanteriemajors, schrie: „Kommandieren tu ich! Ich bin der

Major Hermann Alt, und wir befreien euch Österreicher von diesem verbrecherischen Zwerg, der die Ehre dieses Landes beschmutzt und unsern Führer betrogen hat!" Dann ließ uns ein Unteroffizier in den Hof gehen. Dort wurden die Ministerialbeamten von uns abgesondert. Wir von der Polizei blieben im ersten Hof. Zwischen halb zwei und dreiviertel zwei kam der Major –

Polizeipräsident: Nennen Sie ihn nicht Major. Er hat eine Majorsuniform gestohlen und getragen.

Greifeneder: Jawohl, Herr Präsident. Der Mann kam zu uns in den Hof und fragte meinen Kollegen, Distriktsinspektor Jellinek, ob wir wissen, daß Bundeskanzler Dollfuß verwundet ist. Mein Kollege sagte nein. Der Alt fragte, ob wir Bundeskanzler Dollfuß sehen wollten. Wir sagten ja. Aber er ließ nur mich hinauf.

Polizeipräsident: Warum nicht auch den Distriktsinspektor?

Greifeneder: Das weiß ich nicht. Wahrscheinlich hat er geglaubt, ich bin auch ein Nazi, weil ich ihm nicht antwortete, wie er mich angebrüllt hat. Der Alt und ich gingen hinauf und fanden den Herrn Bundeskanzler im Ecksalon. Er lag auf einem Sofa und war bewußtlos. Ich fragte den Major – ich meine den Alt, ob der Herr Bundeskanzler schwer verwundet war und von wem. Er antwortete, das geht mich nichts an. Dann sah ich, daß Blut aus dem Mund des Herrn Kanzlers kam, und fragte, ob ein Arzt bei ihm gewesen war. „Sie können sich ja selbst um ihn kümmern, wenn Sie wollen!" sagte er, öffnete das Fenster und schrie hinaus: „Einer soll mit Verbandzeug heraufkommen!" Es dauerte eine Weile, bis einer von den Putschisten mit dem Verbandzeug heraufkam. Währenddessen saß der Alt beim Schreibtisch und rauchte Zigaretten. Der Putschist, der mit dem Verbandzeug kam, zerschnitt den Anzug des Herrn Kanzlers mit einem Taschenmesser und schnitt ihm auch das Hemd auf. Alles war voll Blut. Ich habe den Verband angelegt, aber die Blutung hat nicht aufgehört. Als ich fertig war, wusch ich die Stirn des Herrn Kanzlers mit Wasser aus der Flasche auf dem Tisch. Da kam er zu sich. Er fragte, ob die anderen Minister unverletzt sind. Ich sagte: „Meines Wissens, ja." Er sagte: „Gott sei Dank, daß Sie zurechtgekommen sind! Haben Sie alle erwischt?" Dann fiel sein Blick auf den Alt, der lachte. Der Herr Kanzler sagte zu mir: „Der Major dort, ein Hauptmann und ein paar Soldaten haben auf mich aus der Nähe geschossen." Der Alt hat dann zum Herrn Kanzler gesagt: „Sie haben unsern Führer betrogen."

Polizeipräsident: Hat der Herr Bundeskanzler geantwortet?

Greifeneder: Nicht gleich: Dann hat er nach dem Herrn Unterrichtsminister Schuschnigg gefragt. Der Alt hat gesagt: „Der Schusch-

nigg ist nicht hier." Dann hat der Herr Kanzler den Herrn Staatssekretär Karwinsky haben wollen, aber der Alt hat sich nicht
gerührt. Zum Schluß hat der Herr Kanzler um einen Geistlichen
gebeten. Ich habe den Alt ersucht, einen holen zu lassen. Er hat
wieder gelacht und ist aus dem Zimmer.

Polizeipräsident: Heißt das, daß Sie allein mit dem Herrn Kanzler geblieben sind?

Greifeneder: Jawohl. Ich versuchte, ihn zu beruhigen. Ich sagte
ihm, es ist nur eine Fleischwunde. Aber er ersuchte mich, seine
Arme und Beine zu heben. Ich machte das, und er sagte: „Ich habe
kein Gefühl in den Gliedern, ich bin gelähmt." Ich sagte: „Aber
nein, Herr Kanzler werden sehr bald wiederhergestellt sein." Er
schaute mich an und antwortete: „Sie sind so gut zu mir. Warum
waren die anderen nicht auch so? Gott verzeihe ihnen!" Eine Weile
später sagte er, er wünsche, daß Dr. Schuschnigg eine Regierung
bildet. Wenn aber Dr. Schuschnigg nicht mehr am Leben sein sollte,
dann möge Herr Präsident Schober es tun. Diese Bemerkungen hat
der Alt gehört, denn er war wieder hereingekommen. Er sagte:
„Herr Kanzler, das kümmert uns einen Schmarrn. Niemand wird
eine Regierung bilden außer den Leuten, die wir uns aussuchen.
Geben Sie sofort den Befehl, daß weder die Polizei noch das Bundes-
heer irgend etwas gegen das Kanzleramt unternimmt, bevor Minister Rintelen die Regierung übernommen hat. Telephonieren Sie
sofort dem Polizeipräsidenten." Er brachte das tragbare Telephon
vom Schreibtisch zum Sofa. Der Kanzler murmelte: „Ja. Nur kein
Blut vergießen." Blut kam aus seinem Mund, er trachtete, es weg-
zuwischen. Dann röchelte er und starb. Das war gegen Viertel vier
nachmittags.

<table>
<tr><td>Kunz,
Oberpolizeirat</td><td>Johann Greifeneder,
Polizeiinspektor</td></tr>
</table>

Das Verhörsprotokoll mit dem Untersuchungshäftling Hermann
Alt lautete:

Landesgericht in Strafsachen Wien. VrXXIII/34. Untersuchungsrichter: Alois Mokry. Schriftführer: Doktor Eugen Schick.
Nachdem der Beschuldigte Hermann Alt in Kenntnis gesetzt worden
ist, daß die Staatsanwaltschaft gegen ihn Vorerhebungen wegen der
Verbrechen des Mordes, des Hochverrates und der Anstiftung zum
Aufruhr beantragt hat, erklärte derselbe: „Ich bekenne mich schuldig im Sinne des veralteten österreichischen Strafgesetzes, unschuldig
im Sinne des lebendigen Volksgesetzes unseres Führers."

Auf die Warnung des Untersuchungsrichters, daß er derartige Bemerkungen bei sonstiger Disziplinarstrafe zu unterlassen habe, antwortete der Beschuldigte: „Machen Sie sich nicht lächerlich. Glauben Sie, ich weiß nicht, daß ich auch ohne diese Farce Ihrer Justiz verloren bin? Mein Onkel Otto Eberhard Alt ordnete eine Hausdurchsuchung in unserem Wohnhaus an, damals entdeckte er die Wendeltreppe, die ich aus meiner Parterrewohnung in den Keller hatte anlegen lassen, sowie die im Keller selbst befindliche Druckerei, worauf Flugzettel der Nationalsozialistischen Deutschen Arbeiterpartei in Österreich gedruckt wurden. Mein Onkel hatte einen anderen Verdacht gegen mich, dessen ebenso schuldig zu sein wie aller übrigen sogenannten Verbrechen, deren man mich jetzt anklagt, ich stolz bin!

Ihre unfähige Justiz hat erst jetzt herausbekommen, daß der Verdacht meines Onkels zutraf und daß ich es war, der die Jüdin Selma Rosner liquidiert hat. Das Braune Haus in München hätte mich nicht zu ermahnen gebraucht, daß ich der Partei so lange keine Dienste leisten könne, als Leute zu meiner Familie gehörten, die Juden waren. Vom ersten Augenblick, da ich dem Führer ins Auge sehen durfte, hätte ich es selber nie geduldet, im gleichen Hause die Luft mit Menschen zu atmen, deren jede Äußerung mir widerwärtig war. Meine Mutter hat jüdisches Blut, meine sogenannte Schwägerin war eine Volljüdin. Beide zu beseitigen war meine Absicht. Meine Mutter konnte der Gerechtigkeit entgehen.

Für Menschen, die einen Sohn verdammen, weil er gegen seine Mutter auftritt, habe auch ich Verständnis. Eine Mutter ist das Höchste auf Erden, meine Mutter dagegen war, was Alfred Rosenberg, der Philosoph unserer Epoche, von den jüdischen Müttern sagt: ‚Die Ausgeburt hysterischer Unmütterlichkeit!' Nie habe ich ein anderes Gefühl für sie gehabt als das der Scham, von ihr geboren worden zu sein. Das Blut meiner arischen deutschen Vorfahren hat sich in mir gegen sie gewehrt, und vom Moment, als ich aus dem durch die Verbrechen des Weltjudentums verlorenen Krieg zurückkam, wußte ich, was ich zu tun hatte.

Daß mein Onkel Otto Eberhard plötzlich starb, war für mich und die NSDAP ein Glück. Er starb am Tage, als er unsere Kellerdruckerei entdeckt hatte, und so gelang es mir, mit Hilfe von Parteigenossen jeden Verdacht im Keim zu ersticken.

Ich bekenne mich schuldig, eine Jüdin beseitigt und versucht zu haben, eine andere Jüdin zu beseitigen. Ich bekenne mich schuldig, an der Ermordung des Judenknechtes Dollfuß aktiv teilgenommen zu haben. Er hat gewagt, sich mit seiner Zwerggestalt gegen den

Führer, die riesigste Erscheinung der Weltgeschichte, zu stellen. Statt sich am selben Tag, als der Führer zum Kanzler des Deutschen Reiches ernannt wurde, enthusiastisch an ihn anzuschließen, hat der Zwerg seinen Zwergstaat unabhängig zu erhalten gesucht, weil er an der Macht bleiben wollte!"

Aufgefordert, die Namen aller derjenigen zu nennen, die mit ihm an dem Putsch im Bundeskanzleramt beteiligt waren, verweigerte der Beschuldigte die Auskunft.

Auf die Frage, welcher Mittel er sich zur Ermordung der Schauspielerin Alt-Rosner bedient habe, antwortete der Beschuldigte: „Schauen Sie im Obduktionsbefund nach."

Vorgelesen, genehmigt, gefertigt

Alois Mokry   Hermann Alt   Dr. Schick

VIER Tage nach der Unterfertigung dieses Protokolls wurde Hermann Alt von einem Militärgericht zum Tode verurteilt und einen Tag später erschossen.

Die Schüsse, die ihn und andere Teilnehmer des Juli-Putsches niederstreckten, feuerte eine Halbkompanie des Wiener Hausregimentes Hoch- und Deutschmeister Nummer 4. Die Salve hörte man in einem Teil der inneren Stadt. Im vierten Stock des Hauses Seilerstätte 10 hörte man sie. Eine Familie saß dort und lauschte.

Es war eine kleine Familie geworden, sie bestand aus Henriette, Hans und Martha Monica. Sie kannten die Aussage des Hingerichteten vor Gericht, denn sie waren zu Gericht zitiert worden, um sie zu bestätigen oder zu widerlegen. Dort sahen sie ihn zum letztenmal, er kehrte ihnen, ohne ein Wort mit ihnen zu sprechen, den Rücken. Bevor man ihn in seine Zelle führte, rief er: „Heil Hitler!"

Zitternd preßte Martha Monica die Hand ihrer Mutter. Henriette nickte, die Augen weit offen. „Zurücksetzung!" sagte sie. „Zurücksetzung ist wie Gift!"

Hans sagte nichts. Das zweitemal in einem halben Jahr eine Hinrichtung, die mit seiner Vergangenheit summarisch ins Gericht ging. Im Februar war Heinrich Ebeseder nach den Arbeiteraufständen erschossen worden.

In der Nacht entschloß Hans sich, die Verleumdung abzuwaschen, die sein Bruder vor Gericht Selma zugefügt hatte: in der Form einer Gedenktafel aus weißem Marmor sollte es geschehen, unterhalb des Engels mit der Posaune, die Inschrift tragend: „In diesem Haus starb Selma Alt-Rosner, eine Schauspielerin. Sie lebte für die Wahrheit."

REQUIEM

DIE Lichter verlöschten, und Arturo Toscanini erhob den Taktstock zu Verdis Requiem. Die tausend Schwarzgekleideten im Zuschauerraum der Wiener Oper verharrten regungslos. Auf der Bühne, schwarzgekleidet, stand der Chor. Auf dem schwarzen Vorhang dahinter hing die Totenmaske des ermordeten Dollfuß. Mit der vertrauten, völlige Stille fordernden Geste spreizte der Dirigent den Daumen der linken Hand, schlug mit der rechten sein Stäbchen zweimal kurz gegen das Pult, und die Musik hob an. Das Rot, Gold und Elfenbein des heiteren Opernraumes schien verschwunden. Als das *Kyrie eleison* erklang, hörte man Schluchzen.

Auch die Frauen, in einer Loge des zweiten Ranges versteckt, ließen ihren Tränen freien Lauf. Es war Henriettes erster Ausgang, sie war überzeugt gewesen, daß die Leute mit Fingern auf sie zeigen würden: da geht die Mörder-Mutter! Als aber Peter, der für seine Karriere fast noch mehr gefürchtet haben mochte, ihr schwarz auf weiß bewies, es sei der Wunsch des neuen Bundeskanzlers, daß sie an der Trauerfeier für seinen Vorgänger teilnehme und damit den Trennungsstrich zwischen dem Sohn und dem Vaterland endgültig ziehe, entschloß sie sich zu kommen.

Die Erwachsenen von Nummer 10 waren fast vollzählig zugegen und bereit, den gegen das Ansehen des Hauses geführten Schlag gemeinsam abzuwehren. Nur die Witwen Otto Eberhards und des Obersten Paskiewicz fehlten (Frau Elsa einer Unpäßlichkeit wegen, die Witwe Paskiewicz, weil sie weltliche Stätten nicht mehr besuchte). Auch jemand anderer blieb fern, der zu Nummer 10 gehörte und diese Totenfeier nicht versäumt hätte, wäre er nicht seit zwei Jahren in einer Gruft bestattet gewesen, auf der in vergoldeten Buchstaben prangte: Hofrat, ordentlicher öffentlicher Universitätsprofessor Dr. Karl S. Stein, Mitglied des Herrenhauses.

Mein Sohn war einer der Mörder, dachte Henriette, die diesem Sohn ihr Leben lang so wenig Gedanken widmete und seit der fürchterlichen Salve nur noch an ihn dachte. Mein Gott im Himmel, an wieviel Unglück bin ich schuld? Unerbittlich schleuderte die aufwühlend strenge Musik ihr die Schuld ihres Lebens zu, sie vertausendfachend. „Angst vor der Konvention" hat sie gehabt, ja! Aber nicht das armselige bißchen Mut, das einer braucht, um einen Menschen glücklich zu machen! Sonst hätte der Rudolf gelebt! Sie hätte diesen Sohn nicht geboren! Die Witwe des Ermordeten dort drüben, mit den zwei blassen Kindern, und Hans, der Witwer, würden nicht so verzweifelt ins Leere starren! Sie senkt den Kopf, und ihre Schultern zucken von Schluchzen. Daß man Gedanken und Gefühle hatte verheimlichen müssen, schien Henriette mit an der Tragödie schuld, an der sie selbst sich schuld gab. Man kann nicht glücklich sein, wenn man sein Gefühl versteckt! Und man kann nicht glücklich machen!

Jemand legt ihr sanft die Hand auf die Schulter. Es ist der Schwager Drauffer. „Hetti", flüsterte er, „sei vernünftig!"

In der ehemals kaiserlichen Mittelloge sitzen die Mitglieder der Regierung zu beiden Seiten des neuen Kanzlers Dr. Schuschnigg. Auch er senkt den vorzeitig ergrauten Kopf, wiederholt muß er seine Brille von Tränen trocknen. Henriettes Blick fällt auf ihn. Und immer wieder auf die Witwe des Ermordeten mit dem verzweifelten Blick ins Leere. Die nimmt sich auch nicht zusammen!

Je näher das Requiem seinem versöhnenden Ende klang, desto klarer wurde es hinter ihrer Stirn. Nicht glücklich werden! Glücklich machen! Darauf kam es an! Mit neunundsechzig Jahren konnte man nicht mehr glücklich machen. Aber gutmachen vielleicht! Sie nahm die Hand ihrer Tochter Franziska, die aus Salzburg zu Besuch hier war. Franziska lächelte mit einem verlegenen, erstaunten Ausdruck, der ihre Mutter noch empfindlicher traf. So lang hat's gebraucht, um mir die Augen zu öffnen!

Das Requiem für den Mann, dessen Tod ihr jüngerer Sohn mit dem Tod gebüßt hat, ist zu Ende. – Mit ihrem älteren ging sie die kurze Strecke in die Annagasse zurück. Der Hans braucht sie, auch wenn er's nicht weiß. Die paar grauenhaften Wochen, die er ihr bereitet hat, sind verziehen.

Henriette ging langsam die Treppen hinauf. Der Nachfolger des Hausarztes Dr. Herz hatte eine Herzschwäche bei ihr festgestellt. „Morgen wird übrigens mit dem Lift angefangen", sagte Hans. Vor Erstaunen blieb sie stehen. Ein Lift auf Nummer 10!

„Dann brauchst du nicht mehr die vielen Stiegen zu steigen."

Es fiel ihr ein, wie sie mit Franz, als er aus dem Feld kam, die Treppen hier hinaufging. Jetzt ging sie so langsam wie damals er. „Glaubst du, der Papa hätt' den Lift erlaubt?" fragte sie.

„Nicht als Lift. Aber als Bequemlichkeit für dich."

ZIELLOS UNTER STERNEN

Es WAR ein Jahr später. Wie immer an Dienstagen, wenn Sektionschef Peter die Bewohner von Nummer 10 und seine Freunde zu Kammermusikabenden empfing, gab es ein üppig versehenes Büfett. Er selbst spielte Viola, seine Gattin Annemarie Geige, Fritz Klavier und Herr Födermayer Cello. Fritz war mit der Bestimmung der Programme und der Probenleitung betraut. Übrigens hatte seine Zweite Symphonie im letzten Konzert der Philharmoniker außerordentlichen Erfolg gehabt.

Martha Monica war verliebt in den Baron Langstetten, einen der Adjutanten des Vizekanzlers Fürst Starhemberg. In seiner grünen Heimwehruniform himmelte er sie während des Konzerts an und entschädigte sich jetzt am Büfett für die Anstrengungen der vorhergegangenen Sonate.

Mit ihrer ansteckenden Fröhlichkeit zog Martha Monica die Gesellschaft mühelos an sich, was die Gastgeberin verdroß. Da strengte man sich an, mit den Proben, mit dem Spielen, mit dem Souper, um dann das Mädchen aus dem vierten Stock triumphieren zu sehen! Man konnte ihr trotzdem nichts verargen, der Rattenfängerin. Auf die Hausfrau zulaufend und sie umarmend, sagte sie: „Du hast einfach brillant gespielt, Annemarie! Ich hab's so genossen!"

„Einfach oder brillant? Entscheid dich", verlangte Cousin Fritz.

Trotz ihren vierundneunzig Jahren bediente sich Gretel Paskiewicz weder eines Augenglases, noch hörte sie schlecht. Merkwürdig eingeschrumpft, winzig fast, saß sie mit spitzem Vogelgesicht neben ihrer jüngeren Schwester Pauline Drauffer, kürzlich sechsundachtzig geworden, dieselbe, die bei Franz Josephs Hochzeit von Hunger befallen wurde. Ihr Gesicht glänzte noch immer von Gutmütigkeit. Sie erschien in Flaschengrün, mit als Jabot vorgesteckten, echten Spitzen, die ihr Mann ihr irgendwann, als Preis für Gott weiß welches schlechte Gewissen, aus Brüssel mitbrachte. Sie schaute ihn an und lächelte ihm mit der Bereitwilligkeit zu, mit der sie alle seine Taten verzieh, man verlangte von einem Spitzbuben nicht das Unmögliche. Keine Minute, nicht eine einzige ihres Lebens, hätte sie missen wollen, dank diesem Mann.

Peter, der Gastgeber, befand sich in glänzender Laune. Die Frau

des Ministers, seines Vorgesetzten, hatte ihm versichert, die Kammer-
musikabende bei Alts seien ein Labsal. Herr und Frau Professor
Kager, führende Mitglieder der Prager Gesellschaft, fanden, Wien
sei fast wieder dieselbe unwiderstehliche Stadt geworden wie in der
Kaiserzeit! Die Vorstellungen in der Oper unter Bruno Walter! Das
Theater in der Josefstadt unter Max Reinhardt! Die Philharmoniker!
„Sie ham Wunder g'wirkt", pries Frau Professor Kager die Verdienste des Hausherrn. „Von der roten Bagasch' is nix mehr zu
merken. Und von der braunen schon gar nicht!"

„Gnädigste sind zu liebenswürdig", wehrte der beleibte Mann ab,
„ich will nicht leugnen, daß ich mir die Kulturmission unseres kleinen
Staates angelegen sein lasse, aber das Verdienst liegt" — er verbeugte
sich gegen die Gattin seines Vorgesetzten — „bei Seiner Ex'llenz dem
Herrn Minister und in allererster Linie natürlich bei unserem hoch-
verehrten Herrn Bundeskanzler!"

„Natürlich", sagte Professor Kager. Er hatte die Auszeichnung
gehabt, gestern vom Kanzler empfangen zu werden. Einen markan-
teren Staatsmann, zugleich einen feineren Geist, habe er in seiner
Laufbahn kaum je getroffen.

Henriette kam spät, doch seit ihrem Erscheinen beherrschte sie die
Szene. Die vielen Gerüchte um ihre Vergangenheit hatten sich zu
einer Art Saga verdichtet; der Generation, die es nur vom Hören-
sagen wußte, erschien sie als die verführerischste Frau jener legenden-
haft gewordenen Epoche.

„Sie sieht noch immer blendend aus", bemerkte ein Herr zu einem
anderen. „Die Frau hat Ihnen absolut etwas Faszinierendes!"

Dies traf heute abend unleugbar zu. Sie blühte in der Atmosphäre
auf, die ihr durchaus entsprach: Musik, Glanz, Bewunderung, gut-
gekleidete Menschen. Sie nahm von der Waldmeisterbowle, die Annemarie ihr anbot, trank das Glas aus und bat um ein zweites.

Dann hatte der junge Langstetten sie zu einem Walzer aufgefordert, Fritz spielte den „Schönbrunner". Am Arm des Heimwehr-
offiziers drehte sich Henriette mit ihrer zu lange unterdrückten
Lebenslust. Das Trauerjahr war um, die Selbstvorwürfe wurden sel-
tener. Freundlich! Frei! Heiter! So wollte sie das Leben immer haben.

„Gnädigste tanzen himmlisch!" sagte der junge Mann.

„Finden S'?" antwortete sie. Die Mädchen von heute — keine
Ahnung, wie man Walzer tanzte! Diese scheußliche Jazzmusik ver-
darb sie total.

„Sogar besser wie die Mono!" behauptete ihr Tänzer. „Bitte, darf ich etwas fragen?"

Er wird mir doch am End' keine Liebeserklärung machen! dachte sie; die beiden Gläser Bowle begann sie zu spüren.

„Ich bitt' um die Hand von der Mono", sagte er leise. Ihr schwindelte von der Bowle, von der Freude. Sie winkte Fritz, sie wolle einen anderen Walzer tanzen. Fritz fing „Wiener Blut" an.

An der Gräfin Hohenstein vorbei, die sie sagen hörte: „Also, das is das charmanteste Paar, was ich in meinem ganzen Leben tanzen g'sehn hab'!"; an dem Staatssekretär des Äußeren vorbei, der huldigend die Hand aufs Herz legte; vor freundlichen, bewundernden Augen tanzte Henriette den Lieblingswalzer ihres Lebens.

„Sind Gnädigste bös?" fragte Baron Langstetten, da sie ihm nicht antwortete.

Er hielt einen recht gut, der junge Mensch. Sah auch gut aus.

„Warum sollt' ich bös sein, Schwiegersohn", sagte sie. „Wie heißt du eigentlich mit 'm Vornamen?"

„Kari", antwortete er aufgeregt.

„Kari", wiederholte sie. Hübsche Kinder werden sie haben, dachte sie. Sie hatte noch keine Enkel. „Ich freu' mich, Kari", sagte sie. „Wirst sie glücklich machen?"

„Ich –" fing er überstürzt an, doch sie fiel ihm ins Wort.

„Versprich nichts. Aber mach sie glücklich. Aufs Glücklich*machen* kommt's an. Nicht aufs Glücklichwerden!"

„Natürlich", sagte ihr Tänzer begeistert.

„Es ist nicht ganz so natürlich", sagte sie. „Und eher schwer." Es schwindelte ihr wieder.

„Wollen Gnädigste aufhören?"

„Natürlich", sagte jetzt auch sie. „Aber es ist nett von dir, Kari, daß du nicht zu bemerken vorgibst, was für eine alte Frau ich bin!"

„Erzählen Sie mir ein bißl von sich", sagte Hans.

Fräulein Hübner, die junge, kürzlich für französische und englische Korrespondenz aufgenommene Sekretärin, stand vor seinem Schreibtisch, auf den sie die Morgenpost gelegt hatte.

„Ich fürcht', der Herr Födermayer hätt' das net gern. Privatgespräche kann er net ausstehn."

„Aber ich bin der Chef. Oder?"

„Entschuldigen. Das hab' ich momentan vergessen."

Sie sagte es so selbstverständlich, daß er lachen mußte: „Sie haben recht. Hier war ich nie der Chef und werd' es nie sein."

„Schaun S', Herr Alt, das is was, was ich an Ihnen nicht versteh'", sagte das Mädchen. Dann fand sie offenbar, sie sei zu weit gegangen, und schwieg.

„Da Sie mich nicht für Ihren Chef halten, müssen Sie mit mir nicht wie mit einem Chef reden. Was verstehn Sie an mir nicht?"

„Daß Sie so gar keine Freud' an der Arbeit haben! Sie machen alles gut, und hier entsteht doch so was Schönes!"

„Wollen Sie sich nicht setzen? Ich werde Ihnen dann diktieren."

„Danke." Sie setzte sich an den schmalen Tisch, wo sie Diktate aufzunehmen pflegte.

Das Gesicht einer typischen Wienerin; weich, die Brauen nicht gezupft, die Blondheit nicht gebleicht, die Lippen kaum geschminkt. Der frauliche Zug, bei Wiener Mädchen so früh sichtbar, zeigte sich auch an ihr.

„Ich geb's zu", antwortete er, „die Gründe liegen lang zurück – lassen Sie sich von einem älteren Mann sagen: was einem in der Jugend Eindruck macht, bleibt fürs Leben."

Sie mußte lachen. „Weil S' ‚älteren Mann' g'sagt haben. Entschuldigen."

„Für wie alt halten Sie mich denn?" Was ihm seit langem nicht geschehen war, geschah: er fing an, sich für ein Mädchen zu interessieren.

„Für keinen ältern Mann!"

„Hoffentlich haben Sie mit anderen Behauptungen mehr recht!" Trotzdem sagte er ihr sein Alter nicht, sondern begann einen Brief an die Klavierfabrik Pleyel in Paris zu diktieren.

Als er fertig war, wollte sie gehen.

„Haben Sie heut nach Büroschluß was Besonderes vor, Fräulein Hübner?" fragte er. „Sonst könnten wir zusammen irgendwo nachtmahlen? Man kann schon im Freien sitzen."

Blutrot geworden, sagte sie: „Danke vielmals. Riesig gern. Nach Büroschluß geh' ich nur auf einen Sprung nach Haus – mich umziehn."

Das Unerhörte ereignete sich, daß Herr Födermayer den Chef während des Nachmittags im Büro pfeifen hörte.

Später wartete Hans bei der Karlskirche. Als er das Mädchen plötzlich kommen sah, schlug sein Herz schnell. „Sie haben sich aber hübsch gemacht!"

Karlskirche

„Es war zu wenig Zeit. Und Sie haben eine neue Krawatte!"
Sie hatte es bemerkt. „Also wohin? Prater? Kobenzl? Grinzing?"
Sie entschied sich für Grinzing. Dort saßen sie in einem der Gastgärten, wo man heurigen Wein bekam, eigentlich war es nur ein Hof
mit drei Linden, ungedeckten Tischen und einigen Bänken. Auf einem
Bretterpodium, an einem Tisch mit Windlichtern, musizierten ein
Geiger und ein Harmonikaspieler. Oberhalb des Hofes sah man nied-
rige, gelbe Häuser, den Weinberg säumend, der zum bewaldeten
Kobenzl hinaufführte, eine Kirche dazwischen, Rebenhügel gegenüber. Die Luft strömte den linden süßen Duft des Wiener Frühlings
aus.

Sie erzählte von ihrer Jugend. Der Vater nach der Verwundung
im Weltkrieg Bankbeamter, dann stellungslos. Die Mutter versieht

Schreibarbeit in einem Steueramt. Drei Geschwister, sie ist die Älteste. Für wie alt hielt er sie?

„Zwanzig?"

Stolz bekennt sie sich zu neunzehn.

„Wie oft verliebt?"

„Zweimal. Aber es is halt nix draus word'n." Achselzucken. „Wahrscheinlich ham s' mi' net g'nug gern g'habt." Backhendl mit Gurkensalat wird gebracht, sie findet es köstlich. Vom Wein sagt sie, ihn auf der Zunge prüfend: „A alter!"

„Sie sind ja eine Kennerin!"

„Beim Heurigen kenn' i' mi' aus. Und bißl in französischer und englischer Korrespondenz. In sonst nix."

„Außer im Freudemachen!"

Scheu greift sie nach seiner Hand.

Die Musikanten fangen nach einer Pause zu spielen an. „Ich möcht' wieder einmal in Grinzing sein —"

„Beim Wein, beim Wein, beim Wein", singt sie den Refrain. „Schön is hier! Gelt, Herr Alt?" Er nickt. „Jetzt hab' ich Ihnen enorm viel erzählt. Erzähl'n S' mir dafür bißl von sich. Weshalb sind S' so unglücklich?"

Der Wein macht die Frage leichter, die Antwort weniger schwer. „Ich hab' wenig Glück im Leben gehabt. Ich hab' auch nie viel geleistet."

„Wissen S', was i' möcht'?" fragt das Mädchen, enger zu ihm rückend. „Ich möcht', daß S' glücklich sind!"

„Gut, daß Sie da sind, Fräulein Hübner!"

Arm in Arm sitzen sie. Von überall, aus den Gastgärten, aus den Höfen, tönen die kleinen Lieder. Die alten Linden schützen die Paare darunter vor Blicken, vor der Gegenwart, vor der Ernüchterung.

Als sie aufbrechen, will sie noch ein Stück bergauf gehen, bevor sie zurückfahren. Es sei so wunderbar, ziellos unter den Sternen hinaufzugehen und die Lieder zu hören.

Je weiter sie gehen, desto fester hält er sie. Plötzlich löst er sich von ihr, ändert die Richtung.

„Ham m'r uns verirrt?"

„Nein!" Sein Gesicht ist anders. Im Dunkeln erreichen sie ein Tor. „Bitte, warten Sie hier auf mich." Er geht durch das Tor, der Grinzinger Friedhof ist in Weingärten gebettet. Vor einer Marmorplatte bleibt er stehen, ein Name leuchtet darauf. In der Ecke darunter: „Du lebst, bis ich sterbe!" Die Sterne haben die vergoldeten Lettern angezündet. Er steht und schämt sich.

Auf dem Platz vor der Kirche nehmen sie ein Taxi.

„Sie müss'n entschuldig'n", sagt er. „Ich bin wie alle! Genauso ungerecht – genauso egoistisch! Leid ist Egoismus!"

„Können S' es net überwind'n, daß sie g'storben is?"

Leise sagt er, als bitte er die Lebende und die Tote um Verzeihung: „Der Tod endet nichts!"

JEDERMANN

WOHER kam der Ruf? Er tönte nah und irdisch: „Jedermann!" Entfernter, noch immer irdisch: „Jedermann!" Dann von weitem und nicht mehr so, als ob Menschen riefen. Mit einemmal, während auf der vor dem Salzburger Dom errichteten Bretterbühne der Erdenbürger Jedermann in die Knie sank und Gott um Hilfe anflehte, schallte der Ruf von überall, schreckhaft mahnend: „Jedermann!" Ihm antworteten Glocken.

Henriette, die das Spiel zum erstenmal sah, erschrak. Würde unerbittlicher Glockenschall sie überallhin verfolgen? Sie verbrachte bei ihrer Tochter Franziska den Sommer, weil Hans darauf bestand, daß sie die Festspiele genieße, an denen sich drei Familienmitglieder beteiligten: Fritz, dessen Zweite Symphonie man aufführte, Hans, der eine Ausstellung von Alt-Klavieren veranstaltete, Peter als staatlicher Betreuer der schönen Künste.

Jedermann, seiner Lebenssünden gewahr, fiel in die Knie zum Vaterunser, das zu beten er verlernt hatte.

Ein ferner Schrei schrillte. Er war zuerst kaum vernehmbar, kam vom Residenzplatz, den man durch den offenen Schwibbogen gewahren konnte. Wer schrie, sah man nicht. Als Jedermann „Geheiligt werde Dein Name" sprach, gellte, ganz deutlich jetzt, der Schrei: „Hitler!" ... „Zu uns komme Dein Reich!" ... „Hitler!" In das Ende des Gebetes drang es, peitschend wie Schüsse: „Hitler! Hitler! Heil Hitler!"

Doch das Spiel mit den aus dem Dom erscheinenden Engeln nahm seinen Fortgang und schloß im mächtigen Brausen der Orgel.

Hans erwartete seine Mutter auf dem Residenzplatz.

„Daß das erlaubt ist!" sagte Henriette.

„Es wird nicht mehr lang erlaubt sein, gnädige Frau!" bemerkte der Herr in Salzburger Landestracht, im Begriff, in ein Automobil zu steigen.

„Das wär' auch höchste Zeit!" antwortete Henriette. Sie sah zu spät, daß sie mit dem Bundeskanzler Schuschnigg sprach.

Abends saß sie in der Halle des Hotel de l'Europe und trank einen Cocktail. Ihr Salzburger Schwiegersohn, Dr. Baier, hatte gesagt: „Keinen Alkohol!" Sooft sie konnte, entfloh sie hier ins Hotel. Vor dem Speisen einen Cocktail, das vertrieb die Müdigkeit und machte auf den Abend neugierig. Was wußten die Ärzte!

„Wie wär's mit einem zweiten Cocktail?" fragte Martha Monica, inzwischen Baronin Langstetten geworden und zum „Jedermann" aus dem nahen St. Gilgen gekommen.

„Gute Idee", antwortete Henriette, bestellte aber keinen. Wenn ihr erfahrener Blick nicht täuschte, war ein Baby unterwegs. „Bist du glücklich?" fragte sie die strahlend schöne Tochter.

„Selig!" antwortete Martha Monica. Vom Residenzplatz, gezirkelt zierlich wie ein Menuett, klang das Glockenspiel.

Henriette hätte gewünscht, daß Hans etwas von Monos Temperament besäße. Zwar sehr löblich, gewiß, daß er sich für ernste Dinge interessierte und mit der Zeit fast eine Art Politiker wurde. Der Kanzler jedenfalls schien vom Hans viel zu halten. Auch ein Mann, der sein Leben nicht zu leben wußte und der verstorbenen Frau nachtrauerte, genau wie der Hans! Abnormal diese Trauer beim Hans. Wie hatte nach Rudolfs Tod die Frau in der Augustinerkirche zu ihr gesagt? „Weinen tut den Toten weh!" Absolut falsch, nicht sein eigenes, sondern das Leben der Toten zu leben.

Sie erkannte den Bundeskanzler, der an ihr vorbeikam, rechtzeitig. „Entschuldigen Sie, Ex'llenz, daß ich Sie nachmittag nicht gleich erkannt hab'", sagte sie.

„Selbstverständlich, gnädige Frau. Ich habe jedenfalls gewußt, wer Sie sind. Ihr Herr Sohn hat Sie mir gezeigt. Ich wünschte, wir hätten mehr solche Österreicher wie Ihren Sohn!" Er grüßte die beiden Damen und verließ die Hotelhalle; zwei Männer folgten. „Residenz!" hörte man den einen von ihnen dem Chauffeur zurufen.

„Lebt nicht schlecht, der Herr Kanzler!" bemerkte jemand hinter Henriette tadelnd. Sie drehte sich um und sagte laut zu Martha Monica: „Er macht nicht nur den Eindruck eines sehr korrekten Menschen, sondern auch eines, der weiß, wofür man leben sollt'."

IN EINEM Saal der fürsterzbischöflichen Residenz, den der Mann, von dem die Rede war, einige Augenblicke später betrat, waren Beamte wegen des Vorfalls bei der „Jedermann"-Aufführung zu einer Sitzung berufen, unter ihnen Sektionschef Peter Alt und Hans. Die Demonstration erfuhr geteilte Beurteilung; die Anwesenden neigten dazu, sie zu bagatellisieren.

„Man kann diese ganze sogenannte ‚Bewegung' eines derart lächerlichen Menschen überhaupt nicht ernst nehmen!" rief Peter aus.

„Sie meinen?" fragte der Kanzler.

„Ich sage nicht, daß der Hitler kein Todfeind ist", erklärte Peter. „Aber ein lächerlicher Feind. Ich habe diesen Mann in München sprechen gehört. Auf mich macht er den Eindruck eines Clowns. Statt ihn schallend auszulachen und damit die Aufgeblasenheit zu dem Nichts zu reduzieren, das sie ist, vergrößern wir sie systematisch und bieten sogar Staatskanzleien und die Polizei dagegen auf!"

„Ich bedaure, Ihnen nicht beistimmen zu können", bemerkte der Kanzler. „Auch wenn es ein Clown ist, der die Welt in Brand steckt, brennt sie. Solange Wahnsinnige frei herumlaufen, muß man sich vor ihnen schützen!"

Es wurde beschlossen, die Sicherheitsmaßnahmen bei den Festspielaufführungen erheblich zu verstärken.

Beim Verlassen der Residenz gingen der Kanzler und Hans zusammen die Treppen hinab. „Ich habe mich gefreut, Ihre Mutter kennenzulernen", sagte der scheue, grauhaarige Mann. „Sie scheint eine echte Persönlichkeit zu sein.

„Sie wurde ihr ganzes Leben unterschätzt", antwortete der Sohn. Der andere nickte. „Das ist österreichisch. Wir unterschätzen uns systematisch. Aber vielleicht muß man das, wenn man hier zu Haus ist und die Maßstäbe für wirkliche Größe jeden Augenblick sieht!" Er hatte den Untersberg vor Augen, den der Mond aus der nachtgrünen Ebene wachsen ließ wie einen Silberblock.

DER SCHREI ZUM HIMMEL

AM ABEND des 11. März 1938 hörte Hans im Radio die mit langen Verlegenheitspausen gesprochenen Worte: „Deutsche Volksgenossen! Ich, Doktor Arthur Seyß-Inquart, habe die Nachfolge des eben zurückgetretenen Bundeskanzlers Doktor Schuschnigg angetreten und bin glücklich, euch mitteilen zu können, daß auf mein dringendes Ersuchen deutsche Truppen die Grenze überschritten und den Schutz unseres bedrohten Landes übernommen haben."

Nachts und bei Tag, pausenlos, dröhnten niedrig fliegende Bomber über Wien. Der bohrende Motorenlärm machte die Ohren stumpf, betäubte, zerriß die Nerven. Überall Lautsprecher. Sie brüllten eine Rede des in Linz eingetroffenen Hitler. Deutsche Truppen schlugen auf öffentlichen Plätzen Lager auf, ihre Kanonen standen vor der Mozartstatue, ihre Gewehrpyramiden wurden vor dem Beethovendenkmal blankgeputzt. An allen Ankündigungssäulen klebte ein Plakat mit Hitlers überlebensgroßem Gesicht. Darunter stand, balkendick: „Ein Volk! Ein Reich! Ein Führer!"

Hans, der unweit des Goethemonuments stand, als Hitler in einem offenen Auto den Ring schrittweise hinabfuhr, erblickte, was seine Augen sich zu sehen weigerten. Sah wirklich niemand dieses Mannes Ordinärheit? dachte er. Die Wiener haben doch seit Jahrhunderten mit den Augen gelebt? Aber wie gebannt hingen die Augen der Menge an dem abstoßenden Triumphator, ihre Arme streckten sich ihm in einem fremden Gruß wild entgegen. Keiner von den Zehntausenden, die frenetisch: „Heil Schuschnigg!" gerufen hatten, schrie etwas anderes als „Heil Hitler!"

Wien war nicht mehr österreichisch. Hans und auch die Wahnsinnigen, die jetzt jubelten – Fremde in ihrer Heimat! Die Verzweiflung überwältigte ihn so völlig, daß er nicht mehr darauf achtete, sie zu verbergen. Er weinte öffentlich. „Is Ihnen wer g'storben?" fragte jemand, mit der Neugier der Wiener.

„Ja!" antwortete er. Dann ging er, ohne zu wissen, wohin. Ihm war jemand gestorben. Nach dem einzigen Menschen, mit dem er leben wollte, das einzige Land, in dem er leben konnte. Das Leise war ohne Stimme, die Lieblichkeit ohne Luft.

Als Hans wieder in die Seilerstätte kam, war Selmas Gedächtnistafel zerschmettert. Die Steine hatten auch den Posaunenengel getroffen. Nur der Arm, der die Posaune hielt, war unversehrt. Wie eh und je ragte sie über dem Tor. Es schien plötzlich, als blase sie zum Jüngsten Gericht.

HENRIETTE war zu ihrem Neffen Peter hinuntergegangen, wo der Dienstag-Empfang stattfand. Kammermusik bot man zwar heute nicht, doch Henriette, sowenig wünschenswert sie es fand, gerade jetzt in Gesellschaft zu gehen, sah ein, daß sie zu gehen hatte. Nur Menschen wie der Hans wollten das leider nicht einsehen! Man lachte ja auch irgendwann nach Begräbnistagen wieder.

Eine Weile saß sie mit Liesl Drauffer und Fritz, die sie gern hatte, weil sie sich kein Blatt vor den Mund nahmen; nachher mit der Paulin', die beinah noch schlechter hörte als der Simmerl.

Dieser Joachim, Peters Ältester – ein komischer Bursch. Fortwährend dreht er sich um einen herum. Henriette hatte sich um die Sprößlinge Peters nie viel gekümmert. Die Adelheid – hübsch, obzwar das Ebenbild ihrer forschen Mutter. Der Jüngste? Schien seinem Vater nachzugeraten. Jedenfalls genauso fett wie er...

„No, Joachim, wie geht's dir denn immer?" entschloß sie sich, den Jüngling anzusprechen. Keine Antwort. Jetzt red' ich zur Abwechslung wieder zu leise, weil ich mit der Paulin' so gebrüllt hab', denkt Henriette. Sie wiederholt, etwas lauter, die Frage an den jungen Mann, der eine dieser Uniformen trug, die jetzt täglich neu auftauchten.

Joachim starrte der Großtante nur ins Gesicht.

„Sag du mir einmal", äußerte Henriette, die es für gesellschaftliche Unerfahrenheit hielt – was konnte man auch bei einer Mutter erwarten, die zu einem Abendempfang eine Bluse trug! –, „bist du auf den Mund g'fallen?"

Da öffnet der junge Mensch in der schwarzen Uniform den Mund und sagt: „Mit Jüdinnen rede ich nicht!"

Einen Augenblick zweifelt sie an dem Verstand des Burschen.

Fritz sagt: „Halt den Mund, Lausbub!"

„Was?" fragt Henriette den Musiker. „Er hat wirklich g'meint, was er g'sagt hat?"

„Der plappert nach, was man ihm vorschwätzt!" antwortet Fritz nervös. „Darf ich dir Tee holen, Tante Hetti?"

„Wart einen Moment", hält Henriette ihn zurück. Ich möcht' wissen, was der junge Mensch sich eigentlich vorg'stellt hat? So jung, um solche Dummheiten zu sagen, ist er gar nicht mehr!"

„Ich habe mir vorgestellt: Juden und Jüdinnen hinaus!" antwortet der junge Mann schneidend.

Wieder zweifelt Henriette eine Sekunde, daß sie damit gemeint ist. Als sie nicht länger zweifeln kann, steht sie auf und gibt dem jungen Mann eine Ohrfeige.

Er weicht zurück, seine Mutter eilt auf Henriette zu. „Frau Stein!"

sagt sie, die Teekanne in der Hand, „für Übergriffe Ihrer Rasse ist in diesem Haus kein Platz mehr!"

Auch der Hausherr stellt sich an die Seite seiner Gattin. „Ich hatte gedacht", sagte er gedämpft, „daß du von selbst den Takt haben würdest, unserer Geselligkeit fernzubleiben! Ich werde den eben stattgehabten Vorfall mit deinem Alter entschuldigen und von den Konsequenzen, die ich zu ziehen hätte, für diesmal absehen. Aber ich darf dich auffordern, diese arische Gesellschaft auf der Stelle zu verlassen!"

Das ist ja nicht möglich! denkt Henriette. Die Gäste gafften sie an, teils betreten, teils zustimmend, und Fritz, den graugewordenen Kopf heftig zurückwerfend, sagte: „Komm, Tante Hetti. Ich hab' zwar nicht die Ehre, zu deiner Rasse zu gehören, aber ich hab' meine eigene so satt, daß ich mich von dieser Teegesellschaft für dauernd verabschieden möcht'!"

Er bot der alten Dame die Hand, während seine Frau Liesl an ihre andere Seite trat. „Dank' dir, Fritz", sagt Henriette zu dem Musiker. „Dank' dir, Liesl."

„Auszug aus Ägypten!" ruft der Geohrfeigte.

Im vierten Stock gibt Henriette sich Mühe, das Geschehene zu begreifen. Daß der Hans nicht dabeigewesen ist, scheint ihr gut. Er regt sich jetzt sowieso fortwährend und über alles auf. Dieses lästige Herzklopfen stellt sich ein. Sie nimmt zehn Tropfen Baldrian auf einem Würfel Zucker.

Bei der Mono muß es jetzt bald soweit sein? versucht sie zu denken, um sich auf andere Gedanken zu bringen. Ich glaub', es wird ein Mädel werden. Hoffentlich nennt sie's nicht Henriett', wie sie mir geschrieben hat. Sie will mir eine Freude machen – aber Henriett' ist ein zu altmodischer Name. Anständig von der Franziska, daß sie die Mono bis zur Entbindung bei sich wohnen läßt. In Salzburg ist es besser als hier. Dort wird die Mono mit ihrem Heimwehrmann keine solchen Schwierigkeiten haben.

Gegen das Herzklopfen hilft es am besten, im Zimmer herumzugehen. Sie macht überall Licht. Bei Licht sieht alles erträglicher aus. Von Zimmer zu Zimmer gehend, versucht die alte Dame, sich zu erklären, was sich unten ereignet hat. Das war eine arische Gesellschaft. In eine arische Gesellschaft paßte sie nicht. Weshalb paßte sie nicht in eine Gesellschaft, in die sie immer gepaßt hatte? Das mit dem Judentum kann unmöglich der Grund sein. Wer dem öster-

reichischen Kronprinzen gut genug gewesen ist, wird der Frau Annemarie nicht zu schlecht sein!

Im Stiegenhaus Stimmen, die Gesellschaft scheint auseinanderzu-
gehen. Gleich darauf Schläge an der Vorzimmertür des vierten Stocks.
Traut sich also dieser unverschämte Joachim, mitten in der Nacht
heraufzukommen! Es klopft leise an ihrer Schlafzimmertür. Simmerl
im Schlafrock, steht davor, meldet: „Drei Herren wären da, Euer
Gnaden. Drei Männer, heißt das. Sie sagen, sie sind von der Polizei.
Sie sagen, es ist dringend. Wenn Euer Gnaden sie vielleicht sehen
wollen?"

Im Vorzimmer stehen drei Männer in einer Uniform, die sie nicht
kennt. „Geheime Staatspolizei!" sagt einer von ihnen. „Wo ist Ihr
Sohn?"

„Nicht zu Haus."

„Um dreiviertel zwölf ist er nicht zu Hause?"

„Er kommt oft noch später. Was wollen Sie von ihm?"

„Wo hält er sich da auf in der Nacht?"

„Er geht spazieren. Er hat Wien gern."

„Sie meinen, das System-Wien? Er war ja ein großer Freund des
Herrn Schuschnigg? Nun?"

„Ich bin bißl müd', meine Herren. Ich möcht' schlafen gehn."

„Sie, Frau Alt! Wie erdreisten Sie sich, so von oben herab mit uns
zu sprechen? Wissen Sie, was Sie sind? Eine Saujüdin!"

Henriette nickt. „Das hab' ich heut schon einmal gehört. Ich
hab' mich nie als Jüdin gefühlt, obwohl mein seliger Vater Jude
war. Aber der Unterschied zwischen meinem Vater und Ihresgleichen
ist so enorm, daß es mich riesig stolz macht, jetzt an meinen Vater
zu denken!"

Die drei Leute sehen einander verblüfft an. Dann sehen sie den
alten Diener an, der fast zu jedem Wort seiner Herrin zustimmend
nickt. Dann sehen sie auf diese freche alte Person, die in ihrem champagnerfarbenen Kleid, untadelig frisiert, hoch aufgerichtet vor ihnen
steht.

„Wir bitten um die Schlüssel zum Schreibtisch Ihres Sohnes", sagt
der Wortführer, ein junger Mensch.

„Ich hab' die Schlüssel nicht", sagt sie. „Mein Sohn hat sie."

„Und wo sind die Schlüssel zu Ihrem eigenen Schreibtisch?"

Erst jetzt erschrickt sie tödlich. In diesem Schreibtisch sind drei
Briefe von Rudolf. Zwei von Poldo Traun. Unzählige von Franz. Sie

schaut Simmerl an, der den Kopf schüttelt. Gut, denkt Henriette, das ist klar. Nicht einmal so ein Faxenmacher wie der Simmerl, der noch dazu um zwölf Jahr' älter ist als ich, möcht' ihnen die Schlüssel geben!

„Den Schlüssel her!" befiehlt der Wortführer, tritt näher. „Wir haben hier eine Hausdurchsuchung vorzunehmen! Verstanden?"

Wird er mich schlagen? denkt Henriette.

„Nein!" sagt sie.

„Sie kennen die Folgen dieses Neins?" fragt der Wortführer.

Natürlich kennt sie die Konsequenzen. Sie werden sie verhaften. Einen Augenblick wird ihr kalt vor Angst. „In meinem Schreibtisch ist nichts, was Sie interessieren könnt'", zwingt sie sich zu sagen.

„Aufbrechen!" befiehlt der Wortführer, tritt näher.

Da ist Simmerl schon im Schlafzimmer. Er stellt sich vor Henriettes kleinen Biedermeier-Schreibtisch, mit beiden hinter sich gestreckten Händen das Schloß schützend. Eine Sekunde später liegt er erstochen auf dem Boden. „Für Euer Gnaden wär' besser –" sagt er, doch Henriette erfährt nicht mehr, was für sie besser gewesen wäre.

Sich zu ihm hinunterbeugend und seine bleich werdenden Wangen streichelnd, sagt sie: „Dank' Ihnen schön, Herr Simmerl!" Vielleicht hört er's noch.

Dann richtet sie sich auf. „Um zu diesem Schreibtisch zu kommen, werden Sie mit mir dasselbe machen müssen", sagt sie. Mit ihren beiden auf die Tischplatte gestemmten Händen stellt sie sich vor ihre Vergangenheit.

„Ob einer mehr oder weniger krepiert, ist uns schnuppe!" antwortet der junge Mann.

Henriette nickt. „Ich bin eine Jüdin. Ich hab' das bis heut nicht g'wußt. Und ihr seids jämmerlich arme Leut' – ihr wißt's nicht einmal, was Mitleid ist. Daß es solche Leut' gibt – das hab' ich auch nicht g'wußt!"

Da haben sich die zwei andern auf sie gestürzt und ihre Kehle umklammert. Sie schreit. Sie schreit.

Sie hört noch etwas, wirr. Sieht etwas, verschwommen – es hat die Stimme und das Habit der Christl und ruft: „Tante Hetti!"

Die Tante Hetti ist nicht mehr da, denkt sie. Es ist ein Glück, nicht mehr dazusein.

ALS Hans von einem seiner ziellosen Wege spät nach Hause kommt, erwartet ihn die Nonne. Mitten in der Nacht, sagt sie, sei sie von einem gellenden Schrei erwacht. Sie habe sich sofort auf den Weg hierher gemacht, sei zurechtgekommen, sagt sie und hält ihn dabei fest an der Hand, um seiner Mutter die Augen zuzudrücken. Ein sanfter Tod, ohne Kampf.

Sie führt ihn in das Schlafzimmer der Mutter. Auf dem Bett, wo sie ihn geboren hat, ruht Henriette in ihrem champagnerfarbenen Kleid, mit ihren leuchtenden Perlen um den erdrosselten Hals. Sie scheint zu lächeln und ist schön.

EIN EINFACHES WIENER MÄDCHEN

VON den Begräbnissen kam Hans in die Fabrik. Einige Minuten nach seiner Mutter, nicht weit von der Altschen Familiengruft, wurde Simmerl begraben, und Simmerls Witwe hatte ihrer Herrin das letzte Kleid angezogen. Ihre Grabrede bewegte Hans am meisten: „Sie is eine Frau g'wesen, die was hat glücklich sein woll'n. Wie sie's selber nicht hat können, hat's woll'n andre glücklich mach'n." Von ihrem Gatten, Herrn Simmerl, aber sagte sie: „Er war halt ein fescher Mann, und treu is er g'wesen wie Gold." Die beiden Begräbnisse blieben fast unbemerkt, nicht einmal alle Verwandten nahmen daran teil.

Hans hatte den Anwalt gesprochen, um Mamas letzten Willen durchzuführen. Ihre Perlen hatte sie Franziska hinterlassen; ihre ganze Garderobe Hanni; Schwester Agathe sollte die Briefe in ihrem Schreibtisch haben, „damit sie versteht, weshalb man sündigt, und weil sie von allen Menschen, die ich gekannt habe, am besten zu schweigen weiß".

Herr Födermayer trat ein, Fräulein Hübner, der Vorarbeiter Czerny und, als Sprecher für alle, der Metallschleifer Bochner, dunkel gekleidet; sie hatten an dem Begräbnis teilgenommen und wollten deputativ ihr Beileid ausdrücken.

„Herr Alt", sagte Bochner, „wir wiss'n, wie Ihnen zumut' is. Seit S' ein Bub war'n, war'n S' mit uns. Wir möchten Ihnen jetzt sag'n, Herr Alt, daß wir Sie alle sehr gern hab'n. Wann's Menschen gibt, die was Vorurteile und Klassenunterschiede wegbringen können – Sie sind einer davon!" Er räusperte sich, trat vor und schüttelte Hans die Hand. Nachher gaben die andern sie ihm der Reihe nach.

Die Deputation befand sich noch im Chefzimmer, als unangemeldet acht SA-Leute erschienen. „Sturmbannführer Esk", stellte sich der Vorgesetzte vor. „Ihre Mutter hat meinen Großvater gekannt. Mein Großvater hatte den Schriftstellernamen Jonescu – von den ‚Wiener Signalen'."

„Meine Mutter ist vor einer Stunde begraben worden", sagte Hans.

„In diesem Zusammenhang steht unser Erscheinen", erklärte der Sturmbannführer. „Ich erscheine hier namens des Herrn Gauleiters Bürckel, um Ihre Firma im Zuge der Arisierung des Wiener Geschäftslebens zu übernehmen."

„Was?" rief der sonst so zurückhaltende Prokurist Födermayer. Bochner hielt seine Hände in den Hosentaschen.

„Die Firma Christoph Alt", sagte Hans, „ist seit ihrer Gründung vor hundertachtundfünfzig Jahren eine arische Firma."

„Bedaure. Ihre Großmutter väterlicherseits war eine geborene Bergheimstein. Ihr Großvater mütterlicherseits war der sattsam bekannte Karl Samuel Stein. Sie entsprechen den Nürnberger Gesetzen nicht."

„Die Firma Alt, Herr Esk, war nicht nur seit ihrer Gründung eine christliche Firma, sondern, was mir entscheidender vorkommt, eine echte Wiener Firma. Jeder Wiener – ich meine, jeder echte Wiener – wird vermutlich der Meinung sein, daß die Klaviere, auf denen Mozart, Beethoven und Brahms gespielt haben, für Wien mehr bedeuten, als der Gauleiter Bürckel irgendwann für Wien bedeuten kann! Bitte, lassen Sie mich jetzt allein. Wie ich Ihnen gesagt habe, komme ich von einem Begräbnis."

„Sie sind nicht mehr Chef der Firma. Sie wollen mir Schlüssel, Geschäftsbücher, Korrespondenz, Schätzung der Aktiven und Passiven aushändigen. Die Firma übernehme ich! Verstanden?" sagte Jonescus Enkel.

Hans' Blick fiel auf den Metallschleifer Bochner. In einem Sprung stand er bei ihm, umklammerte seine Hand, die einen Revolver hielt. Die Hand schüttelnd, sagte er: „Adieu, Bochner! Wir werden uns weiterhelfen wie bisher. Und es uns nicht noch schwerer machen! Ja?"

„Ja, Herr Chef", antwortete der Mann, seiner Worte kaum mächtig.

„Adieu, Herr Födermayer", sagte Hans zu dem Prokuristen. „Sie verlieren nicht viel an einem Chef, der nur gemacht hat, was Sie ihn gelehrt haben. Ich hoffe, Sie werden das, zum Besten der Firma, mit meinem rein arischen Nachfolger ebenso halten."

Nachher wollte er Czerny die Hand geben, doch der alte Mann küßte ihn auf beide Wangen. „Ich hab' nie ‚Hans' zu Ihnen g'sagt", sagte er. „Es wär' nicht recht g'wesen. Jetzt is es recht. Adieu, Hans!"

Dann blieb nur noch Fräulein Hübner übrig. Sie war so blaß, daß es sogar Hans auffiel. „Ich geh' mit", sagte sie, als er ihr die Hand reichen wollte.

„Bravo! Passen S' auf ihn auf, Fräul'n Mizzi!" sagte der Arbeiter Bochner. „Daß er uns nix Unüberlegtes anstellt! Das tut ma' manchmal!"

„Ist die rührende Privatunterhaltung zu Ende? Ich erwarte Ihren Anwalt, um auf legalem Weg die Übernahmspreise zu bestimmen", erklärte der neue Chef.

Hans legte die Schlüssel auf den Schreibtisch und ging. Das Geräusch der Tischler, der Metallschleifer und der Stimmer wurde schwächer. Dann verklang es.

„Ich weiß, daß Sie sich nix aus mir mach'n. Aber an' Menschen brauch'n S' halt! Sie können mich nicht wegjagen", sagte das Mädchen, das ihm folgte.

Die Worte versagten sich ihm.

„Wenn der Czerny hat ‚Hans' zu Ihnen sag'n dürfen – darf ich auch ‚Hans' zu Ihnen sagen?"

Er mußte lächeln. Sie hatte ihn ja schon so genannt. Damals in Grinzing. Diesen Abend habe sie aus ihrem Leben ausgestrichen, den schönsten ihres Lebens, sagte sie. Auch den traurigsten. Nur habe er seither nie viel von ihr gemerkt. No ja, wer war sie denn auch, mit ihm verglichen!

„Was reden Sie zusammen, Mizzi! Einen bankrotteren, auf allen Linien definitiver gescheiterten Menschen als mich kann's kaum geben!"

Da blieb sie auf der Wiedner Hauptstraße stehen. „Sie hab'n eine geniale Frau g'habt – pardon, daß ich's erwähn'. Ich find's großartig, daß Sie net drauf vergess'n. Aber zwischen Einen-nicht-Vergess'n und An'-andern-überhaupt-net-Sehn – ist da gar kein Unterschied?"

Wieder verirrte sich ein Lächeln auf seine Lippen. „Was wollen Sie mit einem entlassenen Chef anfangen?"

In das Totenhaus wollte er jetzt nicht zurück.

Sie zögerte, bevor sie den Vorschlag machte: sie besaß eine kleine Wohnung, drüben in der Mommsengasse. „Ich bin nämlich von meinen Eltern wegzog'n. Wie ich's g'nommen hab', hab' i' m'r denkt: Ob er's einmal wird anschauen kommen? Wenn S' die Wohnung anschaun möcht'n?"

Als er ja gesagt hatte, fügte sie hinzu: „Es wär' mir eine große Ehre!"

„ICH WERDE EUCH
VON DER ANGST ERLÖSEN..."

ENTLASSEN, sozusagen ein freier Mann, verfügte Hans über mehr Zeit, als er brauchte, um sich zu überzeugen, wie es um Wien stand.

Der Frühling war mit einer vorzeitigen, jähen Gewalt gekommen. Die Kastanien im Prater prangten in einer Fülle wie schon lange nicht, die Veilchen in den Auen dufteten wie betäubend.

Hans hatte mit Menschen reden wollen und hatte mit ihnen geredet. „Vielleicht hast du recht, daß es nicht so ist?" sagte er zu Mizzi, die nach wie vor in die Fabrik ging; kam er abends aus seiner neuen Wohnung zu ihr, dann wärmte ihre elementare Freude seine Erstarrung. Schritt für Schritt half sie ihm ins Leben zurück. Kein einziger von allen den Wienern, mit denen er inzwischen in Verbindung trat, gehörte zu den Jubelnden. Zumindest bestritten sie es und bedauerten, daß andere sich dazu hergegeben hatten. Auch das half ihm ins Leben zurück.

„Es kommt mir zu Ohren, man sieht dich in Bezirken, wo du nichts zu tun hast", sagte Peter zu ihm, als sie sich mal vor dem Engel-Eingang trafen. „Du stellst Fragen, die, gelinde gesagt, abwegig sind. Leute wie du müssen jetzt besonders vorsichtig sein! Du weißt, was ‚Ka Zet' heißt? Nicht? Konzentrationslager."

„Peter, haben eigentlich die Menschen von Natur ein so miserables Gedächtnis?" fragte Hans. „Oder rechnen sie auf das miserablere ihrer Mitmenschen? Ich selbst hab' ein ziemlich gutes und erinnere mich an eine Rede, die du über das Ernstnehmen eines lächerlichen Mannes gehalten hast."

„Was man nie ernst gemeint hat, haftet nicht."

„Das hätte dein Vater nicht gesagt!"

„Mein Vater war ein großer Mann. Aber Realismus hat ihm leider gefehlt."

„Dein Vater ist so groß oder so klein gewesen wie die Anständigkeit", sagte Hans. Er hielt etwas in der Hand, dessentwegen er ein letztes Mal in den vierten Stock gekommen war: die Grammophonplatte, worauf Selma für das Plattenarchiv des Senders aus der „Heiligen Johanna" gesprochen hatte.

„Werden wir dich also jetzt nicht mehr im Haus sehen?" fragte Peter.

„Doch", erklärte Hans, sichtlich zu des andern Enttäuschung. „Fritz und ich wollen in den Gesellschaftsräumen etwas musizieren."

Im SECHSECKIGEN Gelben Salon, wo dereinst die Einweihungsfeier des neuerbauten Hauses stattfand und Mozart, todkrank, die „Zauberflöte" vorspielte, stand noch das Klavier aus Birnenholz. Fritz und Hans bemühten sich, es zu stimmen. Doch kamen sie damit nicht zustande. Folglich mußte Hans Fachleute aus der Fabrik zu Hilfe rufen, darunter auch Bochner; sogar sie brauchten tagelang, bis die delikate Arbeit gelang.

Seither nahm Hans die Gewohnheit an, in den völlig verlassenen zweiten Stock zu kommen und dort zu musizieren, hübsche Sachen, die das Haus jedenfalls weniger belästigten als die Kompositionen des immer unleidlicher werdenden Fritz. Auch ließ sich, da Hans ja nicht mehr im Haus wohnte und in seiner jetzigen Wohnung, weiß Gott, weshalb, kein Klavier haben wollte, kaum etwas dagegen einwenden.

Während der halben Stunde freilich, die er im Gelben Salon Klavier spielte, sendete Hans die Nachrichten, die Fritz beschaffte und die er selbst redigierte. Das in den Klavierkasten eingebaute Mikrophon, dessen technische Voraussetzungen Bochners Leute und ein Angestellter des Wiener Senders notdürftig geschaffen hatten, würde, so hoffte man, der Entdeckung mindestens so lange entgehen, als die tagelange, durch Hermanns illegale Druckerei verursachte polizeiliche Durchsuchung des Hauses noch in behördlicher Erinnerung stand und den Verdacht unwahrscheinlich machte, es könnte sich verbotene Propaganda just an einem derart genau überprüften Ort neuerdings einnisten.

Aus vielen Wiener Radios vernahm man an Dienstagen, Donnerstagen und Samstagen die Sendung einer wiederholt gestörten, trotzdem vernehmlichen Station, die sich „Österreichischer Freiheitssender" nannte. Leichte, fröhliche Musik leitete sie ein und begleitete sie. Eine Männerstimme meldete sodann die Namen der jeweils in Konzentrationslager verschleppten Patrioten, nannte Daten und Termine, verlangte Widerstand, passiv und aktiv, und widersetzte sich mit dokumentarischen Beweisen der Vermutung, Hitlers Annexion Österreichs sei hier jemand willkommen gewesen außer Bestochenen, Desperados, vom Schauprunk der Paraden Verblendeten. Die Sendung endete jedesmal mit einer Frauenstimme. Noch Augenblicke später, länger vielleicht, empfanden fast alle, die ihrer gläubigen Durchdrungenheit lauschten, keinen Zweifel, daß der Untergang des Hoffnungslosen besiegelt und danach wieder eine Zukunft sei. Die Frauenstimme sagte: „Ich werde euch von der Angst erlösen...!"

Ernst Lothar

Wie Hans Alt, eine der Hauptfiguren dieses Romans, wurde Ernst Lothar 1890 geboren, allerdings in Brünn. Als seine Eltern nach Wien zogen, fand er die Stadt verführerisch, das Gymnasium aber war ihm eine Zwangsanstalt. Um später die Kanzlei des Vaters zu übernehmen, sollte er Jura studieren. Er verließ jeden Morgen die elterliche Wohnung und begab sich ins Café Landtmann – wo er die Universität, aber auch das Burgtheater vor Augen hatte – und verfaßte während der ersten beiden Semester einen Roman. Am Nebentisch saß viele Wochen lang eine Dame, man grüßte sich, der junge Autor fand sie bezaubernd, lud sie schließlich scheu zum Frühstück ein und las ihr im Laufe des Vormittags aus seinem Werk vor. Dann verabschiedete sich das Fräulein. Mittags sagte der Vater, er wisse ja schon lange, daß er bummle, da jedoch die ersten zwei Semester eines Juristen traditionell durchgefaulenzt würden, habe er nicht viel dagegen – Schundromane zu schreiben, das immerhin sei ein starkes Stück. „Erfahrene Juristen lassen sich nicht hinters Licht führen, das wußte ich. Daß sich aber reizende junge Damen dazu hergaben, ihnen das Licht aufzustecken, enttäuschte mich", schrieb Ernst Lothar in seinem Erinnerungsbuch *Das Wunder des Überlebens*.
Im Sommer 1914 machte er seinen Doktor, im gleichen Sommer brach der Weltkrieg aus. Ernst Lothar wurde eingezogen, im letzten Kriegsjahr war er Staatsanwaltsgehilfe in Wels. Weit mehr lag ihm ein Posten im Handelsministerium in Wien, wo er sich entscheidend für den Antrag von Max Reinhardt und Hugo von Hofmannsthal einsetzen konnte, in Salzburg Festspiele zu begründen. Dem Theater blieb er nun verbunden, er schrieb Kritiken, übernahm Inszenierungen und 1935 sogar die Direktion des Theaters in der Josefstadt. Drei fruchtbare Jahre enden abrupt. Gleich nach dem „Anschluß" kommen Beamte in die Wohnung und fordern seinen Paß, seine Frau, die Schauspielerin Adrienne Gessner, stellt sich schützend vor den Schreibtisch. Doch Lothar, vertraut mit Delikten wie „Einmengung in eine Amtshandlung", erkennt die Gefahr und übergibt den Paß, den er kurz darauf für 25 000 Schilling von der Polizei zurückkaufen kann. Die Familie emigriert nach Amerika; Adrienne Gessner gelingt es, sich auch in englischsprachigen Stücken durchzusetzen. Ernst Lothar schreibt und unterrichtet. Im Sommer 1946 kommen sie zurück nach Wien – aus den prophezeiten tausend Jahren sind acht Jahre und dreiundfünfzig Tage geworden –, sie werden wieder Österreicher und Mittelpunkt im Wiener Kunstleben. 1974 ist Ernst Lothar in Wien gestorben.
Über Hans Alt, mit dem er wohl nicht das Geburtsjahr gemein hatte, hat er bald nach seiner Heimkehr gesagt: „Ich habe Hans Alt, vielmehr den, der mir als Modell für ihn vorschwebte, wiedergesehen – nach fünfeinhalbjähriger Konzentrationslagerpein – ungebrochen, österreichischer denn je."

Die ungekürzten deutschen Ausgaben
von „Harlekin" und „Mrs. Pollifax macht weiter"
sowie die ungekürzte Ausgabe
von „Der Engel mit der Posaune"
sind im Buchhandel erhältlich.